大方
sight

降魔变

马鸣谦 著

中信出版集团 | 北京

图书在版编目(CIP)数据

降魔变 / 马鸣谦著. --北京：中信出版社，2019.5

ISBN 978-7-5086-9270-8

Ⅰ.①降… Ⅱ.①马… Ⅲ.①长篇历史小说-中国-当代 Ⅳ.①I247.5

中国版本图书馆 CIP 数据核字(2018)第 165407 号

降魔变

著　　者：马鸣谦
出版发行：中信出版集团股份有限公司
(北京市朝阳区惠新东街甲 4 号富盛大厦 2 座　邮编　100029)
(CITIC Publishing Group)
承 印 者：河北鹏润印刷有限公司

开　　本：680 mm × 970 mm　1/16　　印　　张：34.25
插　　页：8　　字　　数：368 千字
版　　次：2019 年 5 月第 1 版　　印　　次：2019 年 5 月第 1 次印刷
广告经营许可证：京朝工商广字第 8087 号
书　　号：ISBN 978-7-5086-9270-8
定　　价：88.00 元

「一切过去　宛在目前」

请你将我的行事的始末根由昭告世人，

解除他们的疑惑。

——《哈姆雷特》

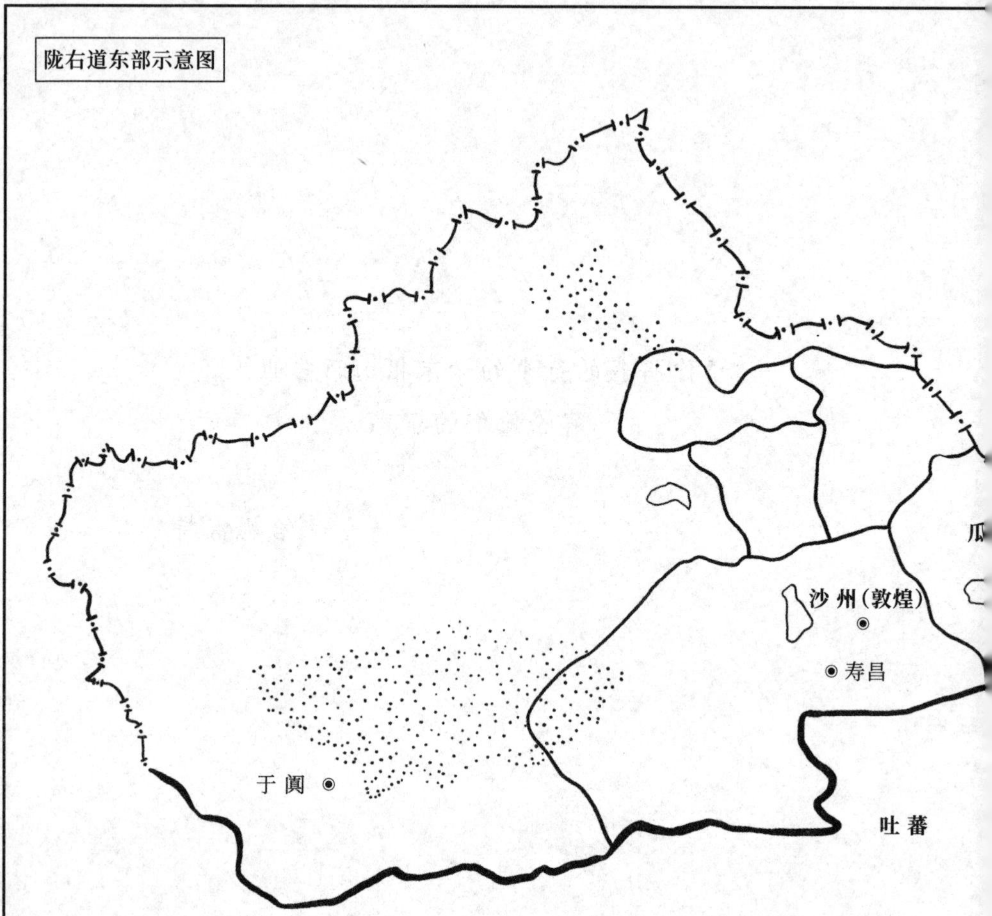
陇右道东部示意图
瓜
沙州(敦煌)
寿昌
于阗
吐蕃

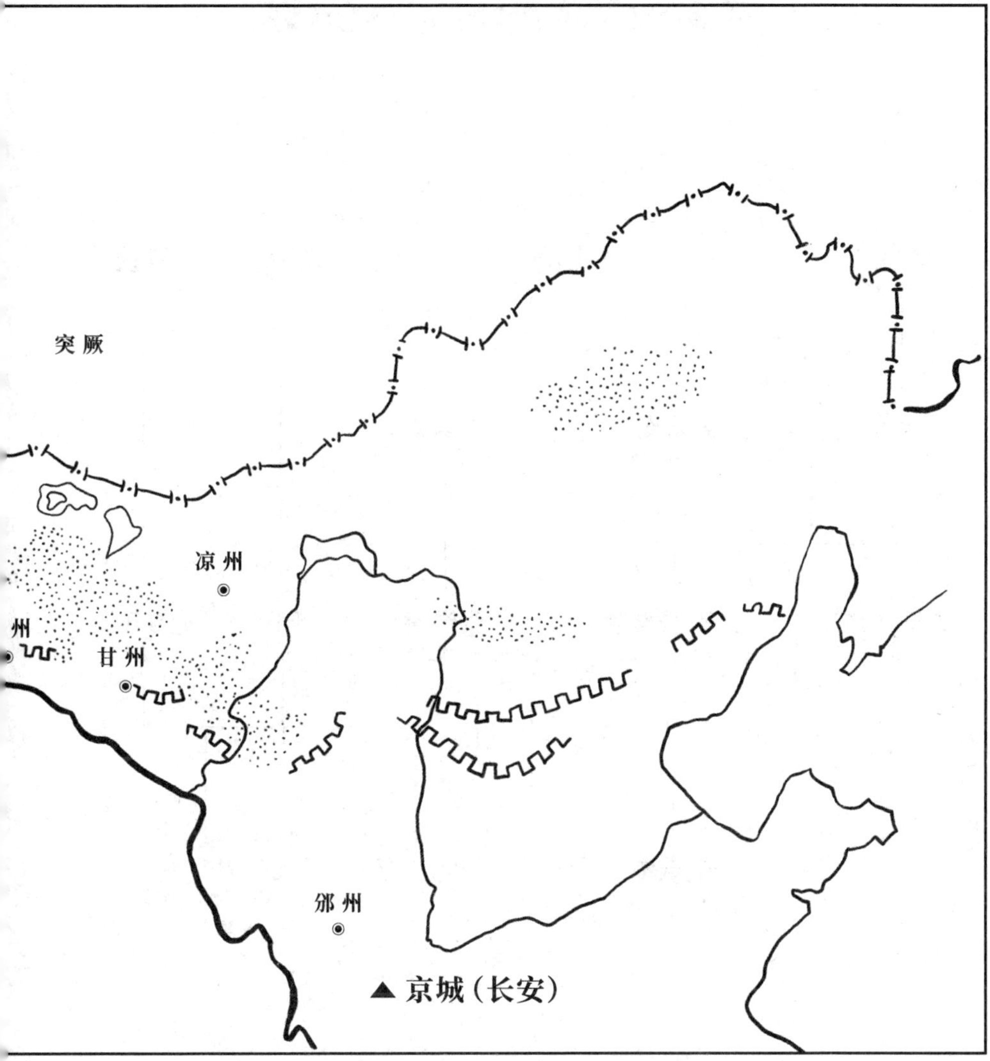

突厥
凉州
州
甘州
邠州
京城(长安)

「敦煌大族」人物谱系图

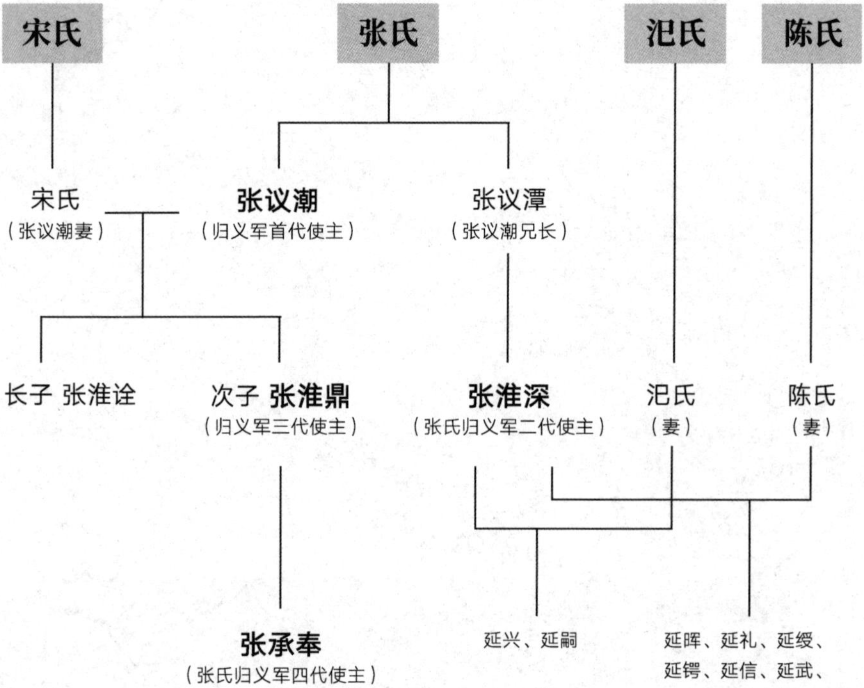
宋氏
张氏
汜氏
陈氏
宋氏
（张议潮妻）
张议潮
（归义军首代使主）
张议潭
（张议潮兄长）
长子 张淮诠
次子 张淮鼎
（归义军三代使主）
张淮深
（张氏归义军二代使主）
汜氏
（妻）
陈氏
（妻）
张承奉
（张氏归义军四代使主）
延兴、延嗣
延晖、延礼、延绶、
延锷、延信、延武、
延延（女）

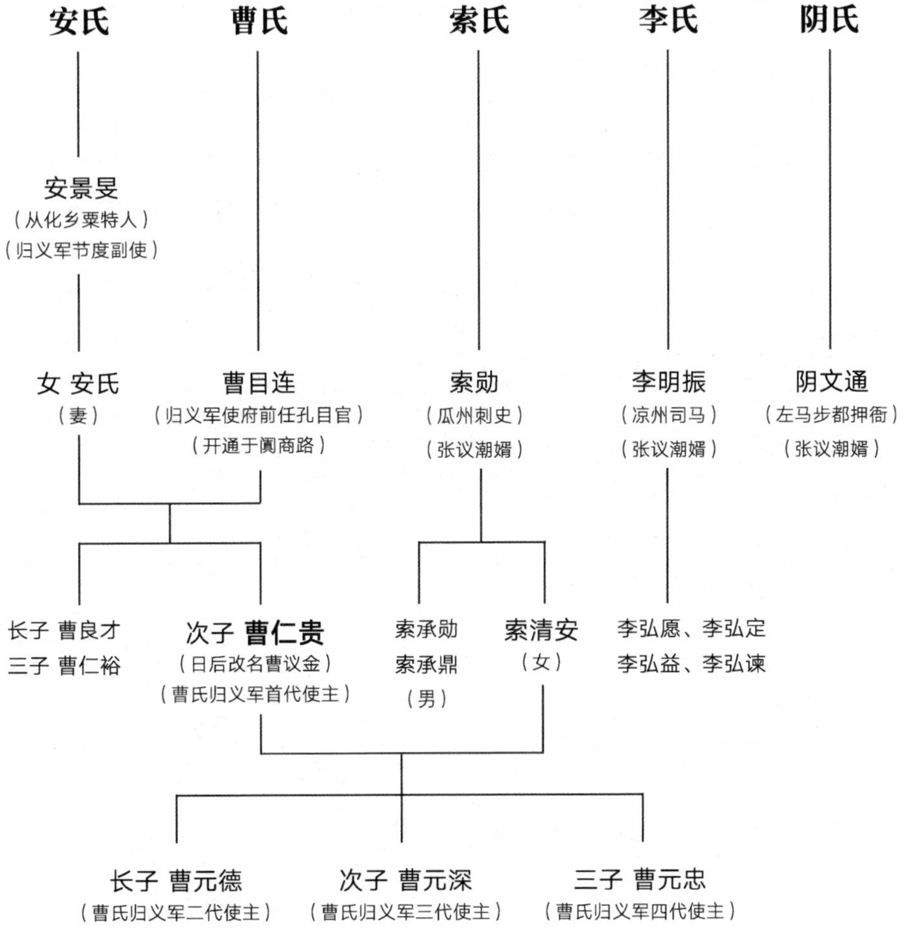
安氏
曹氏
索氏
李氏
阴氏
安景旻
（从化乡粟特人）
（归义军节度副使）
女 安氏
（妻）
曹目连
（归义军使府前任孔目官）
（开通于阗商路）
索勋
（瓜州刺史）
（张议潮婿）
李明振
（凉州司马）
（张议潮婿）
阴文通
（左马步都押衙）
（张议潮婿）
长子 曹良才
三子 曹仁裕
次子 曹仁贵
（日后改名曹议金）
（曹氏归义军首代使主）
索承勋
索承鼎
（男）
索清安
（女）
李弘愿、李弘定
李弘益、李弘谏
长子 曹元德
（曹氏归义军二代使主）
次子 曹元深
（曹氏归义军三代使主）
三子 曹元忠
（曹氏归义军四代使主）

其他重要人物

1. **程子迁**（使府都押衙）/**张文彻**（内宅都押衙）/**张俅**（书度掌书记）/**氾建立**（肃州牙将）

2. **归义军都僧统传绪：洪辩**（父亲为前建康军使吴绪芝）——**悟真法师**（唐和尚）——**康贤照**——**氾福高**

3. **灵图寺寺主传绪：悟真法师**（都僧统唐和尚）——**恒安法师**（从化乡粟特人康姓后代，康姓亦为敦煌大族，其父吐蕃时任部落使；长兄康伯全吐蕃时任判官，张议潮起事后伯全任瓜州刺史。）——**阴海晏**

4. **吐谷浑部落：**头领浑子建、浑子盈兄弟。

5. **羌人部落：**头领慕容胜，其子慕容归盈，娶了曹仁贵姐姐、曹家十一娘子。

6. **罗姓：**在敦煌也很有势力，很多人担任了军将。曹仁贵又与罗通达、罗进达为少年密友。罗盈达娶了曹仁贵妹妹、曹家十七娘子。

目录

第一部

郎君归来

中和四年（八八四年）夏末

1

正午，沙碛道中，网鹰人程子迁骑着白额驴行路，后面跟了两个背箩担步行的家奴。

半里外，十来个马骑军将排开雁字队形，按辔徐行，警戒着两侧和前方的敌情。前日早间，程子迁按约定与他们在肃州子城衙署前会合，便一同结伴发往甘州。军将们是去换防，他是要去甘峻山。初秋的暖阳下，原野平阔，南面一带雪山连绵不见头尾。惟有沙砾间的丛丛棘草，被贴地吹来的微风拂动，标识了季候。近段时日，肃、甘二州都不平靖，听闻此去路途上常有回鹘人出没劫掠，一出肃州城，程子迁便在路头设酒食供祭，烧去了三张神像画纸，祈愿道途安泰。

正想着此行能否如愿返回沙州，身后传来骤急的蹄声，回头看去，一皂衣少年正打马加鞭而来。待追上他所乘的驴子，少年挺一挺身，单手收拢缰绳，调缓了行进速度，另只手轻拍青骢马的颈脖给予奖赏。从放足迅奔到缓步徐行，那匹坐骑鼻息安稳，丝毫不见疲态。

“好马骑，好身手！”程子迁不由赞道。

“出了肃州城，先去盐池河口给它洗澡，又向附近人户讨了草料喂足了。眼下这匹马精神得很，可以一口气跑去甘州！”断然的神气超乎了年龄。一张少年人的脸，衬着随风摆动的青布裹头的巾脚，尚还显得稚嫩。

之前在沙州，刚从尚书厅堂里出来，少年就缠着他要跟去甘州看捕鹰，口中言称已请得族中长辈允准，还拉来了在使府任牙将[1]的亲友作证。纵如此，也不能答应啊，曹家儿郎才满十三，站在马的身前，身量才刚及马耳，而且此行不知凶险如何，还是少个麻烦为好，程子迁当时便没有应承。从沙州到瓜州，一路安妥，原以为此事已了结，谁知到得肃州城里，在街市上竟又与少年照了面。彼时，少年正站在邸店[2]门口与一群胡商叽里呱啦地谈说比画，那些是从西州和于阗来的驼商，货物刚卸下，驼儿已牵去草棚里喂料，众人正坐在场院里铺开的大毡上歇脚。少年不知说了什么笑话，又引得众胡商开怀大笑。他自己却不笑，眼光一斜溜，恰与路过的程子迁四目相对，两下并无言语，程子迁也不知该如何应付，径直就去投官家馆驿住了下来。昨日出了肃州城，路头未见少年踪影，心里还是有些忐忑。所以，此刻少年的出现并不让他惊讶，反而让他接受了事实。

于是没好气地怼了一句："还是让军将们在前引路比较好。免得豺狼前来惊扰。"

"这个不怕，正好一并射杀了。"

少年拍了拍腰间那个装着雕鸽箭的胡禄箭囊。箭囊外缘镶

1 牙将：古代军衔，唐节度使的亲兵名称。主将所居之城因建有牙旗，故称牙城。唐代节度使的官署称为使牙。

2 邸店：唐时供客商堆货、交易、寓居的行栈。

了金丝线，泛着碎光。因为体格尚小，背在身后的那张画被弓显得尺寸奇大。

“我说的是豺狼样的人。”

少年眉宇锁起，一时不语，抬眼凝看前方半空里的一缕细云，半晌才问：“此番定要捉得青骹鹰么？”

“是呢。尚书吩咐要捉得，便一定要捉得。”

“为何非得这鹰？别地出的鹞隼便不行？”

“河湟一带，只甘峻山的青骹鹰最是神俊有名，头圆如卵，胸阔颈长，筋粗胫短，翅厚羽劲，驯养得法的话，最宜做骑猎伴侣。昔日太保奉命归阙前，就曾将四联青骹鹰作为上品贡物送往长安。如今，尚书做了沙州使主，便也要送。”

“为求得旌节，尚书也是煞费苦心了。”

程子迁不接话头，转而嘱告少年道：“仁贵儿郎，到得甘州你便返程吧。”

“不，我要学你网鹰！”语气很果决。

“好好学士郎不做，学网鹰做甚？再说，捕鹰哪是一两天就能做定的事，多半得在山里守上十天半月呢。”

“十天便是十天，半月就是半月，我若亲眼见识了，准定回返就是！”

言罢，少年两腿一夹，手下起鞭，那青骢马便纵身向前驱奔，蹄足一路打出烟尘，很快就与前面开路的众军将会合了一处。他正值茁壮年纪，志在驰逐，眼见一切都新鲜有趣，浑不知前路的凶险变数。

日昳未时，即将抵达建康军的屯台废墟，程子迁估算余下的里程，入晚应可到达甘州城了，只不知那边情形如何。前几日在使府，临出发时，正好听得几个内宅押衙议论甘州军务，尚书张淮深正打算分遣游弈使白永吉、押衙阴青儿出巡探查，而此前不久，原凉州都防御副使翁郜刚刚受王廷敕令，又兼任了甘州刺史。虽说只是遥领，并未分凉州天平军官兵进驻，但听说翁刺史这几日正在甘州督修雉堞、堡楼，沙州派驻的军将和各家部众都暗行抵制，双方彼此抵牾不断。

之前停宿官驿时，肃州防戍都营田使索汉君和县丞张胜君特意前来问候，询问了沙州使府情况后，两人正色告诫说，要捕鹰，眼下恐非适宜时节，近来甘州、凉州一带闹乱不休，回鹘游骑四处出没，若是出了肃州境，就不能保证他的安全了。思量来思量去，决定让十二名预定换防的军骑提早两天动身，正好一路护送到甘州。

这懵懂少年，哪知晓前程后路的这许多关节？

暑夏尾梢才过，日头高悬后，地表的热气渐渐蒸腾上来，令人头眼发昏，程子迁伏低头，禁不住打了会瞌睡。可是，他很快就被后方另一阵紧促的马蹄声给扰醒。回头看去，只见十数匹马骑正驱近前来，当首领骑的，正是发送他上路、兼管了使府鹰坊的押衙张文彻。

这又是什么情况？莫非尚书一转念，又派人要将我召回？

这拨人马抵近后并未放慢马行速度，张文彻经过身边时也没有勒停坐骑，只略提马鞭唤了他一声，程子迁刚要开口询问，却听他大声呼告：“你且前去甘峻山，我等另有公务，就此别过！”

跑出二十步以外，张文彻又回头喊：“给我看好曹家小儿，莫让他给野狼叼了去！”

程子迁不由提起手中小鞭，催驴起步。两个家奴见状也提上一口气，加快了脚步。

等赶到屯台，见曹家儿郎和换防军将正停在那里饮马歇息，并不见张文彻那班人。

“张押衙他们奔甘州去了？”

仁贵应答：“捕鹰博士[1]，押衙不是去甘州，是直去邠州！”

张文彻一行倒是在这里停留了片刻，由是仁贵和军将们都得知了那个重大消息：之前尚书派往京城请节的宋输略使团七人，前月与西归的回鹘使结伴，自长安返回，路经邠州时，他们遇到了返回沙州途中的淮鼎、淮诠郎君、太保娘子、家累仆从、军将、常住奴客、入京僧等二十人。宋输略等被告知，两位郎君路上曾遭贼，被党项人劫去为人质，幸亏有随行军将逃脱，及时向邠州节度使求救，邠州使主因与故太保有交谊，不敢怠慢，连忙派人至党项部落将人赎了回来。目下郎君等人就暂停在邠州，准备随凉州嗢末[2]使一同返程，只因之前衣箱什物丢失甚多，一时发赴不得。

“宋输略他们现在何处？”

“还在凉州，他们遣出了一匹快骑，昨日一早刚到使府报讯！”

程子迁不由咂舌，这确是个大事件：自两位郎君入京陪侍太保，到如今返沙州，前后已有十五年，当初的垂髫小儿，如

1 博士：当时对技艺人或者工匠的称谓，捕鹰博士即网鹰人。

2 嗢末：唐代吐蕃占领河陇地区后，由占领区各族奴隶演变成的部落，多为当地吐蕃化了的汉人后代。

今定已长成青年儿郎了。对沙州四境的民众来说，这与太保本人归乡同等，实在是让人喜不自胜。虽然人事可哀，归阙入质的太保张议潮十二年前已在长安去世，敕葬于京城素浐南原了。

屯台残壁外有一口泉井，程子迁令家奴汲水上来，和两名家奴各取一瓢饮尽，驴子拴在柽柳低枝上，很知趣地站定不动，只偶尔摇一摇尾巴。程子迁心疼这匹跟了他多年的老驴，也让它解了会儿渴。此时他心里多出一桩焦心事，觉得必须改变行程计划了。

“仁贵儿郎，这回定是要看捕鹰？”

“当然了。”

“那么，不随军将们走官路去甘州了，我们直接去甘峻山山口。若我所判无误，这个时节该能捕到名贵的青骹鹰！”

“好！”

少年爽快地响应。本来，四人去甘州城也只是暂歇过宿，现在听闻程子迁绕过这一节，直接带他去捕鹰现场，他有点兴奋难抑了。

决定已下，就开始点检装备。过夜露营的长行帐有了，干粮吃食已备足，生火的火镰有了，捕鹰的绳网在家中早就编织好，此行上路前尚书发给的关牒文书也在。所有东西一一齐备，就不知道老天爷有没有给他们预备足够的运气了。

军将们听说他们要绕过甘州往东北方向直行，并没有提出什么反对意见，只是送了他们两把新开刃的短刀防身，入夜后的山地间多有野兽出没，还是小心为好。而他们乐得轻松上路，若一路急驱，入晚前能赶到甘州，正可邀了军中伙友酒食饱餐一顿。

这队人随后分作了两拨。军将们各整鞍鞯上马，因为没有了后顾之忧，此刻已改换为纵贯队形，将头领骑，众人跟随，这就往甘州城方向驰去。网鹰人这一伙离了官路，往山口行进，两名家奴在前引路，程子迁和仁贵儿郎一个骑驴一个骑马，两人并辔而行，一路无话。

日暮时分，四人来到了山口前。转上一长段陡峭难行的碎石坡，再通过一道隘口，地面突然抬升，顺着两边山势向远方延展而去的，是一片展阔的山间草场。别样的天地间，金色的夕照透过薄云，将这里点染得如画一般。少年此前已按捺了许久，一入此境，立刻欢叫起来，座下那匹骏骑也来了精神，奋足向前驱奔。

程子迁没有叫住他，任他随性撒野。

再行一个半时辰，于太阳落山之前，他们到了“小昆冈”，在坡下石壁有泉眼流出的地方，觅得了一个避风处露营。虽是初秋，入夜过后还是寒凉，在那里，他们四人可以安稳地睡上一宿。

两个随行家奴自早间起就在赶路，腿脚早已酸累，到此才得以歇息，一人两枚胡饼吃下就早早睡下了，不一会儿，帷帐里就起了鼾声。仁贵儿郎安顿好马儿，四下里走了一圈，到天光暗下就回返了，行了一天路，人已困乏，他钻进帐里倒头便睡下了。

这晚，程子迁却几乎没有合眼，裹一条厚毛毡，背靠着石壁，就这么半躺半坐着。拴在身旁的老驴不时挤挨过来，将他当成了可信赖的伙伴：远处不时可以听闻野兽的低嚎，这时节，狼虽然很少成群出动，但仗着草深叶茂，常会有单匹公狼夜出游弋；帷帐前后虽然点了两丛篝火，但还是留一个人警戒为好。

头顶的黑天里，缀满了无数星粒。

前次在灵图寺听讲经，座间休息时，唐和尚恰好曾与在座的优婆塞[1]们说起占星学问。据说周天星宿的位相运行，暗合了地上人间的运命变数。果真如此么？西南方，那披发半裸、手持长刀的罗睺星神；正北方，那背插宝鞘剑、发髻如盘蛇的计都星神，此时就隐匿在这星河中？程子迁不能辨识，但他相信，天上的神煞确有真实无疑的威力。于是，在这两个方位各选了明亮的一颗，他默默祝祷起来，一求捕鹰顺利，二愿神煞及其灾殃能远离沙瓜全境。

此行正好带了绘有炽盛光佛和诸曜图像的神像图卷。沙州出发前，程子迁专程去灵图寺与唐和尚告别，和尚特意借与他路上方便使用，月半时如法供祭，有辟邪之功效，可保出行平安云云。看眼前月相，明日正是供养神煞的时节。不如此，心中实在不能安定。

驴儿打了个响鼻，尾巴却不摇动，是已睡着了吧。月光下，它脊背上的皮毛看去如一匹银缎。程子迁伸手轻抚它的颈脖，皮毛下的血肉正与他有着同样的体温，虽然驴儿并没有给他回应，他却分明觉得一件显明的事实：自己正随同这头驴儿一起老去。

---

1 优婆塞：在家信佛，行佛道并受了三皈依的男子。

许久，石壁上方的某处，传来了夜兽走动的声息。

不是狼，是不知名目的兽。蹄足踏地，不时碰击着小块碎石，似乎是野羚羊。他放心不下，丢开毡毯，立时挺身站了起来，抓起近手边的短刀，从篝火堆里捡起一支火把，绕过石壁，爬坡登上了“昆冈”上部的石台。

果然是羚羊，火把投出的光圈里，它站定了不动，正盯视着自己。一双瞳目发出暗黄的眸光。

程子迁恍然觉得在做梦，因他分明听到那匹羚羊在对他说话：

“有蛇！有蛇！”

低头看地面，月光照映下的石台一片枯白，就近并没有蛇。可是，那声音还在呻叫，时断时续，而且，现在他听出了是谁的声音。那是太保！可是，这怎么可能！？在山间旷野中，怎么会听到故去太保的语声呢？这绝无可能。

再抬眼看去，他真真确确看到了太保，场景却恍然移到了太保入质长安后所居住的宣阳坊邸宅。太保身披甲胄、头戴兜鍪，就站在庭院中，两手扪胸，面状甚是苦楚，他不停地在叫唤：

“有蛇！有蛇！有蛇！”

程子迁浑身僵住了，前进不得，后退亦不得，地上似有一双巨人之手，攫住了他的两脚。他想不出该说什么慰解的话，嘴巴张结着。手一松，火把落到了地上，四周光影乱动，待重新拾起，再看前方，太保的脸却模糊了起来，如一罐奶浆倒入水盆中，慢慢地变浑又变白。

幻象消失了，眼前复原了一匹羚羊的模样。

程子迁下意识地握紧短刀，刀柄抵触着掌心，这让他确定，自己并没有做梦，定是中了什么邪魔。

对峙着，他与野羚羊就这么奇怪地对峙着。不知过去多久时间，直到那匹异兽再次抬起蹄足，蹬踢着地面，然后，一转身，向着坡上攀去，隐没在无边的夜色中。

下石台，重新坐回到石壁前，程子迁长吁出一口气。身畔，驴儿并不知晓他刚才的遭遇，伫立如一尊冻结在时间内层的琥珀像。

神思恢复后，记忆机制发挥作用，他开始回想在长安陪侍太保四年间的往事。而往事一旦被重新揭示，就一桩桩一件件地勾连而出，已忘却多年的细节，渐次浮现出来。

天光未放亮前，篝火燃剩了最后一点余烬。两个家奴都已起身，程子迁不在露营地，他们并不在意，简单吃过一点东西，就开始整理网鹰材具。仁贵稍后也起身了，见不到程子迁便问两个家奴，答曰：望山形去了。所谓“望山形”，是网鹰人才懂的暗语，乃是勘察鹰巢的坐落位置，判断其惯常的飞行路线。这是多年习得的经验，当然，还要再加上本能的嗅觉，然后就会选定捕鹰的若干地点。

吃过昨晚剩余的半个胡饼，去泉眼捧饮了几口水，整理好鞍鞯，仁贵就骑马去了山口草甸上。

程押衙去了哪儿呢?

不见网鹰人，却没有扫了仁贵的兴致。沙州、瓜州一带是典型的绿洲地貌，历代先民围绕城郭辟水渠开田地，然四周皆是沙碛戈壁，河水岸边虽然有可供放牧的草泽，但像这样展阔的山间草场却是少有。日出初晓，晨曦将山巅染成了陶赭色，慢慢地，又将侧峰整个罩在霞光中，投向山谷的光线也与别处的不同，似能勾勒出天地间一切物事的轮廓，并且，每时每刻，它都在发生细微的幻变。

缓辔徐行，直面迎着日光，马的前腹、少年的两腿碰擦着高高的棘草和无名野花。草尖和花叶上露珠晶莹，稍稍俯身，探出手，就能触到冰凉的一滴，倘若眼睛凑得够近，还会看见露珠里的另个世界。夜气还未散尽，草木的气息清涩微凉，少年翕动鼻尖嗅闻，不觉间闭上了眼睛，他薄薄的眼睑上，罩上了近乎透明的绛色。种种鲜明的感官印象，一时全部汇聚、镌印于他的身心。

这个少年，乘一匹骏骑，松了缰绳，就这么散漫地游弋着。这个奇异而明亮的山间早晨，直到多年以后，曹仁贵还常常会回忆起来。

行至草场尽头，在崖下的沙砾坡前，遇着了网鹰人程子迁。

程子迁在仰望崖壁的高耸处，见他来到并不言语，只将手指捺于唇上。少年当下会意，立刻跃身下马，手牵缰绳轻步走近。

不知为何，那青骢马将头昂起，连打了几个响鼻，蹄足也蹬踢着地面。少年转过头去，责怪似的蹙紧眉头，先将手掌按于前额，又与它贴耳说了会话。好生安抚一阵，马儿才平静了下来。

此时，少年的头顶正有三羽鹞鹰从山崖高处飞出，先直直向上，待升至青空极高处，将将变成不可见的几个黑点时，突然又分途而飞，各自向不同的方向翱翔。翅翼大张，鼓满了风，躯身不时上下浮动，望去真是神俊异常。刚才马儿的躁动不安，原来是感知了猛禽的出没。

这是程子迁探知的第一个鹰穴。但这只是网鹰人“望山形”的头一步。他还需花很多时间，来观察鹰的飞行路线和落停地点。而要选定一处最佳的设陷地点，会是一件非常辛苦的工作，须得仰赖技能和神功。

程子迁站在那里看了许久，然后对少年说：“我们回返吧。”

这天上午，因顺利发现了第一个鹰穴，石壁下的小营地里，每人都面露了喜色。程子迁虽然一宿未睡，脸上却不见疲惫之色。接下来有一项重要仪式：网鹰前的设供祭祀。祭祀是为了向天地神灵求得“神功”，让网鹰一事得到庇佑，至少也要获得允准或默许。仪式一旦行过，神灵们自会听到或看到，而效用取决于虔诚的程度。这是当时一般民众的信仰。

午食过后，程子迁和两个家奴就忙碌了起来：先在地上铺设神席，然后置香案，燃烛，焚香，外出无须供食，以酒祭替代，整套程序与别的祭神拜仪一般无二。仁贵因为并不属于网鹰人群体，就稍稍退后站立观礼，耳中但听程子迁喃喃低语，定是祈神祝佑之类的话吧。神像画纸出发前已从军资库领取，此次须用三张，以表敬重。一张烧予天神，因捕鹰须天神赐福；一张烧予山神，因网鹰总须是在地面才能获致成功；第三张烧予行路神，祈愿回途平顺。每烧一张，程子迁就伏地长拜。

两名家奴年纪都是二十五六岁上下，一个长得壮硕，名唤奴子，另一个肤色偏黑，名唤黑黑，与其说是家奴，不如说是半子，因为都冠了程姓。他们是程子迁在太保张议潮收复凉州时收养的嗢末孤儿，当时都只有五六岁。嗢末儿，乃是河西陇右地区陷于吐蕃后，汉人与吐蕃羌戎通婚混血的后代。

此行有他们前后张罗，程子迁省心不少。黑黑敏捷机灵，脚力惊人，昼夜兼程的话，三日内就能往返沙瓜两州或从沙州抵肃州，不网鹰的日子，他常常充作使府非正式的邮使，很得尚书器重；奴子善相扑，又从西域蕃人那里学来了飞刀术，能在十步之内取人性命。有他们从旁辅助，确实很让人放心，若遭遇五六个回鹘人打劫，完全可以对付过去。

拜神结束，程子迁便携了黑黑离开营地。从今日下午开始，他们要就近观察鹰巢的动向，到第三日或第四日，才敢于下网。心急网不了鹰，程子迁便是这么说的。奴子负责打猎和做饭，另一件任务，就是看护好少年。

待两人走远，奴子对仁贵说："曹家儿郎，随我去山林里猎兔子、獐子吧！步行去，带上弓箭器具。"

打猎一是要拿来做网鹰的诱饵，二来么，自肃州出发，四个人连着几日都以胡饼干粮充饥，是时候吃些肉食补充体力了。

"喏！"

少年兴奋地答应。于是找了个石窝子，藏好了那匹青骢马和随行装备，另外还给马匹备了些草料。安排停当，奴子在前领路，两人下了山口的坡道，钻进了沟壑忽深忽浅的山谷斜道中。

这天下午，仁贵使弓箭，猎得了三只兔儿。回返路上，程奴子好一顿夸赞，少年面上故作平静，其实心里也十分得意。来甘峻山这一趟，对于他，就像是一次特殊的成人礼。

另外须跟各位报告的是，当天晚上还举行了另一项醮祭仪式。那是自然，经历了昨夜那桩诡异事件之后，这件事势必要办。正好时值月半，那就烧香启告，请罗睺星神降下受供养吧。程子迁取出纸笔，在神像画纸上恭敬写上了祈祷语句，大致是这么个意思：

今年恰遇罗睺星神，归义军使府鹰坊都头、充内宅押衙、网鹰博士程子迁，特意燃香请来降下。命属星神，乞求放过赦罪，功德助念，惟愿星神欢喜。又为使府使主祈福，全心遂愿，麾节并至，并祝灵图寺唐和尚及刺史、长史并府中众衙官安乐平善，三乞沙瓜全境灾殃除尽，日日安顺，岁岁昌强，善神加力，并不逢恶。急急如律令。某诚心启告，同行曹家儿郎仁贵并二奴子自知。

许是两次祈神真的起了效用，到了第三天，黑黑便将两羽戴了眼罩、脚上捆了皮绳、周身裹了软毛毡的鹰儿带回了营地。程子迁像对待初生婴儿一般，小心地将其中一羽交给少年抱持，满脸的喜悦。

七日后，于另处山崖下又网得了两羽青骹鹰。五日后，他们翻山越岭，转去西北面另一处深谷，又捉得了难得一见的白鹰。这真是意外收获了。可惜的是，这一联白鹰不及送到沙州尚书面前，在他们回程途中，因某种缘故被肃州防御使索仁安给讨了去，此是后话。

那么，程子迁的启告仪式是否能让尚书请得旌节，让唐和尚目力恢复，让沙州平靖无事呢？这个嘛，老实说，恐怕连启告人自己也很怀疑。

2

中和四年八月十一日，程子迁在甘峻山捕到了白鹰，沙州城里，使府内外正准备迎接西返的太保夫人和郎君。

城内百姓早得知了消息，昨日自使府中又传出最新情报：押衙张文彻已将他们一行从邠州护送至凉州，在凉州停歇两天，再度启程后又遣快马来沙州通报行程。昨日瓜州得肃州通报，说是前日已出肃州，今日上午可抵瓜州。如此算来，一行人马入晚便可到沙州城中。于是，口耳相传，越来越多的人聚在官楼前。正午过后，从官楼到东门的大道两边，已经站满了预备迎接的观礼者。据说城外甘泉水桥津附近，也涌来了很多四境乡民。

天未亮时，就有持火把的军骑从子城连镳而出。待得日出，鼙鼓连声中，尚书的几个公子延晖、延礼、延绶、延锷率大批亲从押衙骑马出城，阵势更为惊人，前后马队走了几乎半个时辰才停了声息。尚书张淮深打算亲去沙瓜驿道的清泉驿迎候，他们要预先去那里扎下营地，铺设装具。太保的三个女婿，也即瓜州刺史索勋、凉州司马李明振和左马步都押衙阴文通，这三人已在瓜州等候接应。为防止贼人阻道，索勋早几天更遣出数百军骑前去凉州西界删丹，扫荡流窜的回鹘散众。

官家的情状大体就是如此。

民众聚集官楼前的另一缘故，其实是为了看楼上的诸家女眷。即便每岁的除夕驱傩、上元燃灯和二月初八佛成道日行像[1]游行，沙州几个大族的女眷也不会如今日这般悉数到场，这样的场面难得一见。不，若问起城中的老人，他或她会说，这是从未有过的头一遭。眼见官楼之上栏户尽开，先是着绯色或浅绿色衣裙的侍女鱼贯而出，稍过一会儿，作为集会主角的一众女眷们就陆续登场了。说到她们衣饰装扮的华贵多样，简直不知该用什么语词来形容，虽然其中几位已不年轻，里边还有已出家的比丘尼。

熟悉使府情况的人，大致能认出哪个是哪个。百花丛中，被众星捧月般拥簇在中间的那位体态雍容的贵妇，自然是尚书张淮深的夫人陈氏，披紫绫半臂，着贴金衫子，头绾天宝样高髻，髻上插象牙月掌梳及金钗一副，配以瑟瑟珠、玛瑙珠，偏额又簪花一朵；沙州仕女贤良淑德之典范，理所当然，还能是谁呢？虽然一直有风传，说她对尚书另一夫人汜氏百般排挤，尚书冷落汜氏后，竟将汜氏迁到了临近仆役房舍的西院偏宅中，她对汜氏所生的延兴、延嗣二位公子也很刻薄无情，常在尚书面前挑拨是非。类似的情状不止一件两件，但是，须知传闻就是传闻，使主家事又岂容他人置喙，我们也不该听信小人的流言。

陈氏的旁侧，那位戴木兰色帽帔，穿紫色田相衣，手拈串珠的出家人是了空尼。她是太保张议潮的妹妹，俗名张媚媚。

1 行像：佛教的一种仪式，即把佛像安置在装饰性的花车上，众人随其巡行瞻仰、膜拜，此间伴有舞蹈等演出。

老人家已年过八十，幸有龙天庇佑，身体仍很康健。按辈分算，她是沙州张氏族人仅存的长老了，尚书夫人尽管威风八面，但终究是晚辈，因此在老人面前总会收敛几分，面上甚是恭敬。了空尼在太保入质归阙后即发心出家，一心盼着兄长归乡，可惜时乖命蹇，她出家五年后，太保就在长安故去了。如今太保夫人和二郎君归来，她算是偿了一半的心愿。

了空尼旁边还有另一位女尼，那是灵修寺的戒珠尼，是尚书的妹妹，俗名张怀慈，她戴的是青色帽帔，穿的是赭黄田相衣。戒珠尼性情坚忍，舍宅入寺后出家，从此便抛却外界俗务，专意事佛。沙州诸寺遇节诞或有修造需要，她也是最大的施主之一。戒珠尼平日只在寺中禅室修行，极少露面，今次却与众脂粉一同出现在官楼之上，原因无他，只因今日乃家人团聚之日。她的身畔又立有两位妙龄女尼，柳眉、丹眼、樱唇，颜面光洁，浅笑盈盈，上身着尼服，下身却穿了时世样的茜色褶裙。

陈氏夫人另一侧所站的是太保第十四女张纤纤，凉州司马李明振之妻。因凉州闹乱不休，司马官衔只是名义上的遥领，但李明振极善调理军政事务，是尚书跟前最得力的宰辅，李氏势力如今已不可小觑。纤纤旁边的是太保第十五女张芬芬，她嫁予了沙州使府另一炙手可热的人物瓜州刺史索勋，索刺史相貌端严，心思缜密，论军功和处置政务的才具，一点也不输于李明振，而且，年龄比司马要小上五六岁，正当盛年。左马步都押衙阴文通所娶是太保的第五女张胜胜，阴文通虽已近耳顺之年，仍是归义军一员骁将，他先前跟从太保收复河湟，位居元勋，如今亦是尚书的亲信部从。

张胜胜旁边的三位年轻女子，分别是尚书公子延晖、延礼、延绶的娘子，三人都出自沙瓜两州名门，今日欣逢盛会，她们个个是钿钗花冠、轻罗绮衫。尚书四子延锷年初已定下婚聘，年内即要成礼。女家就出自夫人的陈姓一族，名唤曼儿，年方十七，出落得极其端正秀丽。今日，尚未出阁的曼儿亦被陈氏叫来身边。她上身着淡绯罗衫，下身穿一袭红地宝相花的罗裙，搭肩再披一条银泥礼巾，在官楼众女眷中最是妖娆惹眼。汜氏所生的延兴、延嗣二子也已成婚，所娶的娘子，一位来自康家，一位来自汜家，也都是沙州鼎族之后。康家娘子着墨绿绢衫、紫花罗裙，加披一条五晕帔子；汜家娘子着浅黄罗衫和彩条锦裙，披青晕帔子。这二人站在官楼偏过一点位置，其中一位不知为何向后别转了脸，似乎在生气的样子；另一位则牵拉着她的袖子，正不停地劝说着什么。

除此之外，官楼上还有张姓其余女眷，修仁坊的陈家女眷，定难坊的李家、索家和阴家诸女眷，渌水坊的康家诸娘子和翟家诸娘子，博望坊的宋家诸女眷，龙马坊的阎家和慕容家女眷，和一时说不清是谁家的女眷。若说此时官楼上是绮彩翩翩、花团锦簇，那是一点也不为过的。

只一位女眷仍穿着平时的出入装束，也没有扫眉描额，她就是另一位尚书夫人汜氏。她生性柔顺平易，现下就站定在了空尼身后，不知情的人看到，还以为是了空尼的随身侍婢呢。

一出微妙的戏剧。

官楼上的女眷多数时候都在相互闲话，偶或也会打量一眼楼下的观众，看见熟识的人也会招一招手。没有人离开，年老者比如了空尼，站累了就在侍女备下的小胡床上暂坐歇息，但绝不肯退返入户。虽说不知太保夫人和郎君一行何时到达，但每个人都怕错失了迎接的时机。

楼下仰头观看的人众就没那么专心了。总的来说，男子多还留在原地，三三两两聚做一堆，一边瞄视楼上女眷一边私下评议；喜热闹的童子不看官楼，只顾着结了伴戏耍，不时在楼前场子里奔来逐去。这时候，那些被俗累杂事牵绊的人总是心神不定，看了会儿热闹，便起念要回家去了。譬如酒坊主马三娘和龙粉堆吧，她们两个就商量着要回庄里去督工。前日，她们刚从押衙阴季丰那里于官仓请得做酒本的粟米三十五担，一月之内合计要缴纳成酒八十七瓮半，这些官酒，一要供给来到沙州的使客，另外，年底前还有几次赛神也需用酒。若为观看这场仪式造成作业上的差误或时间上的延迟，那就太不划算了。

酒坊在子城外，于是结了伴一同回返。快走至子城城门时，听到前面巷口有孩子的叫闹声。打眼一看，却是尚书的七岁小女张延延。她上身着一件嫩青小衫，肩上围了脖子搭了件绣帔，嬉笑着刚从城门洞里奔出，紧跟在后的保母不时唤她止步：

“再不乖训，我叫尚书派军将捉了你去！”

女孩站定了，回头调笑道：“军将也奈何我不得。还是你来捉我吧！”

“如是这般，就只好叫城外的回鹘军来捉你了！”

“回鹘军很厉害么？”

“那是，东面到了甘州，西面占了西州。神出鬼没得很。”

“我看呐，父亲应该出兵甘州，西州回鹘由他占去好了呢。”

“你小小年纪也懂军务？”

“甘州道阻，我家尚书遣使去长安请节也不得安心呐。”

“说得是呢。”

保母趁她专顾讲话，就要伸手来捉，岂料这小姑娘反应奇快，身子往斜里一旋，就躲了过去。这时，恰好遇到另一队人走来，队伍中正有她熟识的人，于是便招手叫唤起来。

“索家阿姊！索家阿姊！”

那队人是从定难坊走来的索家侍女仆佣，队伍中，有个与张延延年龄相仿、身形稍高一点的女童，那是索刺史的小女索清安。也是在家闹着非要登官楼玩，保母禁压不住，只得一路看护着行来了。

喜盈盈路中相见，马上牵了手玩耍起来，说一会儿话就咯咯笑。两个保母合同一处，看她们两个已稍稍安分，就放松了警惕，开始闲扯起来。

岂料那两娃儿一见到马三娘和龙粉堆，立刻又转了方向。不知是哪个提议，说是要去酒坊里玩，因酒坊里有几匹银灰毛的驴子，她们要骑驴打球比赛。

这可不得了！两个保母一听就炸了锅，慌忙喝止，还连连向马三娘她们摆手。可是，刚才只是一人对付一个，现在两个调皮孩子结了帮伙，眼看着更把控不住了。

若是平常人家的孩子倒也罢了，一通教训就是，实在不行，伸手一把就可以提拎回家。可是，一个是使主女儿，另一个是刺史女儿，她们自小就沿袭了自家门风，话锋一点不在大人之下，实在是精怪得很。两个保母渐渐就败下阵来。

协商的结果是不得再多事，去那边玩一阵就乖乖听话回转官楼前，她们各自的母亲此刻就在官楼上。是现在就去报告，还是如约定那样平顺回来，由她们自己决定。

马三娘和龙粉堆心里苦笑，这下回去也干不成什么活儿啦，索性就放了役工半天的假，明早叫他们早起劳作就是。都是官家孩子，能讨得她们欢心，也是功劳一件呢。年底缴纳成酒时倘若真的误了一天两天，也有个说理的由头。

使府外如是欢闹，使府内，尚书厅堂里的气氛却迥然不同。

白龙障子前，尚书张淮深两手撑膝，肃然端坐于踏床上。今天这个场合，无须着贯甲戎装，却要穿符合使主身份的官品常服：头戴乌纱幞头，身上一件猎装样的轻便紫襕袍，腰挂鱼符与蹀躞带，因要骑马出行，脚上穿的是紫麖高靴。他的须髯刚修过，两颊的青色线条显出干练气色。

节度掌书记苏翚，衙前判官张俅、王文瑀、高英建，节度参谋张大庆和几个内宅僚佐都陪侍在左右，都僧统司的几位僧官也齐集领府中：僧政贤照，都僧录汜福高，金光明寺索法律，灵图寺恒安法师。索法律还带来个少年张喜首，他是张文彻之子，今年刚在金光明寺做了驱鸟沙弥。

都僧统唐和尚，也即悟真法师，这回又抱病告假。上月在官楼赛毗沙门天王，他也缺席了。和尚已七十三岁，患有消渴症，目力也大不如前。这一向以来，恒安法师常陪侍他身旁，协助整理文书卷帙，听他说和尚身体倒无大碍，就是不愿出禅房。人到了这个岁数，总会有一些任性脾气吧。但这一次，张淮深很想当面探明一下唐和尚对此次夫人郎君归返沙州的态度。或许，过几天亲自去灵图寺一趟？沙瓜管内的大事，总须听取他的意见。

这几日，张淮深隐隐有一种不安，是喜悦当中混杂的无意识的不安。

午后的日光照入堂内地面，略略西斜，已入未时了。

在众僧官到达前，已有前哨军将进来通报，郎君一行午前已到阶亭驿。重又估量了一下时程后，张淮深觉得该出发了，便起身出堂，召唤延兴和延嗣。他们两个一整个上午就在堂前听候号令，早等得不耐烦，一听父亲发话，立刻去往马厩调马。

不一会儿，亲信兵将就牵着马匹进了堂前场院中。二十四骏骑一早就已洗刷整洁，吃足草料。尚书和两位公子的三匹坐骑，马官特为换了西州鞍韂，装上了只在庆典仪式和出征时才会用上的攀胸与秋带，攀胸上的金色杏叶纹饰在日光下熠熠闪光。

张淮深走近自己那匹白额乌骓，手抚它的鼻口。马儿颇通人性，低首又摆尾，前足交替踢着地面，如同一个正式领受任务的姿势。尚书从马院押衙康幸全手中接过了缰绳，发现马尾还缀上了猩红色的缨拂，赞许地点了点头。

尚书上了乌骓，延兴、延嗣上了两匹花骢，众军将也各自跨上马骑。整队完毕，尚书轻提缰绳，将队伍领上了直出使府大门的马道。

将抵门前时，忽听前方有骤急马蹄声，后又有人声喧嚷，紧接着，一匹驿马霎时在门洞口现身，勒停后转身疾进，马上军将见马队即将出府，立刻跳下，快奔至尚书跟前禀报。

“索刺史传话，夫人车马劳顿，身有不适，今夜与二郎君就在甘草驿停歇了，明日辰时准时起发。尚书，且回府中罢！”

张淮深听了不由皱眉。从瓜州到沙州的驿道虽说有近三百里，但使府提前给夫人备下了双骝驿车，二位郎君也有健骑预留替换，一早就出发的话，照说一天之内就可以直抵沙州的。

转念又想，夫人年事已高，旅途辛劳恐怕也是实情。只是沙州这边早就仪式俱齐，人众尽出，这下恐怕会扫大家的兴。而且，若果将这个消息告知官楼上的女眷，定也会惹出些纷扰来。

他叹了口气，身体前倾，撇腿下了马。康幸全立刻跑上接过，领着众军将将马匹带回了马院。

衙前判官和众僚佐都被遣发回去了，他身后只站了延兴、延嗣。兄弟两个站在父亲身后看着这一幕，脸上都现出懊恼神色。

“延兴，去将夫人唤来厅堂！”

延兴领命而去，不一会儿就从官楼上逃了下来。陈氏夫人气鼓鼓地质问他，他却嗫嚅半天说不出一个字。延兴是个心思质鲁的莽汉，在诸兄弟中，身形最是壮硕，口齿却最笨拙，自小见了陈氏便如见了猛虎。陈氏气呼呼地下了官楼，到厅堂里听张淮深一说，顿时也没了脾气。可是，涌集来那么多人，余下时间该如何打发？众女眷跟着下楼，此刻也齐集到了厅堂前的场院中，一大堆人交头接耳说话，比啁啾叽喳的雀儿还要聒噪。

张淮深恨不得将自己的两耳给堵住。

幸亏戒珠尼及时转圜，替兄长解了围：“若不嫌小寺鄙陋，各位可同去寺中新起兰若相看。”

戒珠尼所说的兰若，是她新近助修完工的一座别院。

灵修寺坐落的位置就在子城内，与使府只隔了一条偏巷曲子，且可以从使府西侧门走出，这样就免得再去惊扰官楼前的观礼人众了。有了新的目的地，女眷们如彩云飘去般离了厅堂。了空尼年事已高，给她安排了肩舆，由府中役夫抬了去。

四下又安静了。尚书又派军将去官楼前，一经宣告太保夫人和二郎君明日才抵沙州的消息，楼前人众也陆续散去了。

延嗣一直站在父亲身后，见此情景，心想，夫人郎君今天来不了也好，今晚已约了伙友聚饮，正可以提早退去，正欲开口，却听父亲又对他说：

“你去马院管勒好军将们，今晚一律不许饮酒，违者论罚。你也同样，若是昏醉误了明日出迎事，我也一样罚你！”

听到这个，延嗣的心气凉了半截，怏怏地独自一人往马院走去。行至半途，心中又转一念。父亲说不许饮酒，却没禁止博戏啊。他有了新主意。

暂时撇开延兴、延嗣这两个庶子吧，目前他俩只是不受人待见的小角色。就像尚书张淮深无意中播下的两粒草籽一样，非等到一定的季候，他们才会发芽抽穗，发挥应有的效用。

且随了戒珠尼和一众女眷，去参观那座兰若。

说是兰若，其实是座带围廊院子的佛殿。占地并不广，位置就在灵修寺的北园，院门前两株老白榆，枝叶倾覆相接，日光漏了满地的碎光影。门道铺了从三危山采来的板石，衬了赭黄院墙，显得十分雅洁。门外檐下左右壁，绘有四大天王及侍从，护佑神将个个具盔甲、持兵器，先就夺人目睛。

院门外又设一对小巧石灯笼，院内还有另一对，柱身皆塑了托臂金刚造型。

入门左右间壁是两铺如意轮不空羂索观音，只画好了一铺，另一铺勾线已毕，但尚未上色。已画完的那铺色泽轮廓极鲜明，定是新近刚画好的，看，搭起的木梯架还在呢。走至院中，见画匠与塑匠摆开了工具什器，正在做今日开工的准备。见诸位女眷入内，他们立刻抛下手中活计，站直打揖。戒珠尼让他们暂且退到院外歇息，只留了画行都料押衙董保德。去年，董保德主持重修了都僧统司所在官寺、沙州城东北隅的龙兴寺，新近刚被升为衙前押衙，成了尚书的亲信部从；今年开春起，正是他督导手下匠师，创修了这所兰若。

四廊绘有十照贤圣，亦形神俱佳，进得主殿，眼睛就看不过来了：正面塑有释迦牟尼佛并胁从菩萨三铺，东壁画有降魔变相，西壁有敷彩大圣千臂千眼菩萨一铺。画和塑都是沙州之前没有见过的新样。

一入堂中，众女眷口中便啧啧连声，纷纷赞叹。待来到那幅降魔变相前，一时都愕立在那里，目停口噤。

此幅变相，所绘的是佛陀降魔成道的佛本生故事，在此可稍费一些笔墨来讲解。壁面上，魔王波旬、波旬之子、魔军和魔女均使出了浑身解数，意欲压服或诱惑释迦佛。

魔王波旬在右侧，身着盔甲，显得孔武有力，为阻止佛祖成道，双目怒视释迦，正拔剑欲砍；身旁小儿乃其子，做出劝阻的样子。释迦两侧，波旬遣出的十支魔军也欲行加害，它们各有名称，曰贪、曰厌、曰饿、曰渴、曰欲、曰懒、曰惧、曰疑、曰怒、曰骄，形象亦狰狞怪异，有象头、羊头、虎头，也有以乳为目、为脐、为口，形状皆十分可怖，它们持刀枪剑戟斧钺火器攻击释迦，却不能靠近佛身。

波旬的三个女儿即三魔女也有名姓，名唤“欲妃”“悦彼”“快观”，也有称为“染欲”“能悦人”“可爱乐”的。着胡女装，戴宝冠，披帔巾，身穿半袖，外套背子，腰束薄纱长裙，双目顾盼有情，各显妖魅之术，欲图迷乱释迦的意志。

于此危境之中，释迦佛结跏趺坐于画面中央，丝毫不为所扰，左手横置足上，结禅定印，右手向下，结降魔指地印，大地随之震颤不已，神通示现，波旬及魔军立时溃败，或颠倒扑地，或跪地求降，适才那三个青春娇艳的魔女顷刻变成了齿豁目盲的驼背老妇，其中一个还做出了抠鼻的丑态。

释迦佛头顶有浮空的华盖，华盖上方绘了吉祥云彩，有三面八臂明王即降三世明王、雷神、风神等为之助力，下部绘有七宝图，中间为转轮宝，左为主兵臣宝、马宝、珠宝，右为玉女宝、象宝、主藏宝。

绘者神功妙化，仿佛摄取了所描绘对象的精魂，无论是居中安坐的释迦佛，还是四周的魔界人物，无不活脱灵动、身若出壁，且描绘极细致，颜面神色、手足姿态连同衣纹饰物等全都纤毫毕现。这样的图样手法，在观者看来很是新鲜。

了空尼问："此降魔变是何人所绘？"

戒珠尼答："是照了于阗[1]使带来的稿样画成的。有意思的是，这位于阗使却是汉人，姓郭，郡望是天阙上都。祖上一直在北庭任官，天宝乱后隔绝海内，于是便投靠了新近立国的于阗王尉迟氏。所以，此次他携来的图样底本，还是高宗仪凤年间长安光宅寺东菩提院内尉迟乙僧所画的那铺降魔变呢。"

尉迟乙僧和其父尉迟跋质两人是初唐时来到中原的于阗画师，尉迟乙僧于仪凤二年在长安光宅寺绘制的这幅降魔变经变画

1　于阗：古代西域王国，今新疆和田县。

非常有名。这么一解说，画稿的出处来历近乎于传奇了，但诸位女眷很快转移了兴趣，她们对是谁所画显得更是好奇。虽说有画稿，但能画出如此神功，眼下沙州有这样的画手么？

“兰若里这幅是押衙手下依样所画？”

了空尼看向董保德，董保德摇摇头答道：“不是，禀太夫人，此铺经变，乃于阗使遣来的绘画手安存立所画。”

张纤纤就说，董押衙何不把那安存立叫了来，也让我们见识一下于阗绘画手的模样啊。

董保德应声出殿，从院门外携了安存立进来。

“见过太夫人，见过各位夫人。”

一口的河湟口音。作礼毕，安存立抬起了头。看他模样，二十岁出头的年纪，人长得高大英挺，面白如玉，眉眼间有于阗样，亦有汉人样。不过，他穿的不是寻常画匠的粗布衣，胸前罩了层皮甲，头上也不戴幞头，而是横裹了朝霞布条，腰间悬了把带鞘短剑。在于阗，他是王子尉迟毗讫罗摩的侍从，此次随于阗使出使，另外的身份还是伴行出使的护卫武士。

张纤纤和张芬芬两姐妹连声赞其相貌，也实在不能想象，他还是能绘尉迟乙僧变相图的技艺高超的绘画手，都很想把他留下来，便对陈氏说：“若果可以，能否请夫人转言尚书，索性留下此人罢。”

话说出去后，陈氏浑不作答，装作没听见。两姐妹有些着恼，便转去问了空尼的意见。

了空尼也有此意，便点点头，眼睛看向身边的陈氏：“只是须由尚书向于阗使提出，留个三年五载，再回于阗也可以的罢。”

陈氏这下再无托词，故作沉吟一番后才说：“既然大家伙都说好，那就留下来吧。择一时日，我顺口与尚书一提。”

戒珠尼当然乐见此事，那安存立也颇知趣，拜谢完毕就出殿去了。

经陈氏的说项，此后于阗绘画手果真留在了敦煌。居留沙州的后几年，他常与曹家儿郎相过从，或饮酒戏耍或骑马逐猎。这是后话，到时再提不迟。

说起西面一千里外的于阗，中间虽隔了大漠沙碛，两边交通也常受到西州回鹘或吐蕃散众的侵扰，却一直为尚书张淮深主政的沙州使府所关注。八年前，张淮深整顿兵马，一度收复了河陇诸州，开创了乾符之政；不料却引起朝廷的忌惮而予以牵制，不但节度使旌节迟迟不予追认，还逐步侵夺凉州与甘州的军政主导权，近年更开始染指肃州了。于是导致蕃戎势力复又卷土重来，数年内，东向的通往京畿的驿道已被甘州回鹘、凉州嗢末所阻断。因是之故，沙州这边便努力开通向西的于阗路，近几年几乎每年都会派出使节交好，期望与前安西四镇之一的于阗、今日的于阗金国缔结盟约。郭姓于阗使和安存立等人，便是于阗国遣出的回访使团的成员。

那天在兰若现场的其他几位画匠、塑匠，这里也提一下他们的名姓，免得他们埋没无闻：绘画手张弘恩，绘画手曹延彦，绘画手粟特人[1]白般涩，绘画手崔定兴，画匠弟子李圆心、张保住、罗营营，塑匠樊再升、武保琳，塑匠弟子樊富千、石友

1 粟特人：原生活在中亚阿姆河与锡尔河，从东汉至宋活跃在丝绸之路上。

盛。还有录事潘顺顺，他是董保德的副手，专门负责库料的领取检点及匠师的膳食供给。

这些匠人曾跟随其父辈，修造了伟岸庄严的太保窟，今后，他们势必也要将这门手艺再传留给自家子侄或弟子。这是他们安身立命的根本。

3

尚书张淮深将太保夫人和淮诠二郎君接来沙州的第二天，身体感到不适，鼻塞，耳鸣，头脑昏沉，腿脚酸麻至不能提起，连行走都有些吃力，更遑论说骑马出巡了；只得待在后宅里静养，半躺半卧着批阅日常的公务牒文。夫人陈氏请了金光明寺索法律和州学的医学博士相看，两人都说无大碍，秋气已至，稍感风寒而已，商量了一会儿，开出了医方帖，说是照此服下，四五日后便能复原。

于是大多时间都在床上，睡下便多梦，又常梦到不可思议之事。其中有两个梦，他记得特别的清楚。

头一个梦：月在中天，前廊的门开着，庭院里传来了由远及近的跫音。白乳般的月光下，毗沙门天王手持金刚杵之类的兵器大步走进了屋里，咚咚咚，咚咚咚，咚咚咚，双足踏地如擂鼓，天王左右扫视，似在搜捕某个逃匿的盗贼，在屋内走了一圈，发现了自衾被中半坐起的他，天王一双豹眼怒视着，质问为何月半时未去官楼天王堂亲做供养。月半过了么，是前日，还是昨日？张淮深刚想辩说，只觉胸口似被什么异物堵住，张口不得，手脚亦动弹不得，在惊惧万分中醒了过来。

起身走到窗前，看外间的月亮，马上意识到今天就是月半。今年使府中有没有照例在官楼祭天王并举行仲秋佛事？他记得迎太保夫人和郎君那天，在尚书厅堂中与王文瑀、高英建和都僧统司的几位僧官议过此事，由官衙办印沙脱佛布施大会，由官寺龙兴寺建白露道场，僧团将诵经拜佛一昼夜，其余诸寺权宜随同。祭天王应该也一并交代了。自己身体不适，未能亲自出席，天王责怪的是。唉，时间过得可真快，十八年前，父亲张议潭和母亲先后在长安永嘉坊私第过世，也是在仲秋，那时太保还在沙州，使府和沙州境内诸寺曾特为举行超度法会，追荐亡灵。父母都葬于长安月登阁北茔，呜呼，自己至今未能亲去坟前祭拜双亲，也不知何年何月能实现了。如果能亲去长安的话……但果真去了的话，恐怕再也回不了沙州了吧，他可不想如父亲和伯父那样束身归阙，成为朝廷的人质。那是囚徒一般的境遇，简直生不如死。

第二个梦：沙碛道中某道沙冈。并不知具体方位，有点像乾符二年征讨纳职回鹘散众时所经西桐海附近的六龙堆。那年，张淮深四十岁，亲率沙瓜两州骁骑、驼马军、陌刀敢死队出击，大胜而还。但现在，他发现身边没有步卒，没有军骑，连白额乌骓也不在，他身披厚重的盔甲艰难行进着，脚足不时陷入沙中趔趄着。快爬至沙冈上时，一条蛇出现在三步开外的前方，那是从未见过的龟皮虺蛇，一双阴郁的黑眼珠瞪视着他，蛇信嘶嘶作响。他拔出横刀砍杀，蛇头与蛇身瞬时一劈为二。再看去，落地的蛇头长出了身躯，斩断的蛇身又长出了同样的蛇头，如是继续劈砍，蛇变成了四条、八条、更多条、无数条，它们忽而钻入沙中，忽儿在他前后左右现身，愈砍杀而蛇愈多。他疲累已极，手臂终于垂落了下来，脱手的横刀钉立在沙坡上，刀刃与刀柄慢慢地没入沙中，终至不见。这时他并没有醒过来，梦继续往下做了下去。早上醒来时，后面的段落全忘了，但巨蟒幻变的那一幕却清晰异常。

无解的梦，屡屡扰乱他的心神。

头脑清醒后的张淮深觉得这些梦很是荒唐无稽，就尽量不去想。他想找来唐和尚说给他听，但是，恐怕也不会听到什么明确的解释吧。还有，唐和尚的身体安泰了没有？

白天，女儿张延延有时会来陪伴他。他让女娃儿坐在自己膝盖上，与她玩骑马游戏；或是命她取来收在漆匣里的偶人来演剧，他亲口来导唱，女儿张延延负责移动搬演各样角色。这样，差不多可以消磨掉一整个下午。那套偶人，有百官木俑、侍女木俑、马骑木俑和农人木俑，有官楼和城墙，还有亭台与楼阁，那是张淮深特意吩咐了董保德，董保德请了沙州手艺最巧的木匠做成的。偶人削磨成型后上漆，又请画匠勾勒了眼目、头帽、盔甲和衣饰。若是将它们全部摆列出来，活脱脱一个微缩版的沙州众生像。

“父亲，哪一个是你呢？”

哦，之前好像有个木俑就是自己，背上还描上了“尚书”两字。匠人就是依照他这个沙州使主的模样刻制出来的。可是，那天两个人找来找去也找不见。

“我让董保德找匠师重刻一个。”

“那个就是我了。”

张延延伸手捉来一个穿了绯罗绿纱的小偶人，伸手递了出去，却发现父亲将眼睛看向了空无一人的院落中，怔怔地出了神。她将伸出的手收了回去。

父亲在想些什么呢？

张淮深是在想，今日脑目清醒，腿脚也不发麻了，体力似乎已恢复。他还是很想尽早与唐和尚一会。总有各种状况发生，算来两人有将近一月未见了。可若是遣人去招和尚来，说不定和尚又会找个别的什么理由给推掉。明日，索性自己亲去一趟灵图寺吧。名义自然是沙州使主来探望都僧统和尚，顺便请寺僧为归来的太保夫人及二郎君建福。如此，唐和尚就没有避而不见的理由了。

到时也可探知，这唐和尚是真病了呢，还是假装托病。

十六日一早，才卯时初刻，官楼上晨鼓刚敲过一通，张淮深就带了康幸全和两个亲从押衙出门了。时间尚早，头顶星粒尚未隐去，东方地平线只露出一抹绛色的缘边，沙州城仍笼罩在清秋的熹微光线里；街衢上人迹全无，民户人家的屋顶还没有升起早炊的烟。张淮深心情不错，两手轻提了一下缰辔，那匹乌骓被调训得很灵敏，立刻改换了步姿，四只蹄足开始交替踏地，如在跳应景的节舞。灵图寺在州城南面八里，至子城城门处，城门尚未开启，几个值夜卫士正睡眼惺忪地守着火盆发呆，见尚书要出城，立即跳起身趋前行礼，你呼我喝着打开了城门。过了外郭城，四人沿甘泉水河岸徐徐而行，先去了草坊。草坊连着马场，张淮深要顺路去查看一下南草泽马场的情况。

到马场后，四人先进入马场附属的厩舍，因已提前命马奴备好了吃食，四人就坐定吃了顿丰盛的早餐。完了过后，康幸全就领尚书走入圈栏检视。

南草泽这里圈养了近八百匹健马，这些马，一遇战时，都会供沙州主力骑军调用。秋末入冬前，会分配给各营的将头和兵卒再加调训。除了这个南草泽，归义军使府还有大草泽和北草泽。大草泽即西草泽，位置在龙勒乡都乡渠和甘泉水的三角洲；北草泽在洪池乡北府渠附近，也圈养了不同数量的战马。因与过路胡商常常交易，加上马群每年固定滋生的新驹，合算下来，今夏马匹增多了有近二百匹。若再加上瓜州那边另两个较小的马场，军府直接管理的战马接近三千匹。这样的马军军力，不说能收复凉州，抵御四周蕃戎那是足够应付的了。

经了一夏的休养生息，马匹个个膘肥体壮。

张淮深夸奖了康幸全一番，然后正色道："太保那时，马军曾有五千精锐，当然，其中有不少是归顺来的吐谷浑、龙家、西羌的役军。沙州若要称雄河西，还须交融四边啊。"

康幸全点头，但他有别的意思：甘泉水破羌亭那边还有一块可放牧的草场，尚书若能下决心，马匹数量至少还可以再增加三四百匹。不过，问题是那里收纳了吐谷浑通颊部落，若重辟为草场，势必要侵夺其开垦多年的耕田，他们饲养的牧畜如何安排也是个问题。

张淮深呵呵一声，瞄了康幸全一眼。

"尚书已有主意了？"

"羌人部落可不好打交道，再说，你夺了人家生计，等于祸生肘腋。不如就在部落里吸纳部从。可将沙州境内的绝户地和废弃地合算一遍，登记造册后就租予这些羌人军兵，免三年租粟。我还在想另外的法子，要开通于阗路，也要与西州回鹘交好，若使沿路无阻隔，我们还可以租借于阗的草场养马呢。”

康幸全本来就是从化乡粟特人的后代，听了这番解疑，明白了张淮深的谋划打算，立时单腿胡跪：“尚书一言，开我茅塞。属下定为此事全心勠力。”

“增养马匹固然重要，还有比这更烦心的事呐。”

后一句话，康幸全就不能懂得了。

在马场停歇到辰时，四人重新上马，转去了灵图寺。秋光烂漫，草木还未凋枯，入眼景物颇能愉悦心目。现下正是沙州最宜野游观赏的时节之一，张淮深却没有悠游的兴致。他急切地想要早点见到唐和尚，又怕和尚起身起得晚，一行人若是太早赶到寺里，就要在前堂等上好一阵子了。

这灵图寺原来却不是佛寺，而是道观。高宗乾封元年，有沙州百姓严洪爽于此地李先王庙旁捡得奇石，当时的本州刺史表奏为上瑞，朝廷敕置寺观，号为万寿，又名灵图观。安史乱起，沙州陷于吐蕃，因灵图观内的道人纷纷远遁，于是改观为寺，改称了灵图寺。昔日吐蕃僧三藏法师吴法成就住在此寺，张议潭及张议潮兄弟幼年时都在寺内从法成受学，自称为法成的“清信佛弟子”，因此，这里也可算是归义军孕种起家的福地了。唐和尚悟真法师也是于灵图寺剃度出家的，之前曾担任过很多年的寺主。僖宗广明元年七月，和尚突患风疾，一度病危，康复后便以安养静居的理由重住此寺，平日里就很少去都僧统司所在的龙兴寺了。这样，就惹得其他几位僧官纷纷抱怨，要处理本司文牒，他们不得不骑着驴儿两边来回奔波。好在大家都敬重唐和尚的为人修行，只偶尔在使主面前怨言几句，并无更多纠葛。张淮深也就睁一眼闭一眼，不以为意了。

将到寺门前，见恒安法师站在路头瞻望。

因他们四人先去了李先王庙，去查看去冬塌掉的主殿，然后才沿着墙墟走来寺门，恒安一开始并没有发现后面的来人。张淮深朝他呼喝一声，翻身下马，将缰绳马鞭交予了康幸全。

“你站在寺门前，难道是知道我们要来？”

恒安和南作礼答说：“是的，使主，唐和尚吩咐我一早就在门前迎候。”

“嚯，一月不见，老人家修炼成了六神通啦？”

“唐和尚神通有没有，我不能明言。只不过，昨日我恰好去了草泽，那里的马奴告诉我，明日尚书和马官会来查看。所以……”

张淮深朗声大笑，两人说着话进了头道山门。因唐和尚还在洗漱进食，故而请尚书及押衙几人先进客堂等候。

在张淮深与唐和尚会面之前，这位沙门恒安的来历，不妨趁便一述：他今年五十四岁，俗姓康，亦是从化乡粟特人的后代，与康幸全是表兄弟的关系。其父吐蕃时曾任部落使，长兄康伯全，吐蕃时任判官，张议潮起事后参与收复河西及讨伐回鹘，后任瓜州刺史兼左威卫将军，恒安幼年即在灵图寺出家，少年时聪慧灵敏，十二岁做驱乌沙弥，三年后做了吴和尚法成的随身侍者，十八岁受具足戒，归义军初起，沙州僧团鼎力支持张议潮军府，众多僧人加入军伍，恒安擅长修表题书，因通晓蕃汉语言及写得一手好字，亦受张议潮招引，跟从参与归义军戎幕，担任了文书僚佐。攻取凉州后，僧人退军还寺，恒安还常得太保的匹缎赏赐。及至太保入质长安，彼此仍然书信往来不断。从关系上讲，他属于太保的嫡系亲从。

恒安与张淮深两人，不但年纪相近，资历上也约略相等。因此之故，张淮深平日素来看重，屡次要为他表荐朝廷，授予僧官官职，但不知何故，屡次被恒安婉拒，所以，恒安至今还是释门法师的僧衔。个中原因，在外人看来颇有些不解，而尚书张淮深只觉得是恒安为人谦抑，不好虚名所致。

在淮鼎、淮诠二郎君返乡之后，以旁观者的角度来看，未来张淮深恐怕也不得不对他加以防备吧。只是，此时的张淮深暂时还没有生出这层心思来。

在前堂坐了会儿，张淮深有些不耐，就对恒安说："不在这里干等着了，且去真堂瞻礼一下两位吴和尚吧。"

张淮深所说的两位吴和尚，一位是河西都僧统洪辩，一位就是之前提到的吐蕃僧吴和尚法成。洪辩俗姓为吴，父亲吴绪芝，本为甘州、肃州之间的建康军镇使，天宝后流落至敦煌，法成的吴姓却是吐蕃语的译名。他们都是归义军初期的僧团领袖，与议潮、议潭兄弟关系密切，地位举足轻重。张淮深所说的"真堂"，是寺中一个特别的堂所，位置就在灵图寺内山门的西侧。真堂坐西向东，面阔七间，张锦绣幢幡，供香花佛食，气氛甚是庄严，壁间悬挂有自归义军军府创立以来沙瓜境内已去世的历任僧官和高僧的画像，乃沙州境内僧团精神势力的重要表征物。画像由本地画工所绘，敦煌习语称为"邈真"或"写真"，后世又被称为"顶相画"，成为禅僧敬拜传法之重要法具。邈真画像往往又会写上记颂像主勋绩功劳的赞辞，唐和尚自己就为敦煌僧俗人士写过不少这类邈真赞。

由客堂沙弥引路，几人随恒安一同入堂。众人如何瞻礼等程序就无须多言了。趁此机会，可将真堂壁上出现的像主名字一一识读如下：

大中八年[1]　敦煌都教授兼摄三学法主陇西李教授阇梨写真

大中十二年　故沙州释门赐紫梁僧政邈真

咸通三年[2]　故河西都僧统吴和尚洪辩邈真

咸通五年　大唐沙州译经三藏大德吴和尚邈真

咸通五年　大唐河西道沙州故释门法律大德凝公邈真

咸通八年　敦煌都毗尼藏主宋律伯彩真

咸通八年　阴律伯真仪

咸通九年　前河西都僧统京城内外临坛大德三学教授兼毗尼藏主赐紫故翟和尚法荣邈真

咸通十年　前沙州释门法律义辩和尚邈真赞

咸通十一年　前沙州沙门故索智岳邈真

咸通十一年　敦煌管内释门都监察僧政惠菀邈真

乾符三年[3]　沙州释门故张僧政邈真

广明元年[4]　释门故阴法律邈真

中和三年　入京进论大德兼管内都僧政赐紫沙门故曹僧政邈真

中和四年　管内都僧政兼勾当三窟曹公邈真

1　大中八年：854年。

2　咸通三年：862年。

3　乾符三年：876年。

4　广明元年：880年。

这份名单里，吴和尚洪辩为归义军初代都僧统，翟和尚法荣为二代都僧统，今日张淮深要访问的唐和尚悟真法师是三代都僧统。既然提到了邈真，还有一事可说：之前说过，广明元年唐和尚患了风疾，一度已垂危，他预料自己来日无多，就请画工来画了像，还请节度掌书记苏翚写好了赞辞，由恒安执笔题书。孰料后来竟神奇康复了，能坐能卧，能走能行，饭食胃口也与常人无两般，就是目力减退得厉害，看不清文书卷子了。所以，直到现在这幅邈真像还收在柜中，一直没机会用上呢。

这不，张淮深刚踏进禅房，便见唐和尚朝墙站着，再一细看，原来是踮起脚要往钩瓣挂这幅邈真。

“和尚，你这是在作甚？！”

唐和尚转过身，一脸肃然地反问：“尚书，你是说今天不该挂起这幅邈真？”

张淮深忍俊不禁：“和尚休作戏语，你这幅邈真还不到挂出的时候。引路菩萨看你活泼康健的样子，也不会允准你轻易脱身啊。”

“若明天要走，今日须得挂起；若总有一日要走，索性现在就挂起吧。”

老人简直像个执拗的孩子，只好由他去了。恒安趋步上前，接过邈真像，真就把它挂了起来。张淮深这才与唐和尚在毡席上分别落座，而他的位置，恰好正对着墙上的那幅邈真。这让他产生了一个幻觉：邈真里的唐和尚与眼前这个老人，究竟哪一个是真身？哪一个，今天才会对他如实告白呢？他的疑惑，莫如说是信赖，实是出于一种自然的感情。自父亲在长安去世后，十八年来，他与唐和尚之间已超越了藩镇使主与都僧统的一般关系，心里早已默默将他视作了如父亲一样的人物，只是从来没有说出口而已。

恒安没有坐下，微微躬身问他："使主如没有其他要吩咐，属下就先告退了。"

"一起坐下无妨啊，我是好几日没见都僧统，也并无要紧事要商议。"

"使主既是专程来看都僧统的，那我就不便在场了。若有吩咐，让康幸全来告知就是。今早正好招了几个匠作来，要与他们商量如何将李先王庙的几杆坏椽子给修好，再不料理的话，入冬一下雪，庙殿非整个塌掉不可。"

"也好。那你请便吧，修葺所需花费，交予使府算会便可以，你直接和董保德说，他自会料理后面的事情。"

恒安答谢毕，正要跨步出禅房，张淮深又说了一句："都僧统这一向精神旺健，有劳你费心看护了。"

"这是在下的职分。"

恒安退出后，张淮深一时不知从哪里起话头，坐在对面的唐和尚愣愣地看他，看样子也在等他发话，起初有些冷场。

"和尚，这李先王庙的椽子是几时塌落的？"

张淮深找了个不是话头的话头，因为之前正好与恒安谈说此事。

唐和尚呵了一声，仍不应声。张淮深干咳了一下，不自禁地抬起袍袖，轻掩口唇。

索性直接点题吧，今日来灵图寺，不正是为了商议此事的么？正待出口，却听唐和尚语气缓缓地吐出了一句："就是夫人和二郎君到沙州那天塌落的，那里许是给野兽筑了窝了吧。我走经庙前时，常听屋椽上有窸窣声响。”

“哦。”

点题人却是唐和尚，这个耳聪目不明的老人，心思灵敏得很呢。

“太保夫人身体如何？”

“除了腿脚不便外，其他还好。”

“二位郎君呢？”

“淮鼎已长成七尺男儿了，当年离沙州时，他还不到十岁，个头刚能碰到马鼻。”

“样貌如何？”

“长得浑似太保一般，尤其是眉眼。”

“渥洼[1]龙种嘛，自当如此。”

若仔细分辨，唐和尚这句话里藏有了别样的意思。正待细想，和尚又在问他了：“那么，淮诠郎君又如何状况？”

“淮诠郎君在邠州受了前来劫掠的党项人惊吓，又淋了雨，一直咳嗽不停。”

“他自小身体孱弱，你要吩咐医官好生调养。”

“已让索法律和医学博士看过了，也派了贴身仆奴在旁看护。”

“淮诠郎君自小就与你亲近的啊。”

“是的呢。”

---

1 渥洼：渥洼水，在沙州寿昌县南一里，相传汉代李广利于此得天马。

张淮深垂下头，叹了口气。

淮诠长得更像母亲宋氏，颜面白皙，脾气也柔和，不知为何，自小就喜欢随了自己戏耍。曾给他削了根木剑，于是每回见了他都要比试一番才尽兴。骑马出巡时，只要被撞上，就非得将他放在鞍头，绕城走一圈才满意。夏天时节，入晚很久还不肯落睡，非来自己房里，要他讲当年随父亲和叔父出征的故事，听着听着就趴在床上睡着了，最后或是让他睡在自己这里，或只得抱了他在使府廊间奔走，交还给宋氏夫人。那年将他们母子三人送出州境时，淮诠这娃儿拼命扯住自己衣袖，哭得稀里哗啦，十分地不舍。外人看去，还以为自己是淮诠的亲哥哥呢。

于是鼻头一酸，勾起了些许伤感。他们母子三人在长安的十六年，是如何度过的呢？太保过世后的这十二年，长安和京畿一带动乱不止，其中又遇到多少的变乱折磨？出长安的回程路上危险重重，他们又经历了怎样的辛酸苦痛？天性柔弱的淮诠弟啊，你定是吃了无尽的苦。

他这才觉得唐和尚刚才嘱咐的重要。于是伏低头，向和尚躬身告白："请和尚放心，我待淮诠，不，我待淮诠、淮鼎会视同亲兄弟一般。宋氏夫人，也会待之如亲生母亲一般。"

而一想到与自己的双亲此生无缘再见，张淮深这位现任沙州使主的眼眶里竟流下了两滴清泪！

"如此，甚好，甚好啊。你刚才这番言语，也是情动于衷，人中丈夫自当如此，身为沙州使主更应如此。"

唐和尚知道，自己刚才一番话，已触动了张淮深的恤亲之心。张淮深没来之前，他最担心的，就是三兄弟之间今后会起隔阂。毕竟，他们兄弟三人已分离了那么久的时间。话虽如此，他心头还有更深的一层思虑。作为沙州使主的张淮深已有这份表白了，可是，那边的淮诠、淮鼎两兄弟又是如何情态呢。等过了这一阵，自己势必也要与他们单独会一次面。明日或后日，可先去探望一下淮诠。淮诠幼时多病，想当年还曾在灵图寺寄养过一段时间以避灾障，有一次病情严重的时候，太保和夫人还曾和他商量过，让淮诠入僧籍做他的贴身小沙弥呢。

老人也叹出一口长气。两人一时都黯然无语。

禅房里侧有扇小门，通向一个朝东向的后院，老人喜光，于是让张淮深携了毡垫，移坐到了内间廊阶上。坐定后，他蜷曲起一条腿，以手掌缓缓摩挲着足底。这是老人特有的保健法。

张淮深现与他并排坐着，两人一时都沐浴在和煦的晨阳里。墙外，衬着明净的天穹，一排柽柳随微风细动，几只雀儿正在枝条间翻飞。院内，墙脚背阴处长着几丛野刺莓，其间还散落了不少修补屋椽时留余的零碎构件，积满了尘灰。这院落定是许久未曾清扫。远远的，自马厩曲子里传来马儿蹄足的踏地声，还有人的呼喝声。康幸全又在调驯马匹练习节舞了。

“使府中还有很多棘手事须得请教商量。”

“嗯。南草泽看过了？”

“是的。今夏马匹多了近两百匹。加上瓜州，可调役的战马已近两千匹了。”

“尚书还想进取甘州和凉州？”

“是。”

“听说翁刺史在甘州修城了？”

“是的。”

“不同往日了啊，甘州与凉州已不能贸然出手。我不是说你没有取城的军力，尚书勇武而有韬略，沙州军民齐心一股，若全力攻伐的话，城池还是能夺下的。可占下了又如何，王廷不认可，终究还是守不住。依我看，肃州近来也不安稳。”

张淮深低头不语，虽然一度很想辩驳。可是，唐和尚说得对，眼下形势已大为不同。

此时灵图寺里的这两位，可以说是沙州僧俗两界最有权力者。都僧统唐和尚虽然上了岁数，目力渐衰，但他的见识判断却比一般明目人更敏利，这一点，连张淮深也不得不叹服。而我们在听到他进一步的发言之前，有必要画出一张河陇地区二十年来权力角逐的形势简图。

话说咸通二年，太保张议潮积蓄十年之力，攻取了凉州，原先陷于吐蕃的河陇失地全部光复。此时，归义军西尽伊吾、东接灵武，得地四千余里，户口百万之家，六郡山河，宛然如旧，势力达到最为鼎盛之阶段。但对于河陇的安排，朝廷采取的对策却并不符合实际收复者归义军军府的期待。先开始就地课征民役在凉州筑城，二是远自山东淄青调来了天平军郓州兵二千五百人镇戍，逼迫太保派驻的沙州兵将不得不撤回至凉州西界删丹一带，此后凉州嗢末崛起，驱逐了天平守军，凉州再度旁落。咸通四年二月，更将河陇地区析置为秦州、凉州、瓜沙三节度。置天雄军于秦州，领成州、河州与渭州，以左金吾将军王晏实为天雄观察使，置凉州节度，领凉州、洮州、西州、鄯州、河州、临州。虽然凉州节度一直虚置，但太保欲更上一层楼升任河西节度使的梦想就此破碎，名义上的十一州观察使也变为八州观察使，归义军节度使更名为瓜沙节度使，实际控制州仅止沙州、瓜州、肃州、甘州与伊州五州，实际上是做了降格处理。这些处置手段，无形中为沙州军府划定了势力延伸的最东界。究其主因，实是出于忌惮归义军的扩张，防止其成为西北边陲的雄强藩镇而提前予以打压。

乾符三年四月，西州回鹘仆固天王攻破伊州，另股北面回鹘又攻袭肃州，侵扰瓜州，归义军元勋、瓜州刺史阎英达战死，沙州军府陷入腹背受敌之恶劣境地。此年末，张淮深征召沙瓜两州境内各族男丁，号称一万之众奋力回击，解瓜州之围，收复了肃州与甘州。乾符四年春，又遣精锐步骑五千，从嗢末奴部手中再度夺取了凉州，但这次朝廷故伎重施，再次插手凉州处置，经双方议定，由沙州人出任主官，阴季丰担任凉州都防御使，康通信出任甘州删丹镇遏使，充凉州西界游弈、防御、营田都知兵马使，索勋出任瓜州刺史，王廷遣派翁郜任都防御使判官，旋又提升为凉州副使。而康通信在次年，即乾符五年十一月，在凉州西面姑臧的某次战斗中遭嗢末人设伏，力战不敌而阵亡。阴季丰的凉州都防御使到任不到一年即被解除职务，由新任朝官接替，他回沙州后只得做了督造官酒的押衙。自此过后，沙州方面重又丧失了对甘凉地区的控制权。

广明元年，黄巢入潼关，攻取华州，权宦田令孜挟唐僖宗入蜀。张淮深遣押衙张清通出使，面见銮驾播迁至益州的僖宗，前后五回面圣，才请得僖宗颁下诏命，但仍不授予节度使宪衔，成果仅是将张淮深的检校官由户部尚书晋升为兵部尚书。

王廷对沙州军府不但深有戒心，还另有番打算，新近凉州副使翁郜又兼任了甘州刺史，触手已抵近了沙州使府的前哨站。驻守肃州的军将索仁安前几日频繁遣人来报，说是城中闹乱不停，甘州之乱已如瘟疫一般传染到了沙瓜的门户肃州。手段一如在凉州时那样，总从安插人手开始，而底下蕃戎部众则乘机起乱，造成沙州军将无法御众。唐和尚刚才所说的“王廷不认可，终究还是守不住”，道出了进取甘州、凉州为何无效的根本原因。而王廷认可的获得，正是张淮深力所不能及的地方。

“你还记得那看似儒雅书生一般的翁郜翁刺史吧？”

“当然记得。”

“我若告诉你，太保入质那年，他曾随了王廷派往西州回鹘的使团，回返途中游历了沙州，还曾到访过灵图寺，这个，尚书你恐怕并不知情吧。”

张淮深确实不知，因当时翁郜所用的是化名王郜，陪同翁郜来寺里的，又是一位与唐和尚有故谊的长安僧释道钧。这位释道钧，在唐和尚当年出使长安时，乃是报圣寺京城临坛大德，曾与他有过诗文唱和。

当然，那天他们三人谈论的仅是诗文而已，一点不及军政要务。

“那翁郜，留了一首记写敦煌的诗给我，颇能表露他离境前的心意。”

“和尚请念来。”

唐和尚闭目思想，略一沉吟，便诵了出来：“万亩平田四畔沙，汉朝城垒属蕃家。歌谣再复归唐国，道舞春风杨柳花。仕女尚梳天宝髻，水流依旧种桑麻。雄军往往施鼙鼓，斗将徒劳猃狁夸。”

“某向来不通诗文，难道里面藏了隐语暗讽？”

“正是如此。”

“请和尚解说。”

“前三对是如实描摹沙州实情，最后那个对句透露了一点消息。你接待过境使节时，不是曾带他们到球场检阅军容不是？这‘雄军往往施鼙鼓，斗将徒劳猃狁夸’，就是在评说当时的观看经验。”

“某还是不解。”

“他看我们，虽然衣冠袭了唐俗，却仍是蕃家，仍是猃狁啊！总之，与那吐蕃、回鹘、龙家、羌戎别无二般。”

张淮深呵呵冷笑：“若说那天球场里有部落兵将，也是实情呐。不过，和尚为何今日才与我提起？”

张淮深转头看定了和尚，目光有些严峻。类似这样的情报，作为沙州使主，他确实应该早些听到。

“他来灵图寺那天，我只当他是京都来的雅好诗文的普通士子。押衙张清通出使归返后，曾来寺里与我闲谈，说起他路经凉州曾与翁郜会面过。那翁郜还跟他提起过我，特为让他转言问候。两相一对照，我自然就想起了之前与释道钧同来寺里的那个书生。哪知他是王廷早就捏在手中的一枚棋子，如今还直接落向了沙瓜的门户之前。唉，也怪我人事糊涂，这事早该说与你听。”

张淮深想，早说和晚说，其实又有什么分别呢？他应该关心的是今后的应对。故而又缓和了口气：“和尚，翁郜目下这步棋，现如今我该如何对付？”

“不动，亦动。”

“请教和尚，如何是‘不动’，又如何是‘动’？”

“‘不动’，即固守瓜沙，有余力，先经略肃州，再徐图甘州，此为上策。所谓‘动’，即还是要向王廷遣使输诚。我听新到沙州境的汉地僧报告，黄巢寇乱刚刚平定，皇帝即将回銮长安，各藩镇今后都会在京都恢复进奏院的设置，沙州自然也得亦步亦趋，多添些耳目。遣使请节这事吧，也不会一蹴而成就，尚书要做好准备。”

张淮深点头称是。

唐和尚语意未尽，又补了后一句：“遣使自然要遣，且要加紧。不过，不是为了计较眼前一两个城池，是为了求得沙州的长久安固。今日淮诠、淮鼎兄弟返家之后，你要尽快请得旌节！”

语气很决然，一点没有迟疑的样子。而唐和尚如此挑明说破，倒叫张淮深有些吃惊。这一层关联，以他多年统御沙州的履历经验来说，当然早就想到，前几日也在为此犯愁。但因为牵扯了太多的亲情人事，一直未能思虑过多。

“休要错会。我是说，你早一日请得旌节，沙州就早一日安定。须从这里思想。”

略一沉吟，又说：“今后倘若根基巩固了，尚书也应止步于凉州西界，全力守住删丹。道理很简单，删丹有河湟一带最丰美辽阔之草场，有草场，则尚书的军马倍增，有军马，则尚书麾下的马骑军便可称雄河西。”

“淮深明白了。”

交谈至此，张淮深对身边这位近于目盲的都僧统满怀了敬意。老人的判识智力，可用精简高超来形容。怪不得之前太保如此器重于他。

一只雀儿忽从墙外飞入，落停在院子里。它晃着小脑袋，旁若无人四处跳走，根本未将这两个正在谈论军国大事的人类放在眼里。

老人从袖管里掏出早食留剩的半个馎饦，掰下一小块，扔了过去，那雀儿立刻蹿跳起来，啄几口就吃下了肚，于是更不肯走了。任是挥手或口中嘘吓也仍是不走。

“唐和尚，灵图寺里的雀儿都不惧人呐。”

“是呢，我又不与它们争食，反倒常分与它们吃一点。你等着看，过会子就会有七八只一起飞来抢食吃。”

果然，老人刚掰下第二块，墙外又飞来了两三只。张淮深觉得很神异，难道雀儿如人一般，也会传递音声消息？看着唐和尚给雀儿喂食，这表面和平的一幕，让他突然心有所悟。

临走前，张淮深问唐和尚几时到使府中一趟，正好与夫人及二位郎君等一见。老人答，近几日腿脚酸麻，再休歇一阵，会先去看望病中的淮诠郎君，到时可再做安排。

这天离开灵图寺的时候，尚书张淮深心情很好。笼罩在他心头好几日的乌云，仿佛已被唐和尚的一番话语给吹散了去。眼下他只有一个心思，那就是尽快选定出使京畿的使团人选，府中押衙谁能胜任，须得好好思量。并且还要尽早定下日期，是秋末就发送上路呢，还是来年初春更好呢？这个他一时还没有想定。

4

于甘峻山顺利捕得野鹰后，因听闻甘州城里动乱不休，程子迁决定依原路返回，直接去往肃州。

回程路上，曹家儿郎不似去时那么兴奋无羁，很少纵马前后驰骋，大多时候放慢了马匹步速与骑驴的程子迁并辔而行，言语间对捕鹰人已很敬重。人也懂事了很多，还将两个家奴原先背负的行装包囊分来一半捆扎在鞍后。黑黑和奴子肩头的负担轻去了一半，脚程便走得快，入晚前已抵盐池附近，当夜在湖边露营歇脚，第二日一早就出发，申时二刻便抵达了肃州城。

四人停在就近一处丘冈上野望。斜阳照着整座城池，为其勾勒出金色的轮廓，城楼上，悬出的一面肃州防御使的赤红大纛正迎风猎猎飘扬，而城内不知何处，却歪斜地升起了两三支黑烟。雉堞后面，每隔一臂之距，站立着全副武装的具甲兵士。

行至近处，却见城门锁闭了。此时还远不到夜禁的酉时。这是怎么回事？

程子迁让曹家儿郎和两家奴于丘坡上停住，自己则提鞭轻抽驴子，一人下坡去到城门下招呼。

五六个士兵闻声后将身探出，却个个张满大弓，搭箭于弦上。稍许，一将头模样的低级军官现身，向城下大声喝问："来者何人，报上名氏来！"

程子迁仰起头，手搭凉棚，振声回复："某乃归义军使府鹰坊都头、充内宅押衙、网鹰人程子迁，为尚书捕鹰，回程路上欲停宿州城，楼上军将行个方便，开城门纳入！"

军官听报后便不见了，但持弓士兵们并未收退。程子迁亦不动作，静静等待。一阵劲风刮来，卷起满地的黄土，程子迁与驴儿一时都被裹在了尘沙障中，身形辨识不得。许久，风稍退歇，尘土慢慢落地，才重新浮出一个定格的剪影。

身后，仁贵早等得不耐烦，他那匹坐骑性子也急，不停蹬踏着蹄足，作势要冲下坡去，他紧抽缰绳才勒停了下来。身旁的黑黑和奴子神色亦十分紧张，肃州城内明显发生了什么异常的事变。

西斜的太阳被一朵浮云遮住，城头的光线黯淡了下来，又过许久，忽听咿咿呀的拖长的声响传来，城门被推开了仅够一人一马通过的空隙，自城内出来一位骑马军将。此人皂布裹头，全身戴甲，手执一杆枪矛，驱了一匹高大西州马直来程子迁近前，盘问道：

“尔是网鹰人程子迁？”

这个军将之前不曾见过，且说话声调并非河湟口音。

“某正是。请教阁下大名？”

“天平军凉州第五般防戍都右厢兵马使梁矩。押衙可有关牒文书？”

程子迁心里已有数目，这位定是凉州都防御副使兼甘州刺史翁郜派来的军将。看来肃州城内确有异动。他从行囊中取出关牒，递交了梁矩。对方接过，展开仔细查验，随后点了点头，告知说：“今日城中有贼人闹乱，只可停一宿，明日一早便请离城！”

本来也是如此打算。没有问题。

那梁矩勒转马头，将枪矛向上一举，城楼上持弓士兵便听令撤后了。接着，城门也推开了半扇。程子迁招呼身后的曹家儿郎和两家奴立刻赶上。

交涉手续不胜繁琐，到夕阳掩落于城楼后，四人才得以入城。

入得城内，所见市面情形确与前几日大为不同。街面上行人极少，民户家家都关着门，各坊巷口都有步卒守卫，不时就有小队骑军巡逻经过，一波马蹄声刚去，背后很快又听到了另一拨。

因从东门入城，程子迁原想今夜就在城门附近的邸店住下，明早可就近出城。谁知到邸店一看，这里的门也关上了。敲门许久才有一小厮出来，答说今日得凉州军将指令，一概不接待外客，请去其他店相看云云。

曹家儿郎问："之前的一众胡商呢？我与他们相熟，想借他们院房角落住一宿。"

小厮一听胡商二字，竟满脸的惊惶，仿佛说到了什么可忌讳的灾殃，忙不迭地就要重新关合门扇。曹家儿郎一只脚直截跨了进去，这门就关不上了。两下正在较劲，忽听店内一老人在说话："且放外面几位客人进店说话。"

小厮只得将程子迁几人放入，很快又掩了门扇，插上门闩。

借着店内的灯火，看清了坐在前堂木阶上的那老人，曹家儿郎欢悦地叫了出来："啊，这不是索家大伯么！您老人家怎么恰好在这家邸店？"

老人眯着眼细细打量，也向曹家儿郎问出了同样的问题："仁贵侄儿，你怎会此时来到肃州？"

原来，这位索家大伯与现任瓜州刺史索勋属于同一家族，不过是较远的一个别支，主要落户在肃州、甘州、凉州一带营商，他们与仁贵所属的曹家共同经营着河西沿途的不少邸店，有一家店甚至开到了石门关南向的原州。曹家儿郎自然与这位大伯亲近得很，一会儿功夫就将自己如何随程子迁他们去甘峻山看捕鹰的事说了个大概。

老人听说他们尚未吃过晚食，立即将四人引入内院客间，一边吩咐小厮去厨舍取来了酒菜便食。程子迁他们便也不客气，呼哧呼哧食了个大饱。

到这时，大家才开始互通近来的消息。

老人问，你们几时出沙州的？程子迁答，是七月二十七。

又问，上次过肃州是何时？程子迁答说是七月二十九日午后。

再问，是何时离了甘峻山？程子迁答说是八月十三日，今日恰好月半。

老人说，你们可知，在你们离开甘峻山那天，肃州防戍都副使索仁安差点与朝廷派来的王军干了一仗？

程子迁与曹家儿郎都摇头。

“街面上的王军是从甘州遣来的天平军，凉州使主翁部前一阵刚在甘州筑城，十三日又派崔大夫来肃州，言称要接手肃州防戍使的印信。”

程子迁倒吸一口气，对沙州军府来说，这是极重大的事件。王廷若连夺甘、肃二州，则沙州将完全丧失对东面诸州的主导权，沦为一个地偏势弱的小藩镇。不必再谈什么经略凉州，更别妄谈称雄河西了。王廷采取的这个强力措施，将直接扑灭任何的可能性。

接下来，老人便将肃州这几天的危局详细解说了一遍。完全转述太过繁琐，我们只需还原其中的要害关节便可。

却说三天前，肃州防戍都副使索仁安接到了凉州都防御副使兼领甘州刺史的翁郜遣人送来的一通官方文告，正文统共十三个字：

凉州崔大夫奉敕宣慰检视肃州

后面是翁郜的手书落款、花押与印信。

看过文告，索仁安问邮使军将，崔大夫大约几时到？答说，崔大夫及随行明日一早就动身上路，酉时初刻前定当入城。军将随后告退，领了签条便离城复命去了。索仁安将迎接事宜与手下稍作安排，便去忙别的事了。

第二天下午酉时，守城兵士来报，崔大夫已到东门，请索将军出城相见。索仁安先上城楼瞭望，城下近处确有军将扛着崔字令旗，远处坡冈上有停了十数骑。于是翻身上马，带了三个亲兵出城去迎。

纵马上得坡冈，这才发现随崔大夫而来的军骑步卒的数量，远超过寻常扈从所需，冈上骑军只十一二个，但冈后竟乌沉沉拥簇了数百名全副武装的骑军与步卒，个个裹了皂色头巾，身披栗色战袍。此时，骑军分作两股，已向两个侧翼斜出，眼见就要将他和三名亲兵合围了起来。看这阵仗，决然不像是来肃州例行巡视的样子，而更像是一个精心设计的圈套。索仁安心里大叫一声不好，因为他是轻装出城，只带了一柄饰刀，腰间一把短匕，连胸甲都没有披上。自己已来对方阵前，往前不知凶险如何，转身撤去也是不能，于是勒停了坐骑连打了两个圈。身下的马儿也感到了某种煞气，烦躁地蹬踢着坡面。

一匹雪骢自军伍丛中缓缓行出，马上一位白面郎官，着绯袍，一手执玉笏，一手牵缰绳，年龄看上去不过三十岁左右，样貌英挺而风度闲雅，与他身边脸色暗沉的亲从军将恰成鲜明的反差。来到索仁安马前，他音色和蔼地问道：“眼前这位虬髯将军，可是肃州防戍都副使索仁安？”

“某正是。”

“索将军听旨！”

连自己官衔名氏都未报出，就直接颁宣圣旨，这位郎官的官威不小。索仁安愣了一愣，终究还是下了马，一手按刀，单腿跪地。

原以为这圣旨就三言两语，却不料骑在白马上的这位郎官摇头晃脑宣说了半天。索仁安不通文墨，只粗识文字，现今没有文书判官在旁解说，听完那篇全用四六骈俪写出的敕文还是不明白怎么回事。因此，既不言语，亦不动作，就似没听见一般，这就打算原地站起了。

“索将军领旨不领旨？”

“当然领旨，但你说了一大通，我还是不明白是什么旨意。”

白面郎官旁边的军将闻言嬉笑起来，立即被郎官出手禁语。

“大唐皇帝遣我告知你等沙州军将，他新任命了肃州防御使，前来接管本州。将军领旨后，请立即将我等引入城中，明日衙署内交接印信。”

“这可不成，我得禀报了我家尚书，再行便宜。”

“若不领旨，那我也不客气了，斩立决。”

一听这话，索仁安气得眉毛胡子都快竖起，一手按鞘，一手作势就要拔刀，三名伴从卫士也各自拔出了刀剑。左右立即便有十来个执枪矛的兵卒抵了上来。

空气紧张得令人摒息。

索仁安面临了两个抉择，一个是挥刀强斗，十有八九将无辜陨死，还要落个抗旨不遵的骂名。一个是权宜领旨，过后得个机会再作打算。若行后招，暂时就要将尚书放在一边了。

想及此处，便收刀入鞘，原地站起了，抱一抱拳说："嘿嘿，恕末将粗鲁愚钝，听不懂皇帝的敕文话语，不过，郎官刚才的俗讲却听得懂，总之是领旨了，过后回沙州时再报给尚书不迟。还有，郎官可就是昨日文告里所说的凉州崔大夫？"

哼哼哈哈了好一阵，原本打算扑上来打斗的军士们一脸的讪笑。河湟人的脸变得可真快啊。

郎官不言声，由身旁一位军将代答："正是崔玠崔大夫，新任的肃州防御使。请索将军在前引路。"

索仁安口中喏了一声，便重新翻身上马，郎官的亲从军将紧随其后，郎官的雪骢在中间，两翼的凉州骑军合作一路殿后，一行人马便向坡下的肃州城行去。

如何接入衙署，如何招待郎官和凉州众军将，如何与郎官商量明日印信交接等等，这个就跳过不说了，须得提及的一点是，那天晚上，索仁安令人从府库里搬出了所有的窖酒，还遣人去几家邸店，将店里原先供旅客宴饮的存酒及侍酒的胡姬全部征讨了来。从崔大夫到他所带来的亲从军将，每个都喝得很尽兴。

半夜时，有人敲了索仁安的房门，牙将氾建立依约定的时间来到了。索仁安摸黑启开房门，问他身后是否有凉州兵跟踪。

汜建立低声答说，守门的军士已被他送去的几坛酒给灌晕了，此时他可以自由出入，趁了这个机会将包裹带出去。不过，再过一刻他们就要换防。

索仁安便将提早准备好的一个小包袱递了过去，郑重嘱咐道："你立刻设法离城，赶回沙州报信去，正使印信一定要亲自交给尚书。"

汜建立领命离去了，索仁安重新回到眠床上卧下，却翻过来翻过去怎么也睡不着。心中那块石头一半落了地，它到底能不能全部落地呢？还有，明日一早该如何处置？虽然事先已做了谋划，心里总还有些忐忑。

未及平旦，他就披衣起床了，点了一盏小灯，就着灯光，擦拭那把胡风饰刀。

早间日出后，索仁安就坐在衙署厅堂里专候。身边只站着昨日随他出城的那三个亲兵。

过了会儿，厅堂外传来杂沓的脚步声，兵械的碰击声，传令官的吆喝声，后来还听到了一支鸣镝箭窜入半空时发出的长而尖利的啸声。

很快，崔大夫便领着麾下军将踏入了厅堂。今日他换了行头，一副武人装束，全身具甲，内搭一件墨色便袍，腰襕围玉带，一手执马鞭，一手倒握了一把金鞘横刀。一众人等挤挤挨挨地站满了半个厅堂。

索仁安抬眼瞄了一眼崔大夫，并不站起，继续擦他那柄胡刀，精钢炼就的刀身如蛰伏的银龙，锋刃闪着寒光。

崔大夫上前一步说："索将军，时候到了。"

索仁安并不言语，朝身边几案上一指。于是崔大夫身边的军将便将案上那个方方正正的紫绫包袱解了开来。崔大夫探身看去，嘿嘿一声冷笑。

“索将军，今日不见正使印信，你便走不出这间厅堂！”

索仁安收刀入鞘，原地立起，把话呛了回去，“崔大夫，取个印信而已，何必出此狂言呐？”

“不交印信，便是抗旨，便是死罪。”

“正使印不在我手中，我只交出自己的副使印。”

崔大夫手一挥，便有军将上前，欲要解除索仁安的武装。

索仁安的三个亲兵各出手中横刀，迎面抵对，毫无怕惧的样子。军将们一步步走上前，两边刀刃已碰了刀刃。

厅堂外，又一支鸣镝箭射入了半空，那啸声比前一声更尖利，拖得更长。没过多久，外面就有一名凉州兵神色张皇地跑进厅堂：“报使主，城中有几处荒地着了火，今日风大，火势一下很猛，已烧至若干残破屋宅，若不派人扑灭，恐怕会祸连全城。”

崔大夫立即遣出手下军将，带人前去扑灭野火。前个报讯士兵退出没多久，又一个士兵跌跌撞撞跑进来，一看厅堂里剑拔弩张的场面，话头一时噎住了。崔大夫身边的军将上前就是一鞭，抽在那兵士的脸上。

士兵捂着半边脸，支支吾吾地报告，外面有不知来头的部伍已将使府围住。

崔大夫看定索仁安，厉声喝问：“必是索将军的沙州兵吧?!”

索仁安收刀入鞘，面色严正地摇了摇头：“昨日我已吩咐他们全部进入北营候命。再说自家的衙署，哪有自己纵兵来围的道理。大夫若是不信，我们一起出门相看。”

说完，抬起两只胳膊，分挡开面前众人就要往厅外闯。左右的凉州军将各使兵器抵住他的脖子、肩膀和胸口，眼看着一场血刃之变已无可避免。崔大夫忽地抬起手，止住了部下。

于是，众人簇拥着索仁安，一齐来到了衙署门前。崔大夫最后一个跟出，他看到的场面让他倒吸了一口凉气：眼前所见的确不是沙州兵，而是张弓持刀的肃州各族部众，他们的头帽服饰各个不同，因为既有土生的肃州汉人，也有长居此处的龙家和吐蕃，亦有南边来的退浑[1]、达票部落人，人数约有好几百。当中还有十来个胡商，每人手中都握执了一把银刀。

衙署前的这片空场，一眼望去满是抄持兵戈的人。穿黑色武服的是凉州兵，穿杂色服的是肃州的各族乡民。此时，越来越多的凉州兵在向衙署前集结。

崔大夫从众军将中站出，大声喝问：“诸位手持武械围聚衙署前，这是要做甚?！”

部众人群里，有人大声反问：“你又是哪位？”

凉州军将这边就有人向人众大声说明了崔玠的肃州防御使的新身份。

部众人群里又有人说：“崔大夫既已上任，那就让索将军回营吧。”

这句话一说完，拥在衙前的肃州部众举起各自武器，开始鼓噪起来：“索将军回营！索将军回营！索将军回营！”

1　退浑：吐谷浑的异译，出现于唐后期。

除了守城步卒以外，凉州兵此时已尽数出动，分成三路将这里合围了。拥簇在这里的两边阵营的武人们就是一堆堆木柴与干草，此刻只需一星火苗，就能整片点着。这里很快就会变成火焰地狱的现场。

崔大夫从刀鞘中拔出刀来，缓缓地举起。倏忽间，四周房舍顶上便出现了数十个弓箭手，个个拉开了强弓大弩，对准了衙前广场的部众人群。

索仁安对身边的崔玠说："崔大夫，真要撕破了面皮，恐怕今日的肃州就是凉州兵的葬身地了。依我看，不如各退一着。你是正使，我是副使，我自当将城防与四门交予你管束，你且放我归去北营，我亦不与你为难。你看如何？"

崔玠犹豫了一下，但心头怒火实在压制不住，举起的刀正要朝前劈下。忽然，左右各个巷口又传来了骚动声，房舍上的弓箭手不知中了什么邪招，一个个滚落了下来。

索家大伯说，为预防弓箭手在衙署周边设伏，肃州的出粪人早就在附近民舍备下了粪桶。弓箭手们被底下民户泼了满身的粪，纷纷逃将了下来。不肯下屋仍旧抵拒的，已被埋伏的部众弓手射落了好几个。

还有，北营那里也出了动静，门口看守的一队凉州兵被城中部众捆绑了起来。于是，原先被看管起来的四百沙州兵也赶到了这边，现在，反而是凉州兵被合围了。

总之，昨日早上，新上任的肃州防御使崔玠脸色很不好，只能收退了手下兵将，放索仁安回了北营。北营在衙署所在的靠西面，因此沙州兵多聚集在了西城，双方算是划定了势力范围，暂时谁都不会走到对方界域里去。只是凉州兵把控了四个城门，进城出城都会受到严格的盘查。

程子迁他们是从东门入城的，这间邸店就在城东，因此，满街所见都是凉州兵了。

程子迁问起了之前曾来肃州官驿相访的防戍都营田使索汉君和县丞张胜君。怎么没有他们两个的消息？照理说，他们应与索仁安在一起的。

“这两位先几日被翁刺史叫去甘州了。昨日刚回返。”

呵，这是摆明了早有预谋要接管肃州的军政事务，顺带着还想要解除沙州兵的武装。

那么，衙署门前又怎会聚集了这么多民户？之前早就听说肃州也不平靖，以龙家为首，各家部众一直在闹事。

“索仁安治肃州军事以来，宽严相济，在各家部众那里说话还是有人听从的，他这个人又有急智。前日接了崔大夫等入城后，他便暗中派人告予龙家，说是封了龙家头人做他的随营虞候。因之前沙州军府曾与翁刺史达成默契，副使可自行任命属下僚官。”

程子迁皱眉不语，索仁安擅自封授龙家人军衔这事可是非同小可。但不经尚书认可，这个任命也等于半悬着。作为临时措施不能说完全无效，但确实有使诈的嫌疑。

曹家儿郎心细，又提到了一个重要关节：“那个要送印信去沙州的氾建立呢？我可是认得他的呢！”

索家大伯手往里间一指，口中喊出一声：“氾家侄儿，你可以出来了。”

里间竟走出了那个已换了平民装扮的氾建立。

昨日起早离了索仁安的衙署后宅后，因崔大夫下了令：未截获印信前，各色人等一律不准放出。汜建立出不了城，便躲到了索家大伯的这家邸店里，原打算等这阵风声过去，再另寻他法。现在，既然程子迁有尚书亲笔关牒在手，自然可以出入无碍了。经过一番商议，就定下了安排。汜建立将印信交予程子迁，当晚就回北营去禀报索仁安了。

第二天一早，程子迁、曹家儿郎早早就起身，预备辰时一到就离店出城。

收束停当，四人与索家大伯告别，将要出门时，不料那汜建立又回返了来。

他劈面就对程子迁说："昨晚已见过副使，副使托我传话，请程押衙务必将此处情形当面禀告于尚书，肃州今后该如何谋划，还须尚书指示。"

程子迁点头，自己回沙州第一件事就是向尚书报告肃州情形，汜建立何须赶个大早再跑一趟呢。便问他是否还有其他事要转告。

汜建立犹豫了一下说："副使让我与你商量，可否将你们捕得的这一联白鹰留在肃州？"

原来，昨日程子迁、曹家儿郎与索家大伯的说话，都被这个汜建立听了去，又传给了索仁安听。

"副使为何非得要这联鹰？"

"前日回北营后，副使一直在想解困之法。想来想去，觉得崔大夫统领这数百凉州兵突然来到肃州，终究于沙州不利。正面冲突抢夺也是不能，他就打算带了这联鹰，出城去会回鹘王，设法逼退崔大夫。"

既然如此说，就只得依从了。

汜建立不放心，又补了一句："押衙回沙州后，还请不要提及捕获白鹰一事。只当是肃州这里自己捕到的就可以了。"

只能这么办了。

不过，这十年来，沙州军府屡次欲廓清河西道而不能持久，回鹘一直是个挥之不去的心头大患。如今为了驱走王廷派来的凉州兵，又要借重于这个宿敌，今后恐怕会增添更多的葛藤麻烦。索仁安自以为得计，实乃饮鸩止渴之策。

出邸店门时，程子迁想："索仁安通使回鹘这事，是否也要一同报知尚书呢？"

待他们四人牵了驴马走出肃州城门，踏上西向沙州的归途时，他已有了一个决定。

5

捕鹰任务顺利完成，又离了肃州这个是非地，回途就走得比发程时快很多。第三日中午前，程子迁四人就踏入了沙州境内。过了清泉驿，戈壁慢慢退后，植被渐渐多见，再过十多里地，已见到了断续绵延的古塞城的土垣，从塞城直走向南，很快就来到了甘泉水支流东河延伸最远的一条支渠、玉关乡的涧渠了。自涧渠始，地貌景象换成了繁茂的草木和入秋后即将收割的田野，麦田与粟田随地形分割，其间错落分布了平头土屋和果园。

一入沙州境，程子迁不但没有如释重负的感觉，反而多了好几重心事压在心上。白羚化身太保的魅影始终纠缠着他。此前在山中的几日，幻觉时常在入晚过后时段出现。于是他每晚都早早入睡。沉入了梦乡反而觉得安心。

入城后，直奔了使府，让当值的使府押衙张清通立即入内通报。尚书回复，今日正好于阗使来，他又有其他公务在身，现在吩咐他先回自家休息安顿，定明日一早入厅堂相见。还让张清通带话，让把曹家儿郎也一同带来。程子迁有些讶异，仁贵本是自作主张跟去看捕鹰的，这回却仿佛是正式为使府出了趟差事似的，竟得尚书如此看重。

同样的返回路程，少年人和中年人的感受迥然不同。

曹仁贵此番向东出行，最远到了甘州城东北的甘峻山，这在他的同龄人中可是了不起而大可吹嘘的伟业了。而且，一路上见闻了不少人事，单是亲见肃州城里的变乱，就可以绘声绘色地说上好几天。可以说，比之离开沙州时，此刻的少年更充满了期待感。而在外边野游半个多月，眠食不足，到底也有些疲累，回家正可以歇息几天。虽然他知道，自己免不了会受到母亲安氏的责骂。

与程子迁、黑黑、奴子三人暂别过，日头还未落。行至子城北街西横巷的巷口时，仁贵下了马，牵了缰绳慢慢往里走，不期迎面见到了兄长曹良才。良才在程子迁入城前已得了信，还提前报知了罗通达、罗进达兄弟、阴仁贵、宋惠信、张西豹等几个兄弟伙。六七个人围着仁贵，一面往曹家巷曲走去，一面说笑不止。这几人中，数张西豹年纪最小，上月才满十岁，见了仁贵那是一脸的崇拜，不但一迭连声地发问，还看上了仁贵那匹骏骑，一个劲地在喊抱他上鞍鞯。

仁贵和罗氏兄弟紧顾着说话，无暇理会他，只扯着那小子的肉耳垂逗他玩。许是被叫得烦了，曹良才看不过去，两手在张西豹腋下一插，横过来一甩，就将他抛上了鞍子。

好个西豹儿，骑在青骢马上，神气活现得如同是自己荣归了一般。

曹仁贵问兄长："父亲在家中么？"

"不在宅中，过午就去了龙马坊，随于阗使来的客商就住在店里呢。"

曹家在城南龙马坊的市集开设有邸店和货栈，在肃州见到的索家大伯平日就待在沙州本店，他如何会突然跑去了肃州呢？这个，恐怕得问过了父亲曹目连才会知道。

只母亲在家。仁贵想，这下糟了，该如何抵挡母亲劈头打过来的笤帚呢？良才比他大三岁，性情周稳，母亲向来信服他，于是就与哥哥商量起如何巧串扮演瞒过母亲的计谋。最好的说辞，自然是说之前乃受了尚书的遣派才跟去看捕鹰的。这不，明日一早还要随程押衙入使府去见尚书呢。这后一件事倒没有诳骗，有很多人可以为证。

"你个黄头小儿，竟能得尚书亲自召见啊。"

良才咄怪了一声，看样子，不但有点狐疑不信，听口气，里面还有些嫉妒的成分。

"哥哥多为我担待。尚书为何要我入厅堂，这个缘故我自己也不知晓。难道是父亲要让尚书亲自责罚我？"

"仁贵，我看你还没有这么大的脸面。许是尚书有什么事要谋划吧。因为父亲明日一早也要入使府去！"

“哦。”

仁贵的脑袋转得快，心里已觅得一个答案。但目前只是无由的猜测，所以此时也不便对兄长道出。

母亲在后房中正和几个亲族女眷在做女红。因为是背对着她，仁贵在她身后轻唤了一声后就地跪下了。眼睛一边溜溜地给围坐在毡席上的几个姑姨使眼色。

安氏故意装作没听见，没有反应。仁贵只得叩首，再次大声禀告说：“母亲，仁贵返家来了！”

还是没动静。忽而母亲往身后扔出个针囊来。

这是何意啊？难道是要叫我在这针囊上叩首？仁贵转过头，看向坐在门首廊上的哥哥。曹良才摇摇头，示意他再催唤一声。

没法子，仁贵只得将直起的腰再次躬曲，整个上半身都贴着毡席边拜倒。他的鼻孔被贴近的毡毛一挠，不由得打了一个喷嚏！姑姨们禁不住这一出，来不及提起袖子掩口，纷纷笑将了出来。

“咄！一个小孩儿伎俩，就把你们给唬得出声了。莫要说我话重，真是没出息。”

被母亲这么一说，姑姨们立就止了声，安静地继续自己手里的活计。她们是在给曹姓的家寺绣一条大佛幡的缘边。这条佛幡打算在下月竖幡杆时起用。因为是家寺的庄严具，所以不能交予外面绣匠，必须由供养人自己来绣成。

眼门前的针囊并没有插了针。却不是平时见到的松软的荷包样，而是有着数个棱角的方形包囊。仁贵向里跪近一些，将头狠狠磕了上去。

“母亲我错了。”

只听咚咚咚的闷响。他磕得并不快，磕一下，看一眼母亲的背，如此，一连磕了十来下。母亲却还没有叫停的样子。

若她转过脸来，就有办法让她出声了，可是，看着她的背，仁贵也没了主意啦。这回他觉得，母亲是当真生气了。因之前自己追程子迁跑出城去，走时都未及跟她禀告一声。确实该受重罚。

良才看不过，出言相劝了：“母亲，仁贵他知道错了，由他起身吧。”

姑姨们也帮着解围：“是啊，当家娘子，再磕下去，头都要磕肿啦。”

“磕肿了好啊，今后能长点记性。”

母亲转过了身，现在面朝他坐着。

“止住吧。抬起脸来。”

仁贵便将头抬起，谁知母亲一觑他的脸面，扑哧一下自己笑了出来：“嚯，各位仔细瞧，这野游不知归的浑小子，都快晒成一张黑驴脸了。”

可不是，出外半个多月，几乎天天风餐露宿，初秋日阳犹盛，长时间的暴晒，已将他的脸面、前臂、两手晒成了蜜枣色。青布裹头扑满了尘灰，因好多天未洗澡，额前漏出的发绺都打了结。

母亲表情夸张地掩袖遮鼻：“臭死了，休要在这里多待！良才，快牵了这头野驴去洗个干净吧！”

请罪程序已完成，仁贵觍着脸与母亲和诸姑姨告辞后，便和良才逃也似的跑出了宅院。他们和几个兄弟伙从柴房里各人取一捆柽柳枝就出了门。这天天气晴好，他们是要去西门外的露天池子洗澡去。这露天澡池在一处果园里，将原有渠尾做一木闸拦断，里面挖深成两曲，底部嵌细石油灰阻漏，无人时只浅浅灌满半个池子。若有人来洗，负责看管的三个奴儿便会在两只半人高的大釜里烧开热水倒入池中。顺便提一下，那果园就是之前在肃州撞见的氾建立家的，而这氾家正是尚书另一夫人氾氏的母家。

池边围有帐幔，六七个少年脱去衣服，只剩了兜裆，坐在帐内铺着的灯笼蒲席和毡垫上。趁热水烧开前的等待时间，仁贵便将路上见闻说与伙伴们听。

从暮晚讲到了夜色四掩，泡澡时还在讲，洗净了回家路上继续讲。回家后母亲已命仆役备下了晚食，因为名义是给仁贵接风洗尘，还破例允许他们少许饮酒。酒足饭饱后，仁贵和良才还要去龙马坊邸店中见过父亲，此时押衙阴季丰的大儿阴海晏带了另两个少年也来家中，正好结了伴同去。

在邸店，曹目连听闻外面有动静就从客间里走出，看儿子全身上下并无什么缺失，精神气也好得很，“嗯”了一声就回入房中继续议事去了。只叮嘱了一句：“今日不得晚睡，明早要与我同进使府。”

“是的，父亲。”

仁贵咂了咂舌，退出了外廊。邸店里也有可供兄弟俩平时暂宿的卧房，于是在地上铺设毡席，十一二人围坐了一圈继续听仁贵谈说。你道仁贵此次出行真有那么多见闻可讲？非也，他是把一路上从程子迁那里听来的沙州旧闻、前人故事一并糅合了，还将黑黑和奴子两人自小如何打架玩闹的事一起编织了进去。

讲得乏了，仁贵歇口气饮了口水，便换了话题，转问那阴海晏："你是不是今岁就要在灵图寺剃发做驱乌沙弥了啊？"阴海晏点头称是，今秋就要在恒安法师座下受学。他与仁贵同年，和在座几个伙伴同是灵图寺寺学的同学。因此，这几人对唐和尚、恒安法师都很熟悉。只有仁贵的哥哥曹良才和宋惠信，是在判官张俅的私塾里从学。

"你若再进一步，做得唐和尚的侍者，今后或也能做个都僧统呢。"

仁贵这话的口气听不出有调笑口吻，像是不经意说出的一个预言。在几个同学伙伴中，阴海晏学业最佳，字写得最好，思虑也最周密，仁贵平日遇事常会找他商量。阴海晏虽然年少，也还没有正式剃发，举止行仪却随同了僧人，这时便低头合掌，并不做什么言语。

不过，仁贵说得对，若能服侍唐和尚左右，一定可以增长很多见识。这个阴海晏也是知道的。父亲阴季丰前几日就郑重嘱告过同样的话。

几个小伙伴马上就学了仁贵的样，开始"小僧统""小僧统"地叫唤起来。搞得阴海晏坐也不是，站也不是。

曹良才就说："仁贵，都是你挑出的事端。"

曹仁贵已别转头与罗氏兄弟讨论起驯养马匹的话题。此刻听兄长责怪，故意移坐到阴海晏身前，手撑了毡席，正正经经地躬身致歉。阴海晏本不以为意，只在想自己的心事，这下弄得有些尴尬，脸一下红到了颈项，遂有些忿忿地对仁贵说：

“胡乱讲说，非得罚你唱一遍曹家店的叫卖辞。”

大伙儿齐声叫好。因为这是仁贵平日里逗乐一众伙伴的保留节目。

仁贵的二伯在龙马坊邸店旁开有一家杂货铺，在沙州城里还颇有名声，店里售卖从内地和西域输入的各色吃穿用品、调料与染料、草药与土产，他因为常去店里玩耍，便从店伙计那里学得一口叫卖辞，大致唱文是这样的：

> 曹家铺上新铺货，要者相问不须过，市关交易任平章，买物之人但且坐。本铺上有：橘皮胡桃瓤，栀子高良姜，陆路诃黎勒，大腹皮槟榔，亦有莳萝荜拔，芜荑大黄，油麻椒粒，河藕佛香；[1]甜干枣，醋石榴，绢帽子，罗幞头；白矾皂矾，紫草苏芳，砂糖吃时牙齿美，饧糖吃时舌头甜；市上买取新褥袄，街头易得紫罗衫；阔口裤，崭新鞋，大胯腰带拾叁事。随宜物事各色有，远近邻户任取赊，店主，有客请纳入！

他不但将整段唱词一气唱出，还眉飞色舞、东蹿西跳地扮演店伙计当街招引的模样，当然又一次引得众人哄堂大笑。

良才伸出一根手指压于唇上，“嘘”了一声，意思是莫要惊扰了正在议事的父亲曹目连。其实这里与客间隔了好几个院落，

1 这里唱出的都是当时从西域输入或本地出产的草药：诃黎勒亦名诃子，原产印度、缅甸，为治疗久泻、久咳的常用药；大腹是指槟榔皮，主治湿阻气滞等；莳萝即“洋茴香”，味辛香甘甜，可作调味料，有祛肠胃胀气、利消化之效用；荜拔也是常用调味品，亦有镇痛健胃之效；芜荑能消积杀虫；大黄有攻积滞、清湿热、解毒等功效。

这些啸闹声，那里是基本听不到的。当然，也难说，万一父亲恰好跑过来查看了呢。

余下的时间，他们五六人一堆，玩起了掷骰博戏，不过并不像成人那样会压上真实的赌资。只是输了的一方，须充当马骑，背上驮一人在毡席上爬一圈来完成输赢结付。只曹良才和阴海晏没有加入，他们两个背靠着墙，在谈另外的事。

月上树梢头，时间不早了。张西豹和阴海晏带来的两个小友因家里禁止外宿返家去了，留下的七八人便在这间卧房打地铺，头并头，脚并脚地睡下了。月光从窗棂间漏进屋内，投下一层薄薄翳影，照映着鼻息四起的少年们柔韧而正待有力生长的躯身。

回沙州的第一日，押衙程子迁这晚也早早睡下了么？

之前离使府时，张清通和几个押衙本来邀了他去酒店饮酒，被他以身体疲乏、今日想早点歇息为由婉拒了。晚食之后，他确实早早躺下了，怎知辗转反侧几遍，怎么也睡不着。于是起身披衣，点上一支灯盏，去厨间取了酒食器皿来到院落中。胡杨树下原就铺有一张毡席，他便一人坐在那里自斟自饮。

今日虽然没有出现那个幻觉，但他心里不胜烦躁。

是因为尚书没有当即接见么？不是。是因为在肃州被索仁安讨去了那一联白鹰么？有那么一点不甘，可这件事他早已抛诸脑后。是为了肃州、甘州一带时事不宁，未来形势堪忧？也许吧。他的确嗅闻到了一点危机迫近的气味，但类似的警讯早已传遍沙州，并无多少可惊诧的地方。尚书让他且回家休息，他转去东院想去拜见太保夫人和二位郎君，尤其是淮诠郎君，听说回沙州后一直病重。张清通说今日也不便前去，还是明日见过尚书后再去不迟。是因为张清通说的这番话么？不，他说得合情合理，明日去也一样，并无什么不对。

那么，究竟是什么引发了今夜这无名的烦躁、难遣的忧虑呢？

入城前，程子迁虽然有心事，却未曾有过这样焦心的感觉。那么，自己踏入使府后，是见到什么了呢？他只与张清通和几个当值押衙见了面，回家路上遇到了几个熟人邻居，除此，就是半月多未见的妻儿了。并没有什么人让他着恼。

酒盏里的琥珀色酒液，浮漾着一轮缩小的月影。手微微一抖，虚空便破碎。再打眼看去，月影幻作了两条闪烁的小龙。

此刻，眼前浮出了尚书厅堂里的那具障子屏风。那是二十多年前的旧物了，当年收复凉州后，太保为庆贺大捷特命本地画匠精心绘制。但如今，屏上那条出云拨雾、龇牙舞爪的白龙，与那幽灵般现身的白羚羊，在程子迁看来，都是太保的怨忿身了。

大中十二年，同样的一个八月初秋，二十四岁的程子迁加入了征讨凉州的大军，作为贴身亲兵，第一次追随太保帐下。

太保入质归阙后，程子迁在长安宣阳坊陪伴了太保生命中最后的四年。

这四年中，只每年元日大朝会这一天，因为有金吾卫大将军的军职，仍遥领了瓜沙节度使的太保会披上甲胄、戴上兜鍪，恢复昔日的武人英姿。但甲具装束里的太保，还是之前的那个如毗沙门王附体的风云叱咤的太保吗?

不，他不再是大中五年那个兴起义军，一举收复瓜、沙、肃、伊等十一州的张议潮，他麾下的吐蕃降将早就再次叛离，而早先成为同盟军的回鹘人，目下东西夹击了沙瓜两州，已成尾大不掉的肘腋之患。那支威震河西、集结了各部族精锐的近万人的骑兵军团也早已分崩离散了。

他不是那个大中十年大败侵扰河西的吐谷浑，长途追击近千里，斩杀过千，俘获兵虏、牲畜、甲仗无数的张议潮，也不是那个前后三年苦苦围攻凉州，终于咸通二年全歼吐蕃守军、收复河西重镇的张议潮了！不是了！

咸通七年二月，太保联手北庭回鹘仆固俊西征，一举收复西州、北庭、轮台，自安史之乱百年后，大唐旗帜再立于西域故地。又遣拓跋怀光伐廓州，擒得作恶多端、凶残无匹的吐蕃大相尚恐热，随后将贼酋首级飞马传首至京师长安。可是，那个在凯旋之日，于壮丽夕阳下一骑当先领部众高唱《大阵乐》的张议潮又去了哪里?

元日大朝会时，一身戎装的太保不得不厕身于太极宫承天门前的数百文武官员中，从寅时初刻站到辰时初刻，寒气凛冽难挡，因年老体衰而瑟瑟发抖。他再不是那个大败河西众敌，收复陇右四千里河山、创造了不世功勋的张议潮了。不是了。

入质长安的五年中，平常时日的太保只穿一身便袍，白须白眉白鬓，走在街市上，看似与京畿近郊的一名村叟无异。他只是一个无奈顺从了命运摆布的衰朽老人罢了。

宣阳坊太保居所的前身是高宗时河间王李孝恭子李晦宅。

程子迁每日例行的一件工作，就是早食过后陪太保出坊游走。最常走的一条路线是出门东行，过万年县廨和榷盐院北墙，出了东坊门便是东市。晨鼓三千槌后，此地便喧腾不息，煞是热闹。太保会一家家店铺看过去，有时也会停脚询问店家货物的来源出处，尤其是几家专售西域物事的店，因为走动比较多，与店主都很相熟，他会在一张胡椅里落座，待店主稍有空闲便与之攀谈闲话，顺便还探听一下商贾间传闻的河陇消息。出店街后，最常去的是东市东北口的放生池，在池畔觅一角楼，于楼上点一壶酒，坐看彼处的云色草木，以此遣闷。常常可以坐一个上午，直到午食前才动身回返。这样的时候，程子迁会很乖觉地留太保一人在那里，自己在树林里找个人少的空地里调鹰。

若遇天气清朗的春夏或初秋时节，兴致好的时候，太保就会想骑马，只是来长安时他已是六十九岁，体力自然大不如前。若实在想念纵马驰骋的旧日光景，程子迁便会扶老人上鞍，自己一手牵辔，慢慢走去城东南的升道坊和广德坊的林圃，觅得一块平阔地面，便让太保绕圈跑。但每次都不让马跑太快，他会在后面疾行跟随，每次太保骑上三五圈，他就会跑得满头大汗。

看程子迁如此辛劳，到后来两年，太保就很少提出骑马的要求了。显然，这也是体谅手下的缘故。两人的关系，与其说是太保与亲从押衙，倒不如说是一个年老的囚徒与他的贴身伴护。

那么，太保为何非来长安？

其实这是“安史之乱”后，唐廷为操控和打压各地藩镇势力而采取的非常手段。入质者封官赐宅，待遇优渥，抗旨不入质者，则视同反逆不顺。有藩镇使主送母亲或嫡子入质的，也有使主本人入质而由别人接替原藩权位的。张议潮就属于后者。目的很清楚，无非是防止地方藩镇如之前安禄山、史思明般过于坐大。

大中七年，设归义军军号两年后，唐廷即召太保兄长张议潭入京，授左金吾卫大将军，赐兴庆宫北永嘉坊庄宅以及宝器金银、锦彩琼珍无数。张议潭妻索氏，也即张淮深的母亲，亦随同夫君入京为质。又诏令年方二十二岁的张淮深继代父职，授沙州刺史、左骁骑大将军。

十三年后的咸通七年春，张议潭卒于长安私第，年七十四，敕葬于东郊浐河河畔的月登阁北茔，其妻索氏隔年也随后离世。五月，朝廷第一通敕书下送沙州，告知丧仪规格、抚慰沙州军民的同时，便宣召张议潮入京面圣，以表对朝廷的忠信。

攻克凉州后，归义军前哨势力已与王廷西陲直接接壤，故不得不继续予以压制。这是一场考验，也是意志的角力。对第一封敕书，张议潮与悟真等人商议多时，上表称接兄长去世噩耗，悲恸难以平复，不日即将特为兄长张议潭举办亡灵追荐法会，并全境僧尼寺院唱经超度。加之境内军政还须调理安排，还请宽缓时日。这是实情，但也是拖延观察之计。

但唐廷没那么多耐心，先是敕令灵武节度使卢潘兼领凉州节度使，此后于六月，连发三件敕书，一件是加授张淮深的官衔，最后一件录了懿宗亲口御旨，褒扬太保助收陇右勋绩、旌表张氏兄弟忠义之后，直截了当说出了望早日入京觐见的目标，这已形同最后通牒了。太保与亲信幕僚和族人商议许久，终于做出了决定。

八月十五日，张氏族人齐赴新近修整但未及完工的灵修寺，提前行告成之礼，太保与沙州刺史张淮深、张氏全族及河西都僧统翟法荣、都僧录悟真法师、都僧政曹法镜、僧政慧苑、禅主和尚法成、阇梨法律索义辨、索智岳、阴法律等尽数出席。此次中秋庆典法会，实乃太保与和留守沙州的侄儿张淮深之间的一次正式的权力交接，另一方面，也是向沙州军民宣示绝对权威的一个场合。至于太保不得不去往长安的理由，在悟真法师撰笔的《庆寺文》中便有提及：

> 伏惟我尚书功高越于十道，跨握擢于险峻。圣明思念，晨昏访状，似睹目前；台阶佥相不日要迎。

这里的尚书乃指太保张议潮，因归义军军号设立后至人质归阙，其间张议潮的检校官一直是吏部尚书，非指后来的继位者张淮深。

太保是在咸通七年的年末赴长安的，由亲从押衙索忠信、高进达和军将马通达护送。发程上路时，河西道遭逢了百年不遇的大雪，但沙瓜全境军民仍冒雪拥于道中相送，昔年跟随出征的部下很多人骑行伴随，一路送到凉州西境才返回。

马通达于第二年春回至敦煌，接太保家眷入京，那一年，内宅娘子夫人宋氏四十八岁，淮诠郎君十一岁，淮鼎郎君九岁，太保妻弟、敦煌县令宋智岳亦随同；因太保喜鹰，故这次启程，又发遣程子迁携了一联白鹰陪伴上路，那一年，程子迁是三十三岁。一行人到得灵州时，马通达为灵武节度使兼领凉州节度使卢潘尚书所阻，其余人等许放过，继续东行。入朔方境，押衙索忠信也在此被阻留。抵京后翌年秋，高进达也返回敦煌，滞留灵州时流落到嗢末部落，曾被当时凉州的主官扣留许久，到玉门时又被贼人夺却驼马，一时困窘难堪之极，后来经由他的兄长高盈信上状使主张淮深，才设法将其接回了沙州。

也就是说，在太保最后几年时间里，程子迁是陪侍在旁的唯一亲从了。两位郎君年纪尚小，多数时间还须母亲看护。因此，或也可以说，除开太保夫人宋氏，程子迁是最了解太保晚年心绪的人。这么说，一点也不为过。

不知不觉，程子迁已饮下四五盅，只觉耳根面颊一齐生热，但两手仍很凉。回忆的片段混杂了当下的知觉，胸臆中如有冷热两股不同力量在交缠。

妻子已将孩儿安顿好睡下，见院落里有灯火，便走出相看。程子迁跟她招一招手，示意她也来树下。夫人姓宋，与太保夫人及宋智岳等乃同姓一宗，不过，她属于旁支小族。

“刚才见你去眠床躺下了，怎的又饮酒了？”

“睡不着。”

“有心事？归来头晚还不趁早歇息。明日一早还要入使府呢。”

“没什么事，月夜良宵，就是想饮酒了。”

“一路上没少饮吧。真真酒徒子一个。”

程子迁口中呵呵。

“今日见过太保夫人了？”

“尚未见到。明日先见过使主，然后再去东院问候起居。”

“夜气凉冷，我去取件披搭给你。”

“好。”

宋氏回屋取衣的这会儿，程子迁忽然想到一事，过会倒可以问问。

加了件衣，酒劲渐渐上来，程子迁觉得身体暖热起来。

“听说使主有意让你入内宅服侍太保夫人？”

“是呢，前日戒珠尼托了灵修寺的体圆尼来探询，问我是否可以入府陪侍夫人一段时间。我正想与你商议呢。”

“我回来后，你且去无妨。只是……”

程子迁的大女十七岁，已到谈婚论嫁的年龄了，小女今年才五岁，还需母亲在旁照顾。他的两个儿子，大儿已二十五，正在瓜州索刺史幕中任职，二儿今年十岁，是他从长安回沙州后生下的。但寄养在黑黑和奴子那边，看管好他总没有问题的。

“只是女儿还小，恐怕一时离你不得。”

“我倒可以将她随带身边，若是有事，夫人身侧还有其他侍女可以照应。”

“好，就这么办吧。明日你亲去灵修寺一趟。”

宋氏点头。程子迁给她也斟了一盅酒，夫妻两人对饮而尽。有风吹过宅院，头顶枝叶一时簌簌作响。

“这两位郎君回了沙州，也不知使府里容得下还是容不下？”

程子迁听了猛一惊，连忙出口制止：“咄！你个妇道人家，莫要搬弄口舌。”

“这不是我一人的议论，左邻右舍都在谈说。体圆尼来时，也提到此节。不过，她说尚书仁心宽厚，身边又有都僧统辅佐，将来定会有个妥帖安排的。目前，还是让淮诠郎君好生养病才是。”

“淮诠病得很重？”

“嗯。听说是多年的肺疾，住长安时就时常发作，这次回程沙州，路上颠簸辛苦，就又犯了。城内几个坊巷的社人，已在商量为淮诠郎君施舍财物入三界寺并上窟燃灯，要为他祝祷平顺康复呢。”

“好。合该如此。”

“当年你在长安太保面前时，两位郎君是怎样面貌？”

“淮诠是个读书种子，虽说是长子，却没有强横气，很晓明事理，就是自小体弱。淮鼎与太保长得最像，年纪小几岁，却很有决断，从很小时候就是这样了。因之，太保对二位郎君的态度就有不同。对淮诠始终很温和，又因淮诠写得一手好字，便时常唤来身边为他写文书表状，太保出游的时候，有时也会叫上他一同去。淮鼎自幼好动，常在府里府外玩闹生事，为此没少挨太保的打。每回都是夫人和我一起劝下，太保才能停手。但也不是不喜欢淮鼎，兴致好的时候，太保常会给淮鼎讲说自己当年的河西旧事。淮鼎听得很认真。只是，我离京前最后两年，他常常溜出府宅与京中一些狎邪少年嬉耍。太保和夫人两个都管束不住。一晃十多年，两位郎君肯定变化很大了。”

宋氏点点头说：“听说淮鼎郎君此番还带了妻儿回沙州。”

“是啊，已生了一对儿女了。小儿郎名唤承奉，二女名唤珠儿。”

“哦，那淮诠郎君呢？”

“淮诠郎君娶妻是娶了，却至今不曾生育。”

宋氏稍作沉吟，又自言自语道："如若太保不入质归阙，他们两个都是嫡子，理应接了沙州使主位才是。"

程子迁这下是真急了，左右张望一番，压低了声呵斥："休要胡乱言语！此等事，千万不能在人前搬说！"

"我只在你面前说说而已。"

"口生是非出祸乱啊。你若入了内宅，绝口不能提一个字。"

这个敏感话题虽然被他严厉禁止了，却不期然点中了程子迁的心事。自己近来所忧惧的，不正是这个让人窘迫难为的处境么？因为整个沙州城，只有他一人，在咸通十三年的八月，曾亲口听到太保对他说过这样的话："两位郎君若无缘返乡，就无须再提了。倘若有一人能返沙州，须设法令其接使主位。"

太保还给他封了三个文书密函，吩咐他到时送去三个地方，给三个人。这三份密函他带回了沙州，就收在从长安带回的漆面箧笥中，到此已存放了十年。程子迁从来没有私作主张，启开那三封密函。

不过，程子迁当时并未问明"接使主位"是何种意思。是扶助嫡子夺取大位，还是等尚书过世后再接位呢？在很多地方藩镇，嫡子继位的例子所在多有，这并不奇怪，而太保对侄子张淮深在他入质长安后多番向朝廷请节也常有讥刺之语，但关于这一节，太保并没有给予明确的解说。

也没有时间说出了，说是临终遗言也可以。因为交予他密函时，太保已卧床多日，神志很不清楚。那天，在交托密函后，他又告诉程子迁，刚才梦见了一场葬仪，葬仪上，二位郎君跪于荒郊野外，他们在坟茔前哀号恸哭的正是自己。这梦奠之灾真是个不祥的预告。做了这番交代后，太保即陷入长时间的昏迷，五日后就撒手人寰了。

刚才妻子告知的情形有些出人意料。转而再想，两位郎君刚回沙州还没有多久日子，城中坊间便生出这样的议论来，可见这是世俗人心都会有的思虑，本来也属正常。尚书若能明智决断，尽早做出妥善安排，或许就可以堵住这悠悠众口。

尚书张淮深在太保之后接任了沙州使主，到今天，正式的官牒告身仍只是河西道沙州诸军事、沙州刺史兼检校兵部尚书，并未获得河西节度使的旌号，但多年来他勉力奋发，经营有方，根基已然稳实。眼下如果贸然扶立已离开沙州十七年的两位郎君，不管是任一位，按双方实力来说，都无异于以卵击石，自取祸殃！即便侥幸成功，如此的大异动，也必定会引发众多尚书嫡系部属的强力反弹。

若是等尚书过世后再接位，则这一层谋划，自可在今后的恰当时节予以揭示。尚书只比自己大两岁，身体一直很健康，今后很长一段时间，恐怕还是会由他来主持沙州大局。

之前在肃州去往甘州的路途中，听闻张文彻他们要去邠州接回夫人和郎君，程子迁就陷入了苦思中。再加上在甘峻山中遇到太保化身现形的白羚羊，就愈加地愁闷焦虑了。这件事又苦于无人可以诉说，可以说连一点排解的办法也没有。

故太保的生前嘱托，自当领命承受，而尚书之勋劳实绩，亦不容抹杀。究竟该如何处置而能做到两不相伤，实在还须仔细思量。

宋氏见他沉默不语，有些为适才的失言后悔，稍许陪伴一会儿就进房睡下了。程子迁继续在树下独自饮酒，直到月上中天，才撤了酒具，回进屋子。

6

第二天一早，尚书张淮深在厅堂先召见了曹目连、曹仁贵父子，此次特意将他们一同请入府中，乃是分派了出使于阗的重任。

除两位判官外，尚书三子延绶亦侍立在旁。

尚书交予曹目连一份递交于阗王尉迟佤那的亲笔书信，一只装有贵重礼物的木箱，此行最重要的任务，即是觐见复国后已即位二十五年的于阗王尉迟佤那和王子尉迟毗讫罗摩，传递沙州意欲结好的消息，尽力促成沙州与于阗的结盟。另有一张特赐曹家的官牒，这份官牒非同小可，乃是允许曹家独家经营开拓于阗路后获得的贸易路线的正式文书。凭此贸易路线，便能以于阗为据点，布设一个遍布西域各地的商业与情报网络。曹目连还有一个任务，即是向于阗租借草场，收养军马。

政治事务方面，曹家是沙州使府的正式代表，大小事宜均须向使府报告，商业事务方面，曹目连有充分的运作空间，使府会派一个随行孔目官，定期检核、呈报相关账目，如有争议，则交由使主来裁定。

曹目连跪接文书，深知尚书托付之事的重大。尚书将他扶起，指指身后仍跪着的仁贵：“这是你的二儿？听说前段时间追着程押衙去看捕鹰了？”

曹目连答：“嗨，就是我家小儿仁贵。整日管束不住，到处惹事。不过这次还好，没给尚书添乱。”

张淮深笑说："是没给程押衙添乱。我听张清通说，回沙州路上，那两联鹰还是仁贵那匹青骢马给驮回来的呢，也可说是辅佐有功呢。对了，他今年多大了？"

仁贵抢答道："报尚书，今年虚岁已十四了！"

张淮深也叫他起身，一边与曹目连打趣："瞧这股灵敏劲，活脱脱像了你曹目连少年时。我初见他时，恍惚间一怔，还以为是你本人呢。两人模样如同一人亲手刻出。依我看，他也可以为使府办些事了。"

曹目连揖手道："尚书麾下有如许才俊，怎堪用这顽劣娃儿，他还是个半大孩子，恐怕只会无由添乱。"

"我不会看走眼，你家仁贵这回就随了你出使于阗吧。嗯，我还想给他封个官职！"

这下可闹大了，曹目连一时有些发窘。尚书手下的新进押衙，都是弱冠年纪才正式入府的。仁贵还在寺学里读书，这个年纪能交托什么正经事给他呢。

"嗯，少年人自有少年人的长处。他到了于阗，你要放他出去随便走动，景物人事给看熟了，回来给我报告。"

这仁贵真是会跟风，立刻一本正经跪下领命了："喏！仁贵一定不负尚书所托！"

张淮深对曹目连说，于阗王子尉迟毗讫罗摩也才十七八岁年纪，凭仁贵的机灵，只要能和王子说上话，或许就能缔结一份情谊，这个对沙州使府来说，今后未必没有用处。而且，此次出使，觐见于阗王之后亦有很多事务，需要以商人面目出现，有仁贵小儿伴随，可以少一些嫌疑。毕竟，西州回鹘、吐蕃都在于阗国内安插了耳目。总之，此次让仁贵伴同出使，不是突发奇想，是经过充分考虑的。

尚书唤判官王文瑀近前，如此这般耳语了一阵，王文瑀就去厅堂隔间起草官身文书了。

张淮深让仁贵站起，拿手打量他的身高。仁贵眼珠直转溜，悄悄踮起脚，被父亲一掌拍到肩上："在尚书面前休要作伪！尚书你看，他这身长还不能过你肩呢。"

"这有何妨？我看，他与张清通也差不多身量了。"

张淮深使眼色给伴从身边的张清通。张清通立即附和说，依这年龄，今后定也能长得如他父亲曹目连一般高大。张清通的身材矮小在使府里是出了名的，但前后入京奏事三次，举对得宜，处事沉稳有章法，很受尚书的器重。

这边判官王文瑀已写好文书回来厅堂，先交给了张淮深过目。张淮深看过，接过笔在文书上签押完毕，便命张清通诵出：

> 特命曹家儿郎仁贵充衙前押衙，随其父曹目连出使于阗，同行判官高英建为其业师，倘有课业拖欠，任予责罚，严惩不贷。

曹目连父子立即胡跪接令。尚书身边延绶公子、王文瑀、张清通等僚佐也一齐道贺。如此小的年纪，能得尚书亲手拔擢，本已出类超群，此次能随同父亲出使于阗，必会比同龄人更多出一份历练。对曹仁贵来说，这一天可以说是个奇迹之日。

父子俩出使府时，见到了在前堂等候的程子迁。程子迁得知尚书刚才对仁贵的任命后，也不禁咋舌。稍一转思，便也知道了尚书的用心：尽早打通于阗路，的确是目前沙州使府的重中之重的要务。派出少年曹仁贵，或也是一着妙棋。

而他预测，尚书的下一步，就是出手肃州了。这是可以预期的拱卫沙瓜的必要措施，非如此不可。

安排好出使于阗的事，接下来召见的是程子迁。

今日张淮深的心情很是畅快。是的，此次捕得两联青骹鹰，下一拨入京请节的使团便有了上等贡物，此是一。又恰逢夫人、二位郎君得返沙州，的确值得喜庆。前日经唐和尚一番开解，他的心情已调转了过来。

张淮深这个人，于攻伐征战很有韬略谋划，但对于琐细内政的调理总还欠些火候，事情未想通前往往焦心烦躁到会拔刀杀人，一旦想通了，就会完全撇开不顾，奋其私智而行事。从心志特点来说，可以说是少了一些作为一方藩镇使主应有的城府心机，从另一面来说，也可以说具有一种稀见的豪侠气概。

程子迁约略报告了此次甘峻山的收获，当然绝口不提那联被讨去的白鹰，然后交纳了汜建立转托的肃州正使印信。

张淮深将印信接过，交给身边的幕僚，亲口褒奖了程子迁，还命判官王文瑀和押衙张清通从府库里拨出上好匹缎赏赐。

程子迁叩首谢过，又听尚书说："程押衙咸通年间在长安陪侍太保一家好几年，劳苦功高。昔日太保视你为亲从，我今后亦将视你为亲从，今后不必太过拘礼了。我知道，你必定也很想念夫人和郎君，今日就同我一起去东院看望他们吧。"

程子迁心中有所动，一时间，眼眶竟有些湿润。张淮深看出他的神色，伸出两手将他搀扶起来。

王文瑀和张清通仍留在厅堂处理其余公务。程子迁便随尚书出了厅堂。

内宅东院是尚书一众家眷的居所，前首好几进大屋是公子延晖、延礼、延绶和庶子延兴、延嗣所居。他们都已娶妻，各辟了五个单独小院，延锷预订今年成婚，也提前为他腾出了另一别院，延信和延武年纪都未及弱冠，之前仍与妹妹张延延及父母同住在后宅楼阁中。

为安排太保夫人和两位郎君的住处，张淮深和陈氏商量了许久。前几日腾出了延信和延武在楼阁南面的六间厢房，让给了淮诠、淮鼎二位郎君及其家眷，延信和延武暂时搬去与四哥延锷院中同住，女儿张延延本来也住了三间敞亮的转阁厢房，她搬到了北面厢房与父母同住，原屋就挪出给太保夫人单住。

也就是说，一大家子人，与昔日太保兄弟俩还在时一样，如今重又住回了一起。

张淮深没有为夫人和郎君单独辟出一个单院，之所以决定这么做，当然有他的考虑。他要让沙州全境军民都知道：自己对太保夫人如同对自己父母，对二位郎君，也视同亲兄弟一般。无须说，这样的处置，于情于理都是妥帖的。

至少一年时间里，就这样了。今后如何变动，今后再考虑。让两位郎君就近住在楼下，也是为了方便照看病中的淮诠郎君，这是另一层考虑。陈氏虽然一开始满不情愿，但经张淮深细加分说，也只得同意了。

程子迁跟着尚书走过一进进院门，来到内宅后院的楼阁前，发现都僧统唐和尚由沙弥僧搀扶了，已站在那里相候，立即上前施礼拜过。

“押衙捕得两联俊鹰，为尚书立下首功了啊。”

“哪里，全是凭托了从都僧统处借来的神像图卷的法力。”

“神像就留与你常用吧。每逢月初月半，如法供祭就好。”

“多谢都僧统！”

于是，尚书和都僧统在前，将程子迁领到了转阁厢房门前。门首边，左右侍女将两合门扇打开了，可巧太保夫人、两位郎君及妻子眷属等都在这里。众人视线交汇，一时都惊喜莫名。程子迁立在门口缓了缓神，待尚书和都僧统入屋坐定后，立马趋前几步，跪在了夫人面前。

“夫人，长安一别已十年，十年了，今日才得见到！子迁未能尽忠职守，在您和二郎君身边长久服侍，实在有愧于太保啊！”

太保过世，二位郎君还得继续留京为质。第二年，太保夫人强令他返回沙州，当时只留了贴身侍女、五六个仆役和两名扈从军将。走时，夫人与二郎君特意出春明门为他送行，当时情景仿佛仍在眼前。时间如逝水，灞桥的柳色也已十度枯荣。

宋氏今年六十四岁，两鬓已全白。将近二十年的长安羁旅岁月中，先要抚养二位郎君成人，又兼替他们各自婚娶。已是十分的辛劳，再加前几年黄巢贼乱，京畿长安数次遭遇兵燹之厄，难以想象夫人拖家带口经历了怎样的困顿流离。夫人虽然容颜苍老，谈吐神色却仍似当年一般，英毅果决不下于男子。

“程押衙快起身，休说愧不愧的，你陪侍了太保四年，又替他守墓一年，已尽到了忠义本分，你是沙州的功臣哪。听淮深侄儿说，你新近又替使府捕得了俊鹰，真好啊，看来还没荒废了手头这番技艺。”

夫人又问：“一晃眼，你也过五十了吧？我记得你的生辰就是八月。”

程子迁点点头，夫人对这样的细节竟记得一清二楚。

又问程子迁家中情形，得知他回敦煌后又生了一子一女，连连点头：“你看，还是让你先返家的好，不然，哪来这一对好儿女。”

“子迁看夫人的谈话气色，还同当年一般。”

“老了，老了，眼目耳朵都不行了。本以为会老死长安城，幸得佛菩萨和天神地灵护佑，老身携了二子回到了敦煌，总算没有客死异乡。不比那可怜的太保，他，就只能孤零零一个人在京城东郊待着了。”

夫人一提及太保，程子迁便想到太保在浐水南原旷野里的那座坟茔，隐忍多时的泪水止不住地流了下来。泪眼模糊的当口，近旁一青年迈步上前，伸出双臂作势要将他扶起。打眼看去，那青年依稀仿佛正是壮年时的太保本人。不，这不是太保，是淮鼎郎君！程子迁大呼一声淮鼎郎君，紧抓住对方的臂膀，久久不肯放手。

淮鼎郎君亦大声唤他：“是我啊，鹰伯，十年未见了，我还记得你走离长安的那天！一切过去，宛在目前一般！”

太保夫人笑说：“这个愚钝儿，怎么还鹰伯鹰伯的呢，如今该唤程押衙了！”

淮诠郎君坐在夫人侧旁，看他今日气色，一点没有得病的样子，此时他看着程子迁，喉头起伏着，也哽咽着说不出话来。

程子迁仍跪在地上，一手抓着淮鼎郎君的臂膀，一手握住了淮诠郎君的手，终于控制不住地哭出声来。

在场众人，包括尚书张淮深和都僧统和尚，目睹此情景没有不感动垂泪的。

待几人情绪渐渐平复下来，张淮深这才发话：“夫人，二位郎君，程押衙，今日乃团圆日，故人重逢合该欢喜才是。我已吩咐人在前廊备好了毡垫器具，来来来，趁此时节，不如且向廊边分坐，一边尝秋果吃食，一边再叙旧罢。”

夫人这间住屋朝东朝南有个曲院子，植了很多沙州不常见的珍异草木，今日秋光晴好，又无风尘，正是赏秋的好时节。

这时，陈氏带了众媳妇也来到了，于是众人换位到廊上坐定。

女眷们分座东廊，一时都在围看淮鼎郎君娘子阴氏怀抱中的婴儿。这是个女娃儿，于长安出奔前所生，乳名珠儿。娘子身边另有一稚童，今年六岁，正名为承奉，是淮鼎郎君的头生子，说起来，可是太保的嫡孙呐。淮诠郎君成婚也有五六年，至今尚未诞下一儿半女，因此，另一位郎君娘子的面色就有些尴尬，只低了头闷闷地陪坐在太保夫人身边。夫人自然能体会媳妇的心思，此际便拉过了她的手在说话，大体是说是否习惯沙州的水土饮食之类的话题。稍可一提的是，两位郎君娘子都是长安人氏，家门出身都是京中官宦。

男子分座南廊一边，也各自攀谈闲话起来。程子迁知道自己的身份，在下位稍坐了会儿，托辞找了个公事由头，就先行告退了出来。

此番见面，太保夫人如何面貌状况已有交代，自然不用再提。倘若使府中有熟人私底下询问程子迁对两位郎君的印象，他会说多少有那么点异常。淮诠郎君因为得病的缘故，面色不好，体力也很差，正坐不多久便须靠住侧旁一张凭几歇息，他说话不多，偶或出声时，声音却如阉人般尖细。是肺疾造成的声线异常么？总觉得太过奇怪了。还有淮鼎郎君，他看上去四肢灵活，精力充沛，面上几乎看不到任何的悲戚之色。程子迁想，兴许这是青年人容易忘事的缘故吧，毕竟郎君今年才二十五岁。无论之前遇到了何种坎坷磨难，他们似乎总是能将那些不快乐、不顺遂的往事迅速地抛诸脑后。

真是这样么？他有点怀疑。

出了使府门，程子迁正往家走去，街口上又遇到了曹仁贵。他故意调笑少年，立定在原地，照同僚间的官礼给他作了个揖。那曹仁贵嬉皮笑脸地也给他回了个揖。

“曹押衙刚升了职，该让你父亲曹目连为你办贺酒啊。这却是要赶往哪里去？”

曹仁贵仍旧嬉笑着答说：“赶去灵修寺看壁面呢。”

“你去灵修寺做甚？寺里诸位法律尼最不喜你们这些顽劣少年去搅浑。”

“押衙有所不知，我不是去捣乱的，是去寺里的新修兰若寻那个新来的于阗绘画手。”

“你刚随我去看了捕鹰，难不成又要学做绘画手了？”

“程押衙莫调笑，是父亲遣我去的。父亲说了，因为要随行出使于阗，何不现在就寻个于阗人做友。我这是奉命当差呢。”

少年刚才回家换了身袍服，现在穿了件绿地宝花团窠纹的单锦袍，头上还裹了个于阗样的朝霞裹头。这副打扮，看上去像是一个标准的西域少年。

程子迁还是回他博望坊的家。一想到曹仁贵的装扮，就不由得想到他那个父亲曹目连。敦煌的曹姓其实有好几支，郡望都各自不同：有效谷曹姓，他们是本地高门大族，多出儒士读书人，做文职官宦较多；另有从化乡的曹姓，原为昭武九姓之遗留支脉，先辈乃归化内附的粟特人，历来从事营商，吐蕃占据期间很多人沦为寺户；曹目连这支的先祖乃唐初曹通，郡望是亳州谯郡，迁来瓜州常乐县后，之前几代都以军功知名，但他们多为下层官吏，并没有形成什么势力。到曹目连这辈，情况就不同了。他早年即追随太保起事，先入军职，后转任做了多年的使府孔目官，他娶了已过世的归义军副使安景旻的小女，自己又颇善于经营理财，二十多年间已积累了大量资产，光是田庄就拥有十多处，因历年为沙州军府出力甚多，因此在政商各方面积累了很多资源。他的夫人安氏所在一族，乃粟特人豪族，本就在西域胡商圈子中人脉广泛，因之，两家结好后，曹目连这支曹姓的势力愈显突出了。他与瓜州索勋的索姓也关系密切，之前在肃州遇到的索家大伯，就是与他一同经营邸店的合伙人。

明面上，曹家的势力虽然还不能与张氏、索氏、李氏等沙州权贵大族相提并论，但后几家谁都不会小觑，反而有需要借力曹家的地方。曹目连前几年辞了使府孔目官，名义上是称病退职，其实是在专心经营自己的事业，为人处世愈发低调了。今天，他刚又领受了尚书张淮深的敕令，即将出使于阗，可以说，已独立担当起了沙州政权向西结盟的大任。

从曹仁贵的衣着这个小细节，颇能透露曹目连这个人的行事风格，在出使之前便设法与于阗使结好，而让曹仁贵这个伶俐少年来穿梭结交，也是别出心裁。想到此节，程子迁心里不由叹服曹目连心思之细，难怪会受尚书这般重用。

快行至家门口时，却见妻子立在坊巷道中，见他归家便迎上前来说：“你总算回返了，今日家中有客呢。”

“是哪位客啊？”

“张押衙张文彻，都候了两刻了。”

程子迁觉得有些奇怪，自己所在的鹰坊就受张文彻管辖，两人在使府中是上下级的关系，平日并无太多私人来往。这次张文彻接太保夫人和郎君回沙州后，又去肃州一带停留了几天，听说昨日才回沙州。难不成肃州那边又闹出什么事情来了？可是，自己与肃州军政事务一向是不沾边的啊。

一脚踏进院门，便见张文彻在昨晚他饮酒的树下毡席上坐着，立即趋步上前作礼。

张文彻年纪三十五六，相貌端正，唯鼻翼旁颊面上有一粒乌黑小痣，说话时总会略微牵动：“程押衙，甘峻山捕得鹰来，今日又得尚书赏赐，可喜啊！我昨日刚返沙州，手头没什么事，正好路过你家，就进来专候，特为你道贺。之前道途中匆促，不及与你坐下细论，今日你若有闲暇，有些事正要向你讨教。”

措辞很是得体。再咂摸一下滋味，感觉与平日语气不同。有些过于客气了。

“张押衙如此言说，子迁哪里担当得起。”

“哪里担不起，太保夫人和二位郎君回沙州时，一路上都在夸赞你呢。”

一句就点了题。

两人落座后，先说了些闲话。张文彻之前没来过博望坊程宅，现在一边说话，一边扫眼打量起来：三间正屋，两厢各搭出一间偏房，西面有草料棚和马厩，背靠着巷曲的一座土墩，有些低矮破陋。以程子迁的身份来说，看去未免有些寒酸。只这个前院比较开阔，头顶，胡杨树的树冠遮挡了垂直照下的日阳。

有那么片刻，程子迁并未留意张文彻在说些什么，只注视着他张合的口唇以及落到面上的树影光。虽是使府中的同僚，但张文彻今天给他的感觉很陌生。

“程押衙，适才已见过太保夫人与两位郎君了吧？”

程子迁点点头，略笑一笑，并不多语。

“夫人的样貌倒没怎么变，就是两鬓添了不少白发。两位郎君走时还是童稚少年，十多年漂泊在外，初一见到的时候，我差点都不敢相认。他们这次能脱险走出，也真是不幸中的大幸了。”

“是啊。若不是连年的黄巢兵乱，他们此刻恐怕还回不来，得留在京城继续做质子吧。人世间诸般事，真是不堪逆料。”

张文彻的眼睛眨了一下，轻咳了一声，缓声说道：“可偏巧他们两个都回来了。”

这句话显然另有所指。这时，墙外有邻家孩童说笑着走近，两人静默了片刻。

“对了，程押衙在莫高乡有个农庄吧，田地是否转给嗢末奴租种了？”

张文彻转了话题。

“呵，张押衙有所不知，黑黑与奴子他们不是籍下奴儿，是我领养的嗢末半子，从太保围凉州到现在，我将他们一手抚养大，还给娶了新妇。家父留下的几十亩田地平日里就交托了他们耕种。我只在春秋两季去查看一下水渠，其他事一任交予他们打理。”

“原来如此。不过在外人看来，奴儿总归还是奴儿。”

当然，各人有各人的理解，程子迁也不想再解说了。墙外的孩童们停在了自家门前，似乎有人持了弹弓在射内院这棵胡杨树上的鸦雀，只听“飕飕”两声，然后从树丛间簌落落掉下两颗泥丸来。程子迁站起身，让张文彻稍等，便出门去看。

孩子们一哄而散。

程子迁回到了院中，继续与张文彻对坐。他觉得有些口渴，这才发觉竟忘了招待客人瓜食和饮水，又将妻子唤了来。

饮下一碗杏皮水，吃了两片瓜，张文彻顺着刚才的话题继续往下说：“程押衙，我新近在莫高乡阳开渠口买下了原张佛奴家的一块闲地，倘若可以，不妨就叫黑黑他们给承种了。我自己实在没有时间去经理。押衙若有意，择日我就带了你同去相看。”

“那好呢。”

程子迁觉得这个提议倒是不错。就近两块地，脚程距离近，黑黑和奴子若再雇几个人，自然可以一并看管，还能多些田间收入。自己这几日正打算出城一趟，于是便与张文彻约下了时间。

他想到了肃州事，又问张文彻：“对了，张押衙前几日又去了肃州，那里是否又有新的闹乱了？”

张文彻皱了皱眉，带着嘲笑的口吻说：“防戍都副使索仁安之前与崔大夫相争，你大约已知道了吧。”

程子迁点头，便将从索家大伯那里听来的武装对峙情况约略讲了一遍。张文彻也讲了他去肃州所办理的事。

原来，张文彻之前护送太保夫人与郎君过甘州时，已提前得知了翁刺史的预谋。经停肃州时，曾与索仁安商议过，到得沙州后，便立即禀报了尚书。

与尚书及尚书幕僚们议定的对策，即沙州派去的军将士兵不宜与朝官直接冲撞，但可以在城中暗中策动各族部众抵制，另外，程子迁他们从甘峻山入肃州城那天的中午，张文彻已出城向北，去了张掖河上游回鹘王的营帐，希望回鹘人予以配合，派出游骑骚扰肃州四境。若能逼退崔大夫，则沙州方面可以默认回鹘人占据甘州以北的合黎山。这是一个利益对换，实在也是没有办法的办法。

对回鹘人来说，无论如何都能得益，但回鹘王故意拖延，迟迟不肯答应，故而张文彻一直留在营帐等候回复。程子迁他们出肃州返沙州的那天下午，从衙署脱身回到北营的索仁安便向崔大夫提议，主动说要撤离一半的沙州兵力，崔大夫把他当碍脚石，当然就同意了。于是，他便携了二百多人精锐骑军出了城，不过，他没有真正撤回瓜州境内，而是屯驻在黑山天门关。他自己带了四五随从，携了从程子迁那里讨来的那联白鹰，也去了回鹘营帐。

回鹘王得了这两羽俊鹰，就答应了交易，两边决定开始联合行动。到张文彻再回沙州时，肃州的情势已发生了逆转。

张文彻停下话头，眯起眼睛望着同在斑驳树影下的程子迁："程押衙心思灵敏，定能猜中过后的局面。"

程子迁心里推演一番，问道："难道回鹘人已围了肃州城了？"

"比这个更甚，崔大夫已退了他带来的数百天平军。"

哦？程子迁觉得有点不可思议了。那崔大夫虽生得一副儒生模样，岂是一个轻易就肯退让的人？

“由不得他不撤兵。”

张文彻诡秘地一笑。如之前约定的那样，回鹘王果然派出骑步兵三面围了肃州，而索仁安带出的两百军骑换了蕃戎装束，也重新抵近了肃州城西。城里也行动了起来，汜建立指使龙家人烧了肃州城里的官仓，官仓一烧着，又遣各家部众齐聚衙署前闹事，但有一条，可以喧躁，但决不能动手，只需恳请崔大夫筹措过冬的麦粟。这城外被围，城里又没了储备的冬粮，再加众人如此喧闹鼎沸，崔大夫和他的官军即便还想赖下，也是不能了。他遣了判官出城谈判，最终同意放弃驻扎肃州，带了全部天平军撤回了甘州。

程子迁想，这一连串处置虽有苦肉计的嫌疑，毕竟产生了效果。尚书身前几位判官写写文书可以，估计出不了这样的主意，恐怕是张文彻和索仁安两人的谋划吧。

他将这层意思说出，张文彻立时开怀大笑：“哈哈，某与索仁安事先就定了这个计策，报于尚书后，他想来想去，也没有更好的办法，就同意了。而且，我回来时，听说那回鹘王又趁势围了甘州城。眼下，翁刺史在甘州也遇到了同样的麻烦。”

“甘州也同样处置么？”

“是的，此乃连环计。甘州城里，吐蕃、退浑、龙家、通颊等十五家部落已开始动作了。尚书修书一封给了龙家人头领，许可他们入肃州，与肃州龙家部落会同一处。但前提是要抵御住翁刺史和崔大夫的逼迫，设法令其退兵回凉州。究竟如何，还须过些时日才能见分晓。”

有意思的是，大约六七年前，尚书张淮深也曾联络了龙家两次击退过甘州回鹘，此一时彼一时，昔年的敌手成了暂时的盟友。但是，此番允许甘州、肃州两处的龙家合并一处，其势力必将大增，今后恐怕也会成患。这一点不可不察。

这个张文彻不简单，绝非府中的泛泛之辈。他出身自南阳张氏，与太保和尚书同一族宗，所娶的妻子，又是太保夫人宋氏的侄女。他办事警炼精敏，因了这几重眷属关系，本来就很受尚书器重。自尚书亲信张兴信过世后，沙州使府的内宅都押衙一职已空缺了好几年，之前程子迁已听到一些风声，说是张文彻很有可能会被尚书提拔，填补这个关键职位。

只是，程子迁有种直觉，张文彻这个人还有让人不可解的另一面。尚书若明智的话，不宜匆忙决定，应去找都僧统商议一番。转念又想，自己有点替人多操心了，尚书也许已有更好的处置了。

正这么想着，张文彻又重提了之前的那个话题："程押衙，总之呢，甘州、肃州若能维持目前局面，就是最好的结果了。两位郎君已回家乡，不管如何，总须平靖一段时日，咱们要替太保和尚书守住沙瓜的四围边境啊。今后遇事，你我两人要多多商议。"

俨然已将程子迁当成了无话不说的密友，说完还打了个揖。程子迁也礼貌性地回揖了。合众协力，替太保和尚书守好边境，这句话的确说中了他的心事。沙州安定与否，就看沙州人心的齐与不齐了；前后两任使主，本来就无须做两般看待。这样的话，纠缠了自己很多时日的那个烦恼障，或许就能自行消散了。

“但愿淮诠郎君的病体能早日康复啊。”

程子迁的愿望是诚挚无私的，张文彻也跟着叹了一声。

“择日我们或可以去金光明寺找索法律，听说他和州里的医学博士正在为郎君疗治，郎君病情如何，他私下里应能透露些状况。”

“也好，那就城外看渠田后，你我同去一趟。”

两人又说了些闲话，张文彻看看日头，觉得是时候起身告辞了。程子迁将他送出了门外，一直送到了坊巷口。

回转家门，妻子问他：“这张押衙来，是不是有什么要事与你商议？”

程子迁便将张文彻意欲将阳开渠闲地交予料理的事说给她听。妻子听完后直口说，他肯定不是为这个来的，请人租种田地，怎生不去找临近的田庄主，却来找你这个不下田的人呢。我猜想，他这是意欲与你结交才故意这么说的。

再一细想，觉得妻子说得没错：上官主动结交下属，十有八九是因为有求于人。虽然并不明白张文彻所求是什么事，也不知道他的真实动机，但妻子的这句话的确提醒了他。

那边，曹仁贵到了兰若现场，却没有找见那个于阗绘画手，画行都料董保德也不在。庭院中，只画匠弟子李圆心一人在捆扎装具。

问其他匠人去了何处，李圆心答说，间壁的另一铺如意轮不空羂索观音昨日已绘好，之前这里的人手调去宕泉窟上了。

“全去那边了？”

“对呢。”

“又有新开窟了么?”

“新开窟倒是没有，不过，尚书刚发令下来，让董押衙督工修缮北大像楼阁。另外，北面的尚书窟石匠们已雕凿完毕，下一步就要绘壁面经变。董押衙已将画行人手全数调去那里，他自己就宿在三界寺的下院中，你可去那里寻他。”

曹仁贵悻悻出了兰若。未遇见安存立，自然也不能穿着这身衣服贸然闯去于阗使所在的东园馆驿找寻，现在，只能先回家一趟了。午后，他要骑上那匹青骢马出城去。

董保德将要督修的莫高窟北大像，修凿于武周延载年间，洞窟主尊弥勒佛像高十丈余，乃沙州周边诸佛窟中之最大塑像。佛像为倚坐姿，两腿下垂，目光下视，右手扬起施“施无畏印”，能拔众生之苦，左手平伸施“与愿印”，能遂众生之愿。洞窟外建有带窟檐的复式楼阁，重飞四级，靡称金身。另有南大像，开凿于开元、天宝年间，亦是倚坐弥勒佛像，高八丈，略低于北大像，

南北大像皆是石胎泥塑的大佛，塑造过程是先由石匠在崖壁上凿刻出像身轮廓，塑匠用草泥垒裹，再用麻泥细塑，最后由画匠敷色着彩。完成这样体量的塑像费时又费功。南大像从动工到完成，前后竟延续二三十年之久。投入此项工作的匠师们几乎是用半生的时间来完成它。

北大像外的窟檐楼阁构造已近两百年，虽然历年也有维修，但久经风吹雨淋，栋梁朽毁甚多，尚书此次发令，也是因了都僧统唐和尚、数位僧官及使府内外信众的一再陈情。为彰扬张淮深主导的沙州使府的乾符之政，尚书窟在三年前便已开

凿，此时整修崖面、凿窟及窟内塑像都已完工，下一步就是图绘经变和塑像敷彩的程序了。按董保德的预定工时，将在一年半里完功。

之前灵修寺众女眷曾提出要将于阗绘画手安存立留在敦煌，张淮深抽闲与郭姓于阗使一说，对方很爽快地答应了，约定在敦煌驻留两年，待下次于阗使再来沙州的时候，就随使节回返。此外，于阗使还派了两名随行担任画匠辅助。因此，安存立等三人此次一同被调往了窟上。

步回北街西横巷，曹仁贵从家中厩院牵了青骢马出门，心里已有了主意：他要找的人不是于阗使，也不是安存立，而是在三界寺的董保德。

今日过午，半边连云挡去了日光，天色黯沉下来，气温转凉，沙州城外也开始起风了，已然是一派清秋气象。出城门前，曹仁贵仍牵马行走，借着步足踏地的节奏在脑中寻思自己的未来使命。于阗会是怎样一个所在呢？这次与父亲一同出使，如若可以在那里待上一年半载，那就再好不过了。还有，初定下的启程日是在明年春，那么，从现在到出发前的这段时日，自己能与那个安存立结下友缘么？虽然才十三岁，但自小取得的经验告诉他，能交到一个真正的朋友并不那么容易。还有，董保德那里，有自己可以出力的地方么？很可能，董押衙和他的一帮手下，仍会将自己看成一个半大孩子，并不把他的随行出使当一回事。

这些种种，他并不知道答案，所有事，总要去做了才有可能知道。不过，他现在已经可以给一众匠人们讲讲捕鹰的事了。这个题材，多数人都会觉得新鲜有趣。想到这个，曹仁贵觉得过几日有必要带些谢礼去程子迁家中一趟。这次能去得甘峻山看捕鹰，多亏有程押衙一路照拂啊。去路和返途中，两人拉拉杂杂聊了很多话，虽然有年龄的代差，但程子迁的确是正式接纳并认可了自己的第一个成人。两人间已有某种默契，不是像一般的随行同伴，而类似于师与徒的关系。这个捕鹰押衙，或许今后也能给予自己很多的指点。这是一个极明智而内敛的人。

出城后，他才上了马背，却并不急着纵马驱驰。道途两边，待收的庄田里，不时可见到收割麦黍的农人，近渠的水硙[1]、油梁也都启用了，很多人户的屋前屋后的堆场，妇人在编织，而孩子们抡着树枝条，在驱赶不时飞下啄食的鸟雀。平日人来人往的道上倒是没几个行人，只在百步开外，行走着一个少年模样的僧人。

再走近些，曹仁贵觉得背影有些熟识，一时却想不起是谁。那少年僧听到身后马蹄声，也别转了头看他。两人同时唤出了声。

“仁贵儿郎！”

“啊，是喜首你啊！”

不错，面前这位少年僧就是张文彻的长子张喜首。问后得知，张喜首恰好也要前去三界寺。

“你不是在金光明寺索法律座下做了侍者么，不归本寺，去三界寺作甚？”

---

1 水硙：石磨。

“你不是出家徒儿，却去三界寺作甚？”

“我有事去寻董保德。你呢？”

“我去三界寺看经。这么巧，那就结伴同去喽。不过你得下马来，我可不喜欢看你高人一头。”

“下马就下马，我未出城前一直牵马走来着。”

于是，两少年和一匹马就一起同行了。头顶，阴云堆积得越来越多，两人走离沙州城东约五六里时，雨点就飘飘扬扬地洒落下来。他们不以为意，继续说话行走，额头很快就被打湿了。张喜首已经剃度，所以头脑光光的并不怕雨淋，而曹仁贵的于阗样裹头已濡湿了一大片。

走至田庄渐稀少而沙地渐多见的莫高乡地界，雨势大了起来。

曹仁贵就说：“喜首兄弟，你这个剃发人不怕雨淋，我头巾已湿透了。要不，我带了你一同骑马去寺里吧。打马快奔的话，不出半刻就能到得寺前。”

张喜首挠挠头，严肃地思考了一下，因自己还背了一个包囊，虽说裹了两重油布，但还是骑马快些到达比较稳妥。于是，曹仁贵先上了马，身子往鞍前靠，给喜首让出了鞍上位置。

远远望去，南向的三危山、鸣沙山的山口一带，一道电光划过，接着，是一连串的闷雷。这是八月秋分后的青雷，也是本年最后的雷声了吧。

“天神青女在催我们快去三界寺呢！”

“雷神下旨了，还不加鞭打马?!”

曹仁贵将马鞭交予后座的张喜首，喜首接过就在马臀上打了一下。青骢马得了鞭令，立即在雨点泼溅的土路上奋蹄奔将起来。

加了马行的速度，雨滴如冰凉的豆子打在面颊上，两个少年伏低身子，将身形拱曲，躲在马头后面尽量伏避着雨势。

仁贵儿郎口中呼喝着，两手不时抽紧缰绳，眼睛随时看着前路，想象自己已在出使于阗的征途中，或是随了马骑军将们正发起一次冲锋。在雨水、呼啸的风和不时响起的秋雷声中，他的两只瞳目熠熠发亮。

7

天气晴好时，来至莫高窟前，便会见到“前流长河、波映重阁”的景象。重阁即覆罩了北大像的四重楼阁，长河即宕泉。宕泉发源于野马南山，由数条冰川融水汇流而成，向北盘曲三十里后，自三危山和鸣沙山之间的宽阔河谷流出。水量丰沛时，宕泉能流到敦煌北境的独利河，最终汇入西面的蒲昌海。

但今天，突然下了一场毫无征兆的秋雨，雨势还很大，窟崖那边景物已看不分明，而宕泉入于平地的水位也比往日高出很多，因此曹仁贵在河岸边勒停了马儿，转向了左首的大片芦苇滩，缓辔登上了北岸的土台；接近了三危山的崖壁后，两人下马步行，绕过了数十座僧人墓塔和晋司空索靖题壁的废塌的古仙岩寺，就来到了宕泉河谷。河谷南北纵向延伸，东面是三危山，西面是鸣沙山，谷中辟建了三所寺宇。金光明寺和乾元寺两寺毗邻，就坐落在北大像东南向的台地上，三界寺则扼守了河谷的北端。这里水面较窄，驰马就可过。

到三界寺时，两人浑身上下已湿透，便先站在墙檐下，脱去外袍，拧干了提在手里。那匹青骢马也甩起了尾巴和头鬃，又将水滴溅湿了两人的内褂，曹仁贵假意呵斥一声，它便乖训地走离了一些距离，躯身仍紧贴着墙面。

张喜首从包囊里取出布头，两人擦干了颜面和手臂，这才走至山门前。

门关着。显见得寺里的僧人觉得大雨天没有人来访，早早就插上了扃闩。

张喜首在门上轻敲了几下，许久无人应答。曹仁贵接着用力较重地再敲几下，还是没有人来开门。许是雨声嘈杂，寺里的守门僧没有听见吧。

若从侧门马厩那里，倒是可以走入，如此就又要淋雨了。身上衣服才干了一些，两少年没有法子，只得站在门前干等。

于是就开始了闲话聊天。

"喜首兄弟，你来寺里是看什么经？"

"是前都僧政曹和尚所讲的《净名经关中疏》，三界寺的都法律法海和尚有一个听录本，父亲命我来给他抄取一份。你来找董保德又为了何事？"

曹仁贵也没有什么隐瞒，因为要随父亲出使于阗的缘故，想来找董保德手下的于阗绘画手安存立，询问于阗的情况。

"你要去于阗？"

"是呢，今早尚书还封了我一个候补押衙衔呢。"

张喜首口中啧啧，不知是赞赏呢，还是表示难以置信。

"你母亲那边的亲戚中，还有在于阗的么？"

曹仁贵答："有几个在于阗营商的远亲，不过，我从来没见过。"

"啊，很想跟你一起去于阗见识一下。"

身边这位少年同伴的口气里很明显有一种羡慕的成分。这让曹仁贵对自己领接的这个任务也不由得态度郑重了起来。

"或许今后还有机会。"

"什么时候呢？"

"驱鸟沙弥肯定是去不了的，若你当了寺主或做了都法律之类的僧官，兴许就可以。"

"听说于阗路不太安定，常有贼人袭扰。"

"会有军将护送去西州，过后，就靠我们自己了。"

"若被回鹘人捉去，那可怎么办？"

"父亲定会想出办法来的。现在这会儿，说不定已寻出办法了呢。"

"反正要小心为是。"

"是啊。"

檐下的两人静默了一阵，曹仁贵又问："为何不是索法律让你来看经，而是你父亲呢？"

"哦，父亲当年就是曹和尚的优婆塞弟子啊。还有，法海寺主剃发之前曾供职军门，当年他和父亲两人曾同驻凉州西界，说起来是父亲的旧友啦。"

曹仁贵猜想，再过几日，张文彻自己也会亲来三界寺吧。他这是遣自己儿子先来问候，许是有事要与都法律商议。

两人又轮流敲门，还是无人响应。这寺里人众都跑出了么？今天真是奇怪。

雨停了。

曹仁贵牵着马，与张喜首转到了旁侧的马厩。

跑去厩舍里一看，见两根木桩上拴了六匹配了上好鞍鞯的骏骑，鞍鞯的装饰图样与沙州寻常所见的不同，马的身形很高大，看去不像是本地所产，他们两人走入后，警惕地踢蹬蹄足。角落里，还有几头灰毛驴头挨了头站立着。

三界寺因为距离州城较远，附近没有田庄，因此就没有寺户奴儿担任仆役，这个马厩平日就由僧人自管，但今日管事僧却不在。马厩中有一扇偏门通向内院，平时都不关。曹仁贵将青骢马系在厩舍门口的立杆上，就同张喜首从小门走了进去。

在间道走了十多步，就转到了山门后面，面前是个植了两株高大榆杨的北院。此时，叶间仍有水滴下落，因为是沙质的地面，积水存留不多久就渗下，满地的泥痕。雨后又复晴，此时墙头的夕照已射入，满眼金色的碎光影。观音堂中，诵经声与法器奏出的梵音袅袅传出，寺里分明在举行一场法事。

两人就坐在侧廊栏杆上等待。张喜首随着观音堂内传出的音声低头诵经。

不多久，廊道里传来了足音。曹仁贵转头看去，来人却正是他要找寻的董保德。当下便跳下栏杆，迎上前去，躬身作礼。

“咦，外面刚下过一场急雨，曹家儿郎怎么来三界寺了？寺门未开，你们是从隔壁马厩入内的？”

“是呀，厩舍里有四匹土驴，那六匹西州马却不像是本地的。”

“那是于阗使的马。寺里的马上月就被康幸全带到草场去圈养啦，入冬前放回。”

董保德再看仁贵身旁的张喜首，以为曹仁贵是陪同了喜首来寺里游玩的，打过招呼后便走行过去。也是要走通马厩的间道。

“董押衙且留步，我来三界寺，是特为寻你的呢。”

“小押衙，听说你前不久刚随了程押衙看捕鹰，难不成，又要随我入画行了？”

曹仁贵嘿嘿一笑，说：“之前程押衙也这般打趣我。不过，此次可不是玩耍。今日尚书颁令下来，吩咐我随同父亲出使于阗，我想转托押衙，帮我引荐一下那个于阗绘画手。”

董保德看看曹仁贵，上下打量他一番，注意到仁贵手里搭着的那件于阗样的袍服，心里马上就有了数目。他正色对曹仁贵说：“好啊，你既已负了尚书使命，我自来安排一下。今日你来巧了，于阗使郭大夫恰好在寺中，刚刚做了布施，正请寺内僧众为于阗与敦煌做祈安法事。安存立会在画行待一到两年，今后有很多机会可以交结。”

说完，又要拔脚走脱。仁贵从后面一把扯住了他的衣袖。

“董押衙，你的袍袖脱线了！”

董保德立停了看自己的袖子，发现并无勾破，但袖口确有一块颜料染污的斑点。他立时明白了：“你个涎皮儿郎！我须要入城取些物件，当晚就回寺。明天一早尚书窟里画行会做开工赛神，于阗使和安存立都会出席，你若想一并都见了，今晚就宿在寺里吧。”

曹仁贵朝着董保德走去的背影深拜一揖，今日冒雨前来，还真是来对了。

佛殿中法事完毕，果然见于阗使带了五个随从出了观音堂，他们今晚将在寺内过夜。寺主都法律法海将他们送回了北院客馆。待法海回返观音堂前，张喜首这才前去面见，顺带也将曹仁贵须在寺里过宿明日看赛神的情况告明了。如张喜首之前所说，都法律出身军门，身材魁梧，面紫如韦驮殿中的天王模样，今天因了这次半官方性质的法事活动，还特意穿了一件山水纹的薄纱纳衣，如此搭配，风姿也是特异。都法律向喜首问明情况后，和颜悦色地说他此刻要回观音院方丈换衣，入晚前后还要陪于阗使议事，喜首的看经明天他自会有安排，仁贵和他两人的住处也没有问题。转身唤来了寺里的知客僧，吩咐他领二少年去厨厂过斋。

斋后，知客僧将他们引到西院一处净室，嘱咐一番后就离去了。

日落前，两人无事可做，就走出寺院望野景。

雨后的莫高窟，空气凉爽，景物分外明洁，夕照勾勒出身后崖窟的轮廓线，亦染红了两个看景少年的脸庞；走至宕泉河边，水流已趋平缓，倒映了暮色天光，看去如一条彩练。此时，窟上三寺几乎同步传出了声声暮钟，更添了几分静穆。顺河岸走了一圈，他们便折返了。寺里也遵行了城内的夜禁时间，山门将正式闭合，两人就回了西院。张喜首在灯下看自己新誊抄的经卷，曹仁贵早早便睡下了。

许是白日思虑的缘故，梦中仁贵恍惚来到了想象中的远邦，那个传说中的于阗王城。

城中佛塔林立，香花梵音处处，路头走入一林囿，林中有一大伽蓝，寺门前许多香客信众正伏地叩拜，很奇怪，竟然没有一个人走入。仁贵好奇，独自跨进山门，走进一重重高阁，来到了内庭。庭中置一个大池，池中有千瓣莲盛放，池上有妙音鸟翩飞，池后更矗起了一座镶金嵌彩的高大佛堂。

此时自堂中走出了一位白衣圣人，圣人先用于阗话叽里咕噜说了一通，仁贵听不懂，只是恭敬地连连点头。圣人又转用敦煌土语询问他的来历以及从沙州到于阗的路途情况，仁贵便一五一十如实以告。圣人点头，话音清楚地对他说，少年人，你来于阗后，须每日到大寺佛堂中拜香，若见到一位怀抱了婴儿的老者，可上前与他搭话，将你所见所闻讲予他听，如此如此，则今后必有灵验。说完，圣人的躯身自地面缓缓飞升，停于半空，手施“与愿印”为他祝福，嘱告他“切记勿忘”。之后就化作了一缕青烟，袅袅飞出了堂外。

醒来时，曹仁贵清楚记得刚才的梦遇。那里的城池与人民，伽蓝与佛堂，似幻亦似真。这不像是梦寐，而像是重游故地：因一切所见皆亲切熟稔。少年感觉到内心生出一种神秘效应。现在，于阗对他而言不再是虚无的所在，已赋有了具体可观的形象。而那白衣圣人或就是菩萨的显形，在他将去于阗前给出了路向的指引或预言。毋庸说，他是信任这个预言的。

少年披衣起身，身边通铺上，张喜首鼻息正酣。净室外夜色犹浓，但已可以听到早起寺僧的走动声。

三界寺观音院的两面石墙后，紧贴崖面辟出了一个很大的空场，从这里爬上几级土阶，便是归义军首任河西都僧统洪辩所开三窟，底层是为吐蕃僧法成所开的吴和尚窟，又被称为大佛堂，上有二窟，一名七佛堂，顶层为一个小禅窟。三窟前依次倚崖建有木廊道和遮檐。大佛堂内甚是开阔，覆斗顶，中有马蹄形戒坛，坛西有背屏通联窟顶，四壁壁面都有图绘，窟顶为西域风的彩绘藻井，四坡绘棋格团花图纹。入口甬道的北壁又开有耳室，内置洪辩像，壁面上绘有细笔勾出的双树图。

众寺僧先要在大佛堂做一场早间法事，之后的画行赛神将移至北大像和尚书窟举行。因此在法事结束前，有一段时间，董保德及其手下匠师，于阗使及其部属，一时都齐集在院中。

曹仁贵就在大佛堂前结识了于阗使郭大夫。

董保德之前肯定已有一番引荐说辞，郭大夫初见他时言语间便很亲切，他伸出一手按住仁贵的肩，问起了他的母亲安氏，还说回程前一定要去曹府相访。仁贵便问，郭大夫认得家母？郭大夫答说，之前流落西州时，曾受到安副使的多方照拂，幼年时亦曾随父母寄居敦煌数年。有一年的端午，还曾同副使家眷一同去登鸣沙山，只是时日过去很久，不知夫人是否还曾记得跟在她身后的那个少年同伴？他的目光凝定了面前的少年，倒让仁贵觉得有些不好意思起来。

郭大夫口中的这位安副使正是曹仁贵的外祖父安景旻。安景旻本是沙州粟特归化人，陷蕃时曾任押蕃落使，归义军初创时担任副使，辅佐太保张议潮共治军府事务。张议潮除娶了宋氏，之前还曾娶了安副使长女为夫人。可惜这位夫人去世得很早。而曹仁贵的父亲曹目连则娶了安副使很晚才生下的小女。郭大夫挑明的这段前缘故事，在曹仁贵也是第一次听闻。

这时，侍立郭大夫身后的安存立也发话了：“报郭大使，如此说来，我也与这曹家儿郎有一份亲情呢。于阗安氏和敦煌安氏百年前本一支所出，我家这支安氏就是天宝年间从敦煌、陇西迁回的。要论说起亲伦辈分，眼前这曹家儿郎正是我的族表兄弟呢。”

曹仁贵第二次地诧异了。因他之前从未听母亲提过于阗还有安氏的别宗亲属。于阗安氏那边也许久没人来沙州探访过。

安存立见他一脸疑惑，又补充说：“于阗陷蕃后，族人又逃至葱岭避难，前十年才重新迁回了于阗。”

原来如此。这样看来，父亲嘱咐他来接洽的郭大使和安存立，其实都与母亲的家族有着某种关系。父亲事先知晓这个么？

安存立又问他：“你已能骑马了？”

这一问，恰提到了少年的得意处，曹仁贵向他连连点头。

董保德也插话进来了：“何止会骑马，前一阵，他还追在使府捕鹰人的身后，随同去了一趟甘峻山，来回跑了有三千里呢！”

这下轮到郭大使和安存立咂舌了。尤其是那个安存立，听闻董押衙这个最新报告就喜不自胜了。

“大好，大好，我初来敦煌，乡土不熟，曹家儿郎若有空闲，就带了我四处游转吧！不过，我得先陪同了郭大夫先去府上拜会，还须夫人准了才好。”

“骑马的事，无须禀告家母，只要我人在沙州，她是任我怎样都可以。只这次随程押衙出了州境，险些挨了她的责罚。”

“是啊，你毕竟年少，夫人自然放心不下。还是提前申说为好。”

当下，郭大使就和安存立商量了一番，他们下月初启程归国，月底前可安排一个时间。至于具体哪天，就需要曹仁贵居中协调了。

曹仁贵此次的沟通使命，就这么顺利完成了。

日头跃出东面三危山的崖顶后，寺门前忽然传来了杂沓的马蹄声，是使府中的两名传令押衙。他们跑进内院，传达了使主张淮深刚下的口谕：今日北大像前的画行祭祀，尚书和淮鼎郎君也将出席，不必特为铺设，但时间可延迟到巳时初刻。他们还要去通知金光明寺和乾元寺僧众，言毕，立即返身出寺去了。

董保德之前的仪式安排得比较简单，只三界寺寺主法海主持祝祈，由他率领了手下一众匠人在神像前敬香祷拜。这一回，尚书临时起意，要带新回沙州的淮鼎郎君同来，虽然提前告知说不必特为铺设，但还是需要重新布置一番的，于是就与这边的于阗使几人别过，与寺主法海、维那法信去方丈内商议去了。

维那法信很快也出寺了，他要前去金光明寺和乾元寺提前知会两位寺主，今日所有事宜，必须全都安排妥帖。

尚书要与淮鼎郎君同来窟上，三界寺里便是这样的情形。而这个消息，却在使府里引发了一场小小的骚动。

先是淮诠郎君听闻尚书要带淮鼎出行，从卧床上撑起身，便也要同去。太保夫人劝说无效，只得请尚书亲来说明。张淮深宽解道，淮诠弟，今日我和淮鼎只是骑马出游，顺便去窟上一观，不是正式典仪。待你调养得好一些，再作安排不迟。

沙州与长安风土气候不同，尤其昨日雨后，气温转凉，随侍医官也说要提防秋寒，还是不出门为好。

经这么一劝阻，已换上骑马装束的淮诠郎君只得听从大家的意见了。过几日，若天气稍稍晴暖些，可以同上城楼野望。回沙州以来，他还没有好好看过这离别了十数载的故城和四乡田陌。

尚书诸子中，延锷与淮诠郎君这位堂叔比较亲近，常常伴同了抄看经卷。午后，两人也会在廊下弈棋消遣，只是郎君体力不能持久，一局棋往往会下个两天。今日，众人散去后，他便和延锷讲起了旅居长安时的见闻。

提及长安，淮诠郎君发出一声长长的叹息："没想到乱军这么快就攻取了洛阳，转瞬便突入了京畿。在那以前，我们的日子过得很安稳，本以为自己会一辈子做京都人了，从没想到还会有回沙州的一天。"

他望向院中的日影，目光有些怅然。

"郎君平日里都做些什么事呢？"

"平日就在宅中看文习书，春日初秋，会去曲江一带走马观花，兴致好的时候，也会邀约了友伴出城，一起登山原望远。最常去的，却是宅邸附近的东市，因出坊百步便可走到，路途很近。太保生前也是这个消遣。"

"那淮鼎郎君呢？"

"淮鼎自小就活泼好动，又喜结交伙友。在长安时，总有一群人围着他玩耍，斗鸡，博戏，还有打马球。长安闹乱前，他和万年县廨和榷盐院的几个青年衙吏最是相熟，与其他几个藩镇入质的贵公子也有往来，因此常常邀于宅中轰饮，被家母禁阻，就出宅跑去平康坊本州进奏院了。"

延锷咂舌，都曾是少年人，他能理解淮鼎郎君困居长安时的心情。因此，这些作为也不为怪。

“不过，这几年饱经世乱，路中又数次遇险，我这个弟弟之前寄居京畿的历练也派上了用场。途中被党项人劫掠时，亏得他临机应变，一面与贼人言语周旋，一面暗底下遣人溜出，去报知了邠州使主。不然，今次就回不了沙州啦。”

延锷说，他看不出淮鼎游冶放荡的样子。刚才在出使府的马道上，郎君显得特别英姿勃发呢。

“是啊，容貌姿态上，人都说淮鼎长得像父亲，而我像母亲多一点。总之，回返沙州后，他的性情已改变不少，变得沉稳了，毕竟今年已二十五岁。”

哥哥评说弟弟，言语里有一种亲切的调侃。可想而知，流寓京中的日子里，两位郎君之间的感情是很好的。也亏得有这样的兄弟情谊，才不至于过于寂寞吧。

延锷其实很想随同父亲和淮鼎去窟上，但他知道，为了安慰病中的淮诠，他今日必得留下来陪伴。自己尚未婚娶，平日还没有什么家事羁绊。

延锷想象不出京都长安的情景，也不知与沙州城相比，墙垣会高多少，坊巷规模又会大上几倍。不过，淮诠郎君之前曾跟他描述过天街朱雀门的高大雄伟，这令他不胜向往。虽然，这座大城已数次遭受兵燹，毁荡几尽，早不复当初的鼎盛繁华了。

廊上的合页门扉没有全关上，通往院子的木阶上，有一条大蜈蚣正缓缓爬过。延锷顿时感觉自己就像这条虫子，不得不在河西一隅度过此生，他最远只随父亲到过甘州，中原究竟如何面貌是完全不识得。

这未免太憋屈了。

8

啊，我这个幽囚之子，如挣脱牢笼的鹰，飞离了长安，终于回到了这座儿已忘却了的城池。它纵横上下的四境，父亲都曾踏足过，是他将困住这片土地的吐蕃人的枷锁给砍去，令无数生民恢复了自由。我在这里出生，童年的记忆已模糊，但宕泉这里的窟上风景却一直镌印深刻。因为在这里，父亲已将他东西经略、归义唐土的事迹用图绘的形式在窟壁上定格，那座太保窟和窟中的统军出行图里仍存留有他的元气。

眼前闪过的土路、柳林、沙园、芦苇滩，不远处的戈壁、山峦，有着与长安不同的另一种的雄阔。似曾相识，又如此陌生。现在，呼吸着秋天的爽冽空气，纵马驰骋的自己仿佛重又张开了翅翼。经了夏秋的调养，胯下这匹骏骑俊健得很，一路奔驰到宕泉，不带任何喘息，只脖子皮毛后的筋脉在鼓胀起伏。

自回返沙州，这还是第一次可以放纵身怀。整日就是吃了睡、睡了吃，因之前漫长的归途已将人的体力损耗到极限，而饥饿曾折磨了包括母亲、兄长、妻儿眷属在内的所有的同行人。好在经过这段日子的养息，我又恢复了原来的精神，重新做回了张淮鼎。

望见宕泉时，记忆随之复苏。儿时，兄长曾携了我偷偷溜出城，向民户借了两匹驴子一路骑来这里，之所以只能骑驴，那是因为马匹对我的年纪来说还过于高大，我跨不上去。不过，驴儿有驴儿的妙用，它们步足缓慢而坚定，且脾性温顺，不会将你颠落到地上，只需出发前给足它草料。离沙州的那年，也是这样的秋季，父亲曾带了所有的亲从部将同去窟上，兄长和我坐在一辆马车里跟随在后。太保窟前，父亲当众晓谕手下的文武僚属，将沙州一切军政要务全部委托了大兄淮深打理，印信也亲手交予，此外，还指定了三位女夫索勋、李明振和阴文通担任辅佐。那一年，大兄才多大年纪？简单推算一下便可知，那时他是三十四岁。而我经历了常人少有的浮荡，今年已二十五岁了。可叹啊，凡人皆傀儡，有无名的天神牵扯着命运之线，将我们捉弄个遍。想及此，真想找个无人的旷野，独自痛饮一番！

虽然背负了质子的身份，长安我却是喜欢的。一座举世无匹的大城，旷阔无比的天街，左右各坊重叠的屋宇和坊口的旗楼，每一天，等一千槌晨鼓敲过，坊门打开，就会有各式各样的男女登场：有进京赴试的举子，有等待铨选的外地候补官，有东海与西域来的商客，有操着各地口音的土民与士人，有贼盗狭邪之徒，有定时自承天门出巡的金吾卫军将，酒肆瓦栏中，有善解风情的歌女胡姬，自然也有沉沦人间的失意客；而各地藩镇军使，无论势力强弱，都在城内设有据点，有各自的地盘，也有各自的情报网络。若嫌城内待着烦闷，春夏秋三季都有不同玩赏的去处。总之，有各种办法来打发时日，日子可以过得很逍遥。既来之则安之，我的面上从不会露出烦忧的神色，不像兄长淮诠，学了英雄迟暮的父亲的模样，总是那么心事重重，开心不起来。这又何必呢？倘若没有乱军入寇，要我在沙州和长安之间做个选择，那么，我还是宁愿待在长安。想到这里，我发现自己非得重新找几个酒友了，不然这里的生涯就显得太过无趣了。这里没有几个少年伙伴可以结交，认得我的几个人，我却不认得他们。今后若要在这沙州城中生根，亟须得到若干新朋友的呼应啊。哥哥倘若身体康健，自然就会有生气，可他现在这副模样，我总是有一分忧虑。

甫一出城，我就脱离了随行部伍，一人冲到了最前面，尚书大兄在后面喊淮鼎弟慢行也顾不得，回头看，不知为何，他们折向了往西南去的路。于是索性向了窟上方向任意骑去。此时，郎君，郎君，身后又有人在呼叫。是在对大兄淮深说话么？不，一般人只会称他的官衔尚书，而不会称他为郎君。郎君是专门指称太保之子的，那人是在唤我！我收紧了缰勒，让马的蹄足放慢，回头看去，却是一位武官装束的押衙，颊面上，一颗黑痣倒是分明，正是此次将我们接回沙州的张文彻。

此人现在与我并辔而行。

“郎君，且在河岸前稍等片刻。”

“哦，我今日听尚书说，已升了你做内宅都押衙？”

能担任这个职位，他可是大兄身前亲信中的亲信了。

“卑职之前只是管理鹰坊，料理一下杂务，能得尚书宠信，实属侥幸。”

“那么，程押衙程子迁是你手下喽。”

“鹰坊卑职只是虚领，平日大小事一任交予程押衙自行处置的。”

“尚书他们去往何处了？我没看到他们跟上。”

“尚书先折去灵图寺看都僧统去了。稍后便来。”

哦，这么说，只你我两人抵达宕泉喽。与其原地等待，索性先去谷口的三界寺吧。

“尚书也是这么吩咐的。”

于是两人一前一后选了个浅滩涉水过了宕泉。昨日大雨后的水差不多已退去大半，不过马蹄溅起的水花还是濡湿了马靴。

宕泉真是一条神奇的河。策马过河后，我之前深埋的记忆便一下全部复原了。三界寺是否之前模样，寺主目前是何人？还有，去乡十多年后，是否又有新开龛窟？我急于到达现场，很想将所见与自己记得的样貌一一来对照。

“郎君真是性急啊。”

我过河后就策马疾驰，那张文彻紧跟在后。因来到了一段上坡路，马儿本来也行不快，听他这么一说，就不再任性纵马了。索性就听他闲扯几句。

“郎君啊，我一见你，如同见了当年的太保。你与太保，样貌实在是相似。”

回沙州过后，已听很多人这么说过，尤其是昔日追随过父亲的老辈人。

“哦？父亲离沙州时，你是多大岁数？”

“那年是十九岁了，所以，一切情形都记得清楚。太保走时那年的初冬，沙州的雪下得很大。”

“是啊，那一年，王廷急催入京，他的须髯也一下全白了。”

之后我就不再搭理他，任由马儿慢慢向前。而我的目前，看到的不是前方的三界寺，却仿佛看到了父亲冒着风雪，骑马在车马队前引路的情景。哥哥与我两人，裹紧了身上的皮袍，揭开车帘，看到路途上不时有沙州乡民跪在地上，有一两人甚至还直接跪在路中，拦停了整个行队。父亲频频拱手作礼，遇到拦路者，不许身边军将驱赶，自己下得马来，将缰绳交予亲从马通达，上前将他们一一搀扶起。一路上，这样的场面太多了，致使行队出城半天，还未能走过塞城的破墙垣。耳中一直听闻男女路人的咽泣声，沿途人户也有燃香祈告的，求神灵遮护，保佑父亲一行道途平安。

哥哥和我送父亲入瓜州境，就与父亲暂时别过了。出发前，又接王廷一道新的敕令，要母亲和我兄弟二人第二年春随后入京。

父亲全身着甲，仿佛再次踏上了东征的路途。但他心里很清楚，这一趟恐怕再也回不来了：那座东南方的都城，将是束缚他自由的一座辉煌的囚牢。束身归阙后，父亲先授右神武统军，遥领瓜沙节度使，赐宣阳坊宅邸，旋又擢升为金吾卫大将军兼司徒，赐羲谷川田庄。抵京不到一月，懿宗在球场亲自召见，皇上骑于马上，命父亲骑马奏对，勉励之余又厚加赏赐。但这一切花样，都是为了打压父亲欲图经营凉州和陇西的雄心，使他彻底顺服于王廷的意志。西北边陲不容一个雄强藩镇的存在。

父亲本可拒绝束身入阙的命运，总可以编排出种种理由，但他自小就跟从祖父张谦逸习染儒书，幼年即敬慕名将封常清，终究逃不过忠义名分的牵绊，是的，就是“忠义”这两字害苦了他。我不会这样，我会汲取他的教训。当然，并不是走向反面。不是。应该这么办：该行忠义时必行忠义，为求自保则不惜丢弃。这才是居于乱世的合理的生存法则。

父亲去世的那年，整日像个疯子似的胡言乱语。他说看到屋梁上有一条悬蛇而惊叫失色，而我只看到了雨后水洼透过窗棂反射入内的投影；他学律僧过午不食，早饭却暴饮暴食，中午已喝得酩酊大醉，大呼天怎么还不黑；天街暮鼓响起，坊门关闭，他却硬要闯将出去，大呼小叫不止，还提起马鞭要责罚守门役人，例行巡街的金吾卫士过来一看，原来是老上司，一时也不敢惹，只得四五人将他手脚胳膊抓起，将他拥回了府中；最离奇的是，在他过世前几天，竟梦见了我和哥哥跪在他坟墓前，说自己若葬在长安郊原会死不瞑目，唠叨了好几天，非要母亲应承下来，在他身后将他的尸骨另留一份设法带回沙州。没错，在黄巢乱军攻入长安前夕，我和淮诠去浐原替他还了这个愿，发墓取骨时，在邻近田地里站着观望的那些乡人还以为我们是大胆到白昼里现身的盗墓贼呢；现在，母亲的房内就有这么一个匣盒，收了父亲的两根骨头，前归义军节度使张议潮的骨头。是的，骨头可以为他的疯狂作证，证明他的身体是跟了他的头脑一同慢慢垮掉的。

这些内幕，鹰伯程子迁是知情的。甚至，他比我知道得更多。父亲去世前两年，每天陪伴父亲的是他，而不是我。天知道父亲还跟他交代了些什么。昨日再度重逢，也没有机会和他说上很多话。也许，日后可以找个方便碰面的地点。程子迁虽然喜欢饮酒，却常常一人独饮，并不是理想的酒友。我现在是太保郎君的身份，也不便主动来邀约他。

这时，我眼睛的余光扫到了骑马跟随在侧后的那个脸上有痣的新任内宅都押衙。鹰坊也许是个可以常与程子迁会面的理想地点。于是，我稍稍收紧缰绳，又与张文彻谈说起来。

“听说，鹰坊近来又为尚书捕到了两联青骹鹰？”

“是呢，程押衙此次出行顺利。”

“我也喜鹰，改日得空了去鹰坊看程押衙调鹰。”

"郎君随时可去，提前告我一声就可。我可稍作安排。还有，新捕来的那四羽鹰这几天就要开始调养了。"

"大好。"

张文彻感觉到了我言语中的褒奖口气，主动又说："其实程押衙甘峻山这一路去还捕得了两羽白鹰。"

哦？这个我没听尚书大兄提起啊。便问张文彻是怎么回事。张文彻就将白鹰如何被肃州军将索仁安截留了送往回鹘王营帐的事与我交代了一遍。

"白鹰一事，尚书知道否？"

"索仁安吩咐程押衙不要提，他自然是没有提喽。"

听起来，这事有点意思。军将索仁安也忒擅作主张了，程子迁回来复命时自然多一事不如少一事，避而不谈。有意思的是，这个张文彻偏将这个内情向我透露了。

"说到捕鹰，在长安时，我就养过一羽白鹰，可惜后来匆忙离京，没有随身带上。"

这是实话，天下平靖的那几年，我对玩鹰很是着迷，身边也有几个同样玩鹰的贵公子，兴致好的时候，我们常去郊原的私家林囿里骑马捕猎。鹰隼是出猎必备的好帮手。

"郎君，这个就交由我安排吧。只是，今秋的捕鹰时节已过，明年一定替郎君捕得一羽白鹰。"

"有劳押衙留意！"

头顶恰有一片低云遮住了日阳，在土坡上投下了一道翳影，我加了一鞭，纵马上了坡，那一天，与这个张文彻再无其他言语。

到三界寺后，见到了画行押衙董保德和一众匠师，没什么可以说的。这些人的父辈都跟从过父亲，大多是子承父业，只听说有一个是新近从于阗来的外客。还有一个俊秀少年颇引人注目，董押衙介绍说是使府前孔目官曹目连的少子。曹目连这个人我倒有些印象，此人颇有能耐，父亲在沙州时就很器重他，只不知为何前几年他退了官，开始专做这个营商兼出使的买卖了。他这个儿子模样灵秀，眼眸乌黑，谈吐说话却异于一般少年，透出少见的沉稳，将来长成或也是一个人物呢。听闻他即将随父出使于阗，昨日尚书大兄还封了他一个押衙名义，我便打趣了他。

“仁贵儿郎，你受了尚书的封官，让一众老辈人如何承受，很多人到老才能做得亲信押衙啊。”

“郎君有所不知，尚书赐我名额，只为了出使时方便差遣，另一用意，也是让父亲好生管束我。当不得真的，当不得真的。”

说罢，还连连向我打躬作揖，惹得身边众人全笑了起来。

“你还随了程押衙去捕鹰？”

“嘿嘿，我是去给押衙添乱的。捕鹰这回倒是亲眼见识了。”

我们正说话间，寺门口又进来两人，正是尚书大兄的庶子延兴、延嗣。这两人未进院子前就在嘈嚷争议什么事，两脚踏进院门后，似乎还带着之前的情绪，面色颇不善；他们站在门前将院中人等虎视了一遍，没有上前与我搭话，估计是没留意我的在场。我自也不理，继续和仁贵儿郎说话。

许是旁人提醒，过了会儿，我这两个侄儿走近前来行礼问安了。尚书这两个儿子与我相仿年纪，我不能太端架子，各出一手托住他们的臂肘，算是与他们交接过了。

问他们进门前在争议何事，延兴脱口就说出了，旁边的延嗣止都止不住：“父亲无理，偏叫那陈氏所生的六子随他去了灵图寺，却将我们遣来了这里。”

我看不出尚书大兄这个做法有什么蹊跷，也不想多问，偏那延兴还补了一句：“嗨！总将我们与寻常衙将一般看待，替那当作嫡出的几个打探前路。”

近旁听到他这几句话的人，全都面上发窘。这延兴真是个愣头，说话完全不分场合，只适合乱军阵中作为前军厮杀，然后被消耗。若我是大兄，恐怕也会心生嫌弃。

我皱了皱眉，不搭理他。延嗣过后扯了一把延兴的袖子，将他拉开了。他走近前，低声对我说：“小叔莫见怪，也休要告知尚书，不然，延兴又逃不了要挨顿马鞭了。”

“今后休要乱语，你们两个是尚书贵子，不是寻常衙将。须记得自己的身份。”

我故意很大声说出，院中很多人都听到了。延嗣“喏”了一声，拖了延兴又走出院门去了。董保德也很知趣地将底下匠师带去了别间院落。这里一下子安静了下来。

不过，我好奇的是，为什么尚书大兄将陈氏所生六子带到灵图寺，会引发延兴这么大的忿恨。都僧统唐和尚那里难道存有什么我还不知晓的秘密么？这么一想，也许过几日还真要亲去走动一次。反正整日待在宅内也是烦闷。

这天本来是尚书大兄陪了我来窟上赏秋，不知怎么的，他从灵图寺转出后，身后却跟了一大帮扈从。除延晖、延礼、延绶、延锷、延信、延武六子，节度掌书记苏翚，衙前判官张俅、王文瑀和即将随曹目连出使于阗的判官高英建也来了，都僧统司各位僧官个个到齐，张清通等亲从押衙也都骑行陪侍在左右。之前齐集在院里的石匠打窟人、泥匠、塑匠、画匠、木匠已走去窟前大院，再加上窟上其他二寺赴会的僧众，人数已近百人。本来画行的赛神由董保德主持，现在，这项任务已由张清通接手，众人将在三界寺内过午斋，斋后全体入观音堂和大佛堂行香祝祷。

尚书到后不久，我的三个姐夫李明振、阴文通和索勋竟然也到场了。这几年，沙州势力在凉州已大为退缩，李明振的凉州司马目下已是虚衔，常年居于本州，阴文通统帅了沙州全部骑军，这两位来窟上也可以理解。怎生索勋这位瓜州刺史也来了沙州？问过之后才知，因明日就是母亲的寿辰，他是特为赴寿宴而赶回的。呀，前几日尚书大兄确实曾向我和淮诠探问母亲的诞辰日期，我没有细想，顺口就告诉了他。原来他是有心提前做了安排。于是，忙不迭与他们一一寒暄致礼。

怪不得今日这么多人齐集窟上。在北大像和尚书窟举行祝祷仪式后，随后入晚在使府内还会有一场大型宴集，各坊巷也会搭起酒店棚子，供民户聚饮随喜。明日一早，尚书及两位夫人、我与淮诠及妻儿、三位姐夫和姐姐们以及其他亲族，还要为母亲贺寿。先要由掌礼人尚书大兄敬卮酒，孙辈小儿捧寿桃瓜果奉上后，掌礼人唱出对句，众人献礼道喜。

母亲是太保夫人嘛。如此大费周章，也是合情合理。

此次还见到了灵图寺恒安法师。法师与我家的关系非同一般。他早年即追随父亲，以僧人身份入军伍担任文书僚佐，父亲束身归阙后，亦经常与他通信。说他是父亲在沙州的嫡系亲信，那是一点也不为过。自回沙州后，与他还是初次相见，一时欢洽无比。十多年未见，我在他眼中自然已不是稚龄小儿，而在我看来，他的样貌已苍老了不少，两人一时都感叹不已，当话头提起殁于京都的父亲，恒安禁不住两眼垂泪，我自然免不了要抚慰一番。稍稍安定心神后，他告知我唐和尚明日会在寺中为母亲做祈福法事，宴会就不参加了。趁此机会，我便将要去灵图寺访唐和尚的事提前与他说了。

“郎君随时可来寺里。唐和尚除了腿脚不便、目力不济，身体已调养得很好，还跟往昔一样，话锋犀利得很呢。倘若时间晚了，郎君可以宿在寺里，我已吩咐寺中仆役清出一间宽敞净室备用。”

那就太好了。父亲曾说过，沙州使府有看不见的另一个支柱，他所指的，就是这位唐和尚。眼下，和尚已在都僧统位任职近二十年。沙州地面上的僧俗事务，他有着某种特殊的隐形权力。

他今天多大年纪了？

“七十三了。”

不管怎么说，也是到了垂暮之年。但愿都僧统不会和父亲一样，渐渐沉沦于疯痴。

为母亲祝寿后的第二日，还有一桩事可以言说：在南园球场举行了一场正儿八经的马球赛。

自父亲主政以来，球赛一直是沙州使府的军中常戏，正如开元圣文神武皇帝所言：武由是存，义不可舍。军伍将士操演之余常会举行赛事，每年四月中下旬，使府会指令全县十乡里正分队作赛。仲秋后八月底九月初，从暮春时节一直放养的马匹正要还厩，使府也会择吉日举办一场正式的官赛。尚书大兄知我喜看打球，因此将日期略微提前了。

之所以想在这里提一下这场马球赛，那是因为尚书大兄的庶子延兴又一次成为搅场的主角。他用球杖击伤了最得大兄宠爱的三子延绶。

因母亲生下我很晚（父亲那时都快六十了），尚书大兄的六子中，延晖、延礼比我还大两三岁。延晖现授了使府判官，为人温厚老实，因笃好佛事，并不参与府中军政事务，平日里倒与众僧官往来很多；延礼也入了军幕，现在瓜州索勋帐下供职，人还是长居本州；延锷刚刚成年，延信、延武则是在我随母亲入京后生下的，都还未及成年。

延绶只小我一岁，在众兄弟中可说是出类拔萃的一个。童蒙时由张俅等沙州几位儒士亲自调教，满腹经纶外加写得一手好字；他善调弦管，尤长于吹笛，宴饮时，一首横吹曲子往往能使听者停箸而动容；还是击球高手，听说他随使出访邠州时，曾与东道主赛球，领沙州随行部将，以五骑对十骑，邠州竟然莫能敌，令使主李克用大加赏叹。的确是一位有文武才的青年俊杰，大兄自然对他也留意栽培，议事时常让他伴随左右，虽然目前只授了一个录事的文职虚衔。

球场设于州城中门的南园。这天沙州日阳高悬，无风，暖凉宜人，正是打球的好时节，还真是挑对了日子。入内场一看，与我儿时印象已大为不同：围绕球场四面加筑了墙垣，墙外散植了胡杨、柽柳，衬着土黄色墙体看着十分悦目。不知是不是错觉，感觉场内空间也宽阔了不少，许是建墙垣时将内场向外扩张了的缘故吧，总之，论规模尺度不输于任何一个藩镇。因土层夯得严实，场地平整如砥。为迎接此日赛事，大兄提前遣人整治，加铺了一层自玉门取来的黏性红土，以免尘土扬起，阻碍骑手视线，又拔去了球场四周漫生的杂草。

球场的观礼亭子和两侧楼台都是新修，前设低栏与木阶，立柱和栏杆都漆了红。使府卫士着锦绣衣，执骨朵哥舒棒，护卫于阶下。楼台下又设通棚廊子，使府的乐营队已就位，四通鼓架前，也侍立了鼓手。

球场东西两边各立两根高丈余的直杆为球门，杆头饰以彩缯飘带。两杆间置木板，板上开圆洞，洞后装有网兜作为球门，比赛时击球入洞就算获胜一筹。门后各站兵士一人，持小红旗负责唱筹，球门两侧设插旗的旗架，一方将球打入对方球门，唱筹人就在己方架上插上一面红旗。旗架旁又设一排鼓架，鼓架后站十个敲鼓兵士，鼓架两端立有天王旗和白龙旗各一面。

今日淮诠身体尚可，难得可以外出走动，尚书大兄牵了他的手将他领进亭子内。当间铺了一张大毡毯，特为备下一张凭几供淮诠倚靠。大兄居中，淮诠和我分坐他的左右。陈氏夫人、我与淮诠的妻子就分坐在亭台后侧，我的三位姐夫，还有于阗使郭大夫，则陪坐在前侧。因今日女眷和部众出席甚多，两边楼台早已坐满了人，一时扰扰攘攘，不胜欢闹。此时球场的墙垣外，已有不少民众搭了梯凳在观瞧，几个调皮孩子为得一个好景致，索性爬到了树上。

先是兵士操演。一通震天响的鼓声后，众军将头目领了一百来个步卒各持枪械进入了球场。部伍中每将十人，亦有一名旗手，旗手们随鼓声起伏而左右挥舞旗子，军士们则听从旗令列阵排军，场面煞是严整，呼喝之声不绝于耳。军将中那个邓弘嗣之前曾随张文彻同去邠州，因此我已认得，但大部分人都面目陌生。

操演完毕，当众兵士齐声喊出“贺二郎君荣返沙州”时，我差点扑哧一声笑出来。哪里来的“荣返”呢？从长安逃出，辗转近两年才窜回乡里，实际情形是如此狼狈不堪。这是大兄手下判官们为他们预备的贺词吧。大兄心情很好，赞许之后各有赏赐，外加晚上的官酒供应。场内兵士们又是一阵喜悦喧腾。

其后是乐舞，共三组，每组八人而分列两行，一行着沙州装扮，戴锦绣幞头；一行着于阗服饰，甩长袖。众人踏足而舞，乐营奏的是苍劲绵长的西凉乐。

正式开赛前，还有暖场赛事，分着红绿两色衣的十几个小儿骑着驴儿进入了球场，他们手中的球杖自然比正式赛的球杖要短小很多。驴儿跑得慢，转身又不便，这便惹出很多笑料来，拨弄了半天，有一队好不容易将球击入了木门网袋；顿时场内鼓声大作，左右听到的皆是叫好声与嬉笑声。

尚书大兄也开怀欢笑。他指指对面场边停着的一驴，忽然问我道：“淮鼎弟，看那边那个骑驴人是谁？”

那骑驴人停在对面的墙垣下，因为距离远，我辨识不得，便摇了摇头。

“是程押衙啊！平日里，他还负责调训这些小儿郎打球。是不是挺有模样？”

再一打量，还真是。我便站起，向程押衙那边招手。程押衙眼睛也正望向这里，当下便向亭子这边叉手作了个揖。正赛开始后，他骑着驴，一直待在那边。

球赛的唱礼官是马院押衙康幸全，只见他手执偃月形球杖和一只漆画匣盒走上了亭子台阶。

大兄接过球杖检验，也让淮诠和我赏看。这杆球杖用上好榆木制成，周身纹饰彩绘，所谓“雕文宝杖”是也。听说是沙州本地的球杖匠师所制，此人名唤孔法律，乃西去沙州一百二十里的寿昌县永安寺的僧人，平日里他修道严谨，与一般僧侣无异，却十分嗜酒，因为从祖上习来了制球杖的技艺，手头每有紧缺，就以球杖售于他人，用所得酬金来换酒喝。匣盒中是一枚金颇罗球，乃当年陷蕃时代吐蕃人遗物。说是金球，自然不是用金子做成，乃皮质木心，外缘绣以密匝的金线丝缕，虽说已有些年头了，却宛如新制成一般。

大兄手一挥，鼓声骤起，骑手牵了赛马入场了。白马，青骢，乌骓，马色间错，甚是悦目，这些赛马由康幸全精心挑选，全配了银蹬金鞍，经一夏半秋的放养，个个剽悍俊健，奔驰迅疾而能经受冲撞，又能灵活地宛转盘走。此外，它们的尾巴和鬃毛都经过了别样整理，马尾打了结，连马鬃也剪平或编成了线绑样，以防在激烈争夺中鬃毛和尾巴相互缠绕。

骑手们着窄袖团花绣衣，脚穿乌皮马靴，分曹成左右两队。每队各十人，着不同服色以区分。唱礼官报出了球手名目：左朋着紫衣，由尚书三子张延绶领衔，押衙高再晟、押衙宋闰盈、节度参谋张大庆、押衙史文信、瓜州军事判官李伯盈、刚才入场操演的军将邓弘嗣也加入了，另有三名羌人打扮的勇士；右朋着黄衣，有嗣子张延兴，内宅都押衙张文彻，衙将王忠忠、范欺忠、段意意，肃州防御副使索仁安昨日刚回沙州，加入了这一队，其余四人亦是担任了北营虞候、巡街虞候的亲从牙将。

康幸全从手下马倌那里牵过一匹紫骝马，身形较其他参赛马显得高大英武，听说是吐谷浑部落上贡使府的名马。羌人勇士和紫骝马都有些来历，因尚书大兄新近颁布了使主令，招募沙瓜境内的吐谷浑和羌人部落携带马匹加入军伍，使府酌情赠予田地、布帛等赏赐，其头人浑子建和慕容胜现都归顺了使府，效力于大兄麾下。

这封使主令还将部落民予以编户，纳入了沙州使府的管辖范围；汉人与部落民的私生子，也准许归入父母任何一方而合户入籍。譬如肃州防戍都营田康汉君，其母亲之前因战乱逃离，曾与吐谷浑人育有一私生子名悉灼都，吐谷浑部落被回鹘打散后，随部落归返沙州，康汉君的这个同母异父的弟弟此番就取得了正式民籍。羌人还得了特许，可在住地周边单独成立一支镇戍部队，平日耕作牧养，战时听遣调动。此举不但收纳了新的部伍、马匹，扩充了民户数量，还使沙州境内的闲废荒地得以出产粮粟，实在是充实沙州实力的极高明的一招。

鼓声又起，尚书大兄骑上那匹紫骝马，行至球场中央，勒转马头，面朝亭子方向。黄紫两队人马分为东西两厢随行入场，行至各自球门前，便立马俟命。康幸全将金颇罗球托于手中，行至球地中央提前画好的白心，然后迅速退出场地。尚书大兄一手执马勒，一手抓球杖，神情严肃地静待鼓声收煞。

乐营鼓声渐渐止歇，全场寂静无声，但见大兄使杖轻手一拨，迅即回马返回了亭子，球赛正式开始了，东西两队开始向场地中央驰马争击。此时，倘若一方将球趋入对方球门前，己方门后兵士便会敲起急鼓。若有一队将球打入洞网，兵士便一边大声呼喝，一边就杀鼓三通，过后由插旗兵士唱筹，将一旗插于架上以标识。

比赛的场面让人目不暇接：众球手有时并驱，有时分镳，有时侧面佯攻，有时前驱接应，刚才还在紫衣队球门区前围击，对方及时捣出，金球倏忽已往球场中央滚去，一骑已飞驰而出，用力挥杖一击，直向己方球门掠去，所幸稍稍偏出，黄衣队这方虚惊一场。而楼台上，已有观众站起大声叫好。毋庸说，刚才奇袭射球者，正是尚书三子张延绶。他的战法是从不贸然冲入对方阵前强突，亦不死守己方门前，而是始终不离中场附近游弈。倘若己方队友能阻住对方的攻击，不致失球，这的确是颇为有效的战术。一次两次不能得手，到后面总有一次会得手。倘若前方没有黄衣队骑士阻挡，那就一路奔袭，往往能直捣龙门而得筹。

靠这个游击战术，延绥将球两次击入了黄衣队网洞，本队已二比零领先，全场叫好声四起，连同墙外民众也在拍手鼓噪。紫衣方十名卫士吼声如雷，鼓点更是密集。

比赛继续。两队东西驱突，可说是风回电激，时时见金球如流星飞起，骑手手中的球杖则如电光相逐。黄衣队变了个阵，派出一人死缠住延绥。队中亦有好手在，那张延兴是常年配合索仁安的球伴，与张延绥擅长突击不同，两人时常分驰两路，齐头并进，一忽儿将球捣向左前，一忽儿又将球传至右前，如此虚实相欺，很快，张延兴就在门前近处射入了一球。

比分追平为二比二了。球场上已白热化，打球的马儿流汗不止，喷着紧促的鼻息，众骑士的袍衣也已尽湿。沙州的官制球赛时程是四刻为止，漏过三刻时，紫衣和黄衣两队歇息了一会儿，给马儿和自己稍稍饮水，很快就重回了场上。

最后的一刻，紫衣队又调整了战法，改以三名羌人骑士在前突击，而由张延绶在后寻找战机。这三名勇士果然骁勇，带去了黄衣队很多骑手围追堵截，那张延绶就埋伏在对方球门斜向前侧，一旦有球传至身前，伺机就想一举攻破。负责盯防他的衙将王忠忠情急之下竟然忘却了看管防护的任务，也凑在一堆儿争起球来。

空中传来“飕飕”的声响，那金颇罗球奇怪地斜向飞出，落地时，恰好向着延绶马前滚来。那延绶也真是好身手，身子伏低向前探出，一手拉辔头，一手持杖探出，待球到杖前，轻飘飘地一搂，那金球便再次腾空而起，悠悠飞入了网窝中。

球场沸腾了！我和尚书大兄都站起为他叫好。乐营得了讯号，配合了紫衣队的鼓手一起击鼓，将气氛带到了顶点。

黄衣队时间不多了，因此开始了多线强突。紫衣队连延绶都投入了防守围堵，不会轻易放一骑通过。双方在中场附近展开了白热化的缠斗。马匹彼此碰撞着，蹄足的蹬地声、响鼻声、嘶鸣声，混合着骑手嘴里的吼叫声、应和声，再加上全体观众的鼓噪，整个球场变成了一座嗡嗡响的大热炉。

另一面的球场边缘，延兴将球往前直拨，正要做边线突破，延绶在后面紧追不舍，试图堵住延兴斜插的路线。两人相距不到丈许，后马几乎贴了前马的鬃尾。延兴忽然挺身勒停了马，原地转了个小圈，眼看就将延绥绕过，这时不知怎地，延兴忽然摔下马来。待他身腿沾满红土站起，撩起球杖就向延绥头上打去。延绥没有防备，左臂和后脑都挨了一击，摇摇晃晃地也摔下了马来。可是，他却没有马上原地站起，而是两手捧着头，在地上打起了滚。

待他吃力地用右臂撑起，远近人等都看到了他头上殷红的一片！不好，延绥挂彩了，还伤及了头部，亭子这侧的人，都目睹了延兴用球杖击打的那个动作。

比赛暂时中止。尚书大兄怒气冲冲地遣兵卒将延绥搀扶着移出了场地，医官已在左右查看伤情，很快就跑到亭前阶下报告了："延绥郎君头被打破，划了一道口子，不过并无大碍，就是摔落地时，左臂臂骨给摔折了。"

听闻此言，尚书大兄将自己提在手中的马鞭狠狠地抽向栏杆，眼目中迸出了火焰。自回来沙州后，头次见他如此动怒。眼下也没有其他法子，只能重派一人上场，替代了延绥。后面的比赛，他根本就无心观看了。延绥就坐在木阶上由医官做临时处置，先给挂了条绷带。陈氏、我的三位姐夫还有延晖、延礼等都围住了他。陈氏平日最喜这个儿子，如今球场上无缘无故遭了击打，更是愤恨到切齿地步。只是球场人多嘴杂，一时不便发作罢了。

倘若众人没有看到延兴使球杖的这一击，延绥的受伤本来也无须小题大做。球场上总会出这样那样的意外。但这次，延兴超逾了君子当为与不当为的界限，在众目睽睽之下，是个现行犯。

比赛草草结束了，胜者一方的鼓声敲打了几下便止歇。乐营的音声人很知趣地没有凑热闹。

尚书大兄毕竟是经过大场面历练的，镇定心神后还是走入场中，亲自抚慰了参赛的两方骑手，还命身前判官给予赏赐。不过，当他与延兴四目相对时，目光阴冷得就像冬日的深井一般。

这日剩下的时间，我骑马去访灵图寺唐和尚，当晚在寺里过宿。因此，并不知大兄等人回使府后发生了什么。听淮诠说，延兴挨了一顿鞭子，幸亏他的母亲汜氏及时拦下，又有太保夫人劝阻，大兄才止了手，没有将他的裸背打得皮开肉绽。

大约十日后，也就是于阗使离沙州的那一天，延兴被贬去寿昌，担任了一个低级将头，负责看守县衙的柴房。

不过，我好奇的是，当两人在场上相争时，延兴是怎么摔下马来的呢?

9

这天晚上，张淮深一人在尚书厅堂独坐，很晚才回至后宅楼阁。

球赛结束回使府后，他本来也并无动手的意思，可是，当唤来延兴相问，为何要用球杖击打延绶，延兴却一口一个被冤屈，是他被延绶先用球杖击打落马，然后再还手的。可是，他的颜面、四肢毫无伤损，显见是在撒谎。延兴比延绶大四五岁，两人自小就争闹不休，原以为成年后都懂得约束自己了，这回却当众出丑。这是作为沙州使主的张淮深无法容忍的。

他命卫士索怀庆取来藤条。延嗣见此情状已扑通一声跪下，替哥哥向父亲求告。索勋、李明振、阴文通都上前劝阻，说自家儿郎争执，都是一时冲动，不可责罚太过。可藤条已取到，怎可就此收手了事？于是就动手打了起来，一鞭鞭下去，眼见皮肉就渗出了血痕。本想那延兴讨一声饶，就会停手。岂料这小子一点不服软，重新站直了，将头首昂起，仍然在叫屈。弟弟延嗣看不过去，挺身上来遮挡，他对着父亲大吼："尚书如此荼毒，便将我也一起打了吧！"张淮深血气一时上涌，也不管哪个是哪个，抡起藤鞭连着打了十数下，直打到自己手发软，才停了手。

延嗣虽然下意识躲开去，头皮上终于还是被扫到，顿时满脸是血，情状甚是可怖。

幸亏这时汜氏闻讯赶到，还叫了太保夫人来，张淮深这才罢了手。不然，只能继续痛打下去，决不能放过。延兴被人扶着，去了自己母亲的院房，延嗣也立即交由医官处理伤口，太保三女夫见此情景也不久留，很快就告辞出府。

可是，等人众都散去后，张淮深却有些后悔，他摇了摇头，深叹出一口气。因为冷静地思量，这件事做得仓促而欠缺思考。只因这争闹打斗的兄弟两人，都在使府中任职，并非可按单纯的家事处置。延兴性子倔傲耿直，但从小长得高大魁梧，生性勇猛，骑马、相扑，技击，一杆长枪可以说百夫难挡。他很早就入了军伍，屡次跟随了父亲出征，每次都立下军功，在康通信去世后，接任了甘州删丹番禾镇遏副使，充凉州西界游弈、防御、营田都知兵马使，目前转授了北营马军虞候。延绶的另一身份是长史录事，属尚书麾下的文职官，虽没有军功履历，但熟读兵书，对于武略经营却很有天赋。抛开都是自己亲子不说，一个重要军将和使府录事起争执，是断断不能如此草率行事的。

但是，打已打了，那又能如何。张淮深想，过几日，恐怕还得设法调停，让这件事渐渐平息下去。自己这两个惹事的儿子若能化解彼此的嫌隙，共同携手参与使府的军政事务，再栽培几年，都会是自己的左膀右臂。而等自己老去，本也打算在两人中选择一人来接任使主大任。毫不隐瞒地说，他更希望延绥来接替自己，而让其余诸子都来辅佐。这就是他对于未来沙州的布局。可是，眼看着这个计划已不可行了。

他的叹息，不仅针对了眼前的打斗。他知道，兄弟相争的背后，实在是汜氏和陈氏两位夫人之间长期不和的结果。而这个才是他张淮深无法断然处理也处理不好的一个死结。

说起来，他和汜氏的婚配，时间上还早于娶陈氏。那是父亲张议潭入质长安前两年给他定下的亲事。汜姓本就是沙州大族，在沙瓜两州拥有大量田庄土地，在当时的归义军府中，汜家儿郎中就有不少人辅佐了张议潮、张议潭兄弟，担任了军政要职。汜氏与张淮深同龄，说是政治婚姻也好，但在当时，汜氏可是沙州士女中数一数二的美姿容，婚后两人琴瑟和谐，第二年就诞下了延兴这个头生子。

父亲当时非常喜悦，若他一直留在沙州，不出意外的话，定然会让自己立长子延兴为嫡嗣。但是，现在来说这个话，又有何益呢?

而现在的陈氏夫人的出身，说起来并不是沙州的土民，她的本籍原是凉州。二十八年前，大中十年春，唐廷遣使者王瑞章册封安西回鹘庞特勤为怀建可汗，在沙州北面七百里伊州纳职的雪山南畔，被散乱背叛回鹘劫掠，伴随出使的凉州押衙陈元弘逃入沙州境内报讯。沙州立即出兵征伐西桐海，击溃了纳职城回鹘散众及吐谷浑部。陈元弘担任了前军导引，很得太保张议潮的器重。此战过后，陈元弘即从凉州接来家眷，从此定居了沙州。

这年初秋某日，张淮深带了两个仆役出城，欲去窟上游赏，路过南沙园时，见一队仕女正说笑着自环抱园野的花树中走出。其中一女，年约十七八，肤白发黑，婀娜娉婷不可描述，姿容最是惹眼。张淮深对沙州各家女子的面貌情形，很多都是自小见过或彼此熟悉的，但这位却是陌生面目！他立马停看许久，那女子有所知觉，于是转身看过来，正好与他四目相对。她立刻以扇遮面，低了头，躲进了牛车座中。

太保十四女张纤纤见他这副痴呆模样，就开口打趣他："淮深儿郎，你站在路头张大了口，是在等吃新采摘的葡萄么？"

太保十五女张芬芬也插话："我们来早了，过几日，结下的葡萄才更甜呢。淮深儿郎且再忍耐几日。"

张淮深脸上红一阵白一阵，一时好不尴尬，于是解释说自己要去窟上，是顺路走过南沙园来看葡萄的。仕女队中一众女子个个掩口哑笑，登上各自乘来的牛车，往河岸边行去了。张淮深怔怔地望着，就此多了桩心事。后来向知情人打探，知道了此女子即陈元弘的第三女。

茶饭不思好几天，连太保召唤也托病不出。就这么过了十来日。

定是张纤纤和张芬芬将他的这层心思告知了太保。张议潮听了初也不以为意，认为是少年儿郎的寻常举态，岂料过后几日，张淮深还是躲在自己宅中，不来使府，也未去北营。

一日，太保亲来张淮深的院落看望侄子，还带了些滋补身体的蜂蜜、上好饼食。踏进院子，却看到他穿了一身短衣在练长枪，来回跳跃戳刺，一点不像生病的样子。

太保问他为何半月不出宅子。他答说，前几日感了风寒。

“我看你不是感了风寒，是得了心病。”

那时的汜氏刚怀了老二，正好回母家休养。于是张议潮遣开随从，与张淮深两人单独谈了一次。

自兄长离沙州后，太保张议潮对这个侄儿虽然一向管束严厉，但视同自己亲生子一般。如今侄子的心思已知晓，这件事若要满足了他，还须做一番计议。张淮深早已成年，且已娶有一妻。因此，首要的就是要探明汜家人的意思。若汜家严词拒绝，那即便太保出面，也是撮合不成。

陈家乃新近迁来沙州，陈元弘的出身只是凉州刺史手下的押衙头目。在沙州本地，可以说一无根基，二无实力。

太保张议潮暂时只能做冷处理，想着侄儿的这股劲等一阵兴许就会过去，也在想另一个办法，就是将陈元弘调去瓜州，这样家眷人等也就随着迁去了。但张淮深有一日却自己踏进了使府厅堂来求告了。

“叔父，我什么都不求，就求你能让我娶来陈家小女。”

说完，还给叔父跪下了。

这一跪，定是让太保张议潮想起了自己的兄长，不忍心，就答应了下来，亲自去汜家登门说服。

汜氏已生了一子，先为张家留了种苗，眼下又有孕在身，汜家人觉得汜氏的地位已然稳固，再加陈家乃新来户，根基浅薄，今后必不会产生什么瓜葛或威胁。现在太保降贵纡尊，亲来说明，情面上也是推辞不过，于是便点头同意了。

氾氏当然很生气。任一个妇人，遇此等情事，都会心生抵触，何况她此时正怀有身孕。太保又让夫人宋氏再赴氾家，当面与氾氏解说。好不容易才说服了她。

张淮深如愿娶得了美妇陈氏进门。那陈氏起初对氾氏也是毕恭毕敬，但随着她后几年接二连三生下延晖、延礼，俨然已成分庭抗礼之势。张淮深花了不少时间精力来两边调和。

太保攻取凉州的第二年，延绶又降生。太保入质长安后，陈氏又接连诞下了延锷、延信和延武三子。氾氏大陈氏很多岁，年龄上本来就很不利，至此，生养的子嗣也不及对方，因此，内宅中氾氏与陈氏的地位已完全翻转。两个妇人间自然就龃龉不合，难以相处。无奈，张淮深只得让氾氏搬去了西院。虽然说是两边轮流住，但毕竟还是住东院比较多。到近几年，因为种种原因，有时一月才去西院住一两日。陈氏俨然成了正室，而氾氏被冷落，也有很多年了。虽然没有正式分正庶，但氾氏二子被外人称为庶子，私底下也是所在多有。

氾氏多年来的苦屈，难以避免地影响了她所生的延兴、延嗣二子。所以说，球场中延兴与延绶的争斗，实是她和陈氏两人暗战的延伸。

二十多年前，是张淮深自己种下的前因，因此，就得承受如今的后果。

但沙州使主的威严不容撼动。倘使有人因为他的家事而将他轻看，那他定然不会容忍与轻饶。曾有一位内宅押衙喜好搬弄嘴舌，谈说两位夫人的不和，被人告发后，张淮深将他杖打一顿，赶出了使府。使府上下所有人，包括了沙州百姓，对这个话题毋宁说是有着禁忌的。

那么，该如何处置延兴呢？想来想去，还是无解。

晚食后，打起精神签押了十几通使府文书，亥时初刻才回到后宅。原以为陈氏带着女儿张延延早已睡下，却见她在前堂正坐候他归来，仍穿着白天的常服，面色端严的样子。

张淮深见她这样，坐下后一边卸去佩刀装束，松解外袍，一边就故意说些公务烦琐之类的牢骚话，试图避开陈氏可想而知的逼问，因他已预感到了即将到来的家庭内的小风暴，而他历来的态度，就是听过且过。

“只望尚书能准允一事。”

陈氏口气缓缓地说出，然后对着自己的丈夫、沙州使主伏身长拜。张淮深原先松开腿脚随意偏坐着，这时也不得不调整了坐姿。

“且说来。”

张淮深想，自己已将延兴儿狠打了一顿，没有七八日都起不了身，你陈氏还要怎样？

“请尚书将延兴逐出沙州！”

张淮深猛地一惊，差点原地跳将起来。这是非常严重的吁求。将延兴逐出沙州，等于是将两夫人相争、子弟不和的事公之于众。这就不只是内宅家事了，必会引发大震动。

他将脸一沉，紧锁了眉头。不是在思考如何回应，而是在估量陈氏的决心。至今为止，她虽然处置内宅家事咄咄逼人，但从未干涉过军政事务。这是越界。

“我已将他鞭笞一顿，责罚已够了。此事到此为止，休再多言！”

说完，作势要站起。

“请父亲将延兴逐出沙州！”

声音却不是陈氏发出的。此时，前堂通去后间的锦绣帘幕被人拉起，张淮深的六子、小女张延延等齐齐跪在母亲的身后。除了手臂有伤的延绶，每个都伏身长拜。

这一幕实在出乎张淮深的意料。他已看到了陈氏的决心，但是，自己是绝无可能答应的。

陈氏和孩子们还是保持了伏地的姿势。看样子，是要逼使自己顺服了。张淮深不由心头火起。他挺身站起，大声言道：“你们莫忘记，虽然不是一母所生，延兴还是你们的长兄！”

陈氏将脸面抬起，毅然决然地说出了最后的申求：“好，既然如此，沙州也非我和孩儿们久留之地。明日我即带了他们搬回儒风坊陈家宅，择日投靠我的凉州二伯。此后就不会烦劳尚书了。”

“大胆！”张淮深怒喝。

那陈氏也是刚烈，伏身昂首，盯视着张淮深，此时她双目噙泪，因了身旁灯树的映射，眼眸中如含了炽焰。

“尚书若不许我们离开使府，我已备下八条白练，誓与孩儿们同赴黄泉！”

后四个字一下击垮了张淮深。他呆立在原地，肺腑内气血翻涌，一时竟无言以对。

一个贴身侍卫听到里面动静，已急步趋奔到门前。张淮深摆摆手，命他立刻退避。陈氏这妇人的脾性他是知道的，刚才她的这套说辞绝非戏言。他，堂堂的沙州使主张淮深，今日已陷入了一个两难境地。

他向左疾走几步，返身又向右边疾走几步，如一匹困兽般解脱无门，仰天长叹一声后，终于颓然坐倒。因坐到了袍服下摆上，整个上半身歪斜向一边。他的脸容仿佛被两股不同方向的肌力拉扯着，看去已近乎扭曲。

面前，陈氏和孩儿们仍长拜不起。小女张延延头磕着地，头上的髻环如此娇弱可怜，张淮深看了心里已软了半分。再看折了臂膀的延绥儿郎，此时挺直了身看定了他，陈氏的目光是炽热的，他的目光却异常的冷，仿佛在测试他这个父亲的胆量。延绥已不是少年了，对沙州未来政局走向已有自己的看法，母亲陈氏如此声援他，想必也是出于他自己的见解。虽然他没有更多话语，但张淮深知道，这是雏虎初吼之声。而他面对的困局，也是藩镇权力结构中常会碰到的嫡子继位问题。

左右皆割舍不得，可是，张淮深心里那杆秤终究还是出现了略微的倾斜。

"毕竟自家儿郎，逐是不能逐的。只能将他暂时调离本州。"

陈氏又进前一步："请尚书下敕令！"

敕令一出便广为周知，立刻就会造成尚书驱逐延兴这个事实。这是极厉害的一招，毫不留情地将张淮深逼至了一个狭小的死角，也将延兴送上了名誉毁损之路。

自踏进前堂，迎向张淮深而来的，并非感情失控的风暴，而是冷静计算后的合力伏击。一连串的言语，已将这个素来雄强悍勇的藩主打得晕头转向。他感觉自己受了某种严重羞辱，但是，因这个羞辱来自自己最挚爱的亲人，他竟没有任何可以发泄或报复的机会。

女儿张延延不知何时已站起，坐到了自己身边。她将自己的头枕在张淮深的膝上，轻声唤了一声：“好爹爹。”

到此，张淮深彻底投降了。他对自己感到一种厌恶。可是，还有什么好说的呢？一山不容二虎，他必须痛下决心了。选择其中一匹雏虎，就必须驱离另一匹。只能这样了。

不然，他将永无宁日。

第二日，在使府厅堂处理完当日公务后，张淮深又命判官王文瑀拟撰了一封特别的敕令。以忤逆抗命为由，削去长子张延兴的北营马军虞候的官职，改任了寿昌县柴场司的将头。此外还加了一个条限：三年之内，不得归还本州。三年后，视后情再做发落。

延兴得到的这个处置，与打入牢狱也并无两般。就羞辱程度而言，甚至比后者更甚。

10

球赛后的某日早晨，程子迁约了张文彻同去看阳开渠口的闲地。离黑黑与奴子耕种的自家地距离很近，又同用一口渠水，的确可以合并料理。

张文彻随身带了拟好的租地文书，请了当乡里正和熟人作保，双方到实地看过后，当场就签了交契。之后就同去金光明寺看索法律，得知淮诠郎君的病况堪忧，如果能撑过今天冬天，或许还有转圜之机，倘若病情又加重，那么即便神医转世，也没有办法搭救了。

出寺时候，程子迁的心绪怏怏不安，两人又去了使府鹰坊一趟。与张文彻交代一番后，他就将甘峻山捕来的四头青骹鹰中的两羽带回了家。

自那天在球场目击了延兴、延绥两兄弟的争斗，程子迁就想远避了众人，即便是常来鹰坊探看的淮鼎郎君，也不想多见，因此就向使府告了假。入冬前，他全身心地投入到了驯鹰里，工作可以让他忘记烦恼事。他早上鸡鸣即起，早饭后就入屋，至午时才返出；午食后在卧房打会盹，之后整个下午都会伴了两羽鹰在一起。

院角的一间偏房已腾空，窗户用破毡毛布给遮起，屋梁上挂了两杆停鹰的秋千架。两羽鹰都戴着眼罩，腿上结了皮绳，他在黑暗中将鹰放停在秋千上。鹰眼乃鹰之魂魄所系，要调驯野鹰令其慑服，这是第一步，目的是要让鹰习惯视他为主人。鹰看不到就无法保持平衡，它会感激驯鹰人帮忙它站稳。驯鹰人也须十分小心，虽然手上戴了厚皮套，但每个动作都须小心提防；只因凶猛是鹰的本能，倘若不慎被它抓伤，小则划破皮肉，弄不好就会损筋见骨。

两羽鹰中，一羽在肩背处有一丛丁字样白毛，一头在眼眉处有红色小斑。为作区分，同时也为了教习口令所需，程子迁给两羽鹰各取了名字，一羽叫“白龙”，一羽叫“赤眉”。

站秋千架的密闭训练会进行好几天。比较而言，“白龙”表现得像个模范生，很快便抓稳了秋千。“赤眉”的鸟龄稍大，体重也略重，手刚一碰触它的翅端，它就开始胡乱扑腾。程子迁言语训斥了一顿，先把它晾在一边；但还是正常喂食，也没有移到别室，这样，“赤眉”随时可以听到“白龙”的动静。每日的功课就是上秋千架坐稳，鹰和人之间会彼此相互熟悉。

在黑屋里，程子迁有时会摘去鹰的眼罩，掀开布帘，让窗户透进光。两羽鹰停在地面，爪踝上系着脚绳，会长时间地与日光静默相对。程子迁坐在毡席上，有时就唤它们的名字。叫到“白龙”时，“白龙”会别转头，那对瑟瑟珠般的黄绿眼瞳锐利地一瞥，之后就变得柔和；叫到“赤眉”时，它却仍保持着入定般的姿势不予理睬。

程子迁有时也会对着它们嘀咕，譬如说这样的话：“将你们捕来，是为尚书办一件大事。你们要识得大体。你们都是两岁多的熟鹰了，不比岩穴里不会飞的雏鹰，的确难以调教，总须费一番功夫才能收效。你们信不信，我自有手段，这是不容有误的差事。‘白龙’你比‘赤眉’乖训，我就早一些带你出屋。‘赤眉’你倘若还这么任性使气，我就罚你今晚不能吃肉条，好坏你自行择取。虽然此刻被囚在这里，戴着眼罩、拴了脚绳，你们还是有盼头的。等你们老了时，收养你们的京城人若懂得玩鹰人的规矩，他自然就会放归你们。你们能认得路头，就飞回甘峻山，认不得或飞不到的话，落在随便哪座野山里也能活下去。说起来啊，你们是比我家太保幸运多了，他是一去不得返啦……”

又花了很多时间专门调训“赤眉”。当停在戴了皮套的手上时，它总会探出那锋利的勾喙来咬，爪子即便被束缚也要折腾几下。这时，他便会用另一只裸手假装气恼地轻拍它的头，过后却满是怜爱地抚摩它的头羽和脖颈，如同对待自家亲生的儿女，如同对待幼年时的黑黑和奴子。与鹰不能为敌，须将它们视作亲族同类，它们才会接纳你，最终也才会成为人类之友。

需要的是耐心，而这耐心要超过鹰的桀骜。

半个月后，程子迁才带了“白龙”来到屋外，教习它指令。而收服“赤眉”又多花了好几日，但现在它已能坐稳秋千架，之后也会同“白龙”一同出屋调训。

按程子迁的排算，入冬前就要将它们带去野外训练了。他会在手臂上绑扎上厚垫，靠臂力托举着鹰，骑马走去三危山中。那里远离羊群和孩童，地貌也最近似甘峻山。

野外训习的时程长短，视天气和鹰的资质而定。这时，程子迁就需借助黑黑和奴子两个半子了，因为需要在人迹罕至的荒野露营好几天。另外，也是要让鹰熟悉指令，即便那个指令不是由他本人发出。冬季是鹰鹫行猎的好时节，此时，经了春夏丰美食物滋养的动物，兽毛变得浓密，对鹰来说，肉质也最鲜美。

还有一个时程是明确的：他必须在冬天里将这两羽鹰调教成最出色的猎鹰。在押衙宋闰盈之后，尚书已指定押衙高再晟为出使京都的第二班专使，明年开春，高再晟便可以携了“白龙”和“赤眉”上路了。

不过，寒露那天早上，博望坊程子迁家又来了个访客，不是别人，正是少年曹仁贵。他登门来，说是要看他调鹰。捕鹰都带他一同去了，哪有不许看调鹰的呢？

“我昨日先去鹰坊寻你，张文彻说你带了鹰回家来了。”

“哦。他还说什么话么？”

“都押衙说，你近来倘若有闲日，可去鹰坊一趟，他有些事要问你。”

“明日我正打算去使府一趟。过些日子要带了这两羽鹰入三危山，须向都押衙借两匹马用。你回去就这么报告他吧。”

“对了，程押衙，还有一桩，我去鹰坊的时候，淮鼎郎君恰好也在那里，他在其他驯鹰人那里选了一羽鹰，打算冬季行猎用。郎君知道我要来你这里，托我捎话，问你明年可否也替他去网青骹鹰？”

程子迁了解郎君在长安的少年生涯，知道他自小就喜欢携鹰出游，于是点点了头。他想，郎君初回沙州，目前在使府又无官职，平日里的确闲闷得很。

既然仁贵是来看调鹰的，于是程子迁便将他带进黑屋，给他仔细解说了驯鹰的手法步骤。眼罩如何戴和取下，两手如何配合，以及秋千架的功用等等。少年认真听了，在程子迁的指导下，也试着上了一次手。那天恰好要带“赤眉”出屋，开始教授它口令。于是，少年就坐在毡席上背靠着胡杨树看程子迁调教。秋阳下的院子里，驯鹰人口中不时呼叫“出”“返”“捕”这几个字，拖着长长的奇怪的“哇”的尾音，这是程氏的独门唤鹰法。鹰在野外时，所在地方都空旷无比，驯鹰人需要用足内力将口令传出。此外，指令猎鹰出击捕猎时，还须注意风向和日影。可注意的要点还有很多，仁贵是少年人，好奇心重，每每要问个明白，而程子迁仿佛身边带了位学驯鹰的徒弟，每问必有一答，全都耐心予以解释。这一老一少真是投契得很。

程子迁调鹰时有个习惯是需要稍许饮酒，仁贵便陪了他在树下说话。程子迁问他出使于阗日子定下了没有，仁贵答说本来想随于阗郭大使一同上路的，但父亲还要备办很多东西，就延后到十月上旬了。

“十月出行上路的话，会遇到第一场大雪吧。此刻的我，很想同你一样出使于阗呢。”

“押衙也想见识一下西域的风土？”

“太保起事前，我曾跟随父亲去过一次，走了两个多月才到，那过境的商队每到一个村镇就要停歇一两天。那时，我也就同你差不多大吧。”

“那押衙是想故地重游了。”

“是啊，我有点厌烦沙州这个地方了，可是又无处可去。”

仁贵自然不明白程子迁那份无人可以告解的心事。程子迁自然也不会跟他透露。

“说到少年人远行，太保在你这个年纪，也跟了大都督、他的父亲张谦逸去过大蕃国的国都逻些呢。你此番去于阗，若能追学前辈人，长养志气，将来或也能做下一番事业。”

“程押衙指教得是，我心里早就认您做师尊啦。”

这句话程子迁爱听：“那可好，今天就当正式收了你做徒儿。来，少年人，饮上这一杯！不过，你不用跟我学网鹰、调鹰这些伎俩，我可以教的，是让你如何练就鹰的眼目。”

仁贵问：“我不是鹰，怎么会有鹰的眼目？”

程子迁答说：“鹰的视域是辽阔的，超越人间的。因它甫一出生，就巢于高高的岩台上，俯瞰了平地里的众生。雏鹰长到三四个月，在夏天将尽、初秋将始时，都会迎受一次极端的生死挑战；毛茸茸的翅翼初长成，它的父母就会逼使它在峭壁间打开翅膀学习飞翔；有些雏鹰甚至会堕下危崖而送命，但领受了考验的雏鹰会长成真正的雄鹰。按大日经疏所说，鹰被唤作‘婆栖鸟’，有秘身法。虽然会杀生，却不嗜血；鹰可忍三日饥，只需饮水，进食也绝不贪婪。虽然凶猛，却是豺狐的天敌；虽然是禽兽，却比人更忠义；鹰有人所不具的种种美德。我曾在入京前的太保身上领略过鹰样的目光，那是不世出的英雄的目光。你这个少年郎，虽然聪颖超于常人，但前路尚有很多不明朗的地方，未来该如何择取，需要时时用自己心脑来思量。一切平心直行就好。”

仁贵想，程押衙这是在勉励自己呢。他咂摸着自己未能解透的其他意思。

申时初刻，仁贵告辞离去，这是他离沙州前与程押衙的最后一次会面了。从那里出来后即去使府见了都押衙张文彻，告知他程子迁明日会来鹰坊，完成了今日的信使的任务。过后他便骑马去窟上看安存立，两人已说好了，今日要带这位于阗绘画手去城东看安城袄庙。

这天一早，尚书张淮深将在沙州的重要宰僚召集来使府，一同商讨肃州、甘州对策。

凉州司马李明振走进厅堂时脚一瘸一拐的，头上还擦破了一点皮。昨日骑马出行，过沟坎时一颠，不小心从马骑上摔下，其他倒并无大碍。

他与左马步都押衙阴文通两人提前到府，先与尚书在厅堂后间商量了一会儿。这时，听闻众人都已到，就随了尚书走出了白龙障子屏风。

节度掌书记苏翚、衙前判官张俅、王文瑀、节度参谋张大庆都已到了，新近升为内宅都押衙的张文彻也在座中。高英建即将出使于阗，今日就不出席了。

今次尚书张淮深还请来了淮鼎郎君，安排在了屏风左前的上座。众人按座次一一坐定后，他严肃形色，左右扫视一遍，然后说：“今日我邀了淮鼎郎君一同来议，大家有什么主意，就一并说出来吧！”

掌书记苏翚先报告了沙州东面近几日的变动情形。

昨日尚书接肃州防戍都营田索汉君上状，得知了凉、甘、肃三州的一些新动向。之前派出的游奕使白永吉、押衙阴青儿九月十八日已至凉州西南嘉麟县境，但是听闻凉州城内正在闹乱。原来，之前崔大夫被逼出肃州后，凉州都防御使兼领甘州刺史翁郜留崔大夫镇守甘州，随即率本部兵马撤回了凉州。不料朝廷于上月新任命了一位郑尚书做了凉州节度使，两人几乎同时到达凉州，一时难以共处。那郑尚书是宰相门生，有恃无恐得很，带了二千灵武兵来接防，不但将翁郜原先派留的部僚全部赶出使府，还将他们中带头抵制的军将头目投入了囚牢。对待凉州城内的嗢末人也毫不手软，来到第一天，即捕杀了三名在使府门前无事骑马游荡的嗢末儿。

刺史翁郜一时只能隐忍，可嗢末人岂肯善罢甘休？他们暗中联结了凉州四境的嗢末、党项、羌龙、吐蕃各家，议定了要择机起事。其首领名唤杜论悉加和杜论心，俱是以一抵百的骁勇猛士，他们也学了肃州、甘州的样，一夜将城中粮仓点燃烧起，驻营的灵武兵和使府守卫个个惊惶相顾，不知该如何应对。那郑尚书常年做京中文职官，没有太多驾驭藩镇的经验，急急就出使府，只带了十数个随身卫士，刚到粮仓附近街口，就被嗢末人乔装的伏兵给堵在一角。要么死，要么被绑，两条路只能选一条。那杜论悉加一面就派人赶去禀告了翁刺史，刺史强令他们不得动手，可那里还禁止得住，街头巷尾已有不少人和灵武兵卒动了手，互有死伤。杜论悉加命人将被俘的郑尚书押到翁刺史面前，翁刺史替郑尚书松了绑，拉过他进入厅堂密室商议。最后的谈判结果当然是郑尚书领兵退返灵武。翁刺史还与他共商，两人合写了一份报告凉州闹乱的奏表，请求王廷同意他暂时遥领，而由翁刺史代摄凉州事，待州中平靖后再做议论。

游奕使白永吉、押衙阴青儿得了情报后，随即返回甘州。路上从逃散的甘州外乡民户那里得知，之前回鹘王派出围肃州城的部队并未依约撤去，近来不但将张掖河上游营帐的兵卒尽数遣出，日前还召集了北方的各支散众，会合一处共五千精兵，一支正欲包围了甘州，一支主力却要增援肃州。回鹘王这是有意要破坏之前信约，一举夺下甘、肃两州。两人当夜就马不停蹄赶到甘州城。

甘州外围本来已有五百回鹘游骑巡弋骚扰，甘州城内龙家、吐蕃、退浑、通颊、达票、拱榆、羌等十五家部落听闻回鹘大举出兵，都举棋不定。有说遣使与回鹘人献城议和的，也有说联合沙州驻兵及崔大夫郓州兵齐力合战的。但翁刺史离甘州时，只留了三百兵士，再加上今冬粮仓之前也被火焚，烧却了大半，他们找崔大夫共同计议，都觉得守住甘州城的难度很大。

白永吉等第二日即出甘州奔回了肃州。九月二十二日，便有甘州人扬略奴等五人充使到肃州报告，吐蕃、退浑王拨乞离等近千人已撤离甘州返归南面本国境内。龙家代表其余各家残部与回鹘王议和，回鹘王答说可以不攻城，城内人性命也可保全，但龙家人须送王弟和民户人质为信。龙家又遣僧人出使凉州，向嗢末首领杜论悉加求救，但嗢末人答说我凉州这里初始平靖，甘州事与我没有干系，并没有出兵救援的意思。

龙家在送出人质后，又观望了若干时日。九月二十七日，因甘州粮用匮乏，举各部落散众数百人退出甘州进入了肃州。此部龙家，也与肃州龙家合并了一处。

肃州方面报告的情形，大体就是这些。此时，肃州防御副使索仁安、索汉君及归返的白永吉、阴青儿都在等候使府的指令。

近年来，沙州与回鹘之间的和谈一直时断时续。年初，尚书曾遣使修书给回鹘王，许可其控有合黎山以北及张掖河上游的草场，作为交换条件，要求其从甘州、肃州撤出部伍。回鹘王不置可否。在张文彻引回鹘兵逼退官军后，张淮深提出了新的议和条件：许可回鹘人占据甘州以北的合黎山，甘州由沙州和回鹘划界分治，而回鹘人彻底退出肃州境，另须保证去往凉州道的出使通商人的行路安全，并希望双方立誓为盟。前日使府收到了回书，对方已正式表示拒绝。这意味着谈判的最终破裂。

苏翚报告完毕，张淮深立起，自身后书物柜中取出了一件文牒。这是凉州翁郜遣快骑送来的急件，原是寄给瓜州索勋的，索勋于昨晚遣人递送至沙州。因当年翁郜随使团出使沙州时，曾与索勋有过一番交谊。张淮深将这封信亲口读了出来：

> 不审近日体气何似？伏惟顺时善加保爱。前月廿五日，当使先差押衙张弘信入奏回，郜奉上月敕，就加右散骑常侍，充河西都防御招抚押蕃落等使者。郜素乏韬钤，才非超众，叨窃宠渥，骤奉敕恩，不任荣惧。此皆端公回赐吹嘘，远及麻庇，仰荷恩德，悚惕难申。伏以当州自京国不宁，省绝支遣，欠阙至甚。今

专差押衙阴文建等赍书牒上仆射，请赐救接。伏望端公因言话之次，请为借便。伏垂照察，谨状。

翁郜新近已得王廷敕令，加授了河西都防御使的正使，凭此正使身份，也是在婉转告知沙州方面，今后他仍将以凉州为基地，震慑河西诸州，这是其一。其二，凉州城里虽然闹乱已平息，但经此一乱，今冬粮草极度匮乏，亟须取得沙州这方面的援助。另外，“京国不宁”一说，乃指在凉州发生闹乱事件前不久，王廷自身刚刚逃过的一劫：六月，乱贼首领黄巢本人已在泰山狼虎谷伏毙，但黄巢军在各地还有不少残部，官军仍在全力剿灭，此时根本无暇西顾。

张淮深将书牒放回柜中，返身回帅位坐下。今天他穿了一身紫地团窠锦袍，下穿一件青色马裤，身后屏风上，那条虬曲腾跃的白龙正回首睥视。

节度参谋张大庆已在厅堂中央铺开了一张位势图，图上用木牌标明了目下凉、甘、肃三州各方的驻军兵数和进出路线，沙州使府面临的军事形势已很分明。照时程推算，回鹘兵现在应已合围了甘州，而两三日内，肃州也会遭受同样的命运。而且，索勋派出的斥候侦骑还带回了消息，回鹘王料定东面凉州暂时不会干涉，已将主力骑兵几乎全都拨往了肃州。回鹘人的骁勇可是赫赫有名，本朝开朝时即追随太宗开拓疆土，安史之乱中，王廷借来的回鹘骑兵，更曾数次翦除叛军主力，立下首功。虽然开成五年回鹘国被黠戛斯[1]攻灭，不复昔日雄风，但河

1 黠戛斯：隋唐时西北民族名。唐以前称“护骨”。

西这一支回鹘人经了数十年的整合，实力仍不能小觑。

沙州不能容许回鹘人阻断东向通往中原京畿的道途，这是使府的底线。

因此，两位判官都认为，当前要务乃出兵肃州，预防回鹘人合围成功。倘若让回鹘人得逞，沙州方面就会极其被动，回鹘人的兵锋将直指瓜沙。张大庆亦同意这个意见，但认为甘、肃两州连同一体，也应分兵甘州以示震慑。

他们都没有提到翁刺史，不，现在应改称为河西使了，没有提及应如何回应他求援呼吁的那封信。的确，之前两年，尚书张淮深所代表的沙州一方与翁部代表的王廷一方，虽然从没有公开撕破脸面，以刀兵相对，但彼此为削弱对方势力其实一直在角力，明处、暗处的动作从未间断。此时，或可以学学凉州嗢末人对龙家的处置，暂时搁置不理。

张淮深问："若定下出兵，我方准备又如何？"

左马步都押衙阴文通便报告了目前沙州使府的当下军力状况。目前的沙州常备兵有两千五百人，瓜州常备兵有八百，肃州有五百，甘州只有不到两百人驻防守城兵卒。直接统辖的部伍人数统合计算约四千多人，若能将境内吐谷浑和羌人部落的募兵算上，则可超过五千之数。当然，若尚书发布全境征兵令，平时耕战两可的乡民中可入伍参战的步卒至少有二千人。这其中，比较有利的一点是，沙州使府拥有目前河西最为雄强的马骑军。这些军力，若要分守沙瓜肃甘凉五州会有些吃紧，但要扫除肃州之患当然是毫无疑问的。

张淮深听罢，并无太多表示，转问了张文彻："张押衙如何判断？上次你和索仁安两人可是阻退了那个崔大夫。”

张文彻听尚书点名，连忙摆手道：“尚书，卑职平日只熟习内宅事体，对军政事务那可是外行。上次劝退崔大夫，也是临时出计，实在是没办法的办法，因为也不能真的动武啊。这次情形可大不同，就不能照搬肃州这个前例了。此番回鹘人来势汹汹，势在而必夺，显是谋划已久。依我看，也觉得先解肃州之围比较稳妥吧。”

“是啊，肃州自然是第一紧要。但是……翁刺史的信又该如何回复呢？”

张淮深显然还不习惯翁郜作为河西防御正使的新身份。说到凉州，从太保主政到现在，总是沙州心头一桩伤心事，昔日太保费三年之功，数次征伐，好不容易才从吐蕃人手里夺下，却很快就被王廷以种种理由借口排斥，驻军只能退至删丹境内；而张淮深于“乾符之政”时再收凉州后，就因为这个翁郜的步步侵逼，凉州又给夺了回去。但公平说来，翁郜此人品行端洁，言语举动有分寸，能威慑下属，亦能应机权变，在王廷而言，的确是个不可多得的理藩大才。在张淮深看来，也是个值得尊重的对手。

李明振因摔伤了脚踝，无法正坐，只能向前伸出一条腿。之前这些讨论，对他来讲并没有什么异议。他素来老成持重，所提意见也简明扼要，出手救援可以，但要有明确的交换物：“今年入秋后，沙瓜两地的岁景不错，援助些粮粟瓜枣什么的自然没有问题，只是，尚书，或可以派遣一个通使与翁刺史当面交涉一下，倘若他能限制嗢末奴骚扰，听允我们继续使用删丹草场的话，那么自然可以答应。他若接受，双方可以立约为定。”

“司马好计策，我给他粮草，他要给我夏秋牧场。这事我看可以！”

“司马是否还有其他指教？”

“暂且只想到这个，至于军务部署嘛，目下还是先要驱除往肃州来的回鹘主力。”

张淮深点点头，微笑着将身转向坐在旁侧的淮鼎郎君。郎君自入座后一直肃然端坐，并没有要发表意见的样子。见尚书大兄有意咨询，先微微一颔首，之后，口气淡然地说出了一句：“大兄，我意应立即出兵，押送粮草救援凉州。”

哦?! 众人面上都露出不解的神色。如何现在第一要务是要押运粮草呢？张淮深也很好奇，想听到后面的分解。他两手前伸，振了振袍袖，身体转向侧边，正对了郎君：“还请淮鼎弟详说。”

郎君嘴角牵动，露出莫测的笑意：“尚书大兄与那翁刺史同是朝廷命官，理应扶持相救，这是大义。有了大义名分，就可与翁刺史携手，合并讨伐回鹘人。”

张淮深抚掌大笑，这番说辞尽得合纵连横之旨趣，正可以说动翁部，修回信文书时正可以用上。如此，就可趁机遣出一支马骑军驻扎删丹草场，以制衡甘州回鹘，而沙州仍可在凉州前沿保持一块飞地。更为重要的是，即将展开的一连串针对回鹘人的压制动作也就师出有名了。

宋闰盈即将出使京都，正可以顺路去凉州当面交涉。

李明振也悟到了这一层，立即表示赞同。既然大家都无异议，张淮深便命阴文通与几位幕僚留下，商量运筹出兵一事；行军令发出后，张淮深就将进驻瓜州，建起前敌营帐，张文彻须提前置办好所需的物料及辎重；掌书记苏翚主笔，今日即要写好一通递给凉州翁部的回信。因宋闰盈等人前几日已办妥了行路装束，他们明日即可带上信件出发了。一支三百人的马骑军作为先遣队，将护送使团至凉州西界，之后，将在删丹就地驻扎。

张淮深携了李明振和淮鼎郎君出了厅堂。今日要同上官楼天王堂祭毗沙门天，于天王旗前供奉香花食馔，请僧人做一场祈请法事。一来贺两位郎君回返沙州，二来祈佑此次沙州使府武运昌隆。这面得到加持的天王旗，会由阴文通统帅的主力骑军的前锋来擎起。

宴设司已在城头备下器具，祭拜结束后，三人正可以一边赏秋一边宴饮。

这日下午，左马步都押衙阴文通就进驻了北营。

先要从常驻本营的使府牙兵中挑出明日第一班去往删丹的骑军先遣队。名册勾当完毕，传令虞候快步奔出。鼓角声四起，院场里很快就挤满了士兵和马匹。今日马要喂够草料，人要眠食充足。使府赏赐了官酒，因明日一早就要上路，只为饯行，不得醉饮。头目的呼喝声，兵士的言语声，役夫提着的辔头马具的碰擦声，马儿蹄足的蹬踏声，这些扰攘声响全都蒸腾在土尘和马粪的混合气味中。虽然秋气已凉，人人面上都发烫，嗓门也比平日高很多。久经战阵的老兵知道，这是临战前特有的抖擞气氛。

另件要务是召集常备兵归营。这些兵卒平时耕战两宜，散落在乡里各处，所以要立即召集当地县尉及各乡里正，告知程期和所需装备，里正们回返后再一一传达。这会花些时间，但至迟入晚前，征召令就会宣至本乡的各个将头。不管如何，服役者明日中午都须向北营集结。不按期归营或临战遁逃者将受到严惩，虞候统领的纪律部队会立即出动，逮捕后上枷监禁。

北营空旷的马军院子里，押衙康幸全也忙碌了起来。虽然沙州放养的军马一半已经归厩，但未归厩的马匹数量仍然不少。他已将手下调马人和役奴尽数遣出。又在场院中置一张大案，与两名使府孔目官开始检看官马名册，过会归厩的马有官马，也有私马，各有其不同的主人，入场时须检点数量并勘验戳记马印。因为估计会工作到很晚，康幸全又命属僚搬出了用于祭马神的两杆铜灯树，预备了要挑灯夜战。

马军隔日集结完毕，步军两日成伍。后天，尚书张淮深便会率领骑军主力部队出发，将使府营帐推进至瓜州。

正午后，也有一小拨人马离了沙州城。

这日，程子迁与黑黑、奴子三人分骑了驴马，带上了“白龙”与“赤眉”两羽鹰，出东门，很快就折向了南面的宕泉河谷，他们是要去山中驯鹰。走出博望坊，便见沙州城内的气氛大不同往日，全副武装的马骑军与贯甲兵士陡然增加了许多，城内城外部伍调动频密，一时穿梭往来不停。街衢坊巷的路口，很多民户人家围成五六人一堆在嘀咕议论，大家都已嗅闻到了战争迫近的气味。尚书这次出兵定然也会得胜凯旋，这在之前的乾符之政中已得了检验。毋庸说，他们并不担心沙州落败的可能性。

河谷前的坡地上，程子迁勒停驴儿停身回看，眺望着远处的沙州城和西北方的天气云色，不由凝住了眉头。一带晦暗的阴云已悬停在远山的天际线上。依他多年的经验，十月初的这几日，随时可能会迎来一次严重的霜降。

或是一场早雪。

调鹰人要入山里驯鹰，军将们即将奔赴生死不明的阎罗场，使府内的尚书及其僚佐，此番也要前去瓜州大营，或也将亲自出阵，沙州百姓还将继续他们一日日的营生，寺院伽蓝中的僧侣仍会诵念他们的经文法咒。众人生涯皆不易。天候或还可以预判，但那说不清看不明的人间的气候，就莫测其变化了。

11

此时，早间淮鼎郎君在厅堂会议中的建言，如投入池塘的一枚小石子，已在沙州各处泛起了微妙的涟漪。

当天参与会议的几位判官和押衙，下午办完公务后，很快就把那番语句转说与熟人听，熟人听了后又再行搬弄。不管谁听了，赞叹之余，面上都会露出喜色，真心替沙州使府感到高兴；提到郎君就会联想到太保，两位郎君能安然回返沙州，那还不是太保托庇之功？很多上了点岁数的人昔日都是太保的故人或僚属部下，心存感念，返家后纷纷燃香祈告。

官楼宴饮结束后，李明振一回家便向妻子张纤纤说起了郎君今日在厅堂里的表现。张纤纤放下手中正在整理的行装衣物，鼻子里“嗯”了一声。

“我那个淮鼎弟，自小就聪颖异于常人，父亲在沙州时百般宠爱，不是没有缘由的。”

“尚书邀来他商议，还真得了个好计策啊。”

“他在京都大城里长成，眼路见识自然要比我们这些边地野人深广。什么样人没见过，什么样事没听过。倘使他能安下心来，与尚书两人兄弟联手，别说肃州了，凉州再次攻下都没有问题。”

“说得是。可是，你怕他不安心？”

“我去使府探望，母亲除了忧心淮诠病情，每回都会讲起淮鼎，当年弟弟在京都做下了不少荒唐事。小时烧马尾，放街火，扰店户，大了后跟不良子弟们通宵博戏，在平康坊里，为争歌姬与人打斗，磕去了半只门牙。有回酒醉夜归翻越坊墙，还给巡街卫士逮了去，回来时一身的腥臭。父亲在时还收敛些，等他老人家过世，就越发不堪收拾了。”

“原来牙是那时磕坏的啊。不过，换了是我人质，被囚禁在那个大城中，也不知哪年月是个头，兴许比他还胡来呢。况且那时他正在青春年纪。”

“可不是。我也跟母亲讲且放宽心。淮鼎现在已有妻儿，早不是当年那个荒唐少年啦。他就是好饮酒，酒一喝多，就会犯浑；回来沙州后可好，与使府那督酒的阴季丰最是往来密切，天天喝得个醺醺然。对了，你这刚把脚给摔崴了，肿得如此厉害，还非得跟去瓜州不可？替尚书守沙州也可以啊。”

“尚书说了，掌书记苏翚和判官张俅多年协理军政要务，日常署理就交给他们两个相机处理了。若遇紧要事务，他们还可以请示二位郎君。前几次出战，我都随他帐幕出动，这次也一样。”

“还真把自己当个辅佐老臣了。离不了你似的。”

“尚书说我是福将呢。”

李明振今年五十三岁，长张淮深三岁。自跟从太保以来，一直是沙州的军中猛将。乾符年间收复凉州时，他统率了沙州先锋骑军，曾在删丹一场遭遇战中与嗢末贼儿对阵，整日鏖战下来都不带一点喘息的。但近几年，他的身体已大不如从前，骑马时间稍长，体力就有些不济。

“你且服老吧。已是抱孙儿的人了，到阵前呐喊助威一下便可，这回要再从马上摔下一回，难道要让我替你出阵？”

“夫人出阵的话，胜算更大了。”

张纤纤是太保最小一个女儿，今年四十五岁。在她出生前，因为亲母所生都是女儿，张议潮曾把她当作儿郎养在身边，自小就跟了学马骑射箭，尤其是箭术超绝，有百步穿杨之功，有一回开春赛马神，于球场比试竞技，竟还赢了沙州很多的衙军儿郎，拔得了头筹。

“我可出不了阵，没那份闲空。自家那几个儿郎就够我操心了，抽空还得管勒管勒你这头老犟驴。”

“夫人管勒得是。这回我就待在帐幕中，不会妄动。”

沙州各大族中，尚书张淮深前后生了八子，子嗣最多，而这位凉州司马的子嗣也不少，且所生四子都已成年。长男李弘愿今年二十八岁，与淮诠同龄，刚升了敦煌县尉，次男李弘定在瓜州索勋帐下，三男李弘谏在阴文通手下做了马军虞候，四男李弘益跟了衙前判官张俅做见习。两家儿郎众多，大多已成婚或已订婚，再加上与其他各姓大族的联姻，张氏和李氏作为沙州最有势力的两大家族是名副其实的，而靠了紧密血亲的纽带关系，这样的位势也是很稳固的。

“去了也好，可以就近管束一下弘定和弘谏。”

张纤纤倒并非护子心切。尚书的四个成年嫡子中除球场摔折了臂的延绶以外，三个儿郎全都会出征，瓜州刺史索勋的两个儿郎索承勋、索承鼎即日也要奔赴瓜州行营，那索承鼎年纪才刚过十六周岁。李家自然不能甘居人后。长男李弘愿是敦煌县尉，此次留守沙州担负了重任；次男和三男随军参战，可以说是理所应当，正可以增加历练。只是，她很知道自己这两个儿子的脾性，他们平日里就喜欢逞勇斗狠，自小到大，惹出了不少祸事来，有父亲李明振在身旁压制，他们处事决断都会周全很多。

张纤纤又想到一事：“延嗣这次为何不随了出征呢？他可是军中数一数二的有力健儿。”

“延兴、延嗣这两个浑儿郎，这回在尚书面前是完全地失宠啦。延兴闯下的祸事，得兄弟两个一起来背负，他自己给遣去了寿昌县。延嗣呢，给派去了马院，当了康幸全的下手。”

“我总觉得责罚太过。本来就是兄弟间戏闹打架，尚书岂能过于较真呢？”

“说得是。兄弟两人暗相争斗，做父母的明面上最好不要有所偏向。适才在官楼上，我和淮鼎郎君都劝说过，但他还在火头上，任什么话都泼不进。”

“挑个时候，我先与太保夫人还有陈夫人提一下这个事。等此次战事消停，就把延兴弄回来吧。”

“你出面调缓，恐怕多半也是无效。”

张纤纤想，说起那个氾氏，尚书对她也实在是……她比陈氏夫人更早嫁予了尚书，这门亲事还是伯父张议潭当年亲自订下的。可是，伯父很早就入质长安，尚书之后便又娶了陈氏夫人。偏巧后一位特别能生养，入主使府以来，已连生了六子一女，地位已不可撼摇。

使府里存着的这个死结，的确无人可解。

这天傍晚，恒安法师从沙州城返回了灵图寺。

走至方丈净室前，他在门前木阶上坐下，脱下马靴，将缠绕的脚布解开，今日在城里走动了好几个地方，腿脚有些酸麻。将足部揉捏了一阵，才换上了便袜。

廊上放了盏风灯，灯焰缩得很小，光影不明。侍者沙弥去了哪里，唐和尚已睡下了么？他轻叩门扇，里面无动静，又开口唤，也未听见和尚的回应。于是推开门相看，暗沉沉的房间里没有人。他从风灯那里引了火，将壁上灯龛点着，灯芯子“嗤”一声响，火苗慢慢蹿高，照亮了四壁。

老人这是去哪儿了呢？

回出净室，恒安提起风灯，在寺里走了一圈。入夜后，浮薄的云翳遮去了大半个天空，星月黯淡，墙垣外，树木黑色的桠杈在晃动，起风了，枝叶簌簌摇颤。各处都走过，却还没有看到唐和尚的人影。行经寺门前，想起了那匹坐骑还拴在门外立桩上，适才匆忙，未将马儿带入厩槽喂食。于是将风灯放在门道避风处，步出了寺门。马儿听到主人的走动声响，踢蹬了一下腿足。恒安上前，抱歉似地抚摩了马儿的颊面，解下马勒辔头，便将它牵往寺院边坡上的马厩。临近马厩门外，不意却听见了唐和尚的音声。

老人似乎在和什么人说话，可厩舍里黑咕隆咚的，远看并不分明。凝住心神细听，却不是说话，约略听得和尚口中是在转调吟诵，是恒安熟悉的词句。

岁有荣枯秋有春，千般老病苦相奔。从兹更莫回顾恋，好去千万一生身。

这是唐和尚三年前大病初愈时写下的《百岁诗》的末一首。他为何会在马厩里做吟诗这样的风雅事？和尚真的老到神志不清的地步了么？

不由探出脚，看进马厩中。借着门口漏进的微弱天光，他看见了唐和尚，还有沙弥侍者和那个名唤索咄儿的马奴，三人背对着厩舍门，坐在厩槽边的草垫上。他们的身前，倒伏了一匹马的躯身。索咄儿的身边放了只木盆，此刻他正用粗布头为马身做最后的清洁。脚边一盏小灯，细末样的光照亮了正在擦拭的马的腹部。干瘪又内陷的老马的腹部。

恒安立时明白了。他将自己那匹马拴在门外，回出马厩，去寺门处取回了风灯。当他带了灯具走入马厩时，三人仍一动不动坐在那里。

眼前这匹死去的老马，正是太保张议潮入京为质前，赠予唐和尚的骏骑“白龙骧”。自太保离沙州至今，已养在厩中十七年。去年，这匹老骧已行走不便，精心照料后稍有些恢复；索咄儿有时就将它带出，在寺院附近闲步，多数时候听任它卧在厩舍门口晒太阳。能撑到今日，也是多福多寿了。

恒安亦坐下合掌。他知道，唐和尚念出自己的《百岁诗》，原是为它送行。自然，也可以说是在追念亡故的太保。和尚抬首看他时，他看到了老人眼角的泪光。

“白龙骧”的死，是一个预兆吧。

老人不时伸出干枯的手，去摩挲马的脖颈和鬃毛。它若是今日下午死去的，那么此时的马尸应该还留存了一点体温，而皮毛下的血肉已在迅速地朽坏。

又过了许久，唐和尚才叫侍者沙弥将他扶起身。走离马厩时，他对恒安和索咄儿交代说：“明日，就将它葬在土坡边吧。”

回进方丈时，唐和尚长时间默然不语，头低垂着，像是在打盹，可眼睛却是睁着，怔怔注视着地上的毡席。恒安伸出一臂扶住老人肩背，令侍者解去了老人肩上的纽襻，脱去了他的田相衣。侍者又抓来一方毛垫垫在底下，于是让老人慢慢躺倒了下来。现在他是面朝墙壁侧卧着。稍过会儿，便闻鼻息响起。侍者灭了龛中灯火，两人都退出了。

恒安回了自己的禅房。

现在，唐和尚名义上还是都僧统，但很多具体事务其实是由他作为代理人与各位僧官相互走动协调才能办妥。今日白天奔波忙碌完，临出城前还去了使府一趟，此刻只觉浑身的疲累。自己也五十出头了，他能感觉到身体内部出现的种种表征信号。人体如同一只装水的大皮囊，先是出现了一个两个细小孔洞，水会随着岁月慢慢地不为人知地渗漏，幸运的话，孔洞会被补上。但总会有更多的孔洞会出现，或早或晚，其中一个孔洞会变大，然后水会加速流出，一旦这个缺口没堵上，那么很快其他的孔洞也会出现这样的状况。而最终，所有的人，每人那只皮囊里的水都会流尽，一滴都不会剩下。

死生于此一时看破，看破过后，心里反倒会踏实下来。恒安又想：尚书张淮深与自己同龄，不日却要领军出征；自己久在寺院，身体状况毕竟不如常在军伍的人。

他将外面僧袍脱去，只在身上罩了一件破旧的羊皮大袄，就团身躺下了。得赶紧休息下，天未亮时，和尚定会将他叫到方丈相问。

迷迷糊糊地，他很快就睡着了。

恒安很早就醒转来了。

睡前门扇未全部关合，他是被冷醒来的。很快就会入冬，是时候装上门帘挡寒气了，寺里每间屋子都需要装上，这事得马上吩咐值事僧去办。其他各寺的过冬陈设也要一一预先检查一遍，衣物与粮食、贮柴与炭盆、干肉与酒。金光明寺索法律白日里说过，沙州的这个冬天会非常冷，极有可能会有连场的大雪。

肩上披了件毛氅，恒安走出了禅房。此时头顶的天幕尚是暗黑的，云气稍稍散去，现出了几粒闪亮的星子。东方，启明星先于第一道晨曦已预告在白昼的到来。

走至厨间门口，见伙夫和役奴也早早起身了，起火的起火，烧水的烧水，和面的在和面，做饼食的在做饼食。从灯火影中望去，很有人间的活气。外间空气冷冽、清洁，恒安站在院中，舒展开双臂，深吸入一口气。经了一宿的眠息，体力精力都已恢复。

寺中僧众很快就都起身了，拉开门扇的响动，杂沓的跫声，他们洗漱完毕，都要先来厨间过早斋。厨人特为唐和尚准备了一份软食，恒安要亲自送去方丈间。

他拎了提梁食具走至方丈净室门前时，见侍者沙弥裹了件大毛毡，仍靠坐在门边打盹。阴海晏，你个乖顺徒儿，这不冻坏了嘛。赶紧叫醒了他，吩咐他去厨间进斋，给身子添点暖气。

沙弥阴海晏揉着睡眼惺忪的眼睛，梦游似地拖着脚走离了。恒安放下食具，轻叩了门扉一下。

没有应答。和尚还没有起身？

再叩了一下，还是没有语声。恒安的心顿时狂跳起来，因为，唐和尚平日是寺中起身最早的人，往常这个钟点早就过了斋，头个坐进佛堂里了。早间的诵经法事他是一次也没落下过。

推开门，却发现和尚已坐起，面朝壁龛所供的一尊小佛像，趺坐在那里了。于是只能撤出一只脚，重新退回廊上坐下。门扇是不能再关合了，只能静等和尚行过头遍打坐的时间。恒安自己也在廊上沙弥僧侍坐的圆毡上一同打坐了。

熹微的日光渐渐浮出在身边四周，鸟雀已在墙里墙外啾鸣，有一两羽还飞入了廊中椽下。此刻，都僧统也与自己一样，在调和着身心内种种的葛藤烦恼吧。倘若故意不理会这些烦恼，听任其动摇心念，那就是无明啊。心念一起，就须正视它，设法降伏它，不回避，亦不被它扰，这才是好修行的次第。如是凝神，与外部时间渐渐脱离。身心清明后，一切事才能从容应对。

待听到佛堂里第一通晨鼓和钟板声传来，唐和尚和恒安两人这才出定。彼时，两人沐浴着院中的晨光，相互对望了一下。唐和尚对恒安微微颔首，示意他入内相谈。

今日唐和尚的方丈室里挂了一幅炽盛光佛并五星的绢画障子。

这幅紫绢装裱的法具，是尚书张淮深已故长兄张淮兴，当年为庆贺龙兴寺佛堂塑像开光而施舍入寺的旧物。炽盛光佛的面部和身躯皆敷金，身后有放射状的万千光焰，佛坐牛车的前方，以墨色绘有祭坛器物，祭坛周边都装饰了垂幕绣帷。牛车上方绘有乘五彩云的五星图腾，着官人青衣、戴猪冠、手捧花果的乃东方岁星，外道装扮、戴驴马冠、四手持矢、弓、剑和三叉戟的乃是南方荧惑星，妇人形象、戴鸟冠、着白色练衣、弹拨琵琶的乃西方太白星，戴猿冠、手持纸笔的是乃北方辰星，天竺婆罗门形象、戴牛冠、手持锡杖的乃中宫土星。南方荧惑星上方还绘有二十八宿诸像及十二宫的图案。

此刻，外间的日光越过了墙垣，正好投入了方丈室内，画障子一时披满了真实的金色光芒。那炽盛光佛，恍如现出了真身法力。目睹此奇像，恒安不由伏地而拜。

经了一夜的休息，唐和尚的气色已恢复得很好。他振一振袍袖，开口说话了："恒安，昨日入州城，与僧政等人都商议妥帖了？"

恒安点点头，将昨日与都僧统司处理完毕的各项事都一一报告了。

每听完一件，唐和尚都会加以点评。老人几近目盲，头脑却异常清楚，而有恒安法师的助力，沙州僧团的大小事务便仍在掌控中。两人恰成一对组合。

"见过尚书没有？"

"见了。不过未及说上话，他就转去北营了。明日起就要陆续发遣大军，瓜州那里，索刺史也已建了前哨营帐。"

"还是要出击了啊。"

"是的。"

于是，恒安便将他从使府押衙那里听来的厅堂会集的情形大致讲了一遍。当讲到淮鼎郎君最后出计那一节，唐和尚口中不禁发出了“咦”的一声。

这太出乎他的意料了。

因为出兵删丹，绝非他之前和尚书面谈时所框定的方略。唐和尚的意思再清楚不过，严守肃州，将主力部队全部抵近瓜、肃前线，回鹘人一旦来犯，便予以痛击。而今，他给尚书提供的那张经略图已被陡然改变了走向。陇西境内，自从沙州至凉州的沿路各州中，甘州扼守了东西进出的咽喉部位，回鹘人多年来一直在积蓄力量，此番出手，必会倾注全力夺取。而甘州一旦陷落，删丹作为一块飞地，即便驻派镇军，那也是守不了多久的，周边又有各部族势力进出，局面之混乱，尚书难道不知情？之前归义军的勋将康通信，就是在删丹一带遭遇了嗢末人的伏兵而阵亡的。勿说凉州一带喧嚣的嗢末部落了，如今身为凉州使主的翁郜也不会轻易答应的啊，即便为了今冬的救急粮草而一时隐忍，过后也必会有反弹的动作。

淮鼎郎君所说的“大义名分”没错，所建议的“与翁刺史合并讨伐回鹘人”的建议也挺好。但是时机不对。时机不对，那么，再好的计策都会无效。不但无效，还会成为日后尾大不掉的累赘。

前几日淮鼎郎君来寺里，只与唐和尚说了些旧年往事，并无一语半句谈及沙州的军政。但他在尚书厅堂的这番话，绝不是一时兴起脱口说出，显然是深思熟虑的结果。

老人心里闪过一丝疑虑。淮鼎郎君第一次参与使府的军政会议，就有了很成熟的见解，还说动了尚书张淮深，俨然并不是传闻中的那个京都浪荡青年。这是郎君给人造成的错觉假象啊。和文弱的淮诠郎君相比，他的血脉里，似乎流淌了更多的太保的血液。

在默然对视中，老人与对座的恒安展开了各自的思绪。

恒安已觉察到都僧统面上的忧色。然而，他觉得那只是耄耋老人的一种无由怪异的行为。他的感受则完全不同。昨天，自城中返灵图寺的路上，他的内心毋宁说一直被这个消息所鼓荡激动着。久被压抑的强烈感情得以释放，感到了一种不由分说满溢出的喜悦。淮鼎郎君的身上，有与当年太保一样的豪气和胆略，连说话的口气和神态也如此相像。在他心目中，郎君已然是太保在沙州的一个化身了。

在老人看来，淮鼎郎君若真是个浪荡儿郎倒也好了，沙州使府今后还能得些安宁日子。如若两人都雄强有力，那前景可就大为不妙。老人想，自己已年老体衰，身心已在幽冥两界之间飘摇，今后政局倘若出了状况，恐怕也无法出手调停化解，即便出手了，一众年轻辈人也不会听进去。

唐和尚看定了恒安。恒安是喜悦的，因此也是盲目的。他追想起了面前这位法师年轻时追随太保出征时的英姿。自己能够理解恒安的心情，但恒安能够理解自己的忧虑吗？自己的忧虑能一气说出来么？倘使说出来，他又能听得懂么？对此，老人是深度怀疑的。

想及此，就闭合了眼，长叹出一口气。

他的这个反应，对座的恒安却以为是自己刚才的话语触发了都僧统的念旧之情："都僧统觉得意外吧？我也是没想到郎君会有这么一出。完全料想不到。太保九泉之下有知，定然也会为他高兴的啊。"

那是自然。唐和尚心想，二位郎君自小就聪颖，淮诠小时就多病，若说太保期待最多的，恐怕还真是淮鼎郎君。如果太保没有入质长安，而一直留在沙州使府的话，此刻接了使主位的准定是淮鼎无疑，那么，如今的尚书张淮深必然会担当使主身边的得力辅佐。

但这只是一种推想而已，它并不是眼前的现实。

“淮鼎郎君之后还说什么话了？”

“没有了。之后尚书便邀了他和李明振上官楼祭天王，然后一同饮酒去了。我离开使府那会，他正在鹰坊看调鹰呢。”

这个喜好也与太保一样。

“听张文彻说，来年秋天，要让程子迁再去甘峻山替郎君捕鹰。”

老人问：“这个张文彻听说已升了内宅都押衙？”

“是的。此人办事周全稳当，还常有急智，的确是个人才。去邠州接回了太保夫人和两位郎君，路途中还帮了肃州的索仁安逼退了崔大夫。”

“这个我也听说了，可是……”

老人欲言又止。他本想问的是，这个张文彻为何还兼管了鹰坊呢，程子迁早就可以独当一面了。但这个话题太琐屑，不值得再费口舌了。对于目前处置肃州的方略，他也有自己不同的看法。但他知道，自己已经很难左右尚书的决断了。

“对了，今天一早，前军三百军骑就要出发去删丹，顺路护送宋闰盈出使京都。”

这个倒是办理得迅速。倘若能顺利通过甘、凉两州，一月之内应可到达长安。听东面来的游走僧说，关中乱贼已被平定，僖宗皇帝正准备回銮京城了。这样的话，此次倘若尚书发兵出击能够得手，肃清盘踞在甘、肃、凉的回鹘，再前出删丹，就有一番功绩可以宣讲一番了。当然，前提是要与现任河西使翁郜达成某种协议。但是，那翁郜显然不是那种轻易就能对付得了的人。

局面情势究竟会如何变化，还存了很多的未知数。但侥幸成功的机会也不是没有。

“祈愿他能顺利抵达都城啊。”

日光渐渐移出了那幅炽盛光佛的画障，现在正好直射了老人的脸面。老人想，此外也无其他话可说了，便对恒安说：“嗯，不说这些俗家事了，恒安，来，你将我扶起，我们一同去寺外走走。今日秋光尚好，过几天，沙州的天就要寒下来了。”

恒安便走上前，让老人搭住了一条胳膊，由他扶立站起，又取来拄杖，交予了老人手中。恒安在前引路，老人在后慢慢跟随，两人缓步出了寺院。

时值十月朔日，立于寺前土坡上，眼目所见尽是绿洲的田野。

邻近的几块寺田里，十来个寺户使人裸了胳膊，卷起裤脚，正在挥镰收割。收来的麦粟扎捆好，由几个少年背负了，一齐堆在了晒场。未成年的娃儿和女人们也在帮衬着干活，他们将收来的麦束整齐地垒叠，此刻已将它们堆得如同小山样高。明天就要脱粒，这是刻不容缓的事。对沙州的农人来说，现下是最忙碌的时节，在第一场雨雪前，要争分夺秒地苦干。

往南看去，西边的都乡渠和东边的孟授渠之间，直至甘泉水河岸边，到处可见这样的收割场景。

还有牧羊人的身影和羊只群落，牧羊人的黄衣和羊身的白，点缀在金秋斑斓的田垄间。而耕牛们劳作了一个春夏，此际才得以休憩，由牧童领了去渠涧饮水。

一派平和的景象。

但即将发生的这场战事还是引发了一点骚动，一个寺户使人跌跌撞撞跑向土坡这里，半途还跌了一跤。到得唐和尚跟前，他叽里咕噜说了一大堆话。大意是说，后天附近各田庄的男丁就要被抽配到县里，有的是常备兵，征召令一下，午后就要随了将头去北营报到，有的是所谓“行人”，即赴差当兵。他们要在各自队头、副对头率领下，自带弓箭、枪排、白棒等，定时于四门集合，或应差调轮流值守城门，或入使府担当卫士，或在州城四周执行巡骑警戒的任务。老人注意到面前这个农夫的动作神情里有一种惶促，于是询问了他，大体是问庄稼的收割能否如期完成，人手是否缺乏。

“另还有两块厨田未及割成。都僧统和尚，倘若能从寺中拨出些人手的话，那么，三天之内可以收结。”

此事确实急迫，天气陡变也就在最近这几天了。唐和尚当即与恒安商量，让他将本寺寺僧都调到地里协助收割，由管束僧人纪律的三纲负责监督。此外，恒安须再去龙兴寺一趟，告知都僧统司依灵图寺例，调派人手赴各寺庄田抢收。此事紧急，必须立即去办。

恒安仔细听完，正待抽身离去，老人又在后面叫住了他。

“你去都僧统司与各位僧官说一下，这个冬天前，我就要搬去龙兴寺住了。灵图寺这里，今后就交予你来管束。”

这是一个重大的决定。一个是都僧统要回归都僧统司了，另一个，他将推荐恒安做灵图寺的寺主。

“喏！”

恒安合掌，俯首。

“快去办理吧。切勿耽搁时程。”

恒安的心跳不由加快了。变故来得太快，他还没有时间来细想。

于是急步赶回寺内，在方丈净室前找到了侍者沙弥阴海晏，让他去外边照应老人。又去佛堂见了几位三纲僧，将都僧统的谕令说与他们听。回出寺门后又去马厩牵出了马匹，当他踩了马镫跨上鞍鞯时，这才确定了刚才都僧统的一番话并非出于他的幻听。

他舒出一口气，挺一挺身背，向后轻抽一鞭。马儿得了讯号，立即加了步速，在田垄间道上奔驰起来。

过午，翻越了北方雪岭又横贯吹过戈壁的朔风，已抵达了沙州城的四境，它忽而强劲，忽而和缓，已在昭告冬天的即临。

第二部

合黎山之战

中和四年 初冬

12

当我披了甲胄，戴上雉羽饰顶的兜鍪，身披猩红大氅，跨上战马时，座下那匹白额乌骓也与我同样的兴奋。在官楼前整队时，三名执行路神天王旗、使府白龙旗和尚书字旗的仪仗兵立在身前时，它引颈长嘶，蹄足刨蹬着地面，我紧扣缰绳才将它勒停。

今日乐营全出，当守门卫士将两扇巨大的府门开启时，顿时号角齐鸣，喧响连天。领前的三名旗兵缓辔而出，随后是十名全副武装的衙前军将。乌骓马不时喷出响鼻，它已期待着出城后的驰骋了。不能急，此刻还须好生约束它，我一手勒紧缰绳，一手轻拍它的脖项给予勉励。鞍鞯是康幸全给新配的，后靠高起，松软合宜。一队人缓缓向门前行去。

官楼前早围聚了不少观看出征的州民百姓。见我骑马行出使府大门，众人一起呼叫起来。此时，官楼上的女眷们将香花、金箔、银柳等细碎物撒落下来，为此次出征祈愿吉祥。今日二位郎君也在楼上观礼，我想，他们定然也感应到了沙州军民同仇敌忾的气氛了吧。此时，乐营的鼓手、使府内的鼓手，一起将战鼓擂响。州城内，远近各寺也传出了起伏的钟鼓声。

沙州上空，回荡着同一股热烈的气流。

北营分出的一部骑军、步卒早就齐整了队伍，候在官楼前。当我率领的前队于人众前立停时，也听到了他们响应的呼喝声。

我面对了观礼人众微微颔首。见到了几张熟悉的脸。几个六七岁的童稚小儿奔出人群，在我马前立成一排，学了大人模样一起拱手作揖，大唱道："天王护佑！尚书得胜！"我亦于马上拱手回礼，于是，官楼前又是欢腾一片。

乐营奏乐结束，退向使府大门两边。此时，前军仪仗中鼙鼓和角号再次昂扬而起，发出了正式的行军令。

仪仗兵引导了龙蛇逶迤的出征军伍折向了城东，一路都有百姓围聚追看，更有沿街民户于街坊巷口设香案祈愿，各处弥散的香烟，袅袅升入了空中。

出了沙州城，北营提前整备完毕的大部军骑步卒与我们会合了。行过甘泉水的津桥，应召而来的吐谷浑和羌人部落的五百精锐骑军也加入了队伍。近两千的骑军合在一处，马嘶声此起彼伏，声势尤其浩大。各队的虞候军官左右穿梭奔驰，烟尘四起。待整队完毕，全军分作了左右两翼，而由大队的步卒殿后。

此时，城内百姓又争相涌出，一睹沙州军的威仪军容。城楼雉堞上，留守州城的征召兵将的送行鼓号声也传入了耳中。

我勒马回向，正对着州城大门，此时，仪仗骑军也分成左右两队，分立在我身边。

如波浪止息一般，军伍部众慢慢安静了下来，城楼上的鼓号声也停住了，所有人都在等候着。

“前出瓜州！讨伐回鹘！”

我拔出了横刀，高高举起，喊出了出征号令。

全军顿时鼓噪起来，一时间，沙州城外的大道上，“讨伐回鹘”的声音此起彼伏。

我重新调马向东，从两队仪仗骑军中间行出。还没有拉缰辔，身下的白额乌骓就提前预知了我的指令，它长嘶一声，开始奋蹄驱奔，如箭一般向前射出。经了一整个春夏的休整，它被调养得膘肥体壮，浑身都蓄满了蓬勃的力量。

风从两耳边呼呼而过，道途两边的景物快速地掠过。跟随身后的骑军陆续跟上，万千马蹄声会合在一处，如密集的鼓点或连绵的雷声，令人血脉贲张。

那个整天窝在使府厅堂里办理公事的我，是多么的无趣、烦闷！那时的我是残缺的，不快乐的，多忧虑的。我感觉自己一度丢失的肢体又长了回来。是的，只在出征时，我张淮深才是原本的张淮深。

日阳当头，几缕细云横贯了高旷的天穹。近午抵达瓜州悬泉堡时，全军稍作休整。此时，北边天际线堆起了更多云翳，天色转暗了些。骑军毫无倦怠之色，但步卒需要缓一口气。众军将下马，依次让马饮水，然后各以干粮进食。已是深秋时节，路途中所发的汗水早已透干，毕竟不是暑夏天气了。

重新整顿队伍，登程上路。申时二刻，前军就到达了瓜州。索刺史早带了亲从部下在城郊等候，会合一处后，全军列队进入瓜州城，横贯通过了东西横街，满足了瓜州百姓为出征军伍助威的愿望。仍出东门，在城外郊原扎营。索刺史已将尚书营帐搭设完毕，方便我一到营地就可以坐镇指挥。安排好宿夜值守，遣出几支小队侦骑后，我带了三子与李司马、左马步都押衙阴文通、军将头目、判官僚属、吐谷浑和羌人部落两头领等再次进城，在瓜州衙署的刺史厅堂召开前敌会议，商定近几日的出兵方略。此次，延晖、延礼是第二次随我出征，延锷是第一次。而延绶因为被那败家的延兴给打折了臂骨，现还在沙州养伤，没有随行。

入晚前，来自肃州前线的军报陆续传到。

回鹘人究竟派出了多少人马各说不一，先说肃州附近只有五百之众的，就扎营在北面的白亭海附近，大部兵力雄伺了甘州，并在甘州东北的合黎山口筑起了屯营；后又有消息说，那五百骑只是侦候骚扰的小股部队，主力骑军约一千五百骑和一千步卒正沿居延海道自西北面的张掖河而下，直扑肃州而来，回纥牙帐也从花门山堡迁至了河源一带。找来瓜州城中过境的商队首领询问，也是各说纷纭。

据守甘州的二百驻防兵，可能因为出城路道已被堵截，至今没有传来消息。这也是无法判明敌军主力动向的一个因素。突进删丹的三百骑军因为走的是南向的大雪山山麓，因此对两州情形，也并不会比我们知道得更多。

李司马认为敌情虚实难料，建议我军暂时不要妄动。索刺史也是这个意见。

这自然是对的。但肃州之敌究竟多寡，后续是否有主力援军，那是要直接面对了过后才会知道。我的意思是，明日即将营帐移至肃州附近，敌情究竟如何，再遣出侦骑进一步打探。

我走出厅堂，望了望天色，以判断明日的天候变化。程押衙的大儿就在衙署任职，由他和二儿延礼带着在衙署里走了一遍，留李司马、索刺史、阴文通和判官参谋在里面继续议论。

兜了一圈回来后，我问他们："议决了么？"

阴文通点头说："是的，已有方略了。尚书说得对，我们此次出征，是来解甘、肃两州之围的，不是来守瓜州的。尚书营帐理应抵至肃州城下。不过，最好还是留一半兵力在瓜州，看今后形势变化，再做计议。"

我也是这个意见。

此次出征，沙州骑军二千，已遣出奔赴删丹的骑军三百人，吐谷浑和羌人骑军五百，加上瓜州的骑军三百，目前三股合并一处共有二千八百骑，步卒能出战的常备兵，两州合并共两千，其中有我亲自训练成的陌刀队两百人精锐。之前收复凉州时，这支陌刀队就曾是攻击敌方骑军的利器，此次自然也会适时出击。

于是决定，明日一早，我即会同阴文通率一千骑军、五百步卒先抵肃州，余下一千五百骑军和一千五百步卒仍在瓜州营地，由索刺史和李明振押领，视前线战况再做调配处置。若需要，沙州那边还可调动两千名征召兵作为预备。

方略拟定后，索刺史留我们在衙署吃了晚饭。过后，我带了手下全部回营宿夜，无一人留在城里。此时已非平日，军伍自有军伍的纪律，没有一个人可以破例。

夜宿角号声响起后，中军营帐周围安静了下来。我将外甲解下，上身仍穿软甲，下身马裤不脱去，身上裹了条驼毛大氅在帐内躺下了。武具架上，惯使的那柄镔铁长枪就在一臂之距，只要闻听警讯，立刻就可以提枪上马。我很喜欢这样的枕戈而眠。值夜哨兵的跫音忽远又忽近，外面似乎起风了，耳中听到了紧贴地面回旋的呜咽声。不过，风不大，因风声并不凄厉，毋宁说是柔和的。可能是白日行军稍感疲累，很快就睡了过去。

中夜时分，不知怎么就醒转来。睁开眼，见毗沙门天王又立在了跟前。营帐里暗沉沉的，天王周身放出淡金色的柔光，我能看见他忿怒的面容，两颊的髯须，衬着被营火照亮的帐幕，如佛成道日行像时的悉磨遮面具。

他手中执了一杆金刚杵。

此次出征前，我已在官楼天王堂上供奉过天王，因此，没什么可担心的。

我双手撑地坐起，恭敬相问："天王有何示教？但凭吩咐就是，我立应办到。"

他牛眼般的瞳目在幽暗中放出金焰，陈说道："罗刹恶鬼已在你身畔！"

看不清口唇的动作。那声音，浑浊得就像是从胸腔里直接翻吐出来的。

手下意识地摸向了武具架，那里有我的佩刀和镔铁枪，全身甲胄就平铺在毡席旁。不过，我很快意识到，这些兵器武具并不能抵挡罗刹鬼。

此刻的身畔，只这个高大黑影才是迫近了的一个威胁。

舌头打结了似的说不出话，但我的意思很明白：我没见什么罗刹恶鬼。我只看见了你，天王。

他大约领会了我的意思，竟然一屁股坐了下来。将那金刚杵使劲捣向地面，复又抬起，指着营帐入口："且放眼看去！"

是的，那边有个模糊的低伏的白影，不，是从帐门外探进了一个头。无以名状的兽的头颅，身形颀长，长有两只弧线形的弯角。

那异兽渐渐将整个身体探入了帐内。现在，我面对了一黑一白两个魅影。我不知道自己该做什么。明确无疑的是，自己进抵前线的职分，不是驱逐异兽，而是要奋勇杀敌：明日就要遣出前军，或许会与肃州附近的回鹘初次接战。虽然李明振和众僚佐都出言劝阻，我仍决定要亲自率领先锋军和陌刀队出击。如果派出的侦骑，一早就能带来确切消息的话。

"请天王照佑，明日令我军初战得胜！"

"尚书得胜！但是，恐怕你得先斩杀了这匹罗刹化身的兽。"

我原地站起，从武具架上抓来了长枪，立对着在帐内四处游走的异兽。我将枪尖对准了它戳刺，但它每回都躲开，溜向另一边。

它被我逼到了帐门前，蹄足向后踢蹬着，我觉得它是准备溜了。

"速速杀死它，免留后患！"

天王在身后几乎是在咆哮了。但他的语声并不严厉，可以说是冷静地敦促。

我作势便将长枪向那头异兽摆去，原只是想将它吓跑。它却立定在那里，周身放射出白毫样的光芒。那是一匹野山羚！

"天王，它不是罗刹鬼，是匹山羚啊。"

"你再定睛看去。"

一语既出，眼前的白山羚已幻变成了人面羊身，头上的羚羊角还在，一个白衣妖童正站在我面前。

“恶鬼拿命来！”

我挺出长枪，纵身前跃，奋力向那妖童刺击，枪尖将及面门的时候，它将身扭转，逃了出去。我提枪追出帐门，守在门口的两名卫士惊愕地看着，不知发生了何事。

妖童已奔出三丈开外，营帐两边的篝火照出了它未及变去的头角。此刻它突然蹲伏下来，仿佛就要入地遁逃，于是，我提上一口气，将枪杆顺手往前一送。那镔铁枪稳稳向前飞去，无声地扎在了它的后背。

走至跟前，将枪身拔出时，它痛苦地抽搐，躯身又恢复了羚羊模样，当看到那张未及变回原形的扭曲的脸面时，心里陡然一惊。

吓，那不是小时的淮诠儿郎么?！他怎生就变成了妖童?一时间，懊悔、悲愤、屈辱、焦虑，种种心绪缠紧了心头。我站立不住，扶住了枪杆才勉强未倒，浑身就像中了蛊毒般战栗不已。地面开始晃动，篝火摇曳不止，身边卫士惊惶不安地围了过来。眼前出现了一条沟涧宽的裂隙，裂隙中喷射出无数狰狞的火舌，此时，身后亦有大动静，天王手提金刚杵走出了营帐，他大踏步走近前来，稍稍伏低身子，便将那妖童——不，将那个酷似淮诠郎君颜面的小儿提拎在手，纵深一跃，跳入了裂隙中，瞬间化作了虚无的烈焰！眼前昏黑起来，身体复又变得僵硬，我失去了意识。

待神智恢复过来时，我的确是瘫软地躺在营帐外的沙砾地上，头枕靠着某个卫兵的膝盖，而在离营帐二十步以外的地方，的确倒卧了一头白牦羚羊，我那杆长枪也的确扎在它的背脊近颈处。但是，没有什么毗沙门天王，也没有大地的裂缝和火狱之焰。缀满繁星的天幕仍是暗蓝的。

卫士告诉我，此前我突然冲了出来，追逐着那匹野山羚。他们向我保证，他们谁也不知道这野羚是何时走入营帐的，只看到我追出后用投枪将它击倒了。

他们担忧地看着我，取来了水盆，为我擦净了嘴角。因刚才我拄着枪杆慢慢歪斜倒地，整张脸扑在了沙土里。

我知道，自己久未发作的癫疾又发作了。

中军营帐旁是延晖、延礼的帐幕，而且，与军中其他营帐都隔了点距离，他们两个都未被惊动。而且从追出营帐到白羚和我双双倒地，只有很短的时间，应该不致造成很大的惊扰。这几名卫士跟从我多年，口风很紧，自然不会将这件异事搬弄出去，造成军营里人心浮动。这我是放心的。令我忧惧的却是，为何那匹羚羊会被我幻视为淮诠郎君的化身？诸佛为证，我可以当众发下毒誓，绝不会加害于他。淮诠自小就与我亲近，我亦视他为同母生的亲弟弟一般，而自从与淮鼎郎君一同归乡以来，他一直肺疾缠身，也从未参与过使府的任何一项议事。对他，我根本没有加以提防的必要。

若说发病是因为淮诠，那实在是太荒唐了。

我命卫士们将两边帐帘揭开，清晨的冷冽空气流通了进来，让他们再取一盆水来，自己拭净了脸面、额头和两耳，水很凉，刺激了发烫的面颊。在支起的铜镜前，我看着自己的面影，头脑已完全清醒，但是，那种厌恶感还是不由自主涌将了来。发病好似一场重复回放的梦魇。这是有多久没有发作了？上次还是在出征攻伐嗢末时，士卒奋勇攀上凉州雉堞，我却不期然倒下了。总是怪异地发生在特殊的时刻。

敞开的帐幕入口处，可以看见悬在东方的启明星，天色已渐渐转明。军营里，歇息了一晚的兵卒活动了起来，圈在一处的各营马匹也由随军马伕在统一喂食草料。今早即将开拔的先遣队很快就将整装完毕。

昨晚，我遣出了两队侦骑前去肃州。过一会儿，阴文通、索刺史还有一众僚属牙将便齐集在中军营帐中了。他们对于我的惊梦和旧疾发作一无所知，但是都从卫兵那里得知我杀死了一头窜入营帐的野山羚。于是各人都以为是吉兆，纷纷向我道贺。可是，这又有什么可庆贺的呢?!

他们不知原委，原也怪不得他们。我不置可否，只能一笑了之。

当金轮跃出地平线，将它的亿万条光线投向瓜州营帐时，我和阴文通以及一千名骑军均已贯甲上马。五百步卒，包括了两百名陌刀队勇士也列队完毕。留守瓜州的将士们在索刺史、李明振带领下全数出营相送。

我和阴文通纵马驰上东向的坡顶，当勒马回看时，后续跟上的队伍各各擎起手中兵器向主将致礼，三呼“得胜”，音声震天动地。彼时，瓜州后营和城上部伍也以鼓号相应和。那会儿，我已将昨晚帐幕中发生的异事抛诸了脑后。

行军迅速，翌日上午全队即抵达黑山天门关。此关在南北两脉山峦之间，距肃州九十里，地势险要，虽然废塌已久，却正可以作为前营驻地。侦骑送来了报告，在肃州城下，确有一支数百人的回鹘骑军，另有相近数量的步卒。他们皆在肃州西面布防驻营，此外又在四门各派军骑监守，以堵截肃州与瓜沙的联系通路。

“城里索仁安等情形如何？”

侦骑白天不得靠近，昨晚数人趁夜步行，潜至肃州城墙下，射入了几支捆缚了信条的箭矢，已将尚书出兵的消息通知了城内。很快，城头就出现了一起晃动的三把火炬，告知城下人，已相机作出了布置。

但是，选择出击时机和方向却还要再费一番斟酌。

午后起了大风，天门故关虽然城塞半毁，但四合垣体仍足够抵挡风沙，于是我命骑军大部尽量转入内城，步卒等在南面墙后避风。内城一时人马喧嚷，但挤在一处总比吃风沙要好。

我和阴文通、判官、亲信军将就在墙下划地作图，做出了部署安排。我的想法是，由我和阴文通各领一支部伍，于明日凌晨日出前发动攻击。阴文通率三百步卒和两百军骑正面迫近，但只需擂鼓威吓，不必直接接触。另一面，我领了大部骑军和陌刀队趁夜从肃州城南的水渠界插入，包抄合围后，以鸣镝箭响应，阴文通所部再伺机从后掩杀。

肃州西北十里处，从大雪山流出的张掖水和黑水于此会合，合流后又在东北方百里处，与合黎山西来的羌谷水并流为张掖河。黑水较宽阔，西岸有涌泉数十处，密生了芦草，夜间停驻，一来可以掩蔽部伍，二来可以就近侦伺敌情。

众人皆赞同。所以，现在的问题就是等大风过去。秋末的河西一带，常会遇见这种风沙天气，它会在什么时候消停呢？只能等待了。

沙尘蔽日，此刻看西边未落的日阳，只如一小张粉团白饼。几乎误以为是早升的夜月。可是，离入晚还有些时间呢。

我和阴文通倚靠了城垣闲聊天。他这一向整顿军伍很是用心，就先夸奖了他一番。他却挠挠头，说到了马匹的不足。众所周知，骑军一旦开战，马匹随时会有损伤或逃逸，沙州目前因为失了删丹草原，并无太多可替换的马匹。

他对我说："尚书此番出兵删丹，若能得手，今后势必要守住啊。"

我也应和："都僧统前月也与我如此说过。但是……"

我欲言又止，因为想到了那天在尚书厅堂的情景。听淮鼎郎君说出"与翁刺史合并讨伐回鹘人"等话语，我一时激动，就脱口称允了他这条计策。

现在想来，此次决定出兵删丹，时机还是过早了。如唐和尚所说，晚些时日，再多积蓄些实力，待沙州各方面更为安固强大了，那时再出手也不迟。随宋闰盈突进删丹的三百骑军今日应抵凉州西界了，也不知那边情形如何，凉州城里的翁郜收了我的信，又会如何回复呢？

河西情势如今是异常的复杂。

之前张文彻、索仁安等使离间计逼退了崔大夫，又将翁郜从甘州逐出，对方现在肯定耿耿于怀吧。若换了是我，虽然因为亟须沙州的粮草救援会隐忍一时，但过后肯定会设法报复的。因此，此番出击回鹘，翁郜是断无可能与沙州合力联手的，不暗中掣肘就已属万幸了。这也怪不得他，要在这乱世中图谋生存，不得已时都会采取这类隐晦手段。倘若时运更好一些，翁郜会是一个少见的能吏，那恐怕就不是目前沙州所能对付的了。

“此战过后，大兄也该歇歇啦。过了年，都五十八岁了吧？”

阴文通两手捶打胸脯，朗声笑道：“尚书莫担心，为了重新经略凉州，我的身子骨还经得起打好几仗呢。想当年，太保也在同样年纪发兵征讨凉州，他那时都六十了。”

是啊，我记得太保那时的英姿。可是，一朝接到王廷召他入京的敕书，他的满头黑发在数月间白了一半，想起便不由伤怀。而一想到太保，我便会接连想起父亲张议潭。大中七年，一去之后便是永诀，到此已三十一年了！眼眶不由一热，我痛苦地扭锁了眉头。

“太保说过：‘若废凉州一境，则自灵武西去，尽为毳幕[1]所居，比年使州县辛勤，却是为羯胡修造，言之可为痛惜。’只要你我还有一口活气，就要将这抛置多年的凉州重新整顿起来，扫除入京道上的贼盗！”

阴文通这句引语，的确出自太保，乃张议潮在去世前一年的咸通十二年九月二十五日上唐廷奏表中的语句。这份奏表的片段，沙州稍有资历的老辈人都能背诵出：

> 今凉州之界，咫尺帝乡，有兵为藩垣，有地为襟带，扼西戎冲要，为东夏关防，捉守则内有金汤之安，废指则外无墙堑之固，披图可矜，指事足明，不待多言。希留圣鉴。今岂得患欺盗给，臣不可伏匿所知，臣不敢偷安爵位，俾国家劳侵，忍宵旰忧勤。臣不言，有负于国，言而不用，死亦甘心。

1　毳幕：游牧民族居住的毡帐。

沙州成长的孩童，入学发蒙后都会学习这篇太保奏表文，无一人不曾被这些语句所鼓舞激励。而沙州使府这么多年来始终没有放弃，实在因凉州乃沙瓜与京畿之间的要害关津。得此州，则咫尺通联帝乡，失此州，则沙瓜就成了蕃戎间的一块飞地。因饱受藩镇之乱，唐廷自元和以后，就采取各种措施图谋削弱地方势力，因之对沙瓜也视同了归义投降的外藩。双方立场不同，见解对策自然不同，这是造成对立的根本原因。

今黄巢贼乱刚刚平定，王廷实力已今非昔比。因这次绵延多年的大动乱，最后还是依赖了山东、幽州的雄强藩镇的军事力量才予以平定。听闻长安至洛阳一带，现已成了各路藩镇部伍左冲右突之境。面临了又一轮空前的危机，王廷对西北边陲会有新的眼光和处置么？也许会更加地提防；但可以确定的是，近几年在河西，应该再无能力投入更多的力量了。它已丧失了内部的条件。

我轻拍一下阴文通的肩膀，无言地称许这位忠耿老将。因一腔愁闷难以排遣，就站立了起来。立时就有几粒飞沙吹入了眼睛。一行热泪涌出，顺着颊面流了下来，也不知是因为风沙之故，还是因为感念忧怀。

现在，自己隐隐然觉得，此次恐怕还是只出兵肃州为好。至于甘州，要尽快想出一个对策来，保证它既不落入回鹘之手，也不落于王廷之手。现在想来，维持与翁部、崔大夫共治甘、肃两州的局面，还是所有选项中得利最大的一个。可是，只为图一时之快，未加仔细审查，我先已认可了索仁安、张文彻他们的处置。若是推翻重来，那也是不能了。

该如何行下一步棋呢？剿除肃州贼人后，我该和索勋、李明振还有阴文通好好议议此事。

或许还有淮鼎郎君。他的意见，我既不能完全排除，也不想完全地采纳。今后该如何安排郎君在使府中的位置，也需要好好思量。

请得旌节，现在已愈发显得急迫了。宋闰盈这一班还不够，明年春夏时，再遣高再晟上路东行；若不成，就再遣一班。总要设法将它请得才是。有了节度使的名号，我才可以有效整顿沙瓜，收服或除灭河西所有异己力量。不然，总是一场徒劳。

这个，才是沙瓜两州数万军民的“大义”吧。

我挺直身，在墙垣外的黄尘障里来回走动。阴文通和身边卫士看着我，如在看一匹焦躁不安的兽。

将入夜时，风停了。北方，杳远的山间密布了墨色的暗云，云层中时常无声地劈出枝状的闪电。此刻河西上空无风无云，一轮上弦月孤零零地挂在天幕。

我和阴文通各领一支队伍，离了天门关塞城。

因白天已歇息了足够时间，全军要趁夜行至黑水西岸的芦草滩。之后夜宿时，会再派出斥候侦骑打探，明日一早即出击。

稀薄的月光如初霜的粉末投映在身前士卒的铠甲与兵器上。入夜后寒气侵逼，有的士兵将肩毡披在脖子里御寒，有的裹上了绑腿。夜行不求快速，且前面很长一段沙坡路，于是骑军全部下了马。一千名士兵，八百匹马，踩踏着脚下的沙土石砾，前后相衔而行，如捕食前静谧游动的长蛇。

子时初刻，我们抵达了黑水河畔。经了一夏的生长，这里的野芦草都有齐人高，很可以做奇袭前的掩护，但地面多软泥，停马需要深深地插入枪排。兵士们将马匹收束好，全都坐在了岸滩旁的茂密柽柳林中。

离约定的出击时分还有一段时间。我和判官王文瑀、节度参谋张大庆，还有卫士索怀庆、王保晟、赵支子、郑处怀几人靠着同一棵柽柳。树干如此粗大，该有百岁了吧。很好。今晚和明天，它将见证沙州将士的奋勇和我的果决。

“张大庆，还记得乾符二年的西桐海之战么？”

张大庆自咸通年间即追随我，担任了军幕参谋，一直是我的左膀右臂。

“尚书，当然记得，怎能忘怀！征讨纳职回鹘，也是这样的夜袭。尚书处分诸将，尽令卧鼓倒戈，人马衔枚。不过那次尚书是分兵十道，突袭了敌军穹庐，此次是分了两路，前后掩杀。”

“这一回，你却没有说‘季秋行军，兵家所忌’这样的话了。”

众人都笑了起来。张大庆的祖父以前是沙州有名的方士，擅占卜。张大庆从小习染，加入军幕后也常常以谶纬之说来言事。

“还是同样的骑军铁衣队。不过，当年随尚书出战的兵士，大半都已退伍了，如今换了好多后辈儿郎。”

“希望他们骁勇不让前辈啊。沙州这几年勤勉练兵，是到了一试锋芒的时候了。”

“我等当身先士卒！”

判官王文瑀和几名卫士都齐齐响应。看来，全营官兵在出击前，精神气都不错。

“解决了肃州之敌，还要挺进甘州去呢。此番不比西桐，战况要复杂得多。”

众人都点头称是。

余下的时间，大家就披着肩毡垫，靠着树干在闭目养神。我一边听不知名的秋虫的叫鸣，一直睁着眼望天象。自北方移来的云翳渐渐移到了头顶，到丑时初刻时，月与繁星尽被掩去，天地一片暗沉。

这很有利于凌晨时分的出击。

许是我盯看时间太久了，在云翳即将掩去月亮前，我看见一颗橘色的似乎正在燃烧的帚星划过天际。它在天空留下了长烟样的曳尾，坠入了西方某处。当我转头去问身边醒着的卫士索怀庆，他很确定地对我说：

“尚书，我只看到云气遮去了月轮，天上并无流星划过。”

听到他这句话，腹腔中那股厌恶感又涌了上来。这是白羚之后出现的又一个幻视么？我不能确定。帚星更不是什么吉兆。而为了掩饰这厌恶感，我的内心急切地盼望着行动。是的，只有提枪上马，我才是原本的自己，才是那个不会辜负沙瓜两州军民期待的张淮深。

13

丑时二刻，熟悉肃州一带地形路径的判官王文瑀领着两百步卒，渡过了黑水，开始向肃州城下进发。骑军跟随在后，兵士仍是牵马步行，武具和辎重都由马儿驮了，因此行军速度并不慢。

夜月朦胧，眼睛依稀辨得前路，大抵一一紧靠着前后衔接，队伍才没有偏离走散。张淮深也下马步行，乌骓马由卫士索怀庆牵了，他们两个走在所有骑军的最前面。

前队很快就抵近了位于黑水与张掖水交汇口的回鹘帐庐。那是一处高踞河岸前的宽阔台地，高度接近了肃州城的雉堞，正可把控西去瓜沙的通路。这里易守难攻，正面突击或背面夹击首先就会遭遇守方的密集箭矢，而骑军发起冲击，效果也大不如在平地，反而有被顺势冲散的危险。回鹘人将营地设在此地，显然早有谋算。

借着未退的夜色，张淮深、王文瑀及一众僚属一起蹲在芨芨草丛中观察。

从台地上的帐幕和营火的数目看，确有数百之众。也许近千。台地的缓坡和平地田垄间，能看到手执火把，担任巡弋的游骑哨兵。时间一分一秒在过去，离天亮越近，进攻的难度就会越大。最好是趁夜色偷营袭击。但是，台地附近林草茂密，回鹘人会不会设伏？

张淮深知道，身边的亲从部属和士兵都在等待他的决断。

日出前的凌晨时分，气温骤降，呼吸间已能看到吐出的白气。此刻草尖戳刺着颊面，凝露沾湿了握刀的手背。他的眼睫亦被露水打湿，不由抬手擦拭了一下颜面。

王文瑀以为他是要发令出击了，低声问："尚书，是要出击了么？"

"不。"

他断然地否定。

但刚才有那么一刻，张淮深确实有些迟疑。当然不是心怯，惧怕面对强敌，而是对攻击的时机举棋不定。若此刻一念之下出手，重创了回鹘王子所带兵旅，但酋首还在，为了复仇，可想而知的是，未来数年之内沙瓜边境必将一再受其侵扰。除非将其彻底赶回漠北去。可是，量沙瓜目前的军力、物力与形势环境，这实在是难以办到。今日不比太保那时了，况且，即便太保那时，也只是讨伐驱离，无法根除祸患。

他的脑海一时混响了很多人的声音：太保离沙州的前夜，与他对谈时的殷切嘱告，都僧统上月给予他的明智建言，索勋其实对此次出兵也有顾虑，同样说了兵锋止步于肃州的话，李明振和阴文通一向信从他的决断，但他们都近耳顺之年，精神还能如同年轻时一样健旺么？若我改换之前使府里商定的方略，在肃州这里围回鹘人而不战，以兵势再次迫使回鹘王谈判，与他做一次交易又当如何？这才是目前的上上之策啊。

这样的决断，不知会引发怎样的后续反应。索勋容易说服，他本来也是这个意见，但李明振和阴文通呢？还有手下一众军将僚属，他们表面上不会有任何非议，但背后会如何说道我？到了沙瓜百姓的口中，他们又会如何评说我这个沙州使主呢？

局面的走向，就在自己的一念之间。

他又想到了都僧统的提醒：请到旌节后，局面将完全不同。拿淮鼎郎君的话来说，有了这个更为正当的“大义名分”，就可以全力讨伐回鹘人了。这一场大战，兴许可以稍稍延缓一下，再做计议。

临战前的片刻，张淮深的确做出了决定。这个决定，既不会与之前使府所定方针相矛盾，也顺应了他和都僧统两人的共同意见。是的，他不但要逼退肃州城下这些回鹘兵马，还要以强大的兵势，促使回鹘王坐回谈判席。

心志已决，张淮深将手中佩刀轻拍了一下地面，回头对王文瑀和其他僚属说："传令下去，众将士静待日出，在此之前，谁也不许妄动。王文瑀，你遣一匹快马，绕去阴文通阵前，只告他一句话，白天到后，围而不攻。若回鹘人反而攻他，命他不许硬战，可暂时后撤到黑山旧堡。我会从后路围了他们的帐庐。"

王文瑀脸上有些诧异，又跟他再作确认。

"是的，围而不攻。另外，再遣一骑到瓜州，传令后军立即开拔，赶往肃州地界，沙州征召兵也整束部伍，随时待命出发。快去传令，不得有误。"

"喏！"

王文瑀这回听明白了。他知道，尚书张淮深在临敌的阵前，又有了新打算。虽然并不明白这个打算的详细究竟，但他的任务就是将命令不折不扣地传递下去。他立即领了一位将官后撤到了后面静立的骑军队伍中。挑选了两名熟悉路向的精干骑手，将尚书令牌交予他们手中，再将两道口令仔细告知，不放心，还命他们复述一遍，这才发遣他们上路。两名信使将马牵出数个坡冈之外才跨鞍上马，起先缓辔而行，慢慢地一点一点加了速度。等返回到之前经渡过的黑水河岸，一个往西直截驰往瓜州，一个向北前往了阴文通所部的前阵。

身边四周，昏黑渐变为暗蓝的釉色，头顶横云连空，星月皆模糊，而河口一带升起了薄雾。这对完成合围自然非常有利。

张淮深回到柽柳林中的马骑队中，从索怀庆手中接过了缰辔。那匹乌骓如久经沙场的兵士般保持着直立站姿，鼻息十分均稳，见主人走近，便乖训地稍稍俯低了头颅。张淮深伸手轻抚它的鼻额，那丛狭长白纹的细毛，手感顺滑如锦缎。手掌抵触它的皮肤，觉出了战马才会有的血脉偾张的热度。

张淮深轻踩马镫，飞身上了鞍鞯，一人领骑，将队伍带出了树林。现在，他将率领沙州骑军的精锐，趁着雾气在台地下列阵，完成对回鹘人的合围。王文瑀等僚佐各各上马，随骑在他的身后。

雾更大些，更晚些散去才好。大军引而不发是需要天时地利配合的。待雾气散去，张淮深就打算向回鹘营帐遣去信使。若果能拖延至下午就更好了，那时，瓜州后军就抵近了肃州，胜算会更大。

随着天色转明，雾气弥漫了开来，现在，肃州城西一带，已白茫茫一片混沌。之前还能望见的回鹘营帐已望不见了，只能见到一两星篝火的红点出现在台地上。而一整营的回鹘兵尚无知觉。他们遣出的巡逻骑军此时也回营换防了吧。

索怀庆一手按佩刀，一手撑拄着尚书的那杆镔铁长枪，侍立在马首近旁。若尚书要发令举兵，顺手就能提枪出击。

“怀庆，雾退之后，你来吹第一声军角。”

“喏！”

索怀庆伸手摸了摸挂在腰间的牛角。无须说，对这个使府卫士来说，这是一个荣耀的时刻。此前随尚书出阵，发角令和打前阵的任务就由尚书二子延兴和延嗣来担当。今次却不同了。他又想，延兴、延嗣都是身手了得的战将，不能随同来肃州，也是遗憾。眼下一个被贬去了寿昌，另一个在看守马院。尚书其余几子其实对军伍都不甚熟悉，发来肃州前，延晖、延礼和延锷都被留在了瓜州后营中。

这支骑军现在已全部进入了平地，节度参谋张大庆领左翼，判官王文瑀领右翼，张淮深领中军，身后是三名执天王旗、白龙旗和尚书字旗的仪仗兵。尚书阵前两侧还站立了两百名陌刀队骁勇，五十名一字排开，共列了前后四排。正是刀身林立，刃如霜飞。陌刀队后是一百骑军弓弩手，此时每个都已扣箭于弦。

三翼沿台地边缘呈弧形布列，围合之势已成，但离台地还有一里多的距离。

沙州军在大雾中静静伫立。许多时间过去了，只有某个士兵禁不住的咳嗽声和偶尔的马蹄踏地声，才会打破这令人屏息的寂静。每人都定睛凝看前方：但看到的只是乳色的雾的纱帐。而日出前，寒气分外逼人。

卯时日出后，贴地的气流开始涌动，浓雾因被吹散而变得稀薄，四周景物渐渐浮现了轮廓。南面的大雪山，霞光已染映了它的数个金色峰顶，而北方的群山也露出了峥嵘之姿。台地上的回鹘人营帐已在视线之内：穹庐顶上的毳饰，半熄未灭、升起缕缕黑烟的营火，甚至营门拒马前执枪哨兵的身影也已看得一清二楚。很快，那里就开始了一场骚动，兵卒的奔走呼喝声，马匹的嘶鸣声，武具兵器的碰撞声，不间断地传来。

张淮深举起了手中的马鞭，停在半空许久。当他用力向下一压，手持军角静待多时的索怀庆鼓足一口气，吹出了第一声角号。呜——呜——呜——，角声绵长如潜龙猛然昂首的啸吟，响彻四野。随后，军中鼙鼓有节奏地擂响，嗒——嗒——嗒——，三翼兵马齐齐随着鼓点缓缓向前推进，移动至箭距之外，才停了下来。现在，两军已在对峙之中。此时台地上回鹘人的部伍还未列好队形，披挂完毕的将官刚刚上了马，不时粗声吆喝着。

很快，张掖水对岸阴文通部的方向，也传来了呼应的鼓角声。身后是肃州城郊开阔的麦田，此时，但见城门半开，从门内冲出了连镳驱驰的十来匹骏骑，为首者正是肃州守将索仁安。而肃州城楼上，警戒的钟鼓声亦已响起。

张淮深再次举鞭，一名通译人手执一面三角令旗，立时驱马进前。他一番吩咐后，通译人便从阵中骑出，缓缓上坡，行至了回鹘人的营门前。

稍许，一郎将模样的回鹘骑军也缓辔而出。两人都没有携带武器，各自横马而立，远远只看见通译人的侧影，听不到他的音声。很快，那位郎将得了讯令似的，点一点头，便拍马回进了营区。

张淮深让通译人传去了口信，约对方主将于坡下那株枯死的柽柳树边对面相谈。

又过许久，对方阵营里一番躁动之后，自营门中驰出一位头戴金冠的贯甲武士，此人年纪约三十左右，颇为俊武。而张淮深也打马前驱，来到了树下。

日阳初升，朝霞将明亮的光晕染上了这棵只剩了枝干的老树。现在，尚书的乌骓和回鹘头领的白马皆斜向侧立。张淮深在坐骑上昂着头，将马鞭倒提，向对方抬手作揖。

对方亦依照汉地礼节，作拱手礼。那金冠武士，原来却是老回鹘王的少子。

由通译人相互传递话语，两人坐于马上来回说了好一阵话。

一羽鸦雀跳上了长了瘤节的粗枝，唧唧唤了一声，又斜斜飞入了沙州军身后刚收割完毕的麦茬地里。众军将齐齐抬头看鸟儿飞过头顶，这时，他们的尚书已勒转马身，回到了己方阵中。

余下的时刻，便是等待对方的反应。

回鹘人的营帐里，又是一阵喧嚷，这回却不是备战，而是准备拔营启程了。台地下围合的沙州军将阵列退后了百步，让出了一条北去的通道。

至卯时三刻时，回鹘人才收拾好辎重帐具，整顿好兵马。仍由那位戴金冠的回鹘王子领队，骑军开始两人并辔，缓缓从台地坡上而下，队伍极长，走了很长一段时间。后面跟了百来个高大步卒，个个身背长弓，手持矛枪。当回鹘军伍走经沙州军阵前时，个个都向这边瞪视着，而沙州军也报之以冷目，随时警惕着对方的举动。

这股回鹘兵以骑军为主力，人数接近了千名，若两相交战，论双方对阵实力，应在伯仲之间。而回鹘骑军的单兵战力向来是赫赫有名的。若一一相对直接交锋，结果如何还真不好说。此次张淮深能令对方退兵，实是因为他们被沙州军趁夜合围的不利形势，以及慑服于沙州专为对付骑军训练成的陌刀队，自太保时以来，回鹘人已数次遭受了陌刀手的重创。

这次出兵肃州，经由临阵的谈判，竟不经流血就逼退了回鹘兵。双方没有彻底撕破脸，也各自保全了实力。当然，张淮深知道，这只是延后了真正的决战时刻。

当最末一个回鹘步卒走下坡冈，随了他的部伍走向北面的沙砾戈壁时，沙州军的两支部伍齐齐发出了震天吼声，“天王护佑！尚书得胜！”的呼声不绝于耳。阴文通所部与尚书所部会合一处后，索仁安将大军迎入了肃州城。

张淮深松出了一口气。在场的官兵中，无一人知道，在等待回鹘王子给予是战是和的答复之前，他是多么地焦躁难安。曾有一个瞬间，那深彻的厌恶感又一次攫住了他，险些使他再次出现失控的症状。

还好，回鹘王子做出了明智的决定。而且，他还带去了尚书张淮深提出的最新议和条件。

14

将部伍分作两股，分驻在城西、城北的堡冈，做好了诸项防御准备后，张淮深携了使府幕僚进了肃州城。下午，李明振和索勋所领的瓜州后营也抵达天门关，安下了营寨，随后他们两个及尚书三子延晖、延礼和延锷也到了肃州。

当晚，普通士兵赏以官酒，自尚书以下所有僚属、军将头目皆不许饮酒，简单吃过晚食后全部入城，齐集于衙署厅堂议事。尚书张淮深召集的这次前敌会议，将决定此后对肃州和甘州的方略。肃州衙署的厅堂自然比沙州本部要狭小很多，因此，看去已挤满了一堂。大柱前安了两座灯树，承托了数十灯盏，将整个厅堂照耀得如白昼。

张淮深落座短障子前的主帅台座上，此时侧了身，一臂支于凭几，正与李明振、索勋两人商量粮草接应的安排。延晖、延礼和延锷三子坐于他的侧后位置，其余僚属军将聚作了两三堆，已在那里议论开来。座中很多人我们或多或少都已有些熟悉：判官王文瑀，节度参谋张大庆，押衙高再晟、史文信，瓜州军事判官李伯盈，军将邓弘嗣、王忠忠、范欺忠、段意意，肃州防御副使索仁安和牙将汜建立。随同出征的吐谷浑羌人部落的骑军头领浑子建和慕容胜自然也在与会之列。

张文彻亦来了肃州，他现在虽然是内宅都押衙，但之前却曾在北营有过军职履历，再加之前曾与索仁安合谋逼退过崔大夫，故而此次也被招来尚书身前了。

厅堂门外，夜幕已四合，入夜后晚风劲疾，檐廊下可听到呜呜的啸鸣声。院落中，五六个卫士为了驱寒烧起了盆火，盆中焰舌摇摆不定。眼看着就快入冬了。

今天之所以召集堂议，张淮深就是想听听大家的判断意见：回鹘骑军素来强悍，也惯于在冬季作战，沙州方面是抢在秋末最后半个月里全线出击？还是固守肃州，挨过这个冬天后，于来年初春行动？若冬季作战，如何在冰天雪地中应敌？如何解决粮草辎重的输送供应？此次出征，须调动数千人的军伍部队，总须制定一个周详的计划。

此外，张淮深还在等待甘州和删丹两方面的消息。先前遣出的侦骑信使，不出意外的话，今晚都会来肃州复命。他在等待最新的情报。

果然，戌时夜鼓敲过后，就有连着三拨人马入衙禀报。且待一一分别解说。

第一拨信使带来了删丹的消息。张淮深之前遣出的三百名骑军，前日晚上即已抵达删丹境内，而在昨日，请节专使押衙宋闰盈已入凉州，面见了当州防御使翁郜，递交了尚书的亲笔信。对沙州在删丹驻军一事，翁郜并无什么意见，因近来凉州嗢末部落闹乱不停，正可以会同凉州官军一同予以牵制。

张淮深问那传信军将："那么，他是否同意与沙州合并讨伐回鹘人？"

"他只说，凉州不日即会遣出使节，去见回鹘王。他只说要在沙州和回鹘间作个居中调停。"

"好个奸猾！"阴文通不禁骂出一声，"如此，粮草也不必急着救济了，让他今冬喝寒风去！"

在座军将大都响应，尚书的几个亲信幕僚则都闭口不语。此事暂且放下。

另有一件，宋闰盈在递送了尚书信件后的第二日，与他所领的请节使团正欲出城上路时，却被一群嗢末游勇给堵了回去。守城的天平军军将见此情状，并没有出手解救；宋闰盈回报了翁郜，翁郜便说近来凉州形势颇不平靖，让他安下心来，暂且就留住这里，并派人将宋闰盈目前滞留凉州的消息通报了删丹的沙州驻军。

第二拨是派去甘州的侦骑，因甘州四周已被回鹘人合围，未能与城中沙州部伍取得联络。不过，从甘州城外的乡人处探听得知，回鹘兵马在州城的四个城门都有驻扎，各营约三百骑军，若加上步卒人数，应有一千五余之众。因之前龙家人出走了肃州，甘州的守城兵力已严重不足，加之城中粮草即将断绝，若沙州这里不及时出手援救，那么不出数日之内，甘州定然就会易手。变化也就在几天之内。

这两个消息，充分说明着形势的复杂莫测。众军将僚属有了新的议论方向。焦点当然是回鹘人的甘州之围。

第三拨来得最晚。这是今晨回鹘王子撤去兵马后，张淮深遣出的侦查北面回鹘人动向的两小队骑军。其中一支远远尾随了回鹘王子的队伍。这一路回鹘军于入夜前抵达了合黎山西面的张掖河河岸屯扎下来，许是在等待与上游部队的会合，许是留在肃州附近想再做盘算。总之，这支毫无损伤撤离了的千人骑军仍在觊觎着肃州。

另一支往肃州与甘州间的方向查探，结果，在建康军旧屯台，他们看到了回鹘人依合黎山山麓搭起的大营，前后相连约有数百顶营帐，其中正有回鹘王的牙帐，这里的回鹘兵马更多，总数应该接近了三千，而骑军数量过半。

听到这个消息，厅堂内各人心里都在计算。目前汇总的结果，回鹘兵力已接近了六千，其中骑军就有三千。这与之前游奕使白永吉、押衙阴青儿的情报正相吻合。但之前带回的只是传言，此番是经了实地侦察的检验。

单论骑军人数，回鹘与沙州已不落于下风。而论单骑作战能力，回鹘人还胜出了一筹。众人都惊讶于回鹘此次集结的势力之大。当然，沙州方面若全部动员，将四境征召来的两千步卒都算上，还是有战略优势的。

那么，后面的问题就是：现在是不是已经到了须将全部本钱押上而与回鹘人决战的时刻了呢？张淮深让众人合议。

自然是各人有各见。有的人慷慨陈词，力陈出战速战的必要，沙州既然已打着讨伐回鹘的名义出兵，当然退无可退，必须果断出击，军将们多是这一派意见，包括了阴文通和索仁安；有的人态度就谨慎得多，提出入冬求战所将遇到的种种不利条件，这一派多是尚书跟前的文职僚属。也有沉思不语者，譬如李明振和索勋。按他们在沙州使府的地位，他们将在尚书初步统摄结论后，再提出自己的看法。

将意见大体收拢，此次已没有任何应该避战的理由，只是，大家对出击时机存在了不同意见。这就需要尚书来下第一个结论了。

张淮深看看身前的太保三女夫，得到他们会意的表示后，便大声宣布："此条无须多议了，秋末初冬必有一战。若战事拖延，明年开春后再作计议。"

沙瓜粮草装具充足，以两州为后方基地，以肃州为前营，抵御回鹘人冬天的扰袭自然毫无问题。以固守防御为方针，在此基础上就可以讨论一个攻守兼顾的方案了。以及如果主动出击，应在何时何处发起攻击。

众人又开始议论起来。这里面，意见就很多样了。有认为之前就应将回鹘王子所部歼灭，因其所部就在肃州北面，实乃肘腋之患，必须尽早翦除。也有说要前出甘州，击溃围城之敌的，索仁安就支持这个主张，理由很简单，气可鼓而不可泄，夺回甘州后，沙州使府对删丹飞地的管辖自然也可以顺理成章地延伸过去了。不然，尚书为何派出三百精锐军骑去呢？难道只是为了护送宋闰盈出使和递交书信？

索仁安的反问很有效果，这句话引起了在场多名军将的响应。但是，似乎并未得到文职僚属和上司的认同。因马步都押衙阴文通对删丹一事发表了不同的见解。

“出兵删丹，乃是向凉州翁郜表明沙州的主张，也是试探他对回鹘的真实态度。现在，既然翁郜没有与我们联手制服回鹘的意思，那么，删丹驻军就要再作计议了。我的意见，必要时可将三百骑军撤回，配合本州主力兵马，担起奇袭的任务。”

张淮深一听此言，拍了一下膝盖，赞许道：“都押衙所言正是！”

他想，都僧统和尚倘若在座参议，也会是这个意见的。贸然驻兵删丹，对于实现沙州近期意图并没有直接的助益，而且，还极可能会遭遇回鹘或嗢末的围攻。若战，则必有很大的死伤。又兼离肃州大营距离较远，联络不便，两边路途很容易被敌人阻隔。

于是，下面的话题就比较聚焦了。出战的目标地点究竟锁定哪里？以及出击的时间。

张大庆在厅堂中央将他特为此次出征绘成的河西诸州军情图铺展了开来。此图用十来张粗纸粘贴拼成，画是画得粗糙了点，但沙州、瓜州、肃州、甘州、凉州的方位形势可以一目了然，敌我双方的兵力配置皆用雕琢好的木马和木兵标识分明，每个木偶大约相当于五百之数。张淮深也将铺了虎皮的帅位靠座移前，探身审看着图幅。

此后就要决定具体的出兵方略，各军将僚佐都会分领各自的任务，而在议决前，他要让在场的每个人都充分了解当前的局面形势。

众人又开始了争执。还是分出了出击甘州和围歼回鹘王子肃州所部这两派意见。张淮深照例不发一言，只安静听着。

今夜天气寒凉得很，似乎即将降下河西的第一场雪，但此刻厅堂里的气氛却与外间恰成反照。军将僚属们热烈地争论，面庞皆被灯火照映得彤红。

张淮深注意到张文彻到现在还没说什么话。照以往经验，他这时定会有一些不同常人的判断的。于是就点了他的名。

“尚书恕罪，不是我不尽责，实是还没有想仔细呢。若是随口胡说，还不如不说。”

话是滴水不漏，谨慎谦恭得很呢。不愧是内宅都押衙。

“随你心意说来就可，依你看，我们该往哪里出击呢？”

张文彻伸出两臂，抖了抖自己的袍袖，稍稍俯身，向尚书张淮深作礼。

“尚书此一问，我也不知该如何作答。只是，下官有一问，愿与诸位军将僚属共议。”

“张押衙请说。”

众人也都表示很想听他的下文。

“是这样的。我们此次所征伐的回鹘，试问，谁是回鹘中的酋首头目？”

一个军将立刻顺口答出了：“自然是回鹘王喽！”

“尚书，下官的这一问，正是下官的回答。”

这句听似玄虚的话，说出后在厅堂的空气里回荡了片刻，就显出了它的效用。众人稍作思虑，立即明白了他的主张。

索勋和李明振之前一直在私下谈论，到这时，都觉得张文彻这个思路有点出乎意料，又很有说服力，于是都肯定地点了点头。

索勋手抚须髯，问张文彻说：“眼看着第一场雪就要下了。你的意思，是趁雪出击合黎山的回鹘大营？”

“禀索刺史，在下并无什么主张，只是给大家伙起个话引子而已。”

张文彻伸手挠头，一副承受不住的样子。

索仁安第一个附议了。兵策未定，就主动请缨，这是抢着要跟尚书来讨先锋官的名誉了。

张淮深呵呵笑过，先不表态。然后转向了阴文通。

阴文通也认同张文彻的这个思考方向，但他的思虑，已跳跃到了如何完成对回鹘大营的围合上。他让尚书再给他一些时间来考虑详细。

李明振作为尚书身前的重要辅佐人物，素来老成持重，他的倾向几乎就可以决定张淮深最后的定夺。他沉吟了片刻，理顺了思路，缓缓出言道：“张押衙所言，的确道出了要害。我们此次讨伐回鹘，目的自然是震慑回鹘。如此，若能出击其大营，擒得回鹘王或将其斩杀，则回鹘人必然很长一段时间里不敢来犯边。若达不到这个目的，则出击其大营，就没有什么意义了。”

他认同这个出击方向，但对出击能否获得预期效果，还保持了怀疑态度。

这是很清醒的看法。也就是说，张文彻所提示的出击策略要收取成效，还须考虑到很多的不可控因素。

索勋也点头赞同：“是啊，若以精锐骑军出击回鹘大营，很有可能，西面回鹘王子所部和围甘州的回鹘部伍会赶来增援，若果如此，我们反会陷入被回鹘内外夹击的局面。这一层，也不得不预防。”

又一轮讨论开始了。军将僚佐们针对这个具体战术问题各说己见。总的来说，都落入了寻常的推演思路，也就是袭击回鹘大营要力求速胜。

但是，回鹘大营即有近三千兵马，两千的骑军。且不说沙州军为了欺敌需要掩盖行踪，即使侥幸偷袭成功，也必须集结三千人以上的优势兵力才有胜算。不然，战事很可能就会拖延好几日，而此时，外围两侧的回鹘兵倘若抽身夹击，形势就不大妙了。

谁也没有把握，说可以在一两天内解决战斗。张淮深心里估算了一番，也觉得没有把握。

判官王文瑀和节度参谋张大庆一直在张淮深的身前，此时张大庆手指了沙瓜两州本部，张淮深知道，他这是在说沙瓜两州的两千征召兵。若想要此次奇袭成功，这支负责后防的兵马作为预备军，势必也要投入战斗。

征召兵平时都是乡籍农人，很多都是退役的常备兵。平均年岁略大些，但都是久经战阵的老兵，其中不少人都曾跟随尚书出征过。他们是值得信任的。

统合来算，沙州使府已出动的骑军共二千八百骑，加上肃州索仁安麾下的一百骑军，骑军近三千之数。步卒出动两千，其中两百人为陌刀队，加上索仁安的肃州守城兵二百，总计为二千二百之数。若再将二千征召老兵算上，则沙州使府此次几乎调动了辖境内将近一半的服役男子。

张淮深知道，今日厅堂论事，他还须特别得到两个人的出手援助。有了这两股势力的后盾依托，他才可以从容布局。他从帅位靠座上站了起来，走至了铺开的地图前。

张大庆见此，示意大家安静下来，嗡嗡的议论声戛然止歇。只灯树上铜盏里的油芯，因燃着了杂质屑粒，不时爆出轻微的噼啪声。

“诸位，此番谋划奇袭回鹘人大营，我须向毗沙门天王借来两双臂膀。不然，就还是不出动为好了。”

众人皆诧异不解。天王的臂膀？尚书在说什么神异之事？每人都盯着张淮深，而他说出那句话后，背着手围了地上的图幅绕了两圈。

站定后，他忽然大喝一声：“来人，取酒瓮和酒盏来！”

之前不是下了禁令，今晚僚属、军将头目皆不许饮酒么？尚书这是要作甚？只那李明振和索勋约略猜得张淮深的心思，此时都笑而不语。

外间侍立的卫士得令马上跑了出去。不多时，三人抱了一只大酒瓮和一堆杯盏回转来了。

张淮深弯腰，拔开了瓮塞，先凑鼻过去嗅闻了酒气，然后自己抓来一只碗盏，命卫士倒满。浓稠的酒液倒入盏中，又满溢出来，滴洒在他的手上、地上。张淮深的眼睛看向了坐在厅堂门首的两人，吐谷浑首领浑子建和羌人首领慕容胜，此前他们一直没有发声。他双手捧盏，行至浑子建身边，口中言道：“这第一支臂膀，须向浑将军这里借取。倘若能够借得，就与我同饮一盏吧！”

浑子建初始愕然，其后大为震动，连忙低头接过了酒盏。口中称言道：“喏！尚书有何吩咐，尽管直言！”

张淮深再取一盏，命卫士斟满，双手捧了高举过额："好，既如此，就再向吐谷浑部落借五百精兵守卫沙州城如何？"

"如何借不得？可是，尚书，州城还是由征召来的老兵守卫比较稳妥，我等当为尚书执鞭，做那奇袭回鹘的先锋！"

此句一出，举座皆释然，纷纷欢呼起来。原来尚书早就有了袭击回鹘大营的谋划。而且，他刚才借了天王臂膀的譬喻，趁势攻心，已赢得了吐谷浑部落头领的信任。吐谷浑的骑军，其骁勇善战可不下于回鹘骑军。无形中，沙州使府果真得了一支有力臂膀。

"大好！"

张淮深和浑子建目光相接，同时饮尽亮盏，两人把臂大笑。

这边浑子建饮过，身边的羌人首领慕容胜已领会了八九分。他早就站起，让卫士提前斟满了酒盏。张淮深正打算上前邀酒，他早早就开腔了："尚书无须多言，我羌人部落今日立誓，从今往后，世代依附沙州。此次出战，我家也要做讨伐回鹘的先锋！"

旁边的浑子建假装生气了："喂，慕容家的，休与我抢这先锋名号。真要为使府和尚书立功，且跟在我马骑后面一同杀敌吧！"

张淮深趁势来调和："好好好，一个做左军前锋，一个做右军前锋。不过，慕容家的，你先将酒饮下再说不迟！"

慕容胜也一口饮尽。这还没有结束呢，余下按了部落俗仪，还要歃血为盟。三人各自捋起袖子，用短刀在臂上划出浅浅一条口子，将殷红的血液轮流滴入了三只酒盏中。

当结盟仪式告成，整座厅堂里的人，连同门口值守的卫士，全都欢腾鼓噪起来："天王护佑，尚书得胜！"

实在说来，那确实是由衷的呼告。虽然各人看不见的心思，稍许还存了些不同。

此后，肃州前敌会议的要题才正式展开：如何排兵布阵，袭取回鹘大营。

没有疑问的是，仍由李明振、索勋两位镇守肃州大营，沙州征召兵中调出一半即一千人前出瓜州，随时听命。吐谷浑与羌人部落再出八百精勇、三百步卒、五百骑军，骑军立即进驻肃州大营。骑军总兵力达到三千四百骑，步卒总计四千五百。

这个兵力规模，已达到了全面压制回鹘人的最低限。尚书张淮深此次会议的收获，还不仅如此。他完成了一件连太保也未完成的事：之前很多年吐谷浑和羌人屡叛屡降，并不顺服，如今，借了新实施的收纳政策的效力，终于与对方正式地结了盟。共同的敌人，使得蕃汉两边捐弃了前嫌，一致对外。而我们将会看到，他的这一措施，很大程度上还影响了沙州未来政局的走向。

与众人议定出击方略后，张淮深就与李明振、索勋出了厅堂，回返了城外大营。军将僚佐们留下继续商议各项细节，至中夜时分才出了肃州城。

衙署里的灯火很晚才灭去。此刻空荡荡的厅堂里，似乎还存留了话语声、欢呼声和足声的余响。

大军出动是在会议后第三天的早晨。此前，回鹘王子遣来信使，告知回鹘王再次拒绝了议和。

侵晓的风冷冽刺骨，身披戎装的张淮深和李明振、索勋、阴文通和几个亲从僚属驻马于肃州城西的高冈上，注目着两支肩负了特别使命的前军在眼前通过。是的，因为要完成欺敌的任务，这两支各八百人的骑步兵混合部队都带着全副的尚书仪仗。其中一支向北行，由索仁安带领，将沿着张掖河抵近合黎山附近扎营。另一支由尚书亲信押衙邓弘嗣带领，向东行至福禄县境后折向南，走祁连山南麓的山坡道，绕过北面建康军旧屯台，其后将插入甘州城西南，与删丹撤回的三百骑军会合。

稍后，包括了两千五百名骑军和两千步卒的主力部队也将出发。张淮深率左军，阴文通率右军，两军各以吐谷浑骑兵和羌人骑兵为先锋。白天，大军将向北方以正常步速行进，傍晚停于盐池附近。路上或会遭遇回鹘侦骑，以为大军将向合黎山西面的张掖河移动。入夜后即分为左右二军，不扎营而展开秘密的围合行动。左军趁夜急行，向东渡张掖河，将于第二日凌晨前抵近合黎山回鹘王大营的左翼，阴文通的右军将从盐池转向东南，绕过建康军屯台后，不是奔去东面的甘州，而是急行军北上，穿插至回鹘大营的右翼。左右两军约定了以三支向空中直射的火箭为信号，同在拂晓前寅时发起突击。

倘若主力部队对回鹘大营合围成功，张掖河的回鹘王子所部和围甘州城的回鹘部队势必会赶赴合黎山救援。届时，两支负责欺敌的部伍的任务，即是阻断或延迟其增援。

晨光熹微中，伴随着大营有节奏的鼙鼓声，两支部伍愈行愈远，最后消失于衰草、砾石和远处的高山峻岭勾勒出的地平线。

这片辽阔雄奇的土地上，又将迎来一场杀伐争战。

张淮深几人正要骑马回进营门时，恰好遇上从沙州长行坊遣出的驼马队。这几天来，每日早晚它们都会运送来弓箭器械和粮草吃食。驼马队照例由退役的骑军老兵担任护卫，这些老兵一见到尚书，纷纷在马上致以横臂军礼。他们中很多人张淮深都很熟悉，太保入质后，他们曾追随他东讨西伐，有些还留下了肢体伤残。但一接触到他们的目光，就能感觉到他们心里的焰苗并未熄灭，当年的奋勇并也未减去半分。张淮深表情庄重地同样横臂回礼。这是战士与战士之间无声的对语。

长长的驼马队进入营区后，执鼙鼓号角的号兵开始列队出营，排列在营门的两侧。接下来，尚书将检阅出征部伍。主力部队的两支先锋军早已整装完毕，现在，他们四骑一排，慢慢行出了营门。随后是弓箭手和步卒。浑子建和慕容胜现在也骑马出了营区，伴随在张淮深的身侧。

在军将们喧噪的传令声中，这支披着兽氅与铠甲的混合部队很快就排成了整齐的阵列。当骑在马上的尚书张淮深缓辔经过他们身前时，这些部落兵勇个个口中呼喝着得胜号令，而弓箭手和步卒纷纷对了尚书半跪行礼。显然，他们的士气正是高昂。

步卒军伍的队末，张淮深看到一个十二三岁的吐谷浑少年，背了长弓、手持蛮刀，不由异怪起来。如此小的年纪，难道今次也要踏上战场？于是回头问身边伴行的浑子建。

“尚书，这是我的幼弟浑子盈。此次出征，原将他留在了家里，谁知他带了三四个少年伙伴随了驼马队追来了肃州。这下赶又赶不回，只得让他随了同去。”

张淮深跳下马，走到少年身前相问：“你带了弓刀来肃州，也是要出战？”

这个名唤浑子盈的少年，学了成年士兵施了半跪礼后，挺身站立。他的颊面被寒风吹得发红，说话口气不输于任何成年士兵：“禀尚书，我是浑家儿郎，母亲就是在战场上生下我的，自小在兵马队中长大。若此回上了战场，准定会使出全力，绝不会拖累军中伙伴！”

张淮深故意激他：“回鹘骑军人高马大，你又如何对付呢？”

左右将士纷纷为他叫好，少年便更壮了胆色。他手搭肩后的弓角，神色凛然地答说：“我至少可以射翻十来个回鹘骑兵！”

边上的浑子建替少年做了补充：“尚书可莫要小看他，今秋河原比箭时，在一众壮年箭手队里，他还拔了个头筹呢！”

张淮深心情大好，拍拍少年肩膀以示鼓励，另还解下腰间一柄短刀相赠。但回头还是嘱告浑子建好生看护好他这个弟弟，勿让他贸然冲入敌阵。

浑子建说已做好了安排，少年会和一队弓箭手提前埋伏好，在发起攻击前射出火箭烧燃敌营，待回鹘人惊惶四奔后，骑军将首先冲入敌阵。他在后面不会遇到什么危险。

浑子盈身边还站了几个年少伙伴，但都穿着平民服装。张淮深发现了一张熟悉的脸：那是仁贵儿郎。咦，你怎么也来了这里？正诧异不已，再看曹仁贵身边站着的那个男子，心里已明白了几分。曹仁贵身边站着的正是于阗使曹目连。显然，这队少年人都是由曹目连带来肃州的。

曹目连见状连忙上前作礼，向尚书做了汇报。他们是三天前出发的，本来想走西北路从伊州或西州去于阗，不想刚踏入西州境，就被回鹘游骑阻隔，于是只得折返了走南路，打算从肃州穿祁连山，进入吐谷浑故都伏俟城，再从伏罗川一路西行入吐蕃北境，昆仑山北麓和沙碛之间有一条险道，再经萨毗城、石城镇、播仙镇，最后就能抵达于阗。南路比北路要难走得多，也要消耗更多时日。曹目连趁着大军未发，是特来禀告这出使路线的变况的。

张淮深点了点头。凭曹目连多年积累的商旅经验，走南路或许要比走西北路更有把握些。

他与曹仁贵又攀谈了几句。大军开拔后，曹家儿郎就要与父亲踏上另一个征途了。不知为何，他总觉得仁贵可以为这次出使增添一些运数。许是一种没由来的直觉吧。

“仁贵儿郎，你是我亲点的正名押衙。明年开春后，我即等着你归返沙州！”

仁贵学着施了个部落兵士的半跪礼，大声回禀：“我与父亲一定准时归返！”

张淮深朗声大笑，再与曹目连嘱告一番后，就继续检阅后面慕容胜的另一支部伍了。这曹仁贵便和兄长曹良才、罗通达、罗进达、阴仁贵、宋惠信几个小友继续围住了浑子盈说话。中午前，他即和父亲走上了出使路途，这里且按下不提。

待检查完陌刀队的器械后，张淮深就进了大营帐幕。

临出征前，张淮深将索勋、李明振、阴文通与浑子建与慕容胜等军将再次请入尚书帐幕，军行计划倒无须再次重复了。今天，他特意请了几个肃州僧来做一场赛神法事。神主自然是毗沙门天王。近段时日以来，他数度梦见了天王的现身。虽然不知是何预兆，但虔诚敬神总是一项不可缺少的保证措施。将愿心全部托付，祈望天王降下神力，庇佑沙州军此番出征获胜。

营帐内柱杆上张挂起了天王画像，小案上供了香花食馔。僧侣们所诵正是《毗沙门天王经》和天王心咒。张淮深领了太保三女夫、众军将僚佐齐齐在神像前跪坐默念。

法事结束，众人走出营帐时，见营区上空已是霞色透照，天光已大亮。因了驻营的关系，这片野原上留了太多的食物碎屑，所以吸引来了三五群的鸦鹊，它们不时来回翻飞，有的还落停在帐篷顶上，打量着底下奔走忙碌的人类。这是个吉兆，正要回城中寺院的纲首僧就是这么对张淮深解说的。张淮深亲自将僧人送出了营门。

不过，临到拔营时还是出了点状况。当两个亲从卫士将尚书营帐前的纛旗从旗座中拔起时，旗杆突然从中间断裂了。没有碰撞到任何硬突物，木杆开裂处可以见到白蚁蛀空的孔隙。这个意外恰好被留在帐前的张文彻看到，脸上不由露出愠怒之色。但也不好多加责怪，只得令卫士赶快找来一根替换的木杆。张淮深回营帐后，纛旗已被卫士握执在手中了。

这个小意外就像没有发生过一样。

尚书马上就要出战了，必须让他完全地、不受妨碍地投入即将到来的战事中。如果真的预示了什么，那么，这一切都是神佛的意志。该怎样来的就怎样来吧。

巳时初刻整点，营中鼓声大作，担负了奇袭重任的主力部队正式开拔了。

吐谷浑和羌人的先锋军在前开道，浑子建和慕容胜骑了两匹紫骝马并肩而行，身后一面白虎旗、黑豹旗迎风招展。骑军兵士个个精神抖擞，求战的心情流露于面容。随后，张淮深和阴文通两人领了沙州府军的大批精锐骑军和步卒也出了营门。白天，骑军们并不需要疾行，只需随同步卒的走速慢慢前进。节约下的精神气力，将全部留待夜间的疾速行动的展开。

跟在后面的辎重队伍仍走了很长时间，因这支大军携带了较多的装备器具，光是备用的各式箭具就装了好几车，还有天王舆车、帐具车、尚书行营车、乐人车、油料车和野灶车，另有十辆车装了可供大军数日食用的糗粮、干肉、酪乳等。

李明振、索勋、瓜州军事判官高再晟立于营门相送，站在旁边的还有曹目连父子三人和曹仁贵的伙伴们。早间这一幕场景，深深地镌刻在几位少年的心里，日后每次回忆起来，仍会带来一种兴奋的喜悦。李明振领了沙州新到的一千征召步卒和三百骑军把守肃州大营，此外，他还负责了后勤辎重的接应和情报的转递。另一方面，为兼顾沙州本府的防御，索勋今日将回返瓜州坐镇。

而据曹目连早间所说，因受了瓜州刺史索勋的相邀，淮鼎郎君今日带了侍从也前进到了瓜州，后天，还要来肃州探望大营将士。对郎君来说，这是头一回亲临前线。

15

沙州大军向东行至盐池以南、福禄县北的丘原时，中途停歇了下来。已经是下午申时初刻，士兵开始搭设营帐，升起营火。这是欺敌战术的伪装，并无一人在帐庐里歇息。连同尚书张淮深在内，每人都在原地休息，等候着暮色的降临。

北面沙原上，时常可以看到小队回鹘骑兵的踪影，不过，他们是隔了很远的距离伺看，并不明白这支军队的实际情形。张掖河的对岸，也能见到山地牧人的青庐和骑手，至于究竟是回鹘人假扮的，还是真正的土民，尚未判断分明。

至此，阴文通就领了他的右军与张淮深所带部伍分镳而行了，慕容胜做了他的前军将领。傍晚前，他们这一支将插入福禄县与建康军旧垒的中途。入夜后，也将就地搭设起欺敌的营寨，燃起篝火。等到约定的亥时初刻，兵士将衔枚前行，马匹的蹄足会裹上布垫，右军将神不知鬼不觉地向东南方向继续移动，迂回绕过建康军旧垒的回鹘王大营的前哨，进入临泽县境。而之前派出的邓弘嗣的前军与从删丹撤回的三百骑军会合后，将负责牵制甘州回鹘骑兵对西北面回鹘大营的救援。右军主力骑军的面前将豁开一个开阔的攻击场域，他们将展开一次疾速奔袭。

预定的合击时刻是在凌晨前的寅时初刻。本来沙州军和回鹘军的军力大致相等，至此我们可以说，这个攻击计划，可谓是深谙骑军游击之道，其要害即于在欺敌所造成的敌方立场的摇摆不定。中夜后的几个时辰里，一扇机会之窗将会打开，提供沙州军一个集中优势兵力围歼敌方酋首的绝佳时机。

亥时初刻，统领左军的张淮深收到了两份新情报。索仁安所部在张掖河抵近合黎山附近扎营，目前正与回鹘王子的部伍保持对峙，敌方并无异动。而悄悄渡过张掖河探查敌情的侦骑斥候回报说，对岸见到的确实是牧民的山地青庐；东面的合黎山口，确曾有小股回鹘骑军出现，但随后回鹘大营的兵马并没有移动的迹象。也就是说，回鹘王尚在举棋不定，未能判断出沙州军的真正动机和主要攻击点。或许，他明日就会将大营移向西面，以策应支援回鹘王子部伍。但是，他的延迟行动已造成了一个短暂的时间差。而胜负就系于此一关键应对中。

时节已到，张淮深抓起手中马鞭，向着地上的野草窠狠抽了一鞭，便翻身上马了。军令下达，一千二百骑军和一千步卒行至河水浅滩处，分成十列，开始了强行渡河。冷冽的水流冲荡着坐骑和腿足，骑军官兵人人手中高举着枪矛和盾牌，而头顶，是秋末初冬星光黯然的苍穹。今夜多云，此时天际那轮细月恰被一团云霾遮住，并没有暴露他们的行踪。

尚书的白额乌骓跃上对岸的枯草滩后，一边喷着鼻息，一边猛力摆头摇尾，甩去身上余留的水滴。张淮深轻拍它的颈项，贴着马耳命它安静下来。乌骓马立刻原地立停，傲然地昂起了头。暗头里，一匹匹战马和它们的驭手，半身湿漉漉地从河里上了岸。

步卒过河要多费些时间，因他们还带了辎重车辆。有一辆车受水流冲击失去了重心，翻倒在河中央，张淮深听到虞候军官的轻声的叱骂。但很快便恢复了平静，耳中所闻，唯有湍急的水流声，杂沓的马蹄声，和车轮碾上河岸草滩的吱嘎声。

整顿部伍后，骑军列成一字纵队轻策前进，弓箭手和步卒快步跟随。将至合黎山山麓时，辎重车选了一处高起的土冈后集中驻停，留了少量步卒看守。

两个斥候侦骑在前引导，张淮深与判官王文瑀和节度参谋张大庆三人紧紧跟随。几乎看不清夜路，只能看到引路人时而交叠、时而分开的黑影。他们并行时会低声交谈几句，可以想见，他们或许会说这样的话：前面这片野枣林我宿过夜；翻过沙坡，后面有条堑沟，夏天涨水时，我在这条涧水里洗过马；顺着堑沟走，到头即是平地；回鹘侦骑入夜常在山麓丘冈上歇马，总须避离他们的视线为好；有狼嚎声的地方不会有人。诸如此类。

为避开回鹘哨兵，走了很长一段颠簸难走的沟堑路，行进速度不快。细月已从云头露出，依稀可以看清地貌形势了。但是，这也增加了暴露的危险。只能利用地面的起伏作遮挡掩护，这队长长的纵列如一条紧贴地面的游蛇，在遍披衰草的沙原上移动着。渐渐地，他们接近了合黎山西面山麓。这里崖壁陡然下落，落坡下又有丛生的芦草，崖壁与张掖水河岸之间出现了可供突进的一个快速通道，骑军将在这里开始加速。

离伏击点还有二十余里，张淮深按捺住急迫的心情，传令在崖面下整队。骑军将分作两队依次进发，三人并骑，以最快速度推进，前队骑军出发后，弓箭手和陌刀队立即急行军，接着后队骑军出发，而由八百步卒掩后。

短暂休整的片刻，张淮深走入步卒和弓箭手中间，询问他们的体力状况。因之前已走了很长一段路，他们几乎未得喘息，高强度的行军后，已有些疲累。他跟一百名弓箭手每个都打了招呼，检查他们的弓具箭具，遇到熟悉的便唤出他的名字，并轻拍其肩背。之后的奇袭，这些弓箭手将担负起扰乱敌营的重任，而在回鹘骑军向外冲奔时，也要将他们有效地狙击杀伤。每个人都有神迹示现的时刻，此时，尚书将他们视为同袍的慰问，令他们很快就恢复了精神，只需要稍微缓口气。

张淮深领了前队骑军出发了。现在，他身前只有一名带路的侦骑斥候，但几乎不用作导引，因为只需顺了逶迤延伸的狭道一路直行。细月钻出了云层，现在，稀薄的月光反而是个好处，前骑与后骑只需隔开两个马身的间距，就可以疾速驰驱；而满地枯谢的芦叶和尚未干涸的湿泥，正可以掩饰马行的足声。

劲风在耳边呜啸，颊面被吹刮得发热生疼。张淮深自问：多久没有这样狂奔驰突了？上一回是什么时候？对了，是乾符二年的西桐海之战。戈壁上的急行军其实更为艰苦和危险，这次幸得有河岸的芦苇丛遮蔽掩护。

正这么思想时，忽见前面的侦骑双手收了缰勒，放慢了骑行速度，并且还在回头唤他："尚书，前面有敌情！"

后队立即依次收停了马骑。而跟随身后的十数亲信部从已凑拢了过来。

前方数百步外，河岸断崖处有一高出的土台。三四丛篝火边，可以看到二三十个正歇息的回鹘骑军哨兵，另有十来个步卒背挂了弓箭，正站在台崖边野望。回鹘人显然有所防备，驻兵防守了这个豁口。他们并不知道，前面摸来的，是一千骑军和五百步卒的沙州精锐。解决这几十个守兵并没有太大问题，但是，万一有一骑脱身，逃回大营报信，那张淮深的奇袭谋划就要前功尽弃了。

众人压低了声音，在商量对策。浑子建说，尚书且待后面弓箭手上来，我引一队骑兵先包抄回鹘守兵的后路。王文瑀和张大庆亦赞同。只能这么办了。而一旦出手，必须做到百无一失。不可让其中任何一人脱离，也不能让他们射出报讯的火箭。

稍过片刻，那一百名弓箭手赶到了，每人都气喘吁吁。但听到尚书亲口交代的这个任务，人人又十分振奋。沙州弓箭手若能立下首功，是非常有荣誉的。

浑子建立即行动了起来，他领了一百弓箭手、二百骑军，已上了后段崖面。

所有人都在屏息等待。包抄合围是冒险之举，因为万一此时又有一队回鹘骑军向此处过来，就很可能会提前发生一场小规模的遭遇战，如此，局面就很难控制了。必须赌上一回，也只能赌了。

夜风倒旋时，有时会送来回鹘守军的言语声，虽然听不明白在说些什么，但定然都在讨论即将到来的与沙州的这次决战。也许，他们是在发牢骚吧。白日的侦查已让他们放心，沙州军的主力正沿了张掖河西岸北上，定然不会经过这里。

但今日此刻，这个土台却将是他们的葬身之地。

很长一段时间过去。忽而听到土台上有了动静，一个值勤的回鹘步卒刚抬起手，身子一歪，就从土台上掉落下来。然后是第二个，他转身面朝篝火，似乎要惊呼出来，面门上就中了一箭。迅雷不及掩耳之际，弓箭手已动手了。

张淮深立即命令身边骑军突进，冲上土台。两边合围之下，不费吹灰之力就拔去了这眼中钉与肉中刺。回鹘骑兵甚至都未来得及跨上他们的战马。无一人逃脱，亦未能射出传递警讯的火箭，他们来不及发出一声惊喊，就纷纷殒命。

沙州骑军迅速从土台下通过，其后是步卒。寅时之前，尚书张淮深所领的先头部队已顺利进入了伏击圈，敌营近在百丈开外。现在，内部的情形已看得很是分明。而且，营中一面饰着雪山狼的大纛正标识了回鹘王的牙帐。这里正是回鹘军的牙帐大营。

后队的骑军和步卒全部聚集在展开数里的河岸地带，人人持戈以待。只等着右军射出那响应的三支火箭，发起蓄势已久的全力攻击。

尚书张淮深未能预知的是，阴文通的右军在向北突进的路途中，遭遇了之前未曾预料的敌情。

第一个重大变故，是甘州已于昨日陷落。

这是迟早会发生的事。甘州之前就被回鹘人侵扰多年，此次围困竟然从开春一直延续到秋末；而自从龙家人出走肃州后，沙州在甘州仅剩了一百名城防兵，还加二十余骑兵。昨日早间，城中余留的数百部落民众突然骚动起来，要求开城投降回鹘以保全性命。闹乱的人群手持刀棒涌向了西城城门处，其中还混入了很多妇孺儿童。此时，要么将闹事者全数杀尽，要么就只能坐视。督守军将禁押不住，无奈只得听任其打开城门。

然而，进占甘州的回鹘人并未显示宽容，其首领围城多日，部属兵士屡有伤损，早就积蓄了足够的怨怒。为示惩罚，他以沙州军未主动献城为由，将士兵全部斩杀，又将为首两名军将处以劓刑逐出，极尽羞辱之能事。但是，这也并非说是回鹘人特别地残忍，在之前太保与尚书讨伐回鹘的几次大小战役中，如杀俘、劓刑、黥面等虐待之事，在双方都多有发生过。因此，回鹘人的这个举动，也可以视为仇雠间的报复行为。只是，这次将一百多名沙州降兵全部杀死，确实非同寻常的凶暴。

这两位没了鼻子的沙州军将，骑上了两匹蹇驴，出城后就往甘州西南方奔来。因他们之前已得了沙州援军到达甘州境内的消息。

午后申时，邓弘嗣的前军抵达张掖、酒泉二县的交界处，与从删丹撤回的三百骑军作了会合。然后，这支部伍便向东北方向的甘州城巡弋移动。此时，他们都尚未得知甘州失守的消息。

因还在等候阴文通右军主力的到来，他们推进得很缓慢，约在下午酉时初刻，来到了距甘州西南不到六十里的一个村落。这里是与右军提前约定的一个联络点。村里的乡民，因近来战事不宁，秋收后纷纷投靠亲友，逃去了肃州或凉州，部伍进村后，只见到几个拄着拐杖的老人或瞽者。

巧合也是巧合，那两个受了劓刑的沙州军将用布带裹了颜面、惨兮兮地骑着驴儿也进了这个荒村，正打着手势向站立路头的老人讨一口水喝，忽然发现自己已被几个骑军围住，手下意识地就往腰身处摸去，却什么也没碰到。他们早被回鹘人缴了械，不要说短刀，连蹀躞带上的小磨针都没有一个。定睛再看去，却是脸熟的沙州兵士。一时真是悲喜莫名。

他们马上被带去见了主将邓弘嗣，两人痛哭流涕不止。因伤痛难忍，口中只能发出嗯嗯呀呀的声音，却一句也听不分明。其中一个军将能书写，便教他用树枝在地上写字。“甘州已陷于回鹘，士兵被杀尽，我等受辱”这几个字一经写出，邓弘嗣和所属部将脸色大变。甘州失陷和将士殒命受辱的消息很快传遍了整支部伍，瞬间点燃了激愤的怒火。牺牲的甘州守军中多有他们的亲友伙伴，本在停马歇息的士兵们纷纷鼓噪着要往甘州复仇。

此时，这两支沙州军合并一处，骑军有六百之众，趁回鹘人立足未稳，或许还能夺回甘州？邓弘嗣思虑了良久。尚书是命他在甘州西南等待后军的消息，若是提前出击，恐怕会坏了奇袭回鹘王帐的大计。另外，历来守城容易攻城难，他也深明这一点。但是，倘若暂时不去攻城，分出部分兵马在甘州南面展开主动的攻击，将回鹘兵力尽力往东南方吸引，如此，也不算擅自行动了吧。不管如何，全军将士包括了他本人，此刻都急盼着一场雪耻之战。

于是，他临机做出了决断，将全部步卒和少量军骑留在原地等候，另一支五百人的骑军快速赶往甘州，如觅得战机，便打算出击。

邓弘嗣的反应有没有不当之处？若是尚书本人在场，激情之下恐怕也会如是决定而急欲报仇的。一百多名沙州将士的生命被夺去，两位军将被割鼻，如果对回鹘人不施加严厉惩治，那么，如何向他们的亲族子女交代，如何安抚沙瓜两州的士民百姓？于情于理都不可接受。

他亲领了骑军出发，当来到甘州城南附近时，却没见到任何回鹘兵马的营帐，游骑也未看见一匹。城门紧闭，城头站着警戒的异族士兵，入城的回鹘人想必已在饮酒庆贺了。

预期的复仇扑了个空。

邓弘嗣将部伍安顿在一带莽林遮挡的土冈下，亲带了十余骑，绕去城西侦察。却见城西稍稍偏北处已横陈了新的营帐，数量超过了一百顶。看来，之前围甘州的回鹘兵马已将兵力全部集中在城西一带，显然是想控扼沙州军进出的通路。而很有可能，他们在稍西一点的临泽县也派出了前哨骑军。若果这样，入夜过后欲过境北上的阴文通右军将会遇到之前未曾预料的阻碍。

于是，他又带队斜向驰往临泽县查探，当来到祁连山南麓一处尖石嶙峋的坡地潜伏观察，果然在县南草场一带发现了大批的回鹘巡弋骑军。他派出快骑，通知城南的部伍原地待命，自己回到了那个村子。现在，他什么都不能做，只能静待阴文通所部到达了。

入夜后的戌时三刻，阴文通的前军到达了会合点。得知甘州失陷以及军将士卒遭屠戮羞辱，阴文通惊愕又震怒，他强忍着热泪坐在村头一盘废弃的石磨上，提起马鞭狠抽着地面。愤恨、哀伤、无奈，冷静的计算和坚定的决心，这些全都交织在了一起。

毕竟是久经战阵的老将，阴文通稍稍控制情绪，立即与邓弘嗣和几位僚佐军将开始商量对策。以沙州右军合兵后的军力来看，此时甘州西南集结了两千骑军，与甘州城西的回鹘骑军展开对攻大战，自然可以获得优势。但是，右军如果受阻而不能突前，只尚书一支部伍袭击回鹘大营，倘若西北面的回鹘王子及甘州回鹘再同时向合黎山靠拢，那么，沙州的左军很可能就会陷入敌人的合围，情势就非常凶险了。大家都认为必须想方设法，让右军骑军于夜间穿插北上，以成功袭取回鹘大营。只有取了回鹘王的首级，才能一泄心头之恨。

在回鹘骑军大量散布甘州以西地区后，奇袭还能做到么？难度很大。参与会议的军将们个个锁紧了眉头。而时间已刻不容缓。

邓弘嗣提出了应变之策。他的建议，是由阴文通引主力骑军出甘州东面，绕过城西回鹘骑军，改从合黎山东麓山口突入。这会增加不少路程，自然会耗费更多时间，所以，应放弃步卒，全以骑军来突击。邓弘嗣自己只留四百骑军和八百步卒从甘州西南直接攻击城西回鹘守军，接战后佯装不敌而逐渐后撤，以吸引临泽一带回鹘兵向南移动。这样，机会之窗仍会在甘州东北面打开，阴文通仍可以在夜间完成长途奔袭。

只是如此安排，邓弘嗣手头的兵力毕竟薄弱，很可能遭遇回鹘骑军的合围追击，这个方案，实是一个苦肉计，他是抱了牺牲自己来诱敌的意图。

阴文通知道他的心思谋划。如果自己和尚书两军能在入夜后奇袭成功，也许还有时间赶来甘州救援。如果邓弘嗣能将甘州的回鹘兵拖至足够长的时间，比如到明日午后的话。

不确定能做到，也无法保证。

思虑再三，阴文通最终同意了。他命手下军将取来自己的浑脱羊皮酒囊，从民户那里拿了几个碗盏，与邓弘嗣及几个军将痛饮了三盏作别。

因此之故，在合黎山行动展开之前，甘州西南面的邓弘嗣已与回鹘骑军开始了局部接战，而阴文通所部未能在预定时刻到达。

事实上，这天下午回鹘王得知甘州出降，心下大悦，曾特意入城观阅。又设酒宴与部属人众欢饮，至中宵时才回返了大营。回营的缘由，一是因甘州新获，衙署还来不及装设布置，需要时间调配安排，二也是因为目前正与沙州处在交战边缘，作为主帅，理应回归本营督战。所以，至丑时他又返回了大营。其他军士也多有饮酒，整座大营都稍稍放松了警惕。照理说，值守骑军会在大营附近的各个哨岗巡弋检视，但今晚，这些骑军酒醺耳热，只在大营外围兜了一圈便回去了。那队巡弋骑军甚至也走至了河岸前，离沙州军最近也就两三丈远，埋伏的沙州弓箭手箭已搭弦，差点就射将了出去。

时间在流逝，出击的时机不断在后延。夜间的每一刻过去得如此缓慢。河边寒气很重，兵士们的衣衫因被急行军渗下的汗水濡湿，此时冰冷如铁，而冷峭的风不时让他们浑身打着哆嗦。真是十分地难挨。

张淮深伏身在崖面下，陷入了焦灼的思考。不管发生了什么，定有异常之事耽搁了右军的进程，必须忍耐，而忍耐的极限是在日出之前。

那么，倘若单靠一支左军实施突袭，结果又如何?

之前派出的侦骑曾趁夜摸去合黎山高坡眺望回鹘大营，得知营寨布防颇为严密。回鹘人自夏末时即从山麓伐取了大量木材，统共筑有了三重栅门：第一重栅门内屯驻了铁甲重骑兵，第二重栅门内是步卒与弓箭手，第三次栅门内才是回鹘王牙帐，由二三十顶近卫营帐所围绕。每道栅门前都挖了挡马壕沟，沟内埋有木刺蒺藜。这个牙帐营以外，是回鹘主力骑军的附营，虽然没有栅门壕沟等布防，但骑军数量少说也有七八百骑。这是一个子母营的布置。

若说有什么破绽，就是回鹘人在牙帐的东南，即往甘州方向，留出了一条可容三骑并出的直通大道。

倘若没有右军的协同配合，左军采取强攻，要冲入回鹘王牙帐的内圈栅门，必然要付出极大的伤亡代价，而且，很可能会被邻近的回鹘骑军来个反包围，回鹘王却极有可能趁乱从东南口逃出。也就是说，强攻不但毫无胜算，且将自陷于一个血池地狱。

常人在此境遇中，总会求一个保守之策。但我们不能以常人之量来判定尚书张淮深。此刻，他的大脑正飞速计算着。倘若分出五百骑军扼住通往子营的辕门路口，再将首攻牙帐的弓箭手调去哪里呢？在他率军冲击牙帐时，这些军将士卒借了栅门壕沟的遮护，说不定能抵住子营回鹘骑军的轮番冲击！

张淮深不能确定，但觉得仍可一赌。若果照此布局，则这支五百骑军就必得从子营辕门处突入，才能巧取这个制胜位置。这样，即便右军不能及时赶到，张淮深凭了他的一千二百骑军和一千步卒也能直捣回鹘王帐。这是一个大胆而富有奇思的想法，究其实质，正是一个缩小版的分军合击的计划。

想及此，张淮深将浑子建、王文瑀和张大庆都叫来了身边，将自己的设想详尽说出。

王文瑀和张大庆平日担任僚佐事务，向来出言比较谨慎，一时便只在那里默想，浑子建却立即表示了赞同："尚书好计策！那座辕门即是回鹘咽喉。让我来替尚书取下这咽喉，定然不会放一个回鹘骑军进入！"

浑子建不像是在妄言，而且，他又献了一计：若尚书领军从西南面强攻牙帐，他又控制了东南辕门，那么回鹘王惊惶之下，极可能从北面坡上逃出遁入合黎山。他建议，可遣出一小支伏军，堵截其去路。

其余军将僚佐都赞同。张淮深便说："我将陌刀队分与你一半，助你抵挡回鹘骑军。"

当下各自开始准备，预定一刻之后，便开始行动。

寅时二刻，沙州的弓箭手潜至回鹘大营近前，将值夜警戒的回鹘游骑兵和步卒迅速解决，又有勇士暗中将一段栅栏拉扯破坏，打开了一个可容两匹马进入的缺口。然后，弓箭手换了大弓，将浸透了油料的裹布箭头点燃，火箭齐齐射出，顿时，数十百条火龙飞入了回鹘营帐中。军骑迅速从缺口突入，弓箭手驱前狙击，步卒紧随跟后掩杀。

世事难测度，对回鹘人来说，此夜真是悲喜两重天。因昨日刚得了甘州，回鹘王的护卫骑军正因酒醉而酣眠，营帐烧起来时，他们惊觉醒来后仓皇跑出，很多人来不及穿甲提刀，就成了沙州骑军的刀下鬼。

沙州军在突破第二道防线时遭遇了阻力。骑军不得不绕过壕沟，减缓了冲击速度。有些回鹘步卒与弓箭手发觉前营遭袭后，仓促间已执握了枪排，他们的弓箭手也开始反击。先行冲入的沙州骑军或被射翻，落入壕沟，或被枪排刺中，人马俱翻。攻方与守方，彼此都有伤损。

张淮深已纵马进入了回鹘骑军营，他的身边，沙州步卒在每一顶营帐前与回鹘人展开了贴身搏战。四处的火焰令天宇的星月光辉黯淡失色，而坡地的另一侧，在东南方的王帐附营那里，火光也升起在半空，传来了同样的厮杀声。浑子建几乎在同时也开始动手攻击了。

当他来到第二道栅门前，见骑军进攻受阻，立即命令王文瑀整顿部伍，骑军暂时后撤，将所有弓箭手全部集拢一处。一百多弓箭手的队形很快就排列完毕，共分三排，前排射出后蹲下换箭，后排迅速连射。密集的箭矢呼啸着飞出，回鹘步卒虽然顽强抵抗，终究不敌，开始后撤了。他们在壕沟前抛下了垒叠成垛的尸体。

沙州弓箭手开始向前逐步推进，每次连射，都将近前的敌人消灭。与此同时，前队骑军已绕过了堑沟，开始冲入回鹘步卒阵中斩杀。

此时的回鹘大营已成阎罗场，一片哀嚎声，血流成河。

回鹘王帐前的近卫营齐集了数百精锐，虽然有零星的火箭射入，烧着了营帐，但很快他们就组织起数量不少的骑军，开始反击。回鹘王由百名近卫勇士围护，撤出了营帐，他稳定住自己心神，也开始调兵遣将。

正率军鏖战的张淮深提起镔铁枪，将冲上前的一个回鹘步卒刺倒，来到了第三道防线前。他立马四顾，估算着解决战斗的时间。之前已有说明，回鹘人是围了大片空场筑起了环形营地，因此沙州自西南方突入两道防线后，其左右翼正遭遇越来越多的抵抗。未能得到右军的夹攻掩护，对于左军来说，必须承受超出几倍的压力。沙场决胜往往就在主将一瞬的判断。此时，必须再次变阵。

张淮深大声地呼喝，命左右护从的王文瑀和张大庆立即传令，再次整顿阵列。此时不能恋战而陷入拉锯的泥潭，必须尽快将所有部伍集中起来。

角号声起，手下军将呼喝连声，之前还在回鹘骑军营地作战的部伍开始向第二重栅门内集中，现在，在第二围的回鹘步卒营里，聚拢了张淮深所部的所有人马，尚有部分骑军在抵御两侧赶来的回鹘骑军。

张淮深的想法，是将目前部伍再次整顿成一个前后相顾的阵列。仍是由弓箭手开道，尽量杀伤对方前锋骑军，等到与对方相接之前，弓箭手便撤下，之后，就轮到沙州军的陌刀队上场了。陌刀队与骑军协同，开始向王帐营地推进。此时，回鹘王亲自督战，回鹘骑军也发起了反冲锋。两支敌对的骑军部伍同时鼓足勇气向前突击，如两股铁流碰撞到了一起，双方人马已混战在一处。军将们以各自语言呼叫着，夹杂着凄厉的马嘶声、兵戈的撞击声和人在负伤后的沉闷的痛叫声。

陌刀队左右捅刺劈砍，往往在对方骑军军将的矛枪刺来前，先将马匹的颈脖给刺中。马儿初时还不会倒下，但很快就会有第二把、第三把陌刀跟上劈砍，那马儿坚持不住，立刻歪斜了身躯倒地，连带着将鞍上的军将也被掀翻，随后冲上的沙州骑军迅速刺去一枪便结果了他。如是对战数次，回鹘骑军明显不敌，开始一步步往后撤退。

此时，沙州军的战力重又提振起来，前锋如蛟龙已势不可当。张淮深手抓长枪，向上一举，向左右将士传呼："拿下王帐，擒得回鹘王者，重重有赏！立升押衙职衔！"

受此激励，身边的军将士卒顿时鼓噪呼喝起来，人人奋勇争先。受到这股气势的威慑，回鹘士兵们一时生了怯意，未经接战就向后面的王帐退去。有那么一会儿，甚至可以看到站在后面压阵的戴了金冠的回鹘王，他提起了马鞭，狠抽身前欲将后退的兵将。但也就那么一闪，很快，他就被数个贴身卫士给遮挡住，不知所踪了。

这一场鏖战分外艰辛，双方都抵死相拼。回鹘骑军和步卒死伤惨重，沙州军亦损失不小。尚书张淮深的上臂被枪刺划伤，淌下的鲜血染红了手掌和握持的枪杆。但是，在军阵中杀到兴起时，人是感觉不到伤痛的，只一腔热血在全身不停歇地涌流。

此时，按尚书之前布置，王文瑀和张大庆领了两支骑军，已从两翼包抄过来，大约二三百名回鹘骑军被合围了。又一声号角后，之前负责冲击的沙州陌刀队和骑军稍稍后退，弓箭手再出，轮番精准射击，回鹘马上军将一个个纷纷坠地。余下未伤未死者，有些已丢弃了兵器投降。

当沙州军将回鹘王帐前的大纛拔下时，回鹘王当然已从营帐脱逃，张淮深立即安排人手去追击。他想，之前安排的伏击小队或许真能发挥他们的效用。

左军袭击回鹘大营这一仗，的确是沙州军的经典一战，日后还时常会被沙州使府中很多资深押衙和年老军人们提起。作为前线主将的尚书张淮深，的确有着不同凡响的一面。

同时在东南面发起攻击的浑子建所部，在占据辕门后遭遇了比张淮深部更大的压力。因为在死守辕门时，他们必须抵挡回鹘兵马来自前后左右的疯狂反扑。尤其是辕门外，这里拥集了回鹘的大部骑军。虽然有壕沟做阻挡，但手下吐谷浑兵将的伤损在不断增加。因不时会受到来自四个方向的流矢的乱射，身边不少军将都中了箭伤。

浑子建自己的肩头也中了一箭，虽然砍去了箭柄，但肩上的伤口令他感到有些力怯，挥刀时便受了牵累，心下难免有些焦躁。按他的脾性，照例是喜欢冲杀的，像这样的防守死战，还是出娘胎后的头一回。但这一次，在尚书那边得手之前，浑子建必须将自己的两脚牢牢地粘定在这里，即便是战至最后一人。

他的身前，回鹘骑军和步卒仍如浪潮般涌来，亏得有弓箭手、陌刀队和骑军的配合，浑子建所部抵住了南面回鹘骑军的数番冲击，而来自左右翼的回鹘兵的压力已有所减缓。远远地，可以听到沙州军袭入回鹘敌营时的呐喊声。回鹘大营毕竟有三千精锐，超出沙州左军之数。从其后方来回穿梭呼叫的传讯骑军可以判断出，现在他们正在重新排军布阵，包围圈已经形成。在回鹘人这波攻势被击退后，浑子建命手下检点了本部尚存的军力：吐谷浑部落的五百骑军现已损去近百骑，尚书拨来的一百陌刀手阵亡了三十余人，而五百步卒伤亡更剧。辕门这一带成了一个飞刀火石的屠宰场。非常不利的一点是，浑子建所领弓箭手的箭矢即将用尽，而对方却没有这个顾虑。

浑子建拍了拍战马的颈脖。它的腿部也受了伤，鼻息紧促。此刻没有其他退路，只能血战到底。他将坐骑在原地勒转了一圈，提起一口气，向军将士兵们大声呼告："听着，浑家儿郎、汉家儿郎们，今日此地即是我等的葬身处，既然都是一死，我等不能辜负了尚书所托，定要让那回鹘双倍奉还！"

身边左右传来震耳的呼号声。

"喏！喏！"

"双倍奉还！双倍奉还！"

"莫让回鹘进前一寸！"

面前人众脏污的颜面如涂抹了杂色油彩，火光照映出一双双赤红的眼睛。值此生死关头，他们生存几率只能系于自己的勇气了。

回鹘人再次发起了冲击。这次他们派出了弓箭手和步卒，沙州军步卒立即向前竖起了一面宽阔的盾牌阵。箭矢如飞，飕飕划过耳际，当两军步卒短兵相接时，几乎可以说是一场肉搏战了。回鹘兵异常凶悍，而沙州步卒亦迸发了前所未有的奋勇，陌刀队不再砍马，而是直接杀伤兵卒。双方不时有人掉入戳出尖刺的堑壕。侥幸未被刺死的，爬将起来拔出短刀继续战斗；但他们最后的命运几乎同样，或被对方杀死，或失血过多而死。现在，堑壕里的尸首堆叠得如此之高，人马几乎都可以踏足而过，遍地殷红的鲜血。这一轮战斗，沙州步卒达到了近半的伤亡率。战况之惨烈令人瞠目。

辕门前的战场稍稍安静了下来。空气中飘来呛人的浓烟。受伤的己方兵士忍住伤痛，任由身边的战友伙伴做着简单的包扎处理。一匹不知哪一方的将死的战马躺卧在地，头颅试图抬起，而两条后腿几乎已被完全斩断。

浑子建在找自己的幼弟。他向尚书保证过他的安全。此刻他在哪里？他大声叫着弟弟浑子盈的乳名："豹奴儿！"

"哥哥！"

一个尚还幼稚的声音从堑壕里传出。浑子建走前一看，除了横七竖八交错堆叠的狰狞尸身，他什么也没看到。

"哥哥！"

声音仿佛从地狱的底部发出，尚显稚嫩的少年人的音声。但还是没有看到人。

这时，浑子建身前的一具回鹘尸首动了一动，他陡然一惊，不由得提刀戒备。那死去回鹘战士的尚未僵硬的手臂慢慢被推开了，下面，探露出浑子盈的一颗头颅，脑后梳着吐谷浑样的交结发辫。

浑子建伸出自己的前臂，将弟弟从尸首堆里拉了出来。心里叫道好险。

问浑子盈刚才经历了怎样的战斗。浑子盈答说，沙州的弓箭手在箭矢耗尽后，纷纷拔刀冲入了敌阵，他也将长弓一丢，加入到辕门前的守卫御敌中。回鹘兵的刀枪好几回几乎就要戳中他，都被他身边的其他弓箭手给挡了回去，有两人甚至为护卫他而挺身战死。

“哥哥，沙州军与浑家儿郎一样英勇，今日若没有他们，我早就埋在那里啦！”

“是！是！你也一样！”

浑子建让弟弟紧随在他身边。这是命令。

眼看着，回鹘人发起了又一轮进攻。

这次，他们又换了招数。那些回鹘步卒取来了爪钩，让骑军军将纵马拉扯，很快就将原先阻挡的栅门一一拉断，沙州军阵前出现了很大的缺口，而堑壕因尸身的堆叠，已失去了防护作用。

接下来，齐集的回鹘骑军必将发起一次最大规模的冲锋。目测数量应在沙州军的两倍还多。

浑子建知道，这或许是自己最后的战斗时刻了。他将弟弟浑子盈拉到近旁，吩咐他不管用什么办法，趁隙从战阵前溜出。现在，他唯一想保全的，就是弟弟的性命了。不然如何向尚书交代，如何向母亲交代?!

“不，我浑家儿郎从不临阵脱逃！我要与哥哥共存亡！”

浑子盈使劲挣脱了哥哥的手，倔强地背对堑壕站着。而此时，回鹘骑军已发起了冲锋。浑子建也顾不得这么多了，立即找拢了余下的骑军部属，齐齐挺立在堑壕前数丈的地方。这时，最后的四十名陌刀手也从骑军队伍中站出，他们将誓死抵挡住回鹘骑军的首番冲击。

辕门前，隆隆的马蹄声由远及近，都能看清冲在最前的回鹘骑军的面容了。山麓下，东南方向的平地上出现了一条迅速移动的火的长龙，是回鹘人新的援兵到达了么？

回鹘骑军的速度惊人，几名陌刀手还未及出手，身体便被马身撞翻。马蹄踩踏着人的肢体，立刻传出了痛楚的惨叫声。一半的回鹘骑军被杀死在堑壕前这片狭长的空场，另一半骑军乘势杀入了沙州军中，眼看着浑子建的这支部伍就将被切断为两截。

这时，浑子建忽听到身后回鹘王帐那里的欢呼声。绝望中的他不由心头大喜，立即振臂高呼："尚书已袭取了回鹘王牙帐！"

弟弟浑子盈也跟着他啸叫，更多人传呼着这个战讯。这个未经确证的消息极大振奋了辕门前死守的沙州军。连负伤的士兵亦受了鼓舞，手拄着枪棒，努力撑持着站起了身。他们奋力向前顶去，几乎与回鹘骑军碰撞在一处。枪矛如林，相互刺击着，已完全不分什么步卒或骑军的战术。就是纯粹的一场捉对绞杀。

沙州军好不容易抵住了敌军冲锋的势头，回鹘后续骑军因为受到阻挡，开始向两翼移动。

这时，来自后方回鹘兵的攻击明显开始减弱了，直到他们听到了身后远处节度参谋张大庆的呼叫声："浑家儿郎们，回鹘王帐已被攻下！"

久被压抑的感情终于喷泻而出，很多军卒流出了热泪。他们的坚守终于换得了战果。这支吐谷浑和汉人临时混编的部旅以寡击众，创造了沙州军战史上的一个奇迹。即便相比太保攻取凉州那时，也是丝毫不逊色。

他们口中高呼着“尚书得胜”，同时向后方挤压移动。那里的回鹘骑军和步卒的队形变得散乱，开始向两边逃逸。最终，张大庆带领的援军与他们会合了一处。看到浑子建所部的战斗情形，张大庆也不由感动莫名，他来到浑子建面前，两手抓住了他的臂膀。

“尚书让我转告你，经此一战，汉家儿郎与浑家儿郎今日结下了生死血盟，永世无背弃！”

浑子建亦感动莫名。只是，张大庆的抓握令他差点让他痛叫出声。

“张参谋，哥哥肩上有伤！”

张大庆立即松脱了手，这才发现浑子建肩上的创口。那枚箭镞深深嵌入了肉骨，干结不久的血块又渗出了脓血。张大庆跟索法律习学过医创之术，他从腰间掏出一柄小刀，用脚边的残火烧烫了，就往浑子建的伤口内剔挑。血痂破碎，更多的血涌出，张大庆将刀身一扭，那乌红的箭镞就跳了出来。手法之快，超乎想象。浑子建痛晕了过去。

浑子建刚被抬下去，回鹘人发起了又一轮冲击。但这次，得了后援的沙州军主动迎击了。他们中会说几句回鹘语的人大声重复着张大庆的话：

“回鹘王帐已被攻下！”

“回鹘王已被擒！”

冲至近前的回鹘骑军勒停了马，神色有些犹豫。双方竟然一时僵持在那里。此时，山下平地上的火龙已开始突入回鹘骑军的子营，大道两边的帐庐一顶接一顶被点燃，火焰蹿上了微明的天穹。每一顶燃烧的帐庐前都传来了骑军交战的声音。

这不是回鹘援军，是阴文通率领的右军！在寅时末刻前，他们终于赶到了。

16

如前所料，回鹘王逃向合黎山时，被沙州军提前埋伏下的小队给擒获了。身边十数名卫士大多被从马上射落。当沙州军士将五花大绑的回鹘王押至尚书面前时，张淮深却将他身上绳索给解去，邀他同进了临时搭起的尚书营帐。

张淮深也在帐里坐下，起先并没有让通译人进来。虽然彼此明争暗斗不止，他还是第一次与这个老对手面对面。回鹘王年纪与自己相近，虽然坐在地上身体躬曲了，看得出站起后的身形应该很高大。回鹘人的确比沙州汉人肤色要白很多，只是，因为被捕时竭力反抗，他的额头和面颊都有淤青，头上那顶桃形回鹘宝冠也不知掉落在哪里，顶髻在肩下披散开来。

两人四目相对，彼此都不说一句话。张淮深的目光里没有羞辱的神色，他只是好奇，为什么对面这个异族首领几次三番拒绝了他的谈判条件。武力的较量已经结束，胜负已分，现在要进行的是另一种无形的较量。

他依沙州汉人礼节，向对方微微欠身，伸手从手边案几上取来酒盏，满倒了两杯，单手将一只杯盏送至回鹘王的面前。

回鹘王有些讶异，甚至有些惶惑，但他很快就恢复了王者的威仪姿态，他挺一挺身，接过了酒盏，将杯中酒一饮而尽。昨夜甘州城中的宴饮仿佛并未结束，而他如做梦一般却以囚徒身份坐在了敌营中。可想而知，这一杯酒是什么滋味了。只是经了一整夜的折腾，人已十分疲乏，又兼口干舌燥，正亟须以酒解渴。

如此，两人一同饮下了三杯。

张淮深过后将通译人叫进帐内，与回鹘王约略交谈了一下，大意就是和谈不成，他只得出兵。他还告诉回鹘王，他亲自统帅的夜袭回鹘大营的沙州左军，其实际人数骑军一千二百、步卒一千。当听到这句时，回鹘王的表情十分惊讶，表现得有些难以置信。因合黎山南麓的回鹘大营，加上掳掠来的其他部族的奴人，人数几乎超出了一倍。回鹘王虽然心中甚是不忿，但现在，他对面前这位沙州使主的勇猛多谋已有了充分了解。自己并没有被当作俘囚来肆意羞辱，光凭这一点，就足够令人称奇的了。要知道，不久前围困甘州时，他手下那些彪悍军将未经请示就杀死了一百多个投降的沙州兵卒。

简短交谈后，张淮深命令手下好生招待，不须折辱，便走出帐外去查看伤员情形了。

为实施这个奇袭战术。沙州方面损失亦不小。在甘州西南诱敌的右军邓弘嗣阵亡，所领四百骑军损失过半。尤其是步卒，在旷野中被回鹘骑军追杀，逃出者不过二三成。若再加上浑子建所部拼死据守辕门的战损，可以说，沙州亦付出了极惨重的代价。

合黎山溃散的回鹘军逃去了甘州，与那里的回鹘部伍合归了一处。回鹘王子部与索仁安对峙了几天后，也撤回了合黎山以东。此后几天，双方以临泽县境为界按兵不动，等待着议和条件的达成。

张淮深留阴文通镇守甘州西面，收纳流散兵卒，整顿部伍，三日后领沙州军主力归返了肃州大营。另外，之前应允援助凉州的冬粮也要发赴，自瓜州出发的驼马队伍同日也到了肃州。

押往肃州的回鹘王被安顿在衙署一个独院中，酒食招待等一样照常。尚书每日会派李明振前去探视，遣去僚佐侍从，只由通译一人作陪。具体说了些什么，外人都不得而知。

这一日，为议决此事，尚书张淮深再次召集了沙瓜两州的要员。因淮鼎郎君也来了肃州，先将他邀入衙署后堂相谈。

张淮深有意观察郎君的反应。此前他决意出军讨伐，就是被郎君的一番言辞说动的。如今苦战告捷，也可说是由兄弟两人联袂完成。他想，明春之后，即便淮诠郎君和夫人仍留在内宅，也得为淮鼎一家安排一个单独别院居住了，而且，他正当盛年，整日赋闲终非长久之计，也应设法给他安排个恰当的职位，只不知他肯不肯屈就。不管如何，总要探听一下他的意见。

“贺尚书平定回鹘！”

淮鼎郎君先开了口。他今日特意修饰了姿容，更显英挺勃发。完全是当年太保的模样啊。

“此番出兵，能擒得回鹘王，亏得有淮鼎弟所言的‘大义’所激励。总算没有落空。”

“是尚书大兄英明神武，我却不曾出得半分力。”

“这个冬天呢，沙瓜一带应该平靖无事了。来年春天，淮鼎弟或也可以考虑正式视事了。沙州使府里有你一同商量，总是好的。”

“愿为尚书大兄效力。”

“那么，就这么初步定下了。具体如何安置，待我与太保三位女夫再行商议。不知淮鼎弟愿意摄州事，还是入军府呢？”

“我自小随太保在京都多年，军务实在是隔膜。况且我年资尚浅，若地方衙署有空缺闲职，不妨让我历练历练。”

“那好。我也正有此意。”

张淮鼎向张淮深躬身作礼，面色颇为端严：“一切但凭尚书大兄做主。”

回答得很得体，礼节上也与各自身份相称。张淮深将一件大事谈妥，当下也很喜悦。

到了集会议事的时候，张淮深的心情就没那么愉快了。因为针对如何处置回鹘王，明显出现了尖锐的对立。

肃州副使索仁安第一个站起说话。此次牺牲的军将邓弘嗣正是他的表兄。他说，数百将士无辜牺牲，全因这回鹘王擅起兵戈，此人生性贪婪无度，平素也放纵手下剽掠作恶，如将他放回，则明年后年一定还会兴兵来犯。与其捉了放，放了捉，不如今次就将回鹘王斩杀以免后患。对其他回鹘散众来说，也能以儆效尤，施加震慑。

这番话一经说出，响应的人还不少：肃州牙将汜建立，押衙高再晟、史文信，军将王忠忠、范欺忠、段意意等都是如此意见。箭伤已无碍的浑子建也出席了会议，他和慕容胜因与回鹘人有世仇，加上此次恶战折损了不少部落兵将，当然也极力支持。

反面的意见也有，尚书身前判官王文璃站出，认为目前要讨论的不是杀不杀回鹘王，而在如何设法控制因回鹘人侵寇造成的危害。

倘若杀了回鹘王，那就势必要再攻甘州，直将回鹘人驱赶至合黎山以北的漠原。

将回鹘彻底逐出河西，这自然是最理想的局面了。但是，依沙瓜两州目前的实力，现下恐怕难以做到。难以做到，那就要谋求妥协共处了。这是务实的考虑。此外，甘州各族部民近年来逃亡很多，城内民户只一千零余，再去攻取，得到的也只是一座孤城。民力不足，致使城外很多田地因无人耕作抛了荒，城内民户连日常口粮都很吃紧，每年入冬粮食都须靠外州供给。如果重新占了下来，不但要驻军，还须迁移本州民户，慢慢治理才会逐渐恢复，绝非一朝一夕可以完成。

节度参谋张大庆、肃州防戍都营田使索汉君、县丞张胜君、瓜州军事判官李伯盈等，都支持与回鹘达成一个和解方案。我们可以看出，武职军将多支持杀，而文职僚佐多主张放。

内宅都押衙张文彻没有表态。今日他故意选了靠近檐柱的地方，脸身朝外看着灰云聚敛的初冬的天空，相比堂内激烈的争论，他似乎更关心外间的天候。

张淮深身前两侧，淮鼎郎君张淮鼎、凉州司马李明振、瓜州刺史索勋各按之前座次落座，尚书二子延晖、延礼今日未出席，昨日，他们替代父亲，护送了邓弘嗣灵柩归返本州，堂内只有四子延锷在。此外，李明振次男李弘定、三男李弘谏，索勋长子索承勋、二男索承鼎亦在堂中，他们都各自坐在父亲的身后。

张淮深略显烦躁地看着眼前一幕，现在，论辩双方已不再坐着言事了，氾建立和张大庆两人站在那里你一句我一句，已争得面红耳赤。各方都有充足的理由，问题是争议的却不是同一个议题。作为沙州使主，张淮深其实早有谋算，但他没有料到，此次欲放还回鹘王竟然招来了这么多反弹。而且，反弹的力量很多还来自高阶军将，这不得不让他有所防备。这不是一个可以随意忽视的信号。

正这么思想，门外廊上嗵嗵嗵走来一人，原来是张淮深特意从临泽县召回的阴文通。这员沙州老将风尘仆仆赶来，脸上现出急迫又愧疚的样子。急迫是因为今天所议之事牵涉重大，他必须说出自己的主张，愧疚是因为袭击回鹘大营时，他率领的右军未按约定时辰赶到，险些让沙州左军陷入危局。

甫一坐定，他就讲出自己的看法，却等于将双方观点重复了一遍。一方面，此次必须为邓弘嗣和战死的沙州军卒报仇，但另一方面，他又觉得使府僚佐们考虑得更长远周详，也不是没有道理。于是，先前争论的话题被再度提起，厅堂里又是闹闹哄哄的声音。

索勋和李明振两人的主张，之前他们三人已有议论过，大致方向都是倾向于与回鹘人议和的，那么，淮鼎郎君有没有高见呢？

李明振见尚书有吩咐，便连着三击掌。氾建立和张大庆两人各自归还原位，厅堂里安静了下来。

“上次议论出不出兵，淮鼎郎君一语惊动了在座各位，今日，我也想让大家伙听听他的主意。再这样争闹下去，到明日天明也不会有个结果。”

他看向了淮鼎郎君，振了振袍袖，意思是已在洗耳恭听。淮鼎郎君呢，伸出两臂撑住前面毡席，先转向使主张淮深作礼，然后调转身体，朝向了厅堂里的二十几个幕僚军将。

他语气缓缓地说道：“我刚回沙州不久，很多事原也容不得我插嘴。但是，依我在京都多年观察的经验看，这回鹘人的头如荒田里的稗草，即便拔去一个，很快又会长出一个。河西回鹘也是如此。因此，与其我们来杀，不如让回鹘人自己来杀。他若自己内乱，则沙州就平靖。内乱得愈久愈好，沙州也可以多些余裕。”

张淮深一听，不由大感兴趣。不愧是太保子裔，郎君的见识果然在常人之上。

只是，如何让回鹘人自己来相杀呢?

见张淮深有疑问，张淮鼎就再加说了一句：“只要尚书大兄送归回鹘王时与他宴饮一通即可，两人须得十分亲密。至于放归的条件，尚书自可与李司马、索刺史和阴将军商议定夺。另外，回鹘人斩杀我多少降俘，沙州亦斩杀多少个。一个不多，一个不少。这足可警告回鹘人了。其余话一概不用多说。”

这回真的是举座皆惊了。淮鼎多年在京都，哪里有机会亲聆军政事务，可是，这一番言语，完全超乎了他的年龄经验，不得不说，这是与生俱来的天赋所赐，更为神异的说法，或许，郎君是被太保附体了吧。

的确如此。此时衙署厅堂里，除郎君自己外，所有人都静默了好一会儿，待念头转过弯来，都觉得此计甚好。郎君的主张非常奇妙地将两种针锋相对的意见黏合在了一起。

张淮深站起，走至郎君面前，两手托住了他的臂肘，朗声大笑：“今日得郎君一言，为我又解去一个难题啊。你看，厅堂里诸位现在一个个都不出声了。因为再没什么可争闹的了。”

这件事就这么顺利地议决了。

淮鼎郎君前后两番的出言，都显著影响了沙州使府的重要决策。可以说，之前在众人口中流传的京都浪荡儿的说法已被一扫而尽。现在，在沙州某些军将僚佐的心目中，回沙州才两个月的郎君已得到了一个极显要的地位，当然，他还必须屈身在尚书张淮深的日轮光影下。

那边，一直闭口不言的张文彻在说话了，他说的不是什么军国大事，而是外面的天气。

“禀尚书，外面开始扬雪了！”

是的，看去衙署厅堂外，密密匝匝的雪花已在飞舞。这是入冬后河西的第一场雪，而且，看样子会连着下好几天。这场雪若早些下的话，也许奇袭回鹘大营就不会那么轻易得手了。

是日下午，尚书张淮深领部众于肃州官楼共祭天王，此后，又冒着大雪于城南陇原祭奠此役阵亡的沙州军将士。肃州的汉人百姓包括龙家等部落民纷纷出城观看。判官王文瑀诵读了祭文，阴文通宣读了尚书敕令，由通译人以回鹘语言再行宣示，随后角号齐鸣，在一长通鼙鼓声中，于一道堑沟前当场斩杀了一百多个回鹘俘虏。以血还血，以牙还牙，这在张淮深沙州使府还是第一次。殷红的血溅洒在丘原沙土上，向前僵卧的一具具尸体刺激着所有观看者的眼目。行刑结束，因天寒地冻，观看人群很快就随了尚书部众各自散去了，留下的几十个兵卒将那些被斩杀的回鹘人就地掩埋，而入夜前，这处行刑场的血痕已被厚雪覆盖。第二日，有好事的见证者领了昨日未出城观看的民户来查看，在茫茫雪原里已找不见那个行刑场的确切方位。没有墓石，也没有立下木桩等标记物，这些被报复杀死的回鹘雄兵，如残余的秋草，就这样消失在旷原中，回归了河西的地土。

一切皆如梦一场。侥幸逃过严厉惩治的其余回鹘人大部分被羁押，等候着发落，有的要服数年苦役，有的就典身为奴。少数被回鹘人掳掠来的各族散众，则许可其各归本乡。

晚上，尚书张淮深设宴慰劳，其他一般军将士卒均有官酒赏赐。经历了一场颇为血腥的战斗，出征的沙州勇士们今日终于可以放松了心神真正痛饮一番了。据说尚书张淮深也喝得大醉，中夜后就宿在了官楼上。

到归返肃州的第八天，回鹘王答应了沙州提出的议和条件。

共三条：

一、沙州认可回鹘占据甘州和合黎山东面，不再兴兵讨伐。双方驻军以临泽县境为界；

二、沙州据有甘州南面祁连山南麓草场和东南面的删丹草场；

三、回鹘保证沙州驼马商队和使团的出入自由，不得袭扰或阻滞扣留。

判官王文瑀立即拟撰了议和文书，由通译人译出了一份同样内容的回鹘文文书，交由双方主帅过目。

议和文书拟成的第二日，张淮深和回鹘王于肃州官楼签字画押，并设筵席庆贺。择日又在临泽县境举行了盟誓仪式，双方重要僚佐军将均到场作了见证。盟誓完毕，连着好几日喝得酩酊大醉的回鹘王就回返了他的部族中。

可以说，沙州此次出兵，基本收获了预期的成果。然而，回鹘王能兑现他的承诺么？这正是所有人都怀疑的。自太保时代以来，回鹘人屡叛屡降，屡降屡叛，立下的誓约很少会坚守一年以上。即便不起兵，平日里的骚扰也是不可能断绝。

归返途中，尚书张淮深于瓜州停留了三天。李明振、阴文通带了前军先回沙州，两人合同商量，一要筹备尚书回军的凯旋式，二要为参战将士记功与犒赏，抚恤此战中的牺牲者或伤残者。另外，也要与都僧统唐和尚协商安排诸寺及窟上的还愿法事。

其中一晚，应当州刺史索勋邀请，张淮深特意赴了一次家宴。

长男索承勋随阴文通回返了肃州大营，索家二公子索承鼎因还没有正式授职，故而正在家中。他今年刚到束发年纪，姿容很是俊秀出挑，前日出席衙署会集时便引人注目。此刻就由他给尚书温酒和斟酒，身形各方面虽然未脱少年气质，但看他侍酒的动作手法却非常稳熟，显见得索勋平素的调教颇有章法。

趁着酒兴，张淮深向索勋夸奖他这个儿子。索勋摆摆手，说莫要被这顽劣少年今日的举止所欺瞒，那是尚书大驾光临，他才变得安分。平日里只要自己出了内宅，他准会把个家里弄得鸡飞狗跳。前一阵夜里还爬上屋顶夜宿，夫人和仆役找了一整晚都没有合眼，第二天他却从屋檐跳入了院中。

索承鼎坐回侍酒位席上，低了头不言语。索勋夫人、太保第十五女张芬芬的身边，索家小女索清安却插话了："父亲有所不知，哥哥是特去禳星宿，祈祷沙州武运昌隆呢。若怪罪于他，岂不是他还做错了不成？"

索勋故作生气地瞪她一眼，索清安朝父亲吐了吐舌头，躲到母亲身背后去了。张淮深又与她逗话："依我看，承鼎自然是做了一桩大好事。不但不能责怪，还应好好嘉奖一番。清安真是乖巧啊，过几日同阿爷一同回沙州，就来使府内宅，与你的延延妹妹同住几日如何？"

"大好不过！不过，我也想接妹妹来瓜州玩耍几日，不知尚书应允不应允呢？"

仿佛为处理一桩军政要事费神，张淮深故意一手托腮，皱紧了眉头。索清安神色紧张地看向他，嘴张得很大。

看她这副模样，索勋和夫人、她的哥哥索承鼎都忍不住掩口而笑了。张淮深装扮不住，也大声笑了出来："看来不依允是不成了。好，今回就允准了你。"

索清安大喜，已在自顾自鼓掌庆祝了。

这晚，张淮深酒兴很好，饮了很多酒。

索勋为尚书张淮深备下了卧房就宿。夫人孩子们都退下后，两人来到了卧房旁边的一间别室。张淮深酡颜稍退，两人正有一番私下话语要谈说。这是一间布置得很安妥的小间，可容两三人私密谈话，地上铺了质地上等的毛毡，中间置了炭盆取暖，房间里有些热，索勋便将通向院落的门户打开了。正是月半时分，中天月轮皎洁，月光投在庭院积雪上的辉光反射入户，如同是一个幽暗的白昼。

清爽的空气涌入室内，索勋先切入了正题：“尚书回沙州后，是否有新的谋划呢？现如今回鹘平定，可以好好调理内政了。”

“索刺史所言正是啊。不过，依我看，肃州大营暂时还得保留，回鹘王归去本部落后，仍须时刻监视其动向。”

“嗯，为防止肃州反复，之后最好仍由阴文通驻守大营。只是，都押衙的年纪……”

“你若说他老，他可不会服气。这次出征前跟他提起，我说你可以考虑退职养老，含饴弄孙了。他却马上搬来太保做例子，说太保六十岁还出兵征讨凉州。他也还要替沙州经略凉州呢。”

“是啊，想当年，咱们的太保尚未入质京都前还是龙虎之姿。接了王廷敕令后，竟然一夜头白。想来总是令人生悲。”

“我是想，等过了这个冬天，明年开春就将他调回沙州来。但是，此后谁能担当这个御敌大任呢？这个真是比较犯难。索刺史你可有适当人选可以推荐？”

“军将索仁安或可担当此任，此人勇武又有急智。问题是，他常常越过上司擅作主张，一般人还真难约束他。”

“这个倒不须怕他，我是担心他没有足够的军资威望，另外，你也知道，他与文职僚佐们相处总是不睦。”

“若要我说，忠勇和威望两方面都信得过的人，恐怕只有一个了。”

“噢，是哪个？”

“还能有谁？当然是尚书的延兴儿郎啊！让他接过军职，

年资序列正好可以接上。而且，不管怎么说，他都是尚书大兄的长子，在藩府来说，长子继位也是顺理成章的事。”

索勋提到了一个敏感问题，留神着张淮深的反应。

张淮深抬起手向旁侧一挥：“唉，休要提他！至少两三年内，不必做如是想。”

“尚书！”

“我知道你的心思，其实李明振也同我提过，还不止一次。但是，我刚将他发遣去寿昌，恐怕，恐怕现在还不便如此安排……”

“是因为？”

索勋欲言又止，没有再往下深入了。陈氏和汜氏夫人之争，目下已延烧到了她们各自的孩子。对局中人张淮深来说，的确是一桩麻烦事。但是，要处罚，为什么非贬去寿昌县看管库房呢？

“尚书，我有一个设想。明春过后，就把延兴调来瓜州如何？仍是罚他做些杂役，但惩治的同时还须观察调治。至于刚才所提之事，搁置不议了也行。我看那阴文通的身子骨，几年之内，暂时不用考虑此事。”

“好，就照你所说办理。”

张淮深不想多谈这个话题。但他也知道，与延兴有关的一个大难题终究回避不过，今后总须面对。早一日确定嫡庶，沙州就早一点安定。道理他是知道的。

不过，今晚他来索家赴宴过宿，最想问索勋的却是另一桩要紧事。这个问题处理不好，同样会极大地摇撼沙州的政局。

张淮深将身位移近索勋，现在，两人之间几乎只隔了一臂之距。他看定了索勋的眼睛，正色问他："嗯，索刺史，今天我想问的，却是那淮鼎郎君。你来说说，两次议论军情之前，他是不是来过你这里!？"

索勋听了全身一震，差点魂魄飞散。他完全没有预想到，尚书张淮深会如此直截了当地当面质问他。作为沙州使主，有这样的警惕可以说是一种生存本能，算不得什么失礼。他强烈地感觉到对方正被一种严重的焦虑所驱迫。

"此次郎君来肃州，确实是我邀他来看大营的。但我想，他刚刚重返沙州，对很多事都新鲜好奇，所以就没有往下多想一层了。万望尚书恕罪！"

"索勋弟，为兄不是责怪你将他邀来肃州，我是问你，在衙署议事前，他有没有来你这里向你问过对策方略！我总觉得，依他的年纪履历，说不出那样有见解的话来。而且，还是前后两次。在沙瓜两州境内，大家都知道，轮到处事多谋，你索勋是当仁不让的第一人呐！"

索勋不自觉地将身躯稍稍后移，然后两手撑地，对了张淮深深伏低。额头都碰着了毡面："尚书大兄，他过瓜州时，的确到过府里相谈，但那只是亲人间叙旧，我绝无跟他说过任何军国大事，也没有给他出过主意。他两次堂上所言，应该都是他自己思虑所得。当然，在我们这些沙州辅臣听来，的确是过于周密出色了。可是，尚书回想一下，他是何人的后代？他是太保的嫡子啊，血脉遗留，不得不信啊。"

"血脉遗留，不得不信……"

张淮深口中喃喃重复着索勋这两句话，心神有些迷茫了。一时间，都僧统在灵图寺给他的若有若无的提醒，如一道闪电，划向了刺史衙署的这间别室中。

“之前大家传言，说他是京都浪荡儿，太保晚年常常将他责罚。可是，这都是不知内情者的胡言啊，他们哪里能知道太保的心思？他们不了解太保的心思，自然也不能了解郎君的心思。郎君在京都的实际情形，倒是有个知情人可以相问下，不过……”

那个知情人，他并未说出名姓来。但索勋知道尚书所说是何人。

这时，许是觉到自己的举止作态过于咄咄逼人，张淮深将身位移回到刚才落座的地方。可是，嘴里还在不自觉地念叨着：“不得不信，不得不信啊。”

索勋一直伏低了头，不敢将身抬起。他胸腔内的心脏几乎就要跳将出来，到此时，他才发觉自己惊出了一身冷汗。

之前延兴的话题，与刚才尚书严厉的询问相比，简直就不算什么了。前者还只是尚书的家事，后者若处理不当，势将引发沙州政局的持续动荡。自己从今往后，不得不谨言慎行了。他知道张淮深一旦被激怒所会施加的雷霆手段。如果有谁在他面前彻底丧失了信任的话，如果他探听出淮鼎郎君来瓜州那两日的详细举动的话。

可是，尚书的话风很快又转了向，不，不是跳换了另个话题，而是顺着之前思路在往下走。现在，他不再喃喃自语，听上去更像是某种自责，那种只有对最信任者才会不加掩饰地暴露的自责：“啊，都是我不对。我怎可猜疑刚返沙州不久的郎君呢？这样子，我如何向太保交代，如何向父亲交代？如何向辛苦返得家乡的太保夫人交代？我这样子猜疑是不对的。况且，郎君的两番建言，的确说得很入理。毕竟，他自小在太保身边长大，成年前后也在京都陪侍历练，耳濡目染，年轻人又聪慧，能有这样的见解，也不算离奇。”

“尚书大兄，你究竟要我如何做？”

索勋见张淮深完全沉浸在自己的思绪里，便咳嗽了一声，抛出个问题，试图将话题拉回到现实世界中。他抬起眼睛，注视着身前这位刚刚讨伐回鹘得胜归来的沙州第一勇士。

张淮深如从长梦中醒来似的，长吁出一口气。他左右摇晃头颅，似乎要将什么可恼的东西从脑袋里驱除出去。

“你不须为我做什么事。是我自己多虑了。酒！拿酒来，今夜你我再饮几杯，不醉不卧，直至中宵！”

索勋如得了解脱似的，立即站起身来，跑去前院招呼衙内侍从。

第二天，早起进食后，索勋引张淮深去看他在瓜州几年任上培植起的一个园圃。

园圃在衙署内宅一个僻静后院里，从穿城而过的渠水引来了一条小涧，以便浇灌。不耐寒的植株都安置在特意建造的一间暖房内。暖房内深挖了一人多深的地坑，里面放置了不少瓦盆或陶釜。这里种植着从西域引来的奇异花草，甚至还有从长安和洛中一带移来的牡丹和芍药种。虽然现在并非花卉盛放的季节，但张淮深的确在墙角看到了一两丛沙州人称作僧帽花的紫瓣桔梗。这花在夏秋时节的向阳草丛偶尔能看到，但花期一直延续到初冬，也属稀奇了。

张淮深兴致颇好，昨夜的谈话浑似全然没有发生过一样。

“金光明寺索法律，时常还向我这园圃索要草药呢。”

“你这里还种草药？”

索勋指指院墙，那里开有一扇只容人半蹲下才能通过的小门。

“间壁旁就是交由曹家代理经营的瓜州官邸，曹目连在这里贮藏了不少西域中土草药，我的园子里也种了一些，那扇小门就是方便种药人出入的。”

张淮深口中不禁啧啧有声。这号称“龙沙鼎族、礼乐名家”的索家人真是有趣得紧。

这里稍稍费些口舌，将敦煌各姓大族之间的关系情由略说一二。我们要说，此时的沙州张氏虽然地位显赫，但世系繁衍到张淮深这辈，其实才不过四代，张氏郡望乃南阳，本族所出却是长安万年县，张淮深曾祖本为安西留后使封常清手下勋将，奉命镇守河西，安史之乱时当州陷于吐蕃，遂定居了沙州，祖父张谦逸吐蕃时曾任吐蕃治下的都督。可是，论起根基长远，索姓自汉武开边设敦煌郡以来即开枝散脉，西晋时索靖、索琳名冠一时，至张淮深时代，其宗族之强盛可以说仅次于张氏。索勋的父亲索琪，在张谦逸病退后接任了都督位，太保张议潮起事后担任了沙州长史。索家在僧门内也是地位显著，多位叔伯长辈都出任了沙州高级僧官，僧崇恩、崇恩子索义辨等即是。索义辨兄长索清宁，他的长子出家即今金光明寺寺主索法律，次子押衙索忠顗曾追随太保攻克凉州，并镇守凉州西面的神乌旧城，三子索忠信曾护送太保张议潮入质长安。到张淮深这一辈，张索两家结交已逾百年。

李明振的李氏宗族随同了张氏先祖迁入沙州，本也是军戎出身，自称是陇西李姓之后，相比前面的张、索两姓自然逊色些，但相比沙州其他大姓家族，势力也不容小觑；张淮深所娶的氾氏原也是由中原地区迁来的豪族，富殖产业，多有田产庄园，做僧官的亦很多。而之前已有提到过，曹仁贵的父亲曹目连娶了归义军副使安景旻的小女，与太保张议潮为连襟关系。沙州各姓大族之间，很多都彼此通婚，由此也可见到其政权的内在结构。在一个动乱频仍的时代，没有比亲族血缘关系更牢固可靠的同盟网络了。

这索勋与金光明寺索法律本是堂兄弟关系，因此，眼前这位瓜州刺史对草木花卉的喜爱，也就不难理解了。索勋利用了他的瓜州刺史的职权，让曹目连管理官驿、经营药材的同时，帮他弄了一个园圃。

“尚书，这算不得假公济私吧？”

张淮深暗暗觉得好笑，严肃地告诉索勋：“索刺史辟出自己内宅院子，为沙瓜两州培植草药花卉，怎么是假公济私呢？明年合宜时节，我还打算带了太保夫人和使府女眷来你这个园圃赏花呢。”

“若是如此，到时瓜州衙署就恭候尚书和夫人的大驾了。”

“一言为诺！”

出园圃时，两人走进了昨日夜谈的那间密室，张淮深似乎记起什么来似的对索勋说：“昨日我饮酒有点多，没有对你胡言乱语什么吧。”

“没有，没有，尚书且安心。瓜州永远是辅佐沙州的一支有力臂膀。家父在时是这样，我亦萧规曹随，不会有丝毫改易，我的后人，倘若有幸辅佐尚书公子，自然也当如此。”

这句话接得妥帖极了。张淮深满意地展颜而笑，就不再继续昨日话题了。

17

所谓人生，就是一个循环不息的剧场。白昼时，肉身带上了悉磨遮[1]面具演给旁人看，夜晚入眠时，躯壳散去了形状，但梦的独白剧仍在继续。

今天我就戴上了沙州使主的面具。不过，我所禳厌驱逐的不是食啖人民的罗刹恶鬼，而是侵寇沙瓜两州多年的回鹘人。此番出奇军，一举擒获了回鹘王，逼使他订立城下之盟，即便太保当年，都不曾创下这样的伟绩吧。

胸前的甲胄反射着前路照来的雪光，我兜鍪上的雉羽、披在身肩后的猩红大氅，一齐在早间的寒冽气流中迎风摆动。身下这匹乌骓也得了它应得的荣耀，自肃州启程，它一直高昂着头颅，步伐轻快地走在道途中。

索勋一路陪护，他携来家眷也归返了沙州，停留的几日里还要与我共同商议肃州大营过冬的事。

抵清泉驿时，李明振、阴文通等已在那里接应。数十匹骏骑分立两旁，一手执使府各式旗幡，一手握了结缨的枪矛，当我行马来到近前，骑兵们纷纷呼喝着“尚书得胜”的口号。然

1　悉磨遮：佛教面具。

后，两骑并行，在道中合拢成一队，在前引路。李明振、阴文通亦勒了坐骑向我这边靠拢，一左一右护持着继续向前行进。

路道两旁已站了不少前来迎接的乡民，离沙州城越近，围观的人众就越多。当行至甘泉水津桥时，桥头坡道已被奉香供食的民众所拥堵，队伍不得不停了下来，等待虞候军官前去解劝。

过了一会儿，虞候回马来报："尚书，乡民说非要你前去相见！"

"那就去见见！"

引道骑军自动向两边分开，我从他们中间缓辔穿过，来到桥头时，见几个乡老耆宿由侍童捧了酒盏正等在道边。我当即下马，快步走前，与老人家们一一作礼。有几张面孔我还认得，都是早年跟随太保讨伐过回鹘人的退职官佐和老兵，此刻他们眼膛里泪光闪烁，口中嗫嚅着"为尚书贺胜"。我连忙接过酒盏，将三杯酒一饮而尽。亦有妇人牵了稚童，向了我跪地拜贺，身边一时没有带什么赏赐物，我便解下自己腰间那副西州制的金质蹀躞带，拆开了，将上面十件小物分赏了他们。立刻，眼前出现了一片高举着的手的丛林。哪里够分呐？是的，沙州使主陷入了包围，一时不得脱身。

幸亏李明振早有准备，他连忙上前来，从身边侍卫那里接过了一个食袋，将袋中事先准备好的饧糖、人偶分发。每个拦路的孩子都得了一份，满意而去，桥头这才为我们让开了一条通路。

待我重新上马，孩童们齐刷刷地再次称贺："尚书乃天王化身，降伏回鹘得胜归！"

此言虽然过誉，但我也对自己暗暗下了警策：只要我任沙州使主一天，定叫那回鹘人永不敢犯边。

引道骑军重新上路，他们已到了对岸。州城已然在望，我亦走马上了津桥。

虽然经了一场大雪，甘泉水却还未完全封冻，小股水流仍汩汩地在桥下淌过，头顶，两羽鸦雀平展着翅翼滑翔飞过。桥栏新刷了一铺漆，映衬着四野的雪的洁白，很是悦目。这是李明振让使府匠作赶做的漆工吧。我记得出征过桥时，因多年未修缮，桥栏油漆半已剥落。的确很好，赤桥栏的确为凯旋归返的大军增添了喜色。回头看去，见李明振正与索勋、阴文通指指点点说话，显然也正在说道此事。

我这时在想，此番若不是采取欺敌手段而出奇兵，赶在大雪前出击，恐怕战事就会延宕很长时间，拖至明年春天都有可能，若果如此，胜负就很难预料了。士气易鼓也易泄，兵贵神速真乃千古不易之理。很多年前，太保和父亲曾同我说起安西军的很多类似战例，倘若九泉之下的他们知道我打胜了这一仗，一定也会称赞的吧。我没有辱没他们的英名。

路过邓家庄田时，特意下马，走入此次出征牺牲的右军军将邓弘嗣家相看。于主堂灵位前敬香拜祭三遍，他的老母、兄弟、妻儿全都跪地恸哭，我亦不胜哀痛，将他们一一扶起，勉力劝慰。邓弘嗣的两个儿子都已成年，长子邓保住在净土寺业已学成，当场许授衙前押衙衔，入使府效力。李明振、阴文通两人已提前安排了其他慰劳赏赐。

重新翻身上马，当长长的行伍来到沙州城下，望见那座以金山石作垣基，用土坯、瓦罐、芦草垒砌成的城墙时，猛发觉熟悉的土黄色已素裹了一层积雪。日光照映下，通体的白色如此耀眼，城头的望楼、雉堞和旗幡，恰如白龙昂起的头首和背鳞，更显得雄武威赫了。

我停马伫望，此时，近午的日轮正悬出在城楼前檐前，炽光投照下，那里传出了第一声钟鸣，随后，城楼上和城门两边早就布置好的乐营和北营兵卒齐齐地打起了鼓。而后，仿佛被无形的燃索点着了似的，沙州城内城外远近各寺的钟声开始接续敲响，交会的钟声激起了令人振奋的气流，持续回荡在州城上空。

从入城开始，行至使府官楼前竟走了有三刻时辰，每每有孩童或老人拦住我的马头，于是只得下马，接受道贺，免不了还要分发礼物。待上得马，走了没有几步，来到下个坊口时，立时又会被涌来的人群围堵，负责治安的衙前虞候也奈何不得。

与出征时一般，女眷包括太保夫人都在官楼上。当然，我没有看见汜氏，听说她随了延兴搬去了寿昌县。这样也好，因我对她确实没有什么话可以说，说了也只会平添些尴尬。也落得个清静，省得陈氏整天仍恨得咬牙切齿，令我不得安生。

然而我没有看到两位郎君，官楼门前相候的只有在我出征时担负了使府日常事务的节度掌书记苏翚、判官张俅、提前回沙州的张文彻、张清通等几位僚佐押衙。淮诠郎君身体欠安，没有出现很正常。而淮鼎郎君没有出门相迎，让我颇有些意外。

终于回进使府了，虽然门口依然有很多沙州民户观堵，两名卫士将大门慢慢关合。随我回沙州的将士们得去北营再安住半天，骑军放马匹回马院，步卒将盔甲、兵器、弓箭收入库中，休息三日后再回营一趟，就要依军功领大小不等的赏赐了。战绩卓著者，如此次担任了前军先锋的吐谷浑和羌人部落将另行封赏。浑子建和慕容胜两人将晋升军职，出任北营马军校尉兼押衙职衔。我对奋力拼战的浑子建尤其看重，先前已给了很多赏赐；停留瓜州时，还亲自出面做媒，将寄留瓜州、由索刺史抚养长大的已故兄长张淮兴的小女许配了尚未成家的浑子建，婚期定于来年的夏末初秋，又于龙马坊赐宅一所，作为新人的居所。这样的婚姻缔结，对吐谷浑部落来说，意味着已被正式接纳，而对沙州使府来说，也是牢固双方结盟的合理举措。

所有的获功军将都将参加尚书赐宴，宴会定于后日。

入厅堂，卸脱盔甲兜鍪，武具入架，与诸位判官僚佐再安排了几桩事务，我就正式退衙，回进了内宅的前堂。我吩咐门口侍卫，遣去所有侍女仆役，勿纳一人入内，我要一个人小睡一会儿。

一进门，我就在廊上坐下，脱去了外袍，身子骨一下就松快了下来。索性向后倒去，躺在了堂中央的毡席上。

安静，真安静。门外有步足声，但不一会儿就走离了。廊门未关合，耳中可以听到附近灵修寺的钟磬声。冷风钻了进来，令我想起了在合黎山等候出击的那个寒夜。与那时相比，此刻如在净土宝地一般。

迷迷糊糊地睡去了，也不知睡了有多久，却被一个粗嘎的声音打断了。那声音自廊外传来，既不似人声，亦不是鸦叫，听去甚是怪异。我躺在原地不动，心中寻思究竟是何物。怎知再过一会儿，那声响更响了，而且，似乎正对着廊门。我略抬起头，打眼一看，却见一头赤头白鹅闯进了廊里。那家伙正对着我左右四顾，一副目中无人的样子。

双手正要撑地坐起，怎知那畜生竟然扑扇着翅膀，忽然飞跳而起，落下时，正掉在了我分叉开的两腿间，头往下一拱，不由分说就要啄食。我下意识地伸手推离，立刻被它凶狠地咬了一口。我腾地原地站起，一时也不知如何是好，就这么与它对峙了片刻。

我，堂堂的沙州使主，竟被这头闯将进来的凶鹅给唬住了，真是荒唐。幸亏此时身边并无一人。

挥手赶，它挪动了一双红掌只走了一小圈，根本不理睬我的举动，伸脚去踢，它便嘎嘎乱叫着躲开，过会又晃了回来。我气恼之极，便去追它，谁知它的步速还不慢，每次都能及时躲开。这么折腾了一会儿，还是制服不了它，心里竟然觉得十分沮丧。

没办法，只得走去前堂门口，将三个侍卫叫了进来捉鹅。他们三个围合成一圈，将那畜生逼到了廊角，才将它最终擒拿了出去。

真是败兴。这下再也睡不着了。于是就打算起身，去看太保夫人和淮诠郎君。

刚出门口，我就被陈氏给堵住了，她刚从散去的女眷那里回来，正巧撞见侍卫们提拎着那只鹅走出去。

她抬起大袖，掩口在笑。我一时羞窘，又无处可避，只得退进了前堂。一个人气闷闷地坐在廊上。

“延延呢？”

陈氏说延延被索家女儿邀去了玩，今晚会住在那边啦。屋子里可真冷。

她先去关了廊门，伸手取来火钳，将两个闷烧许久的炭炉拨弄了几遍，炉火渐渐燃旺了，映照了她一侧的面颊轮廓。

“今儿个，就我们两人在家啦。”

因是出征大军归返沙州的喜日，她今天穿了官妇常服，头上做了高髻，没有侍女在旁，就只能由我帮她解衣了。外服脱去后，她耐心地叠起，置放在一边。然后，又让我取来一面铜镜替她照着，将髻上遍插的簪花一样样取了下来。之后是解发髻，费去了不少时间，好不容易才将那木制髻托从头上取下。

卧房里香炉未熄，袅袅升出一缕细烟，飘至半空又泯散不见。那特殊的西域香，瞬间让我记起了衾被里女人体的气味。此次出征，从运筹到归返，宵衣旰食已有大半月，我已离了人间许久。眼前的陈氏，纵然已为我生育了七个儿女，面容也老去不少，但当年南沙园初遇时的样貌痕迹仍存留着，要我说，还增添了成熟妇人独有的风致。

且让我再入花树间歇息片刻吧。

快到暮晚时，我才重新起身，去看望了太保夫人和淮诠郎君。

天候一入冬，淮诠郎君的病情又加重了几分，这几日他体力渐衰，一直卧病在床。我坐到他枕边捉住他手时，他竟将我误作了淮鼎郎君，似乎有点神志不清了。医学博士和索法律都束手无策，真是令人忧心。

“淮鼎郎君呢？”我问太保夫人，今天自我返沙州，就没有看见他的人。

“听张文彻报说，你淮鼎弟白天就在坊间人众堆里看你凯旋，然后就去窟上看董保德他们画壁面了。这会儿还不回来，许是又去官酒户那里喝酒胡闹去了。这个不肖子，回沙州没几个月，就又恢复了往年的浪荡生涯。淮深儿郎，如今太保已不在，你就代行父责，该严厉管束就严厉管束。他现已有了家口，不能让他由着性子继续胡来了。”

我只点了点头，低头不语。郎君早不是当日离沙州的那个少年，而是一个七尺男儿了，而智识器量又不同于寻常人等，我又能如何管束他？但郎君常去外间酒肆这样的消息，从太保夫人口中听来，总是可信服的，也让我之前在瓜州索勋宅中的猜疑略略打消了一些。但究竟如何，还要再继续观察观察再说。

第二日，上午与索勋、李明振、阴文通三人议定了肃州大营驻军的过冬安排诸事，下午有了余空。我想起一人来，鹰坊的程子迁，他的青骹鹰调训得如何了呢？不过，不必正式来厅堂，我想起正好要去灵修寺去看新落成的那座兰若，就让张清通去与妹妹戒珠尼相商，找一间偏院净室，将程子迁唤到那里相候。

午食过后，换上了便服，由张清通和一名仆役相陪，从西院小门出了使府。巷曲里僻静无人，雪刚开始融化，路有些泥泞难走。张清通就返身回楼阁为我去取高靴来。门后等候的这会儿，正瞥见了之前汜氏迁居来的西院，我就走入相看。

不看还不要紧，看过之后，却添了一桩心事。这哪里是汜氏应该待的地方：院房破败朽坏不说，间壁就是内宅羊奴的铺房，畜栏近在侧旁，一股臭味扑鼻而来。这陈氏对待汜氏真是刻薄。延兴这件事，或许真的应该听从索勋的建议，将他调往瓜州，而汜氏也可随去同住。至于汜氏所居宅院，我已有意另择地方，重加修缮改造，至少不能太过委屈了她。等延兴这件事的风头过去，再请她重新住回使府。如此，也不枉之前夫妻一场。

张清通回来后，我问他："明日把张文彻叫来吧。这几日他在忙些什么？"

"在和宴设司还有酒司准备后天的犒赏宴呢。"

"那就宴集过后再议吧。"

换了高靴，三个人这就往灵修寺行去。转过两个巷曲就到，但我们不从正门入，而是从旁侧偏门直接进了院落。戒珠尼因在梵修中，不便前来相接，已遣了寺里的驱乌沙弥尼前来开门引路。

许久没有踏进灵修寺了。但张家的这个家寺，原就是陷蕃时祖父张谦逸的居所，自己早年曾随同父母住过几年，虽然早经修造改换，但院廊面貌依稀还能看出旧日模样。早听说那个新来的于阗绘画手安存立为新兰若绘了壁面经变，我便让沙弥尼引了去看。程子迁已到，先让他去兰若旁的偏院相候。

刚踏进兰若门间，目光便被两边壁上的如意轮不空羂索观音吸引了目睛，真是画得出色啊，与窟上在沙质崖面作绘不同，因是在白壁上绘制，用色极其鲜明夺目，观瞻之下，使人顿生敬畏之心。

入兰若殿堂，敬上三炷香、拜过三圣像后，开始细看两边壁面。西壁的一铺敷彩大圣千臂千眼菩萨，定是董保德等沙州画匠人的手笔，而当看到东壁的那铺时，顿时呆立在原地。这样的壁绘风格之前不曾见过，但细细深究，似乎也不是纯粹西域人手笔。

“张清通，这幅绘的可是释迦的降魔变？”

“尚书，正是降魔变，听说那于阗绘画手是依了长安光宅寺内名家的图样底本所绘。”

“神异之作啊。”

法力无边的释迦佛自然位居了图绘中央，但我的目光却被波旬的十支魔军和三位魔女所吸引，因他们占据了画面的大部，其形态动作之诡异百变，超出了观者的想象极限。因笔触生动逼肖，它们直如活物般已跃出了壁面。

“戒珠尼之前跟我提过，说要趁着此次沙州军大捷，让我为此座兰若提领典礼。今日看过壁面后，果然不同凡响，你让门口沙弥尼现在就报与她，说这个事可以定下来，具体时日再行相商。所需布施，你也提前斟酌安排一下。”

张清通得了命令，立刻出了兰若。现在，佛堂中只我一人了。待第二次注目这铺降魔变，却与之前观感不同：图面中央的释迦容状甚痛楚，并没有如寻常经变中作禅定姿。狰狞万状的魔军，在释迦佛力摧毁下纷纷折戟战败，或跪拜，或惶惑，或现出丑类原形来；我却发现，在释迦左首的一个魔军，头颅毛发尽皆竖起，脸上现出极忿怒的表情，手中向前刺出的刀剑距释迦佛的头颅仅有一寸之距，这个魔军并没有表现出颓败的样子。而且，再细看这幅降魔变中的三魔女，其中有一位姿容极为妍丽，理应画出的枯骨形只以线条草草勾勒了轮廓，绘画手在壁面上留了如指甲瓣大小般的白底。这是故意留下的余笔么？

之前的经变画，从未见过释迦陷入如此的危境，眼前的佛魔交战仿佛仍然胶着未定。释迦因修道而承受的痛苦也迅速感染了注目屏息的观者。是的，佛作为修道人之苦痛，自己也能感同身受。而这个可体可感的苦痛，令我感到了晕眩。

站回院中，仰头望去，雪后初晴的天空澄明高远。真实存在的天穹，与绘画手臆造创设的世界，究竟哪个更真实？我并不知道。

走出兰若后，张清通通报了戒珠尼已返身，他将我带到了兰若旁那间小院，这里有一间颇为敞亮的净室，乃兰若值事尼所居，收拾得十分雅洁。亦有一个向阳的前廊，廊上已事先铺好毡毯。我先入座，程子迁上前拜揖后，也在对面落座。

程子迁再次拱手，为此次出征大捷道贺："天王护佑，再贺尚书讨伐回鹘得胜！"

"程押衙也立了大功啊，你调训的两联青骹鹰，明年开春高再晟便可以携了它们出使京都了。"

"禀尚书，大军出征时那几日，我已调好了两羽。另外两羽，也会在这个冬天里调训完毕。此番能让高押衙携鹰献入王廷，正是属下的荣幸。"

我接过他的话头，直截说道："程押衙先后效力两任使主，也是勋劳彪炳。你为人又谦恭谨慎，在衙前众人中颇有声望。此次将押衙请来小谈，正想问你是否愿意出任使府都押衙一职。"

现任都押衙张清通今年已六十了，目力体力都不比当年，出征前业已向我提出告老之意。由谁来接任这个职位，我将使府内外各个人选考虑了一遍，觉得程子迁年资、能力各方面颇为合宜，因此便有这么一问。

程子迁却立刻伏低了身子，坚决地推辞，口称自己不具才德，最好还是继续留在鹰坊。

“程押衙太过谦抑了。张清通毕竟年事已高，总须有个人来接替他。我思想许久，觉得程押衙最堪担任此职。如今很多年轻押衙，并没有你的阅历。还有，今后遣使入京都一事，我也想交托你来细致打理。”

“替尚书分忧、为使府打理事务，本是属下的分内事，但是，尚书让属下做都押衙，某不才，实在是不敢应承。”

一听此言，我便面露了愠色。照常理，别的什么人若听到我这句话，一定会马上叩谢应对的。那程子迁仍未起身，我一时也无从发作。

“你先将出使筹划的事情接过，究竟授予何种职衔，在张清通退职后再议吧。”

“属下拜谢尚书！”

不过，我又想到了一事。

“上件事暂且如此吧，今日我还有一事要问。你知道此番擒得回鹘王后，我从通译人那里听来了什么？”

“愿听尚书分解。”

“这件事，说来还与你直接有关。将回鹘王带回肃州大营后，有一天他告诉我说，索仁安之前为逼退崔大夫，曾送去回鹘营帐一联白鹰。不知那两羽白鹰是否就是你在甘峻山捕得的？”

程子迁将头伏得更低了，很干脆地回答：“正是在下捕得。当时为解肃州之困，故而送鹰，还请尚书恕罪。”

“究竟有什么隐情，现在就说与我听。还有，你现在可以起身正坐回我话了。”

“是，尚书。”

当他将脸面抬起，面色却平静得很。这个程子迁的举止反应实在异怪。

他正身坐定后，便将肃州城里索仁安让汜建立托话、留下那一联白鹰的事，前前后后仔细讲了一遍。

当初从回鹘王那里听到此事时，我只是起了疑心，现在，亲耳听到程子迁的告白，我感到了窘迫与愤怒。这件事本来无甚稀奇，如实禀报即可。但是，他们却上下合力欺瞒，作为使府使主，这决不能容忍。索仁安擅自行事也不是头一回，这个人今后须小心使用了。那个汜建立是也同样遮瞒，虽然他是汜氏的堂弟，亦不能轻饶。但沙州军不久前刚经历了一场大战，手下军将还是安抚为上，而我一时也找不到什么由头去惩治。

“这事原也怪不得你。他们都是军职现役，平日里任意使横惯了。我若是你，恐怕也奈何他们不得。不过，今后倘若再遇上此等事，你须第一时间向我报告。还有，我让张文彻卸了鹰坊使的位子，今后鹰坊大小事，你自己拿主意吧。”

“谨遵尚书指令。”

该谈的几件事都已谈毕，现在可以进入正题了。程子迁似乎也早就领会，因为他并没有就此告退的意思。显然，他对我今天的这次招问早就有所准备。我振一振袍袖，直接抛出了问题。

“昨日去探望淮诠郎君，太保夫人告诉我，淮鼎郎君最近常去官酒户那里饮酒，我也从别人那里，听说了他在京都时的浪荡生涯。可这次大军出征，他虽然归返沙州不久，前后两次献策却允称精当，非寻常人所能够道出。沙州这些人里面，程押衙你曾入京陪侍太保五年，对淮鼎郎君是最熟悉的。我很想知道，他究竟是怎样的一个人？”

程子迁目不转瞬，立刻就答了：“如尚书所见，他就是一个有奇才的浪荡儿郎。当年如是，现在亦如是。昔日在京都胡闹生事，太保有好几次都动了笞条来打。但责罚过后，郎君并没有收敛几分。而他的天资，的确如同太保。”

“那时他几岁？”

“十二三岁吧。”

“太保过世后，两位郎君的情状也是可怜。”

“是啊，太保夫人独力将两位郎君拉扯大，不知受了多少辛苦。这次，他们终于能够安返沙州，总是值得高兴啊！我本以为他们都回不来了的。”

“两位郎君虽然已成年，眼下都让人放心不下啊。淮诠郎君自回来沙州就一直病着，病况时好时坏。淮鼎郎君呢，人是聪颖得很，但他天性不喜受拘束，这我也看出几分了。我虽然自小看他们长大，但他们在京都待了很多年，回来才两三月，彼此终究有些隔膜了。太保如今已不在人世，我理当代行父职，将他们都尽力安顿妥当。刚才我有意让你来做使府都押衙，原也是想让你出入使府内宅方便，来与我一同照应。毕竟，你先曾服侍过太保，对两位郎君也最为熟悉。”

“尚书且安心，我定当全力来辅佐。”

“有你这句话就够了。今次将你招来兰若，就没有白来一趟。”

听了这话，程子迁伏地再拜。

“程押衙不必拘礼了。今后不管什么事，但凭直口，在我面前都可以言说。”

“属下明白。”

话谈到这里，已差不多该结束了。我原地起身，伸出两手，将闭合的廊门开启了来。午后的稀薄日光照进了这间净室，檐头不时有融雪水滴落，在泥地上溅出一两朵浑浊的水花。

程子迁亦站起了，正要开口告退，我忽然别转了头，对视着他发问：“程押衙，我还有最后一问。太保在世的时候，对郎君们回返沙州后的安排，是否曾说过什么明确的话？”

我发觉他当场就愣在了那里，一时怔怔地没有回话，面上闪过了一丝犹豫。如被我这个突兀的提问困扰了一般，目光里更显出某种焦虑。

“有就有，没有便没有。我只望你对我坦诚。此事并非儿戏，我也绝非对两位郎君中任何一位已有特别的顾忌。但你要知道，这牵涉了沙州使府今后的安定。”

“属下明白，太保去世前，只让我帮了夫人照料好两个少年儿郎，并未对我有过任何这方面的交代。”

“好，我信服了你。但是，倘若你对我有所隐瞒，毗沙门天过后总会惩治你！你敢在我身前立誓么？”

他重又拜倒在地，竭力控制着喉咙口的话音，一字一顿地对我说道：“属下愿意立誓，全力护持尚书和两位郎君！”

他巧言回避了立誓。我没有料到自己会冷笑出声。是的，今日对谈下来，我发现之前对这个鹰坊押衙程子迁几乎毫无了解。此人绝非等闲之辈，不能放任他在我眼目之外任意行动。将他调来使府跟前，看来是正确的决定。在让他发挥效能的同时，有必要看管住他的一举一动。

这拨人马抵近后并未放慢马行速度……程子迁刚要开口询问，

合黎山之战

双方都抵死相拼……在军阵中杀到兴起时，

那半个楼身已被高高升腾的火焰所吞没，

永寿寺的余音

今日雪后初晴，积雪返照堡上，将整座永寿寺染上了明净的颜色。

并非我多疑。作为沙州使主，我必须掌控一切周边状况。我必须在任何裂缝罅隙出现前就采取行动。

翌日上午，将议论淮鼎郎君的安置事宜。前晚，我特意嘱告索勋，由他领了李明振、索勋三人先行拟定一个条案，我来厅堂聆听过后，再行定夺。

巳时初刻，日阳已升上使府官楼的檐口时，我才步出了内宅。行至官楼马道时，苏翚、张俅、张清通、王文瑀、张大庆、张文彻、阴季丰等亲从僚佐和程子迁都已立在那里相候。程子迁已换上使府官服，仪容甚是整肃，见我上前问候，立刻趋前来施礼。我对他说，今日要商议淮鼎郎君的事，我要他陪侍旁听。若有事咨询于他，有什么便说什么，万事皆从沙州大局考虑就可以。

程子迁点点头，口称已领会了意旨："蒙尚书拔擢，属下一定竭诚效力。"

这样的表态便很好。

当我带了他同入厅堂时，索勋他们三人见了并没有什么诧异的神色。因这个冬春，沙州使府内会有很多任职上的变动。而再过几年，阴文通和李明振两位太保女夫也到了岁数，卸职和接替的事，也须开始考虑起来了。人事代谢，原就是正常不过，在使府来说，这也是一件事关局面安稳的大事。

坐定后，我便当众宣说了将程子迁调入使府的决定。张清通明年春就将退职，入冬这段时间一方面可以教习程子迁熟悉使府程序，另一方面正可以妥帖交接事务。节度掌书记苏翚也要告老，掌书记一职由衙前判官张俅接任。衙前判官王文瑀调任寿昌县令，节度参谋张大庆现职不变，兼领了肃州大营副职主官，协助阴文通靖边肃敌。因沙瓜目前军情局势的关系，所有军将的职位暂时不作变动，视来年情况再做计议。以上这些的人事布局，我在出征前便已有了腹稿规划。趁了今日机会，就一并公布了。

卸任者和候补者一齐拜谢，索勋、李明振、阴文通三位也善语劝慰勉励。如此和睦一堂，自然人人面上都露出了喜颜悦色。明日赐宴前，这些人事更迭都会在使府官楼前贴出榜文，晓谕两州民户。

当然，如果今日能议决的话，淮鼎郎君的任命也会一并通告。

但对于他的任职，说实话，我到现在仍没有拿定什么主意，今日若能商议出一个好办法，就一同宣布，若暂时没有，也可以延至明春决定。

当然，在厅堂这个公开的议事场合，我也想观察一下众人对于郎君的态度。不管心意是虚是实，总须有一个概括的了解。

进入正题前，我接过了苏翚和张大庆递上的两份待签押的文书，一份是沙州几位文士共同商议拟撰的使府赐宴文告，一份是随后颁布的奖励令。索勋、阴文通、李明振三人此时围拢在一边，正将他们上午合计的方案最后做了确认。张清通与程子迁两人退去角落里在商议着什么。张文彻、阴季丰在商议明日的宴集事情。

将文书一一细看过，我发现文士们遗漏了若干重要关节。他们将很多篇幅用来描述此番擒得回鹘王的战况，却没有一笔提及淮鼎郎君在前后过程中的建言。回想来，正是郎君的一番话，促成我决定了出兵讨伐的方略。而且，也是他在肃州大营的建言，最终锁定了与回鹘议和的方向。这两件怎可不提？我张淮深不是一个器量偏狭的人。况且，他还是我的亲族兄弟。

因为需要大段地修改，苏翚的这篇文告须重写过，他便退去隔间，与张俅两人一同重新编排故事去了。趁着这当口，我便走出厅堂，让卫士去窟上唤来董保德，我要见见那个绘制了降魔变的于阗人安存立。午食后，会在厅堂里亲自接见并赏赐嘉勉。

我没有立时回厅堂，因之前已知恒安法师正在内宅探视淮诠郎君，于是又遣人去将他叫来，告知他下午使府事务处理完毕，我想去龙兴寺一趟，见一见都僧统和尚。无论如何，有关此番出击后的各项措施，需要听取他老人家的意见。

重新坐回厅堂位席上，堂中各人似乎也议论得差不多了。将两件新录的文书再仔细校验过，我便签押了。下面，就开始商议郎君的事情了。

索勋端正了坐姿，将他们三人合议的方案缓缓说出："我与李司马和都押衙这几日会商后，都认为淮鼎郎君天资聪颖，又是太保后代，从各方面考虑，理应授以重要宰辅职位。沙州长史一职，自尚书长兄张延兴去世后一直空缺，由郎君来替补接任，自然是顺理成章。但郎君在京都人质多年，返归沙州也没有太久时间，对沙瓜两州情形毕竟不是很了解。因此，我们一致认为还是应让郎君先熟悉地方政务。可让郎君领长史衔，再授以采访使名义，在沙瓜两州各县轮流巡检。寿昌乃沙州西境重地，王文瑀此次新调了寿昌县令，明年春暖后，即要开工修缮寿昌县署衙和城中古寺永安寺，因此，尚书可遣郎君前去督查。明年秋初，再视当时情形，还可再派郎君来瓜州住一段日子。这样，在州县地方慢慢累积一些政务履历，将来在使府中言事，就有了第一手经验，也定然可以更有力地辅佐尚书。”

这番话说得还是很妥帖的。我沉吟了一声，希望听到其余僚佐的意见。

厅堂里一时无人接话。我只得自己来引出后续的讨论了：“索刺史、李司马和阴将军的意见大家都听到了。不知其余几位有什么见解，都说来听听。”

然而还是沉默。那我就不得已只能点名了。

节度掌书记苏翚和衙前判官张俅两人都是得力的文职僚佐，因此，我命他们两人轮流讲论。苏翚服侍过太保，他这一辈的老人念旧，自然对太保三女夫的提案很是赞同。

张俅的见解却稍有不同，他认为淮鼎郎君不宜直截授以长史一职，因为还有淮诠郎君在，虽然他回沙州来身体一直欠佳。但是，若此次让淮鼎郎君做了长史，那么淮诠作为太保长子就更有理由授职了。这一层，我和太保三女夫确实之前都未想到。众人都颔首同意。

因此，现在所要讨论的，就变为在淮诠郎君病体尚未康复的现在，如何授以两人以恰当的职位的问题了。长兄为尊，授给淮诠郎君的官职还须高于淮鼎郎君。

厅堂里不再三三两两私议了，众人围坐成一圈，开始商议起恰当的官职配置。这样的气氛是对的，今天若能讨论出一个结果，不但会让太保夫人欢悦，若果太保本人地下有知，也会感到欣慰的吧。

太保时期军府曾设有副使，安景旻去世后，就再无设置。而且，太保入质前，王廷不但夺了凉州，还改了归义军的州郡封置，太保实际所领的，乃是沙瓜节度使的名号。

设置副使，还牵涉到未来沙州使府的继承权问题，非常之敏感。因此众人都自觉回避了这个设想。因还未请得旌节，我目前只是沙瓜两州节度留后兼沙州刺史的官式告身，按王廷官制，沙瓜两州在刺史下面还有别驾、长史、司马三个官职可摄。

因此，讨论的结果就是表奏淮诠郎君为沙州别驾、淮鼎郎君为沙州长史。淮鼎郎君另外授予沙瓜两州采访使的巡视职责。他的名义上司是淮诠郎君，实际上的直接上司，当然就是我本人了。

也就是说，在太保三女夫以外，淮鼎郎君会成为第四名核心宰辅。

“如是这般，则尚书六位公子中，宜有一二人提拔为沙州与瓜州相类职衔。”

这话是从谁人口中说出的呢？出乎我意料之外，竟是堂中此前一直沉默不语的程子迁。我不由对他刮目相看了。

第一个应和这个意见的就是索勋，李明振和阴文通细一思想，觉得很有道理，汜氏所生二子都已入了军幕，但军职并不高；陈氏所生已成年的四子中，延晖、延礼、延绶都有职衔，只延锷尚未授官。若只授予一方的子嗣，很容易引起争议。最重要，延兴还是长子的身份。因此，他们都觉得可授延兴和延锷同类官衔。

两人该如何授职，以及品第应有何种差序，这样，大家很快就谈到了立嫡庶的问题。

这的确是需要解决的问题。但延兴和延绥相争已经闹得头破血流，我非要做一个决断了。私意还是想立延绥为嫡，正式承认他的使府继承权。如此，就要废去延兴这一端的可能性，因此，汜氏二子中，可以新授官职的，就只有延嗣了。

程子迁这时从靠门首的地方，向我所坐正位趋近，然后躬身拜伏。他所恳请的内容，却与索勋之前在瓜州的提议相同。也就是尽早立嫡，不管我属意的究竟是哪个儿子。

“尚书虽然仍值壮年，但属下还是觉得应早日立嫡，以稳定今后沙州的大局。”

他说得一点没错。我本想再拖延几年决定。但今天如果授了淮诠、淮鼎郎君官衔，则立嫡是势所必然要作出抉择了。

我沉吟半晌，将太保三女夫唤到了后堂。我对了索勋问道：“索刺史，那程押衙的建言怎么跟你一个意思？莫非你们事先通了声气？”

索勋一脸无辜的样子。连连摆手否认。这个当然是故意调笑，据我所知，索勋与这个原先任职鹰坊的程子迁确实没有很多公私交往。他们两个可以说是完全没有交集的两个人。

阴文通也说：“尚书英明果决，是到了立嫡庶的时候了，只是，总要将内宅汜氏和陈氏两边同等对待才好，切勿单偏了一方。”

李明振也让我尽快做出决断：“尚书不用太过担心，立嫡庶嘛，立好了，大家一一依从就是。我知道，你心里属意的是不是延绥公子？若果此次立了他，那么延兴就不适宜封官了，应将延嗣提上来才是。延兴嘛，就让他今后在阴大兄手下服役就是，他本就是沙州一员猛将，也不要误了他今后的前程。”

索勋又补说："延绥的确有文武才，样貌轩昂如同尚书，倘若善加栽培，的确是未来使主的根苗。尚书倘若心意已决，待会就由我们三位在座中联名提出如何？"

李明振提醒说："只是，延兴和延绥两人的关系，还须尚书再加调和才好。不然，兄弟继续相争，该当如何是好？"

阴文通点头称是，且建议我尽快将延兴调出寿昌。让自己的长子看守县衙库房，总是不像话。寿昌那里有一支驻军，可以让他先领了那里的军职，明年开春即再调去肃州大营。

嫡庶分明后，也少了外人很多口舌，而我对延兴、延嗣今后也不宜再那么严厉了，而是要宽柔相济才好。

与他们三位再谐商了一会儿具体细节后，四人重回前堂。最后合议的方案是：淮诠郎君为沙州别驾，淮鼎郎君为沙州长史，延绥从长史录事升为沙州司马兼衙前都虞候，延嗣在现任北营军职以外另授瓜州别驾，延兴授右马步都押衙，暂领寿昌军，延晖职务不变，延礼由原先的瓜州录事升授瓜州长史，延锷授瓜州司马。

以上授职，在高再晟出使所携的表奏文书中，与尚书的请节一并提出。

此外，命内宅都押衙张文彻，明春起即督造西院氾氏宅，北院外拓，另造一单独大院落，以安置太保夫人、两位郎君及其妻儿眷属，规制等级均不低于东院。

我还特意嘉许了程子迁。正式入使府的第一天，他便在关键场合出语简当，做了有力的辅佐。我没有错看他。候补掌书记的衙前判官张俅亦有建言之功，于是令张清通酌情赏赐这两位，其余使府僚佐也都相应有所奖赐。

这是个皆大欢喜的结果。但愿我心中的这块隐忧，从此可以消隐除去。

18

那天，程子迁出得使府后，长长地吁出一口气。街衢上一阵冷风贴地吹来，后背的衣衫领口一阵发冷。

回想适才在尚书厅堂的应对，他自忖道，自己总算没有违背大义。对太保和太保的两个儿郎，他已有所护持，对尚书和尚书所立的嫡子，自己也是尽力巩固。但他知道，目前来看，沙州使府的这个人事布局仍是一个脆弱的结构。若果没有好好地磨合妥当，旧有的嫌隙还会保留，而新的裂痕也有可能出现。应该说，今后一切如何，除了靠尚书自己的判断见识，还需要一点运气。

回到家，他仍是面色沉重的样子。妻子见了便很是不解。这会得尚书青睐，预备要接任使府都押衙的职位，这对程家来说可是天大的喜事啊。不但官俸比之前的鹰坊押衙多出很多，还统摄了使府内宅以外的大小事务，可谓已位居了尚书的亲从幕僚的核心。为何还这么闷闷不乐呢？

“你妇人家，不知在使府值差会有多辛劳。说给你听，你也不能懂得。只是，今后恐怕就没有那么悠闲了。”

“那是，在鹰坊多自在，也无须早起应卯。今后早出晚归，准定是家常便饭了吧。”

程子迁想，此次入使府，接过张清通的职位，这可并非他的本意。他是被尚书给逼出了鹰坊，不得不如此。个中缘由，即便说与妻子听，恐怕她也是不能领会的。但不管如何，对家人而言，或许真是值得庆贺的。至少，现在瓜州做县尉的大儿，今后在索刺史那里倒是可以得到一些照应了。

今晚起，定有很多坊邻熟人得知了消息要登门道贺，他想回避这一幕人间喜剧。所以，早早吃过晚饭后，他便出门去了。他是直接出了子城。

沙州州城按唐廷规制，属于中州，但绿洲城市的特性，使其罗城的外廓却近于上州的尺度。使府和内宅所在即是瓮城，子城内各坊布局齐整，沙州各大门族都在其中置有宅院，而外围的罗城的格局就依从了水土形势自然形成。若说子城和瓮城是官家之城，则罗城就是庶民之城。

子城通往罗城的城门夜间并不关闭，此刻那里站了几个值夜把守的兵将。估计他们是得了使府传出的消息，见到程子迁便纷纷上前道贺。程子迁不得不停下回礼，与他们中的两三个相熟人说了会话才离开。

在罗城外廓与子城之间，四面都留有开阔的空间，使府作坊司辖下的各类匠人很多就住在这里。城南因距离窟上路程近，是沙州石匠、绘画匠、木匠、泥匠、灰匠的聚集居住地，董保德在此拥有一个小庄；铁匠、弓行弓匠、箭匠、胡禄匠、鞍鞯匠集中于西面，蚕坊桑匠、陶匠、绳索匠、褐袋匠、做毡席的毡胎博士、制作粗纸的纸匠、造笔匠都住于北面；金银行匠作集中东面，此处也是归化粟特人的聚落，而曹家除在子城龙马坊开有邸店外，这里也开有一家，另还有曹家代理使府官衙经营的长行坊和驼马院落。

东面罗城内有从城外甘泉水引入的渠涧，水质甚好，甘甜可饮。渠涧附近有些小块散田，田地旁往往种有果树，官酒户马三娘和龙粉堆的酒庄就坐落在渠边的果园内，因酿酒常须汲水取用。

尚未走近酒庄，便听见路头店棚里传来的呼喝喧哗声。貌似已集聚了很多人。

这马三娘是本乡汉人，而龙粉堆乃是马三娘已过世弟弟的未亡人。从其姓氏就可知，龙粉堆出身自南山羌地迁来的龙家部落，因家传手艺而擅长制酒，能酿出上等麦酒与葡萄酒，故而成为使府官衙的指定酒户。她年齿不过二十八九，颇有些姿容，又生得一副巧口舌，会说龙家话、汉人话、吐蕃话，因小时曾随父母流落到于阗、西州一带，还兼学了一点于阗和回鹘人的语言，虽不识汉字，但论口头讲话，连使府的通译人也没她这番本事。因此，使府很多接待外地使节的事务，常常遣她前去安顿伺候。虽然罗城东面这里有粟特人的康家店、何家店、石家店、安家店，另还有汜家店与赵家店两家官酒户，但要论每年供给使府的官酒瓮数，那么，可以说，马家店几乎占去了一半的份额。因此之故，尚书张淮深也是颇为看重。

除专酿官酒的果园作坊，她家在路头还造了一间大屋，外面搭了帐庐棚子，向一般民户供应散酒吃食。秋末初冬正是酿酒时节，沙州大军归返后的这几天，刚好是马家店接了官衙酒本后缴纳官酒的日子，今日使府押衙阴季丰特来作坊察看检点。此外，也有很多出征归来的军将来到店中欢庆聚饮。

程子迁绕过了路头店棚，直接走入了果园，地上有半融未融的雪，踩上去有些泥泞。两边果树的黑细枝杈不时划过他的臂膊。天色尚未全黑，已能看到渠水旁酒坊张起的灯火。谷物发酵的味儿，新酿成的酒浆灌装入瓮后余留的特异的香气，混合了冷冽的空气，刺激着人的鼻息。即将走到作坊前，他听到了押衙阴季丰的音声，不过，他不像是在清点检查官酒，而是在劝说倚坐在胡床上的某人。因为背着光，看不清那人的样貌。

但听阴季丰这么在说着："郎君，外面风冷，你在这里躺卧，倘若受了寒，让属下如何是好。我让龙粉堆在作坊腾出了一间洁净卧房，你且去稍歇一会儿。我已叫人牵了马来，等郎君醒了酒，我自会带你回使府。"

"阴押衙，还是在外面散酒畅快啊。里间有妖气，睡不安稳。你没看见那妖魔么？在长安那时它就纠缠我了，全身白衣白甲，脸上戴铁面。它可是会食人的！"

"郎君，这里不是长安，是沙州的官酒作坊，这里也并无什么妖魔。"

"你怎会看不到呢？"

这时，从作坊里走出一个健硕丰满的妇人，头上只盘了一个圆髻，上身穿一件土布短袄，两臂衣袖用银索襻膊收起，露出了两只葱白手臂。她走上前，作势要将郎君扶起。郎君转头看，调笑问她："你，你是这里的侍酒胡姬么？"

妇人语作温柔地答说："是，是，郎君若还要再饮，进到屋里，奴家亲来陪侍好不好？"

"休要诳骗我，来来来，再给我取一瓮酒来！"

"郎君真是好酒量，照这样饮法，今次酿成的酒都要被你饮尽啦！"

怎奈郎君不但不肯动身，还一把扯住妇人的手，将她拉近身前："你也莫要进屋了，我们两个今晚不醉不欢！"

那妇人或许本就不想挣脱，索性往郎君怀里一靠，一臂搭在郎君肩头，已转头招呼酒工再抬一瓮酒出来。

阴季丰窘迫地站在那里，一时无措。此刻借着作坊的灯火，他认出了前来者正是今天新升了使府都押衙的程子迁，立时上前施礼，并让他相助规劝："程押衙，这可如何是好？"

程子迁不理会他，径直走进了酒坊场屋，过会儿出来时，手中提了一只盛满水的木桶，他走至郎君所坐胡床前，只叫了声"郎君快醒酒来"，兜头就将桶里半温不热的水浇下。胡床上缠做一团的两人没想到会有这么一出，头身皆被浇了个湿透。

妇人立时惊叫起来，顾不上穿鞋，赤了双足就往作坊旁的一间木棚里逃去。郎君却全身不动，任凭满头满脸的水滴落。他的幞头也耷拉下来，斜向了耳边。这时，任谁说这就是太保公子，恐怕都会无比惊诧的。

程子迁唤阴季丰："给郎君去取一件酒工衣衫来换上！"

阴季丰还没反应过来，嗫嚅道："换衣？可是，他们只有土布袄子。"

"土布袄子就土布袄子，再取一块漉酒的干洁细布来，替郎君揩拭干净。"

阴季丰这才行动起来，跑进作坊里使唤酒工找衣物去了。现在，场院里就程子迁和郎君两人在。程子迁看郎君的目光里，有一种疼惜和责怪相混合的微妙情绪。自郎君返沙州后，他们还没有像这样单独面对过。

郎君一手将湿透的幞头摘下，搁于胡床，另一手提起，用袍袖稍稍擦净了脸面。他瞳目充血，回瞪着程子迁，触到的却是一面冷静的墙壁，他的目光渐渐柔和了下来。此际沙州的西面暮云四合，收去了最后一抹余晖。

换作别人，即便是尚书张淮深，也断然做不出这样突兀的举动。但程子迁自与郎君有一层很深的关系。他是看着郎君从稚童长成少年的。

类似的场景，之前在长安宣阳坊也有过多次，只是，不曾像今日这样泼了满桶的水。有一次，太保为惩治在外聚赌闹乱的少年淮鼎，曾命程子迁将他绑在院中树身上。太保夫人疼惜儿子，也知道劝解也无用，为此哭了一宿。第二天，早食和午食都不给，到入晚，太保消了气，才命他给郎君松了绑。那次，由程子迁坐在旁边看守时，两人也曾这么对视过。

事后，淮鼎郎君并不怨恼父亲，他总是马上悔罪。但就是不长记性，过没多久，就又故态复萌，于是又会新受一通责罚。他对程子迁也没有任何反感，总对了他苦笑，如同是与他存有某种默契的同谋。虽然程子迁素来没有做什么唆使纵容的事。

郎君醒过了神，自己动手，已将外袍脱了下来。这会儿，阴季丰让两个酒工出来，一人手捧衣物，一人引路，将他带到了作坊的炉火前。郎君脱去了内衣，现在是打着赤膊。他的上身因被炉火照耀而呈现一种金黄的色泽，从背后看，身形骨架真与壮年时的太保别无两般。阴季丰又打来一盆热水，郎君自己擦拭一遍暖过身，换上了酒工的贴身粗布衫。酒气已差不多散尽，人也恢复了常态。他皱紧眉头，在炉前铺好的一张毡毯上坐下，眼睛盯看着炉膛里窜动的火苗。身旁已支起一个三角木架，袍服和幞头都挂在那里，等着烘干。

程子迁站在作坊门口，既不踏进，也不走离，就这么望着郎君的背影。阴季丰检点官酒的事早就忙完，伺候郎君到此刻，早就苦不堪言。此际见郎君已有人照应，就趁机告退返家去了。

五六个酒工归置好器物，里外打扫了一遍，也各自离去了。只留了一个值守看炉的小厮在。

“鹰伯，进来坐吧，夜黑了，外头风冷。”

作坊里静了好一会儿，郎君没回头，突然这么说道。程子迁也不接话，自顾自走近炉前，让小厮取了小桌、水罐和碗盏来。鹰伯是太保去世后两位郎君对程子迁的私下称呼，当时少年们刚失去了父亲，将同样服丧的程子迁视同了亲人。

两人隔桌坐着，都看着炉膛，仿佛那里跃动的火焰已替他们说了很多想说的话。比如，自长安一别后，他们各自经历了怎样的生活，比如郎君归返后他们各自都有怎样的心绪体会。当然，此中也有劫后重逢的分明的喜悦。

“听说鹰伯今日升了都押衙？先要为你一贺啊。太保知道了，也会心喜的。只可惜，我今晚这样子，是断不能再饮酒了。”

“若你脑目醒豁，即使再饮些也无妨。”

“你饮酒，我饮水吧。”

“这才是郎君该有的器局作态。刚才的颠倒情状，又让我想起当年你桀骜出乖的放浪生涯。幸亏无几多人看见。”

“阴押衙和龙店主晓得分寸的。”

“郎君啊，是夫人说与尚书，尚书又遣了我来看你的。”

“我知道。可是，他们懂得我的愁闷么？”

程子迁将水罐里的水倒出两碗，一碗递给了郎君：“口干了吧，饮口水再说话。”

郎君接过，两三口便饮尽，仰头的时候，程子迁发现他颌下脖口有一处之前没有的疤痕。

“你脖颈那里是几时受的伤？”

“被党项人打劫时，他们站在我身后，将刀口架在脖上令我跪伏，我不肯，就划拉了这么一条口子。”

之前换衣时，见他背上也有鞭伤。

那是出逃长安时，途中遇到贼乱军将挥鞭驱赶，郎君为保护母亲而留下的旧伤。

“鹰伯，幸亏父亲将你及早遣离了长安。要知道，那黄巢乱军左冲右突，所到之地如火焚林，留下的是怎样的一个修罗场！”

程子迁低头不语，他在贼乱初起的前三年就回了沙州，对于内地动乱情形自然一无所知。但是，从郎君的感叹来看，定是生灵尽遭涂炭。

“京都的贵家权宦，十不能全一二。黄巢军前后进出两次，几乎杀尽了两街公卿。百姓民户更是凄惨，无数人抛尸荒野。即便不被杀死，也是流离饿死。”

“当时夫人和郎君是如何走脱的呢？”

“母亲有先见之明，乱军攻破潼关前，就典卖了家资，带我们逃入了终南山中，在山野中避乱，住了两年。此后局势稍稍平息，才得隙辗转逃去了邠州。怎知又遭党项人打劫。幸得邠州使主与父亲有旧谊，才将我和淮诠赎了回来。那些党项人曾当了我的面，将随我一同被捉的军将凌迟处死。我，本该那时就死了的。”

“此番能安然返回沙州，今后总会好起来的。”

这时，郎君转过了脸，对了程子迁严肃地说道：“鹰伯，你是真不知还是假不知？如今天下震荡，王廷动摇，沙州前后左右都有强敌围伺，今后局面恐怕也岌岌可危矣。今次尚书打却了回鹘，但回鹘人怎肯善罢甘休？还有凉州的嗢末、南面的党项，个个都是虎狼之势，倘若有朝一日他们联手结盟，随时可以将沙州一口吞下！”

“沙州自有保全之策，有尚书在，有郎君在，我等也会全力护持的。”

“若一步走错，那么沙州也会变作修罗场。”

“郎君这些话，真该与尚书好好分说。你们虽然年岁相差很多，但毕竟是同族兄弟。”

“只恐这兄弟之情也难以保持长久。自我入质长安，听闻了多少父子相残、兄弟相争的丑事。谁说亲情不会溃烂变质？鹰伯，你能肯定说，尚书不会对我有所忌惮!?”

郎君这句话一下将程子迁问懵了。至此，他是彻底明白了郎君为何酗酒的缘由了。但是，无论如何，自己今后总要设法调和尚书和郎君的关系。沙州倘若有变，乱象必会从使府内部生起。

我该怎么做呢？程子迁想，自己如今是摆脱不了干系了。一道魔咒，已将他的身位牢牢嵌在了尚书与郎君之间。他现在处于一个极敏感的境况，今后举动观瞻都得小心翼翼。

“尚书今日也派任了你官职，这个，你已知道了吧。”

“我这个沙州长史恐怕只能虚领，不能实任，这个我懂。不是让我先去寿昌县督造官衙么？很好啊。然后，我会主动提出再去瓜州或肃州待上一年两年，随意打发时间就是。我探问过索刺史，他自然是愿意接纳的。”

“你离了本州，若还是如此纵酒放诞，太保夫人怎放心得下？”

“不饮酒，你整日价让我作甚？学儒生模样整日啃经书，或学寺里的抄经生，每日与笔墨厮混，我学不来这样的安分。”

“这次去寿昌，会将家眷孩儿带去么？”

“不带。他们必得留在沙州。”

程子迁低头不语了。这是只有做过十六年质子的郎君才会有的习惯性的判断，但他的想法未必不对。想及此，他不由叹了口气，拿起碗饮了一口水。不知为何，只觉口中寡淡，此刻他有了饮酒的兴味。

“我再让龙粉堆取一瓮酒来，我们边谈边饮如何？”

“让她再弄些吃食，鹰伯，今晚且当是为我专设的下檐酒吧。你为我接风洗尘，我来陪你稍饮。”

“大好！”

程子迁便出门去找龙粉堆。她已到了路头屋棚，现下肯定正与大姑马三娘抱怨刚才被兜头浇水的事吧。程子迁想，自己须得做出一点都押衙的威势来，让这两个妇人赶紧收口。

略显荒诞的是，淮鼎郎君和程子迁，这两个现在为尚书张淮深猜忌又不得不使用的人，今晚才第一次可以畅所欲言。他们边谈说边饮酒，直到中夜时分才尽兴返身。郎君讲了很多京都的旧闻。

归返时，程子迁让郎君上了马，自己牵着缰辔在前引路。夜风吹去了云翳，星汉璀璨，天心一轮明月，在路道上洒下了一层白沙样的辉光。郎君后面没有饮多少酒，此刻已有些疲倦，头耷拉了下来，马上的躯身不时前后摇晃着。

将郎君送至内宅后，程子迁独自步行，走回了博望坊的家。

翌日一早，尚书厅堂的两边隔屏全部撤去，此次得到升职的军将、文职僚佐全部齐集了使府。尚书张淮深将当面嘉奖，授服并赐物。

郎君昨夜回宅很晚，早起便有些困倦。阴季丰估计跟尚书报告了昨夜酒坊郎君胡闹的情形，张淮深特意让张清通为郎君搬来了一张凭几倚靠。

先由候补掌书记的衙前判官张俅诵读他为此次讨伐回鹘得胜新写的礼赞文。这位沙州文士洋洋洒洒写了很长一篇赞词，众人都形容端肃地听着。礼赞文用了相当篇幅称颂了此战牺牲的军将邓弘嗣。当读到“镇抚河陇，效力辕门二十载，深得尚书钦许，骁勇虎贲，横戈所向而四夷咸服”时，众人皆点头应允，当念到邓弘嗣为配合左右军合围而诱敌出击、不幸战亡一节，称颂他“军门彪炳，奋勇捐躯，忠义无双”时，众人都唏嘘不已。

郎君之前一直闭目静听，此时禁不住打了一个呵欠，引得堂内人等纷纷侧目。张淮深脸上有些不悦，又不好发作，只得对张清通使个眼色，将郎君唤醒了来。

礼赞文念毕，张淮深颇为满意，命文书僚佐之后抄誊若干份，在本州和外州张贴，再说了几句抚慰的话就收结了。之后是授服式，院中的乐营伎乐人开始奏乐。

淮鼎郎君似乎恢复了精神，振了振袍袖。但程子迁吃惊地发现，他竟还穿着昨日被他泼水弄湿、此后在炉前烘干的外袍，袖口还沾了些油腻污渍。即便现在知晓了郎君的烦忧和用心，但这么做真的有失庄重了。程子迁无可奈何地想到：郎君如此散漫作态，只为防备着他的尚书大兄，这恐怕不是什么好事。

授服开始了。位序排第一的自然是淮鼎郎君。照前例，仍由衙前判官张俅主礼，宣读尚书表彰文句，对郎君前后两次建言之功，说得分明无误。

“请郎君领官服！”

淮鼎郎君闻听主礼官号令，马上从座位立起，站到厅堂中央，单膝胡跪，向尚书张淮深拜谢。张淮深当然识得个中礼数，立刻站起，走至郎君面前，伸出双手将他扶起。

本应口头再嘉勉几句，但尚书许是受了刚才郎君轻慢举止的影响，话说得极简洁：“今后有劳淮鼎弟了！”

郎君也只口气淡然地回谢了一句：“某定当全力辅佐尚书大兄！”

虽然与之前预想的不同，略有些冷场，堂中众人仍是齐声道贺，站在院中的乐人也将手中乐器调拨得紧凑欢快。这很有效，人声和乐声混合在一处，烘托出了应有的喜庆气氛，尚书张淮深展颜而笑了。他是将刚才的小小不快丢到一边去了吧。淮鼎郎君退回原位就座，顺手将那身新赐的沙州长史的袍服搁在一边。因为还须遣使表奏王廷认可，他的这个任职目前只是地方藩镇使主的虚授。

余下众人领新授官服，再受赏赐，拜谢了尚书，再拜太保三女夫及同僚。因人数众多，仪式进行了很长时间，快到午食时分才告结束。此中尚书特别留意新进使府任职的邓弘嗣的长子邓保住，询问了他家的许多情况。那邓家儿郎也颇懂事，今天他仍穿了孝服，对尚书说母亲告诉他忠孝须两全，明春后可以除服，来为尚书效力。应答得非常妥帖。张淮深连连称许，说了很多勉励言语，而赏赐也格外地隆厚。

此后，照使府前例，新授官职的众人须骑马出街，在州城内巡游。郎君托词昨晚饮酒头痛，就先告退回了内宅。入晚后更有宴设司于使府官楼上特为置办的宴集，他也托故没有出席。

不过，郎君就像一个透明人，他的在场与不在场，对使主张淮深来说是没有区别的。此次出征能够取胜，他作为主将临机决断又身先士卒，在将士中间的威望已然非常高涨。在沙州普通民户的心目中，也几近成了保卫乡土、抵御贼寇的守护神。

授官三日后的下午，天是晴日，冒着初寒的朔风，郎君辞别了母亲太保夫人、尚书大兄、淮诠郎君，自带了两名随从、两个奴儿往寿昌县赴任去了。程子迁提前骑了那匹驴立在使府门前等候，随同他一起的还有张清通和内宅都押衙张文彻。比较有趣的是，两位酒庄女店主也立在对面坊口瞻望送别，郎君跨上坐骑，扬鞭起行时，那龙粉堆竟还抬起袖子拭泪，表现得很是不舍的样子。

听阴季丰讲，郎君离沙州前的两天，又去了马三娘的酒庄。程子迁想，自己水也泼过了，今后郎君如何，只能由着他去了。在众人眼目中落个浪荡儿的名声，总也好过尚书与他两人彼此抵牾为好。

程子迁他们三人将郎君送出了子城，过会出罗城外廓后，郎君一行便要折向西南，他回头招呼说，三位都身衔了使府要务，到这里就回转吧，今后使府内外事，还有母亲和淮诠郎君等，就交托你们多加照应了。程子迁他们三人自然说了不少宽慰的话，他还特意嘱告郎君说，要定期返沙州来，常来看望太保夫人及家眷。

正在告别时，龙粉堆催着三个肩上担物的酒店伙计又急腾腾地赶了来，她特为郎君准备了自家酿成的十来瓮私酒，让郎君出程时带上。还说，若是饮完了，就和寿昌城内开邸店的曹家人说，她会转托了过路行商再给郎君带酒去。

自归来沙州，郎君到这时才第一次表现出满心欢悦的样子。他像一只离了樊笼的鸟，再不必整日绷紧了神经，确实可以放松心怀了。

这个冬天总体来讲是平靖无事的。

尚书张淮深在将长子延兴遣去寿昌后，内宅安稳了很多。他下令督造汜氏夫人宅，内宅都押衙张文彻很快便开始丈量院内土地，调遣工匠，筹措木石料，为来年开工作准备。陈氏也没有提出什么异议，自己的三子延绶已然在夺嫡之争中占得上风，造个楼阁又能怎样？

宴集后的第三日，张淮深又去了趟龙兴寺。因恒安法师来报，唐和尚前日早起后，两眼什么都看不见，已完全目盲了。于是，张淮深带了几个亲从押衙特意前去慰问。谈话时，老人问了很多战事细节，对尚书的决策和作战行动大加赞赏，丝毫没有问及郎君前后两次建言的事。又根据他一贯的判识，认为沙州目前应以保守肃州、瓜州为主，删丹是否长期驻军要须谨慎再谨慎，若有突发事况，应尽量避免与凉州的翁部和嗢末部落直接接触，以免多方树敌。老人的脑力仍很健旺，精神气也不错，但这位河西都僧统毕竟上了年纪，以前是脚力不济，现在再加目盲，今后进出使府就更不方便了。由谁来接任都僧统，这已成为尚书张淮深需要提前考虑的一件要事。

左马步都押衙阴文通回了肃州大营，整顿兵马，加强了对回鹘人的防御措施：在靠近西合黎山的张掖河河岸附近设置了警戒哨卡，趁着雪后晴日，派出随军役夫修复了建康军屯台旧垒，在肃州通往甘州的驿道上也建起了若干个烽堡，遣派小支精锐骑军就地驻守。其间沙州军的前哨部队也遭遇了趁雪出来打猎的小股回鹘骑军，因有盟约在，双方只是隔了很远距离对峙，并没有发生正面冲突。偶尔也有从甘州逃亡出来的民夫，他们带来了消息，说是回鹘人王帐已起了纠纷，回鹘王与回鹘王子对于与沙州立盟有了意见分歧，父子两人现在将部伍分拆，各领一支，分别驻扎在合黎山的东西两端，回鹘王这支守了东端的甘州。显然，淮鼎郎君之前设下的离间计已起了作用。但后续究竟如何，仍有待观察。

入冬后，身染沉疴的淮诠郎君的病况不见好转，让内宅所有人都很忧心。施药者亦无计可施，只能依了肺疾来对治，又请来王文瑀的父亲、沙州仅存的老道士书写符箓、烧纸化水让郎君饮下，之后两日确实有效，郎君可以靠着枕垫半坐着了，但第三日咳嗽又加重至痰中呛出血丝来。见太保夫人默默垂泪，尚书张淮深心中不忍，只得修书与都僧统，请都僧统司下令敦煌管内一十六所寺院及三所禅窟齐为郎君祈福诵经。

淮鼎郎君去寿昌赴任后一月余，托人带了一封书信给尚书。言及与新任县令王文瑀已将督造衙署一事安排底定，此外，还询问了兄长淮诠的病情。未说何时回使府探望母亲和妻儿，也未谈到刚转授了寿昌军职，不再看守库房的尚书长子延兴的情况。总之，这是一封言辞极简淡的信。尚书张淮深搁在一边，也没再转给太保夫人看。此外，他还从往返两地的属下那里听说，郎君每日一早到县衙巡视一遍后，要么出骑打猎，要么就饮酒。他和延兴两人只在衙署中偶尔遇着一面，平日私下里并无太多往来。

看这样子，新年元日郎君也打算独自一人在寿昌县过了。

阴季丰年内督造的官酒如期如数一并都收齐了，这个冬天基本就闲来无事，于是每日都会去灵图寺，他的儿子阴海晏正在寺中做驱鸟沙弥，因此与恒安法师往来就比较多，法师有时也会托他带书信物品去使府。

那边，交了官酒的马三娘却一刻也没闲着。入冬后，农人休耕，士兵卸甲，正是沙州民众一年中最有闲暇的时节，一为了驱寒，二为了交结情谊，很多人都会来果园这里孵棚饮酒，她搭在路头的店棚里每日从午前到入晚都挤满了人，许饮酒就要有供食，杀羊烹肉自然少不了的，酒工遣去一半，留下的都做了店厮伙计，人手还不够，于是又临时雇了两个厨人来。生意可以说是非常兴隆。

只她那个弟媳龙粉堆，自郎君去了寿昌县后便像添了难解的愁思，不但少言少语，还常常站着发愣。马三娘问她，是不是记挂郎君了？呸，龙粉堆回嘴道，姐姐休要胡言！郎君乃太保亲生龙子，岂是我想攀的对象？我只是忧虑他的心神。你说，姐姐，你是不是觉得郎君有些怪异，复又有些可怜？马三娘说，郎君是高贵人，再可怜，也不比你我这做牛做马人可怜，年年月月日日都要在这酒槽窝里过营生。不过，你倘若真和郎君有缘亲近，我这里兴许还能沾些光，以后官酒可以全部接了来。龙粉堆听了，竟然如少女般羞赧面红了。马三娘本是一句戏言，当下心里立即懂得了几分，虽然并没有什么确切的供白或证据。因之前每次郎君来酒庄，龙粉堆都会将店伙计和小厮打发开。

十一月月半的某天，夜间大雪，酒棚中只有两三日闲客，龙粉堆突然感觉不适，恶心得要呕吐，告知马三娘后，马三娘大惊，莫不是怀了龙胎？将她拉扯到棚外质问，龙粉堆却掩面哭了起来，已然不打自招。此事真真非同小可，一个寡妇人家本来就门前是非多，如果与一般游荡儿倒也没有什么，可是倘若沾染了使府，那么性质就非常严重了。让尚书得知的话，定然不会轻饶。不但官酒生意就此断绝，龙粉堆和自己恐怕都会被关进牢狱丢掉性命。马三娘请来族中相熟的产婆再来察看，那老妇也准定地说二店主是有身孕了，马三娘连忙塞给她一些金银小器来封口。第二天一早，她就雇了驼马行人，亲自将龙粉堆送去了肃州，投奔那里的龙家人亲戚。孩子生下前，万不可让她回返沙州。对外就说在肃州新开了一家酒庄，龙粉堆需要去那里待一阵子。那马三娘还真就在肃州城里觅了个屋棚租下开办酒店，当作了掩盖丑闻的障眼。亏得处置及时果断，这件事竟然就这样被她遮瞒了过去，此处先按下不提。

而新近晋升了使府都押衙的程子迁家里，妻儿们这个尾年过得都挺顺心。在瓜州索刺史下面任职的长男很快也跟着升了职。黑黑和奴子接了张文彻交托的庄田，加上自家田的产出，今秋的麦粟收成也不错，除去上交使府官衙的田赋，自家余留了不少积粮。还有，黑黑家的羊圈里，几头母羊颇能生养，新近又诞下了十来匹小羊羔。

可在程子迁看来，这些没什么可喜悦的，表情总是很淡漠。平日里他就很少和使府中人往来，和左右乡邻也几乎从来不走动。天寒了，他一回家就躲在那间侧屋，就着火炉，修理捕鹰的网具，或是重新给长弓绷弦。

若天晴日暖，也会在院中树下铺开毡毯，自斟自饮来打发时间。哪天不饮酒，入晚后便耿耿难眠。

第三部

竖牛

光启元年至大顺元年

19

从中和四年年末到大顺元年初春的这六年中，期间到底发生了什么？

我们只能说，草木萌生有时，黄落亦有时。合黎山大捷后的第二年，即改元后的光启元年以后发生的一系列事件完全出乎意料。没有人能预计到这样的结果，它们就像空中的行云，彼此间并无相互的直接的促发，但都被无常的风鼓吹着，朝着同一个方向涌动。刚好在某个地点，某个时间，有那么些人，几乎是无意识地做下了他们觉得该做的事。

前人曾有言：过恒发于外尘，累必由于前境。世间事因果相替不止，细究起来，有七个异常事件，或许兆示了后来的事变。

这一年岁日至上元日的半月里，沙州仍如往年一般，洋溢了新春喜乐气氛。此前，使府已命都僧统司在州城四门结坛，由僧侣七日七夜转经行道，做祈福法事。虽然今年都僧统因了身体状况的原因，并没有陪同尚书张淮深参与席首日的佛事活动。

正月初三上午，尚书又领本州文武僚佐行郊祭大礼，祭天与祭开边祖，有乐营舞队助兴，沙州民众出城观礼极多。祭祀结束，都僧统司又有安伞旋城仪式，即由各寺寺主亲领寺僧，竖持幢伞佛幡绕城游行，而本州粟特人康姓、安姓等归化粟特人，这一日也会照例去城东一里的祆庙祭祀。

初四，沙州很多结社的民户会自行举办脱塔与印沙的建福佛会，当值斋主会提前备好香花佛食，各从相熟寺院请来斋文。印沙乃是用佛像或塔状的形木在沙上用右手按印，左手持念珠计数，口诵《法华经方便品》真言：“乃至童子戏，聚沙为佛塔；如是诸等人，皆已成佛道”。脱佛或脱塔是用泥团打入漏斗形的铜范，捶打结实后，便脱出佛像或佛塔，此俗本传自天竺，敦煌这里自落蕃时期以来一直很流行。

这年的初八为立春日，这天，尚书遣程子迁、张文彻、张俅等于东郊焚烧纸钱，迎接春神。使府与民户都在门首两边贴上桃符，桃符是用本地杨木劈削成的两瓣长形木片，其上用墨书写有祈福题词，程子迁家的桃符便写了“五福除三祸，十善消百殃”。程妻是虔信的优婆夷，辞文是让登门贺春的新任掌书记张俅亲写的。因家中去年收入颇丰，她还特为向灵修寺布施了几石麦粟和亲手织成的锦缘佛幡。

正月十五上元节，是中原汉地当然也是沙瓜两州一年中最盛大的节日。为迎接这一天，沙州官民早做了充分的准备。是日一早，人人皆沐浴，换上簇新整洁的春衣，午间起，使府及各大族宅户中就舞席歌筵不断。上午，尚书张淮深先去龙兴寺看望了唐和尚，午食后返回，稍歇即于未时初刻，携都僧统司众僧官、使府官佐再赴都僧统司所在龙兴寺，设供焚香，普为诵佛，龙兴官寺振钟鸣乐之后，沙州各寺依例相随响应，各间佛堂亦钟磬齐鸣，举行斋会。

酉时初刻，日阳刚刚降下城楼、暮色初起时，稚龄小童们提了小盏灯笼就在坊巷间四处嬉笑游走了；此时若攀上城楼，便可见到周野的村墟农庄里，孩童们早燃起了火把，奔跑在田垄渠头。随着暮色渐渐暗去，那些跃动的光点时而分离若散珠，时而又纵贯汇聚成游龙。

今日州城四门将彻夜洞开，因此有民户早早吃了晚饭，骑驴、骑马或徒步去窟上观灯。程子迁的妻儿便由黑黑和奴子两个义子陪同着，骑了他那匹爱驴前去的。在瓜州任职的长子岁日回沙州团聚，前日已回了瓜州衙署。至于程子迁自己，今日则要在使府当值。

留在城内看灯的也不少，很多人就等在灵修寺外。尚书张淮深、夫人陈氏及六子、太保三女夫以及一众眷属入晚前将进入这座张氏家寺内礼佛祈愿。今年，戒珠尼特意请了本州匠人，搭设了两架大灯树，一架置在内宅院中，另一架就安在了灵修寺前。寺中或大户宅中的小灯树常用铜铁制成，尺寸不大，这新起的高大灯树却有数丈高，底座和中心主柱都用了上等粗大木料，柱身和枝杈裹围了锦绣，顶端装有伞形宝盖，宝盖缘边垂有金银流苏；木柱从上到下伸出无数树杈状的撑臂，每个撑臂上各有花叶般散开的七八个盛载灯碗的圆轮托架，所以人们又将“灯树”叫作了“灯轮”。地上摆了数百个注满酥油的灯碗，此刻早有矫健儿郎攀援而上，将点燃了灯捻的碗盏放到了最上几层的圆轮中。

后面的点灯者是灵修寺的四位姿容姣好的年轻女尼，上身着尼服，肩头搭帔巾，下身穿褶裙，今日就由她们充当点灯菩萨了。其中两个屈一膝半蹲在地上点亮地上灯碗，另两位则小心捧起，将它们依序放上灯树。因时有微风吹来，捧时还用一手遮护着，生怕碗盏中的灯焰被吹灭。夜色渐渐暗沉下来，灯树架子隐在了暗头里，如此一盏盏地添上，灯焰成簇，跃动如满枝的花朵，远远看去，便璀璨如火树。

此刻，观灯者的情绪已被这灯树鼓荡了起来，当穹夜收去了最后的日阳的辉光，尚书张淮深即领着张氏族人出寺了。顿时一阵的欢呼。

大伙就随了尚书内宅眷属的行伍去了莫高窟，此刻，那连绵数里的崖面上，数百个大小窟龛前，三寺僧侣也已开始燃灯，衬着辽阔的穹宇与星月的辉光，即便是京洛两都都见不到这般壮观的上元欢庆景象！

可是，谁曾料到，在众人走离后，搭设在灵修寺前的那架灯树发生了一点事故呢：平地里突然起了一阵风，将灵修寺前灯树的灯焰扑灭了半数，可据那天留在城里的人说，那晚的沙州城根本不曾刮过大风，中天的几缕薄云，缓缓飘了许久，之后就是无风无云的天气。而到了这晚的中夜，内宅院中的另架灯树不知为何竟然从中间断折，整个歪斜地坍塌了。声响惊动了住在前院的尚书公子和家眷们。所幸当时近旁无人走动，没有砸伤到谁；第二日早起一看，满地的破碎碗盏的碎片和残油，内宅的役夫们清理了一整个早上，才重新打扫干净。

这第一个异常征兆，尚书肯定是没有知觉的。即便有人告知了他，他也不会在意。塌就塌了呗。当时在场的目击者，也不会太记在心上而很快就忘却了。可是，现在当程子迁和张俫将过去事情一一倒推回想的时候，他们都不约而同地提到了这个小细节。

那天晚上，两人曾一同站在灵修寺前看守，内宅灯树倒塌时，程子迁是第一个被跑来报告的役人叫醒，前往处理事故现场的。

灵修寺灯焰被吹灭的事，无从查究，只能归于无可解的异象。但内宅坍塌的灯树，后来程子迁曾去检视：制成灯树木柱的那根原木自山里采来后在军资库外廊存放了好多年，中间树芯部分竟被白蚁蛀空了一段，由此，发生断折就不是不可理解了。

立春日的前一天，尚书张淮深收到了肃州大营传来的信报，说是回鹘王子趁了回甘州参加贺冬大宴的机会，与手下几个部将合谋，当庭杀死了自己的父王。消息是否属实，仍有待查证。三日后，肃州那边又递送来一名回鹘兵俘。此人独自一骑从甘州奔来，据其本人言称，他原是回鹘王的近侍，因恐惧回鹘王子的加害而出逃。回鹘王被杀时，他就守在甘州衙署院中搭起的帐庐外，他亲眼见到回鹘王子提着淌血的刀从里面走出，随后，王子身边那些军将拥趸也跟了走出，高举刀枪，大呼王子已继位，号令近旁卫士个个放下兵器，胡跪效忠者皆可收纳，不肯效忠者立即斩杀。那侍卫所站的地方离回鹘王子只数步，当即不及细想就将手中弯刀掷落在地，连带将背后长弓也解脱下来一并丢下。回鹘王子见他第一个投效，亲自将刀拾起，递还给了他。此后这侍卫被换防到了城外营帐，越想越是忐忑不安，终于在回鹘王被杀的第三日，趁夜偷了回鹘游骑的一匹马，亡命逃来了肃州。

淮鼎郎君的离间计还真就生效了，此时离放回回鹘王其实也就三四个月。沙州使府的所有僚佐，当然也包括了尚书张淮深，都不得不佩服郎君的精确算度。

但，回鹘王是不是被过早地杀掉了？现在的局面比老回鹘王一人统领时也好不到哪里去，那回鹘王子一心要雪耻，不知后续会有什么动作。

偏巧这时凉州使主翁部又遣人捎来了求援书信，催要沙州答应送去的第二批粮草。

那天的厅堂会议，就有了两派不同的意见。程子迁和张俅当时都提醒尚书，回鹘王子因反对与沙州立盟竟至戮亲篡位，可见绝非善类。删丹与凉州一带，应谨慎进入。此刻运粮草到凉州一事最好再缓一缓，待观察一番形势后，再从容做出决断。此外，应做好肃州前线的各项应敌准备。

许是挟了合黎山大捷膨鼓起的信心，阴文通、索仁安、汜建立等高级军将和军事判官张大庆都觉得此时就应出兵，护送粮草去往凉州，顺便驻军删丹境。瓜州刺史索勋和内宅都押衙张文彻的意见则模棱两可。前任节度掌书记苏翚素来老成持重，因退职已不参与衙前议事，之前，他和已调任寿昌县令的王文瑀总是能及时劝服尚书。但这次，两人都不在旁，程子迁和张俅两个都是新近任职，履历尚浅，因此，他们的主张明显就处于了弱势。

那天，如果淮鼎郎君在场，帮着说上一句两句的话，或许在尚书面前还能有所转圜。

张淮深没有当场表态。但是，第二天立春日，他就做出了以护送粮草至凉州的名义出兵删丹的决定。负责护送的仍是原先驻删丹的三百军骑，不过此行由阴文通率领，他将带了尚书的亲笔信，与凉州使主面议删丹安排和嗢末扣留沙州使节宋闰盈等事。

为配合此次行动，肃州大营向东移动至福禄县境，另遣出一支八百人的主力骑军近抵甘州东南，以监控甘州回鹘王子的动向。

照理说，这样的军力配置，是不至于出什么大问题的。

阴文通领命后，当天就返了肃州大营。正月十八日，沙州输送凉州的粮草整备完毕，上路发往肃州，张俅因被尚书遣去押运，在肃州曾与阴文通有过一次交谈。

张俅与都僧统往来比较多，他将唐和尚的问候转达给了阴文通。阴文通询问了和尚近来情形，当张俅将都僧统嘱告勿进删丹的话说出时，沙州的这位老将摆了摆手，言道："都僧统多虑了。此次尚书已提前做了安排，回鹘人定然不敢轻举妄动。"

"删丹不但有回鹘人觊觎，更有凉州嗢末、山南羌戎出没，都押衙还是小心为好。而且，此去凉州送信，让手下军将跑一趟就可以，何必劳烦尊驾亲自前往？"

"掌书记，你有所不知，自我随太保和尚书两度收复凉州，已好几年未去了。康通信当年身陷姑臧，尸骨散落凄凉，那里还留了他的衣甲冢，此次趁便，就想去看一下这位故去的军中友伴；还有，当年我手下的凉州兵，很多留在当地合婚落户，也是许久未见了。明后年我退职后，要再来凉州就不容易了啊。当然，还有尚书交代的与凉州翁部谈判放行使节一事。这个非我自己亲往不可，倘若遣手下军将去，定然又被囫囵打发回来。"

这么一说，张俅就无言以对了。

事后，从多方面获得的讯息来看，阴文通未入凉州前，不知怎地，沙州军的动向就被回鹘人侦知，他们与凉州嗢末私下进行了交涉谈判；嗢末首领正与阴文通有私仇，又忌恨沙州出兵删丹，双方就串通一气，预先设下了埋伏。那天，阴文通等行至天宝县境即番禾镇的删丹岭时，嗢末首领杜论悉加带了二三十骑说是奉了凉州使主差遣前来迎接。阴文通也不起疑，便由杜论悉加在前引路。他将三百军骑中的两百骑留在了删丹岭就地驻扎，只带了一百人还有运送粮草的驼马队前往凉州。

入凉州后，自然先见过了使主翁部，当面交涉了宋闰盈过境出使的事。因杜论悉加也在场，翁使主与他商议一番后，因宋闰盈原先所持的那份过所文牒已失效，当下就再次签发了。不过，出发时程延后到了月末。至于删丹牧场，由翁使主居间调停，凉州官军和杜论悉加也都默认了沙州军在春夏期间可以自行支配使用，约定各方互不骚扰。

应该说，阴文通这次出面谈判，收获了预期的成果。当晚，翁部在官楼设宴，气氛很是欢洽。阴文通留在凉州宿了两夜，第二日出城去康通信衣甲冢前拜祭，又与落户凉州的退伍老兵会晤。第三日一早，辞别使主后，他就动身返回删丹了。

回程时，杜论悉加只带了六七骑，坚持要随行相送。因前日已达成了交涉，阴文通更不便推辞了，嗢末人便在他身旁伴行。路上，那杜论悉加掏出随身带着的一支骨笛，一直悠悠然地吹着。

驼马队已卸了辎重，返回路程走得很快，午前便到了删丹岭，却没有看见原先留守在那里的两百军骑。阴文通引马上了一道坡冈，从坡上向前方查看，却发现西北方草坡下，原先预备接应的部伍已被数百骑黑衣骑军所包围。

杜论悉加半闭了眼，仍在入神地吹着骨笛，脑后垂下的数十根细辫随了浩荡春风轻微摆动着，那张晒成古铜色的脸孔上没有任何表情。他眉头处有一道明显的肉色的伤疤，年纪看着有三十出头，其实才二十三岁。若不是身穿了皮甲，腰间挎刀，看似浑如草原上一个寻常的牧羊人。

当年康通信阵亡后，阴文通曾引军向嗢末人营地奔袭，杜论悉加的父兄四人都在这场袭击中被斩杀，因此，此刻他口中骨笛所吹的，乃是一支来自地狱的复仇曲。

笛声突然尖利起来，如一羽鹰隼直直向上翻飞。此时，坡冈南面的密林中，兀地出现了很多骑军，很快就将阴文通所部团团围住。他们各个蒙着面、身披黑袍，或搭弓上箭，或手举胡刀，人数约有三四百之多。

杜论悉加收起骨笛，将马打至阴文通近前，语气平缓地说："都押衙，我就只能送你到这里了。今日就是你的偿债之日，是要这三百沙州兵士随了你陪葬，还是由你一人担当，你自己决断吧。"

阴文通毕竟是久经战阵的老将，遇此情形，面上镇定自若，毫无惊惶神色。电光火石的刹那间，他已做了一番思想，这次实在是太过轻敌了，之前若将甘州东南的八百主力骑军一同调来，如何会落入奸人算计的陷阱中？还有，自己怎生就忘了这个杜论悉加呢？当年讨伐嗢末时，他还是个十四五岁的少年，自己不忍杀之而将其放归。现在看来是养虎成患了。但懊悔又有什么用？此刻自己若是下令抵拒，手下这三百沙州军定会拼力死战，但恐怕十有八九会遭到屠戮。如此，还不如自己引颈就戮吧。

他将手中横刀提起，指向了杜论悉加，口中说道："你这奸狡的嗢末奴儿，昔日我放了你一条活路，今次你却要讨我命去，也罢，交予你便是。只是莫连累我手下兵士，立刻全数放还了他们。倘若不肯答应，那么，此处就是你的葬身地。"

杜论悉加点点头，也不由赞道："都押衙毕竟英雄本色，那我就允可了你。你的部众，现在就可以撤去。"

阴文通便对身后部众大喊道："今日事，由我阴文通一人承当。如若嗢末奴不肯放过你们，就请奋力杀敌吧，不能便宜了这些蕃心贼！"

当此关口，沙州兵士们实在难以决断。阴文通领兵带卒多年，作战时奋勇争先，平日亦体恤下属，因此一向深孚众望。部伍中更有追随他十多年的老兵。此刻，让他们先行脱身离去，抛下都押衙受屈忍辱，如何可以接受？而且，自己舍义偷生，逃回了沙州，又如何面对尚书和沙瓜百姓？

此刻便有十数名亲从侍卫，骑马护住了阴文通，表示了同生共死的决心。如此，则剩下的兵卒也鼓舞起了慷慨斗志。现场无一人表示出愿意离开的样子。

情急之下，阴文通拔出了佩剑，将剑锋横在了自己脖口，厉声喝道："只要我七尺身躯还在，你们就应服从号令，不然，就是公然抗忤。你们若不走离，我立刻就自刎了断！"

说时，便要引刃自绝。

一名跟随阴文通多年的军将早已跳下马，此际一把抓住了阴文通的臂膀，恸哭喊道："都押衙！让我们抛下你走离，如何忍得！"

"不能忍也要忍，若你们能回去沙州，请报知尚书，就说我阴文通死而无憾，这就随了康通信同赴黄泉了，各位来生再会！”

这是他最后的命令。于是随行的一百骑军开始整队回撤，当行至西面坡下时，他们齐齐向阴文通所在的冈头举刀致敬！随后，带头军将一声呼喝，手提鞭起，便领了部属疾速驰去，身后留下了一大团烟尘。而冈下的回鹘人得了阴文通被擒的消息，也将包围圈解除，听任被围的两百沙州骑军撤离。

目送自己的部伍驰出很远，阴文通将手中横刀和佩剑向前一掷，便听任四面合围的嗢末人处置了，他被嗢末人交予了回鹘，三日后，阴文通的首级被悬在了甘州西面的城头。在日阳下暴晒了近一月，他那枚头颅才被取下，装在一漆盒中，送去了沙州。

阴文通的死讯传至沙州，自尚书以下，包括了寻常百姓，都是震惊又悲痛。一月后，当尚书张淮深接过那装了都押衙首级的漆盒，双手颤抖地开启盒面观看，不由跪倒在地，痛叫出声道：“是我误了都押衙，是我误了都押衙！”

这时候的他，必定极其懊悔没有听从都僧统的几番忠告，也没有采纳程子迁和张俅的谏言。若果当时他能听取他们的意见，审慎作出决断，那么，左马步都押衙阴文通之死，或许就能避免。

尚书本人还有沙州的上下军将，甚至也包括了阴文通自己，因了合黎山大捷，让骄胜心模糊了自己的视野，终至造成了不可挽回的损失。这个重大变故，如在沙州种下的一枚毒果，开始腐蚀着人心。此后，一种低抑、诡秘而可怕的气氛就笼罩在了沙州的上空。

程子迁和张俅更是痛悔当时没有拼死力谏。此外，事后来看，之前上元日内宅庭院中那座中间断折而后倒塌的灯树，不正预告了阴文通这位沙州使府重要支柱的意外夭亡么？

因为不是全尸，所以只能做一个木身，与头颅合体后下葬。出殡的那天，沙州使府上下人人服素戴孝，阴文通的部属、退伍多年的老兵凡在沙州的尽数出席，连龙兴寺那目盲的都僧统和尚，也让人抬了肩舆，亲来为都押衙送行。尚书张淮深头缠素布，骑着披带白衣的乌骓，领了一百名骑军卫士，亲自将灵柩护送至沙州东南莫高里南原，长长队伍的后面又加入了沙州城乡的很多民户百姓，以致前队已走到南原，后队还未出城门。于此，也可见出都押衙阴文通多年来累积起的人资声望。

凉州嗢末近来势力崛起，其整备的骑军已近一千之众，眼看着他们与甘州回鹘开始联手，沙州方面即便想出兵讨伐，一时也是仓促不得。阴文通死后，肃州大营便由接替了左马步都押衙一职的索仁安管领，张大庆本是兼领副职，此时也被正式派往了肃州。而军将汜建立接替了肃州防御副使的职位。

岂料一波未平，一波就又起。暮春时节，甘州回鹘和凉州嗢末又联手，将所在州县的龙家、退浑、通颊、达票等部落的民户全数向西驱赶。这些部落民很多都是散居的游牧民，此刻无处投靠容身，因肃州龙家头领已被索仁安授了官职，一时便各自带了马匹、帐庐和羊群前来投靠，城里一下就多出了一千多的人口。这些部落民本就不适应绿洲农耕，于是，其数百青壮几乎都被龙家人收纳做了部曲武士。

然而，这个动向并未引起沙州使府方面的关注。

入冬后，扩充了实力的龙家人和部落民就开始扰乱了。因沙瓜两州支援肃州的粮食都是按军籍和户籍发送的，因此，这些新投来的人户就在本族兵士的默许下，齐集了肃州衙署，要求发予口粮和毡毯。汜建立禀报沙州使府后，粮物勉力凑齐了送来，又因份额与老籍的不均等开始闹事，汜建立弹压不住，便向索仁安求援。

之前我们曾说过这个索仁安，此人颇擅军务，常有急智，但缺点就是刚愎自用，有时，连尚书张淮深的号令他都会驳回不理。听了汜建立报告的这件事，索仁安当场也没说什么话，只吩咐汜建立将为首闹事人的名姓和居处报告上来。第二天中夜，他没有提前报知沙州使府，也没和副职张大庆打招呼，就派了两百全副武装的军士入城，按名单将那些人众全部逮押。第二天一早，就在衙署门前，将全部十人就地正法。

这些前来投靠的部落民初来肃州不久，在本地原无根基，遭此苛酷惩治，人人愤懑而不敢言，虽不敢言，但有些人就开始生了异心。尤其是龙家人，他们本来散居河西各处，此时多已集聚本州，其部伍虽然挂在肃州防御使名下，但俨然已成一独立的军事单位。若再加上归附来的其他各族兵士，人数已超逾五百之众，与肃州大营的常备兵员已很接近。

随着时日的推延，索仁安治下的肃州，虽然表面上看似整然有序，但叛乱的心思已如地火在悄悄地延烧。

是年，黄巢之乱彻底平定，正月，僖宗自川中启程，三月重返长安。唐廷大赦天下，改元光启，五月，灵州安慰使嗣大夫携《车驾还京师大赦诏》至沙州，节度参谋张大庆从嗣大夫那里抄得《沙州伊州地志》一卷。

因甘州、凉州路已被回鹘和嗢末阻断，本来预备初春上路的第二班请节使高再晟延迟多时而发送不得，只能继续等待了。

张淮深又去了几次龙兴寺。都僧统如今目力完全丧失，但他的嘱告仍同往日一样，既然东去京畿的路通行不得，那就暂时委曲通好吧。于是，沙州使府在初夏时向甘州和凉州派出了使节。

淮鼎郎君在督修完寿昌县衙署后，即被调往了瓜州。尚书长子延兴也随同离了寿昌，转去了肃州大营，在索仁安手下做了一个裨将。

有可一说的是淮诠郎君。他好不容易熬过了这一冬，到春日时分，气色体力稍稍恢复，就有了走出使府游看的想法，自打回返沙州后，他还没有机会饱看过家乡的风土景致呢。天气晴好时，延锷就让四个役奴抬了坐舆上的郎君上城楼野望，偶或也会去城中龙兴寺看望都僧统。期间也去了一回窟上，为免颠簸劳累，特意为淮诠郎君备了一辆牛车。一路上，郎君贪看着久违了的沙州春景。煦暖的日阳伴着浩荡的春风，催开了榆树枝条和苜蓿的新芽，沿路散种的杏树和梨树，去年的枯枝上，开出了明媚的花；果树园里，蜜蜂和小鸟在林中翻飞，水渠岸边，入冬后不知去向的鸭子回来了，身后，毛色嫩黄的小雏鸭吱吱叫唤如鸟鸣；来至窟前，宕泉水早已化冻，水流汩汩有声，岸滩边，蓝色的马莲花迎风摇曳，而窟前成排的白杨、柽柳，连缀成一道高大的碧绿障子，真是说不出的悦目。

延锷扶了他走入了太保窟，当淮诠郎君看到绘有父亲率仪仗出行的壁面，不由感慨万千而垂泪。

此次游窟回来后，他的肺疾就再次复发了。这次的吐血比之前都要严重，他知道自己时日已无多，很想念此时正在外州的弟弟，便转托了延锷与尚书说，让淮鼎郎君回沙州探亲短住。尚书当然马上应允了，遣出了使府快骑将淮鼎郎君从瓜州招了回来。两兄弟也是到了这时才能共处相谈。淮诠郎君对自己过身后，弟弟应该如何在沙州使府自处，说了不少的嘱咐话语，其中最紧要一句，就是视大兄为父，一定要谨守自己的本分，为使府尽心出力。半月后的某天中夜时分，淮诠郎君就撒手离开了人世。府中人人皆哀痛惋惜不已，尚书张淮深更是亲自为他扶柩，将他送至莫高乡张氏家族墓地落葬，并且还下令，本州官民在一个月内停止一切宴饮娱乐。为抚慰母亲，淮鼎郎君在内宅又住了一个月才重新回返了瓜州任所。

程子迁在使府的日常事务也渐渐轻缓下来。尚书张淮深辰时初刻到厅堂，批阅公文或议事，到巳时三刻就退出了，留程子迁、张俅、孔目官等几个亲从僚佐安排后续事务。程子迁午食在府内吃，到未时就可以返家了。春日很多时候，他都会骑上驴儿，出城去自己的田庄散闲，顺路查检沿路农渠诸事，在黑黑或奴子家晚饭，于城门关闭夜禁前归返。

这一日，程子迁出府后，就这样骑着驴儿进到了街衢中。夏季的日阳将街面照得明晃晃的，他头戴了一只笠帽，帽檐压得低低的，任由驴儿懒散地踏足前行。

阴文通去世后，程子迁已观察到使府内气氛的一些变化。是的，人们私下的议论很多，合黎山大捷之后的一连串事变对尚书张淮深打击甚巨，他有点失去了往日的振作精神。自阴文通出事后，他无一日去过北营，儿郎们在球场打球，也不再入场观看。大部分时间，他都待在了内宅，陪伴他最多的就是小女张延延了。

怎样让尚书恢复之前的气色样态呢？程子迁知道，自己虽然被提升到了一个重要僚佐的位置，但在心底里，尚书对自己并非百分之百的信任。也不是纯然的猜忌，而是存在了某种莫名的隔膜。他们两个独处的时候，很少会谈及对方的私事，似乎仅仅因为料理事务才待在了一起，谈完公事后也并无很多话。尚书和之前的都押衙张清通就不是这样，毕竟，张清通在使府当差已有十五六年，从尚书主政沙州起，就一直伴随了身边。

那么，自己就走到哪里是哪里吧。尽可能地为使府堵上一些漏洞。那段时间，他已听闻了肃州城里的一些消息，很想私下去探访一下，如果能获得尚书允准的话。

初夏正是沙州风物宜人的时节。光线明亮，勾勒出田地、道路与水渠的鲜明轮廓，路旁，高大杨树的密簇的枝叶迎风摇摆，在地面投下了交错的碎影。过东面津桥后，在大让渠附近见有十来个渠人社的渠人等在某处树荫下，脚边堆着锹镢和白刺柽枝等修渠物料，这些渠人，都是同乡共用一条水渠的农户或庄主。程子迁的使府都押衙职分中，有一项就是例行检查沙州管内的水渠，下属有都泊渠使、水官和平水，各个渠人社的社官和当值录事也大都认得。今日这大让渠的录事张再德见到程子迁近前，立刻引人齐来作礼招呼。入夏后，雪水融化，河水见涨，因此有必要赶在大水泛滥前及时疏浚渠口，这些渠人中张姓和氾姓很多，程子迁因为不喜与人打交道，多数面熟而叫不出名字。

“都押衙是来查看修渠的么？”

“不，我是去自家庄田里散心，并无什么公务。你们为何等在这里？不是一早就该出工的么？”

“哦，程押衙，昨日听说曹目连父子今日要返沙州，一早我们都被里正叫去于道途中接人去啦！中午才一同返回。”

这个倒是稀奇，曹目连父子归来的消息，使府当差的程子迁竟然不知道。

“是这样，他们由于阗返回时，回程路绕去了鄯州、榆林和凉州，到了凉州，向嗢末和回鹘人纳献了礼物，因此不但可以安全通过，还与他们做了交易。押衙过来前两刻，他们近百人的驼马商队刚刚过了津桥，此时就在罗城曹家店中了。”

原来如此。在河西目前乱局中，这曹目连竟有这般神通手段！想想也是，不管彼此之间有如何深的世仇或怨念，通商总是能让各方得益。看来，今后很有必要让尚书更加重视这一节了。又想到了那机灵活泼的曹家小儿郎，此番陪同出使，增加了不少阅历，少年肯定又有了许多可喜的改变吧。

虽然很急切地想与曹家父子相见，但按照程序，他们须先面见了尚书。今日里，还是按捺下心思，专去看黑黑家新生的那几匹乳羊。

程子迁到义子黑黑家后，查看了灌进渠的水闸，去麦田里转悠了一下，问了庄稼的长势情况，到羊圈给乳羊喂了些草，又去屋里抱了会刚会下地走的两岁的女娃儿。过后便让黑黑在树下铺上一张大水葱席。黑黑打来了水，备了一身替换的干净短衫。程子迁洗过面，换了衫子，便全身舒爽地躺了下来，头搁在黑黑自己打制的一张小木枕上。

他其实毫无睡意，只是在假寐；也不是假寐。因眼睛仍睁着，在看枝叶遮覆的天顶，耳朵在听夏虫时低时起的鸣唱，还有顺风吹来的远人的语声。多宁静的绿洲的午后！这人间世真有一个眼耳鼻舌可以感觉触知的净土世界的话，那么此刻的沙州乡野就是。

但无思无虑的恍惚也就一阵，他的思绪很快又转回了现实世界，回到了自己不得不参与其中、又不得不设法应付的局面中。敦煌自汉武帝开边立郡以来，就号称交通西域的门户，因东西商贸繁盛而成华戎所交一都会，近千年以来，这里的主人已不知轮换了多少回。若中原王廷势强，则敦煌巩固，中原王廷势弱，则敦煌周边的各族便都虎视眈眈，它实在没有太多可以腾挪的空间。而自太保攻入凉州以来，王廷与沙州有了两样心思，沙州不但不能倚重前者，反而处处受其掣肘，实在是有苦难言。现在，甘州易手，阴文通过世，尚书请旌节一事的确已变得异常急迫。若能请到旌节，则以沙瓜两州为基地，河西局面仍可以有所作为，也许，尚书与郎君两人之间也会少一些猜忌；倘若请节一事不能顺利达成，则时日拖得越久，未来不可测的内外变乱就会越来越多，这是可想而知的。

此刻又想到了一事：前几日，程子迁偶尔听张大庆他们说起，尚书在出击回鹘的行军途中，有一晚，曾斩杀了一头跑入营帐的羚羊。而自己之前在甘峻山捕鹰时，恰好见到了附体在白羚身上的太保的幽灵。自己所见的那一幕，似真亦似幻，但尚书杀羚羊，因为有旁人的见证，却是真实无疑。那么，这两者之间，是否藏了一个预示吉凶的征兆呢？

程子迁想找个能解说个中玄秘的人，思来想去，只想到了一人，那就是都僧统唐和尚。如今老人冬春两季住城中龙兴寺，夏秋两季住回灵图寺。说实话，虽然早年彼此非常熟悉，但自己入职使府后，因工作的关系，闲暇时间比往年少了不少，与都僧统的往来也不太多了，一年中也难得去一趟。老人家年岁已高，今后实在应该与他多亲近；听都僧统讲说佛法也是好的，可以调伏一下自己紊乱的身心。还有灵图寺的恒安法师，早年，他可是故太保左右的嫡系亲信。这两位，论起处置内外事务的资历和经验，那是目前任何一位使府僚佐都远远不及的。

他又决定近日联络几个族中亲友，还有与自己颇为投契的张俅，共同捐资在窟上新开一窟龛。他并不属于愿心坚固的那类信士，不过，正可以趁此机会去灵图寺听经诵佛，祈祷诸佛护佑，禳除一切纷争、战乱与灾荒。

后件事，他只需回去与妻子交代一番，就可以付诸行动了。她是极虔诚的优婆夷，听了之后一定会大加称许的。前件事，他打算先与掌书记张俅商议，自己以何种名义，可以常去当面请教都僧统；张俅因为处理使府书信牒文的缘故，入职过后常常会去龙兴寺和灵图寺。也需找个合适的机缘，以免引来不知情的外人的非议。毕竟，自己现在的身份不同于之前的鹰坊押衙了。

东想西想着，他还真的睡着了。也不知过了多少时间，被黑黑叫醒了来。此时，日阳已经斜出了头顶的树冠。

“阿爷，有人来家中看你了！”

程子迁在树荫下纳凉时，黑黑就近铺了张小席，手中摇着蒲扇，一直陪坐在旁。

程子迁初听到时，并不马上起身相看：许是黑黑庄田附近的邻居乡民吧。说实话，自己并不喜欢这些闲杂聊天。但是，这是在黑黑家，不是在自己家，还是得遵守乡人的规矩本分啊。他就两手撑地，慢慢坐起身来。

黑黑又补了一句："是张押衙呢！"

打眼看去，门口站着的，正是内宅都押衙张文彻。一见程子迁逍遥度夏的模样，张文彻就站那里笑话他："程押衙啊程押衙，使府里都乱成一锅粥了，你竟还在这里安睡？"

自张文彻将自家田地交予程子迁的两个义子打理，两人的关系比之前亲近了许多，张文彻每次见了他，总要寻个由头来打趣。程子迁立刻站起了身，招呼他同坐。

"我出来使府不久，哪有什么乱子，都押衙又来诳骗我。"

"曹家父子从于阗回来啦，刚带了好多礼物送去了内宅，你说乱是不乱？"

"呵呵，那是内宅，不是使府。尚书现在也在宅中吧？"

"是的，我招应好后，就退出了宅子。尚书说，今日不谈公事，明日一同上厅堂，听取曹目连如何解说他的出使情况。"

"也是奇怪。都押衙怎生知道我是在黑黑田庄里呢？"

"我骑了马，先去了博望坊，嫂夫人说你在这儿啊。"

"原是如此，烦劳都押衙特意前来传递消息了。"

"啊，半为公事，半为私事。公事我已告白过，私事呢，我是想来探问一下程押衙，不知令公子目前是否已有如意的婚配？"

张文彻也不绕弯，这就直接表明来意了。程子迁也不虚应，呵呵笑说："承张押衙特来相问，我就如实说了吧。小子今年刚刚弱冠，的确也该为他考虑这件大事了，不过，他因为人在瓜州索刺史衙署任职，两地往来不便，不知怎么地就一直拖到了现在。张押衙今日亲自找来，难不成是要在你我两家间撮合一段姻缘？"

张文彻原也与程子迁一样散腿坐在席上，此时，他改了正坐，一副庄重的神情。程子迁便也端正了坐姿，细听他的解说。

"程押衙莫错会，我自己生了三男，膝下并无女儿。但我瓜州的大兄那里，却遗留了两个正当婚龄的女儿和一个小儿郎，前年大兄意外亡故后，我就将她们都接来了沙州养育。小女今年十五岁，刚到及笄之年，另一个大女正值桃李年华，与令公子同岁。都是好人家儿女，并无什么恶坏奇癖。我那大兄虽然去世得早，但自小就比我长得神俊，母家也是汜姓，因此他这两个女儿的人品样貌都很出众。小女年纪还小，但那个大女，不但姿容妍丽，还颇善调理内宅家事，大兄在瓜州的最后几年，就常常依赖了她服侍。"

"张押衙，此女若如此出色，为何到现在还未婚嫁呢？"

"程押衙有所不知，大兄前几年落病后，一直躺卧在床，我那兄嫂呢，早几年就先走了，除了照顾病者，一家人都靠了这大女来维持。倘若没有这个变故，是早该出嫁了的。接来沙州后，我也视之如亲生。如此一个贤良女子也该求个好归宿，虽然的确是耽误了一些时间。常言道，良禽择木而栖，思来想去，今日就想来问一下程押衙的意思。情形就是如此，我也一无遮瞒，还请押衙恕我唐突。"

"哪里是唐突啊。张押衙据实以告，并不把我当作外人，在下才是诚惶诚恐。言归正传，适才听押衙口言，你家大兄的这个大女，也是个颇明事理的女子，年岁不是问题，我那不肖子若能由此机缘娶来一位贤妻，正是他的福分呐。这样如何，张押衙，你近期方便的话可任择一日，让我和家妻来贵府中与她相见，也不要有特别布置，就当是寻常的拜问好了。亲事的成与不成，之后我们再行商议。”

“有押衙这句话，太好不过！那么，等定下日期后，我就差仆奴来提前告知。”

说完这句话，张文彻也不多留，就起身告辞了。程子迁将他送出门外，目送他骑上马儿，驰上了回城的道途。返身回来后，他仍是不说话，在席上又躺了下来。他是在想，这张文彻虽然有攀缘交结的用意，但听来介绍，这个张姓女应该是个贤良女子，倘若能就此结下一门好亲，他当然乐观其成。

“黑黑，若你三弟娶了张家这位女子，你觉得如何？”

黑黑之前一直默默听着，义父突然开口相问，很吓了一跳。他黧黑的面膛上有一对酒窝，这让他答话时的表情显得有些腼腆。

“一切但凭阿爷做主就是，我哪有什么见识。不过，适才听张押衙口中称言，能安心服侍病重的父亲，又能照顾好弟妹，这样的女子，应该不坏呢。”

“我也这么觉得。你是长兄，赴张押衙家里相看时，也同我一起去如何？”

“谨遵阿爷吩咐。”

程子迁背转了身去，后来又在树下迷糊了一会儿。日落前，他起身返城了，晚食是回到博望坊吃的。

20

第二日，晨曦初露时分，程子迁就骑驴出了家门，很早到了使府。在门口，却见曹目连父子已在那里等候了。曹仁贵见到他，立刻快步趋前来致礼。

程子迁下了驴，将少年仔仔细细上下打量了一番，赞许地拍了拍他的肩。时隔将近一年不见，仁贵儿郎长高了不少，身形也比去秋出发时壮实得多，一双眼睛炯炯有神，脸上神色更见精敏稳重，只是，脸面比之前晒黑了不少。

程子迁又与曹目连相对拜揖，互致问候，之后便将两人领入了使府厅堂的前院屋子。离尚书来厅堂尚有一刻多时间，程子迁就陪坐了相谈。此时，明亮的日光从大敞的窗口照射进来，室内仍存留了晚间的凉爽。门槛前的院落地面上，落了几瓣树上掉下的花叶。

“后日就是四月初八佛诞圣节，两位安返沙州，真是赶上了好日子呢。”

开场是这样一句话。

“是啊，听说安存立给尚书窟新绘的壁面初春时已收结完工了，我们从于阗返回时就在计算时日，总算没有耽误太久，可以及时回来为尚书贺喜。”

尚书窟的修造、塑像和壁面绘制，有不少助力捐资的人，曹目连就是其中出资最多的一个。在他看来，这个功德最为殊胜，不但赞助了佛事，同时也是交结使府首脑最为得宜的方式。

"尚书这几天因删丹的事，心绪一直有些低落。你们顺利出使于阗归来，虽不能说一扫愁云，却是很及时的一项慰解，总算把一件影响沙州未来的大事给办成了。曹孔目你功不可没啊。还有仁贵儿郎，此番也增了不少阅历吧，看着就让人心喜。"

"都押衙过誉了。在下只是照尚书交代，将各件事都办妥而已。至于我家这顽劣小儿，这回出去的确乖训了不少。这次能与于阗王顺利谈成，他的确也出了一份力。"

"这一路定然有不少见闻故事吧，等过几日，让仁贵儿郎慢慢说与我听。"

曹仁贵听程子迁赞许，颜面就活络了起来，点头说："自然要一一说与程押衙听，谁让押衙已做了我的网鹰师傅了呢。"

程子迁也不由笑了起来，又添一句说："今秋或还要去甘峻山一次，为郎君捕鹰。若果你再随同我去，就给你也网一羽回来如何？"

"大好！大好！这次，押衙能否教我亲手来网鹰？"

"好，说定了！"

又谈说了一阵，见时刻已近，程子迁便出院去检查卫士和仆奴的布置安排去了。待他回返时，尚书张淮深身后随了几个亲从僚佐，正大步走入院中。见此情景，曹目连与曹仁贵急步走出屋子，趋前单膝胡跪。曹目连口中大声告白道："属下曹目连，奉使府令出使于阗，于昨日按程归返，今次特来尚书面前禀报详情！"

张淮深见了他们父子两个果然心情欢悦："曹孔目，快快起身。你们回来得好啊，一路辛劳了，辛劳了！"

当下，众人就随了尚书于堂前帷帘前脱去鞋具入了厅堂，众人按位次坐定。那边，尚书先要与张俅两个批签几份公文。众人安静地等待着。

尚书今天特意修了须髯，换了乌纱幞头和新袍，许是睡眠不好的缘故，眼圈深黑。此外，程子迁还留意到一个细节，尚书提笔签押时，握笔的手在微微颤抖。待尚书将手头事处理完，曹目连就将此番出使最关键的部分，也即与回鹘王的盟约交涉做了汇报。

“尚书，属下在于阗都城前后见了于阗王尉迟佤那三次。第一次递交尚书亲笔书信及献礼，十日后，再于王城花园中觐见，当面转达了尚书欲与于阗结盟的意愿，于阗王赏酒并设宴。但此后一个月，于阗王迟迟未给回复，我在馆驿整日无事可干，焦急万分却不得其门而入。我家仁贵小儿，自说来于阗前有白衣仙人托梦，便天天去那城中大寺敬拜，一日幸得遇见一阇梨[1]老翁并引得他的注目，老翁乃王子尉迟毗讫罗摩的业师。他向仁贵问明情由后，便让他同入寺学听讲，由此结识了正在寺中就学的王子，没曾想，两人年岁相近，脾性竟十分地投合。于阗王每月会来大寺做一场大斋会，老阇梨于是巧授机宜，做好了布置。到了那日，便让仁贵着汉地衣冠，手持香具，侍立在林囿的围帐前。于阗王祭拜完毕，欲入帐休息，见仁贵的汉地人打扮便有发问，老阇梨答说是他新收的佛法门生。于阗王再细问，就知道了仁贵的出身来历。于是，先由老阇梨提引，后有王子说项，于阗王便招仁贵入帐应对。这小儿

1　阇梨：阿阇梨省称，高僧之意。

也不知怎样一番说辞，竟然让于阗王听了大为称许，又将我从馆驿召来林囿，当着大臣僚属和众人之面，答应了沙州提出的结盟之约，还一并许可了通商贸易及租草场、养军马一事。又择一日，于阗王命书写人修撰了于阗文和汉文两种文字的回信，亲手交予了我，并带领王子、亲信大臣等人，于王宫内的天王堂立誓。如此，我曹目连才终于不辱使命，得返沙州。不然，真不知要羁留于阗多少岁月了！”

这一长通告白，尚书张淮深听得入神，遇某个关节处，每每倾身向前，欲要听得仔细些。曹目连一口气说完，便将早就备好的装了于阗王复信的金漆匣盒双手捧起，程子迁站起接过，转交给了尚书前侧的掌书记张俅。厅堂里静了一会儿，张淮深仔细看过了书信，向了曹目连说道：“曹孔目，我没错看你，你啊，你还真是生得了一个天骄贵儿，也为沙州添了一件故事传奇。只是，我就有些犯疑了，这回使府遣出的使节，到底是你本人，还是你家小儿曹仁贵啊？”

他的语气里有故意调侃的意味。

曹目连连忙伏首叩拜，口中答称：“属下缺乏才具，却、却还有些运气。”

他这句话说出，尚书张淮深不由抚掌大笑，座中各人再也隐忍不住，也跟着哄笑出声。啊，自阴文通出事后，尚书第一次当了众人面如此展颜开怀。被他这番情绪变化所感染，连带着身边各僚佐的面色，一下都活络了不少。

尚书抬起了手，众人立时又肃静下来。此刻他的目光无比柔和，盯着拜伏在父亲身后的曹仁贵，突然振声呼唤道：“曹押衙听令！”

仁贵儿郎猛不丁听到这句话，还以为是呼叫父亲的，再一寻思，不对啊，父亲曹目连早就退了使府职衔，这个曹押衙是在唤我唉。立时膝行几步，移去厅堂中央向尚书拜伏叩首，出声响应道："属下在！"

"好个机警儿郎，立此奇功，今日非要特加犒赏！说吧，你最想要何等样的赏物呢？"

"一早等候时，已向程押衙说起，我希望他能带我再去一次甘峻山，我要他教我网鹰！请尚书准我此愿！"

甘峻山如今已在回鹘人势力范围内，仁贵郎君的这个请求又触到了尚书张淮深刚刚抚平不久的伤痛处。但他不忍扫了少年的兴，仍点头应承了："好，今次你什么主意我都跟从，准了！不过，今秋出行前后，你们几个一定要巧作安排！"

身边僚佐及曹目连等诺诺连声。张淮深特将程子迁唤近前来，叮嘱他了一番。程子迁亦拜伏领命。这一日，张淮深心情大好，中午特予赐宴，令曹目连和曹仁贵父子俩陪侍左右。

此次出使，曹目连从沙州使府和于阗王那里分别请得了通商许可，一路布设了不少邸店，亦串联了所经之地的不少蕃商人士。因风土气候的原因，沙瓜一带产麻多产丝少，此后，从于阗输入的蚕丝便源源而来。沙瓜两州的织户机杼有了这个新的原料基地，绵绫产量大增，不仅足够供应本地，还能内地转售，而驼马商队返回时，已将去时的沙州马换成了西域种的高大健壮的龙马，又从鄯州、榆林等地输入了沙州难得一见的上好桂布与吴锦。此外，流通来的宝物还有冰莹光洁的玉碗、玉箸及精美的于阗佛具、西域香料、药物等，可以说数不胜数。尚书颁令，命曹目连于城内邸店略作陈设，放沙州通城百姓前去观览。一时间，曹家邸店门前，拥满了大量好奇的人众，大家看后都赞叹不已。此次出使，意义确实重大，沙州使府自太保以来就努力开通于阗，至此终于瓜熟蒂落。因来年于阗使将带了驼马商队和于阗僧团再来沙州，因此使府又特设了鸿胪卿知客务一职，由押衙阴季丰卸下督酒一职而专司其事，已开始提前预备沿路的相迎接待。

为彰扬此次出使功绩，尚书又命掌书记张俅撰写了名为《谒金门·开于阗》的曲子词，让乐营歌队于后日的佛诞节会上当众宣唱，这是其中的一段歌词：

> 开于阗，锦绫家家总满，奉献生龙及玉椀，将来百姓看，尚书坐宫殿，四塞休征罢战，但愿阿郎千秋岁，甘州他自离乱。

这一日入府禀事完毕，少年曹仁贵便返回了之前的生活轨道。儿郎毕竟是儿郎，与成年人不同，离乡将近一年的他，对沙州的任一样风景、任一样物事、任一个人都重新灌注了满溢的新鲜感，而他原先的一众少年伙伴也将他奉为他们的英雄，每日自早到晚都跟随了他。大家一同饮食，一同眠息，非要让他将路途见闻一件件地全部倾倒讲出。仁贵自有一番添油加醋的好口舌，他这个演义版本的于阗行纪竟断断续续讲了有半年多。

后日的佛诞日，与腊八浴佛和二月八日太子出家日一样，在沙州都是重要的佛事年节。

四月初八前，沙州各寺即展开了盛大的弘佛活动，由都僧统唐和尚口述，恒安笔录，再由都僧统司发下的转帖，提前送到了管内寺院及禅窟，敕令依州县辖境，各自举办道场大会。沙州各寺僧人于五日集中官寺龙兴寺，女尼齐集灵修寺，按常例六、七、八三日转经念诵。龙兴寺内便集纳了二百多位沙州僧，僧众分次第而坐，有纲首僧巡视检阅，内场、外场一片肃然，遇进食时间，器钵也无声，真可谓是威仪齐肃。八日念诵后，本应由都僧统和尚讲经说法，现由僧政贤照领代主坛。此日前后，结社信众也纷纷造幡写经，施入寺院。

自去年于阗使来沙州后，佛诞日与二月八日一样，同样要举行行像。四月初开始，城内民户即洒扫街道，庄严布置坊巷。都僧统司下设的行像司，安排了各寺信众的行像社提前修绘佛像，并收聚各家布施。

这天曙色初明，提早吃过早食的行像社社人便齐集了龙兴寺圣像堂前，而行像车舆都集中摆停在寺门前。待晨钟敲过一百零八下，寺内僧众开始第三日的转经念诵时，行像便开始了。

队伍由龙兴寺及各寺纲首僧导引，他们口中念诵，手捻佛珠，以经行步速开始向东城行去，身后跟随的第一尊像，乃是怒目张拳的乌刍力士又称秽迹金刚，力士身后，左列星官，右辟月殿，都以车舆装抬，随后即是佛诞日行像的主角们了：各寺所出三十二相佛中，金容佛和白毫佛当首，它们安坐在高大的四轮像车中，身周各有披金饰银的菩萨环侍，车台以七宝装饰，四面悬张了瑟瑟花垂饰的彩幡，庄严如一座行殿；其余三十相佛都被各社信众抬在肩上，每六至八人抬一尊，它们分别是足安平相佛、千辐轮相佛、手指纤长相佛、手足柔软相佛、手足缦网相佛、足跟满足相佛、足趺高好相佛、鹿王相佛、手过膝相佛、马阴藏相佛、身纵广相佛、毛孔生青色相佛、身毛上靡相佛、常光一丈相佛、皮肤细滑相佛、七处平满相佛、两腋满相佛、狮子相佛、身端直相佛、肩圆满相佛、四十齿相佛、齿白齐密相佛、四牙白净相佛、颊车如狮子相佛、咽中津液得上味相佛、广长舌相佛、梵音深远相佛、眼色如绀青相佛、眼睫如牛王相佛和顶成肉髻相佛。这些佛像中有新近塑成的，有使用多年、木漆已剥落的，亦有老像新装的。样貌衣饰有汉地样，天竺西域样，亦有吐蕃样，虽说样态各形各异，齐集成一队时却并无一点不协调的感觉。总之，当行像队伍出发上路时，观看人众里响起了阵阵的欢呼喝彩声。

佛像后面是二十人的舞狮队，舞狮队后面是使府遣出的吹打乐营，吹打乐营后面则是数十个戴了悉磨遮假面的半大孩子，他们或作猛兽或扮鬼神，口中呼喝着，肢体动作极尽夸张之能事，以此禳厌驱逐罗刹恶鬼。走在最前、蹦跳窜跃最欢闹的就是曹仁贵和他的伙伴们了，他们不时冲入街边的观看人群中，每每引得妇女儿童惊叫失色。虽然看不清他们的颜面，并不知道哪个是哪个。

每至一个坊巷口，便有当坊的住民信众燃香散花。当队伍走遍子城，走去罗城时，沿街人众亦手持香花、幡幢开始行城。俗唱有言，四月初八佛圣诞，善男信女求儿男，人有诚心佛有感，好儿好女在眼前。因此队伍中亦有不少求子的妇女。她们中很多人就自动加入到了长长队伍的尾段。如此行经一个个街坊，沙州民户除病弱不能行动者，几乎全都加入到了游行中。

前队走经罗城，已出了东城门，于是在离城一里的津桥西畔稍停。很快，此处守候的乡民们也加入了进来，行像队伍的声势越见浩大了。

接下来要绕州城一圈，因为并无通途大道，队伍时而走上田垄夹路，时而行至河涧柳林，有时途经果园，有时又走入了村墟。四月初八也真是个好节候，此时尚是早晨，日阳虽然明耀，但还不至于燠热难当，而每每行至树荫下，迎面便有凉风吹来，将空气搅动得极为舒爽。

抬像人毕竟吃力，这时，队伍中便有替换手站出，中途接过舆杆扛了起来。戴悉磨遮假面的少年们也不似在城内时那么欢闹，于是，远远望去，鬼兽们也安分了下来。若果有相熟的友伴递上一枚瓜果，他们便暂时脱卸假面放在身边，吃完了戴上，赶上队伍就行了。当然也有半途当逃兵的，没事儿，等着戴假面的孩子多了去了。乐营的乐手们确乎有些疲累了，他们可没有替换手，因此奏乐的声响比之前低落了很多，现在是一半吹奏，一半歇息，过会便轮换。

如此缓缓行了近两三个时辰，行像队伍才回至城中。到得使府官楼前，楼上女眷及侍女们便抛散香花，有纸花，有绢花，亦有新采来的鲜花，因为在香炉上熏过，一时缤纷如雨，芬芳四溢，如同身临了天国心界。照例，尚书会骑马行出楼前，给予抬像人和乐营舞队赏赐，而扮演假面的少年也得了锦绣香囊、玉坠子等小件赏物。之前行像的确辛劳，此时得了犒赏，再度鼓舞起了精神，队伍又欢腾喜悦地继续前进。到龙兴寺时，寺僧已诵经完毕，僧政贤照等僧官又代表了都僧统司再行赏赐。于是民众又一片欢呼。

中午前，佛诞日行像告结了。寺僧归寺，各行像社将自家佛像抬回，乐营舞队收拾了吹鼓道具也撤了，而沉浸在节日气氛中的百姓人众，一时仍聚在寺前；待到寺内报午钟声响起，这才三五成群地慢慢散去，回家路上，人人口中犹在谈论上午行像时的各色见闻。

沙州的长夏，日阳在卯时便从三危山升出，直到入晚亥时左右，才会在鸣沙山后落下。白日里，似火骄阳将袒露的地面和沙坡晒得滚烫，可是，在树木荫凉下，在窗户扣合、张起遮帘的房屋中，空气却是爽洁的，并不使人烦躁。

佛诞日，在宅中安分待了两天，仁贵便约了友伴们同去看望于阗绘画手安存立。七八个少年，能骑马的骑马，年小的骑了驴儿，早食过后会聚在罗城曹家邸店，一早就出了城。

一早出游窟上的人很多，官人多骑马，仕女多乘牛车。麦粟已下了种，春忙已告结束，州城四边的乡民也有骑了骆驼、驴或骡子前来，因此，从州城到窟上的三十里的路上，游人络绎不绝，当然也有顶了笠帽徒步走去的。太保主政以来即褒奖植树，通往窟上的路途两边，密植成行的白杨与榆树可以遮阴，遇到村墟屋宅，又常可看见杏树、梨树、桃树和枣树，而南沙园也有大片成排的果树和葡萄棚架。

接近了窟上，沿途树木渐渐稀疏，沙土间有茂密的芨芨草和粉金色的沙枣花。宕泉水的沿岸滩边，紫色的马莲摇曳多姿，而鸣沙山与三危山的崖面及谷口，衬着早间的曙色，远望去如一带横幅的多彩织锦！树荫下，泉水前，已能听闻游人的歌乐声。

因提前托人捎话告知，一行人来至三界寺前时，安存立已立着相候了。仁贵见了他是喜不自胜，离得远远便跳下马来，手牵缰辔，拱手致意。他去秋随父出使于阗前，曾得到安存立的很多指点，于阗王子在王城大寺受学的这个关键情报，就是安存立提早告知他的呢，此外，还曾赠给他一枚标记了王子侍从身份的佩玉。可以说，此次出使于阗能够遂愿，安存立起了不小的作用。

到得近前，仁贵单腿胡跪，口中便是如此表达谢忱的："安押衙，安大哥，父亲要我亲来你身前，叩首感谢你的提点！"

安存立此前已被尚书授了沙州的押衙荣衔，所以仁贵有此一称。

"啊，促成两地交好，本是我的分内事啊。"

"父亲还让我带话，他说要专程来窟上拜问，表达谢意！"

安存立摆摆手，豪爽地说："仁贵儿郎，你且学于阗人模样，以手扪心口便是，我也同样以于阗礼回应你。余下的话，就不必再说啦！"

他在沙州待了将近一年，今日入乡随俗，特地穿了一身汉地轻袍，又兼学说了几句本地话，此刻便开始一一询问仁贵身边友伴们的名姓。

他一边领仁贵儿郎和伙伴们将骡马牵入寺旁马院，一边说："你要来寺里的消息，我已提前报知了寺主，他也想见见你这个小押衙呢。这会他还有些空闲，过会还有个贵客要来寺中呢。"

不知是何方贵客，或是新到的外来使节？曹仁贵不便打听，与安存立穿过马厩曲门来到三界寺内院中。一众小友先去佛堂燃香拜佛去了，他就随了安存立去见了寺主法海。都法律见了他，不称他儿郎，而是直称他的押衙官衔，面上表情严肃得很，并不像在打趣他。其态度端严如此，也是可以理解的。这位都法律素与张文彻交好，因此很熟悉使府情事，对曹目连父子此次出使所获成果和今后的地位，自然已十分地了解。

见过寺主后，安存立便将他们几人带到了正在作业的一间石室前。尚书窟的壁面去岁夏秋时初绘，如今已全部装点告成。现在这个窟龛是都法律法海自家的家窟，体量虽不及尚书窟，但壁面尺度却并不小。窟内光线豁亮，不用燃灯也可以将窟内的塑像和尚未绘作的粉黄壁面看得分明。入夏后，日照时间很长，从日出辰时到午后未时，光线投入的角度恰好提供了最佳的照明。因此之故，敦煌的画工往往就选择于初夏开工，而在秋末收结。

这座家窟，去年由打窟人也就是石匠凿出了窟体，今年开春，由泥匠用麦草泥、麻泥、绵泥和白粉抹好了壁面，这几日空气干燥，正是开笔上绘的好时机。正对窟门的壁面前，已搭设了高低两重木架，画行押衙董保德正低头与几个画工对照了画样，商议今日绘工的几项要领，不时伸出手来，在壁上做了记号的地方指指点点。窟内空间不大，安存立和曹仁贵进入时，两人的投影落在了壁面上，惹得窟内的几人一起回头来看。

曹仁贵踏入窟内，立时迎面感到了一股冷冽气流。虽然早间的日阳已将外面的空气晒得很热，但窟里窟外的温差却很大，怪不得窟里的匠工们身上都披了件薄袄子。

因为背着光，董保德一时未认出面前向他拱手作礼的少年是谁，待安存立走至他身前相告，这才认出是曹仁贵。当下也甚是欢喜，那股亲热劲儿一点也不伪饰。因仁贵父亲曹目连此番出使时购回了沙州缺乏的几样颜料，昨日已安排人手，专程送来了窟上。这对于他的本职工作，实在是很及时的帮助。

“小押衙，这回一定要替我谢过曹孔目啊。我这几日分身不得，等择了空闲，一定亲去城中面谢。你看，得了他携来的几样高昌颜色，都法律这座家窟的壁面定会增色不少，到时你便会见到。”

因这里的壁面还是空白，中央佛坛上的塑像也刚刚塑形完毕并未着彩，实在是看无可看，曹仁贵与董押衙再说了几句话，便退了出去。安存立就领少年们去看新落成、还未向一般沙州民众开放的尚书窟。

等回至三界寺时，安存立对曹仁贵说，自己今日也要亲去都法律家窟开笔勾勒，余下时间不能相陪了，你们就在窟上自由活动吧。只是，举动观瞻要多加留意，不得在窟外窟内胡闹，还应谨守分寸。

“安大哥，我自会约束的。你放心去吧。”

曹仁贵打算携了少年伙伴们去鸣沙山的内谷里探寻路径，然后爬上崖面看风景。现在时间尚早，露天走路还不会太热，而他们已各自带了干粮和水袋。

他们几人正要出三界寺，却听山门外传来扰动人声，似有马匹和车驾刚刚伫停门前。内院里，当寺几个僧官正快步赶出，其中就有寺主法海。他见到仁贵，便大声跟他宣告：“小押衙，瓜州索刺史来寺里了，要不，与我一同出门迎接吧！”

仁贵身为使府押衙，遇上官理当出迎，一时也脱身不得，便和友伴们一同跟随在后。

门外七八匹马，四辆装了遮帘的牛车，今日索勋带了不少家眷亲从来。索夫人、太保第十五女张芬芬，长子索承勋，次子索承鼎，女儿索清安今日又邀了尚书小女张延延一同来了窟上，因此她们两个身后跟了好几位侍女。随护军将牵了马匹，赶车仆奴驱了车驾，一同去了旁侧马厩。

都法律携几位僧官上前合掌致礼，曹仁贵和几个少年立在他们身后，也学了僧人样合掌低首。他不穿僧衣，只穿了轻便的猎装便袍，看上去当然不像是驱鸟沙弥。索勋便留意打量了他几眼。这个少年有些不寻常，他的腰身间，挂了标明身份的使府银牌。于是问身边的当寺寺主："都法律，面前此位少年，莫非就是曹孔目家的小儿？"

"正是仁贵儿郎，人称沙州小押衙。他小小年纪就为尚书效力，随父亲曹孔目出使了于阗，前几日刚得归返。"

都法律便唤仁贵近前说话。曹仁贵这回改了姿势，深鞠一躬，拱手作礼："属下见过索刺史！"

"好个俊少年！"

"刺史逢遇吉日好气色！"仁贵脱口说出了这样的话，再次伏低了头。

索勋朗声大笑，这少年见了他，竟然毫无惧怯。自己数年前曾在曹家见过这个儿郎，当时还是个垂髫小儿呐，年纪应该比次男承鼎还要小上几岁。但看他现时的心智神色，却比同龄少年要成稳得多，应答自如尤胜承鼎几分。索勋对仁贵便有些好感加好奇，本想邀了他同游三界寺，再找机会询问他出使于阗的事，但看他身边一群友伴，知道少年今日已有安排，于是口头嘉许几句后，便在都法律导引下，步入了内院，与家人眷属先去佛堂供拜了。

曹仁贵和少年们并不回马院牵马驴，而是徒步行走。先去了旁边的金光明寺，叫出了提前向寺主索法律告假过的沙弥僧张喜首；会合后几人走入山谷中，从侧坡寻路，翻上了鸣沙山崖顶。那里有座天宝年间修葺落成的旧天王堂，内里供奉一座天王像，威武赫赫不说，据说还很有灵验。因位势高阔，前后左右一无遮碍，天王堂乃是观览窟上风景的绝佳处。

他们登上崖顶时，日阳已高上，将上下景物照得轮廓分明。中天浮停了若干稀薄的连云，移动极缓慢，而日光也随之在窟前投下了变幻的光影。那宕泉水，时而如逶迤伸展的白练，时而又如波动的碧色锦绫；溪河岸边，白杨林前，前来赏景的游人在走动，青白条纹的帷帐已围起，临时搭的野灶也冒出了轻烟。崖上热度还没有升起来，又有轻风，贴地卷扬起淡黄的尘烟，行步其上有如腾云驾雾一般，甚是奇特。走至天王堂前，发现长至半人高、蔓生的芨芨草已将半塌的院墙包围，连院门前都给堵住了。少年们本来就有劲没处使，几人合力，便替天王拔去了挡住门路的几丛野草，清出了门前路径。这里定是许久没有人来打理了。

走入堂中，见门窗梁椽皆落满了尘埃，天王肩身上也积了厚厚一层，仔细看去，头颅顶部似乎还结了一个小草窠，他们在堂中走动，便听到窠里雏鸟的叫声。

“是新嫩的雏鸟儿！”

少年们遇见这种情形都会产生莫名的冲动，有人便走出堂门，从外间捡了几枚小石头，要去掠打鸟窠。

同是沙弥僧的阴海晏和张喜首见状连忙出口制止：“不可击天王头！不可击天王头！”

连曹仁贵都有些诧异，这野鸟也太过放肆，竟然在天王脑顶做窠，为何不能掠打呢？

阴海晏说：“你们没听说过净人圆满的灵验故事么？嗯，倘若不信前验，定要出手，天王当晚就会施加惩罚的！”

听他这么一说，伙伴们就怂恿阴海晏开讲，好让他们知晓不能打鸟的原理。阴海晏便在天王像前就地坐下，等其他人围合了一圈各各坐定，就开始讲说了。不过，故事发生的时间是在落蕃时的贞元十七年，距今已有八十多年，地点是在城内的官寺龙兴寺。所谓净人者，乃当时依附寺院的耕作奴仆。

这年的二月十五日寒食节，城中官僚百姓都来到龙兴寺前看祭祀乐舞。入晚，在当寺做净人的圆满，傍晚时休歇了劳作，回寺中偏院简单吃过，换了身衣服，便穿过廊间打算出寺去看。路经天王堂前，忽听鸟儿扑翅声响，循声看去，见天王像的头上停了两羽鸽子，心下也没多想，从步阶下捡了三颗小石便去打鸽；也是出手太随意了，扔出的石子准头很差，鸽子是没打着，却误击了神额和天王高擎金刚杵的臂手。他只顾着赶去看热闹，当下也没觉得如何。

那晚回寺，到自家院房中躺卧休息，将睡未睡间，朦胧见到一条金蛇突然从自己眼前窜出，接着，他的两眼急剧作痛，勉强睁开，眼前却暗黑如漆；除此，还遍体流汗，手脚颤抖。他这才惊觉是飞石击伤天王的报应，顿感惧怕。如此痛楚呻吟到天明，圆满让妹妹牵了他的手，来至天王堂神像前发心忏悔，从早到晚，诵了四万遍佛号；又从寺僧处请得天王咒，诵佛时又念咒语。圆满不离天王堂，一天三顿饭食皆由妹妹送来，如此过了六日六夜。到第七夜五更时，他听闻有语声，质问他为何平日不念佛行道？圆满想：倘若眼不能明，又如何行道呢？这时，又有语声传入了耳中："但行道，自有光明。"

这个音声过后，圆满忽见眼前出现了一枝赤黄色莲花和一盏灯，灯和花并没有人手持擎起，却停于离地三尺的空中；灯花开始移动，他便在后面跟随，一路走到了后院的七佛堂门前；此刻听到人语声，乃是本寺其他净人从外面喝酒归返，灯花又游移到厨间，转入了门后，一时隐去不见了。圆满摸黑推门而入，便见那灯花如之前那样悬停于半空。如此跟随追踪，灯花重又回到了天王堂神像前，这时圆满的两眼突然就豁然光明了，眼前每样物事都看得仔细分明。经此一遭，净人圆满就发下了"一生与天王作奴供养"的誓愿。他这个经历，先由他妹妹告知了寺僧，再由寺僧讲说传布，沙州的道俗大众对天王就愈加崇敬了，每月都会举行祈赛，供养施舍从无断绝。若说突然失明有前因，那么，发露忏悔亦有灵验，而且，这件事有很多人可作旁证，绝无半点虚假编撰。

阴海晏说完这个故事，嘿嘿地笑问大家："那么，你们现在是不是还要打石击鸟呢？"

仁贵和其他伙伴听完都咂舌挠头，不敢再造次了。那个原本打算击石赶鸟的家伙，连忙将手中石头扔出了堂门外。

大家伙立时嘲笑他的莽撞，也夸奖他的及时收手。

阴海晏所讲的这个故事让他们知道了：天地乾坤之间，总还有些神圣地方，是不能任意行事的。不过，任由鸟儿在天王脑顶做窠也是不成，他们便走出堂去，攀到堂前一棵老杨树上，折取了数根长枝条，将那鸟窠捅落了下来。里面的几羽雏鸟翅翼尚未长全，立时也惊跳落地。众人在院墙角落里用石头土块给做了个遮风挡雨的窝，张喜首将雏鸟放回草巢，就将它们移到了外面。

做完这些，阴海晏和张喜首两人还合掌祈念了一会儿，过后，阴海晏口称道：“今日我们一念之间，已做下了两件善事。一为蒙尘的天王除去了污秽，有清净功德；二是给鸟雀们新做了一个巢窠，有护生功德。善哉，善哉。”

曹仁贵虽然觉得阴海晏有些迂腐，但的确得了些经验教训，便学了他的声调，口中也念叨了“善哉善哉”。去几个貌似古老烽燧的半塌土台那里转悠了一圈后，他们就下了崖顶。

午间，众少年同入金光明寺，在沙弥张喜首所居禅院中吃过了各自带去的午食。饭后，就躺在廊中铺展的席上歇息。照例，仁贵在众友伴撺掇下，要继续讲解他的于阗之行。院中立着一棵枝叶繁茂的榆树，大半个院子都在树荫底下，此时日阳虽然炽热，廊下却凉爽得很。仁贵讲疲乏了，就侧转过去，望着树与天，听树上不见身形的鸟儿时不时地鸣啭叫声。真安静啊，于是不知不觉就小睡了片刻。

等他们几个午睡醒来，张喜首端来了甘草茶。他的身边，另有一长身少年，手里提了两个大篮兜，篮里盛放着时鲜瓜果。那长身少年的表情有些木讷，似乎不知道该如何应付这满廊子横陈躺卧的场面，仁贵与他面面相觑，就觉得有些面熟，究竟是谁，一时却想不起来。

“这是索刺史的二公子，索刺史也在寺中歇脚，知道我们在后间院落，就让公子亲自给我们送来了瓜果，还不快赶紧谢过！”

张喜首这么一说，仁贵马上想起了在三界寺前曾见过索承鼎，立刻原地站起，深鞠还礼。边上睡眼惺忪的几个友伴有的还睡得香甜，被他左右踢了好几脚，才醒转了来。

余下的午后，因为添了个不甚熟悉的少年，仁贵就继续他的长篇讲章，今日还特意加了段在南边蕃羌的见闻，说的是从牧人那里听来的一个愚笨偷马贼的故事。故事自然讲得精彩，吸引了在场每一个听者，但他自己却在寻思这原先八竿子打不着的索刺史的盛情。父亲在瓜州虽然也有邸店生意，另外还曾帮了索法律在刺史衙署搭设了一个园圃暖房，但论到两家的交往，实在是并不多。许是此次出使于阗回来，所获成绩得到了很多人的瞩目了吧。这个变化，自回返沙州后，他已经有了切身的体会。

吃完刺史送来的瓜果，为了答谢，仁贵和张喜首便去前院拜见了索刺史。那是当寺纲首僧的一处别院，刺史全家都坐在廊上乘凉呢。于是，少不了又是一番寒暄问答。今日也合该曹仁贵要费些口舌，刺史对于阗的见闻大有兴趣，对每个细节都有兴趣，遇到与沙州不同的风俗，还特别地留意询问。话语不停说了有两个时辰，刺史夫人出来打圆场了，说不该在这个消暑赏景日子里让这个小儿郎费如此多的口舌，于是又劝食了一遍瓜果。仁贵吃了好几瓤瓜，捂着肚子向刺史临时告退：他要去小解一次，过会马上再回来陪侍。他这番话一出口，在场所有人忍俊不禁，笑出了声。躲在刺史夫人身后的两个女娃儿也对着他指点发笑，模样十分调皮可爱。索勋亦觉得有些过分，连忙允准了。仁贵赶紧奔出，跑去后院溷厕。大大释放了一通，这才长出了一口气。

待他回转来，索刺史赏赐了他礼物：一件姿态神异的鎏金铁芯铜龙；还让他托话给父亲曹孔目，这几日或可找个合适地方相见，瓜州有些事务需要面对面谈论。仁贵喏了一声，接了刺史的意旨便正式告退了。临走，还向那两女娃儿使了个调皮眼色，顿时惹得她们又是一阵窃笑。

刺史一家在日阳西斜的酉时，离了金光明寺，曹仁贵和一众少年皆出门相送。送走刺史后，他们几个去马厩牵回了马驴，随兴在窟上各处又兜转了一圈。直到一轮满月斜照了崖顶，在宕泉水中映出明晰的光轮，白日的暑气渐渐消退，夏夜的四野开始静穆了下来，他们几个才离了窟上，向沙州城归返。一路唱着曲子歌儿，散漫地骑行。

翌日是四月十五，从这天开始，沙州诸寺就要结夏安居，僧尼不得云游，不得随便出入寺门，直到七月十五的九十天里，人人要进业修习，三时礼忏。张喜首将他们送出很远才归返了本寺。分别时，大家都有些依依不舍。若要再见面，就要等到入秋时节啦！

当晚返家后，仁贵儿郎将索刺史的邀约转告了父亲。曹目连听了面上并无特别表情，只让仁贵明日一早就去定难坊索家跑一趟。明日上午他要入府禀事，之后会去灵修寺，将几柄请画匠新绘制的抽金扇送去寺里，面交戒珠尼；刺史倘若方便的话可去那里见面。这样安排，无疑是较为妥帖的。他必须和尚书以外其他人保持一种等距的交往，既不疏远，也不过分相熟亲近。

21

俗语说，五月五日天中节，一切恶事尽消灭。

那天，沙州确实没有发生什么疾疫，可是亦有人说，端午日那天的天象很奇异，早间日出后，城中一长队青年士女按俗例，骑马骑驴出城来登鸣沙山，已到窟上，鸣沙山坡面已在跟前，兴致正好呢，忽不知从哪里刮来一阵阵热风，裹卷了无数细微沙尘，向他们吹扑而来；眼睛睁不开，望不见前后方位，只闻听那沙山上吼声如雷。热风和沙尘久不退去，众人抬头，辨认了头顶那轮依稀现出轮廓的白日，这才撤到了回路上。再望去鸣沙山及窟上一带，竟然全都笼罩在一团云尘障中。烈日暴晒下巳时初刻的气温已升得很高，近河渠的岸滩处蒸腾起了袅袅的水汽。回到城中后，晌午时还能听到鸣沙山那里传来的天神踏地般的阵阵跫音。

另一个奇异天象出现在傍晚时，沙州西面的地平线布满了火烧云，日落前，彤红近紫的连云几乎覆罩了整个天空。有人说是吉兆，寿昌县令王文瑀的父亲依凭多年的堪舆修道经验，却对家人说，那断然是凶兆，命家人当夜不许外出。此后王文瑀回州城，偶向程子迁说起，程子迁这才将前后异常事联系了起来，深觉老人所言不虚。

是的，当晚将至拂晓时，东门城楼不知为何就起了大火。因为是从楼内角落烧起来的，等火势大到被守卫发觉，报知长官，长官指挥手下兵伍拎了水桶，从就近入城的渠水打来了水，来到通往城楼的内马道正要上楼浇泼，那半个楼身已被高高升腾的火焰所吞没，内里传出了连续的爆烈声，以及梁椽落地的轰隆声。此时，惊惶失措的他们才想起去敲响角楼的警讯的钟声。等周边民户和北营将士得知消息赶来，城楼已完全地烧塌了。

东门城楼内也供奉了一尊天王像。第二天，军将们在余烬堆里寻捡，找到了那颗半幅颜面被熏得焦黑的天王头颅。他们不敢造次，连忙遣人报知了使府。程子迁与张文彻再报知了尚书。张淮深听闻这个消息异常震怒，当场就下令拘押了当晚值守的几个军士，将他们关入了牢中。连带牢城使也受了严厉的责罚，在尚书厅堂前挨了顿鞭子。

这残存的天王头颅该如何处置？尚书并没有明示，程子迁和几个使府押衙都不知该如何办理，只得取来干净布头裹了几层，将它送去了军资库的木料栈仓。反正也是一截木头凿成，也算是得其所归了。又去龙兴寺，转告了都僧统司，由几位僧官商议了，在城头上连做了三天镇禳法事，这才让众人稍稍安下心来。

可是，还没有完，后面还有一场变故。这个变故就像曲子词收结时的一个冗长唱句，延迟了许久到此时才煞了尾。城头着火几天后，月前刚住回内宅的氾氏夫人事先没有任何兆头就猝然故去了。使府外的民众起初并不知晓实情，待到后来消息漏出，才得知她是一条白练绕了颈脖，悬梁自尽了。这个隐忍了半辈子的愁苦女人，选择了这样决绝的方式离开了人世。我们不能说她是被人逼迫而寻死的，断断不能。可是，若说她的死和陈氏多年的排挤刁难、尚书的冷淡、大儿延兴的受冤被贬完全没有干系，那也不是实情。知晓缘由的男女人等，私心里没有不为她嗟叹惋惜的。毕竟，那年她才刚刚过了五十。开春后，内宅都押衙张文彻正在督造、起了一半的西院楼阁，她都没有赶得及住上一天。真是可悲的女人啊。

第二日下午，延兴自肃州赶回使府举丧。三日后出殡，只他和延嗣两人、妻儿以及汜家亲族眷属十几人随柩出城。尚书送到使府门外就回返了，只遣了内宅押衙张文彻和掌书记张俅陪同。确实有肃州大营传来的急件要处理，这个程子迁可以作证；可是，那天是肃州索仁安转递来的新任回鹘王——之前那个回鹘王子的议和书信，并不是十分紧急的军务，分明可以缓上一缓的。尚书其实是被闯入厅堂的陈氏给堵住了。她力劝张淮深不要出席葬礼，摆出的理由很简单：汜氏自尽这件事最好掩饰过去，尚书倘若亲自出送灵柩，则很快就会闹得人尽皆知而自取其辱。陈氏出于维护颜面，行事未免太过冷酷，尚书借故逃避，未免也太过绝情了。

可哪有不透风的土墙？

虽然尚书禁绝手下人传语，数日后，消息还是走漏到了使府外。汜氏到死还受了这般冷落，引发了很多人的同情心，闻知这桩情事的百姓都为她抱不平。虽然出于忌惮，他们并没有苛责尚书的意思，但对陈氏的张扬跋扈，那是非常的不满了。汜氏出殡后的几天里，修仁坊的陈宅门口就被人丢了很多牛马粪，路人走过，闻到一股熏人臭气而不得不掩鼻而过。这类泄愤行为，也不知是何人所为，虽不能说是直接的抗议，但人心的倾向已经很明显了。而汜氏一族，之前路遇陈氏族人时还会与之接语寒暄，如今是结了深仇般，路上碰见就会怒目相视，任何公开场合，只要有陈氏族人在场，必会报以冷眼。两家儿郎甚至还为此发生了当街的斗殴。可以说，两个家族间已是水火不能相容。

尚书张淮深多少知道这些情状。可是，站在他的本位来考虑，对汜氏的突然去世虽然心下很是惋惜，但终究也是无可奈何地接受了。

按唐廷官制，若遇母丧，任官者须解官去职，守丁忧丧俗三年。沙州脱离中土较久，从来不刻意强调，门风谨严的儒士，最多也是守丁忧一年。孰料那延兴却向自己父亲提出要守墓三年。张淮深本来就不知今后该如何处置延兴，念在他为母守孝也不忍驳回，于是就许可了，准他离了肃州营。

延嗣也提出暂时卸除北营职务。他与兄长一同在莫高乡汜氏墓所附近，从乡民手里买入了一围土屋院落，两人各带家眷搬到了城外。因邻近了汜家在城南的产业，兄弟两个与汜家人商议，又正式接手了母亲名下的几十亩庄田，雇了几个田奴，买了耕牛农具，此后就一边守墓，一边待在乡间料理农事。也是各种情由使然，同情母子三人遭遇而来探望的人还不少，有延兴、延嗣的军中伙友，也有在任或退职的使府押衙。

在初秋出发去肃州巡视前，程子迁受了尚书嘱托，也曾去看过一回。

汜夫人之死，与前面的异常天象和城楼失火并无直接的关联。但在延兴看来，这都是上天神明的暗示。程子迁虽然未与他单独深谈，但从延兴阴郁的目光里，他感到了对方心中蓄积已久而不得发泄的怨怒。只是，他并不知道这怨怒何时会接近它的燃点。

还是回到军政事务上来吧。前次说到了回鹘王子的书信，其实也不是提出了新的议和条件。回鹘王子做出了承诺，仍然遵行之前尚书张淮深与老回鹘王的约定条款，只提出一项条件，那就是双方一旦和断决定，沙州方面应将肃州大营裁撤，约定不再威胁甘州。在对方看来，这很合理，而在沙州方面，实在有些难以接受。因为，倘若尚书决定撤军，必然会遭遇手下军将们的不满和抵制，此外，还须顾及此前的战殁者家属的感受。此际离阴文通被杀才不过数月光景。

读过信件后，张淮深在厅堂里一人静坐了许久。此后几日，也没有召集李明振、索勋及亲从僚佐们齐集商议，他需要时间仔细考虑对策。兹事体大，他还须与都僧统唐和尚当面议论。因此，这件事就耽搁了下来，一拖就拖延了到了七月中旬。在此期间，肃州那边就不断传来了回鹘游骑出没骚扰的军报。

七月十五是中元节，沙州的相关祈念祝祷仪式特为隆重。官寺龙兴寺专设盂兰盆道场，供养佛盆，又集请寺僧念佛诵咒，特为全境民众祈福并为阴文通及军阵亡殁者做孤魂追荐。因是使府出面召集的官办道场，此次从本州各家寺院借齐了幢伞佛具以庄严道场，共用伞三十一副，佛幡近两百，大银幡一百口，经巾八条，佛额十二条，大像四铺。此前一日，尚书又请来沙州名硕大德九人，于使府官楼上，开龙兴、灵图二寺大藏经一遍，启扬鸿愿，为新近亡故的汜氏设斋做功德，算是弥补了自己未能出席葬仪的缺憾。

中元节前，他将瓜州索勋、肃州大营的索仁安、防御副使汜建立、参谋张大庆一同召回，名义是为了一同出席中元节阴文通的追荐式。但十六日上午的那次厅堂会议，如何回应回鹘这个议题并没有很深入地展开。张淮深只是听取了一遍他们各自陈述的意见，未置可否，也没有讲说自己的主张。不过，的确如他预料，回鹘王子提出的撤军要求遭到了大多数与会者的强烈反对。

此事牵涉沙瓜两州今后大局，张淮深毕竟还是看重都僧统，希望综合了老人的意见，然后再相机做出判断。因此，提前知会了恒安法师，于七月十五解制后的第三日，去了一趟灵图寺。

这次陪同他的，只有程子迁和张大庆。天色未透亮前，三人便一人一骑出了城。张淮深穿了件淡紫轻袍，两名部从都穿了夏服青袍。

自阴文通出事以来，尚书张淮深变得沉默寡言，今日兴致却很好，主动与伴骑的两个部下谈起了回复回鹘王子议和的事。

“在下的意思，还是应该保留肃州大营，积蓄力量，趁回鹘人在甘州立足未稳，予以击退。”

张大庆的这个看法和之前厅堂里的一样。但他也不是一力蛮干的主战派，他建议将大营撤至瓜州。以保持对回鹘势力的威慑和压制。

张淮深点点头，握紧缰绳的单手稍稍松落，任坐骑缓缓而行，侧身又看向了程子迁：“程押衙，你又是如何看法？厅堂议事那天，没有听到你的见解呢。”

“接回鹘王子信以来，也有些时日了，使主应该早有主张了吧。若让属下来猜度，大致也能参详个七八分。尚书今日来灵图寺拜问，属下觉得，都僧统恐怕也已了知尚书的心思了。”

“程押衙什么也没有说，却什么都说了，果然深明世故。”

张淮深的这句话，也不知是褒是贬。程子迁笑而不答。张大庆为人厚直，连忙为他打了圆场：“程押衙定是要等尚书说出自己主张后，自己再来增补一二吧。这样才是稳妥的。哪像我，从来都直口直言。”

张淮深叹了口气说：“直口直言好啊！可以省却许多烦恼。”

路上遇到一早出工的修渠人、扛着农具整理田亩的农夫或者赶了牛羊的牧童，他都会轻抬马鞭，微微颔首。那些民户平日难得见到本州使主，今日见他只带了两个押衙扈从出来，表情都有些讶异，每个都立停了路边拱手作拜。

早间的空气的确清爽，微风吹入鼻腔，身心也觉轻快。这时程子迁想到一个人，有他来参议，或许对尚书最后定夺，能够有所助益。

“属下有个想法，不知当讲不当讲？”

“但言无妨啊。若让我来猜度，大致也能参详个七八分。”

张淮深是搬取了程子迁刚才的话来打趣。

“使主英明。属下是觉得，此次或许可以单独邀淮鼎郎君回沙州一趟。一来他在瓜州也有些日子了，太保夫人和家眷也很想念，二来呢，使主也可以私下询问计策方略，以备决断。”

“嗯，我也正有此意。不过，这回不用特意让郎君赶回本州啦。去年过瓜州时，我曾和索刺史说过，要去看他的园圃。这次索仁安、汜建立和张参谋回返时，我就想同去肃州查看大营情况。顺路在瓜州停留，到时自可以与淮鼎郎君晤谈。程押衙到时也伴随了吧！”

程子迁和张大庆同声唱了一声“喏”。尚书没有回避这个话题，反而要主动要与郎君会面。这让他们放心了不少。他们两人倘若相互不通声气，那才是可忧心的。

到得灵图寺前的土路上，张淮深命程子迁先单独一人前去知会寺僧。要先询问一下都僧统的作息起居。倘若老人还未起身，勿去惊动叫醒。他们三人正好可去就近的草场马厩巡看，康幸全这几日就在那里呢。或就在河岸野田处观赏景致，总之等老人醒来也不迟。

程子迁轻鞭打马，一人先去了寺门前。

那天尚书与都僧统的谈话，以及之后在瓜州衙署与郎君的谈话，因为摒除了外人在场，所谈内容外人一概不知。不过，尚书回出时，面色都很舒展，可见谈得颇为愉快。这是程子迁亲眼所见。

与郎君谈话后的第二天，张淮深就在索勋、索仁安等人伴从下出发去了肃州。自去年初冬击溃来犯回鹘之后，尚书张淮深是首度重返这个前线城市。

那天在肃州衙署，除了已战死的阴文通、预备婚事的浑子建和借故不来的淮鼎郎君以外，上次前敌会议的所有人几乎都在场。

因之前在沙州使府已有议论，此次就由现任左马步都押衙、掌管了肃州大营的索仁安先来发表意见。挟了去年的大获全胜，索仁安现在一力主张应主动出击，在夏末至初冬间出兵围困甘州，扫荡肃清合黎山南面之回鹘游帐，南北分割而断绝其输路。反之，如果为了一时平靖而撤除肃州大营，那就中了回鹘贼人以议和为诱饵设下的圈套。这样，不但甘州难于收复，也等于自动弃守肃州这个战略要点了。今后进出删丹和凉州都势必要仰人鼻息。

“于今形势，肃州乃控扼河西的咽喉，切不可轻易言弃。万望尚书明察。”

索仁安今日一身戎装，面色端严地将这番话说完了，比之前在沙州厅堂里说得更直白干脆，显然，这是他多日来斟酌思虑的结果。此时，他的眼目直视了尚书张淮深。

张淮深同样也盯视了索仁安，许久，才语气缓缓地出口反问索仁安：“肃清合黎山之敌？索将军你可知眼下甘州城内敌军有多少？合黎山南北又集聚了多少回鹘兵马？要隔断南北回鹘，谈何容易。沙州方面需要出动多少军力人力？将要费去多少时日？”

索仁安没有被问住，很快就作答了：“守甘州的回鹘兵有一千之众，城西和合黎山内，拥集了被回鹘王子收齐的各部落帐幕，约有三千之众。沙州军可调度的军队，略略胜过回鹘人。”

“贸然围城，最后被束缚手脚的只能是沙州军自己。花门回鹘素来行事狡诈，上次我们偷袭得手，可以说也是险胜。可是，都押衙，这样的险胜机会今后不会轻易出现了。现在这个回鹘王也不是当年那个老回鹘王了。除非……”

张淮深没有说出他的下文，抬起头，扫视着左右人等。

“索刺史和李明振两位如何看待？”

索勋与李明振谦让了一会儿，最终还是由李明振先说了：“以沙州目前实力，出击围城自然有欠考虑，可是，接受回鹘人条件，撤除肃州大营也是不能。在下以为，议和可以暂时拖着，肃州大营仍然维持原样，这不议而和的局面，应该也可以做到。”

这是将尚书见解和索仁安的进取方案做了一个折中。索勋也点头附和李明振的这个主张，但后面又加了一个转折：“照李司马的方略，这样作拖延处置自然是可以的。但是，我认为目前还有一事，或比与回鹘人议和更为重要：倘若尚书此次能从王廷请得节度旌节，重申甘州为管内下州的地位，则河西一带主次已分，回鹘叛乱性质已明。这样的话，联络周边部族及凉州翁部齐同讨伐就名正言顺了，即便他们不出兵，也可以起到孤立回鹘人的作用。这是沙州面临的大势，比一时的胜败更为重要；尚书之前遣出的请节使目下仍滞留了凉州，被阻的原因，无非是回鹘与嗢末奴儿达成了默契，而翁部又坐视不管。因此，不妨与回鹘人交涉，设法将宋闰盈放出。至于肃州大营嘛，撤除是绝对不能，但可以稍稍撤后。”

张淮深有了兴趣：“试问索刺史，沙州又该如何与回鹘人交涉？再有，由谁出使比较合适呢？”

“在下倒想到一人，但不知他是否愿意为此出力。”

张淮深咧嘴笑了出来：“对了，之前我听人风传，索将军去年还曾亲自送了一联白鹰给回鹘王帐呢。”

让索仁安这个沙州军最高军职人员出使，是不合规例的。张淮深这句话表面是笑谈，其实是夹带了讽刺。索仁安现在执掌了沙州军的实际兵权，将这件本该遮隐的事，这么直刺刺地当着一众幕僚给挑明，显然很不妥。索仁安果然面上挂不住，一时语塞而无以应对。程子迁、张俅、张大庆等人都起了忧虑。可是，这样的场合下，暂时又没有从中调解的好办法。

索勋只说了一句“但凭尚书定夺”，过后也沉默了。他和李明振两人对索仁安送白鹰一事之前也有耳闻，此刻从尚书口中说出，等于得到了验证；事情虽已过去将近一年，但都觉得此人鲁莽擅断。那索仁安久在军伍，一向孤傲自雄，对尚书张淮深和之前的阴文通自然是忌惮敬服的，但素来不将担任了多年文职官的太保另两位女夫放在眼里，虽然从关系上来说，索勋与他还是比较近的同门亲族。

张淮深已经有设想了："若要与回鹘交涉，我倒觉得有两个人可以出行一试。座中的程押衙，还有曹孔目。程押衙办事周稳，可以担任正使，曹孔目之前回程时曾与回鹘人交易过，耳目灵便，又能善巧应对，由他担任副使，也是得当。恰好我之前已答应了仁贵儿郎，让他随了程押衙去网鹰。如果交涉顺利，就把这几件事顺带一起办了吧。"

程子迁听闻此言，立刻出列，伏身告白说："为此次出使，属下定当竭诚尽力！"

"回沙州后，你与曹孔目再当面细加筹划吧。另外，请掌书记也拟撰一封回信。倘若和议达成，到时高再晟也可以发遣上路了。"

至于议和的对策，尚书张淮深也有了决断："去年我军奇袭成功，付出的代价亦不小，战殁者入殓安葬了没多久，理应休养生息，再行积蓄力量。因此，索将军所提的出兵交战，今年我看还是免了吧，明后年观看了形势再说，到时，各项准备也会更充分些。既然不战，那就可以议和，撤除沙州军大营自然不能答应，但从肃州撤后到瓜州，我看也是可行。"

尚书亮出底牌了，语气非常坚决，不容反驳。可索仁安不是阴文通啊，他还是缺乏应付此类场面的手腕，不知道可以先接下意旨来，过后再想法转圜化解。他当场就发作了，将身位移到了尚书的正前方，挺直了脖梗，将先前的话又重复了一遍：“尚书，肃州乃河西咽喉，万不可言弃啊！”

“索将军耳背了，我没有说要放弃肃州，只说要将大营撤后到瓜州。难道，这个你也有异议！？”

“尚书，请听末将一言，将大营撤后，那么肃州的形势定会生变！”

“肃州如何生变啊？大营前锋只撤回到黑山天门关，距肃州城不到百里，沿路还可增设戍堡。若真有什么变故，回鹘人前来侵扰，前军半日不到就可以到达。”

张淮深稍稍修正了自己的方案，如此，则索仁安也无话可说了。

“索将军倘若还不放心肃州，那么，本使现在就让你遂了愿，让你依旧镇守肃州如何？你本来就是肃州防御副使嘛。”

“末将愿为沙州看守门户！”

听到这句话，张淮深也安定了之前遭索仁安顶撞引发的烦乱情绪，他从本座站起，走至索仁安面前，亲手将他扶起：“索将军起身，你对沙州的一片忠勇之心，我岂能不察？在座各位也都一向了知。只是目前情势，还是应以请节为第一位考虑。实话与你说吧，为考虑如何答复回鹘王子的议和书信，我也思想了很久时间；此次沙州出发前，还特意去灵图寺请教了都僧统，过瓜州时，也与淮鼎郎君当面商议过。总要统合各人意见，才能定出一个周全的方略啊。我刚才也是言重了，望你不要挂怀！”

“末将不识分寸，还乞尚书恕罪。”

今天的肃州衙署里，张淮深和索仁安的确是主角，两人当众演了这么一出戏剧。

不过，张淮深后面还发布了另一道指令：为迷惑回鹘人，索仁安须暂时交出肃州大营的将印，交予瓜州刺史索勋。大营的一千多名常备军伍，一半卫戍天门关堡垒，一半调回瓜州。天门关所部仍由索仁安执掌巡视，调回瓜州的部伍就由刺史索勋直接辖制。等于是将索仁安的兵权卸去了一半，索仁安虽然心里仍有不甘，也只能接受这个结果了。

唉，凡俗人是无法先知先觉的，纵然提前殚精竭虑做出了种种预备，谁能知道那些潜藏的不可见的隐患会在日后引发不期然的大危机呢？若果知道那天肃州会议的后果，那么，沙州使主尚书张淮深定然是最为懊悔的一个吧。

22

此次肃州会集之后，程子迁和曹目连筹备了一月，才带了掌书记写定的议和文书上路，前往甘州。曹仁贵、黑黑和奴子也随同出行，不过，过肃州时他们三个在索家大伯的邸店停留了下来，等待前方出使的消息。若和谈底定，程子迁就会接了仁贵儿郎再入山捕鹰。

离日阳落山还有些时间，闲来无事，仁贵就去街上瞎逛，城中很多沙州兵都出城去抢收秋麦了，看上去市面平靖但有些萧条。邸店附近并没有什么可玩耍的地方，他就往看着热闹的城南寺街方向走去。

越往里走，路人多了起来。寺街这里本地民户的屋宅比较密集，又有很多空旷地，不久前迁来的部落人户搭设了很多临时帐庐，许是不习惯城市生活，他们仍穿着平素春秋季的猎装，坐在避开日阳的树荫下或帐门前。

城南这里，有唯一一条引入城内的渠水，沿水流辟出了田块，种了菜蔬或散植了一些果树。仁贵发现前方柳树成行处聚集了不少人，走近一看，却是一间依水搭建起的酒店。在他这个年纪，虽然对饮酒并没有特殊的嗜好，但却很乐于走入一看。

两截短土墙后面是一个开敞院落，两侧是器料房和贮酒房，中间搭设了两间大棚，大棚下分设了几张大毡席，衣着各色的几十人聚作了四五堆分坐着，边上多半都有个已喝得酩酊醉倒的家伙。几个酒店役人穿梭走动，送出酒食或取回食尽的菜盘。

场院一角隔了道杂木篱笆，篱笆后面，堆垒起的空酒瓮堆有一人高，中间留了个进出门道，门道口直通了水岸，那边有两间居人的住屋。仁贵觉得自己眼花了，他在屋前看到了一个面熟的女子。再仔细一打量，那不是沙州马三娘酒店的龙粉堆么！他之前就听说她来到肃州开店谋业，没曾想竟就在这里遇着了。在沙州时，仁贵和一众小儿郎各处游玩，东西南北的人头都很熟络，马三娘的官酒店那么热闹，怎会没去过？记得有一回，就在去年，龙粉堆还送予他吃过一条炙羊腿呢！

只是，他发现龙粉堆身后还驮了个襁褓包袱，但见她两手在桌案前忙个不停，口中频频使唤着左右役工，不时还分出余裕，出言哄着背后嘤嘤啼哭的小娃儿。

他刚要张口叫出“龙姐姐”三个字，又见龙粉堆走去了渠水边。那里一株大柳树下，铺展了一张上等水葱席，其上半坐半卧了一位蓄须的青年，他的边上，还伴了两个侍卫模样的持刀男子，奇怪的是，那两人却不饮酒。看那青年的颜面气色和所穿袍服，倒是个身份尊贵的人。不过，此时他已喝得半醉，幞头歪到一边，衣袍半解开，一手撑着地，一手正要将捧起的酒盏送去嘴边，却撞着了下巴，满盏的酒顿时泼出一半，滴落在身上那件绯袍上。

仁贵不觉移步走进了篱笆门，躲在酒瓮后，离那棵大柳树也就十步距离。

龙粉堆走近时，先对那青年屈膝行了见官礼，也不对他说话，只恳求那两个侍卫："时日也不早了，郎君若现在起身，入晚还能赶回瓜州去。烦请两位军爷从旁劝解吧！"

其中一位侍卫面上也颇是无奈，回说已劝过数次了，看情形，非喝到醉卧不省人事才肯休歇。龙粉堆有些急了，她跪伏在青年面前，一手还扯了他的袍袖，口中说着"郎君该止歇回返了"这类的话，背后那婴儿，因母亲体姿的改变，又号啕哭将起来。

她额头汗涔涔，两颊发红，此刻皱紧了双眉，为如何打发走这位特殊客人很是烦恼。

正在牵扯不清的时候，院落外又急步走入了两个军将官人，他们两个目不斜视，直往柳树下走去，仁贵见状连忙闪到一边。

两个军将与两个侍卫言语了一阵，接下来的案情，是他们直接走到被龙粉堆唤作郎君的青年的身边，一左一右，将他提拎了起来，青年勉强站起了身。这时，沿渠水边不知何时有役夫牵来了一匹马，停在了铺席前。青年郎君腿脚不稳，险些跪倒在地，幸得后面的侍卫及时扶住，才勉强站住。四个人，你拉我推，好不容易才让他翻骑到了马上。那郎君抱着马脖子，嘴里仍自嘟囔个不停。

这五个人，没有走仁贵儿郎现下所站的篱笆门，而是沿了渠水岸边走离了。待他们走远，拐上了寺街前的大路，跪在地上的龙粉堆这才放松了下来。她将背后的襁褓包袱转到了身前，解开上衣，敞开了胸怀给那哭闹不休的婴儿哺乳。小娃儿顿时不哭了，仁贵却被她掏出的那只滚圆涨满的白晃晃的乳房给吸住了目睛。

偏巧这时龙粉堆抬起了头，一瞥眼就看见了呆立在酒瓮堆前的少年。刚要开口斥骂，也发现眼前是个面熟人，这不是曹孔目家的小儿郎么？他怎么跑来了肃州这间酒店？她也不羞怯，转换了颜色，便与仁贵打了招呼。

龙粉堆招呼仁贵近前，仁贵还是站在原处。现在，他不得不稍稍转过身去，走也不能，不走也不能，只得抬起一手，无聊地去敲打、摩挲酒瓮的瓮口。就这么无聊地挨过了一阵。

龙粉堆将娃儿抚慰好，才又开口说话：“你个小儿郎，还见羞了呢。现在娃儿已安分了，转身来与我说话吧。”

听了这话，仁贵才重新转身，面对了龙粉堆。龙粉堆喂好娃儿，已将衣服收拾整齐，这时就跪坐在毡席上。

“小儿郎你是怎么来了肃州？”

仁贵走前几步站停，便将自己随父亲和程押衙出使回鹘的事告知了她。听闻他还要随了程子迁进甘峻山网鹰，龙粉堆便赞了他几句。以往在沙州，仁贵儿郎因为一番巧口舌就颇讨她喜欢，这赞语一点不虚假。

“龙姐姐怎么来了肃州？你生了娃儿啦！”

“明知故问！跟你郑重说明，回沙州后，你可不要去闲人面前搬弄嘴舌。倒不是怕被人嗤笑，我是有一桩不便说与你的苦衷在。”

“龙姐姐放心，我必会口舌严紧的。对了，刚才那位郎君又是何人呐。”

龙粉堆听他提到刚才赖着不走的那个青年酒客，顿时脸上又愁云密布了，怔怔望着铺席地面：“孽缘已生，只得听命了。也不知是歹命，还是好命。”

“姐姐自然是好命。”

龙粉堆叫仁贵再走近，坐在她身边说话，又问了这一向仁贵的活动去向。听闻他去冬曾出使于阗，面上也是欢喜。仁贵便将路途中的一二趣闻说给她听，两人谈说了许久。待日头垂落城头，仁贵便要起身离开了。

“小儿郎，你若与程押衙网鹰回程，还是不要在肃州多停留。肃州这一向很不平靖。”

“姐姐，这又是为何啊？听说索将军重新督镇了肃州，我见城内街面也没什么异常啊。”

“总之，赶快离开就是。有些事，我也不能直口说给你听。近日里，不断有部落人投来城里，他们或许正要鼓噪生事呢。倘若肃州一乱，形势阻隔，我多半就回沙州不得了。”

“肃州无事的，姐姐放心。”

“今日所见情事，也不要说与马三娘听。我只怕她担心。”

“知道了，姐姐。”

仁贵从原先进入的篱笆门那里走离了酒店。回索家邸店的路上还在寻思那个青年郎君的来历，却怎么也想不起曾在哪里见过。许是本州以外的外乡人吧，看面目举态，还颇有些地位。他是到了此后沙州变换了主人，随父亲一同入使府觐见新任使主时，才知晓了答案。

九月朔日，程子迁和曹目连从甘州出使返回，带回了议和谈成的消息。回鹘王子、现在的回鹘王接受了沙州的议和条件，并约定了双方首领于黑山再度会盟的时间。曹目连立即返回沙州复命，程子迁得了回鹘王允准，又携了曹仁贵、黑黑、奴子重新上途，走去年路径，从甘州北面进入了甘峻山网鹰。

月中回程时，他们途中仍在肃州停留过宿，又去州衙面见了索仁安将军。目前一切都依尚书指令在调遣部署，索将军现下除了主理肃州防务，还监管了黑山驻军，只是每五日要往返督查，比之前辛劳不少。听说这次由仁贵担纲做了网鹰人，成功捕得两羽俊鹰，索将军也是爱鹰人，听了也是欢喜，还特为设宴招待。

那两天在肃州城中观察，各方面平靖得很，并未发生什么异常骚动。仁贵想，龙粉堆之前的告诫许是多虑了吧。第二日上午，他又去寺街访问，却从酒坊役人口中得知，店主带了她的娃儿日前已搬去了瓜州，酒店交由了索家大伯打理，暂时不会回肃州了。

不知为何，仁贵听了这消息，心里还颇有些惆怅。

九月中旬，尚书张淮深与回鹘王于黑山会盟，双方约定以甘州西面建康军屯台为界，彼此互不侵扰，并许商队、僧侣及使节凭据了官出过所文牒自由通行。那边，凉州嗢末首领杜论悉加对沙州仍是恨意未消，将宋闰盈一直扣留。

至第二年，也即光启二年初春，张淮深再遣押衙高再晟进京求旌节，此次高再晟带了尚书亲笔书信先去了甘州，又带了曹目连同去沟通。回鹘王应允出手协助，派了二百军骑护送至凉州，两下当面交涉，这才说服了杜论悉加，放行了高再晟和宋闰盈会合后的十五人使团。

三月底，沙州使府收到了高再晟出凉州后寄来的报安书信，说是三月廿日已过凉州，“即日得平善，不用远忧”。因内地各藩镇仍自冲突不断，他和宋闰盈两人商议后所取的路线，没有走南下的兰州、临州、渭州官道一线，而从凉州东去了会州。

现在回头看去，发生于这年秋末初冬的肃州之乱，乃是蚁穴溃堤的第一个明显征兆。龙粉堆的预告虽然滞后了将近一年，终究是没有落空。

当时肃州具体的情形，大家后来是听了侥幸逃出的汜建立和其他军将说出，才知晓了具体细节。若要追溯起来，也是多种前因合成一处，将暗底下的地火引燃到了地面，这才导致沙州借以抵御东面回鹘势力的这个门户，一夕间就变换了主人。

索仁安能治军，却不擅治州，手段过于酷烈和粗糙，这是触发动乱的直接原因。此前已说过前年回鹘占据甘州，投来肃州的龙家等部落人因闹事而有十人被处斩，此后，类似的弹压事件还发生过好几起，沙州使府虽然事后知情，却没有及时调整收纳投来人户的办法，也没有给予索仁安足够的压力。

在仁贵儿郎见过龙粉堆之后的一年里，自甘州、凉州境内又流落来不少离散的龙家和各部落人。而冬天时，回鹘王又放归了之前扣留为人质的龙家王弟和十户百姓。

街头太多闲来无事的游民了，收入部伍已是不能，因此，从这年春天开始，索仁安便在肃州百姓中征调役夫来修理城楼雉堞，又下令在城南新开一条水渠，打算引流入城，此项工程需要的人手更多。自回鹘侵掠甘州以来，肃州本地的土著民户很多迁回了瓜州甚至沙州，人力不够，就只能调发那些新投来的部落民户。但这些部落人多是游牧民，长于骑射捕猎和蓄养畜犬，以往平日都是独往独来，对这类需要合众配合的役事，说实话真的不是擅长。于是，怠工拖延和寻机闹事就成了家常便饭，又因缺乏组织，修城和修渠的物料时常短缺，自初春开工后，进度完成得很不理想。

索仁安见工期吃紧，便将龙家部落和其他部落的头人唤来了衙署中，二话不说，当着他们的面，将几个故意怠工或闹事的役头绑来院中，每人杖打了二十下。役头领了责罚，旁观的部落头人也被狠狠训斥了一顿。并且声言，倘若再有怠工或闹事，就不会只是杖打了。

之前在甘州，龙家和其他部落虽然饱受回鹘的欺凌和驱逐，但几时受过这样的羞辱？本以为投来肃州这里，可以讨得个安身处，此际却如同奴隶被人叱骂和捶打，生性强悍的他们怎生忍得下这口气。那天下午，几个挨打的青壮役头出衙署后，就开始了秘密的谋划。其实龙粉堆说得没错，早一年前，龙家部落中就有人蠢蠢欲动要举事了，但那时本地老户的长老尚能压制得住。一年来，肃州陆续又流入很多混杂部落人，且龙家的王弟已归返，原来散沙一盘的部落已有了一个新的领袖。

情绪激愤之下，他们就找上了龙家王弟。龙家族长去年初冬在肃州去世后，他现在就是新任族长了。众人都等着他拿定主意。

事实证明，回鹘人放归这个龙家王弟并不是心血来潮的突发善心，而是有意要在肃州埋下一个伏笔。而在放归之前，回鹘王曾和这位王弟有过一次密议。

于是私底下就开始联络更多人。首先是龙家部落的各长老，先将他们全部邀来集议，思想保守的老户龙家人的声音就不占优势了。王弟提出了若干有利条件：一是沙州与回鹘议和已成，肃州大营已撤后，肃州的沙州本军数量不到五百，倘若趁其换防或其他松懈机会，各部落合力，夺城已有过半的胜算把握。二是此时应立即向回鹘遣出使节，以结盟共守为条件，请回鹘派兵助力支援。只要回鹘援兵抵近，沙州军即便杀来，因困于之前议和条款，料定也不会大动干戈。只要有这么一刻喘息，龙家自立就有了机会。三是断不可依前次驱赶崔大夫那样烧去粮仓，还须提前预备过冬的干粮、干肉、油料等物，缺乏的物品，可遣人去甘州、凉州以夏秋间的猎物皮毛去换得。

还有什么可犹豫的呢？原先反对闹事的长老现在都不出语了，他们也在私下盘算，现在的确是依靠自己力量求得一块生存天地的好机会。机不可失，时不再来。此时，肃州城内的龙家人总数超过一千，青壮可战的过半；下一步，就是去联络退浑、通颊、达票等其他部落，他们人数也有数百，如果能一并争取过来，此事定然可成。

街寺前的酒店就是他们约定的会商地点，这里即便拥了很多人，也不会引起外人的注意。于是，当晚这一带就出现了很热闹的景象，大棚内外，加设了很多毡席，坐满了部落民户，少数汉人百姓以为这些部落今日是逢了什么喜庆日，见他们人多势众，都提早撤离了。议事人全部都集中在河岸边临时搭设的帐庐里。退浑、通颊、达票本来就是跟随了龙家人来投靠，王弟将形势对策一解说，他们很快就加入了叛乱的一方。

会商完毕，众人如无事人一般，仍聚在龙粉堆酒店里饮酒作乐，至夜半方才散去。只有柳枝和渠水岸边的微风听到了他们嗜血的谋划。非常难以理解的是，索仁安治下的肃州其时并未如沙瓜两州实行宵禁，民众入夜仍可自由活动，因此，衙署对这件眼皮底下的密谋活动竟然毫无知觉。这是事后颇可检讨的地方，也是尚书张淮深听闻事变发生后大为震怒的原因。

第二天，龙家人就遣出了以商队面目做掩护的七人使团，前往甘州，面见回鹘王。第四日回返，约定已成。

龙家王弟决定在九月十日起事。因这一天午后索仁安会带了近卫部旅的三十名军将前去黑山屯堡巡查。各部落提前都做了准备，待他出城两刻时间后，听到空中射出三声鸣镝箭声，就开始动手。之前被招入肃州部伍的龙家将卒将承担主要的攻击任务，其余众人响应。先占城头和城门，再入城中扫荡，遇降者不杀，遇不降者立斩。

既然是叛乱，当然不会兵不血刃。当驻防肃州的龙家兵勇听到信号，杀向城门和城楼时，还是遇到了有力的阻挡。四面城门下的沙州军首先被解决了，无一人幸免，而当叛军冲上城楼时就遇到了极顽强的抵抗，城楼上的沙州军将吹响了警戒的号角，命令兵士立起排盾作墙，挡住了欲从马道冲上来的叛军。双方展开了近战，因上下位势的关系，叛军一时伤损严重。第一波攻势结束后，抛下了十来具尸首，只得后撤了。派去包围北营的叛军，也遇到了坚决的抵抗。没有一个沙州军愿意出降。营地里正在等待傍晚换岗的一百七十八名沙州军借了营垒屏障拼死抵御，叛军两度杀入，都被逼退了出来，暂时只得四面封锁了出口要道。另一支由龙家王弟率领的人马则杀去了衙署，那里的兵将不过三四十名，一路杀入，很快就将留守肃州的汜建立给堵在了院落中。汜建立猝不及防，无奈只得束手就擒。因为他知道，倘若自己自戕殒命，叛军定会割下他的头颅，拿去威慑其余不肯降伏的沙州军。

眼下城中形势还看不分明，只能走一步看一步了。倘若朝不利方向发展，如能说服叛军，将手下军士放归沙州，那就是最好的结果了。索将军刚刚离城不久，倘若此时城门被堵，无人驰出报讯，那么要到四天后，黑山堡那里才会收到肃州陷落的消息。

他的判断是对的。龙家王弟对他很客气，并没有让手下将他绑缚起来。龙家王弟的身边站了各部落的长老头领，其中很多人还与他相熟。现在，将此次叛乱中彼此相伤的程度降到最低，是双方都希望看到的结果。汜建立有意拖延，希望等待进一步的消息，因此，一开始他对领军投降始终不肯吐出一字。龙家王弟也不着急，耐心地与其他长老共坐院中，将他撇到了一边。

日阳落下墙头时，龙家士兵奔入相报，城楼已被攻下，沙州军死伤大半，其余被俘，己方损失也不小，而北营那边双方仍在胶着中。

这时，龙家王弟就与氾建立再次谈话了，因为形势已趋向有利，他展开了逼迫式的谈判。北营沙州兵士若不投降，他就要命令各部落强攻，到时十不存一，另外，对不肯归伏的百姓民户也要严厉镇压。这等于说，若反抗到底，就是要屠城了。在这种局面下，氾建立本人的头颅当然会如同阴文通那样，也悬上肃州城的城头。而倘若氾建立同意出面劝降，则他们这方会同意氾建立领了残存部伍择日出城，愿意走离的民户也可以跟随。

两害相较取其轻，氾建立选择了后者。为挽救数百人的生命，此时，就不能只顾着保持自己的名节了。

那几个龙家老头人也保证说，氾将军平素就御下宽厚，如果将军应允劝服，我们几个可以担保，定会让沙州军士和民户安全出城。只是，今日暂且不能放出，将军再隐忍一两日便是。

话说到这个份上，氾建立就只得亲去北营，劝说那些沙州军士放弃抵抗了。他就待在了北营。外面，叛军停止了进攻，入夜在四周设下了篝火警戒。双方都保持了冷静。

叛乱发生的第三日早间，回鹘骑军的先头部队分作两队，已近抵了城北和城南，龙家王弟就依照与氾建立定下的前约，将他和沙州军余部以及愿意归返沙瓜的民户，由西门放出。氾建立一人领骑在前，军将士卒或骑马或步行跟随，队伍后面跟了不少逃亡的百姓。

当氾建立途中遣来的马骑信使一路疾驰来到黑山堡，报告了肃州陷落的消息，索仁安惊讶不已，口中大呼“逆贼！逆贼”，立刻整顿部伍，提领了黑山军向肃州方向赶去。半路就遇上了汜建立的那支军民混杂的逶迤长队。

耐心听完汜建立的报告，得知已有大股回鹘骑军为肃州叛军助阵，索仁安不禁仰天长叹：“今日丢了肃州城，我有何颜面去见昔日的太保、今日的尚书，天不佑我啊！”

说完，就要拔刀自刎，幸亏汜建立和身边军将阻拦，好生劝服，才拦下了他。

过后，黑山军还是依索仁安的命令，前出肃州西面，扎下了营寨。一面尽速通报了瓜州刺史索勋。索勋得到消息也是震惊不已，立刻遣出快骑，弛往沙州报讯。张淮深连夜赶至了瓜州，第三天就来到了肃州前线。

时隔整整一年，沙州军和回鹘军重又在肃州城下对峙了。僵持数日后，回鹘王遣来信使，重申了之前的盟约。出于中立，他建议沙瓜方面与肃州龙家人达成妥协，而由他居间，来保证妥协的达成。但如果沙州军攻击肃州，因为回鹘之前与龙家人也有约定，则回鹘军无可选择，只能与龙家人共同御敌了。

张淮深陷入了沉思：此时，他的面前几乎没有更好的选项了。与去秋形势已大为不同，如果仓促之间下令沙州军全线出击，则完全没有胜算。他们在肃州城定然会遭遇顽强的抵抗，而回鹘骑军甚至会绕经肃州，而转攻瓜州，如此，则沙州危矣。况且，即便想出击，一时也没有好的理由借口啊。回鹘使节说得很明白，回鹘王并没有下令占领肃州，所以，此时他竟然找不到指称对方毁约的任一条借口！

他在瓜州刺史衙署与索勋、李明振和手下僚佐商议了两天，最终只得吞下这枚苦果！

此次，回鹘人虽然没有亲口将肃州吞下，而暂时任由龙家人处置，却巧施手段，谈笑间轻轻松松就拔去了沙州势力范围内的一个河西重镇。在沙瓜两地军民看来，这真是一个莫大的讽刺。而在这场风暴稍稍平息后，之前与回鹘王达成议和的沙州使主张淮深，无形中已成为骄胜而后败的一个醒目的笑柄。

遭遇了此次重大挫折，张淮深这个沙州的头名英雄，身后的光环已开始褪去：在执念效忠的人的心目中，肃州之乱是个需要回避的禁忌话题；而在那些心思动摇者看来，他已从云头跌落尘埃，是一个私下可以质疑甚至嘲笑的凡人。

不过，张淮深对当事人还是做出了处置，肃州大营正式撤销，转而分立了沙州大营和瓜州大营。瓜州大营由当州刺史索勋主领，索仁安主政肃州，诸事处置不当，因此降为瓜州裨将，左马步都押衙职衔也被褫夺，这个军职就暂时空置了。汜建立因为当机处置得当，仍归瓜州大营任副职。浑子建升任了本州大营副将，暂摄主将职能，慕容胜出任了大营都虞候。这些人事调动任命传递出一个信号：沙州使府目前已无力改变河西局面，今后方略将以固守沙瓜两州为主，要务在于自保。

这年的秋冬，沙州异常寒冷，严重的霜冻连着一场很大的早雪。城外田陌尽皆一片冰雪世界，牛羊入了栏，马匹入了厩；城内坊曲也不似往日喧闹，人人闭户不出。在这个沉闷的季节里，诸事不顺的尚书张淮深也变得慵懒起来，去早间厅堂并不议事，批阅了公务文书后往往立刻返了内宅。

那么，他在内宅都干些什么呢？很多时候，只是一人独处，坐在廊上望天色；兴致好的时候，就唤来自己钟爱的小女张延延与她逗弄玩耍。不过，这也打发不了很多时间。闲暇的时候，他便叫上张文彻前去查看已修造完毕、正待装饰的北院楼宅。现在，这处新起宅院正可以让太保夫人搬入。或是让康全幸领了去看入厩的马匹，有时也会亲自调训自己的坐骑，僻静厩院中，那匹白额乌骓似乎成了他唯一可信托的友伴。

自肃州回返后，他没有外出访问任何一人，当然也没有去龙兴寺看都僧统。倒是都僧统交托了恒安法师，转递来一封书信。张淮深看完，长叹出一口气，就丢入了身边的火盆里。暗燃的炭火先是烧去了信纸一角，然后慢慢吞噬了恒安的笔录字迹、老人的宽慰语句。

一切言语都是多余的。但不管怎样，信中一再强调的请旌节一事，却是不容耽误。不知宋闰盈和高再晟他们现下已到哪里？两京之间，诸道藩镇在平定黄巢贼乱后又开始了新一轮的杀伐，听闻僖宗的龙驾又离了长安。想到这里，张淮深就心胸闷堵，难以自安：自三月底的凉州来信后，宋闰盈他们已有半年多未通音讯了。他们是不是在路途中遇到未测凶险之事了？沙瓜这里颇不安宁，中原也正值动荡，他不得不做出最坏的推想。

十一月的朔日，休停了一个多月后，张淮深终于在厅堂召集议事了。他将瓜州的索勋和寿昌县县令王文瑀招来，又亲去拜问近来身体欠安的李明振，李明振推辞不得也出席了；尚书三子、现任沙州司马的张延绶也正式与会了，坐于上首前侧。此外还将张大庆、高英建、史文信、李伯盈等文职僚佐全召了过来。因此次议论的是请节一事，特意还将恒安法师请来旁听，以便都僧统了解细情。

掌书记张俅将今日公事文牍呈上，张淮深批阅完，便直接挑明了会商的用意。可这回堂上议事的气氛却有些沉闷。他的话说出后，只稍稍扰动了堂内的空气，大家彼此交换了眼色，都低头皱眉故作寻思状，过了许久，仍无一人出言。都在想些什么呢？今天他的本意，无非是想借这个场合，探察各人在肃州之乱后的反应。而对请旌节一事，倘若有人抗忤顶撞，即便地位尊贵如索勋和李明振，他也定会予以压制。

终究还是李明振先开了口，可他说了一大圈囫囵话，无非是说前两班使节也许已到长安了，很可能已有入觐面圣的机会，只不知皇帝现是在长安，还是移驾其他地方了，听说京畿一带近来的形势是异常的骚动不安。

“尚书，已连着发出两班使节了，或许，我们再耐心等等？也许再过些时日，就会有消息传来了呢。”

张淮深鼻子里不自觉地“哼”出了一声，意识到自己的失态，又缓言道：“大兄，你也知道，现在诸道不宁，我是担心宋闰盈他们路上出了什么险情啊。”

李明振摇了摇头：“沙州这边一时也没有什么好办法了。”

索勋之前一直留意了尚书的神色，这时淡淡地说：“既然如此，今日尚书就定下人选，遣出第三班使节吧。与其闷坐这里无事可干，不如再遣人出去，顺道也可探知河西沿路情形。”

听了这话，张淮深之前抿紧的嘴角松弛了下来：“索刺史果然明智！”

“只不知，这次回鹘和嗢末那边，会不会又来阻隔。这个，尚书也要有所考虑。”

“诸位有什么高见，就一起说来吧。”

李明振又说：“上回放行高再晟和宋闰盈，还是回鹘人压服了嗢末酋首。我想，恐怕还要尚书再修书一封与回鹘王。”

沙州使府遣使入中原，如今已到了须提前知会回鹘并恳求放行的地步，这就是连失甘州与肃州导致的后果。但是，于此关节，又不得不忍。坐在侧位的程子迁这时已领会了尚书意见，这时就出位告白说，他愿意带了尚书书信，再赴甘州。

“修撰文书一事，程押衙就与掌书记两人商议吧。只是，今日我们须定下这第三班的使节人选。不知各位有何见解？你们且议论开！”

本来使府遣使，尚书张淮深自己如有决断，随时可以下令指派。他故意放出这个饵，就为了试探各人的反应。

李明振与索勋两个耳语谈论起来。程子迁既然已领了出使回鹘的任务，自然与此没有关涉，他却注意到，坐在自己侧位的张文彻有些烦躁不安。他轻唤了一声，张文彻抬起头，也不回语，只向他点了点头。莫非之前尚书已与内宅都押衙谈过此事了？若果如此，张文彻就应该自己主动站出来，领受出使使命了啊。

但张文彻虑及的似乎是其他事。众人集议一阵后，他的确是第一个主动出言了，说的却不是出使的人选：“尚书，再遣使节，选个忠信可靠之人担纲就可。今日属下却有另一桩情事要禀报。”

张淮深挑起了眉毛：“张押衙说来无妨。”

“那属下就斗胆建言了。我所说，是如何趁了与回鹘结好之际，制裁凉州嗢末贼人，为阴文通将军报仇的方略。”

在场所有人都竖起了耳朵。尚书今天本来无意讨论军政事务，但张文彻的这番话，突然改变了议事的方向。他不得不顺了前面这番话引子询问下去。

张文彻陈说了许久，若将要点提炼一下，大致是以下三条：一是嗢末盘踞凉州，东南联络党项羌戎，西面勾结回鹘，势力逐渐坐大，眼下已成河西大患，必须尽早设法削弱。其首领杜论悉加暴戾无行，作恶百端，前次杀死沙州勋臣老将，必翦除而后快；二是据闻这杜论悉加素来强悍难服，常与凉州使主为难作对，翁部也早有除灭之心，但因杜论悉加素来精敏机警，平日常有众多近卫武士随侍左右，故而一直得不到下手机会；三是据他新近了解到的情报，近来嗢末散众与回鹘人在甘州东北面的甘峻山和东南面的删丹草场，为争夺草场，已起了几次流血冲突，嗢末与回鹘的关系可以设法离间。

“内宅都押衙，你是说，你有办法杀了那个杜论悉加！”

张淮深将身体倾前，带着怀疑的目光盯视了张文彻。张文彻一点不像之前那般烦躁，径直答说：“属下有一计，定能杀得杜论悉加！”

其后，张文彻便将他的设想详细解说开来：尚书可以护送入朝使节为名，派出一支五六十人的小队骑兵，这些骑兵，最好要能通晓一点嗢末土话和回鹘语；至删丹界，即换成嗢末散众装束，至删丹西面潜伏。入夜，选一处回鹘人畜马营帐较多的地点展开袭扰，人须得杀去几个，马匹要尽数夺去。速抢而速遁，不可留下丝毫沙州介入的痕迹。随后，使节再入凉州，面见翁使主，说服他合力戮贼。

那翁部当年出使西州、过境沙州时，曾与阴文通有过一番交谊，而自从转任凉州后，又长年受到嗢末奴部的逼迫挟持，只要有胜算，他一定会出手，除去这颗眼中钉的；因前两年凉州入冬粮草紧缺，尚书都曾施以援手，此次可让使节再次声明，今后凉州倘若再遇困难，沙州这里仍会出手应援，愿与凉州携手共守王廷边陲。这个保证必须是书面的，不然不足为信。

程于迁携尚书书信出使回鹘时，应在使节到达凉州之后，此时，凉州这边进展顺利的话，应已说服翁使主寄来一封信函，邀请回鹘王与杜论悉加于凉州官楼宴集，议定凉州与甘州边界的和断事宜。

若回鹘王亲临凉州，那杜论悉加因手下散众正与回鹘人冲突不断，必定赴宴。在宴会中，可设法摈出其侍卫，酒杯掷地而斩杀之。

张文彻不紧不慢说出了自己的“离间计”。他的话音已落，众人听得入神，却还在思虑前后逻辑链环是否可行、是否严密呢。如果依计能翦除为患多年的嗢末酋首，为先后殒命的康通信和阴文通报仇，则沙州也可算是挽回一些颜面了。

厅堂里静默了一会儿，尚书张淮深转头问坐在自己前侧的索勋和李明振道：“两位觉得此计可行否？”

索勋呵呵笑答：“成与败，无非取决于两位使节的口舌之功。倘若真能说服翁部和回鹘王，借他人之手替沙州除灭这嗢末凶顽，为阴将军和康将军报仇洗恨，这自然很好。倘若不能说服，我看也没什么大不了，只要使节安然过境能到达京畿就行。”

李明振也说：“看来，这次的使节还非得觅一个智勇双全之人来担任不可。内宅都押衙，你可有合适人选推荐？”

张淮深听了他们这番言语，忍住不说话，又问在座的王文瑀的意思。王文瑀为人谦和谨慎，他提到了一个之前被忽略的焦点问题：“向凉州和甘州所派的使节，应以共同驱逐嗢末为上策，不然，杀了这一个杜论悉加，还会冒出来第二个杜论悉加。因此，目标应以削弱嗢末在河西实力为紧要。”

张淮深点头赞许。其后又询问张大庆、高英建等人，他们各自也提出了几条补充意见。其中押衙史文信的一条比较有意思，与适才王文瑀的观点还不尽相同，他认为还须考虑驱逐嗢末后的处置事宜。也就是说，若果嗢末人势力退出凉州一带，对沙州究竟是有利还是无利？如果逐出嗢末而任由回鹘人坐大，那么沙州被人扼制的局面今后就更难以打破了。上策应是挑动嗢末与回鹘不断互伤，如此，沙州才能尽收渔翁之利。

“试问尚书，之前挑动回鹘驱赶肃州和甘州的天平军官军，而后沙州反而失却了两州，让回鹘人坐收了实利。可见用计之道，在于目光长远，而不在争一时之得失。某斗胆进言，言或有失，望尚书勿加责罪。”

史文信目前只是沙州下属敦煌县的县丞，年纪才二十四五岁，此次却出言不凡。惹得众人一时刮目相看。他谈到了一个很要害的实际获利问题，眼光着实不凡。

尚书张淮深又问他：“那么，这个杜论悉加目下是杀得还是杀不得？”

“暂时留着不杀为好。若此次不杀，今后再择机会杀之，来为两位老将军雪恨。”

张文彻之前一直神色端严地听着众人的评议。此时，程子迁注意到他的嘴角牵动了一下，鼻翼旁那粒黑痣泄漏了他的不安。史文信刚才的话，是对他所献离间计的重大修正，而看尚书的反应，似乎有些倾向于史文信。他的面上就有些挂不住了。

众人又集议了一会儿，尚书张淮深抬手，示意可以收结了。厅堂里又安静了下来，每个人都注目着他。可是，等了一会儿，他并没有说什么话，却唤了一直偏坐在门首旁的恒安法师："法师，今日你从灵图寺来，都僧统是否有带话来，或有其他事要叮咛嘱告的？"

恒安朝着尚书的座向欠身施礼，眼目低垂了答道："都僧统只说请旌节，未说其他事。"

张淮深又转问坐在近侧的索勋和李明振。他这两名姻戚、沙州的老臣听了此前厅堂内各人的议论，也觉得目前应以请旌节为重。

索勋补充说："肃州变乱，沙瓜两州已不容任何闪失了，应以畜养实力为根本，今后诸事都须周详考虑了。"

张淮深收齐了各人意见后，后面的程序却是之前厅堂议事所没有过的，他最后询问的是自己的三子、现任沙州司马张延绶。

延绶移身正对了父亲，整一整袍衣，正色答说："父亲，依我看，此次还是应以请旌节为第一要务。至于打击嗢末势力一事，不妨让使节至凉州后，观察了情势再做打算。如果条件成熟，当然不妨一试。"

"那么，在删丹还须做这般行动么？"

"离间之计可以用，但须慎用。此次若采用，则行事定要万分妥帖，目标达到就要及时撤出，神不知而鬼不觉地办成。"

“那你认为杜论悉加此刻该杀么？”

“那杜论悉加精干狡猾，此番若成功挑起他与回鹘的矛盾，则留着他不杀为好，以便让这两支犬戎彼此相伤。不过，还是到凉州见了翁郜后再做决断吧，若翁郜并无此意，也就无须多言了。”

尚书又问他：“程押衙已领命出使甘州了，依你看，谁人适合担当这个入京使节呢？”

“属下不敢妄言，还请尚书定夺。”

尚书很满意他的回答，至于延绥回避说出的那个使节人选，其实他自己、延绥以及在座很多人都已明白了。

尚书点点头，两手撑膝，挺直了身背，所有人都在肃然静听。

“内宅都押衙张文彻听命！”

张文彻立即出队，正坐于尚书对面：“属下在！”

“你熟悉内外事务，又能善断形势，特命你为第三班入京使，无论宋闰盈、高再晟等人如何命运，你定要抵达京畿。请节之大任，就交托于你了。还有，今次史文信出言得当，依我看，年底前可将县丞事务交予他人打理，做此次的副使。另外，李伯盈也一同随了都押衙出使吧，可以增加一些历练。我让浑子建分出一队得力将卒随你们出行，到删丹和凉州时，你们自可相机行事。如何筹办发程上路，就与程押衙、掌书记一同商量起来吧。”

张文彻绷着脸，领受了这个他自己讨来、略有些尴尬的任命。随行的史文信、李伯盈都是与他意见不合的年轻押衙，此前也没有什么资历。

到这时，众人才恍然大悟，明白了今日尚书召集厅堂会议的两层用意：第一当然是商定请旌节一事，这个没有疑问；而第二个的目的，却是自然而然地让三子张延绶作为未来使府的继承人而首次正式登场了。

这当然会在各人心中引发不同的反应。这些反应，如渗入沙土里的分岔的一股股细流，将要流去的方向却并不分明。事后回顾时，大致还能看清它们的脉络走向，可在当时，每个人都是局中人啊！

23

此次厅堂议论的四年后，丙午年的春正月，唐廷群臣上昭宗尊号曰圣文睿德光武弘孝皇帝，改元为大顺元年。沙州这里因地处偏僻，消息隔绝，一直还用着“龙纪二载”的纪年，到年中才获知了改元一事。

这一年，却是怎样一个凶险之年！

二月二十六日的午后，程子迁、张俅、史文信三人冒着一场早春暴雪，带了自家的几个仆奴，将尚书张淮深，夫人陈氏和延晖、延礼、延绶、延锷、延信、延武六子连坟一茔，草草葬于莫高里南原。至暮晚返回，因大雪路阻，还起了大风，他们就中途折去了灵图寺过宿。仆奴牵了马匹，由当寺马奴索咄儿领去了马厩安顿，寺主恒安法师立刻将他们三人带入了自己的净室院落中。

雪势未见停歇，低空积着铅灰色的云，天色昏暗，寺里已点起了灯。他们三人踉跄走上梯阶，脱去鞋履，进了前间廊上。他们的耳目仍停留在数日来的震惊、错愕与愤怒中，困于噩梦而无法出言，而数日来奔忙不停，已连续数天没有好好眠息，此际都疲累之极。净室前间特设了挡屏，生了两具暖炉，铺了一张大毡毯。他们就地躺下，很快就酣眠睡去了。

恒安法师知道他们这几天的辛劳，又遣寺僧去提前烧热浴室汤水，一等他们醒来，就可以沐浴净身。值事小僧也在准备水罐、饮器、酒和胡饼等吃食，以备浴后补充体力。

昨日，恒安曾赴龙兴寺方丈院探望过都僧统。自事发以来，老人一直在床躺卧，前天刚恢复了一点精神，可以靠了枕垫自己坐起。他被这场凶暴的事变打击，情绪异常低落，其实身体方面并没有什么大碍。

只要张开眼目，都僧统便会扯了恒安的衣袖，口中说出这样的话："沙州有邪魔作祟，恒安，速速驱魔！速速驱魔！"

老人的神志是否清楚？恒安没有把握，只得一遍遍告知他，这几天灵图寺僧一直在为尚书合家做超度法事，待入葬完毕，翌日后便会开启七天的咒念诵经。可是，所谓的"邪魔"究竟是怎么回事呢？是譬喻，还是在说人间实相？不管是何种，他都不明白老人所说的驱魔该当如何办理。是要做秘密的曼陀罗坛场仪式，还是别有所指？若是前者，他和僧众都无从施手，在沙州，也只有都僧统和中和三年去世的龙兴寺曹僧政曾在太保出征凉州时做过一场。可那是多少年前的事了？结坛作城需要很多器具手续，时程也很长，老人现在这般衰弱，是根本没有可以支撑的体力和精力的。

他欲要出语相问，老人向他摆摆手，闭合两眼又迷糊了过去。也不知他是真睡着了，还只是在默息中思虑。此后他就退出离了龙兴寺。

安顿好程子迁三人，恒安回净室内间宴坐等候，心中诸般错杂思绪慢慢地一齐涌将上来。自太保离沙州后，自己因为是太保嫡系，确实受到了尚书张淮深的排挤，幸亏有都僧统遮护，才得寄身在灵图寺，多年来，在僧界也一直低调蛰伏，对世俗事务很少参与。可是，现如今尚书一家举户殒毙，遭逢了如此血腥残忍的袭击，自己的那份幽怨还算得了什么呢？这次事件已在他心里激起了极大的愤慨和怀疑。这里面也掺杂了一份悔恨：倘若之前多加留心，也许还能与都僧统联手来制止啊。唉，如今叹息又有什么用处？他知道，一个时代已结束，沙州此后已再无英雄了，而且很可能余波不息，后面还会发生持续的动荡。为什么这么说？因为自太保起事以来，维持了沙州近四十年稳定的各大门族间的实力平衡已被彻底打破。

昨日从龙兴寺僧人那里，他听得了凶案现场的若干情形。

说是凶犯数目约有十几人，俱戴了悉磨遮的鬼神面具，于二十二日中夜潜入了内宅。先杀了几个当值的内宅侍卫，然后分队扑向了尚书楼阁和六子所居的前院。

据最早发现异常的内宅掌更奴子报告说，尚书六子都是被绑缚到前宅院落，被利刃刺中胸膛而死，院中地面，半被溅出的鲜血所染红。又有血迹延向了后宅。到楼阁前，见门户大敞，通往卧房的过道中，一名受戮的侍女躺倒在地，来到卧房内，先见尚书卧毙在床榻上，面目神情甚是可怖：他从睡梦中惊醒，都未及抓握三步之外架具上的那柄横刀。此时并未发现陈氏；通往内院的门也敞开了，走入才看到她的尸首：她死得最为惨烈，头颅竟被生生割下，抛入了壁墙角落中。

此后，人们在前宅的内房中，又发现了延晖、延礼、延绶的女眷，她们被堵住了口舌捆绑在房柱上，也一同被害了。四子延锷的新妇和尚书小女张延延，因为一个回了娘家，一个被索勋女儿索清安邀去了同住，才逃过了这一劫难。

这举室殒毙的场面无比恐怖，掌更奴子惊骇莫名，过了一阵才想到奔出内宅，去官楼上敲响警讯的钟声。

那天早间，当消息传至定难坊李家宅，太保女夫、凉州司马李明振当即一口气提不上来，昏厥在地。连忙去请医学博士上门诊治，李明振却挣扎着要起身，夫人百般劝服，才让他饮下汤药，躺卧休息。第二天，他由自家三位公子陪同、坐了肩舆来到使府内宅前院，地上的血迹已擦拭干净，但数条殷红的血滴痕迹仍残留在门槛上。

这场猝然而发的变乱震动了整个沙州城。

又听说这队凶徒得手后，自原路返出，此时正好掌更奴敲响了官楼大钟，他们惊惶中窜入城北一条坊巷中，遭遇了北营的巡逻夜兵，然后就全数被杀。听军将们言说，揭去面具后看装束颜面，那些死去的贼人都是来自嗢末、蕃戎的游贼。他们立刻遣出一匹巡骑趋马回营，报知了延嗣儿郎和浑子建。

可是，这实在太蹊跷了。众所周知，内宅常备侍卫也有三十五六人，平日都是分三班值守，当夜内宅里也有十多个人，而偏院又有仆奴房舍，他们是如何如入无人之境闯入的呢？行凶后又能全身退出，却如此凑巧地遭遇了巡夜军兵而全队尽殁，干干净净没留一个活口，导致本案竟无一个凶犯落网，也没有一个现场目击者。天下有这么奇怪的接连巧合么？不用说，恒安已经嗅到了血腥背后的阴谋气息。

且看吧，不用太多时间，真凶的面目就会渐渐浮出。

面临如此局面，不知都僧统会采取何种措施呢？他会默认现状而无所作为么？老人毕竟已经年近八旬，到这个岁数还能做什么惩凶除恶的举动啊？转念又想，兹事体大，我还须再见都僧统一次，探明他的真实意思。而一等程子迁、张俅、史文信醒来起身，他也必须了解他们的明确态度。

三人一觉睡到了第二日凌晨寅时。恒安这日会领寺僧为尚书做七日念诵，此时尚还有一些余裕时间可以与他们相谈。

沐浴后，吃过了酒食，程子迁三人身暖肚饱，又兼养足了精神。寺主如此厚待，不能不言谢，于是一同向恒安匍匐顶礼。

恒安也俯首还礼："切勿言谢啊，你们为尚书一家安葬已辛劳多日，本寺若能为三位减去一些身心乏累，也是理所应当。"

室外仍是昏黑，不过，雪好像已落停了，前间室内很是温暖，两只铜盏里的灯焰不时跳跃着，将各人身影投在了壁面上。这桩惊天事变才过去了没几天，他们的面上都有一种显明的失落感。仿佛有什么重要的东西已失去，而且再也无法挽回了。

四人都陷入了沉默。恒安探出一只手拿起了火钳，拨弄着炭火，只听得木炭燃着后发出的轻微的噼啪声。

终于，有人开口出言了，是程子迁。他所问的是唐和尚："都僧统应已知道情形了吧？"

恒安点头："龙兴寺的僧政们隔天就告知了他，老人为此已躺卧几天没有起身。都僧统司大小僧官都很错愕，人人不知所措。不过，都僧统已让他们发下了转帖，沙瓜管内各寺僧尼，由各寺纲首僧严加管勒，近期一律安居寺内，不得外出走动，以免招人耳目。”

这项措施很有必要，当此乱局，僧界须保持最大程度的安定。

“这桩凶案，实是骇人听闻！尚书主政沙州二十多年，功勋卓著，我呢，虽然不像当年追随太保时那样能侍从他左右，平日里拜问也不多，但他这回合家所受的惨祸，其残忍荼毒，让我绝难接受。”

他对面的三人都默默垂下了头，其中年纪最轻的史文信的眼里已噙满了泪水。

“风生于地，起于青萍之末，渠堤之溃，必始于蚁穴，这件凶案的背后，恐怕并不简单。我也不和你们多绕弯子了，三位倘若有心为尚书做些事，目下应做的头件是……？”

他欲言又止，观察着对面三人的反应。

史文信只哽咽着说了些附和的话；张俅答说自己这几天头脑昏乱，目下还未及考虑更深。

程子迁接过话头，说道：“凶案的查实，还须从长计议。我们已将尚书、夫人和六子安葬，目下最该做的事，或就是请掌书记给尚书撰写墓志铭了吧，可是，照我看，目前情势下，要不要、能不能做这件事，恐怕也需要好好思量。”

张俅有些不解了：“给尚书写墓志铭，是我分内事。从乾符初年入使府，我在尚书身侧前后跟从了近二十年，尚书于我有大恩呐。程押衙，某愚钝，不知为何这墓志铭不能写呢？”

“前日，延兴和延嗣两个儿郎已去了瓜州，有传闻说他们有意迎回淮鼎郎君继任使主位，今日或明日，瓜州索刺史或就会伴了郎君回返沙州。不管今后谁做沙州使主，掌书记啊，你怎知他心里的真实意思呢？”

张俅说：“拥立太保嫡子，这是可想而知的结果。唉，只是，只是这样的替换手段，实在太过残酷了。”

恒安同意程子迁的看法：“墓志铭一事，确如程押衙所说，估计要暂缓了。等今后使府稳定下来，再择取时机吧。三位的心思，我大致已经明了。今日呢，本寺还有两个人，你们可以同时一见。自使府出事后，他们就一直避在我这里。”

他击了三下掌，一边还预告说：“其实，你们本来也都相熟。”

话音未落，廊上咚咚咚传来了杂沓的脚步声，门首处，一个白面青年将头探出半个，张望着净室里面情形。待认出座中人，立刻大剌剌地走了进来，他在程子迁面前对坐，头叩了毡席，深施一礼。口中称言道：“属下见过都押衙！”

程子迁一见就乐了，这不是仁贵儿郎么？他今年已是十九岁的青年，身材不甚高大，模样越发俊朗秀拔，但少年时的脾性一无更改。他的身后，正站了他的父亲曹目连，也在对他拱手施礼呢。

两边当下寒暄了一阵。开春后，曹目连父子第三次出使于阗刚刚回返，回来没几天，二月中旬曹目连又去肃州、甘州办理事务，前几日停在瓜州时，得知了沙州这桩惊天血案，当下就将驼马队和货物辎重留在了邸店，和曹仁贵两人骑马赶回；到得沙州不进城，却冒雪投来了灵图寺。

这又是为何呢？

"前次出使于阗，乃衔负了尚书指令，如今归来沙州不久，尚书却不幸殒命于凶徒，覆巢之下，人人自危。沙州无主，我便不能进入州城。与恒安法师在追随太保时就是故交知己，一时没有去处，就暂时投在寺中借住些日子。待情势明朗一些，再作计议。"

暂且也只能这样了。众人听了都觉得合理。

尚书张淮深对于曹目连可谓助力不小。曹目连任使府孔目官时就很受尚书器重，退职十年以来展开的各项经营，尚书又是他最大的恩主。现在恩主已亡，对曹目连来说就如同大厦失了栋梁。且不说为尚书洗冤报仇吧，他对目下局势一定已有自己的盘算，之所以来灵图寺，或就是想从恒安法师这里取得支援。众所周知，恒安虽然没有在都僧统司担任僧官，却是都僧统的亲密近从。那么，只要都僧统还健在，恒安对未来使府的动向就有不容小觑的影响力，得到恒安的助力，是为了最大程度地保全曹家。

大家又问了之前于阗行的情况。接下来就是仁贵儿郎的专场了，日出前的两刻时间里，他讲了很多见闻故事。不过，要点是此次出使他是和于阗绘画手安存立一同上路的。这几年，他与安存立两人已结成了亲密友伴，路途得了很多便利，也增添了不少乐趣。到于阗后，正逢老于阗王去世而全国举哀，随后，王子尉迟毗讫罗摩继位。安存立在敦煌是绘画手，在于阗却是王子侍卫，既然归返来，年轻的于阗王马上就给安存立授了官职，命他专任沟通沙州和王廷的鸿胪大卿，连仁贵也沾了他的好运气，不但第一时间就获得了觐见的机会，还特许他在王宫里伴从了一个多月。每日都在于阗王面前做些什么事呢，他就发挥了他的巧口舌，讲述沙州的风光人物是如何之好，圣教是如何兴隆，很得于阗王的欢心。这也为日后沙州与于阗更为紧密的结盟埋了一个伏笔。

而于阗使曹目连此次的最大收获，乃是获得了官方允许，可以直接向沙州输送军马。这是尚书张淮深一意想促成的交易。于阗设法说服了西州回鹘，免除了其戒心，因此，马匹过境已没有任何阻碍。

日阳探出了寺主院的墙头，屋里几人也收结了谈话。程子迁他们午前要归返，回家稍稍安顿，就要去使府等候随时可能入城的郎君和刺史；恒安法师这里也要领了僧众开始做超度念诵。因此，大家就在净室里暂且告别了。

法师将他们三人送到马厩，待他们都上得马，告诉他们说，从这个月开始，每个朔、望、晦日，灵图寺都会有讲经，三位若没有什么闲去处，就结伴来寺里听讲吧。

程子迁他们再次谢过恒安，这就上了马，迎着熹微的曙色，向州城行去。

走马来到了弯道口，这里通去大路尚有一段距离，积雪深厚，又兼高低起伏不平，他们不得不牵马步行走了很长一段路。史文信对程子迁说："法师要我们去听讲经呢。"

"那就来听喽。掌书记本来就与灵图寺有缘。"

张俅这时却说及了程子迁："都押衙，若果这次真是淮鼎郎君继位，那么，他最亲近的僚属就是你了吧？整个沙州，只你曾在京都太保和郎君身边侍从过。"

也真是。程子迁想，若真是由太保这个当年常常责罚的浪荡儿郎来接手沙州，那么，能劝服影响他的人，恐怕也只有自己了。郎君回沙州以来，在使府内并没有什么相熟人物，幕僚嫡系也等于没有。自己今后要担当何种角色，确实须要提前思量。

大雪后的沙州城，街面上有些冷清，日阳照着路面和屋宅檐口的积雪，反射了刺目的光。路上闲走的人很少，不时有四五骑军纵马驰过街衢。来到使府官楼前，见这里已站立了很多担任警戒的北营兵士，入使府后，又遇到了北营军将浑子建。两边相见，都为尚书一家的遭遇唏嘘愤慨。浑子建说，目前已将使府内宅的所有侍卫全部看管起来，倒也不是羁押，而是要调查清楚那天晚上的情形，看是否还有遗漏可疑情形。在延兴他们迎淮鼎郎君入沙州前，使府内外一切事务，暂时就由他配合三位押衙共同料理。又询问了南原尚书墓所的位置，说择日要领了合族去祭拜。

入厅堂，见到堂中正位白龙障子前尚书常用的那只乌漆凭几，立刻又引发了物是人非的感慨，四人都默然垂泪。不管如何，使府的日常政务不能停歇。他们先唤来仆奴打扫清理，将各座次的旧毡拿下，换上了新毡，门窗尽数打开，让堂内光线敞亮起来。这番整理后，三个人再加上浑子建，便将积压了多日的使府文书全捧了来，两州各县呈上的公文一件件相互会商后议决，最后由坐于书案前的掌书记张俅勾押代署。尚书印信如今已不能使用，所盖的是代表张氏使府的白龙阳文印。

午食是军将们送来的，简单吃过后继续工作。到申时初刻才处理完，交予邮使衙役下发处置。浑子建要回北营，张俅要回家一趟，而程子迁和史文信就留在使府守候。万一郎君他们入晚前来到沙州了呢？若是明天一早到达，他们也须提前接应。因此两人各遣仆奴去自家通知，今晚就在使府过宿了。他们两个闭合了厅堂的门，一同坐在前院的僚佐屋子里。

这几年，程子迁一直与史文信共事，两人脾性相投，平素就比较亲近，可以说几乎是无话不谈。入晚后，院中闲杂人等尽数摒去，两人便散漫地谈论起来。

早间自灵图寺回城的路途中，不，应该说自内宅凶案事发以来，程子迁一直在寻思一个问题：将尚书张淮深和六子视为仇雠而施加无情杀戮的，究竟是哪一方的人？

史文信答说，若信从北营军兵的说法，在城北坊曲中杀掉的就是进入内宅的凶徒，那么，以嗢末为首的周边蕃戎就是最明显不过的敌人了。这也很说得通，自太保征伐凉州以来，沙州就与嗢末奴部结了世仇，沙州这边，康通信、阴文通先后死于嗢末人之手，四年前，张文彻和史文信出使路经凉州时，又劝服凉州使翁部联手回鹘，于城楼宴集时斩杀了嗢末首领杜论悉加。如此，则杜论悉加的部众袭击了使府，也是说得通的。嗢末人有着最明显不过的报复动机。

程子迁只能苦笑了："你道那些嗢末奴真有如此神通？可以从凉州西一路行来沙州，大摇大摆入城，入夜后又能顺利闯入使府内宅？你也知道，使府外有巡夜兵，内有带刀侍卫，屋宅墙垣高耸，门禁管制极严，仅凭几个粗野莽汉，是绝无能力做成这件案子的。"

"能否从北营兵士那里打听一下具体情形呢？当时为首的巡街军将是哪个？为何全部当场击杀而没有留一个活口？浑子建为人忠信，对尚书别无二念，若他肯从中打听，或许能听到一些什么吧。”

程子迁望向半空中，似在求解答案，过会，又语气缓缓地说：“设若那十几个被杀的嗢末贼人真是凶犯，那么，他们在沙州城内必然会有一个颇有势力的内应。我甚至觉得，主凶根本就不是嗢末。”

史文信倒吸一口气，瞪大了两眼看定了程子迁：“莫非是内宅都押衙高再晟？”

“这话不能轻易出口啊。不过，即使他并不知情，这督管不力的罪责终究也逃脱不了。”

“自凉州出使回来，他就接替了张文徹的职位。能导引贼人进入内宅的人，恐怕也没有几个吧。”

程子迁摆摆手说：“此言差矣，可以说，能导引贼人的人恐怕为数还不少。不但高押衙有牵连，他的前任张文徹，连同尚书身边所有亲信押衙，恐怕都难以洗脱嫌疑。也包括了你我在内。”

史文信低头不语了。

这是个敏感话题。程子迁一向持超然的态度，尽量不去打听，更不会主动去牵涉。但今日情势已不同。必有内因造成了沙州这场大动荡。撇开外敌不论，有一点很分明，自肃州之乱后，沙瓜两州虽然表面上并没有形成什么反对势力，但私底下对尚书张淮深的非议早已不是秘密。

延兴、延嗣二个儿郎因母亲汜氏的遭遇一直对尚书心怀不满，母亲亡故后，在沙州乡野服丧三年专务农事，前年丁忧期满后，尚书将他们召入使府，仍将他们安置在了瓜州营和沙州北营，延嗣另还执掌了北营。延兴、延嗣毕竟是尚书骨血所生，程子迁认为他们不会牵涉其中。

阴文通去世后，索仁安本来领衔了各级军将，但他自从因肃州事被撤职，就一直称病长住瓜州，很少来沙州拜问。程子迁并不知道索将军的一手情况，但有一回去瓜州交递尚书亲笔书信时，却曾亲耳听见他手下的几个军将对尚书张淮深的微词，提到尚书名姓竟然也不避讳，这是颇使他愕然的。这几年来，在瓜州或已存在了一个抵制尚书的反对派。刺史索勋又在其中担任了什么样的角色呢？

据传，早在尚书遣出三班使节出使京都时，内部就曾出现过争端的苗头。使团归返沙州后，不知为何，张文彻就被尚书撤去了内宅都押衙一职，调去看管了军资库，内宅都押衙由现在的高再晟担任。史文信这个当事人就在身前，也许他能说出一点当时的详情。

史文信平日里素来行事谨严，若换了平日，定然不肯轻易相告。但今日情形不同，已到了必须分理清楚的时候。因此，他没有任何遮瞒，就将他随同张文彻出使的前后事，择其要节一一托盘而出。

四年前，也即光启二年的入冬时节，第三班沙州请节使张文彻依计说服了翁部诱杀杜论悉加一事，很多人都是知道的。但在凉州停留的几天时间里，史文信同张文彻对于杀还是不杀杜论悉加，还有过一番激烈的争论。

当时翁部仍在犹豫，迟迟未作答复，史文信便催促张文彻早日启程，切不可延误了尚书交代的入京请节大事。张文彻两句话就将他怼了回去，言道："请节，早去和晚去，结果都一样。你没听内地邮使传来的消息，京畿正纷乱不宁么，王廷百官四处逃散，连皇帝也移驾到了兴元？”

张文彻说的是实情：是年春天，天下诸道兵马以勤王为名进入长安，抢掠之后便纵火焚烧宫室坊里。十月，宦官田令孜挟持了僖宗从大散关逃到了兴元。

此前，邠宁节度使朱玫攻入长安，拥襄王李煴为帝，又派部将王行瑜追击僖宗。十二月，王行瑜得唐僖宗密诏，倒戈返回长安，将朱玫及其党羽数百人斩杀。这年的冬天，长安异常寒冷，城里九衢积雪，一直没有融化。王行瑜率兵入城当夜，寒冽尤剧，又纵兵大掠，此时正值寒冬，逃散百姓冻死无数，横尸蔽地。河中节度使王重荣擒得伪帝李煴后将其斩杀，首级装函送往了临时王廷所在地兴元。

可以说，此时的京畿周边的确是一团乱局。

史文信按捺不住，便出示了临行前尚书交予的白龙令牌，言道，尚书有令，执此令牌者为正使，一切听凭调度。请都押衙以请节为第一要务，如果都押衙不肯上路，明日我就带了几个人单独出行了。

张文彻的面色就很难看，尚书派出史文信，很明显就是为了制衡他的个人决断的。他呵呵冷笑着说，不杀了这为祸的杜论悉加，阴文通阴将军的幽魂地下也难安呐，今后沙州使府怎么还抬得起头来。尚书既然如此吩咐你，我也无话可说。不过，翁使主已说了，须过得元日才肯放我们通行，明日你可以亲自去问他。

第二日，两人同入凉州使府，面见了翁部。那翁部告知已向回鹘遣出了信使，宴集就定在了除夕。

“你们两个也出席吧，杜论悉加随你们处置。我只让手下军将看管住他的随从。”

翁郜已做好了部署，准备以除夕大飨的名义，将嗢末奴部的军将首领全数诱至城中，伺机一齐捕杀。

宴集那天，杜论悉加因受凉州使主翁郜和回鹘王的双重邀请，放松了戒备，就畅怀大饮了。到掌灯时分，他已喝得酩酊大醉，当四五名怀中藏刀的沙州人将他带离座席也浑不知觉，稀里糊涂就被杀掉了。与此同时，回鹘人和凉州天平军也遣出骑军步卒，提前围合了散居城内外的嗢末部旅，纳降者不杀，抵拒者斩杀。删丹境内的嗢末部落不肯投降，很多都死于战斗，少数逃遁去荒野。降卒部伍被缴械后，全数流放去南蕃境内，不得归返凉州。结果就是回鹘再得了删丹，翁郜坐稳了凉州，而沙州为历年来死于嗢末的将士们报了血仇。

杀杜论悉加后的第三日，翁郜放沙州第三班使团启程了，还送了几匹健马和缯帛等物，以答谢沙州人在剿灭嗢末奴部上的合作。

但史文信就此和张文彻产生了裂痕，导致此行路上使团内部出现了分裂。

史文信问程子迁：“都押衙，我做错了么？”

程子迁答：“若是秉承尚书意旨，那么你没有错。”

“那么张文彻错了么？”

“若尚书并无斩杀杜论悉加的意思，他这就是任意行事了。难道，过后张文彻就为了这个而被查纠？我记得厅堂议论过这事，尚书当时的态度是不置可否的。”

史文信摇摇头：“如果光是为了凉州杀杜论悉加一事，尚书还不至于要责罚他的。因为杀了嗢末贼酋，也能稍稍安抚沙州百姓，提振士气啊。张文彻在此后的出使途中，一直对尚书请旌节一事冷嘲热讽，甚至与随行军将们共通声气，公开出言抵制。这个，却是尚书所不能容忍的。”

“请史押衙分说详情。”

第三班使团与之前宋闰盈、高再晟他们所取的会州方向不同，走了南下兰州、临州和渭州的官道。他们边行路边打听时局动向，于光启三年二月初抵渭州时，得知王廷已播迁至东南面的兴元府，于是又走秦州折向南面的成州。这一路都是险峻山路，又兼风雪披身，沙州遣出的这个近二十人的使团很是狼狈，走夜路时还折损了一匹驼马和所驮辎重，众人皆怨恼不止，尤其张文彻和军将王忠忠、段意意，口中都在抱怨为何挑了这么个天寒时节来入觐面圣。

程子迁评论说：“他们所说也没什么错，在凉州再待一阵，到初春天暖些再上路也不妨的啊。”

史文信说：“当时确实有点急切啊。但尚书将我遣出，不正是为了催促众人履职么？”

“也对，史押衙没有做错什么，彼此都是误会而已。那么，沙州出行前，尚书是否当面交代过什么话？”

“尚书那天对我说，自己这一生要打的仗已打完，在他有生之年，也许看不到收复肃州、甘州和凉州的那一天了，他已经尽力而只能期图于后来者。现在，为沙州请节，就是他唯一想要做到的事，不但是为他自己，也是要为所有沙瓜百姓，在王廷争得一个名誉地位，以保沙瓜永久安固。他对我说，人生也有涯，但能做成一件事也就不算枉过了。”

听了史文信转述的尚书的这个告白，程子迁心中亦觉有所感动，此时，他才真正明白了尚书的用心苦衷，同时，也理解了为何史文信会在出使途中与张文彻两人如此地格格不入。

那么之后又发生了何种状况？

二月初抵达成州，在这里，他们意外地与听闻了王廷播迁的消息、从会州一路辗转而来的宋闰盈和高再晟前两班使团碰上了。现在，三班人马包括随行军将、驼马役奴等合成有五十多人。这三班使团，自沙州出发的时间有早有晚，很多人彼此间都有一两年未见了，一时不胜欢喜，当天还在驿店饮酒同贺。可是这个融洽和乐的气氛并没有维持很长时间。因为史文信将令牌交予了宋闰盈，由他出任了正使。

二月十五日，三班沙州使同到兴元驾前，与沙州之前派驻京都的进奏院知院官宋夷则会合；十八日正使宋闰盈进奉宝物，十九日与鸿胪寺卿对谈；二十日，宋闰盈、高再晟和史文信一同参见了四宰相、军容使田令孜和几位军府长官，呈上了尚书亲笔书状，由宋闰盈一人细说了请节情由。当时一名白头宰相说："因王驾近日就要回返长安，专使可提前去往凤翔等候，待鸾驾一到，即行给予答复。"

三月一日，沙州使团依约提前到了凤翔；三日后，王驾入城，五日是寒食节，依唐廷律例所有官吏有三天休假；八日假开，宋闰盈再次求见宰相和监使内官。当日，内廷正商议从凤翔启驾回长安的日期，凤翔节度使李昌符以等待长安宫室修缮完毕为名强行滞留，中枢各官一时忙乱应对，回銮日期难以定下，只得暂决六月起行。对于沙州方面的申求，决定将张淮深的检校官由兵部尚书晋升为尚书左仆射，尚书三子张延绶，授左千牛备身兼御史中丞，赐绯鱼袋章服。但对沙州所请的节度使旌节，则没有任何表示。

宋闰盈无奈只得退出了帐帷。这天晚上，他、高再晟和史文信等人在使团馆驿外的一处酒店私下商议，决定由李伯盈再次修状，陈说请节一事的急迫理由，若此次请节不得，则回鹘和周边羌戎就更加难以压制，不但瓜沙不稳，凉州亦将动摇，王廷西北边陲恐怕很快就会生出新的变乱。

九日，宋闰盈与李伯盈入中书省，将四纸书状呈递了宰相，宋闰盈言辞恳切，再三陈说道理。宰相仔细看过呈状，只说留状，两人无果退出。

回到馆驿后，张文彻、王忠忠、范欺忠、段意意等人就说："京畿不宁，回归道路危险之极，此番旌节请不来就不用强求了吧，我们领取了王廷回诏，就随了韩建韩相公的兵马一同归去，如果能平善回到沙州，岂不是大好事！"

宋闰盈、高再晟、史文信、李伯盈他们因为请节进展不顺，本就心情郁闷，听到他们的冷言语马上就呛了回去："你我同样担负了出使请节的职责，此时不恳苦努力，无功空返，岂不是让仆射失望。写了那么多表状文书，派了那么多人翻沙碛、越险道才到得王廷跟前，怎可以就这样打道回府呢？"

张文彻冷冷地说了一句："你们衔了正使名分，请得来，便是你们的功劳，请不来，便是你们的罪过，我就不掺和了。你们该怎么办就怎么办。"

从这天起，他果真就不管不顾了，整日不是和几个军将在馆驿饮酒，就是骑了马出城四处野游。

十一日，又让李伯盈写了四纸书状，呈交了白头宰相。两天后，李伯盈再写七纸书状，呈交给了四位宰相、两位军容和军府长官。宋闰盈再次陈说道理，白头宰相只说了“留状商量”，就将他打发了。

十七日和二十日，李伯盈又分别写出五纸书状和七纸书状，对方仍旧口称留状，对是否授予旌节，仍然不作回应。

前后六次递送书状，李伯盈苦苦写了二三十纸，到现在，仍是一无所获。

这边屡屡受挫，回到馆驿个个垂头丧气，那边的张文彻和军将们便在一旁冷语嘲笑。三班使团中有不少伴行护卫的官健兵士，此时受到怂恿鼓励，也拥到了院子里，在宋闰盈他们面前起哄：“旌节请不到就算了吧，仆射也不会责怪。再赖着不走，韩相公的兵马几天后就要发程，还待在这里干什么嘛！？”

宋闰盈掏出令牌，喝令左右军将士兵退下：“令牌在此，人人须得遵从仆射令旨，违令者我即会临时处置！请旌节一事，事关沙州安危，怎可以如此急迫地嚷着要归返！都等了这许多时日了，我等四人决心已下，请不到旌节，即便是死了也不会回去！”

见使团内部已成对立两派，两边众人言语争吵不休，进奏院知院官宋夷则就扯扯李伯盈的衣袖，两人商量了一番，李伯盈当夜就又写了五纸书状，第二日再由宋闰盈一人单独面见了宰相长官。他单腿跪地，眼中噙泪，将此前康通信和阴文通双双遇害，而甘州、肃州先后失却的情状仔细分说，苦苦恳求说：“倘若这次王廷仍不肯赐予旌节，沙瓜两州动荡难安，数万汉民百姓如何再为王廷看守边陲？我们这三般专使已发誓，请不得旌节，至死不回沙州。万望圣主和众长官明察。”

说完，他流涕痛哭不止。坐中几位宰相长官见此情景，也有所感动，白头宰相亲手将他搀扶起，抚慰了一番。又与军容使退至幕后，商量了好一阵才返回，他告知宋闰盈，自沙州归义以来，忠勇之心昭昭可鉴，但旌节一事毕竟牵涉重大，且容他们后几日里再好好商议，总有一个妥善办法。你们先回去等消息吧。

这日回馆驿后，宋闰盈、高再晟、史文信、李伯盈、宋夷则便召集了三班使团全体，取出了提前写好的一张立誓文书，在誓约之下，将三班使团的人事数目、各人的姓名职分一一列明，宋闰盈手执令牌，督促每人画押签名，随行的官健士兵知道这份约书回去后会呈交仆射张淮深，因此不再喧嚣作乱，乖乖地署了名。

只有张文彻、王忠忠、范欺忠、段意意四人不肯签字。张文彻说："请节一事，今日弄成了此等儿戏，你们要签便签，我是准定不会签的。要杀要剐，听凭宋正使处置。"

宋闰盈见张文彻当面抵拒，怒从心头起，便对他说："都押衙不签可以，过后就听凭仆射处置吧。"

当下两派人马就在院落中对指相骂起来。那争吵声啊，连馆驿门外候立的小厮都听得明明白白。

张文彻手指了宋闰盈说："仆射有什么功劳，定要觅得这旌节?！二十年来，派了那么多喽罗人马也请不到，如今就凭你们这几个憨书生，就能成功请得？鬼叫一万年，终究也是徒劳一场。大家不要再盲从了宋闰盈他们做这个诈祖干圣、强迫人意的事了。前日我曾下过一卦来卜解圣意，此次在凤翔定然请不得旌节！倘若你们果真请得了旌节，我们四人就用头顶地，倒着走路。"

他这番话说完，王忠忠、范欺忠、段意意哈哈大笑，开始恶口秽言地笑骂。这边的李伯盈气怒不过，朝了站在跟前的王忠忠扑将过去，眼看着就要厮打起来。

幸亏有知院官宋夷则挡在中间阻拦，不然啊，在这王廷所在的凤翔府，沙州人就要相互干仗了呢。另一面又劝说宋闰盈：我等同在沙州使府任职，荣则同荣，辱则同辱。做好自己本分就可以了，切不可动手打斗。都押衙和三位军将既然不怕仆射，放弃了请旌节，就让他们跟了韩将军先走，又有什么不可以的呢？

宋闰盈等四人再次声言："有人都不怕惧仆射的威严了，好，他们自己要求死，便给他们一个死路，何苦却还要连累家亲九族！宋院官你也不用相劝了，我们四人既然秉受了仆射令旨，倘若请不得旌节，那是死也不会回去的！"

宋夷则见他四人信心坚固，这天下午就一个人去见了白头宰相，从长安逃出前，他曾与这位王廷要人有过一些情分交谊。宰相将他引入别室，私下提示说："你们不用起疑惑，且要再加忍耐，连续呈递书状就可以，我看机会再找军容使商量，让他直接跟圣上请旨意，无论如何，我定会设法助成此事。"

三天后的二十三日，宋闰盈让李伯盈第八次写书状，这次又满满写了四张纸，当面呈交了白头宰相。月底，四宰相、军容使田令孜和几位军府长官在面圣之后，做出了决断：沙州刺史张淮深葵心向阳，忠心可彰，许授沙州节度使，并沙、瓜观察处置使。因王廷尚在凤翔，大驾未安，待回返京畿，三省人事齐备后，即遣出天使赴沙州颁旨并发放节度印信。这是王廷官员集议后无可更改的决定。

闻听此言，宋闰盈伏地长拜，久久不肯起身，白头宰相和军容使都被他感动，安慰说："都是圣主英明，我等只是奉旨遵行。沙州这番苦心，我等都看在眼里，现在且去馆驿传报吧。"

宋闰盈对了宰相和军容使再次叩谢，返身退出省院，一见门口等候的高再晟、李伯盈、史文信，一时竟张口结舌。待他稳定心神将喜讯说出，四人都喜极而泣，又一同对了圣上驾辇所在的北面子城方向拜伏谢恩。

张文彻等人听闻了这个消息，也是吃惊意外。他绝没有料到，宋闰盈他们凭了边地人的顽强固执，竟将请了二十年未能得手的节度使名号请到手了。虽然只是沙州节度使，所辖领的州县范围远不及当年太保获封归义军节度使的时候。

宋闰盈使团回返沙州，是在光启三年的四月初。因邮使的快报，之前沙州使主张淮深检校官升仆射的消息不出几日已传到凉州，然后再传回了沙州。因三子延绶正式得了王廷的任命，张淮深心情大悦，命掌书记张俅特为撰拟了《南阳张延绶别传》以庆贺。该月里，西州回鹘闻知尚书加官，派出了三十五人使团来贺，凉州翁部那里遣来了押衙曹万成特来慰问，甘州回鹘也派出了使节与曹万成结伴同来。此后，又有西州鄯善的璨微部落六人使团到访，而此前闹乱分离的肃州也遣来僧人为使，以表通好之意。

到第二年的二月，圣上才得以回銮长安，三月三日，僖宗得暴疾驾崩，昭宗立，改元文德。九月，王廷遣出两班专使，一班先赴了凉州，将河西都防御使翁部的检校官提升为工部尚书，正式授权其辖制凉、甘、肃三州；十月十五日午时，王廷中使押节大夫宋光廷、副使朔方押衙康元诚等上下二十人进入沙州，第二日于沙州球场颁宣王令，正式授予了张淮深沙州节度使旌节，并赐沙州节度使、沙瓜两州观察处置使印。其后两天，使主张淮深分别于使府官楼和中使馆驿设宴款待，第四日又伴从中使等人先赴龙兴寺拜问都僧统和尚，然后同游窟上；二十日，王廷使节归返上路，节度使张淮深、使主六子及全部文武僚佐全部齐集相送。

这是后来大家都知道的情形了。

程子迁笑问史文信："那你们回程路上，张文彻他们果真是头顶了地，一路这么走来的？"

"张文彻这回在众人面前是丢尽了脸面啦。一连好几日没有说话，王忠忠、范欺忠、段意意招他去玩骰戏，也没了兴致。说起来，张文彻的妻子还是宋家人，毕竟骨肉相连啊；大家也很有默契，就将之前相争的事搁下不谈了。四月，我们几个欢欢喜喜地踏上了归返路程。以上这些事情，在知院官宋夷则遣快骑递回的《沙州进奏院上本使状》中，记录得分明详细。我现在就去找来你看。"

史文信说完便立起身，去往掌书记张俅和他共用的僚属房中寻觅翻找，过了不一会儿，果然携了一卷用锦带捆扎好的文书回来了。

程子迁两手捧过，解开锦带，将文书铺展了开来，就着日光将那篇状文细读了一遍。之后，放下文书，对了史文信自嘲说："我可真够愚钝，对此等重要情事竟然一无所知。原来，沙州早在前几年就已分作了两派势力！现在，我比较好奇的是，使主为什么之后没有重罚张文彻，而只将他贬去看守了军资库呢？”

“都押衙，张文彻所娶的妻子，是太保夫人的亲侄女啊。而且，不但太保夫人为他求情，连在瓜州的索刺史和淮鼎郎君也为他转圜说了不少好话。你说，这个张文彻还杀得杀不得？”

“自然是杀不得了。怪不得升厅堂犒赏使团全体的那天，张文彻没有参加，原来背后却有这番情由。当时我分解不得，还以为他真是身体有恙呢。”

“仆射吩咐过，此事休要再跟人提起，过后只是找了个督造北院不力的理由将张文彻撤职了。王忠忠、范欺忠、段意意仍放归了北营，他不想生出太多的事来。”

“可是，你看现在这结果，仆射恐怕是太过心慈手软了。当时如果及时处置，恐怕还不会造成今天这样的局面。他自己是放过了，可是，被放过之人，有反省觉悟么？我很怀疑。”

24

第二日午后，有军将快骑入府来报，淮鼎郎君已到津桥，即将入城。

程子迁和史文信便唤了府中四五僚佐，一同出城去迎。来到津桥前，却见马骑上的郎君垂着头，两手抓了缰辔，身体却左右摇晃，身边，两名高大侍卫一人扶住他一侧腰身。身后，瓜州刺史索勋和延兴、延嗣儿郎和伴行军将们都面面相觑。

再看郎君的颜面，两颊酡红，似乎又醉酒了的样子。

程子迁上前拜过，唤了他一声。郎君抬起眼皮，眼神迷离地看定他，似乎一时辨识不得，便将头俯低了就近看，口中含糊地说：“啊，是程押衙，这次，我真的回来了。”

仿佛六年前的郎君并未归返沙州，只是做了一场梦游。

程子迁让两个卫士退回，自己牵过缰辔，引马上了桥面。今日天晴日暖，甘泉水两岸，成行的柽柳与初生的春草提示了寒冬的结束。河面上，河水汩汩流动，偶尔会顺流漂来小块的残冰。桥下近岸处的岸滩湾口里，枯败的芦苇仍低伏着，马莲草已探出了它尖鞘状的叶身。

如果没有前不久刚发生的那场惊天变乱，此时的沙州，正是合宜赏春。可谁还有那份兴致？程子迁回头看身后郎君，此刻他挺直了腰背，似乎从刚才的昏沉中醒转了来。他听到郎君对他说话了，不再叫他押衙，而改回了以前在京畿时的俗称：“鹰伯，你替我去告知后面的索刺史和延兴、延嗣一声，今日这副模样，我就不入城了。明日我自会回使府，就不必再劳他们相迎接送了。你陪了我同去窟上散心吧，过后在灵图寺夜宿。”

程子迁拱手点头，将缰辔交还郎君手中，自去后面队中传达旨令。索勋和延兴、延嗣及军将兵卒便与郎君告别，先行入城去了。只留了郎君的两个侍卫陪护。

好吧，既然是要散酒气，那就没什么可拘碍了。程子迁将两名侍卫打发去了灵图寺，让他们先去知会寺主恒安法师。他和淮鼎郎君两人一人一骑，便折向南面，去往了窟上。

在三界寺，先寻得了画行押衙董保德。董保德常在窟上，寺主为方便他平日起居，特意腾出了一间净室，这间净室外就是窟上师匠们的杂铺院落，一半住人，一半是置放各类器具材料的库房。当程子迁将董保德唤出与郎君相见时，有那么一瞬间，他注意到董保德眼神中的某种惊惧；但画行押衙毕竟处事老成，立即就向郎君躬身施礼。郎君向董保德询问了窟上情形，便让他在前导引，走去观看尚书窟。起初，程子迁并不知道为何郎君来窟上单独只看张淮深这个沙州前任使主所开的佛窟，其用意稍后经郎君解说后他才明白。

尚书窟就在北大像旁，并不需要攀走很多梯阶，上七八个石墩坡就已经来到窟前了。程子迁随他们两人走入了窟中，见外间的日光正好投在了中央趺坐姿的佛塑上。这尊塑像因为有于阗绘画手安存立的参与，其面容、姿态及衣饰都有一种西域独有的烂漫气质，地面的日影又返照了窟顶藻井，藻井四围，几尾团龙须爪伸出，灵动逼肖正似要跃出云霄。

郎君在董保德导引下，看了左壁面上的尚书出行图，与太保窟的出行图格局类似，但尺度要稍小些。佛塑身后、正对了窟门的壁上是一幅贤愚经变。右边壁面则绘了通身的供养人像，有尚书张淮深、陈氏、陈氏六子，独不见汜氏和延兴、延嗣二子。这的确是颇可怪异之事，汜氏夫人和她所生的长子、二子就这样完全被抹去了行迹。

郎君看向了董保德。董保德立时领会，解释说当初这么处理，曾当面请了尚书的意旨，得了允准。也就是说，这是尚书废长子而立陈氏第三子的公开表示，时间是在光启元年。程子迁想，就在那年，仁贵儿郎初次随父亲曹目连出使于阗归返了沙州。

壁绘看完，淮鼎郎君对董保德说，烦请押衙呼唤奴儿取些东西来：一张毡席，一张案桌，酒水盛器并香具一副，我要与都押衙在窟前休歇一会儿。

董保德立刻就返身回寺安排去了。

郎君看看程子迁，自嘲地笑说："鹰伯，莫要取笑我，不是我自己还要饮酒，今日早间在瓜州时已饮够了，我是要在这所尚书窟前，为尚书一祭。他与陈氏夫人及六子一门的横死，让我实难消受。祭完了，趁今日闲空，我有一些话要与你说。"

"属下自应奉陪。"

"你在尚书跟前也侍从了不少时间。你觉得，他是怎样的一个人呢？"

"自太保离沙州入质京都，尚书勉力维持沙瓜局面二十余年，耗费了如许心血，又几次斗败了回鹘、嗢末羌戎。要我说句实话，其功绩堪与太保并称双美，他是沙州的大英雄！"

"大英雄……对，你说得对。这样很好，话语里没有伪饰造作。鹰伯你还是当年那个鹰伯。"

程子迁本来脱口想问："郎君你还是当年那个郎君么？"稍一思虑，又收了口。他只是如此申明："我侍从尚书，与侍从太保，从来不做什么分别，万事都从沙瓜合州百姓来做考虑。"

"应该这样。合该这样。"

窟外传来了人声动静，郎君不再言语，走出了窟门。程子迁也走出，见董保德正指挥了两个奴子在窟前一棵枣树的树荫下铺展毡席。过会儿，案桌香具已置在了窟内佛塑前。

郎君于佛塑前地面胡跪，将酒倒入酒盏中，酹酒三觞，口中念念有词。程子迁听不清他诵念的是什么，自己也在郎君身后伏身长拜；董保德和两个奴子在窟外拜跪。

这时，不知怎的，一只雀子飞进了窟内，低飞又高起，扰动了窟内的光影，过一会儿便收翅落停在佛塑的肩上。它对面前跪拜的几人视若不见，昂转了小小头颅左看右看，喉咙里咕咕有声。

见此情形，淮鼎郎君说出了这样的话："雀子啊，你是大兄游魂托来报讯的么？你要转说些什么话语？现在，请尽管说出，这里没有旁人，只有我和鹰伯。"

雀子不言不语，身上披着窟口射入的金色日光，仿佛真是一只穿梭于阴阳两界传话的神鸟。

"雀仙人啊，那你也替我转言吧：大兄的冤屈，我定会与他伸张；他留下的小女延延，我会好生照顾，再不令她受苦；那些竖牛仇雠，我定会施加惩治，不容他们再行祸害人间。今日特来窟上祭拜，于父兄身前庄严立誓，不肖如我，定当竭心尽力，不让沙瓜再如散沙一盘！"

郎君这几句话，身后的程子迁这回是听分明了。可是，这"竖牛仇雠"是什么意思？竖牛又是什么隐语呢？

也是神奇，郎君说完这些不可解的话语，那雀儿就像有了感应，它咕咕叫了两声，扑翅又飞起，绕窟顶藻井兜了几圈，之后便越过两个拜窟人的头顶，如一枚箭矢射出了窟门外。回头看去，很快就消失在窟外的青天里。

离窟上、去往灵图寺的路上，程子迁心里仍盘算着那个疑问。郎君之前在瓜州，一定有了不寻常的经历。他不便打听，就只与郎君说些闲话。

即将转入寺前道口时，郎君勒缓马骑，回首问他："鹰伯，你道我为何入城前要转来灵图寺这里么？"

程子迁答说自己不知。郎君口气淡然地告诉他："要为尚书洗冤，我必是要来找恒安法师的。当年，他可是父亲手下第一幕僚。没有他来助力，我一入州城，不过是他人手中随意拨弄的一枚傀儡而已。”

话说得很直白了。但程子迁并没有接什么话。

入寺后，恒安法师先招待了两人晚食，过后，他就和郎君两人进了寺主院中。到亥时，郎君才返出，走入法师特为准备的净室歇息。两人密议了许久的时间。程子迁想，自郎君归返沙州后，他其实在沙州并没有住多少时间，在寿昌住了一年，此后大部分时间是在瓜州，之前和恒安法师的确没有机会当面详谈论事。毋庸说，郎君之前对尚书确乎是存了一些顾忌的，他不想与太保昔日的亲从部属走得太近。但如今情势已不同，为要稳定住沙瓜两州的局面，他非得倚重他们的力量，虽然时间已过去二十多年，很多人已故去，余下的也尽皆老去了。此外，也有与都僧统互通声气的考虑吧。

这一晚，程子迁难以安眠。自张文彻赴邠州接回二位郎君时起，他所忧虑的事很不幸地一件接一件难以阻遏地发生了。不管淮鼎郎君在尚书灭门一案中是何种角色，如今他是维持沙州使府合法权力的唯一支柱了。这根支柱再出什么差池的话，此后局面就更加不可控了。自己究竟能做些什么来防范呢？有一点他是清楚的，他此生的命运，已与张氏政权牢牢地捆绑在了一起，从情理两方面讲，都不能逃避，也不容逃避。

披衣从毡毯铺上坐起，他起身推门，来到了院落中。头顶，夜风正将两缕乱云推向南方，望去如巨鸟遗留的两支翎羽。正北面，冥空中一轮钩月与斗柄东指的七宿遥遥相对，不知预示了何种样的征兆。

第二日入城后，及其后几天时间里，淮鼎郎君并不去坐使府厅堂，只在内宅北院陪侍了自己的母亲。太保夫人年纪已七十，耳目很不灵便；此前尚书张淮深一家所遭的合门劫难，终于还是经由近身侍女的告诉，被她得知了。老人一时难以承受，不胜哀痛，好几天一直卧床不起。程子迁的妻子又被请去照料起居，这天午后，在使府当值坐满钟点后，程子迁便去内宅探望拜问。

一见程子迁，太保夫人便勉力撑坐了起来，她一把执住程子迁相扶的手臂，口中嗫嚅地说："程押衙，我家儿郎你自小熟识，他虽然浪荡胡为，但他是太保的儿子啊，他绝不会做出这等戕害同胞兄族的恶事来！"

"郎君很好，郎君很好，夫人且放心。"

程子迁只能这么意思模糊地相劝，抬头看外间廊上，淮鼎此刻正坐在那里一人独饮呢。母亲这句话他想必也听到了，但不作任何回应。

与老人说了几句家事闲话，程子迁又交代了在旁服侍的妻子几句，便俯首作礼要告退，太保夫人又叮嘱说："程押衙，你是太保身前老臣了，请你务必出力护持啊，张氏一门再不能出什么祸事了。"

"属下定当竭尽全力，请夫人安心。"

他退了出去。郎君并没有转头来看，对身后的人声走动似乎浑不在意。

听了太保夫人一番话，程子迁心中更添了几重忧虑。使府都押衙这个职位其实是个虚衔，只在使主厅堂议事时，负责提前召集而已，说白了，更像是一个使主跟前头等亲信的荣誉称号，对各项军政事务，并没有掌握什么实际权力。

他想去找前任内宅都押衙张文彻，自己与他有不浅的交谊，黑黑和奴子耕种了从张文彻那里租来的田地，两家前几年还结了一门亲。但因为刚从史文信口中闻知了张文彻出使途中的闹乱情事，他就有些犯疑了：倘若张文彻当初便是非议尚书的反对派的一员，自己贸然找上门去，岂不是会碰一鼻子的灰？而且，张文彻现在只在军资库掌事，对今后局面又有几分影响力呢？有一点可以确认，那就是张文彻与北营军将段意意、王忠忠等显然比较熟悉，他是否已从他们那里知悉了一些内幕呢？

平日他往返使府和家中都是骑驴，这几天那匹老驴得了病，一直偃卧在槽厩中，程子迁便走着回去了。一路就在低头寻思，有相熟路人迎面打招呼，他都懒得去敷衍。

行入博望坊坊口，忽有人拍了拍他的后肩，回头一看，却是掌书记张俅。上午刚刚各自散去，这会使府里又发生了什么事？张俅身边并没有跟了衙役仆从，看来是有私事来寻他的。

“我先去了你家，嫂夫人和你都不在，于是就在坊口树下坐着，等了你好一会儿，怎生在使府待了那么久？”

“去北院看太保夫人去了。”

“哦，那你见着郎君了？他不赴厅堂，又积压了很多公务文书不得批转。”

“掌书记是为这事找来的？上午你已同我说过了啊。”

“不是为这事，上午使府中太多北营军士，说话不便，我有另件事要与你商量。”

“那就去我家喽，你我细细议论。”

张俅却不肯动脚，嗫嚅半天，反邀程子迁往他儒风坊的家里去，说是有一坛越州酒要请他同饮，此外，还说有一人要私下面见程子迁。

张俅本是江南东道越州人，弱冠时入邠宁节度幕府，后因内乱，避来凉州，适逢太保征讨凉州嗢末，便加入了归义军幕府，此后迁来了沙州。他的这坛越州酒，原还是曹目连之前出使回归时，从凉州的内地客商那里特地交易来的，对他来说，极是稀有珍贵。

程子迁哪有心情品赏越州酒呢。这张俅卖了个关子，就是不肯说出究竟何人要见他，而且似乎还很忌讳被外人得知。程子迁无奈，只得跟随他去了城西。

街面上肃静得很，倒不是因为春天风尘大的缘故，而是每个街衢坊口都站了值守的兵士。这些兵士乃是奉了目前执掌北营的延嗣儿郎的命令，等于在宵禁之外，白日里也加了戒严，对行过百姓都会加以盘查。张俅和程子迁长在使府当差，自然很多军将都认得，一路并无受到什么阻碍。

到得儒风坊张俅宅前，张俅让程子迁先在门外稍候，自己先进了宅内，过会才返出将程子迁接入。张俅是内地迁来的文士，为人又谨慎低调，素来不喜好呼朋唤友，这张宅程子迁记得只在张家公子娶女时他曾奉了尚书派遣作为贺喜官来过一次，今日是第二次登门。

他刚刚踏进院子，张俅便吩咐仆奴将门户掩合了，为甚如此惶恐小心哪。

张俅将他引入了后院书斋，待看到他特意引来相见的那个神秘人物，程子迁不由忍俊不禁，取笑这迂腐书生了："掌书记如此大费周章将我拉来，我还当是哪方人物，这不是张押衙吗？”

站在书斋堂中的张文彻不好意思地咧嘴笑起来，也打趣张俅：“我本来就说一同去博望坊赴尊府一趟，可掌书记盘算周严，觉得还是将你请来这里为好。我也是无奈啊。”

不料，张俅却严肃了神色说：“两位押衙啊，勿怪我多事，现在沙州可是非常时期，我们三人倘若当街走串门户，恐怕就会被人给告了去。还是这样妥当，还是这样妥当啊。”

一听此言，程子迁和张文彻便也收口不言了，个个向张俅长揖。张俅返身出门去召唤仆奴取酒食盏器去了，留下他们两人面面相觑。

张文彻拜问程子迁说：“都押衙这向可好？”

程子迁也回问张文彻：“张押衙这向也平安？”

两人对视了苦笑。程子迁发现张文彻脸上掩饰不住的忧色愁容。尚书张淮深合门的惨死，恐怕也让他极度震惊而难以接受了吧。程子迁直觉张文彻定然没有牵涉到凶案中去，而接下来张文彻果然说到了关键一节：“程押衙，你我同在尚书麾下服役，我虽然对尚书执意请节宽纵回鹘、嗢末一事怀有不满，但听闻尚书一家不幸罹难，我也是愤慨不已。前日，我从别人那里得了一个密报，说是这桩凶案乃沙州内奸所为，更是震惊不已。兹事体大，不敢一人定夺，所以就先找了掌书记，然后再将押衙请了来。不知经历了如许纷乱事件，都押衙是否还信得过我呢？”

既然对方把话说得这么坦荡直接，程子迁的答话也就不再犹豫遮隐了：“唉，前事莫用再提了，现如今，如何安定沙州使府的局面才最为紧要。今日既然同来掌书记府中，我们就一边饮他的越州酒，一边议论如何？”

张文彻的脸色明显缓和了不少。他又问起淮鼎郎君目前的动向，听闻郎君一直未去厅堂而在内宅，他点了点头说：“郎君的头脑现在很清楚，我猜想，他是在观察沙州各方面的情势，静观其变吧。”

“静观其变？”

“是的。淮鼎郎君虽然贵为太保之子，但说实话，他长久在外，在沙州没什么根基，倘若我们不出手相助，恐怕只是他人手中操控指引的一个傀儡啊。”

张文彻这句话说得太直白了，与郎君窟上所言如出一辙。程子迁愣了一愣。这时，刚好张俅交代好仆役回至了书斋中。程子迁便停下与张文彻的交谈，问张俅道：“掌书记，在这里饮酒，酒气膻味恐会污损了书斋的庄严啊。”

“不妨，我家中人丁缭乱，其他院宅常有小儿奔逐相闹。押衙且安心，今日我们三人就在这里饮酒了。”

书斋是一间打扫得颇为洁净的后院房，朝北开有一个小院，院廊上正可容三人落座。初时三人都无言语，张俅坐姿端正地从瓮中分酒，先倒入了罐器，又从罐器里向三只酒盏里斟满，他酒还未饮，颊面已有些发红：自迁居河西以来，家乡酒已多年未能尝得，如今饮乡酒便如同了归乡，其心情之激动可想而知。

越州酒的酿造法与沙州由麦粟制成的烧酒或果酒类的葡萄酒不同，入口甜香，初时没有感觉，可是后劲十足。此刻的张俅已是两颊通红，眼色泛光。平日里，他是寡言少语的一个人，可现在，待两三杯入肚后，他借着酒劲，絮絮叨叨地说起了昔日在越州时的年少往事。

“我这辈子，恐怕是回不了乡喽。要是能回去一次多好，便是死了也值当。”

张文彻对时事消息很了解，半是劝解半是告诫地说：“掌书记都落户沙州几十年了，如今在这里儿孙满堂，还是断了回乡的念吧。眼下中原丧乱，你即便想回去也回去不得。江南南路越州那里这几年也不平靖。听说‘知杭州军州事’的钱镠领八都兵刚刚讨平了浙东观察使刘汉宏所部，兵燹所披，天下已没有一块安宁乐土了。”

听了这话，张俅一愣，张口欲辩说。憋了半天，谁知他长叹一声，竟自垂泪下来：“家乡闹乱，沙州亦闹乱，天下还有我张俅的容身之地么？”

程子迁和张文彻都从旁劝慰。张俅抹抹眼泪，回过神来似的问程子迁：“适才我出去那会儿，张押衙可有将他的陈情说与押衙听？”

张文彻说：“稍有提到，还未及细说。”

于是接下来的时间，张文彻就将他前日偶然得知的一桩情事细说了开来。

自三年前归返沙州被尚书找了个由头贬去看守军资库后，他就很少与人走动，但一同出使的随行军将中，段意意是他的姻亲，又是他的近邻，因此两人之间还时常有走动，或是饮酒，或是招邀亲朋伙友来博戏。尚书出事前的几日，这段意意就失了踪影，说是领了一队北营游骑前往瓜州、肃州一带巡弋。反正就是消失了好几天。

据张文彻自陈，得知使府内宅的事变后，他是惊惧莫名又辗转难安：那些个嗢末流贼如入无人之境，竟能凭空潜入使府内宅行凶，定是受了内部人的导引。现任内宅都押衙高再晟和作为前任的自己，或多或少都会被人猜疑。前日晚食后，他一人走去了毗邻家宅的坊社兰若，为尚书一家设香花祭供。那兰若是一间内立了菩萨坛、两面绘有壁面的土屋，就立在坊曲转角的土坡上。

当他跪在蒲团上，诵完佛号正为尚书默默祈念时，兰若外又走进了一人。因光线昏黑，一时未看清来者模样。那人也在菩萨坛另一侧坐下了，嘴里咕哝着什么，但那粗嘎的声音张文彻却听得分明，那不正是段意意么？因自己坐在兰若靠里一侧，背着门光，段意意没发现兰若里还有人，只见他突然伏地长拜，痛哭流涕不止，还说出了“尚书饶恕、菩萨救护”之类的话语。张文彻挺直了上身竖耳静听，不敢发出任何的响动。

许久，段意意也坐直了身体。此时的兰若门户外，月出云翳，照入的月光恰好投在段意意的头身上，张文彻看清了他的脸面。啊，如同被清石灰刷白的假面，那是多么疯狂而痛苦的一张脸！张文彻不寒而栗。

时间凝住了。张文彻脑里飞速转动着，想要判断清楚段意意所说的“尚书饶恕”究竟是什么意思。他不知道自己是应该截住段意意问个明白，还是继续缩在暗影里，坐等他走离。一时难以抉择。一闪念后，他临时起意，悄悄站立起来，躲在了菩萨塑像胁下的一侧，这里昏黑无光，最难被人发现。

他踮起脚，故意压低了嗓子，向那散乱瘫坐着的段意意问出一句：“段意意，你为了何事要求救护！”

那段意意听了浑身一震，立马再次拜伏在地，身体不住地打颤，带着哭腔求告说：“菩萨饶命，菩萨饶命啊！”

“是你谋害了尚书一家!？”张文彻这一问很严厉。

段意意连连摇头：“非也，非也，菩萨明鉴！我只是随同去了瓜州，将那十几个偷马的嗢末贼奴提解来沙州，交给了牢城使，他们是如何杀入使府的，我一概不知情啊！”

被带来沙州狱中的贼人，竟然成为戕害内宅的凶犯，这里面就大有蹊跷了。张文彻又一闪念，猛然想到，这个牢城使几年前曾因东城城楼起火受到尚书鞭打。此人或许真与使府凶案有关联。

“你既然不知情，为何要求饶恕！”

“小人出事那晚正在北营值守，有士兵报知那批贼人从牢狱中逃出，因此便赶去城北街巷中堵截，他们一力抗拒，于是就将他们全部截杀了！”

“杀了便杀了，为何怕惧！”

“我杀了那些嗢末奴，可是，可是将他们放出行凶的真正奸人就逍遥法外了啊。”

“贼人究竟是谁?!”

“啊，不要逼问我了，若再相逼，我便没有活路了。此刻但求菩萨宽宥，从今往后，我定当每月斋戒供养，万死不辞！”

“死罪可免，活罪却难消。此后七日，你须同一时间再来兰若，诵佛忏悔。若不遵从，定叫你口舌生疮，肤烂脚溃！”

听闻此言，段意意叩拜如捣蒜，当听到准允离去的命令后，立刻逃也似地奔了出去。

他会重来兰若么？张文彻不知道。

昨日同一时间，他就走去兰若观察，果然发现段意意在里面念诵忏悔。看来，那晚惶恐不安的段意意已然信服了菩萨的显灵。他的唬人把戏竟然奏效了。

听到此处，程子迁按捺不住了，今日倘若段意意仍还去那里，正可以堵住他问个仔细。倘若他肯发心忏悔，总要他将所知的内情倾吐说出，出言作证。

张俅提醒说："眼下沙州正在非常时期，若闹出响动来，恐会招来北营兵士啊。"

张文彻看看程子迁，然后解说道："程押衙有都押衙令牌，不怕禁夜，即便出城也是无碍。"

张俅又问："下一步我们该如何打算？"

程子迁便说："淮鼎郎君入城前，曾去过灵图寺。依我看，我们得留了这半坛越州酒将段意意灌醉了，然后一起去见恒安法师！"

张俅仍是口气犹疑的样子："就不知这段意意是如何态度了，倘若他不肯顺服相告，我们也是无法。"

程子迁嘿嘿笑说："那就干脆点，直接将他绑去了灵图寺。我家奴子、黑黑正好在博望坊家中。让黑黑吓他一吓，定可逼他吐露实情。"

张文彻和张俅闻言都笑了，仿佛他们已做成了一件很解气的事。三人各自再饮了几盏，掌书记张俅不胜酒力，很快就醺醉犯了困，靠着廊柱小睡了过去，张文彻便和程子迁商量具体办法。等张俅酒醒，他们就向掌书记家借了一辆遮幕马车，由程子迁引驾，载了他和张文彻转去了博望坊。

在博望坊，程子迁将黑黑叫到院中，如此如此交代了一番。黑黑听得仔细，特意还去调鹰房里取来了羂索、帷罩、布头，还按养父的意思，在车上装了好些空坛空罐。程子迁让黑黑坐上了驭手位，自己在前同坐。四个人在入晚前又赶到了张文彻家。张文彻唤出妻子和正好在家中的儿子张喜首，备了丰足的酒菜，大家边吃边饮，耐心等待着暮色的降临。

月上墙头，四处人声渐息，四个人酒足饭饱，便摸出了院门。自然是张文彻带路，几个人贴着黑咕隆咚的墙根，来到了转角的土丘下，兰若里依稀见有灯烛光影。为判定里面并无闲杂人和段意意是否在里面，张文彻便走去兰若门口窥看。

许久，里面走出一高一矮两个人，张文彻朝身后摆摆手：不是段意意。然后继续窥看。又等了半刻不到，他自己便走进了兰若，示意程子迁、黑黑两人随后跟上。

段意意被堵在了兰若里。估计刚才张文彻又吓唬了他一番，此刻脸上是一脸的惶惑无措。而见到程子迁，他更是惊恐莫名，两腿一软，立时就跪在了地上。

“都押衙在上，尚书遭难一事与我无关啊。菩萨令我七日忏悔，我今日逃脱不得的。”

“段意意，若你对沙州还存了一份忠心，现在就好生听令。我有一处地方，你到了那里后正可以仔细分说。佛前忏悔你随后可以再补上，现下你必须跟我们走一趟！”

“都押衙说如何便是如何，是去左近的张押衙家里么？那我们现在就去吧！”

程子迁扳住他两肩，正色道：“不去张押衙家。现在得委屈你一会儿了，你可出不得大声，若是惊扰了闲杂人来……”

他的话还没说完，黑黑就动手将他捆绑了起来，头上套了帷罩，嘴里塞了布头。段意意果然没有反抗，乖乖地跟随着，上了停在张家门口的车上。还是黑黑驾车，程子迁陪坐。这辆装了一位人质的马车这就向城东而去。一路上的确有巡逻的马骑军将拦下询问，一见是都押衙，行礼过后便放行了。来至城门口，稍费了一些口舌，就随口胡诌了几句，说是应约要去窟上赴三界寺明日一早的斋会，顺便带了些酒食给寺主。说完，还撩开帘幕，一任观瞧。既然都押衙有事要出城，查验手续也做过了，守城军士们便开启了城门，放车辆出了城。

夜路颠簸，亏得黑黑熟悉路径，一路顺利地来到了灵图寺前。程子迁一人先下车，上前敲了寺门。开门沙弥正是曹家儿郎曹仁贵的小友阴海晏，他立即跑入内院通报。黑黑将捆绑了的段意意带下车，就去了旁侧马厩停歇车马去了。程子迁、张文彻和张俅三人押着证人来到了寺中。

这一夜，当着恒安法师和他们的面，段意意将自己所知全数抖落了出来。十天前，命他前去瓜州提押人犯的是延兴儿郎，交割人犯的是肃州大营撤除后留守瓜州的前肃州副使、军将汜建立，人犯带回沙州后，接手的是延嗣儿郎和牢城使张保全，当值的牢头是郭顺子。至此，事发前大致的线索脉络已基本清楚。而且，段意意还修正了之前押解犯人的说法：那十数名嗢末贼奴押来沙州时，手脚并没有上枷锁镣铐，汜建立交付时只说他们是派往沙州修理牢狱的奴人，因此他们乃是坐了腾空了的粮草车回来的。

到此，尚书灭门凶案的初步因由已昭然。令人震惊的是，延兴、延嗣儿郎竟然是主谋，他们兄弟两个竟联手做下了这等屠戮父母兄弟、违背人伦的大恶事，众人皆震骇、愤恨不已。

而且，从段意意的供述看，此案也直接关联了前肃州防御副使汜建立和牢城使张保全，那么，沙瓜两州还有哪些军将要员还牵涉其中呢？这就颇费脑神了。

段意意那里再无其他消息可以告诉了，此刻，他很是惶恐不安。因为，倘若他泄露内幕的情事被那些奸人得知，那么他的性命也就随时堪忧了。

恒安法师一直没有出语，面色沉重。听完证人的申告，他便让张俅做了一份证词笔录，然后让段意意签名画押，之后又押着证人一同来到了前院佛堂中。恒安亲手点了灯烛、供了香花，在佛前祷告咒念。过后，他郑重告诫段意意，太保、尚书英灵在前，沙州日后的安稳，就系于你的此刻此念，倘若从此发心悔悟，协助拨乱反正，则菩萨定会施手救拔，施加后惠。倘若你再生什么异心，则菩萨惩治必不误期，今日堂中各人也必会追讨你的性命云云。

段意意看来是发了狠，他伸出自己一手，将手掌放在烛火上炙烤，当着三世佛和众人的面发了毒誓。见此情景，恒安马上让沙弥阴海晏取来药布，给他处理了伤处。慰解几句后又提醒他，明日回北营时就与平日一样，不能露出任何声色。也无须他再说什么、再做什么，兰若里的七日忏可以继续下去。

让段意意再待在这里也不是个事，程子迁便让黑黑从寺中马厩中借了马匹，将他带回自家庄田暂住一宿，明日一早就送段意意回城去。

段意意再次跪拜叩谢，便同黑黑走出了恒安的方丈净室。

众人都缓出了一口气。然而，亲耳听到凶案实情后的极度不解和愤怒已充溢了他们的胸腔肺腑。大家都沉默良久。

恒安法师将阴海晏招至近前，低语嘱咐了几句，阴海晏就步出了方丈院。当几个人继续讨论这桩凶案的细节时，外间又走来了两个人：是的，程子迁和张俅并不意外，曹孔目曹目连和曹仁贵不是正好避居在灵图寺么？曹家父子之前深受尚书的恩宠，此际定然会出力相助，更何况，曹家还拥有了常人所不具有的人事手段。

接下来，大家推议的焦点，很快就集中到了太保二女夫李明振和索勋身上，李明振近来身体欠安，听说一直卧病在床，尚书一门被杀，他是如何思想的呢？这就需要有人前去打探。还有就是瓜州刺史索勋，现在肃州大营的兵马调动权就掌控在他一人之手。只是，自护送郎君返回沙州后，他这几日一直深居定难坊家宅不出，似乎有意回避了介入使府纷争。还有那个将嗢末贼人从瓜州递来沙州的汜建立，他是知情人还是被瞒骗过了？总之是不得其详，他的动向也同样难以测度。

恒安说："都僧统前几日与我言语，说沙州有邪魔作祟，他老人家虽然目力几近全无，却比我们这些明目人看得清楚啊。沙州正自危乱，我虽是苾刍佛子，也不能坐视了。明日我会再去龙兴寺一趟。只是……"

他言犹未尽，未说出的自然是李明振和索勋了。两人都是当年太保、尚书身前最得力的辅佐之臣，若要惩凶驱魔，非他们两个出手不可啊。如果能将他们都邀去龙兴寺而他们也愿意前去的话。但这样齐集寺中，动静太大，难免会引发政变一方的猜疑和警惕。

大家的议论，就集中到了如何探明李明振和索勋两人的态度上面了。

曹目连一直在听取大家的想法，但他并不出言，许是在估算着当前的局势走向吧。是的，如此的秘密集会是担有风险的，如果风声走漏，那么今天在座的每人都凶多吉少。有没有一个较妥善的办法呢?

程子迁便将他日前陪同入尚书窟时郎君的一番话语说与在座人听了。因此，郎君到底是何心意也已经很明白，他不想做一个卑屈的傀儡。并且，他已明白告诉了程子迁，他欲为尚书大兄伸张冤屈。

恒安点点头。郎君的意向非常重要。至少，从此刻起，他们这些人所做的一切都名正言顺了。但现在，郎君在使府内宅暂时也做不了什么事。下一步，该从哪里开始着手呢?

程子迁这时却在挠头，看定了张俅："掌书记，你还兼了州学博士，是我们几个中最博闻强识的，某愚钝，不识诗书，那天从郎君那里听来一个说法，百思不得其解，此刻还请为我分说。"

"郎君说了什么呢?"

"那天郎君说到为尚书伸张冤屈时，说要惩治什么'竖牛仇雠'，这个什么牛，不知说的是何种典故呢?"

张俅手捋颌下的须髯，低头寻思了一会儿，就解说了起来："这竖牛啊，并非什么牛，是一个人的名字。关于这个人的故事就记载在《左传》里，是发生在春秋时的鲁国。郎君果然是太保后裔，才识敏捷超乎常人之上啊。大家若不嫌我啰唆，我就来说说。"

众人答说都想听这个故事。于是张俅将身转向了恒安法师："法师，不知你这里是否收有《左传》这册书的抄录卷子呢?我记性不好，知道它的出处，文字却只约略记得。"

恒安法师说："有的。我让阴海晏去藏主僧那里取来。"

阴海晏得了令，立刻快步跑去了前院。许久，才携了一个大包袱归来，将包袱布解开，里面装了数十个锦带轴卷子。张俅让阴海晏拿近一个灯盏来，低头查看卷头的题签文字，找出了他所要的两卷。

接下来的时间里，由阴海晏举着灯，张俅将这个故事细细讲说了开来。

25

"这个故事，话头要从春秋时鲁国的叔孙豹说起。那么，这叔孙豹是谁人呢？他啊，是鲁国几个最有势力家族之一叔孙氏的宗主。

"鲁桓公有四个儿子，除鲁庄公外，另生了庆父、叔牙和季友三人。这三兄弟的后人叫'三桓'，即是孟氏、叔孙氏和季氏。叔孙豹即是叔孙氏的第四代，是鲁桓公的直系后裔。

"叔孙豹后人又称他为穆子，这人可是整个叔孙氏家族中名头显赫的一个人物，甚或可以说，也是当时最有名望地位的人物之一。晋国的执政赵武因叔孙豹曾在危难中扶助过他，评说他是'忠信贞义'，这可并非虚言啊。他留下的最有名的话，诸位幼年入学塾时想必也听闻过，叫作'大上有立德，其次有立功，其次有立言，虽久不废，此之谓不朽'，也就是三不朽。"

张俅起了头绪，稍稍停下看向座中几人，大家都点头称是。程子迁忆起昔日太保在京都入质的岁月，他心情好的时候，确曾给两位郎君讲解过《左传》，也讲过“三不朽”。因自己是陪侍时旁听的，差不多已忘了这一节。

张俅说：“如此说来，郎君话语里用上竖牛这个典故，就一点不奇怪了。”

他继续往下分解。

“那么，在昭公四年，二十多岁的穆子去往齐国，路过鲁地一个叫庚宗的地方。此时天色已晚，便就近找了个民家过宿。这家只一个妇人，他吃过妇人备下的晚食后，不知怎的，这一夜便与她同宿私通了。第二日要动身上路，女人问他欲往何处，穆子把来由告诉了她，妇人哭着将他送走了。这穆子到了齐国，娶了国氏女国姜为妻，生下了孟丙、仲壬两个儿子。

“有一晚，穆子梦见天塌下来压着自己的胸口，正自难受，转头一看，见眼前站着一个藜黑皮肤、驼背、眼轮凹陷、长着猪嘴巴的孩儿，于是出口大声唤他：‘牛啊，快来救我！’说来也奇，叫出声后他就安然无事了。第二日一早，穆子将手下随从及童仆杂役全部叫来，并未见到与梦中所见长相相似的人，于是吩咐说：‘记住此人之名！’

“这时，鲁国的宣伯逃亡到齐国，穆子送他食物还助济他。宣伯对他说：‘托了我们先人的庇佑，我们的宗族定能够保全，总有一日会召你回国。若是召你回去，你会怎样？’穆子答说：‘我早就想回故国啦。’

“果然，鲁国很快就召他回去，他未及告诉宣伯就动身返国了。穆子回鲁国后就做了上卿。有一日，曾与他有过露水姻缘的那个庚宗妇人来到府中，献上了一羽野雉，还告诉他，自穆子走后，她诞下了一个男儿。穆子便问那私生子的情况，妇人答说：‘我儿已长大了，他捧着野雉跟我一起来到。’将孩子唤来相看，竟然很像穆子梦中所见的那个孩子。穆子也不问他名字，直截就喊他‘牛’，孩子立即应答说：‘诺。’穆子很高兴，就让这孩子在府内做了童仆，将他唤作了竖牛。因了庶子这层关系，竖牛很受穆子的宠信，待他长大成人后，穆子就让他做了家臣，掌管叔孙氏的家政了。

“穆子在齐国时，公孙明与他交好，穆子归国后没有去接国姜，公孙明就娶了她。穆子对妻子的改嫁很生气，待孟丙、仲壬两个儿子长大后才派人将他们接回了鲁国。

“后来，穆子在丘莸这个地方打猎，得了病，卧床不能起身。岂料那竖牛心生了歹念，图谋挑起事端。他去找孟丙一起盟誓，因他是仆奴庶子，孟丙一口回绝了他，竖牛遂怀恨在心。

“穆子为孟丙铸了一口钟，言道：‘我欲邀请国中大夫们来府中，为这口钟举行享礼，到时你便可以在诸位公卿面前正式出面应接了。’孟丙将享礼准备齐当，让竖牛去内室请穆子定下日期。竖牛进了穆子卧房却不报告这件事。出来后，又谎称穆子已定了日期。等到那天，贵宾们按时赴约齐集了府内，穆子听到了钟声，便问竖牛：‘孟丙可在座中？’竖牛答说：‘孟丙那里有齐国女人的客人。’穆子发怒，准备前去指责孟丙，被竖牛假意阻止。待客人散离后，穆子便派人拘禁了孟丙，将他绑缚到外边野地里杀了。

“设计除掉了孟丙，那竖牛又要和仲壬盟誓，仲壬也回绝了他。一日，仲壬和昭公的御者莱书在公宫游玩，昭公赏赐了他玉环。仲壬让竖牛将玉环呈给父亲。竖牛进去了却并未出示给穆子。回出后，谎称穆子命令让仲壬佩戴。

“过几日，竖牛又向穆子进谗言说：‘可以让仲壬觐见国君了。’穆子问为何。竖牛答说道：‘之前不让他觐见，可他自己已去宫中见过国君，国君赐给的玉环他已佩戴在身上了。’

“穆子闻言，一气之下又将仲壬驱离了家中。于是，仲壬逃亡到了母亲所在的齐国。

“此后穆子病危，下令将仲壬召回鲁国；竖牛虽然口中答应，却并不照办，还常常断了供给穆子的水和食物。

“大夫杜泄入府探望穆子，穆子将他受竖牛虐待的情况告知了他，还将一柄短戈交予杜泄，命他杀死竖牛。杜泄将竖牛唤来了，问穆子说：‘你唤他，他便来了，为何无端地就要除掉他？’竖牛说：‘老人家病体沉重，思想迷乱，一定是不想见我。’说完，便将盘盏里的食物放在房内，退出去了。

“杜泄走后，竖牛完全断了穆子的饮食，做好的食物不送进去，倒空后返出，再命役人撤走食具。再过了几日，穆子就饿死了。竖牛打算推立宗族内另一个庶子叔孙昭子继位，并声称愿意辅佐他。

“鲁昭公派杜泄安葬穆子，杜泄准备按上卿之礼，欲以路车送葬。竖牛以财货贿赂叔仲子和南遗，让他们在大夫季孙那里说杜泄的坏话。此后幸有国君以理说服，季孙才同意了路车之礼。

“此时，季孙图谋要去掉中军，削弱孟氏、叔孙氏两家势力。竖牛便伪称穆子生前就有这个想法，一意附和。昭公五年春，乃周历之正月，鲁国果然废除了中军。

“季孙写了一封策书，让杜泄于穆子灵柩前报告。杜泄答说：‘大夫一味听信小人谗言。你知不知，穆子生前为了不废掉中军，曾在僖公宗庙前盟誓，还在五父之衢发过诅咒！’他将策书扔于地表，与府中部属一同放声恸哭。

“灵车欲出朝门，受了贿赂的叔仲子又对季孙说：‘穆子不是自然寿终，只得从西门出。’季孙就命杜泄走西门。杜泄大声驳对：‘穆子乃上卿，依卿的身份就应该从朝门出，这是鲁国的礼仪。大夫主持国政，本应遵从礼制，岂可擅自更改！下臣唯恐因此遭受杀戮之祸，不敢服从！’安葬完穆子，他便出走了。

“稍后，仲壬听闻父亲去世的消息，从齐国返回了鲁国。大夫季孙打算立他为叔孙氏的继承人。南遗告诫说：‘叔孙氏势强，则季氏势弱，正是此长彼消。倘若叔孙氏家中有内乱，大夫可以不管，听其自便不是更好么？’南遗便召集国人，扶助竖牛在府库庭院里攻打仲壬。那可怜的仲壬被司宫用箭射中眼睛，也死了。

“经此一番手段，竖牛得了鲁国东面边境的三十个城邑，转手又将它送给了南遗。这个藜黑皮肤、驼背、眼轮凹陷、长着猪嘴巴的腌臜奴子，竟然窃得了不下于卿大夫的地位。”

张俅讲到这里停下了，适才一通长篇，他有些口干舌燥了。程子迁立即从水罐中倒水给他解渴。恒安法师素来沉得住气，听到此节，手掌重重地拍击身前的几案；而听闻了竖牛谋害父兄的一桩桩恶事，方丈净室里，人人都愤慨难当。因他们发现，目下的沙州也出现了同样的人物，而且，比之竖牛，手段还要更加残忍。

仁贵儿郎之前一直未发声，此时顾不上晚辈的礼节，大声问张俅：“掌书记，这个恶奴竖牛竟然就得逞了么？难道天不怒，人不怨？”

程子迁宽解说：“曹家儿郎莫性急，容掌书记润了口舌再与我们分说。”

饮水过后，张俅又嫌室内闷热，索性就将外袍解开，从两肩退脱了下来。他左转右转头身，将每人表情一一看过，用试探的口气询问大家了：“晋时有阮步兵，他身临当年楚汉战场，曾叹说‘时无英雄，使竖子成名’。倘若不使竖子成名，便须有英雄及时出手歼灭啊！”

仁贵儿郎大声说道：“这竖牛，做下此等悖逆人伦的恶事，岂能纵容放过！”

张俅将外服完全脱下，手拈须髯说道：“对，这等恶人岂能纵容放过！诸位，你道那竖牛所扶立的叔孙昭子即位后做了何等事？他深知自己倘若不尽快除灭竖牛，早晚也会沦为他人刀俎鱼肉，为图自保，他就须当机立断。所以，在他即位后，某日趁竖牛不在府中时，便将全族头人全数招来了府中，他说的话很直白：‘竖牛这个家奴，戮我父兄，悖逆人伦；屡杀嫡子，擅行废立而扰乱纲序，又分裂封邑交予外姓他人，妄图以此逃脱罪责。如此祸害叔孙氏，实乃宗族之头等大敌，何不速速将他杀死！’

叔孙氏当然举族响应了。

那竖牛得了消息，畏惧出奔齐国。后来啊，就被孟丙、仲壬的儿子杀死在塞关之外，他的脑袋被丢弃在边地的野荆棘中。这就是他的下场了！

左传后面还有几句评说。圣人言：‘叔孙昭子之不劳，不可能也’。意思是说，那继位的叔孙昭子不酬劳竖牛，这可并非常人所能做到。《诗》云：‘有觉德行，四国顺之’，意思是说，只要人子具备正觉德行，那么四方都会来归顺。圣人就是圣人，所言总是切中肯綮呐。刚才，听都押衙转言，我们沙州的昭子已说得够显白了。诸位，古德有训言，叫作‘一饭之德必偿而睚眦之怨必报’，若想要扶正祛邪，如都僧统所说那般来驱魔，当下就是决断时刻了！”

说完，素来文弱的掌书记将自己袍服狠狠抽打了毡毯，落座的身前，顿时腾起了一股尘灰。恒安听罢已自站起，大声宣告说：“此际关口，容不得丝毫迟疑，不分僧俗，都应出心勠力。诸位倘若愿意跟随郎君除贼，今日就在佛前燃指立誓吧！倘若还有犹疑不肯的……”

他停口看过每人脸色，语气严重地说：“哼哼，那就是与沙州的竖牛为伍，而与太保和尚书为敌了！”

“我愿意燃指立誓！”

仁贵儿郎第二个站起，高举了手臂，

“某等皆愿意立誓！”

座中众人没有任何迟疑，当然齐声响应了。

当然不会真的效仿那些立志苦行的僧人做燃指之事。恒安法师领众人再去前院佛堂，在圣像前正式立了誓言。立誓完毕，法师将龛前油灯取下，将灯焰凑近了合掌祈念的众人身前。我们可以按排序，再报一次他们的名姓：程子迁，张俅，张文彻，曹目连，曹仁贵，阴海晏，当然还有法师自己。

这立誓的七人中，曹仁贵和阴海晏都还不到弱冠之年，其余四位，一个是寺主僧，三位都是使府的文职官佐。他们有一个共同点，就是谁的手里都没有掌握改变局面的实力。目前，至少一半的沙州军在延兴、延嗣兄弟的控制下，而握有瓜州大营兵权的索勋的意向并不明朗。

他们只有七双螳臂，要阻住沙州这辆失控的车驾根本无胜算。当回到方丈净室中，细论起步骤方略，不由就有些泄气了。倘若他们私底下的联络行动被人发觉，随时都会有性命危险。这是在刀口上行路。

恒安法师询问了曹目连与索勋的私谊。曹目连摊开两手，说曾帮了金光明寺索法律在瓜州为索勋搭设了一座园圃暖房，另外从索刺史那里请得了经营官驿的许可。都是公事往来，并没有太多的私交。曹目连的神色有些焦躁，似乎有话要说而迟迟未能说出。

曹仁贵想，父亲这是在忧虑什么呢？这时，他却想到了一样物事：那具鎏金铁芯的铜龙！之前在金光明寺寻张喜首时，索勋曾将那铜龙赏赠给他。自己也许可以带了这条铜龙去索家打探。年齿已长的人，因阅历经验的关系，总会有种种的计算，而年轻人往往会依自己的直觉行事，自古以来就是这样的。

索勋长任瓜州，在座的程子迁、张俅、张文彻都与他没有密切的往来，恒安法师也是如此。不过，他倒可以私下与索法律会商一次，如能说服索法律一同协力，从他那里侧面了解一些情况，那么，说不定就有直面陈情的机会了。

可是，谁出面会比较合适呢？在座的几位中年人你看看我，我看看你，都摇着头。倘若索勋是站在延兴、延嗣那边的，这次见面很可能就会惹来杀身之祸。这并非儿戏。

众人正自犯难不决，仁贵儿郎又开口说话了：“诸位叔伯，父亲，你们倘若不方便露面，权且就由我代劳如何？”

长辈们看定他，一忽儿觉得他足够灵敏，似乎堪当此任，可回头再一想，这仁贵今年虚岁才十九，实岁十八还差了几天，让这个毛头小儿担当足以影响沙瓜军政形势的说客，能行得通么？

不用说，他的父亲曹目连已摇起了头：“不可，不可，你少年家的，须髯都未生出几根，哪能做得这等大事呢！”

“父亲放心，我只以戏语试探索刺史，并不会泄露我们今日的商议。”

“戏语？试探？你不要以为凭了一嘴巧口舌，就能说动对方的。倘若得罪了索刺史，我们就……”

“父亲，曹家受太保、尚书两代使主恩遇，才有了今天的地位。此时曹家不出力，还什么时候出力啊。这试探索刺史的事儿，或许就得使出那碗边儿打滚的办法才好。况且，我还有一件索刺史的信物在，有它在手，他定会仔细听我分解的。”

几个叔伯都有些惊讶，不明白究竟是何种信物。于是，曹仁贵便将初次出使于阗回沙州，于金光明寺先受瓜果、后受铜龙的事说了出来。

这个事，经了仁贵的提醒，曹目连才重新忆想起来，他忽地一拍前额，叫道：“嘿，我怎生忘了这一节呢。我想起了，那会儿你得了刺史赐物后，他还与我在灵修寺面见了一次。他呀，没跟我谈什么正经事，问了我很多于阗途中的见闻，末了，还特意问起了你的生辰八字，让我写在了一张帖条上。我那时就猜想，索刺史似乎是有结亲的意思吧。可索家是沙州高门大姓，我曹家哪敢有这等攀想呢。索刺史也只是顺口一提，并没有说破什么。我打了个马虎眼，就这么应付过去了。况且他家小女索清安那时才九岁，谈论都还太早啊。”

“为我说亲？”

仁贵儿郎的脸一下红了半边，心里却这么想：那天躲在刺史夫人身后对着他指点发笑的两个女娃儿中，哪个是索清安呢？五六年过去了，她长成怎样姿容了呢？他觉得自己更有必要去索家一趟了。倒不是想故意攀附，而是有了这个凭借，不管索刺史是否有意参与反正，他准保可以安然无恙地全身而退。

程子迁这时便对曹目连说：“曹孔目，我看让仁贵儿郎去一趟也无妨。你也别小看了他，我听说，当年你初次出使于阗，还是得他协助才立了功勋的呢。倘若索刺史有意联姻，也是好事一桩啊。”

张文彻也说：“赞同都押衙。曹孔目不妨让儿郎一试。”

张俅和恒安法师也说可行，这件事就这么议定了。为求稳妥，恒安法师说还是等他在索法律那里探明情况后再去。曹仁贵入索家前，他还须与都僧统会商一次，倘若可以，他想让都僧统口授一份委婉提醒的书信，以促成联络的成功。

曹仁贵便向恒安拜伏，再次重申了誓言，又向父亲和其他叔伯长辈伏首。这件事就这么决定了下来。

那边，张文彻向曹目连称赞曹家这个小儿郎，曹目连便也称赞张文彻在索法律座下就习的儿子张喜首。大家又有了欢声笑语。

程子迁问仁贵是否有说服刺史的好章法了？仁贵挠挠头皮，咧嘴笑了起来：“回禀都押衙，暂时还没有好计议。不过，容我这几天在寺里再饱睡几日，到时定会想出来的！”

听了这句调笑话，大家都放松了下来，连面色端严的恒安也抚掌笑出了声。法师随后想到，自己已抵近六十，座中老辈人里较年轻的张文彻也过了五十，他们这几个昔日太保、尚书身边的僚属，毕竟已经老了，这次或许是最后一次为使府出力。沙州今后的局面，终究还是要由年轻一辈来接手，代际的更替不可更移。曹家的这个儿郎，说不定今后真能创下一番功业呢。此事倘若办成，对他也是一项历练。

已近中夜了，恒安让沙弥阴海晏领了众人各回事先安排好的卧间休息，自己步入佛堂，继续为尚书做七夜诵经了。

26

春风骀荡的白天，地上的蝼蚁在草丛里十分忙碌，土块堆下也常能发现它们的踪影。它们散成了眼目几乎不可见的小队，搬动着人手撒下的胡饼残屑。它们之间也会相互传递信号吧？如此齐整的出行，想必会呼喝某种我们无法理会的口令。它们会将食物搬去自家库院，还是会堆集某处饱餐一顿？它们也同人类一样，有皇帝或分理四方的藩镇使主么？

恒安法师走入三界寺与索法律会面了，曹仁贵就在寺外胡杨林中等待。无聊之极，便捡起树枝拨弄脚下的草窠和土石，观察着这些微小的生灵。

已是灵图寺议后的第七日。议事那晚后的第三天，恒安法师遣阴海晏去金光明寺递送了一封给索法律的书柬，当天先入城去看望了都僧统，到得第五日早上才返回了灵图寺。

法师从都僧统那里笔录来一份书信，回来后将它收纳在一只小漆匣里，面对了它怔怔思索了许久。快至暮晚时，从金光明寺来了一位小僧，报说索法律后日欲邀寺主同饮，特为送来请帖云云。自然，这僧人间的往来书仪正是一种暗语，很可以掩盖会面的实际目的。

沙州僧并不像内地有些宗派，严格禁绝了酒肉，可今天，恒安法师和索法律恐怕都没什么宴饮的兴致吧。听金光明寺那个报信小僧说，今日索法律还邀来了三界寺寺主法海。这便更加有趣了：他们三人中，恒安法师和法海寺主都曾在太保军幕效职，索法律虽然没有幕僚生涯，却长期兼任沙州的医学博士，三年前才退职，一心专任了寺主。

眼下，窟上这里比城内的都僧统司更关心沙州的时局呢。

倘若三人议定了，意味着这件事就往前再推进了一步。他前去会见索勋，就可以带了沙州僧团和使府僚属的非正式的意见。这一点不可不察。

仁贵想，若我见了索刺史，其实也没有什么好招数，只能相机行事，走到哪里就是哪里。但有一点他很明白，为了曹家今后的命运，他必须半是正经半是谐谑地将来意一层层透出，既不可直言相告，也不能过于言辞闪烁。索刺史的为人精敏，在沙州可是出了名的。

倘若他跟我谈论其他事，比如重提之前与父亲透出的结亲意思，又当如何？那倒没有问题。刺史若有意，我也乐意啊。索家乃沙州大姓，说起来，比张姓一族的根基还要长久深厚，倘若曹家能与索家联姻，自然是曹家沾了荣光。可是，倘若索刺史只许姻缘，对出手除灭贼乱又态度暧昧呢？唉，那就左右为难，不好办了吔。

曹仁贵蹲下身，从脚边草窠里抓起一抔土块，将它捏紧在掌中，松开手，掌心的土块塑成了一个不规则的球，因土质干松，那形状并不持久，很快就散裂了开来。

他虽然才十九岁，心里却有一层很多长辈人都不会有的思虑或预见：倘这次请索勋出力，果然剿灭了延兴和延嗣，那么沙州张氏一门的力量就很薄弱了。“薄弱”一说恐怕还不够准确，尚书这一支将会彻底地没落断绝了。淮诠郎君已故去，淮鼎郎君即便奉持了太保正朔，在沙瓜两州也是根基短浅，今后不定生出什么不可知的事端来。自己与父亲应该如何抉择与保全，是颇费思量的。

从感情方面考虑，他的确如那晚在灵图寺的出言那样，坚定支持了将延兴和延嗣灭除的议案。倘使放过这两个杀戮父兄的恶人而不去惩治，自己也羞于待在沙州了，倒不如跟了父亲避去于阗为好。

他抬头望向了林子高处透出的云天，任斑驳光线投照在自己的颜面上。此刻有点想念那个隔了广漠沙碛的梦一般的于阗了，也想念自己的好友、于阗绘画手安存立。于阗和安存立，它们共同提示了一种清净广大、光明遍照的生活。

在沙州，这样的静谧生活已被无情打破了。无论如何，自己要尽其所能，去实现最大的可能性。

“仁贵！仁贵！”

有人在唤他名字，回头看去，一个与他身量齐高的青年僧人走出了寺门，正向他招手呢。

是张喜首。索法律遣他来传讯了么？

不是的。金光明寺奴仆净人不多，僧众都须劳作，张喜首在厨间忙乎了一上午，到这时才得空放出。听说仁贵儿郎来到寺中，便立即走出相见了。

手臂搭着手臂，心里说不出的欢悦。

张喜首似乎已知道他来寺里的缘由，还告诉他，父亲张文彻昨日就宿在窟上的三界寺，今早陪着法海寺主也一同来了寺中。仁贵想，如此在寺主净室内相谈的就有四个人了。张文彻与僧人的交往关系颇不寻常呢。

趁有些空闲时间，两人便溜去就近的窟龛找董保德。进到几个开工的龛窟里都没觅到人影。问匠工们，都言说不知董押衙去哪里了，自昨日中午离窟上后他一直未返来。两人有些失望，又从原路走回了寺前。

这时，却见画行录事潘顺顺手里提了画样绷架正从寺内走出。画行除在三界寺借有院舍，为方便作业，在金光明寺也有这样的设施。曹仁贵和张喜首便向潘顺顺打听董保德的去向。

“昨日使府遣了人来，将董押衙招去了，说是要在北院内宅再绘一副白龙障。”

啊，原是如此。尚书厅堂里那具白龙障子是太保当年凉州大捷后命人绘制的，郎君如今接了使主位，请人再绘一具，就很可以理解了：白龙正是沙州张氏的图腾啊。

潘顺顺望着日阳方位，对两位年轻人说：“看时辰，董押衙这会骑了驴子，应该在回程路上了，现下恐怕已过了津桥。”

于是，仁贵他们两个就坐在寺前路口的树荫下等候。那潘顺顺真是预料神准，半个时辰后，甘泉水畔转入窟上来的阔道上果然冒出了一头驴，骑驴人上身摇晃着骑驴下坡，走入平地，到三界寺前并不停留，确是直往金光明寺这边而来。看身形分明正是董保德。此时他身后坡上又出现了两名武士样的骑马男子，因隔了很远距离，曹仁贵和张喜首不能看清来人的面目。

两个骑手到了三界寺，将马拴在了门前的马桩上，似乎与董保德并非一路。但他们并不走入，只停坐在树下歇息等候。比较可怪的是，三界寺里也没有寺僧出迎。

董保德抽打了驴儿几鞭，那牲畜就步子加紧地奔来寺前了。待他骑驴入了树林，张喜首便迎了上去，接过了董保德递过的驴绳。董保德与曹仁贵点头打了招呼，但他行色匆匆，没有停立攀谈的意思，旋又就走入了寺内。

过了有半刻功夫，董保德才从寺内返出，骑了驴儿又往三界寺方向而去。

如此一番手续回合后，由他在前导引，那两位中年武士骑马来到了金光明寺前。

走近了才认出了他们：那是沙州大营的两员羌浑军将浑子建和慕容胜。两人头戴了武将幞头，腰身系缚了软甲，足面蹬着高靴，面色肃然地走入了寺门。浑子建走经时，转头对了曹仁贵笑笑，仁贵不知是何意谓。

两位将军入寺后，董保德又返出了寺门，他对曹仁贵和张喜首说："好啦，眼下这里也没我们的事了。两位儿郎也不要在寺前无聊徘徊了，莫如随我去看天王堂吧。"

"崖上的天王堂？"

"嗯，今日早间从使主那里新请了意旨，可以将这座老堂好好修整下了。"

五年前曹仁贵从于阗返回时，曾同一队少年伙伴攀上崖面去看过，后来就不曾再去了。听说外墙又坍塌了一面。他记得阴海晏曾在那里讲过龙兴寺净人圆满的应验故事，劝阻了别人以石块击打佛头。

三人走出胡杨林，转向北方的侧坡走去。路上，董保德告诉说，今日一早淮鼎郎君第一次召集厅堂议事了，时间不很长。瓜州刺史索勋、尚书儿子延兴、延嗣、浑子建、慕容胜和使府的文职官佐都出席了；凉州司马李明振因病重不能前来，几位公子已入府视事，今早也在现场。郎君在会后还特意遣了程子迁前去李宅慰问。当天也没有议什么事，无非是沙州各项军政事务今后就交托各位云云，然后分别给予赏赐。正事谈毕，郎君点了董保德的名，吩咐他为北院内宅再绘一幅白龙屏障。厅堂里这幅屏障当年就是由董保德父兄几个共同绘制的，那时他方才十五岁，今日领受了这个任务，自然有着前承后续的意思。趁此机会，董保德便将崖上天王堂多年失修、半已塌毁的情形做了汇报：这座天王堂并非乡野淫祠，自太保时代以来，即是沙州祈祷武运的官立场所，是绝不可以听任其废弛的。郎君听后非常重视，当即准允办理修葺，所需物料人力一并上报，还特命浑子建、慕容胜前来现址查勘。

仁贵在董保德身后轻笑说："两位将军却不随我们一同来。"

董保德知道他在调笑，并不理会，反而告知他一件事："将军们自有将军们要料理的事。不过，郎君主导修缮这天王堂，你父亲曹目连已允诺了要出资助修。所以说道起来呢，你还是未来这所新天王堂的小施主了。"

曹仁贵咧一咧嘴，不再说笑了。

到得天王堂前一看，果然比之前更加残破了许多。院墙已几乎全部塌毁，堂前的檐板一半耷拉了下来，倘若再逢一场大风雨，很可能就会整个掉落了。

张喜首陪同了董保德走入堂殿内查看，仁贵没有跟随进入，在堂前找了个土墩坐下，便从崖上所在眺望着四下风景。前方旷阔的谷间地带，宕泉的细流横向经过，因折映了日光不时明灭闪烁着；河岸边，几个童子正奔跑着放飞新扎的纸鹞，因隔得远，听不见他们欢悦的语声。这静默而活动的画面，触动了此刻的曹仁贵。他的心，被不可知的命运的线绳牵引着，此际也似纸鹞般飘摇升入了春日的天空。他是在揣想以后的沙州么？是的，照他的直觉，他能大约猜出眼下这出戏剧的走向。可是，它会是终幕么？他并不知道。他毕竟虚岁才十九，依凭自己在人间的阅历，尚不足以清晰预见什么趋势。他是在想董保德所说的父亲资助修缮天王堂的事？是的，父亲此举无疑是向淮鼎郎君正式表露了忠心，且应接得十分自然，可是，若说曹家今后在沙州就能安然无恙，那可未必尽然啊。他还有另一个直觉，待目前事情平定之后，父亲最好再度请命出使于阗，或是找个理由避居他州。大兄曹良才已颇能料理各项经营，再加有他在，父亲其实大可将沙州事交托了，自己求一个安稳的居处。他推想，父亲恐怕会做出一个反向的安排，自己留在沙州，而让他和大兄避去他处吧。无论如何，目前最为保全的办法，就是将风险散作几处，免得一船倾覆牵累了全家。

这是不得已的做法。无论今后坐镇沙州使府的是谁人。

在寺学里受学时，曾读过这样的教语：出语能方便，胜烧百和香；少言胜多语，柔软必胜强。可是，放在天下动荡不宁的现在，柔软果真能胜强么？青年的心里起了疑虑。

“仁贵！”

天王堂里传来了叫唤声，不是张喜首，是董保德。曹仁贵从土墩上站起，张开双臂又上举，深深吸了一口气。

无论如何，明日或后日入索家宅后必会引发一些变化波动，自己要如何言说才能保证全身而退呢？

他们三个从崖上返归金光明寺时，之前秘密集会的众人正好散去。张文彻随同寺主法海回了三界寺，在门首处见到儿子张喜首时并无什么闲言语，只叮嘱他好生听从索法律意旨，最近几天不得出寺野游。

董保德陪同两位将军在本寺食过了午斋，斋后就引了他们去崖上看天王堂，办理他们此际该办的公务去了。曹仁贵被恒安法师招入了内院，面见了索法律。索法律比恒安法师大几岁，颌下留着花白短髭，看人时会习惯性地眯眼，眼角就现出鱼尾纹来，似笑又非笑。这暧昧的表情，让人很难猜度他的明白意涵，是赞许，是嘲讽，还是不置评判。

索法律只和他说了三句话，第一句是问候仁贵的父亲曹孔目的，其后直截就说："我有一物托你带去给索刺史。"他从身边一个描金漆匣中里取出两只青瓷小瓶，包在一方锦缘巾帕中递给了曹仁贵。

"瓶中是我近日搜求来的京师牡丹花种，以色纸包裹的，名为慈恩寺九蕊真珠，以麻纸包裹的名为墨紫，时名也叫军容紫，因为这个花种就出自京师当任军容使的府宅中。索刺史素来喜爱园圃花卉，你交予他，他自然就懂得。"

仁贵小心接过，不敢当面塞入袍衣内袋中，一时只得两手捧着，毕恭毕敬地等听索法律的下文。

索法律却没有话了，低了头在整理他的匣中什物。恒安法师在旁解说道："仁贵儿郎，你这就回家等候吧，到入晚时分，自有人来接引你去定难坊。面见刺史时，起初就照索法律交代的那般言说；刺史倘若有他项询问，你自可相机对答。我手头正好有个收纳念珠的小囊，你且将花种瓶子收在里面，免得打破。"

仁贵便将瓶子收入了恒安法师所给的小囊，塞入了袍服。恒安法师又将都僧统的口授书信交予了仁贵，再次叮嘱了几句。仁贵向索法律和法师躬身礼敬后，就退出了内院。

出寺门，张喜首已从马厩牵来了马匹，两人于寺前简短作别，仁贵跨上马就离寺上路了。不过，他并不着急打马，缓辔慢行正可放任各种思绪交织于头脑中。他竭力要在回州城前理出个头绪来。

到得家中，父亲和兄长都不在，仁贵去母亲房里问安后，就进到自己房院中等候，他将那个念珠小囊放在身前窗台上仔细打量着，心里却在寻思：瓶里所装的的确是本地稀见的牡丹花种吧？这个仁贵当然相信。父亲和索法律曾帮了索刺史在瓜州搭建过园圃，这个他早就知情了；可是，这索法律好生怪异，今遭他要我亲手转送的牡丹花种，又暗含了何种样意思呢？他实在猜解不出。想必是和索法律和索勋两人的私交有关，他们本就是堂兄弟关系。

窗外，无人走动的院落里很安静，鸟雀已返归了树间的巢，受了渐渐暗去的天光的影响，已不似早间那么嘴舌啁啾；夕暮的日光投照着东壁的廊子，而头顶上，沙州的天空依然空阔高远；然而，过几日，自北面大山就会刮来大风，将荒漠的沙尘遮没了这座边陲的州城。眼前这两只小小的瓶子里，或许真就隐藏了足以引发风云激荡的秘密种子。

仁贵思想得出了神，有那么一会儿，确是靠着窗边小睡了过去。

不知过了多久，背后有老奴的通报声："十二郎！家主和大郎已回宅中了，夫人遣我来唤你去西堂！"

老奴说的"西堂"，是仁贵母亲安氏收拾出的一间小院，家主曹目连外出时，她就在那里独居斋戒；曹目连回沙州后，西堂用做了家人共食议事的屋所。

"好，你去禀复母亲，我稍加整饰后马上过去。"

仆奴走后，仁贵从屋壁上摘下葫芦瓢，从院中的大水瓮里舀取了水，洗净了颜面和两手；回进房中，换了贴身衣衫，外面再穿了一件新袍，这才走出院去。

到了西院堂上，却不见母亲和良才，只父亲独自一人坐在上位饮酒。仁贵上前礼拜，并不开口询问堂中只有两人的缘由，就在自己身位落了座。老奴在旁轻语相问道："十二郎要饮酒不？"

"今日不饮了，简便吃点就可以。"

老奴将备好的芝麻胡饼、汤羹和小食分了三盘端送上来，仁贵再向父亲禀告一声，得了点头允准后便开动了。今日白昼里走动频繁，体力消耗多，午间金光明的午斋也没吃多少，所以现在胃口极好，他很快就把自己这份晚食吃完了。老奴见状马上又递上了擦嘴的布巾，仁贵接过后轻语交代他说："你自己也去厨间就食吧，我与父亲要单独说些话。"

老奴告退出堂了。这里就只有仁贵和父亲曹目连两个人。

他食饱后，肚腹得了满足，照平日习惯一定会舒展开身体，与父母亲说些日间见闻的趣事，但今天不同，他不能作戏语，也不能有放肆的举动。

回到家宅的曹目连与家宅外的曹目连是不同的。在外边，他与各色人打交道，人人都知道他处事周稳，言语柔和。可一旦他返了宅中，端的有一个家主的严整气魄。他除了安氏，还娶了另一位周氏夫人。周氏被置在瓜州，因分住两边，两位夫人倒也相处和睦，遇曹目连出使，常年在外的时候，她还会来沙州陪安氏住一段时间。曹目连膝下儿女众多，但只要一回家，总会花费很多时间调教儿女，平日对他们的管束也都很严。

此时，曹目连突然告知了仁贵一件事："嘿嘿，十二郎，今日呢，慕容将军慕容家遣人上门来议亲了，他家的长公子慕容归盈去年在彩楼前属意了你的十一姐。我和你母亲已商量过了，不知你意下如何啊？"

父亲的口吻里有戏语的成分。因仁贵平日里最喜说笑打趣了，今日见他这副端正模样，曹目连还有些不习惯咧。

父亲提到了彩楼，仁贵便记起了。去岁七夕时，他和一众小友一宿未眠，四更时确实曾护持了几个姐妹前去城北高丘那边搭起的乞巧彩楼。那夜的天幕中，北斗尾梢恰巧出现了火矢般飞落的流星，大家伙连同姑娘们本来闲走在街衢中，见此情形，人人都呼叫着向前奔逐相迎。那群挤闹欢语的儿郎里头，或许就有那个慕容归盈吧。

可姐姐的婚配哪容得下自己乱语啊，仁贵口中只说出了"但凭父尊做主"这样的话，但他面上的悦然颜色已表明了他赞成的态度。慕容胜将军之前得尚书拔擢，于合黎山一战苦战出力，一直很受器重。使府事变后，淮鼎郎君也很垂青他，日前厅堂会议还特意升了他和浑子建两人的军职。曹家倘若能与慕容家结亲，对于培植在沙州的根基自然是有利的。

曹目连嘬了一口酒，又说：“还不止这个呐，和慕容家同来的，还有罗家。罗家人也来议亲，要问你的十七妹的生辰呢。”

“父亲，有这等事？”

“就有了啊。”

“不知罗家哪位儿郎属意了我的十七妹？”

“是罗家的长子罗盈达，今年二十二岁。只是你十七妹才刚过了十五，我一时还不想将她送出门去呢。”

十七妹自小聪颖机智，手又兼灵巧，颇受父亲的喜爱。曹目连所说不想让她太早出嫁也是实话。而曹仁贵与罗家的罗通达、罗进达两个儿郎自小就是好友伴，倘若两家结了亲，那倒也不错。于是他恢复了往日的神气，对父亲嘿嘿笑说：“父亲，说来这个也是好姻缘啊。罗家乃是沙州望族门户，历年来入军职的子弟就不少。我与罗盈达的两个弟弟也相熟，结了亲，那就亲上加亲了呐。”

“亲上加亲？怎个亲上加亲啊？”曹目连的口气有些讽刺的意味了。

曹仁贵便低了头不言语了。堂内的气氛一时有些肃然。谁知那曹目连又高声笑将起来：“仁贵你个猴儿，我知你与罗通达、罗进达交好。不过，今日还真是亲上加亲了，这两门亲事，与你母亲商议过后，我一时都已允下了。女儿家，早出闺门总比晚出闺门好，你说是不是？而且，今后与慕容家和罗家彼此间也能多一份照应。”

“父亲，日头落下后，我要出门去了。”

“我知道。来来来，你去取一只酒盏来，出门前陪我饮几杯再走。”

仁贵今日要入索家，本不想饮酒，但父亲这样吩咐，也就不好推拒；自就取了酒盏，坐近了父亲的食案前。

他在父亲面前统共饮了三小杯，因不敢多饮，初时酒盏里只倒了半杯。他每饮一杯，父亲曹目连就跟他说出一句话。这三句话非同小可，简直可以说，是颠覆了仁贵对父亲之前全部的见解印象。曹目连这位沙州的前孔目官、现任的于阗使和商人，原来早已深深卷入了沙州使府错综复杂的人事局面中，只是仁贵年少，以前从无知觉而已。

这第一句是：“仁贵，你且记住，你在索刺史面前，直须将前几日灵图寺和今日金光明寺众人聚议的情形全部说出，人名嘛，暂时可以不提。记住，你出言时不是要笼络刺史加入，而是说自己欲向延兴将军面前告白，前来刺史面前请示。只消这么说，就可以了。”

这是要让仁贵扮演一个“告密者”的角色。曹仁贵听了心头一惊，转念又想，父亲这个试探法却有两面保全的奇效。如此一来，则不论索勋最后站在哪一方，那么，曹家与索勋都没有任何正面冲突，不但没有冲突，反而还能增添更多的信任，简直可以说是左右周旋无碍了。但这样的计谋，这样的说辞，也让仁贵心里有些打鼓：万一那索勋扶持了延兴、延嗣的竖牛党，而将另一方给彻底翦除了呢，恒安法师、程押衙、张文彻和窟上两寺的寺主恐怕都没有好下场。自己和父亲即便侥幸逃脱，今后岂不是担了个不仁不义的恶名？这个，在他而言是很难接受的。他将永久受到良心的谴责。因此，听到父亲这第二句话，他立时怔怔地发呆，没有任何应答的表示。

曹目连并不理会他，仍自喝着酒，一杯下肚后，又跟他说了第二句，这句却是一个转折，让曹仁贵听了又是一个激灵：“这第二句么，尚书他曾经命我试探过索刺史，让他设法巧施手段，择机杀了淮鼎郎君。而且，时间就在前年文德元年的十月底，天使来沙州颁授节度旌节后不久。我曾将原话带给了索刺史。索刺史自然是吃惊不小，但还是说希望得到尚书当面的意旨。他的确曾回沙州与尚书当面讨论过此事，只后来不知为何，几日后，尚书又收回了这个想法。”

外间天色已昏黑下来，约定的接仁贵去定难坊索宅的使人也快到了吧。仁贵听了第二句，手中的杯盏却差些掉落在地！他瞪大眼睛，难以理解地看定了父亲。

“你莫惊诧，我还有第三句话呢。来来来，先将第二杯饮尽喽！”

正位上的曹目连又仰头喝下一杯，酒液沾湿了他的髭须。那双充血的被焦虑烧灼的瞳目让面前的曹仁贵觉得很是陌生。

“你在灵图寺集会时，说试探索刺史，须得使出碗边儿打滚的本事，这番言说，不愧是曹家子弟啊。为父在沙州，很多年来就是一路在碗边儿打滚才走到今天的。今日你去索宅，也一定给我站稳了哦。你需要知道，我辈若想于乱世中生存，所行不但要合于‘义’，有时更不能不顺从于‘势’，这个道理，你能记住几分的话，今后在沙州或还有立足的地方，倘若风过耳边，不入脑入心，一旦我老去过身，曹家人最好的选择，恐怕就是避走于阗、择栖他乡了！”

此时，曹目连看向儿子曹仁贵的目光里充满了复杂的成分，有惶惑，有决心，有叮嘱，有不安，更有难以言述的纠缠与痛苦。他在“义”和“势”这两个不同人间法则之间调和游走多年，内心早已被许多的争斗、欺骗与人伦悲剧所撕裂。而于阗对曹家人来说，还真就如他所说，是一个未被染污因而可以寄身的净土。

曹仁贵的脑袋里起了“嗡嗡声”，因为饮了些酒，面颊也有点发热了。他竭力理解着父亲的真实意思。很清楚不过的是，父亲上面这几番话绝非醉酒后的戏言！莫如说，今日的这些言说，正是父亲为他曹仁贵举行的一个成人式。

只是，这个成人式过于冷酷无情了。若说尚书张淮深曾起心动念，欲杀害淮鼎郎君，那么，今日坐于使府中的郎君，难道会毫无所知么？他在尚书合门遭受的这场大杀戮中，究竟知情多少呢？难道说，这桩凶案原非延兴和延嗣两个竖牛的单纯的报复行为？若果如此，索勋在其中又担任了何种角色，父亲又有多少的牵涉呢？仁贵此前白纸一样的经验里，被鲜明地划出了几道刺目的痕迹，而他的脑海里，此时充塞了太多混杂交错的猜想，当然，也有对目前局面的计算。他的一只手握住了酒盏，另一只手不由自主地伸向父亲的桌案，将酒瓮抓了过来，给自己倒了个满杯。然后，吸入一口长气，将这浓稠微苦、驱使了热血奔涌的酒液一口灌入了喉腔中！

“仁贵，时日已不早，你可以离席了。稍许饮了些酒，即便你言语触忤了索刺史，也有个由头可以使巧遮掩过去。且去吧，今夜我就在西堂坐等你回返。”

说完，曹目连探出了手掌，抵住曹仁贵的臂膊，将他使力往前一推。曹仁贵从盘坐着的毡毯上一骨碌站将起来，这就要返身出屋；走至堂门前，想及还未施礼告退，便跪伏在门栏前，对了父亲深深三拜。

他知道，自己此行实是负了很重的寄托。不光两边阵营的人的性命系于今夜的结果，曹家一族的命运和沙瓜两州数万民众的命运似乎也都交托到了他的手中。与久经世故的父亲稍有不同的是，青年的心中已生起了一个宏远但尚且模糊的愿望：自己不止于只保全曹家，也必要尽最大努力，设法保全遮护每一个人。他已认定了自己的目标，势要终结这个乱局。昔日的这个玩闹少年，今日的这个青年儿郎，第一次意识到了自己的使命。

快步走出西堂，沿回廊转去门庭时，他想到了恒安法师转述的那个驱魔的譬喻说法。都僧统跟从了三代使主，他是对的！这个目盲的老人才真正看清了过去、现在与未来。那个在沙瓜人们的心中寄身、藏伏多年的邪魔，一定要祛除啊！

“带我去索宅的使人到了么？让我站门外多吹会风，醒醒酒吧。这次，我要求一个最好的结果。”

他对自己说出了这样的嘱告。

27

曹仁贵在门前树下站了许久，天色已完全暗黑了。左右无人走动，只听闻了邻舍关宅门、插门闩的声响。沙州城内这一向仍严格执行了夜禁，巷口那里不时看到执勤巡街的兵卒，偶尔也会传来杂沓的蹄足声，那是负责督察的军将正驰马经过。

约定的时间就是此刻了。若这个使人来到，一定会设法避过巡街的卫兵吧。可是，过会儿他们又如何去往定难坊呢？从曹家所在的北街西横巷到东南面的定难坊有一段颇长的路，很可能会遇到卫兵们的盘问。想到这个，曹仁贵就有点焦心，不时伸脚踢着黑黢黢的树桩根子。

巷口又传来了马蹄声，循声看去，一匹军骑入了坊门来到了巷内，马行缓缓，蹄足有节奏地敲击着路面，似乎正向仁贵这边行来。暮色已四合，朦胧光影中，只能看见骑手和马身的一团漆黑剪影，辨识不清面目。仁贵想：难道自己站在宅门前也犯了夜禁？

过了会，马骑在他面前停下了，马上军将跳下鞍鞯，牵了马走近前来，他已开口跟仁贵打招呼了，面目仍看不清楚，听话音却很是耳熟："十二郎，小押衙，是我呀！"

叫十二郎是唤他的小名，叫小押衙，是因他十四岁就得了尚书张淮深亲授的押衙职衔。前后连着这么叫，感觉有些怪怪的。

仁贵也走近相看，待看清来人面目，不由觉得好笑：这个不是今天遣了人来说媒、欲娶十一姐的慕容家的长公子慕容归盈嘛！

"黑乌塔，你怎么直截来了我家？要不要我回宅内通报家父，或者，直接将十一姐叫出相见？"

因自小长得高大，且肤色浅黑，"黑乌塔"是慕容归盈在友伴中间所得的一个绰号，曹仁贵两句话一说出口，自己先就笑出了声。借着门户内投出的灯火光亮，他们彼此对视了一番，面前的"黑乌塔"英俊而黧黑的脸上也现出了腼腆的笑容。这是颇神异的一天，而且，两人之后还要去行一件秘密的事。

慕容归盈去年刚入军职，今日刚好在城南值夜："恒安法师特意吩咐了我，让我将你送去定难坊，免得招人耳目。你入索宅后，我就在门后等待，你出返时，我再伴行你回横街这里。"

"好！那就走去吧！"

于是慕容归盈牵了马，同曹仁贵走出了西横巷。两人边走边谈说，路上也遇到了两支巡街的小队兵卒，一看是慕容归盈，立即让出了路道，可以说是畅通无阻。

仁贵今晚穿了入使府时才会穿的袍服，因此与慕容两人同行，仿佛是要去城南巡检公务一般，并未引起太多人的注意。

到定难坊坊巷口后，慕容归盈没有走主巷，却将仁贵带到了一处偏狭的巷曲，转了四个弯口，到得一处高墙的便门前，他将马匹系于门前一棵枯树的树身上，走去门前轻拍了三下。不一会儿，门后传来了步足声，有老人的声音在询问来者何人。

"是仁贵小押衙。有事求见索刺史。"

步足声由近及远了，过了好一会儿，那人才回返来，拔去了门闩。那扇不到一人身高的便门打开了，里头立了一位打着灯笼的老仆奴。

曹仁贵提步走入了这个后院，那老奴将灯笼搁于地上，合上了门，插上了门闩。

老人家提起灯笼，对仁贵说："请随我来，刺史大人已在后厅相候了。"

曹仁贵少年时曾随了父亲来过索宅两三次，都是从前面正门进入的，今天因为行事秘密的缘故，故而慕容归盈提前知会了索勋，而从后门进入。他紧步跟随了老仆奴的带引，很快来到了一处庭院中，堂内灯火照映下，仁贵发现这里靠壁植了些草木，甚至还有沙州不多见的几丛南地竹子。

老奴在堂阶前厅停下了。他抬高手中灯笼指指堂内说：“小押衙，刺史就在堂中，你此刻就可进入，倘若有事吩咐，我就在刚才入院前走来的廊上。”

“谢过老人家。”

老奴走离后，仁贵便在阶前脱去了短靴，手抓两边袍袖，按进入使府的礼数，趋步走入。这里不是使府的厅堂，只是主人闲居的一个斋室，因为开间有三，空间比较阔大，才被叫作后厅的吧。前间内，两边柱上都燃了油灯，却没有见到索刺史，一架鸟兽纹障子隔了前后间。仁贵绕过屏风，来到了后间，这里是一个通敞开阔的廊轩，此刻，他所求见的主人、现任瓜州刺史索勋一手搭于廊轩栏杆上，正回首看他呢。

曹仁贵原地跪下，伏拜作礼，口称道：“敢问索大人尊安，曹仁贵特来拜问。属下受金光明寺索法律所托，携送来两瓶花种。”

那边，索勋已离了廊轩向他走来，而且，出乎仁贵意料之外，他还伸出两手将自己亲手扶起。索勋左右侧转了头，仔细打量起了曹仁贵的形貌和身量。啊，有那么一会儿，仁贵还有些不自在了，刺史这个举动就像在打量一匹战马或是一柄刀具那样。但凡沙州知情人，都知曹仁贵虽然年岁不大，样貌却端严挺拔，又加体格健朗，举止作态隐隐然已别具一种气度，缺点呢就是身量不是很高。

索勋围了他看了一圈，才引他在廊轩前的客位落座。曹仁贵坐下后，便将那两支盛了花种的瓷瓶儿交给了索勋。索勋接过却不言说花种事，口中对他说：“仁贵儿郎，自你随曹孔目再度出使于阗，我们都有一年多未见了吧。好好好，今日堂中相见，甚慰我怀，甚慰我怀啊。今日并非公事相见，你我就不必太拘礼了，来来来，我备了一些薄酒，你就陪了我一边临轩望月，一边对酌共饮吧。”

“喏！”

曹仁贵稍稍移身，将酒壶提起，在面前杯盏里倒了两杯，一杯双手奉给了索勋，另一杯，自己握在了手中。

之前在自家与父亲饮下的三杯酒，早就挥发散尽，此刻他想：父亲和索刺史，今日为何都要我陪饮呢？看来不会是什么巧合。他直觉到，在他不知晓的某时，索家和曹家之间已然发生了某种变化了的关联，即便父亲和索刺史并没有直接的面谈对议。

他的猜测没有错，索勋没有绕什么弯弯圈子，直接提到了让曹仁贵听了再度惊讶不已的一件事，一件与自己切身相关的大事。

“仁贵，人都称你为‘小押衙’，依我看啊，那是看小了你，你有一副龙虎之姿啊！嗯，你知不知，今日你父亲曹孔目正式托了媒妁前来纳彩问名了。你道我是如何回复的呢？”

听闻这句话，曹仁贵立即又伏拜于毡毯，大气都不敢出，他的头脑有些发晕：今日我曹家已许了两门亲事，难不成，父亲也与索刺史谈成了我的亲事？我曹仁贵，竟能娶得索刺史的女儿了？虽然前些年曾从索刺史那里得了铜龙的赏赐，他还曾向父亲问过自己的生辰，但今天，那当不得真的事竟然就要落实了。这完全出乎了青年人的意料。

因此，他只能老老实实地对了索勋摇摇头。

"看你现在姿容才具，是到了可以谈婚论娶的年纪了。今日我与你父亲议定了你的一桩婚事，不知合你意否？"

我该如何回答呢，曹仁贵的脑袋里想出了十种答复，最后，只是嗫嚅着说："属下听到这个，实在是悚惧惶恐之至，一时，一时真是难以表说。父亲他今日回宅，也未跟我提起一字一语。"

"这可不是老辈人胡言许诺，我啊，我是早就有意将小女清安许配了你！"

索勋自己拿过酒壶，倒了满杯一饮而尽。

曹仁贵必须庄重地依循应有的仪节，连忙再次拜伏。他的袍内，正藏纳着刺史前回所赠的铜龙，这件实物，现在看来仿佛就是这桩婚事的一个预告了。他伸手从怀中掏出了那铜龙，双手托举，对了索勋言道："小子不才，蒙刺史青眼，千言万辞也不足表露。"

索勋看到他手中托举之物，顿时眉头散开，开怀大笑了："果然一个好儿郎，今日要见我，特意带了这个信物来。"

"刺史大人，我真的不知论婚内情啊。只因今日入府特来拜问，我就将这具铜龙随身带了来。"

"好，好，好，今日你带了铜龙来，也是应时合景。你说此次特来拜问，难不成还有其他事要报于我听？"

曹仁贵想，自己应该透露一点今日求见的背景消息了。此时不提，更待何时啊："正是如此。属下衔负了很多人的嘱托，特来请教刺史一件要事。"

"莫要再行客套了。我既已许婚，你我就形同了父子，不应再以公事身份相称，我唤你作仁贵儿郎，你可称我为外父了。"

仁贵稍稍退身，正对了索勋再次伏拜："外父在上，小子有事求告。"

"起身吧，先莫说事，饮了两杯再说不迟。"

到此，此前曹仁贵在心脑中演习了无数遍的说辞全部作废无用了，他与索勋的交谈因为索曹两家的缔结婚姻，性质已发生了变化。若说之前仍有试探的意味，那么，现在，所有的话都可以尽数说出而毫无遮瞒了。

但是，父亲的嘱告还是发挥了作用，曹仁贵建言的第一句话是："外父，现在沙州局面动荡不宁，到了您出手调理的时候了！"

索勋听到曹仁贵这句话，举至唇边的杯盏停住了："沙州是如何的动荡不宁，我又该如何出手调理呢？"

"外父，尚书合门惨遭屠戮，凶手就出在使府之内！"

索勋一听这话，眉头立时竖起，肃然回问道："凶手不是那些个嗢末贼人么？你所说出自使府之内，具体又指向了何人？可有有力的证据呢？"

"嗢末贼子乃为人利用，指使其行凶的首恶，就在尚书的肘腋之畔，现就在使府内。"

"说出名姓来吧。"

"是延兴郎君和延嗣郎君，胁从者还有汜建立、牢城使张保全和牢头郭顺子。上述谋害情事，已有了军将段意意的证词。"

"仁贵你且莫急切，你就一边饮酒，一边将详细关节说与我听吧！"

接下来的一长段时间，曹仁贵便将之前张文彻于兰若发现段意意异常的开端，一直讲到了众人数次的集会议论，挑了要害节段，一一细予分说。索勋初始还有些将信不信的样子，听到后来，已意识到这件事的严重性了。

曹仁贵的好记性和巧口舌这时就发挥了作用，他还将掌书记张俅借来譬喻的那段“竖牛故事”搬讲了一遍，当讲到“竖牛”饿死父亲叔孙豹、杀戮孟丙、仲壬两兄弟的恶行时，满脸的忿忿不平。说完后，他就从怀里掏出恒安法师交给的都僧统书信，递给了索勋。

索勋面色肃然地听完了整节故事，接过信件后，就凑在身边灯盏下展开相看，他看得很慢，几乎是一字一句地读完。之后，他仰起头，发出了长长的叹息：“悲哉尚书，痛哉尚书，难道，他竟是葬送于自己的骨肉之手么！延兴和延嗣这两个儿郎，手段竟如此的残忍荼毒么？”

“索刺史，近日来，沙州不少太保和尚书的旧部，已在联络集议，很多人已誓言要为尚书报仇雪恨，除灭这两个‘竖牛’！正如都僧统所言，沙州已到了要驱魔的时节了！”

“除灭‘竖牛’！？驱魔？倘若再杀了延兴和延嗣，尚书的后代就凋零殆尽了啊，没了啊，全部没了啊。”

抬眼看去，索勋的颊面上竟然流下了泪水。这是决不能伪饰而真实的泪水。可是，曹仁贵也观察到，索勋还有一层更纠结难解的思虑，如他今晚在父亲曹目连那里感知到的一样：那是一种唯有深陷于两难绝境中的人才会有的痛苦的表情。曹仁贵想，父亲今晚转述的尚书暗示索勋杀掉淮鼎郎君的事恐怕不是空穴来风。现在，面对了索勋这个当事人，他对这一点已完全地取信了。

索勋很久没有说出一句话来，已完全没了起初与曹仁贵谈笑的兴头。此刻，他是在考虑各种可能的对策吧。但是，他的心意决定了么，他会答应出力翦除竖牛一党么？在曹仁贵看来，他这位“外父”显然正处于某种难以决断的摇摆状态中。

若杀了延兴、延嗣，则尚书张淮深除了小女张延延以外，其八个儿子，也即全部的男嗣后代确乎就全部地凋零了。这是极惨烈的结果，也是秩序的崩坏。对环伺沙瓜两州的蕃戎势力来说，实是一个乘人之危持续侵逼的良机。这也是须顾及的一个重要因素。如何维持沙州局面的稳定，的确颇费思考。

如若除去延兴和延嗣，以淮鼎郎君为主干，沙州能否就此安定呢？索勋的顾虑是在这里。有时，除去了表面的疮痈，反会引发继发性的溃烂。即便神医再世，也是无可疗救的。

之前的沙州，使主以下以太保二女夫李明振和索勋两人最具人望和权势，但现在李明振病重，难以彼此奥援，倘若索勋一人出手，便会深深地卷入到权力关系的浮沉旋涡中。就个人运命而言，无异于就是一场无把握的赌戏了。就索勋的个性和他之前对沙州局势的判断而言，他本来是无意于充当这样的角色的。

“外父，你知道今晚是谁伴同我来定难坊的呢？”

索勋今日接待的媒妁之人，在说完提亲之事后，顺带提起说，仁贵儿郎今晚有要事求见。索勋本以为仁贵要亲口转告父亲曹目连的口信。现在情形已大不同，而曹仁贵此刻这番发问，就更不寻常了。

“是谁？”

“慕容胜将军的公子慕容归盈。还有，日前的几个议事人中间，也有浑子建将军。”

曹仁贵传递这个消息，目的很明确。支持推翻延兴、延嗣一党的人中，除了文职僚佐和僧侣以外，已有两名重要军将表明了态度，这两人虽是归化的蕃戎人氏，但都受了尚书的提拔恩惠，一经招引，立刻就有了响应。

浑子建和慕容胜两人目前执掌了北营的近半部伍，而且，他们属下的吐谷浑和羌人部队，又是战力最强的一支，实力不可小觑。

形势的天平已出现了略微的倾斜。

索勋这时站起了身，开始在廊轩内来回踱步，走到一头返转来，看一眼曹仁贵，似乎并不确信自己的判断，又继续走了几个来回。

见他如此犹豫不决，曹仁贵终究按捺不住，对了索勋再次伏首："外父，从道义计较，竖牛不除，听任妖魔肆虐，则沙州今后将永无宁日；从时势衡量，现在真到了速下决断的时节了。再拖延下去，难保不会走漏出风声，如此，则议事诸人尽皆危矣！家父也难脱干系，我的父兄亲族即便能脱逃远避，您恐怕也做不成我的外父了！"

这是以两家结亲为理由，在敦促索勋尽快选边。虽然有些失礼，但为了改变索勋的骑墙态度，这也是不得不为。

索勋又长叹出一口气来，重新在曹仁贵面前落了座。他的眼睛盯视着面前这个青年人。从曹仁贵的面容形色上，索勋已验证了他今晚求见的目的和决心。但是，他还有最后一个顾虑，没有淮鼎郎君的亲口告诉，恐怕他是很难下定决心的。明后天，他是不是应该亲入使府探询郎君的意见呢？

当他将这个意思说出，曹仁贵立即回应说："程押衙说，这是淮鼎郎君的本意。返回沙州那天，郎君特意让程押衙陪同了去窟上参拜尚书窟，他是在窟内亲口说与程押衙听的。外父如果仍是犹豫不决，那么，我恐怕只能做最后一件事了！”

索勋望着他，眼色中竟然闪过了些许迷茫。他不知眼前这个儿郎还能做哪件事，可以一举改变整个的局面。

索勋低下了头，伸手拿过酒壶，给自己续了杯，仰头一饮而尽。

曹仁贵再次拜伏在地，说道：“索刺史，你既然是如此态度情状，就勿怪我多事了。为保全我的父兄亲族，我现在就去找延兴和延嗣将军，将众人集议变乱的内情和盘说出。请刺史安心，今晚来府上的事我决不会泄漏一字半句！”

说完，他原地站起，朝了索勋拱手作礼，向后退移三步后返身走去了堂阶前。他穿上靴子，踏入了庭院，正要走回廊道，呼叫那个引路老奴时，听得身后的索勋口气悠悠地说出了下面的话：“仁贵儿郎，你今晚就宿在本宅吧，明早夜禁解除后再回家不迟。具体如何应对，你我父子两个还须用心商议。现在，去后门传话与那慕容归盈，让他立即返去城南值守。倘或被人发现他在这里走动，倒是多出一个麻烦。”

曹仁贵停住脚步，并不回头，出口大声应答：“喏！”

走入暗黑的廊道时，他不自禁笑了出来，如果此际可以大声呼叫，他真会这么做的。转念又想，还是父亲计虑周到，竟提前预料了索勋的可能反应。对父亲，在尊仰以外，他心里也由衷起了佩服：父亲对人事局面的算度，真是超乎了常人呐。

倘若没有最后这个无论如何都要捣破僵局的出格的举动，今夜索勋是不可能应承下来参与讨逆的。

他让慕容归盈赴城南前先去西横巷报知了父亲，今晚自己要在索宅宿夜了。

翌日辰时，曹仁贵回到了自家宅中。母亲却告诉他，父亲一早便和哥哥曹良才去了龙马坊邸店，说是要预备移住瓜州的资材驼马。仁贵觉得很突兀，昨日不是说好了要听我回报的么？

他一宿未眠，就去自己院房睡觉去了，直到下午申时才醒转来。稍稍洗漱，换了内外衣袍，之后去厨间随手抓了两块冷饼塞进嘴里填饥，顺带饮了几口葡萄酒，肚子填饱后，他靠着院墙坐了会儿，整理了一番头绪。

想定后，他便跟母亲告了假，今晚要在窟上过宿，不回来住啦。安氏下午已搬入了西堂，乐得一个人清净，只是，她仍同仁贵小时那样，总要叮嘱几句勿惹祸事的话。曹仁贵与母亲聊了几句闲话后，就去马厩牵出了那匹青骢马。

他先去博望坊找着了程子迁。然后他骑马，程子迁骑驴，两人在城门闭合前离了州城。去往窟上之前，他们先去了一趟灵图寺。

28

这是寒食节后的三月上旬，表面来看，沙州一切平靖如常，官民上下似乎均已安稳，周边四境也没有发生什么异动，只肃州一带据报又有嗢末游骑前来侵扰。与曹仁贵密议后的第三天下午，索勋就回返了瓜州任上。此行他带去了所有女眷，另还有尚书张淮深遗留的孤女张延延。这可怜的女娃儿，索勋就将她收养在身边，如亲生女儿一般照料。

首次厅堂会集时，新任使主张淮鼎即改变了之前定例，今后每月逢朔、望、晦三日聚集，日常公文批署则全部交给了张俅和程子迁等人。到三月月中第二次厅堂集众时，张淮鼎之子、是年十二岁的张承奉也从白龙障子后走出，侍坐于郎君的左前侧位，这是昭示未来使主继承权的一个信号，据说也得到了延兴、延嗣兄弟的认可。

这一天，张淮鼎颁布了几项重要的官职任命。郎君长子张承奉此次正式给授了节度判官的职衔；去世的淮诠郎君担任的沙州别驾仍空缺，任命张延兴为沙州军使，升为左马步都押衙并领沙州北营，须得注意的是，军使一职在张淮深时代是由使主本人兼任的；任命张延嗣为瓜州别驾，辅佐索勋镇戍瓜州，并担任瓜州大营副职，这是将他调离了沙州；任命浑子建为右马步都押衙，慕容胜为北营都虞候；任命索勋长男索承勋为沙州长史，索勋次男索承鼎为敦煌县尉；原敦煌县尉、李明振长男李弘愿出任沙州司马，次男李弘定出任瓜州长史，三男李弘谏出任瓜州墨厘军押蕃落使，四男李弘益出任沙州长史录事。索勋仍摄瓜州事，做他的瓜州刺史，也继续兼领了瓜州大营。

程子迁仍任使府都押衙，张淮鼎又给他添了个衙前都虞候的军职，有权巡视监管沙瓜两州的军纪。这个很可以理解：程子迁先后辅佐过太保和尚书，论资历，在使府众僚属中的确无人可比，淮鼎郎君入质长安还是一名少年时，他就在近旁服侍，论公私关系，自然属于亲信中的亲信了；高再晟的内宅都押衙一职被正式免去，由前任张文彻替续接任；掌书记张俅仍做他的掌书记，不过，因为当前使主改变了张淮深时期的政务署理方式，不再每日签批公文，他的事务要比之前劳苦许多，于是主动辞去了州学博士，另推荐了一位有名望的沙州儒士担任；青年曹仁贵此次被正式委任为使府判官，成了使主身前的重要参谋，这一年，他虚岁将满二十。但众人还是改不了之前的习惯，口中仍叫他“小押衙”，连使主本人也是如此称唤他的。

此次厅堂会集后，张淮鼎由程子迁陪同，亲去定难坊探望了姐夫李明振。他的姐姐、太保第十四女张纤纤含泪告诉他，自去年病情加重以来，她已遍请了沙瓜两地的名医，病情一直无起色，前几日索法律来探望，告知她恐怕只有数月时间了。她执握了张淮鼎的手臂，言语恳切地相求，倘若李明振去世过身，家中柱梁丧失，李家的运命、李家几个子侄弟的前途，就只有郎君可以依恃了。

“姐姐拜托你了！”

张淮鼎默默点头，好语劝慰了一番。出了李宅，回返使府的路上，两人缓辔并骑，程子迁却听他口气淡然地发了一句感叹：“人情之中，亲情最是烦不胜烦。要说沙州要依恃我的，恐怕只有一个老母吧。能奉养几日就奉养几日，在她离去之后，我在沙州最亲近的人可就只剩你了啊，鹰伯。”

听闻郎君这句即兴吐露的话，程子迁虽然很感激郎君对他的信任，但心里终究觉得有些怪异。淮鼎郎君的心，似乎已然冷了下来。是因为早年入质长安以及流离各地时造成的心理创伤么？还是因为归返沙州后所接触的人事，尤其是他与尚书张淮深之间的微妙关系？总之，按郎君正值壮年的年纪来说，他是过早地心生厌倦了。

仲春三月很快就这么过去了。张淮鼎大部分时间就在饮酒，常常在内宅北院一人独饮。有时闲得无聊，便来使府厅堂，看张俅他们处理公文；他就坐在使主位上饮酒，一边看着几个僚佐聚拢了回复各方面呈交上来的书状，每件都须经过几次合议，合议通过，就由张俅落笔署文；一时不能议决的就搁置了留待后议，或就择日面见郎君当面请示；郎君对日常衙务了无兴趣，多数时候就直接问张俅的意见，以此为准。久而久之，很多为难案件，都是由张俅和程子迁两人议定后，直接交由郎君签押的。

于是，张淮鼎大部分的日子里都是悠闲无事，常常招来陪侍身边的，除了程子迁，就是曹仁贵。程子迁常有公务要料理，闲暇较少；而曹仁贵的本身职责便是陪护，郎君便同他有许多的闲话言语，一有机会，他就会让曹仁贵讲说些沙州的里巷逸闻来听，这些，他在使府内院是没有机会听到的。有时，他也会让曹仁贵陪坐同饮，听他谈说出使于阗的见闻。

从仲春到初秋的这几个月，就曹仁贵观察所得，大致发生了以下这么些事。

厅堂集会后第三天，正是谷雨吉日，郎君倒是出席了祭川原。这一次，延兴和延嗣兄弟伴护了左右，合府僚佐跟随在后，北营出动了两百骑军，摆出了出阵仪仗。队伍浩浩荡荡出城，惹得很多民众拥入了街衢，有些喜热闹的人，还骑了自家的马或驴儿，跟在了行伍的后边。到得窟上，将入三危山时，又有窟上三寺僧众出来相迎。祭祀完毕，郎君又去太保窟焚香敬拜，还在三界寺里用了午斋。

这是淮鼎郎君第一次于公开场合出现在沙州民众面前。结果，人人都在赞叹这位新使主的样貌风度，老人们都说，郎君活脱脱就是当年太保再生啊！

三月里，使府内外无事，郎君多在宅内闲居。到了四月，佛事活动频繁；四月初八佛诞日，郎君陪母亲太保夫人去了使府附近的家寺灵修寺，先与戒珠尼相见，过后留母亲在戒珠尼那边，自己由程子迁和曹仁贵陪同了第一次进到了那所兰若。在佛堂东壁，郎君见到了安存立所绘的那幅降魔变。

他在壁面前站立了许久，返出兰若后口中赞叹不已。非常可怪的是，郎君回使府后整个下午都不怎么言语，此后十天里还很难得地断了酒。

十五日依例是夏安居前的佛寺结制日，郎君特为去龙兴寺探望了在此度夏的都僧统，并与都僧统司众僧官共进了午斋。曹仁贵因为在院外等候，并不知道郎君与老人谈了些什么。郎君返出时面色沉重，紧皱了眉头，似乎感情上受了很大触动。但应该不是被都僧统言语所激，曹仁贵猜测，郎君定然是与都僧统谈到了“驱魔”一事。

四月下旬，使府准照旧例要举办敦煌县全县十乡的球赛，此事交由了新任敦煌县尉索承鼎筹备。二十一日，十乡里正齐集球场，每队十人，一人裁判，场内共二十一人。郎君骑马赴场中射球，拔得了头筹。众人齐声喝彩欢呼，场上比赛就开始了。郎君返回球场亭子，与延兴、延嗣兄弟及其他文武僚属一边观赛一边同饮。赛事结束，意犹未尽，又至使府官楼续饮，至日暮时众人方才散去。郎君喝得酩酊大醉，由曹仁贵在旁扶住，才走下官楼，回内宅休息。

南沙园灌进渠一带有使府的官办葡萄园，春末夏初的四月会将去年初冬埋入沙土保暖的藤根开挖整理，令藤蔓攀缘架上。结葡萄赛神，照例由阴季丰备了赛神细供五份，胡饼五十枚，郎君也参加了；尚书二子中，延嗣因为已去瓜州赴任，只延兴一人赴了赛会。郎君很喜爱南沙园一带乡野风光，命人在南沙园构筑了三四间屋亭，用来避暑消闲。又发遣程子迁去了趟瓜州，从那里秘密接来了龙粉堆母子，寄养在监园使的家中。酒户马三娘曾来看望过一次，龙粉堆不再回马氏的城中酒坊，也很少进城去，自此就安心在城南养子度日了。

五月三日，郎君将沙州北营几个相扑健儿招入使府，看他们互搏取乐。这天，程子迁的老驴儿于早间死去了，郎君知道他心情不佳，准了两天的假让他安排后事。程押衙对伴同自己多年的这头爱驴依依不舍，请掌书记张俅撰写了一篇《祭驴文》，于野圹埋却驴儿后专门诵文一遍，又请了僧人念经超度。爱物惜命、慈悲为怀，乃优婆塞本色也，这件事在众人口耳间谈说了好几日，大家都叹说驴儿前世修来好福分，得了这么个善心的主人。

端午日，都僧统及都僧统司众僧官、张延兴、张延嗣、浑子建、慕容胜及其他文武僚属皆向使主献物致礼，礼物各色不同，有中原内地输来的好酒，也有西州来的名贵香料；致礼不为其他，只为了辟恶禳毒，希望能驱除一切疾疫。郎君这日心情颇好，各个回赐绢缎赏物，又于城楼上设宴欢会。

六月六日，这一日又称半年节，早间郎君于厅堂赏赐汤饼，以去瘴气，除恶疾。汤饼食过后，掌书记在厅堂外院落中摊开了数张大席，将积累多年的书录卷帙全数搬出；内宅仆役、侍女等也都开启箱服，于日阳下暴晒。于此盛暑之时，沙州风俗于此日开始做酱、造酒曲，郎君又去酒司看作坊祈赛，赏赐了押衙阴季丰，中午就在那里饮酒。这天过后即将进入三伏，郎君安顿好母亲和内宅妻儿后，就移住了南沙园别宅，要到入了初秋才会返回使府。

敦煌夏季三个月都有赛马活动，六月为最盛，郎君托词并不参加，一切委请张延兴和浑子建等替代。七月十日立秋祈赛，沙州城西设置了随求道场，官僚士庶尽皆出席，郎君还是请张延兴代劳，由他做了仪式主领。都僧统司各僧官、各寺大德如法唱念，然后开始巡街，以延兴为首，遍洒香汤于城内六街，以超度伤煞孤魂。这真是颇具讽刺意味的一幕。

这一日，城东祆寺亦有赛神，祈赛过后有音声杂耍艺人的表演，郎君去倒是去了，但只让人于寺外搭设了一座凉棚，呼叫了几名随从武士一起同饮。程子迁和曹仁贵两人立在他两旁，屡屡相劝，终究挡不住郎君一杯接一杯地狂饮。他最后是烂醉到不能坐马，程子迁他们设法调来了一辆牛车，才将郎君带回了南沙园。

七月朔日，使府发下官帖，命中元节盂兰盆会期间各寺造佛盆供养。七月十三日开始筹办，以油面制作各式供食，置备瓜果，十五日供养佛盆，十七日破盆，供养的盂兰盆归众僧享用。又命押衙董保德督造花树，委请匠师刻木割竹，剪彩饴腊，拟花叶之形，造出瓶盏树、布树和纸树，又制作新花树台子二十个与十个磨睺罗像，以上供物皆须于节前制备完毕。

俗语讲唱有云：目连供佛说殷勤，不惮劬劳受苦辛。稽首十方三界佛，心心惟愿救慈亲。沙州官民，每逢此节都会如法布施僧众，以解救已亡父母亲人的倒悬之苦。如此重大的活动，就不能再由他人代劳了；七月十四日，经程子迁和曹仁贵一番劝说，郎君好歹提前一晚回了使府，第二日夕暮时分，郎君亲上使府官楼，专请都僧统司九名僧官诵经祈福。不过，一等仪式结束，郎君就找了个要去内宅陪护母亲的借口，离了使主位。按以往惯例，使主为表法喜，还要请众僧赴宴。到后来，宴会上陪同都僧统司僧官的，还是张延兴。

七月十六日将近中夜时，凉州司马李明振病卒。郎君十七日下午曾到府吊问，但第四日举丧出殡时却没有出席。张延兴、从瓜州赶回的索勋和张延嗣、浑子建、慕容胜及使府僚佐很多人都引马出城，将棺柩护送去了莫高窟南原。掌书记张俅为李明振撰写了《墓志铭》。

他的去世，令沙州政坛出现了更多的变数。

七月下旬，白露秋分之后，郎君就要离了南沙园，重新住回使府了。这天下午，他让兼管了宴设司的阴季丰在园中安排了一次帐宴。因为是私人会饮，只程子迁、掌书记张俅、曹仁贵、阴季丰和两三个贴身仆奴在场。

三面帐帷搭在沙园南面的一处平冈上，这里面朝了甘泉水北岸的岸滩，望远可见到窟上三危山和鸣沙山两相对峙的几近平齐的山峦。

阴季丰今日特地从酒司窖中取来了当年太保亲手封存的两瓮佳酿，这佳酿色美味佳，乃是千钱沽一斗的上好葡萄酒，在陇西诸州所产酒类中属于最上品了。

“入秋葡萄酒最是可口，特此将来奉上，愿使君饮却，得万年春。”

阴季丰将瓮中酒分入一只锡壶，双手捧将敬呈了郎君，口中如此说着吉语。

这便与寻常的饮酒不同了，尤其是窖藏酒瓮的口沿上还留了太保所留“万年春”三字的亲笔题押。郎君站起看过后，手掌抵住瓮口摩挲了好一会儿；又接过锡壶，将那如淡白琥珀般的酒液倒入了自己的杯中。他凝神看着杯中酒，思绪似乎飘去了很远的地方。忽而一抬手一仰脖，已一饮而尽。

阴季丰为郎君斟酒后，又为程子迁、张俅和曹仁贵各斟了一杯。按往日习例，这事由仆奴来做就可以了，但今日他非要自己亲来侍酒。于是，大家伙都站起回礼，倒酒与接酒，说了很多的客气话，加了很多番的程序。

“阴押衙，就让仆奴来斟酒吧，来，你与我们一起同饮！”

郎君既然如此吩咐，阴季丰就在自己席位上安座了，他虽然在酒司和宴设司当差做事，酒量却不是一般的差，郎君邀他喝下三杯后，他就有些醺醺然，不久就靠着身后的帐帷木柱沉沉睡去了。

席中，郎君趁着酒兴，以手掌拍击几案，唱起了《怨诗行》。这首汉乐府的古辞，辞意满怀悲怆，音调又低沉往复，唱到末两句时，郎君的音声竟有些哽咽了。

天德悠且长，人命一何促。

百年未几时，奄若风吹烛。

嘉宾难再遇，人命不可赎。

齐度游四方，各系太山录。

人间乐未央，忽然归东岳。

当须荡中情，游心恣所欲。

听闻“人命不可赎”这句，在座几人心中各有思虑。掌书记张俅定是联想到了眼前很多真切人事，不禁情动于中，也随了低声吟唱起来。

一曲终了，众人仍沉浸在曲词中，魂儿似被梦魇摄去，一时都有恍惚之感。郎君兴致很好，又亲自劝了几轮酒，很快，程子迁三人都已喝得酡颜半醉了。阴季丰这时却醒转了来，他不能再饮，就从郎君那里请得允准，走步去看他在南沙园近邻的庄田了。

这时，郎君招手让曹仁贵近前来。他贴着仁贵耳边说了些话，仁贵立即就退下，走去了沙园内。不一会儿，他已归返来，手里牵了一个四五岁的总角小儿走入了帐帷内。

那孩子一见郎君，便急切地挣脱曹仁贵的手，扑入了郎君怀中。郎君少有地露出了欣悦之色，他探出两手的食指左右咯吱着，逗得娃儿咯咯直笑。这是他难得的享受亲情的时刻。郎君给孩子喂食了一片秋瓜和几粒葡萄，又命娃儿给在座叔伯斟酒。当孩子晃颠颠地跑近前来，一手托锡壶，一手执了手柄，就要往程子迁的酒杯里倒酒时，程子迁立即站起施礼，过后胡跪在地，将酒杯凑向了壶嘴。

.“多谢小主赐酒！”

他口中如此称说着，心想，此前郎君从未将寄养在南沙园的这个娃儿当面请出，其用意已经不言自明了啊。

如是，孩子又给掌书记张俅和曹仁贵斟酒。曹仁贵同样胡跪在地，双手捧杯接了酒，立时一饮而尽。他生性就喜欢闹，这时耍起了孩子气，就地在毡席上演起了从安存立那里学来的于阗胡腾舞。这一下，马上就赢得了座中人包括了小娃儿的击掌叫好声。

嬉闹了一阵，郎君与孩子耳语了几句，手一挥，曹仁贵便带了孩子退下了。

过后，郎君又仰起头吟唱起来，据他后面补说，这是他羁留长安时从一位无名诗人那里听来的歌词，名为《秋风》，大意如下：

东风漫漫，无形无色，但看灞柳生梢首，便知时节至。

秋风飒飒，无形无色，但看木叶落枝头，便知时节至。

郎君的音声颇为深沉婉切，令举座之人尽皆动情。这一曲歌罢，郎君将杯中酒饮尽了，使臂一挥，酒杯已向前抛出。杯身在毡席上打了几个滚，停在了侧座的曹仁贵近旁。

郎君将末节歌词“时节至”又唱了两遍，收结后对了在座三位说：“今日诸位陪我赏秋，情洽意欢，甚是畅快啊！南沙园这个娃儿，今后还请你们多加照拂，倘若不合待在沙州，就让曹仁贵从中安排，将他带去于阗吧。现在，你们几个可各自归去准备了，明日一早不用带车驾来，你我骑行入城。今晚我想一人独处，再看一眼这沙园的秋景暮色。”

听闻此言，程子迁三人收得了两道口头谕令。一是约定驱魔的时机已到，第二么，郎君吸取了前鉴，早早就做了谋划，为他与龙粉堆生下的这个无名分的庶子谋了个去处。因为他知道，倘若一任这个娃儿在沙州生养长大，今后免不了又会卷入使府的是非争斗中。

程子迁、张俅与曹仁贵在郎君面前胡跪作礼后，就退出了沙园。他们各骑了一匹马，返回了城中。

季候虽然还在初秋，参与了谋划的这三人却提早感觉到了弥漫在沙州上空的初冬的煞气。

第四部

永寿寺的余音

天祐二年〔九〇六年〕

29

无常的风啊，不经意间，你就带走了很多看不见你行迹的人。

今日的沙州，各处仍游荡了很多不甘退去的怨灵，它们会乘人不备而作祟，白日里又化身为阴郁的云气，遮去了日阳，令整个冬天变得愈加得冷峭和压抑。

我是张俅，如今已垂垂老矣，厕身在州城西北废弃的永寿寺里教授了塾学。经历了多年的变乱，愿意执束脩之礼前来受业的学生愈见稀少了，我也不以为意，只愿在青灯黄卷下聊遣余生。不过，这里古木森然，又有土堡围护，倒是有夏凉冬暖之便利，很适宜老年人在此安居度日。

此刻，我就在这座荒圮的庑殿中等待沙州长史曹仁贵的来访，听说他今日去了南沙园，过后会转来此地。和曹仁贵是有多久没有碰面了？其实没有多久，三个月前，我们曾一同赴博望坊的程宅，为过世的都押衙程子迁做了出殡的伴行。前日，他遣了手下前来相告，说是要在今天与我聚首，他会摒除身边俗务，专与我两人围炉共话。酒我是喝不了多少，但能与一位故交讲说一番过去人事，总是老年人喜好的一项消遣。仁贵如今身份显贵，为招待他，我还费了一点心思：漏风的门板和窗棂特意让仆奴取了布头填塞堵住，在朝南的小殿中铺开了一张大毛毡，近身畔置了两只炭炉，倘若将小殿的廊门和通往大殿的通道关闭，就能抵挡寒气侵逼了。倘若曹仁贵不怕冷，自可开启廊门。只是光线有些昏暗，我便吩咐仆奴将两架铜灯树上的灯盏全数点燃。平日里，塾中各项生活起居都很俭省，今日也难得奢侈一回了。有贵客登门，总须让他感觉舒适，因这位客人，如今已是沙州当任使主张承奉身前最为倚重的一个人物了。

不过，曹仁贵说今天是个特殊日子。到底是什么日子呢？我寻思半天仍无答案，于是无聊地从箱箧中翻捡起存留的旧文书来，很凑巧，展开挑拣出的几件卷子随意读来，一瞥眼刚好看见当年抄录的那份《秋风辞》，当读到“秋风飒飒”一句时，脑路瞬间便联想到了在南沙园宴饮的那一日。

再一细想回顾，年尾的今日不正是郎君的忌日么？曹仁贵挑了这个日子来，必定是有他的考虑的。

是的，十五年前，大顺二年的十二月七日，郎君就是在这一天的中夜，醉酒跑上了使府官楼。那时恰是卫兵换岗之时，也不知怎么回事，郎君竟从三丈高的官楼上堕下，摔在了内院中。那夜之前连日大雪，院中积雪深厚，倘若发现及时，郎君本来是有救的，岂料他摔落的地方恰好在不为人注意的梯道后的角落，到得早间天蒙蒙亮时才有人发现，但为时已晚，郎君僵卧雪中多时，竟活活给冻死了。当时获知此事的张文彻立即找来了程子迁、我、曹仁贵，大家将郎君遗体抬至内宅，对外只说郎君是患了恶疾突然病故，只少数几人知道内情。

嗟乎郎君，竟至如此不惜性命！你果真是一个无根的浪荡儿，不合作沙瓜两州的使主啊。牵引你于人世浮沉的无解的命运，就在那一夜将你推至了终点。倘若不出这个意外，你今年不过四十六七岁，正在鼎盛之年，或就不会引发后来那么多的纠纷动荡了吧。郎君，你可知道此后又有多少人因你之故而横死么？

你同尚书一样，被埋入了南原的丘土中，已成一堆白骨的你自然是不知情的。

这《秋风辞》，我于南沙园宴饮后第二日抄录在了一张作废文书的背面。抛却已久，早就忘了还有这件物事，不曾想今日却翻捡了出来。

其中巧合，想来也是奇妙。

殿外传了人语声和马的嘶叫声，听了一会儿，声音又远去了。是城中某人返回途中为走捷径，穿过林子来到了永寿寺前吧。小殿里两盆炭火，将室内的空气烘得发热，我移坐到了廊上，推开了廊门，一股冷风瞬间扑向了面门。入晚的堡上，雪已经变小，风还是挺大的，身后投出的灯焰光影里，几片雪花飞舞着旋进了小殿中。

当年饮宴中的五人，阴季丰前几年也故去了，唯剩了我和曹仁贵。我已风烛残年，在人世间不定还有多少时日。但曹仁贵这位当年的“小押衙”还有很长的路要走，他今日来，怕不单是为叙旧，也是要与我相商今后的路途吧。

自郎君故去，沙州内外交困，乾宁三年[1]，时年十八岁的少年使主张承奉夺回政权后却无力振复，只能依靠了身边一众老

1 乾宁三年：公元 896 年。

臣勉力撑持。五年前的光化四年[1]，甘州回鹘趁乱侵逼，袭击了沙州；围城不能得逞，曾放火烧毁了窟上的殿阁。去年，西面鄯善也不平靖，璨微界内使、押衙张良真就遭璨微人劫走，西南向的于阗路也遭遇了阻断。而前年，内地也生了大变乱，昭宗于洛阳被害，幼帝继位后成了争乱藩镇手中的傀儡，王廷早非昔日之王廷，眼看着国祚随时会断绝。如此不堪的时局中，边地沙州的气数会如何呢？

曹仁贵确实到了须加抉择的时候了。不单要顾虑自己的前程，更要为沙瓜两州民众谋一个今后的安定生涯。

廊外的院落里，天色已半黑，土堡的墙门处传来了呜呜啸叫的风声，此时，我记起了病中的程子迁曾对我说过的话："我本无意公门，却前后侍从了四位使主，除太保以外，出仕任官都非我所愿。今后沙州事，你要与仁贵儿郎多多商议。他或许能够想出一个救济两州百姓的好法子来。"

这番话，不知程子迁是否也对曹仁贵提过。但要我明说，倘若这沙州城里还有某一人的智谋勇略可以倚靠，那就非他莫属了。曹仁贵啊曹仁贵，你可知晓都押衙嘱告后面未及说出的隐语？

曹仁贵直到酉时三刻过后才到，他没有带任何随从，自己牵了马，走上土堡南坡来敲正殿门。我从小殿那里听得动静，亲去开了侧门相迎。入冬后，为保暖计，寺门一直是关闭的，

1 光化四年：公元 901 年。

身后小奴很懂事，疾走几步便从仁贵手里接过缰勒，去了后面的马厩。我先对了仁贵深施一礼，仁贵站在雪中回礼。不管是多少年的老友，应接礼节总是必要的，如今他是现任官，我是退职的白衣庶民，见官自当遵行一定的礼仪。

欲将仁贵请入小殿，仁贵却站在雪中，伸出两手拍去身上的雪，口中还说："掌书记，这满身雪不拍去，过会毡毯上就会弄湿一大片啊。"

真是心细，我便站在他背后，替他将身后的雪掸去。一番动作后，他便要抬步跨入殿中，我对他说："头眉上的雪你就带入殿里去？"

他顺手抹了一把头脸，弄得额面上满是水珠，因此入殿后第一个事就是给他递去了一块手巾。擦拭一番后，仁贵整了整仪容；见我要去关廊门，抬手示意说不用完全关合，留半扇门在，可让室内空气流通，围炉夜话，也正合看了室外飘雪。

"掌书记，这里很暖和，难为你提早生了炭炉，我是一点也不觉冷。"

听他称言自己尚未晚食，连忙又唤来仆奴，端来酒食，先填饱肚子暖暖身。

新炊胡饼两枚，羊腿肉数片，还有些菜蔬，曹仁贵三口两口便吃完了，嘴里还打出个饱嗝，他自觉不好意思，腆脸自嘲道："掌书记莫怪我唐突，今日下午实在太忙，来得有点晚了，我将这里当作自家宅一般，就不拘束了。"

别看曹仁贵已是三十六七岁的中年人，遇到真心交契的友人，仍会表现出少年般的明朗来，这一点，也是他与那个一生谨小慎微的父亲曹孔目很不同的地方。说到曹孔目，他这几年也是老去了不少，精力体力大不如前，商邸事务都交给了长子曹良才和三男曹仁裕。张俅问到曹孔目的情状后，曹仁贵面露了忧色，说是父亲近年腿脚不便，又患有风疾，每日只坐在房内检点账目，聊以打发时间。目力也差了很多，平时都是由子侄辈轮流看护，帮了他归整账册和笔录书写。

“不过，说来也奇，父亲说出的数目有时比账目还准确。”

“那是自然，自跟从太保在使府供职那时起，曹孔目就有过目不忘的本事，他的记性真是超出寻常人等的，简直可以说，整个沙瓜境内但凡税赋份额、田庄分割与地所辖境都装在了他的脑子里。曹孔目的雅号不是凭空得的。”

“近几年他最犯愁的就是商路的断绝了。内地豪强作乱，王廷萎靡，甘州回鹘虎视眈眈，西面的鄯善也阻断了商路。他纵有百千方略，也是无法破解啊。”

“那是。眼下沙瓜两州的农人都不能安心耕作了，时时还得防备寇盗侵掠，依我看哪，使府目前真是需要好好谋划，同时也要加紧整备武力。”

“可是，使主的心思似乎并不在这里。”

“他毕竟年轻啊，那么小的岁数就被人扶上了使府尊位，很多事情都没有亲身阅历。你只能好生劝说了。”

“不提这个了。掌书记，你可知今天是个什么日子呢？”

“是淮鼎郎君的忌日吧。我呢，恰好从箱箧里翻捡出那年录写的《秋风辞》，还记得南沙园欢宴的那一天么？”

曹仁贵接过我递去的那卷文书，仔细读着。“灞柳生梢首，便知时节至”，他反复吟哦着这两句，叹出了一口气：“若得郎君长命，你我如何会这般劳苦。依他的智能决断，那是不在太保之下的啊。”

我同意。淮鼎郎君的确有着出众的才具，但是他的突然暴卒也不是完全没有缘由：自稚龄入质长安起，他经历了太多离乱波折，心底早就枯凉了；他又嗜饮，做事常常逾越常规，并没有身为使主应有的沉稳性情。换了别人，这些我是不会明说的，但今天既然提及了这一节，我便将自己的看法说了出来。

“许是如此吧。那晚，倘若我们中有一人陪侍在他身边，或许就不会出这个意外。如此，后面也不会生出那么多祸乱了。”

是的，尚书罹难、淮鼎郎君意外亡故之后，沙州内部的相互杀戮太多太多，流了太多的血。

我们几人秉承了郎君意旨，于灵图寺密议后，在大顺元年的初秋，除掉了沙州的两个竖牛张延兴和张延嗣。借窟上天王堂修葺重装的名目，将延兴叫去了一同观礼，他被索勋遣派的武士围在天王堂中，最终被逼自刎了断，与此同时，延嗣也在瓜州受擒伏法。尚书一门就此断了后。原以为淮鼎郎君接掌使府后，可保沙州多年安定，他这么撒手一去，李明振又刚刚身故，索勋就成为沙州资历名望最高的一人了。

“你的外父索刺史一世英明，静心辅佐少主就是，怎么就擅作主张，篡了使主位呢？终于惹得李氏一门联合了羌人部落讨伐，落了个身首异处。”

我所说的羌人部落，就是指浑子建和慕容胜两人，其时的军将们很多人仍归心于太保和尚书，你一个外姓篡乱，根基怎能稳固？

“当时我曾苦劝外父，他却不顾政局尚且不稳，一意孤行要取而代之。也许，我是错看了他，外父其实很早就起了心念。但论到才具，他是比李氏一门中任何人都更能胜任的使主人选啊。我也是未曾想到，十四姨竟有如此凌厉的手段。当时若没有掌书记、程押衙和恒安法师遮护，恐怕我自己也难逃一劫啊。”

“这么说吧，虽然当时尚书一门尽皆埋土，但张氏、索氏和李氏三门鼎立的格局并未改变，索刺史倘若安心辅佐少主几年再做计议，或就不会遭此凶祸了。不过，现在说这些都没什么用了。仁贵，你今后要将自己的眼路看清啊，万般择取皆应循‘道义’二字，一切以沙州为重就是。”

“程押衙、恒安法师都已不在了，如今我可与商量的人就只有掌书记一人啦！”

“我的话语还是那样，安心辅佐仆射阿郎吧。他十六岁便从王廷加授了节度旌节，名分大义是不能违背的。今后情势倘若真到了危迫时分，到时你再下决断不迟。但切不可操之过急，莫要再重蹈索刺史和李氏二男的覆辙了。不过，今日的沙州，张氏、索氏和李氏三门的嫡系子弟大多已凋零，形势的确与以往大不相同了。你这个人善于调理人事，我知道你自有分寸。”

我所说的“三门子弟大多已凋零”，的确是沙州近几年的变化实情。景福二年[1]九月底，在太保十四女、李明振妻张纤纤鼓动下，李明振诸子联络了羌浑浑子建和慕容胜诛灭了索勋，索勋长子、沙州长史索承勋同日殒毙；但此后，替任了沙州长史并节度副使的长男李弘愿、替任了沙州司马的四男李弘益并

1 景福二年：公元893年。

未吸取前鉴，同样擅权干政而把持了沙州使府，少主张承奉的节度使被彻底架空。

这引发了沙州其余各族的强烈不满，沙州政局出现了连续的动荡。乾宁二年[1]三月，悟真法师唐和尚病卒。自咸通十年十二月就任以来，他在河西都僧统位上做了有二十六年，在沙州的影响力不可小觑；不但生前就指定了僧政康贤照继掌都僧统司，对李氏篡权一事也做了谋划。

乾宁三年春，沙州拥立张氏少主的派系再次发动政变，拘捕了李氏四子；张承奉夺回政权，复辟亲政。次年六月九日，李氏长男李弘愿、四男李弘益被处死，二男李弘定和三男李弘谏因事变之前已倒向少主张淮鼎幸而得免。

这些变乱，曹仁贵自然都亲身经历，因此对我的忠告，他连忙回应了一句："掌书记教示得对。"

"都僧统氾福高那里，平日也要多走动。"

之前接任都僧统的贤照已于天复二年[2]去世，都僧统司现由氾福高掌管。

"也不能经常去，僧政张喜首见了，不定又如何猜想我呢。他若去报与首厅都押衙，又会多出很多风言风语。"

曹仁贵口中所说的首厅都押衙就是张文彻，这个职位统摄了使府内外所有押衙，权势比之前只负责召集议事的使府都押衙要大多了，近似于使主以下的首辅大臣。可以说，少主张承奉有意同步培植曹家和张家的势力，使之势均力敌。昔日曾联

---

1 乾宁二年：公元 895 年。

2 天复二年：公元 902 年。

手制敌的同盟，现在已成了相互掣肘、彼此牵制的异己力量，明面上虽然没有什么冲突，但私底下的角力却一直不少。

我其实早就替曹仁贵估算过曹家的实力。他的几个姐妹中，十一娘子出适了慕容胜将军之子慕容归盈，十七娘子出适了罗盈达。罗盈达的两个弟弟罗通达、罗进达各守了要职，又都是曹仁贵的少年密友；曹仁贵的堂弟押衙曹子盈目前担任了悬泉镇遏使、玉门军使，守卫了沙瓜东面的前线。使府中呢，他的长兄曹良才担任了孔目官，弟弟曹仁裕充任了于阗使，曹仁贵的长男曹元德虽然年方十四，现已在使府做了近侍押衙，也被人唤作了“小押衙”。

除此，曹仁贵的少年伙友中，阴仁贵、宋惠信、张西豹都做了两州辖境镇抚一方的兵马使，衙前判官刘善通、押衙王保安、李吉顺等，也都是曹仁贵的多年部下，可以说，曹家通过多年的联姻网络，已然成为沙州新崛起的名门大族。之前谁也没有预见到这样的结果，但要说归功于曹目连、曹仁贵父子多年的苦心经营，也是很说得通的。

但首厅都押衙张文彻的势力也不小，其长子张喜首刚从都僧统司判官升任了僧政，先前张氏和宋氏的子弟张安佐、张良真、张崇景、宋彦晖等也都担任了要职。若要说张文彻一派的短板，那自然是他们在沙州北营和瓜州大营的军将中比较缺乏势力。历经一系列的变乱后，张氏和汜氏两族中，很多人都退出了军职。

“对张文彻张首辅，你自居下位即可，宜多安抚忍让。”

曹仁贵点了点头。稍后，他却主动提及了今日特为拜问的另个缘由：“掌书记，我挑了这个日子来，一是因了今日是淮鼎郎君的忌日，二来么，原是想告知你一桩新近在瓜州获知的内情。这桩内情，说来还与淮鼎郎君和索刺史有关，也和首厅都押衙有关。”

看他的神色，一定不是桩小事。这时，小奴正好推开殿门将酒具和吃食盘盏送入；他安好器具，递上了两块擦拭手的热巾，过后正要退身返去大殿中时，我吩咐他此刻便可歇息了：中夜前曹长史若要返回，到时会再叫醒他。

小殿门重新关上了，小奴走入了里间的卧房。我便出语询问了曹仁贵：“曹长史，适才你所说的内情，容我猜度一番，是否与尚书之死有关？”

曹仁贵一手执杯盏，一手捉起执杯那只手的袍袖，仰头饮尽了第一杯酒。又抓起身边手巾，将唇边余留的些许酒痕擦去。

“不愧是掌书记啊。尚书遇凶一案的背后，还有我们之前不知的更复杂的内情。我得知后，好几宿不得安枕。思来想去，无论如何就要来一趟永寿寺。”

曹仁贵名义为沙州长史，在沙州使府却没有实任的官职事务，使府内外一切大事，表面上听从使主令旨，很大程度上已被首厅都押衙张文彻所操控。因今年上半年他又转任了瓜州别驾的实职，因此，近来大半时间倒是待在了瓜州。

那天，他想起入冬前瓜州牢狱正要修补狱墙，便突然起兴前去查看施工进度。

瓜州狱是个小狱，总共也就高墙围起的十来间房舍，内院地面满是凹坑，房舍已很破败，有一间的侧墙看去几近要塌落了。那堵要修理的外墙，墙头崩落了一半，人犯倘若放风走出，只要原地跃跳，两手攀住就能遁逃。牢头临时插了几根木桩，捆绑了几束带刺蒺藜，这就算是修缮了。曹仁贵看了就走近前去检验，他徒手攀扯，稍微使些力气，那些蒺藜就松脱了，再用脚狠蹬一下桩脚，好家伙，立时倒下了两三根。

这不是在拿公务开玩笑么？他唤来牢头责问。牢头推说道，之前向本州值官呈文报请过好几次，都未得批复；手头没有资材物料，他只得让几个狱卒去废舍野地里捡拾些旧木料和蒺藜来临时应付。

仁贵一听他这番解说，也是情有可原，当即命令随来的判官僚吏回衙署翻找出牢头的呈文来；要什么物料，要多少，一任满足，立即都书面允准了。此件事自有急切情由，就无须再上呈沙州了；他趁便会与首厅都押衙提一下，过后再补个签押即可。

牢头卸去了肩上的担责，自是欢喜。这修补外墙的事料理完了，在押人犯也要当面让别驾大人亲眼看过啊。于是牢头便铺开一张旧毡席，放上一只短脚案桌，让曹仁贵原地稍待。又令狱卒开了几间牢舍的门，让人犯一一走出，近前一个便向曹仁贵报告其人所犯案情和依王廷律令所判处的长短不一的刑期。总共也就不到十个人犯，很快就过堂结束了。这时，曹仁贵发现里面转角处有一间牢舍里并无人犯走出。便问牢头那间囚舍里关押的是何等人物。

牢头面上显出有些惊诧的神色，过后贴近了曹仁贵的耳朵说，此人乃是一个长刑人犯，已在瓜州这里关了十多年，人是半疯半傻的，我不想惊动了别驾，就由他去吧。瓜州这个牢狱常年所关的都是轻案人犯，重案要犯都会解往沙州大牢。此人为何就在这里呢？

牢头答说："嘿嘿，据说那是之前淮鼎郎君下的令，说是此人无须押解回沙州，名簿系在沙州，人嘛，就将他圈禁在瓜州即可。"

曹仁贵一听立刻就警觉了起来。淮鼎郎君下的令，说明这个人犯的审问与关押，郎君是亲自过问过的，时间也应在郎君入主使府期间。此人到底是什么人呢？他起了好奇心，便从毡席上站起，走去相看。

那间牢舍很是低矮逼仄，里头光线昏暗，墙角落里缩了一个裹了破袄、蓬头垢面的人，面色苍黑，看去有近六十岁的模样了。

当牢头出口唤了那衰老人犯的名姓时，曹仁贵一时惊呆了。

"汜建立，本州别驾大人前来查看牢房，你且站起执礼吧。"

那个名叫汜建立的犯人听闻牢头的说话，头却不抬，一手撑扶住了墙壁，好不容易才从角落里站起。当他艰难移动脚步，向曹仁贵走来时，曹仁贵不由得大呼出口："汜将军，原来却是你！不意今日竟在此地相见了。"

那汜建立在狱中待了太长时间，一时反应不过来，出语也不顺溜了，当他抬头细看来人面目时，也是十分地惊讶。他抬起手，将粘了草屑墙灰的发缕从额前拨开，仔细看定了曹仁贵，过了好一会儿，终于认出了他："是仁贵儿郎么？你是专来看我的么？"

曹仁贵想，汜建立也算是自己的一位故人了，在沙州时，自己就见父亲曹目连与汜建立的来往，而当初自己随程押衙去甘峻山看捕鹰，遇到肃州索仁安驱逐凉州崔大夫时，还曾亲身与他有过一番交涉。自氾建立牵涉了尚书凶案被捕后，一直以为他是关押在沙州，已多年未听闻他的消息，怎生今日竟会在这里遇到了。

不管如何，氾建立这个瓜州的现役人犯，他在自己职权范围内，可以给他一个很好的安顿。当下就命令牢头给氾建立换一间敞亮的牢舍，还有，人犯身上的衣物也实在破旧不堪，又命判官僚佐去衙署寻几件替换衣服来，牢头这里呢，先给洗漱打理一番。入晚后，他要再来牢狱中，与人犯私下会谈。

判官和牢头各自领命去办理了。曹仁贵稍微言语安慰几句，便打算离去，他还有另一桩事要去办理。当他正要走出牢舍，那氾建立突然前奔几步，拉扯了他的后袍，口中嗫嚅地说："仁贵儿郎，你这就要走离了么，我有冤屈要报！有冤屈要报啊！"

竟就扑通一身跪下，涕泣不止。曹仁贵连忙将他扶起，大声告诉他，今晚他会再来狱中与他相见。

讲到这里，曹仁贵缓了一口气，停下看定了我。

"掌书记，后面的情节，你还能猜出来几分呢？"

我摇摇头，当年氾建立将那些嗢末贼人解来沙州，与凶案有莫大之牵涉，当初逮捕了进行追究，也是合情合理。而当初我也看过氾建立此案的定谳文书，并没有什么纰漏。那么，如今这个氾建立在十多年后对了曹仁贵大喊冤屈，又是怎么回事呢？

曹仁贵又问我，是否还记得当时卷宗上各人的签押具名？我仔细回想了下：使主张淮鼎自然是最后一个签押，主审官是索勋，副签官是张文彻。就是这么个程序，这个绝对不会有错。

“掌书记记得没错，签押程序就是如此。可是，那晚我从这个被人遗忘的汜建立那里，却听到了不同的案件情由。”

“请长史细加分解。”

于是，曹仁贵便将他从汜建立那里听来的情状原原本本地说了出来。应该说，他的这个版本，完全颠覆了我们之前所了解的案情。在曹仁贵讲述期间，我与他有过数次询问讨论，在此就不一一回叙了。就挑拣一些要点，说与各位看官听罢。

汜建立所申告的第一件事，就是大顺元年由他押解嗢末贼奴来沙州一事。据他说，他乃是奉了瓜州刺史索勋的递解差牒；而将人犯交予他手中的，是其时先被打发去守寿昌、后被尚书调去瓜州大营的张延兴。但他并不是直接去瓜州狱中提领人犯的，而是张延兴带了一支骑军马队将人犯直接送到了他手上。

递解差牒也是由张延兴亲手转交的。人犯来历，说是擒捉来的嗢末贼奴，现押往沙州修理牢狱。上面的确有瓜州刺史索勋本人的亲笔签押和刺史印。这个确凿无疑，不可能出于伪造。汜建立当时曾质疑为何不是索刺史当面交予，张延兴答说索刺史另有要务去了黑山屯堡，离去瓜州前特意交代的。这么一说，汜建立也就没话了。

人犯没有上枷锁、戴脚镣，只以粗绳套住颈项，两手绑缚在后，交到他手中时，这些嗢末贼奴便是这副模样。不过，看他们颜面神色，并没有染污受苦情状，个个都很彪悍雄武。而且，的确是坐了空返的粮草车来沙州的。这些情状，与当年段意意的供述完全吻合。

当时汜建立就觉得异怪，但在当时，这些都是无关紧要的细节了。

倘若汜建立所说为实，那么，他将这批嗢末贼奴从瓜州解到沙州，就只是奉命行事了。汜建立到达沙州后，将人犯交递给了张延嗣，也出示了递解差牒。张延嗣在接收人犯的复文上签过押，过后他就回汜家本宅过宿，第二日一早就回了瓜州；待索勋从黑山屯堡返回，他亲手将递解差牒和复文共两件交还给了他。

如果这两件文书未被销毁，那就可以在瓜州衙署中找到。过后某天，曹仁贵特意叫手下僚吏去翻检以前的废旧文书，几个人打开封存的箱柜，于扑满灰尘的箱底竟然真就找到了那通递解差牒，虽然并没有附上延嗣亲笔签押的接收复文，但上面索勋、张延兴两人的签押、印信已足够成为证实汜建立所说的证据了。

也就是说，那时的汜建立根本不知道他所递解去的十几个嗢末囚奴，就是过后潜入使府行凶、杀戮尚书一门的刺客。

另一重意思是，这些人从瓜州移至沙州的行动，瓜州刺史索勋和张延兴、张延嗣三人都是知情的。不但知情，而且可以说是直接的关联人。

此事过后，汜建立很快就被调去黑山屯堡。延兴、延嗣出事后，他也牵连被捕。不过，他没有被解回沙州，是在瓜州衙署受审的。

曹仁贵那晚又问汜建立：当时主审的人是谁？汜建立答说，主审是索勋，副签是张文彻。这个也与我在使府中所见的案情文书相符合。也就是说，淮鼎郎君也认可了索勋和张文彻的审理结果。

曹仁贵说，索勋和张文彻审问时，欲让氾建立承认串通谋反的罪名，氾建立坚不肯从。于是索勋下令杖打二十，氾建立还是不肯认罪，并口称冤屈，指出都是奉了正式公文行事，自己完全不知延兴和延嗣的合谋。

最后只定了个渎职的罪名。念在他多年服役的功劳上，抵了当场正法的死罪，改为终身监禁，不得以任何藉口放出。氾建立没有被杀，就此关入了瓜州牢狱中。

曹仁贵看着我说，氾建立没有被杀，另一层原因也是因为尚书夫人氾氏的关系，氾氏乃是他的亲姨母，氾家在沙州仍保有了很多势力人脉。为避免引发氾家人的反弹和质疑，闹得尽人皆知，最后只得妥协，放了他一条生路。

定谳之前，张文彻曾亲来狱中与氾建立谈说情势，劝说他认罪了事，不然，索刺史和淮鼎郎君就只能另作处置了：虽然没有明言是何种处置，但氾建立很清楚，若不听从，等待他的命运必然就是横死狱中了。辗转不眠思索一夜，他终于认了这个罪状，此后竟然就在沙瓜两州消失了这么多年。

“若说淮鼎郎君和索勋都知情，那么，氾建立此案后面肯定还有更多的内情。”

我如是说，曹仁贵点头同意了我的判断。

但是，大大出乎我意料之外的，是曹仁贵之后告知我的另一个消息来源。自淮鼎郎君醉酒堕楼不幸身亡后，曹仁贵依照郎君之前嘱托，曾秘密安排曹家人的商队将寄住南沙园的龙粉堆母子送去了凉州。

因此，龙粉堆曾在曹家邸店住过两三日，期间，曹仁贵去探访安慰，与龙粉堆有过几次谈话。除却为郎君惋惜，以及会将郎君庶子抚养长大之类的家常话以外，龙粉堆还不止一次提到了大顺元年尚书出事前，淮鼎郎君、索刺史以及张延兴、索仁安等人在瓜州的往来活动。

郎君就寄住在索勋的后园中，他常常招饮，索勋作为家主有时也会陪同。其时，被贬后刚被尚书调来瓜州的张延兴和因肃州变乱一事被撤职、同在瓜州的索仁安就成了郎君很固定的两个酒伴。张文彻也不止一次，曾从沙州来到瓜州，问候郎君起居。

这些人事活动的情况，当时听过并不当回事。待听得氾建立申告冤屈，曹仁贵心里马上就联想到了龙粉堆。

“掌书记，自从听闻了氾建立的说告，我日夜眠息不宁，前几日，我设法安排加入了一个东去的商队，去了一趟凉州，重新问过了龙粉堆。”

我急于听他说出下文。曹仁贵便将他前不久与龙粉堆会面时得到的讯息说了出来。

一是，郎君与张延兴及索仁安聚饮时，常常说到尚书对甘州回鹘及肃州龙家的应对过于绥靖缓和。与他之前在沙州使府和肃州衙署集众议事时的见解一样，他力主主动出击，并且，对尚书在合黎山大捷后放纵甘州回鹘的做法大为不满。因为，倘若那时乘胜追击，是可以将回鹘逐回北地而重占甘州的。而此后的肃州变乱，绝对就是甘州绥靖政策的恶果，导致回鹘势力渗透了肃州。换句话说，索仁安的失守肃州，大半的责任乃在沙州使府。

淮鼎郎君这些个议论，都是饮酒中的半醉语言，当时龙粉堆就在近旁侍酒，因此全都听在耳中。张延兴及索仁安两人呢？他们与尚书都有了嫌隙，而且作为高级军将，他们都是认同了郎君的主张，一致认为只有以军力压服蕃戎，才最有说服力。换句话说，尚书张淮深、都僧统和尚以及很多文职僚佐在合黎山一战大损回鹘实力后，所行的对策措施过于保守，而终于导致了连失两州的被动局面。

“沙州的确是在军政问题上出现了两个对立派系，此后尚书连续遣出三班入朝使去请旌节，这两派的意见矛盾几乎已经公开化了。所以，张文彻在出使回返后立即就被尚书撤了职。”

“是啊，如此，一切都可以理解了。”

曹仁贵顿了顿，又讲出一个我前所未闻、震惊不已的情况：“还有，父亲曾亲口告诉过我，他曾从尚书那里得了一个口讯，要他转告索刺史，设法除灭了淮鼎郎君。时间就在天使来沙州颁授了节度旌节后不久。”

“具体时间在何时？”

“尚书出事前一年，也就是龙纪元年[1]的春天。”

“既然是曹孔目所说，那就无可怀疑了。尚书果然曾经动心起念，要除却淮鼎郎君啊。可是，后来却并未实施，这又是出于什么缘故？”

“据父亲后来告知，当时索勋曾到李司马宅子与他相商，商议的最后他们两人入府面见了尚书，力陈几点不可实行的意见，这才将尚书劝阻住。但尚书始终存有猜忌之心，并没有将

1 龙纪元年：公元889年。

这个心念彻底放下，大约在出事那年的元日之前，尚书又给索勋下了一道密令。眼看着这回已难以阻挡了，因为按尚书原来的计划，开春过后，他便要安排三子张延绶正式接任副使的大位了。除去郎君，就可以免除今后的肘腋之患。”

听到这里，我不由长叹出一口气。因缘相缠，都自有头绪，祸乱之根源，正在于尚书与淮鼎郎君的不相容。

郎君的归来，难道原本就是一场错误？人间事，真是太可浩叹了。想及此，我自己也执握了杯盏送到口边，将杯中酒一饮而尽！

索刺史两度从尚书那边受令，命他杀却了郎君。到最后，他是与郎君勾连一气，假手于延兴与延嗣两个将尚书给杀害了？是这么个情势么？

曹仁贵摇了摇头：“掌书记知道索刺史的脾性，他必定会两边推挡敷衍，即不领命行事，也不出语制止。设身处地来想，除此，难道他还有更好的处置手段么？”

我于是推想：“既然他不愿插手，那么，倘若郎君与延兴、延嗣、索仁安等人图谋反害，他便也纵容不管了？如此，汜建立那封递解差牒上索勋的签押又作何解？”

“我细读过这通差牒，延兴呈文的理由很简单：近闻有嗢末贼人在瓜州东面骚扰，劫掠路人。延兴抵黑山堡，调遣军骑围剿，擒得贼人俘虏十七名，现押解沙州，充任修牢狱的苦役。待罪名判下，再定去留。说的就是这些，抓不住索刺史什么破绽，他只不过是在所属部将的呈文上背签了一个准例办理而已。此类事，难道之前不是发生过很多起么？”

我点了点头。看来，的确如曹仁贵所说，索勋是采取了旁观坐视的态度。这样，无论哪一方得势，他都不致会遭受什么损害。这是一个自保之策。

但是，郎君果真参与了谋害尚书的行动么？

曹仁贵却反问了我：“倘若没有得到郎君的某种默许，他们会敢于动手么？我看未必。而且，得手之后，他们第一步所做的，就是去瓜州迎回郎君。但要说是郎君的直接授意，却也不尽然。”

这个我就听不懂了。

曹仁贵手捻颌下髭须，正色告诉我说：“淮鼎郎君的语风，掌书记你也不是全然不能懂得。很多时候，他是只会说出隐语来。身边人如若有心，立刻就能领会了。延兴将他迎回沙州时，他在窟上与程押衙不也是同样做了暗示么？”

曹仁贵从龙粉堆那里，是否探听出淮鼎郎君直接参与反制行动的消息来呢。

“他们几个私下密会的情况，龙粉堆当然不会知情很多。但很多人事走动，她自然是一清二楚。尚书出事前，张文彻曾频繁来往于瓜沙两地。时间就在第二道密令发出的前后。”

“密令发出前，张文彻便知悉了使府这个动向？”

“张文彻的儿子张喜首，自小就与尚书四子延锷交好。许是尚书身边几个亲子泄漏出的风声吧。”

看来，现任的首厅都押衙张文彻，并非如我们之前所理解的那样，是个单纯为尚书被害抱不平的忠义之士。

至此，牵涉局中的很多人尽皆身埋了黄土，唯有张文彻一人尚且留存着。他究竟在其中担任了何种角色呢？按眼下情形，是没有办法亲向他探问的。

曹仁贵口中“呵呵”了几声，转头看去了廊院那里。

灯火影中，外间的雪又大了起来，雪花顺着风势，从开了半扇的廊门里飞了进来。我也回头看去那边，两个人谁也不动身站起，就这么静看着。缭乱飞舞的雪片，暗合了我们此际的心绪。

30

我与曹仁贵饮去了很多酒。自然是壮年的他饮得多，老去的我饮得少。我虽饮得少，意气却不输于他，到最后，两人一会儿嬉笑，一会儿哭泣，悲欢一时放泄，心中郁结多年的疑虑至此才得以遣散。

如此到了亥时初刻，不胜酒力的我有些发困，就披了驼毛氅躺在炭炉边小睡了片刻，曹仁贵将廊门虚掩，也靠了殿柱闭目养息。醒来时，发现曹仁贵正立起了站在重又开启的廊门前：外间的风已小了去，雪是完全地停了。寺外好像又传来了人马走动的声音。

曹仁贵扶住了廊门，显然头脑还有些昏摇，他却没忘了转身告知我，今夜还有一人来访；倘若三人聚饮，会不会太过打扰掌书记？无妨，无妨，我经了小睡，又恢复了精神，于是披上那件护肩氅，走入院中去开侧门。

门后所站之人，一看却是面熟，这不是当任灵图寺寺主阴海晏么？身后还斜背了一个锦缘包袱。前年恒安法师去世后，就由他接了灵图寺的寺主位。当年寺中密议宣誓的七人中也有他，其时阴海晏还只是恒安法师座下的沙弥僧。

返身回入大殿，叫醒了小奴，命他将客人马匹牵去马厩栓桩喂食，过后再带一副酒食器具来，炭炉里须加些木炭，酒也要再捧一瓮来。小奴唱了一声“喏”，立时就奔出办理去了。

阴海晏谨守礼法是出了名的，站在院中整束了僧袍，对了我依僧礼和南[1]深拜。我亦执儒士礼对拜，我拜过后，阴海晏还要执子侄俗礼再拜，我不得不再次回拜。如此烦琐的仪礼程序，让在旁观看的曹仁贵也禁不住觉得烦琐，口说外面天寒，两位赶快进殿去吧。

三人走入室内，各自落座，寒暄问候了几句。手脚麻利的小奴很快端来了食具，第二次回进时抱来了酒瓮。阴海晏解下身后的锦缘包袱，放在了身侧。

加了炭之后的暖炉燃得很旺，彤红的炭块看去如一枚枚淬炼中的奇异宝石。阴海晏生得面白，人又沉静，在别人没有挑起话头前，他照例是沉默不语的。

曹仁贵问我困倦不困倦。若说没有丝毫倦意，那就是打诳语了；特别是酒后，脑身如漂浮于大泽海水中一般。但今晚是个特别的日子，适才睡过一会儿，精神气已恢复了一些。

“那就好，掌书记若不困倦，阴海晏这里，还有些事情想要告白呈示。”

我转头去看一边低垂双目、敛衣趺坐的阴海晏，他抬眼回看了我，略微点了点头，目光柔和、谦抑。

“阴寺主，你服侍了过世的恒安法师多年，我猜想，今日你要讲说的，恐怕就与法师有关吧？”

1　和南：佛教语，稽首、敬礼为和南。

“正是，掌书记果然精敏过人。”

说完，阴海晏从锦缘包袱里取出一样东西来，是个装具文书用的长匣。他将长匣置于毡毯上，取出了用麻绳线小心扎好的两封文书卷子。一封的缘口上残留了都僧统司特有的黄漆封蜡，封杆上有“都司”两字的墨迹；另一封应该是草稿，缘口只粘了一个小三角形的黄布条。

我不解何意，但是看样子两封文书一起拿来，是要做对比用的。于是探问阴海晏，他点点头，手指了两封文书说道：“正是如此，这是当年聚议除灭竖牛后，恒安法师从都僧统唐和尚那里请来的两通笔录文书。一封是正稿，另一封是都僧统口授、法师笔录时的原稿。掌书记可对比看过。”

如此，就要展开两份卷子，仔细来看啦。

先取了那份有“都司”字样的正稿，确是恒安法师的墨迹，但见其上写有以下文字：

呈李司马并瓜州索太守

某启寒温，伏惟司马太守尊体动止万福。时候花新，春阳满路，节名寒食，冷饭三盏，为古人之绝烟，除盛夏之温气，空贵渌醽，野外散烦。人不堪老，树不堪折，某眼枯身衰，未能亲身候问，无任悚愧。此际人事湮没，不堪回问，故尚书使主，勤业素高，不意罹遭家厄；今宜遵服留后大郎意旨，拔除秽草，歼除竖牛。伏惟某年老力衰，慧修有限，未能常赴阶庭拜问，徒增悲恋。谨奉状起居不宣，谨启。

承河西都僧统唐和尚口授 释恒安权代笔录

龙纪二年春 庚戌三月吉日识

因沙州处于边地，当年改元“大顺”的消息还未传到沙州，故而这通文书里仍用了“龙纪二年”的年号。

那么，另一通记录了都僧统口授消息的原件是怎样的呢？我展开了先通读一遍，然后两相对照，就看出其中的差异来：

> 呈瓜州索太守
>
> 某启寒温，伏惟太守尊体动止万福。时候花新，春阳满路，寒食已过，冷炙重温。人不堪老，树不堪折，某眼枯身衰，未能亲身候问，无任悚愧。此际人事湮没，不堪回问，故尚书使主，功业素高，不意罹遭贼乱；尚书二子容或可留存一二，远流西州，永不复归。太守今后追随留后大郎及少主，宜息心静虑，再图振作。伏惟某年老力衰，慧修有限，未能常赴阶庭拜问，徒增悲恋。谨奉状起居不宣，谨启。
>
> 承河西都僧统唐和尚口授 释恒安权代笔录
>
> 龙纪二年春 庚戌三月丁巳日识

两通文书的最显著的差别，乃是前卷的收件人包括了李明振，而后卷的收件人只索勋一人。前者没有标注文书正式成文的时间，只模糊写了“吉日”两字，后者明确写上了丁巳日，即三月六日的日期。

当然，差别最大的乃是内文中关于尚书之死的不同描述，前者是“罹遭家厄”，后者是“罹遭贼乱”，所判明的性质，有所不同；对尚书儿子延兴和延嗣的处置，前者是语气坚决的“拔除秽草，歼除竖牛”，后者却主张实行宽仁政策，至少留其中一个存活，且提出了具体建议，即“远流西州，永不复归”。

明眼人一眼就能看出，后件成稿的时间在前，是恒安法师自都僧统处录得的原稿；而前者，难道是经恒安之手篡改的一个版本？

我提出这个疑问后，阴海晏和曹仁贵两人几乎同时点头认可了。

阴海晏说："当年恒安法师自城中龙兴寺归返，先去了藏主僧那里，翻检出寺藏的都司卷子，寻着了一件较晚近而字数少的旧卷子，便带回了净室自行裁切，然后铺开了笔墨，口称有笔误，要重新誊正，录完后结了卷绳，将卷外的黄漆封蜡烧化，再重新黏合。之后由曹长史带去给索刺史看的，就是这份誊正的文书。后件文书法师并未毁弃，就收在自己的箱箧中。法师过世后，他的方丈净室我一直保留原貌，只在壁上挂起一幅邈真以表怀念，内里器具物件一直未去搬动。前不久，因为得了都僧统司许可，邈真移入了影堂，这才开始整理他的旧物，看到了收在箱里的这件文书，便立时交予了曹长史。"

曹仁贵补充说："前件书信当时由我亲去交呈了外父。过后也被我在瓜州衙署找见了。两相对照，这才发现，当年除灭'竖牛'背后的这桩隐情。"

"如此说来，将延兴、延嗣一并杀却，并非都僧统的本意。而都僧统对索刺史的劝言，现在来看，也早就对此后的乱局有所预料了。目盲的唐和尚才是沙州唯一一个明目人啊。"

三人皆默然。尤其是曹仁贵，因为好些年被蒙在了鼓里，颜面上甚至有羞愧和怨忿交织的复杂表情。因为很显然，倘或索勋见到的是后件文书，听从了都僧统的劝言，一心追随辅佐郎君与少主，或就不会做出后面干政擅权进而导致被诛的后事了。延兴、延嗣两人中，讯问其罪行轻重，也可存留一人，为尚书留下今后的种苗子嗣。这的确是符合大义之道的处置法。

曹仁贵夜入索宅劝服索勋的那年，毕竟才十九岁，当时这个少年哪会料到背后还隐藏了如许多的算计、掩饰和谎言呢？这是阅历尚浅的他所不能预计的。可是，我这个垂老之人，又有什么资格去谴责已死之人呢？或许，临到一生的某些时刻，为了所坚信的或高尚或私己的目的，凡人都会做出这样的事来吧。倘若按了严苛的标准去衡量，又有谁没有身负罪错呢？或多或少而已。我们都只是暂时寄身在人世这间火宅中。

借着室内的灯焰光亮，我看向了曹仁贵，此刻他眉下的瞳目中流露了无名的悲戚。仿佛有人将一件世间绝美的器物横生生地在他眼前摔了个粉碎。曹仁贵的怨忿不仅针对了自身，他是对世间的人性产生了深深的怀疑。

他应该察觉了我打量的目光，稍过一会儿，又告诉我说："掌书记，令我着恼还不仅如此，我的父亲，他似乎对此前发生的一切全都知情，不但知情，从始至终，他与张文彻都是局内人！"

他口中说出的话，如严霜降临，将小殿内的空气骤然凝结了。我无以言，一时张口结舌。实在不知该说什么好，是应该继续探问，还是好言劝慰眼前这个沙州长史。

阴海晏默默将身前两封文书重新收入了长匣中，手掌摩挲着匣盖。这个下意识的动作，和他后面的告白，都佐证了曹仁贵的判断："掌书记，郎君返沙州后，常常去酒司饮酒。有一回，时间就在杀去延兴后的九月中旬左右，我回家访亲，下午小睡时就宿在酒司院的小房中，碰上张文彻和曹孔目也在场，他们三人在院中席地而坐，共饮说话。我适巧就听到了他们的议论。曹孔目在接到尚书首道密令后，第一个找的就是张文彻，此后他们两人先后去了瓜州。索刺史立时从瓜州归返，先去了李明振宅，然后两人入使府，劝服了尚书。此番罢手后，尚书大顺元年前欲立三子为嫡，复起此念；张文彻获知后，又报与了曹目连，曹目连当天就赶赴了瓜州。跟着第二天，张文彻也去了瓜州。此时距离使府凶案事发，不过十天。”

借了阴海晏的铺陈，曹仁贵终于大声说了出来：“假手延兴、延嗣除去尚书，立淮鼎郎君为使主，后又以讨伐‘竖牛’为名义，除去延兴延嗣，这些事，家父和张文彻两个都是知情人，我虽不知主谋者谁人，但他们两个与此有重大干涉！从阴寺主那里获得了几项事证后，我曾问过父亲，父亲并不推脱闪躲，当面就承认了，还跟我陈说了一番理由，毫无悔意的理由！”

最后一层窗棂纸被捅破了。今日曹仁贵的雪夜来访，就为了告诉我这些冷酷的真相？

曹仁贵抬起了颜面，目光却是游离的，很陌生地扫视了小殿的四壁。永寿寺这间偏野小寺原为开元年间创立的道观，后改观为寺，在我借作塾学前已荒落多年，左右壁面上残存了一些褪色剥落的神道壁绘。此刻的昏黄灯影下，一众着盔甲的天神、执棒杵的力士，仿佛站在薄纱帷幕后的无声的旁观者，静默地审视着殿中的三人。

油灯的灯芯噼啪响了一声，光焰随之摇曳。曹仁贵似乎回过了神来，收回目光，看着我说：“掌书记，如今我才悟到，昔日都僧统所说的驱魔，并不是歼除竖牛之意。老人所说的魔怪，无形而实在，自郎君归来，它就附在每个人的身背后，不易觉察，又难以拔除。今后的沙州，该往何处去呢？”

我一时无以作答，沉吟半晌，便搬用了都僧统的语句：“且息心静虑，再图振作。长史倘若再与张文彻相争，那么沙州未来若干年，就没有宁日了。”

曹仁贵吃惊地看定了我，眼神变得既惊又疑。仿佛我刚刚说了一句很耸人听闻的话。

阴海晏自坐入小殿，便保持了端正的趺坐姿，眼目低垂，出语温存，僧仪保持得很好。此时轻咳了一声，出言道：“昔日都僧统这句话，能解能行便是好。”

曹仁贵不作答，连饮了两杯酒，瞳目里似有什么东西正在散失。饮罢，将酒杯放落身前食盘时，一时拿捏不稳，杯身倾倒了，一缕残余的酒液流淌了出来。他站起身，说要去院中解手，便推开廊门，一人走去了院中。

一股冷冽气流钻入了小殿，我与阴海晏对视相看，两人同时长吁出一口气。

他去了好一阵，还不见回来，阴海晏便去廊门处观看。他的僧袍的下摆被夜风吹鼓起来，人却立定了不动了，外间仿佛有一件奇异事情正在发生。

我也站立了起来。盘坐多时，腿脚已有些酸麻。待走到廊门前，看明了院中情形时，我也不禁诧怪，仁贵这是在干什么呢？

幞头取下，上身袍服、衬袄和内衣全脱了，腰间官带也卸了下来，这些衣物一并放在了廊阶上，此刻我和阴海晏看到的，是曹仁贵被室内灯火照得黄赤的弯下的背脊。他弯了腰，两手从地上捧起积雪，摩擦着自己的颜面、颈子和双肩，似乎唯有用这种方法，才能压服体内因酒醪和愁闷燃起的热火。

他眼目余光扫过，知道我们就站在身后，便说：“今日三人聚饮难得稀有，好久不得如此畅快了！等澡雪完毕，再来听两位分议！掌书记，若我醉得不能起身，就在你这里宿夜如何？”

“无妨，安稳眠宿就是。”

我返转身，便去唤小奴搬来铺席被褥。等我回来小殿，曹仁贵手中托了衣物，阴海晏捧了他的幞头，已站在那里相候了。小奴又取来澡布、热巾帕为仁贵揩干了身背。他在原位落座，将衣物一件件穿上，接过阴海晏的幞头冠帽，重新戴上。

经了这番手续，回到殿中的曹仁贵恢复了往日的神采。

他理了理袍服，正了正幞头，将身位移到我的正对面，躬身拜伏，口中说：“掌书记适才教诲得对，我一定息心静虑，以图振作，全心辅佐仆射阿郎，不再与张文彻相争。若有违背，天神立时殛我！”

这是发了毒誓了。我自然信得过他，便伸出双手，托起了他的两臂：“阴寺主刚才也说了，长史若能解得，便能行得。倘若不能解，那么行亦不能，即便赌咒发誓也无效用。我等如此苦言，一是为沙州百姓，二也是珍惜长史的才具。时日方长，沙里出金，往后终有你曹仁贵的用武之地。”

听了我这番话，曹仁贵再次拜伏。起身后，他取过酒壶，为我、阴海晏和自己各倒了一杯，亲手将酒盏捧至我的面前，也为阴海晏捧去一杯。

“世事俗情，总须看天时、审地利、判人和，某已解悟，绝不做逾越之事。不过，某另有两个大疑问，常常萦绕心中，还请掌书记和阴寺主与我分解。我欲问掌书记的，是何为‘仁’；要问阴寺主的，是何为‘智’。两位不急回应，此际已过子时，我们且先宿下眠息，到早间起身，两位再从容为我解义，如何？”

“好！”

“明早分说。”

廊门留了道缝隙，三人靠近炭炉陈设铺位，各自休息了。躺下前，我饮了一口酒助眠，很快就沉入了黑甜乡。

31

一觉无梦，卯时三刻醒来时，曹仁贵和阴海晏都已起身，穿衣完毕。经了一夜的休息，大家的精神都非常好；三人同去大殿后院洗面净齿，过后，趁着小奴准备早食，我带了曹仁贵和阴海晏在附近散走了一圈。

今日雪后初晴，积雪返照堡上，将整座永寿寺染上了明净的颜色，前方，日阳跃出了树林，林间有鸟雀盘空飞起又落停枝头。土堡位于沙州西北面一处平丘上，高度正可俯瞰整座州城，此时西面、北面的城楼、雉堞、矗起的城墙，尽皆披裹了素衣，笼罩在早雾的朦胧光气中，而东南面的远郭被日出勾染出一个金色的轮廓。城内各处民户的屋顶，此际已升起了早炊的淡黄烟缕。多平靖美好的一座城！

回至寺内，早食已备下，今日是小奴特地烤出的凉州葱饼和粟米汤，食过后身子便暖暖的。三人重新坐回了小殿，我命小奴将廊门和廊窗全部打开，任日光和微风进入。铺席和炭炉已撤去，廊窗前置了一张大毡毯，一顶三足圆几。若要饮酒，我这里还有南沙园去年新出的特酿。如此好天色，正合对曹仁贵的两个大疑问做个回应。

落座后，曹仁贵一臂靠于窗栏上，身姿舒展，面容沉静。往昔那个少年仁贵似乎又回返了他的身内，昨晚他以雪澡身前的惶惑与迷乱已散灭于无形。在此微妙时刻，该如何对他讲说“仁”之大义呢？说些夫子自道的话，搬弄些文字唇舌，那断不是曹仁贵想听闻的见解。

依我平日在塾学中所讲，我会先引《礼记 · 经解》中的那句：上下相亲谓之仁。

还有比之更恰切的说法么？然则如何来解透其中的道理，这个就颇费思量了。昨晚入睡前，我便在思虑这个。自卸去使府官职重开塾学之后，随着年齿日增，我对佛经教典也多有留意，早晚都有读诵，与学识高明的学僧如阴海晏等也多有亲近。几部大籍经论之外，平素最爱看的就是本生故事。若从中捡择一二篇，或可作为很好的发引。

“曹长史，阴寺主，早食前外出散步时，闻听林中鸟雀鸣声，我想到了两则佛传故事：一是鸠摩大师译《杂譬喻经》中的捕鸟师故事，二是康僧会译《旧杂譬喻经》中的鹦鹉灭火故事。前后串讲，‘仁之要义’便脱然而出矣。

“其一为捕鸟师喻。

“古昔有捕鸟师，张罗网于大泽边畔，以鸟所爱食之谷物杂粮置于网内，自己潜于草窠中。一鸟发觉，便唤朋侣齐来啄食。鸟师引其网，众鸟一时尽堕网中。时有一鸟大而多力，身举大网与众鸟俱飞而去。捕鸟师出草窠，就紧步跟在后面。

“有路人见此，对捕鸟师言，鸟飞逃于空中而汝步逐追随，何其愚哉！鸟师答说，且莫笑语我，彼鸟众一到日暮便要逐宿，各鸟宿性不同，必定无力撑持，到时便当堕地。因此之故，捕鸟师追逐不止。日阳西下，时已转暮。此际仰观空中，但见众鸟翻飞乱阵，或欲往东，或欲往西，或望树林而欲栖止，或欲停宿水边而取饮，如是各自分扯，须臾片刻便纷纷堕地。捕鸟师就逐一而擒杀之。

“曹长史，阴寺主，经文释语，谓捕鸟师者即是魔罗波旬，罗网者，即是魔罗网，譬喻了缠缚凡人身心的烦恼结使，负网而飞譬喻人未离烦恼结使而欲求解脱。日暮而止，是说懈怠心生不复进也。众鸟求逐不同者如起六十二见，譬喻人心多种思量自相抵触也。而众鸟堕于地，譬喻人受邪报堕入地狱也。

“我有一解，与上述寻常解经稍有不同。用来譬喻当下实情，却也若合符契。

“此罗网，不但是烦恼结使聚成的魔罗网，亦可用来譬喻时下沙瓜两州孤悬海外、周边六蕃环伺之危境，众鸟即本州人心，捕鸟师即蕃戎獫狁，倘若两州人心如众鸟各趋所归而离散，立时便会堕地，不但即将落入周边六蕃之手，自家合族恐怕也会沉入无间苦狱。

“按我解法，前则故事可以用来讽喻人心各类不齐，亦铺陈了本州处境；后则故事，就为长史解说何为‘仁’之本义。

“古昔又曾有一羽鹦鹉，飞至了他乡异地。其山中百鸟畜兽，转相重爱，不相残害。鹦鹉止息饮水，当夜过宿自念：此地虽平靖和睦，终不可久留也，吾当归自家巢。如此，便飞返回家了。

“数月后的某日，此山忽然遇大火，四面皆燃着，百鸟畜兽皆畏怖奔逃，无以逃出，眼见便要没身于火海中。鹦鹉遥遥望见山中火烧情景，便飞入水泽以羽翅沾水，飞入空中，以羽衣间水滴洒之，欲灭山火。如是奋身相救，往来数次而不停息。

“天神见此，对鹦鹉言：‘咄，你个鹦鹉，好生痴怪！千里之火，汝两翅沾得些水滴就能浇灭？’鹦鹉回言：‘我自知不能浇灭，但我曾客居山中一夜，百鸟畜兽皆仁善相待，一夜过宿彼此悉为兄弟。我不忍见之耳！’天神听其言，为其仁义感动，遂降雨而灭火也。

“此灭火之鹦鹉乃善鸟、孝鸟、智慧鸟。愿长史常为怜惜本州民户百姓，如鹦鹉救护百鸟畜兽，倘若能大阐儒佛圣道，化导众生，将万千人民心思收齐，又使上下相亲，则沙瓜两州的忧患之火可解可救，如此，则可谓之‘仁’；倘若不能如鹦鹉般奋勇救济，则沙瓜两州危矣，不出十年，蕃贼所燃起的战火，必会延烧到本州，终至无可挽救。”

说完，我亦对了曹仁贵伏地长拜。曹仁贵口中说如何使得，连忙托住我双臂。

“掌书记一席言，都是儒佛圣道言语，顿开我茅塞啊；且一窍通千窍，如今一切已能了悟自得。来永寿寺真是来对了啊。”

“长史过誉了。我已是一个风烛垂老之人，不求死，也不畏死，只愿今后沙州能多些救急济难的仁人志士，如此，心里就安稳踏实啦！”

曹仁贵又对了我敬拜：“今日起，掌书记即为我师尊，隔日一定束脩整带，再来拜问。从今日起，我就执弟子礼啦！”

他与我的年纪相差了有三十岁，我就不再虚礼推辞，当即便应允了。一旁的阴海晏也很喜悦，抚掌赞道：“收了曹长史这个老生徒，掌书记可以安心啦！”

三人一同默契，欢语中，各自饮下了一杯。阴海晏平日戒律精严，今日竟也破了不饮酒的定例。

饮罢，曹仁贵对了阴海晏也是同样礼敬，欲听取他的解说。

阴海晏放下杯盏，和颜问道：“长史既然已识得‘仁’者为何，要我来分说这‘智’，就有些犯难了。不过，我昨日恰好从肃州僧那里得了一张三界九地之图，本来是想带来寺中给掌书记观瞧的。那么，倘若长史不嫌烦赘，或可用来代充讲解。小僧以为，如若能识得三界、九地之分野不同，那么，离所谓的‘智’，总也不远矣。”

他从那锦缘包袱中又取出了一物。此物比之前的两通文书通长尺寸要大许多，乃一挂壁的长卷轴画，轴宽一尺余，他请掌书记以两手按住画轴两端，便将这幅图画慢慢舒卷了开来。通体约有近五尺的纵长。

此图的上端，于三角幡额之下，即用墨笔标示了“三界九地之图”的名目。

“长史，据肃州僧所讲，此图乃从京都慈恩寺流出，为三藏法师弟子根据法师所译《俱舍论》绘制，特为发明、传扬法相学理。

“沙州在何方？沙州在南瞻部洲，南瞻部洲亦称阎浮提，为四大洲之一，位于画中下部七金山与铁围山之间的咸水海内。其状如车，其上竖写了榜题‘南瞻部洲’；右侧其上竖写榜题为‘东胜神洲’，状如半月形；左侧其上竖写榜题为‘西牛俱洲’，状如圆月；另有北俱卢洲，为图中须弥山所遮，隐于其后，故本图中并未绘出。

“四大洲皆在九山八海中，此处这高耸直上者上即是须弥山，其下绘七圈黄环，以示逾健达罗山、伊沙驮罗山等七金山，七山之外状似轮毂者称为铁围山，七山与铁围山之间绘四大洲。九山即须弥山、铁围山和七金山；九山之间即八海，第八海为咸水，其他七海皆有八功德水，有清香之德，故称香水海。依《起世经》所说，九山皆为七宝所成，八大海水皆遍覆优钵罗华等诸妙香物。

“九山八海之下即为地狱，此间一座大殿宇，乃十王及判官勘问亡灵之处所，其图像亦依《俱舍论》经文所绘。看！脊梁殿上方有竖写十三行墨书榜题，细述了地狱情形；左右这两面是铁墙铁门。殿前铁门与这两侧铁门皆横挂一锁，以示狱官执掌法度的威严；凡人一旦亡故，都须从铁门进入，听候狱官发遣。

“左墙前绘一地狱鬼，上方有榜题‘鬼趣’；右墙前绘一马驴牲畜，上方有榜题‘畜趣’。所谓‘趣’，即众生所往之国土。经曰‘地狱傍生鬼及人天是名五趣’，傍生即畜生，畜趣、鬼趣又称畜道、鬼道。

“两位熟悉经文，地狱情形一定已有了解，大体依《俱舍论》解说，地狱有八，名地狱异。

“一为等活地狱，有情众生入此地狱，遭种种斫刺磨捣，痛苦难忍而昏厥，一遇凉风吹拂，复又苏醒，再受苦痛折磨，如此无休无止。

“二为黑绳地狱，有情众生入此地狱，先以黑绳捆缚秤量肢体，后遭斩锯，故名黑绳。

“三为众合地狱，众生前世造业，入此地狱，种种苦痛一时俱来逼身，又合党相残，故名众合。

“四为号叫地狱，众生入此地狱，为苦所逼，难忍悲号，发怨叫声，名为号叫。

“五为大号叫地狱，众生入此地狱，为剧苦所逼，发大哭声，悲叫称怨，故名为大号叫。

“六为炎热地狱，入此地狱，火随身转，炎炽身周，热苦难忍，故名炎热。

“七为极热地狱，若内若外，自身他身，俱出猛火烤痣，又互相烧害，热苦无极，故名为极热。

“八为无间地狱，入此地狱，受苦无间，或无乐间苦，故名无间。永生陷于苦刑，不得超拔，无可救赎。

“地狱之下有虚空、风轮、水轮与金轮；长卷底部以炭灰描绘即是混沌虚空，其上绛色圆轮为风轮，风轮鼓动波浪，现出水涡纹，此即水轮。

“又九山八海上方，须弥山左右两侧有日宫与月宫。日宫在右，圆形内绘三足乌；月宫在左，圆月形。

“榜题‘七金山’上、‘帝释宫’之下，须弥山山脚至山腰间，山形后绘有四层庑殿，每座殿堂檐下均写有当殿题额，自下而上分别为‘坚守天’‘持鬘天’‘恒憍天’‘四天王天’。恒憍天，为四天王所统帅之夜叉神所居，属于鬼类，非天道所摄；第四层为四天王天，其位置与日宫、月宫平齐。

“以上由风轮、水轮、金轮托持，由九山、八海、四洲构成之国土，便为一广大无量之须弥世界。一千须弥世界称为中千世界，一千中千世界称为大千世界。总称为三千大千世界，此世界亦称为器世间，为成佛之化境所在。

“‘四天王天’及‘日宫’‘月宫’上方的须弥山顶，又有帝释宫、忉利天、圆生树、善法堂。这栋大宫殿即‘帝释宫’，殿前两侧各绘一山峰；其上状若高耸宝塔的殿堂即‘忉利天’，亦称为三十三天，榜题写有‘寿命一千，殿身长一里’。

“忉利天殿堂右侧绘一树，树后上方竖写榜题‘圆生树’；圆生树亦称昼度树、香遍树，为树中之王，又称天树王。杂阿含曰：‘一切树中，波利质多罗为第一’。此树在忉利天善见城之东北角，位于杂乱园与欢喜园间，周围七由旬，高百由旬，枝叶四布五十由旬，其根茎枝叶花果皆有香气，能遍熏忉利天宫，故称香遍树。此树有神，名为漫陀，作伎乐以自娱，故为三十三天娱乐之所。

“忉利天殿堂左侧绘有一小殿堂，殿后榜题‘善法堂’。此堂位于须弥山顶善见城外之西南角，为忉利天诸天众之集会场所。每逢三斋日，天众会集此堂，详论人、天之善恶，并制服阿修罗。此堂纵广各五百由旬，有七重栏楯、七重铃网，皆由七宝所成，其质地为青琉璃宝。堂中有一宝柱，高二十由旬，柱下设帝释天之座，左右各有十六小天王之座。昔日如来曾居于此堂，为其母说法。

“四天王天及忉利天其上，又有另四天，分别为夜摩天、兜率天、化乐天、他化自在天，以四层殿堂表征，此即为‘欲界六天’。

“‘欲界六天’之上为‘色界十八天’，即‘初禅三天’‘二禅三天’‘三禅三天’和‘四禅九天’，以十七重殿堂表征，每殿各有榜题。另有一层‘无想天’殿堂平齐于‘广果天’殿堂。

“色界十八天之上，为表征三界九十八使，左右各以榜题标识。

“有三界九十八使，亦名九十八烦恼，通名为使，又名烦恼。见谛门有八十八使，其中欲界有三十二使，色界有二十八使，无色界二十八使；思惟门有十使，其中欲界有四使，色界有三使，无色界有三使。凡人修道，若能离九十八使，则涤除一切烦恼。

“‘色界十八天’之上为无色界，位于此《三界九地之图》的最上端。不绘殿堂表征，通连色界处，写有‘非想地’‘无所有’‘识处天’‘空处天’的榜题，各有注文标记。

“此画上端中央的大字榜题，即‘三界九地之图’的总题，下有‘无色界’‘有四天’之分别。大字榜题之上绘有三角幡额，幡额顶部饰有一颗摩尼珠。无色界为三界之一，又称无色天，是三界中最高一界。无色界中，因修行深浅，也分四种差别，即无色界四空天：空无边处天，识无边处天，无所有处天，非想非非想处天。非想非非想处天即是天之尽头处。

“以上欲界、色界、无色界合称‘三界’；欲界的五趣杂居地，色界的初禅离生喜乐地，二禅定生喜乐地，三禅离喜妙乐地，四禅舍念清静地，无色界的空无边处地，识无边处地，无所有处地，非想非非想处地，合称‘九地’。

“三界九地，即是长史、掌书记与我三人于永寿寺议事时所处之真实处境。”

以上长篇大论，倘若没有身前这张图样，曹仁贵一定早听得厌烦了，可今日他却耐住了性子。待阴海晏讲解完毕，他还凑近那幅画轴仔细观看，尤其是七金山与铁围山之间所绘的四大洲以及九山八海之下的地狱图像。

参详许久，他抬眼看着阴海晏，问道：“如此说来，凡人死后，是升入向上境地还是堕入地狱为鬼、为畜马，就与能否压服、打消这九十八个烦恼、九十八个使有关？”

“长史天性颖悟，正是这个道理。若是等到十王、判官来定谳，就为时晚矣！”

他又看向了我：“掌书记之前那则捕鸟人故事也讲过，缠缚凡人心身之烦恼结使便是魔罗网……我想，能断除烦恼，打破魔罗网，便近于‘智’了吧。所谓‘智’者，即是断除烦恼之义。”

阴海晏朗声答道：“是然！能识别并断除烦恼，即是‘为智立因’，转识即能得智啊。”

听到这句，曹仁贵振一振袍袖，又对了阴海晏拜伏：“今日某还要再深拜一次。请阴寺主收我为当寺优婆塞，详加讲解该如何去除这九十八烦恼。若能每天去除一个，如此，九十八天之后，岂不是就可以将它们全数断除了？”

“曹长史又性急了！这些烦恼怎会如此轻易就被去除；理入之后，还须勤加修行才是。众生才具根性各个不同，能敏悟通达，也须有保任功夫来作底，不然，得智者亦会失智。长史但能发心归向圣道，那便是大好事，是为沙瓜两州人民种下福田了。”

“休得躲绕，你今日收不收我为当寺学人？”

掌书记在旁笑了：“曹长史言语如此诚恳，阴寺主哪有不收之理。不过你与阴寺主本是年龄相仿的故交好友，如今又是州官身份，我觉得吧，你以檀越身份为灵图寺长做供养，一边兼习佛理，这样的话岂非一举而两得？倘若来永寿寺不便，我们也可约了在灵图寺相见。”

“掌书记一番开导，真是好极！”

阴海晏也赞：“多亏掌书记指点，不然，他这个寺学弟子我真是不敢也不能收下的呢。”

三人同时抚掌大笑，一时欢洽无比。曹仁贵为我和阴寺主倒了酒，自己也取了一杯。说笑间，三人便一同饮下。

当即约定每月朔望日相见。若曹仁贵有要紧公务，则会遣人来告。

32

说实话，曹仁贵来访永寿寺，我没有料到这样的结果。若说因缘凑泊，事实的确也是如此。但我知道，在小殿中曾有很短暂的一段时间（在他则是已困扰了多年），他是曾经偏于狂躁而不自觉地即将走向无理性的烦恼路去的。

倘若那时他没有走去院中小解，又突发兴致地以雪澡身，会不会就不会有后面的事节，而会照了尚书张淮深、淮鼎郎君、索勋、延兴延嗣兄弟、李氏兄弟等人走过的无头路，再走一遍呢？

事后想来，可能性还是很大的。难道那天永寿寺残壁上的众天神、力士给予了适当的警示和庇佑么？他能有后面的转折，佛力之护持真是不可思议！

而在今日过后，他仍要在低处的尘埃里打滚，在缠绕的人事中周旋，如此，慢慢地或许就能锤炼出救济沙瓜两州的本领来。虽然要调伏自己、曹家以及沙州各门各族之间结下多年的烦恼与仇怨，并不是一件容易的事。

他需要时间。

曹仁贵和阴海晏两人在寺里用过午食后，要返回城中去了。曹仁贵有桩公务要入使府面见使主禀报，而阴海晏要回家一趟，安顿好家中年迈的母亲。

我将他们引出侧门，来到了堡上的丘原高处。与早间野望所见景致不同，午后高起的日阳已将这座绿洲之城的轮廓勾勒得十分鲜明。

“今日的沙州，浑如一个东方净琉璃世界啊。”

阴海晏如此评说。

“愿大医王佛永护此土此民。”

曹仁贵由衷发愿道。

三人站在丘原眺望的时候，远近寺院响起了午课的钟鼓声。阴海晏走去一边，对了灵图寺方向低首默祷，我便问曹仁贵昨晚忽然澡雪的变化情由。

他如实告白我说：“掌书记心思灵敏，果然看得分明。那时自己的确是陷入了魔乱中，但出院小解的一刻，我忽然感觉程押衙捉住了我的一耳在对我说话。他厉声喝道：快快脱去上衣袍服，让自己冷醒来！你若不想重蹈前人的覆辙，必得受了这番检验。明日一早，听掌书记和阴寺主如何向你谈说！”

他是幻听了么？

“掌书记，说来也是奇异，我那时是真确地听见了，耳朵还被他拽得生疼呢！你看这里——早起洗漱的时候，我对了奴儿手执的铜镜，发现了这道抓痕。”

我看去他的左耳，那里果然有个类似指甲抠掐过的淡红印记。不管如何，我是信服了他。昨晚，故去的程押衙的幽灵竟也出了一分力。

这类事不足与外人道。但我明白，程子迁与他两人间的师徒情谊，在曹仁贵人生的特定时段，的确发挥了不小的作用。

小奴左右两手各执一根缰辔，已将他们两人的马匹牵来，现就站停在寺门前。

该到告别的时候了。

曹仁贵和阴海晏翻身上马，在鞍鞯上坐稳后，各向我作礼拜别。他们口中发出轻声的呼喝，马儿便带了他俩缓缓下了丘原前的缓坡。我踩着积雪也走下坡去，到得路口，见两人骑马身影渐渐远去，这才回返了寺中。

那天下午，我睡了一个回笼觉。醒来后颇觉身心舒泰。起身出寺，再去四处散走，回返时已近夕暮了，感觉眼前这座寓居的古寺也有了不一样的气息。若果今日这里真的走出了两个能够改变沙州未来命运的人，那么，自己的晚年岁月便不算空过。

33

来年春三月，嗢末散众纠合一处，出入瓜州与肃州间的边境，袭扰民户，杀伤多人。正式就任瓜州刺史的曹仁贵遣使与肃州龙家头人沟通，领骑军合力驱逐，又预先知会甘州回鹘，直入删丹，袭其主帐；首恶伏法，俘获之数百降卒及其妇女子弟全部解送瓜州。从沙州使主张承奉处请得谕令，许以边境沙壤田地自耕自牧，不加赋税，荒年给予周济。此举以德政报怨仇，嗢末部民无不景从归心。使主与头厅都押衙张文彻大加称许，此后瓜州军政事务，全部信托了曹仁贵一手打理。沙州上下和睦，颇堪喜慰。

五月，使主张承奉才三岁的幼子卒，使府上下人人哀痛。因继承人问题，眼看沙州又要起纷议。张文彻知曹仁贵曾将淮鼎郎君与龙粉堆所生次男带去凉州，欲迎回为储。曹仁贵引尚书与郎君相争前例勉力说服，此事才作罢，从此再不提起。

这年的仲夏，曹仁贵与夫人索清安又得一子，三男曹元忠于瓜州降生，此前的长男曹元德、次男曹元深皆已送入灵图寺寺学，随寺主阴海晏教习。

九月朔日，曹仁贵上书状，特请使主准为故尚书张淮深于南原立冢碑，补撰墓志铭，再行表彰。书状语词恳切，忠心可鉴，听闻使主张奉承捧读后为之泣下，立即准允，特派使人至永寿寺，委请我这个前任节度掌书记撰写。九日辛酉，适逢重阳，墓志铭撰成，使主张奉承、首厅都押衙张文彻、曹仁贵及使府其他僚佐及都僧统司僧官等齐集灵图寺，寺主阴海晏引上下官僚入殿，伴同合寺僧众为尚书超度诵经，又同赴南原依中原享礼设案祭拜。当此秋风浩荡之时，现场闻听铭文之人，无不感动落泪。

且引墓志铭若干关节段落如下：

公以大顺元年二月二十二日殒毙于本郡，时年五十有九，葬于莫高乡莫高里之南原，礼也。兼夫人颍川郡陈氏，六子：长曰延晖，次延礼，次延绶，次延锷，次延信，次延武等，并连坟一茔，以防陵谷之变。其铭曰：哀哉运戏，蹶必有时，言念君子，政不遇期，竖牛作孽，君主见欺。殒不以道，天胡鉴知，南原之礼，松楸可依。千古之后，世复何之。铭于旌表，用防改移。

是夜归城，使主张承奉将张文彻、曹仁贵、我及阴海晏和若干老吏、僧官招入使府，赐宴欢会。席间重温太保与尚书英武接踵之功业，人人唏嘘不已。张文彻亦自深叹，尚书时不遇兮，时不遇兮。不知他是真情表露，还是席间的敷衍。都无所谓了，人事倥偬，凡夫俗子者又孰能无过，没有判断出错的时候呢？而一切过往都会埋入一抔沙土。

倘若多多少少能从前人故事中汲取一点教训，就是无上胜缘了。

人啊，真是一类可怜的、盲目的造物，有如罗网中的百鸟，注定要遭遇种种的迷乱与不幸，经历各自不同的磨难和焦虑。一烦恼刚消去，一烦恼又复生，如此垒叠不尽，直至肉身的衰亡。

此即成住坏空的本相，法的本相。俱舍论和瑜伽师地论都如是解说。

那么，一个觉悟了的凡人，面对这个真相，不甘于沉沦，经由某种努力，能达成何种成就呢？我不知道。但我分明在曹仁贵的身上看见了一种可能性。程押衙泉下有知，也会欣慰的吧。

至于我自己，我能清楚地看到自己生命中的哀与乐，以及此生积聚的大小无数的烦恼结使，有生之年中，也见识了很多人的运命生涯。在我死后，这些情状还会在后代人身上得以延续，人的秉性总是相似。只有极少数脑目醒觉而奋勇坚毅之人，才能稍微地挣脱出去。

又一个寒冬即将到来，头顶的天空与沙州此前任一个初冬的天空毫无差别，那邈远的星的阵列，依旧俯视着人间。原朴天地中的这座绿洲之城，她的城池与田陌，周边平缓的沙原、远处高峻的雪山，不时地仍会燃起警讯的烟火，而大地，无止境地向东西两面蔓延铺展。

是年冬，曹仁贵的父亲、前沙州使府孔目官曹目连病卒。去世前，他一直寄住在灵图寺，据说每一日都会随僧众诵经祈念。曹仁贵在他病危之时，特从使主那里请得允准，陪护了十数天。曹目连闭合目眼前，曾握执了仁贵之手，口说："我儿仁贵之名，望今后践行之。"

他这一走，将当年使府的相争内幕也带了去。除开首厅都押衙张文彻，再没有第二人知道具体情形了。知道了又能怎样？这并不能让尚书张淮深和在他身后接踵死去的人都复活醒转。

天佑四年[1]正月，昭宣帝下诏，定于二月禅位。二月，命文武百官往天下兵马大元帅、梁王朱全忠府劝进；三月二十七日，正式降御札禅位于梁，命正、副册礼使张文蔚、苏循，正、副押传国宝使杨涉、张策，押金宝使薛贻矩、赵光逢，率百官备法

1 天佑四年：公元907年。

驾诣大梁，唐朝国祚就此断绝。次年初夏四月末，朝贡使张保山自开封返回，消息传至了沙州，使府内外人人震动，更有民户朝东南方设案焚香跪拜。

听闻中原王廷易姓，我两日里未进饭食，只喝了点粟米粥。又有夜咳，眠食都不太好。阴海晏来永寿寺看望，劝我转去灵图寺，以便日常照料。我婉拒了。自己这副朽骨，还是不要去麻烦别人了吧。我住在城中的子女时常会来伴护我，他们知我住惯了城外，都没有提出让我回城。

次日，曹仁贵来至寺中，他也劝我长住灵图寺。因他每月都会回沙州两三次，每次都会在寺中过宿。

“如此，掌书记与我趁便讲说，是多好的事！小奴你使惯了，也随了同去。”

被他这么一说，我还真动了心。十五乙亥日，装点好衣物、书具、杂用等物，阴海晏亲自带了车马来接运，当晚开始就宿在灵图寺了。

我在永寿寺寓居的十年就这样结束了。一切都可以坦然接受。

在灵图寺自然住得惯，阴海晏单独为我辟出一个小院，身边小奴随时在旁服侍，每日早晚与僧众同堂诵经，又能时常与相熟旧友攀谈，日子倒过得很安顺。

是年夏天，许是瓜州事务安排底定，曹仁贵长住了沙州。听闻使府内正在筹划商议沙瓜两州立国之事。曹仁贵问我方略，我只言：“不进不退，随波流转。”他自然明白了我的意思。

这个夏天，我的肺疾加重了，咳嗽不止。但体力尚好，早晚间天气凉爽时，仍能拄了竹杖绕寺散走一会儿。

七月初，使主张承奉另一夫人诞下一子，取名为晅。使府上下齐来祝贺，张文彻领属官上书状劝进。张承奉初次回拒，次日张文彻再上书状，又驳回；第三日，沙州民户集于衙前官楼呼告，使主张承奉终于认可。于是，敕命张文彻领衔筹办立国诸事，地情自偏，仪礼一切从简。其后半月，曹仁贵曾多次进入使府参与商议，但他从未为立国后的官职，私下与使主或张文彻接洽，浑似完全不关心此事。

再过半月，于八月初吉日举行立国典礼，官楼改名为龙楼。张承奉自称白衣天子、金山国圣文神武帝。节度使府改称王廷，建号“西汉金山国”，自称拥有沙、瓜、肃、鄯、河、兰、岷、廓八州。实际辖境仅沙瓜二州。

又设文武百僚，之前使府官佐及将士皆获擢升。张文彻任头厅大宰相，统领金山国文职僚佐；曹仁贵从瓜州刺史任转迁沙州刺史，原瓜州一职由史文信接任；罗通达领副国相，兼左马步都押衙，慕容归盈、浑子盈为沙州大营左右大将，阴仁贵、张西豹为瓜州马军左右将；张安佐任左神策引驾押衙兼大内支度使；麴再诚任廷前都录事，宋惠信为衙前押衙兼鸿胪卿知客务；张良真任紫亭镇主，张明德任玉门镇主，因张明德意外过世，曹仁贵三弟曹仁裕接替他担任了玉门军使；曹氏一族子弟中，还有多人担任了军职，亦有曹姓僧人入职都僧统司，担任了僧官。又敕命阴海晏入都僧统司为僧政，仍领灵图寺寺主。

金山国过早立国引发了周边部族的猜忌。果然，沙州立国后不出一月，甘州回鹘即来寻衅，回鹘可汗以“讨伐王廷叛逆”为名，遣王子狄银趁秋来犯；肃州龙家正式向甘州送去了降书，愿整州归附回鹘。

八月末，狄银领回鹘骑军六千近抵肃州城西南的多乐水东岸，双方展开激战，回鹘军突破金山国东界防线，前锋突入沙州东境。白衣天子张承奉亲自上阵督军，会集马步军一万人迎敌。手下将领罗通达、浑子盈、慕容归盈、张西豹、阴仁贵、浑鹞子奋力迎战，才将回鹘兵势阻遏。此战前后，曹仁贵一直在天子张承奉跟前，部伍调遣及粮草接续等大小事务，一并经略打理；又出奇策，夜袭驻在黑山的回鹘后军，杀伤甚多，五日后，回鹘王子见势不利，这才引兵退出。

九月中旬，回鹘可汗遣使议和，兵戈稍息。沙州这边抚恤伤亡将士，趁秋收割麦粟，内政也开始整顿。张承奉已发觉匆忙立国称帝的不智，罢免了张文彻的头厅宰相一职。欲请曹仁贵接任，曹仁贵坚辞不肯受，无奈，只得命副国相罗通达暂摄其事。

凶事连连，十月，张承奉出生不久的少子张晅又得恶疾夭亡。张承奉郁闷无以复加，每日以酒浇愁，一切国事内务全数委交了曹仁贵与罗通达处理。天候转冷，自这个月起，我的病情亦有加重，每日只得卧床养息。寺主僧政阴海晏每日都会入州城，先赴都僧统司应职，后赴龙楼厅堂与曹仁贵等人商议。每天傍晚，我都等着他带来新的消息。

十一月，仍只能卧床，小奴一如既往服侍殷勤，我便将身边匹缎贵物择取三四件赏了他，他接过东西就哭，我只告他勿出动静，惊扰了寺主、寺僧可不好。

十日那天，感觉体力稍有恢复，已能靠了枕垫坐起，还下床稍稍活动了手脚。适逢一早曹仁贵前来寺中探望。他靠坐床边执握了我的手，面露了忧色。我告诉他，凡人寿命各有其期，早无可悲，晚无可喜，我已六十八岁，不早也不晚，无须为此伤神，徒增不必要的烦恼。依阴寺主之前说法，结使烦恼可都是障碍罗网啊。

曹仁贵将沙州近况跟我说了下：虽然此番逼退了入寇回鹘，但今后国事的确堪忧，金山国立国已成骑虎之势，不得不继续承受周边蕃戎的压力。他询问我有何对策方略。

可我并没有什么新的建议可以给他，仍重复了之前那句话：不进不退。

素来多谋擅断的张文彻，自头厅大宰相头衔被褫夺后，听说一夜白了头。想来晚景也是凄凉。

“你若能去，就去张宅探望一下他吧。到了目下情形，他也许会吐露一些从前断不会说、也不肯说的实情。今后倘若由你来辅佐国政，也须得到张氏子弟兄族的响应，才能团结御敌。沙州不能再如以往那样自陷散乱了。”

“掌书记教诲得对。”

他还果真去了。

第二天又来了灵图寺。这一日天暖，午间我让小奴扶我出了房，靠坐在正对了日阳的南墙下晒暖。曹仁贵和阴海晏两人一前一后踏进了院子。

他们两个也靠了墙坐下。曹仁贵将他夜访张文彻的情形说了下。如我之前预料的那样，张文彻对曹仁贵的探访非常意外和感动。他今年也近六十了，头白过后，看去苍老了许多。

“掌书记，如你所言，张文彻这回吐露了心声。他对我言，悔不该仓促间撺掇使主立国，令许多将士乡民无辜受害。此后，他又问起了父亲身前的情况。听闻父亲亡前于灵图寺听经忏悔，他也萌生了同样想法，打算寄住窟上的金光明寺了。”

“之前事提到了么？”

“他只与我言，他将尚书欲加害淮鼎郎君的消息第一时间就透露给了父亲，因父亲当年初次接尚书密令时，第一个就找了他商议。过后，父亲还曾去博望坊找过程押衙。程押衙究竟与父亲说了什么，没有第三人知情。父亲也从未透露。

此事万分紧急，父亲趁夜色未掩，就急急出城，赶赴瓜州报讯。至于当晚瓜州情形，张文彻说他并不清楚。哪会料到后面针对尚书的严厉报复手段？现在推想，父亲去瓜州找寻商议的第一人定是索刺史了，延兴与延嗣两人决然没有如此周密的计谋。张文彻又说，他过后去瓜州时，确曾当面和郎君会晤过。但不曾见过索刺史。”

“淮鼎郎君当时如何反应？”

“起初大笑，复又痛哭，过后就只闷头饮酒。除此，没有说任何具体的情事。”

“郎君就是这样的郎君。张文彻没有说谎。有人替代他做了决定。他是抱了无可无不可的态度了。”

“再做推想，父亲与程押衙见面，定然发生了一些状况。程押衙是何种样的身份？他是近身侍从过太保的人呐。可他们两个都已不在人世，已无可探查。到此，我再不想追究当年内幕了。够了。到此为止了。”

“是啊，将这件往事放下吧。与其纠结愁闷，不如此刻在日阳下晒暖。”

“我信从了张文彻。”

“信从了，就从此不疑。莫让前事再牵连后事了。”

“喏。”

三人都一时静默了。有那么一会儿，我误以为身边坐着的是程子迁和史文信，当年在尚书使府，我们三人在公务忙完的午后，也常常这样坐在院廊上一边晒暖一边闲话。

“我呢，很快就要随程押衙去了。仁贵，来年春天前，为我准备一副棺柩吧。若可以，我想与程押衙一样，墓所就陪在尚书一家的身侧。”

“这……掌书记莫那么急迫就要走离，”曹仁贵稍稍顿了顿，然后语气肯定地说，“不过，今天当了阴寺主在，我定会依你的嘱咐办理。”

“今天沙州的日阳，让我想起了故乡越州。越州何其迢远啊。你们说，我的游魂能返回故乡去么？”

阴海晏接了我的话头：“待内地平靖，我很想去长安、洛阳还有江南一游。如果可以成行，我会将掌书记带去那边。若果那时在越州做追忌法事，请务必回魂来看啊。”

听闻此言，我和曹仁贵都轻笑起来。但我知道，阴寺主一定已在谋划这样的远行了。若果他将我的一半骨殖带回，我的人生将如同绕了一个很大很大的弯，会在他践行诺言抵达越州的那一天画出一个整圆，最终达至完满。依照故乡的风俗，人死之后先入厝棺，暂不入土；等几年后，亲人会将亡者之骨从棺柩里捡拾出来，重新放进“骨甏”里再埋却。倘若他能为我办成这件事，那就是我的大恩人了。

想及此，我勉力站起，向前挪出几步，返转身对了阴海晏深深揖拜。阴海晏也神情庄重地对我回揖。那一刻，我简直都想早些结束这凡胎生涯了。早一日上路，就能早一日返乡，道理不正是这样么？

“沙州这里，迟早还须联络内地王廷，到时，阴海晏可以充请节使。掌书记这件事，我记在心上啦！”

实在没有体力伴同他们散走了，我让他们扶我入房。我要在床上闭会儿眼，兴许梦中就能见到故乡的草树风土了。还有越州酒。若能在死去之前再尝上一口，那是多么惬意之事！

“越州酒？好，我请人设法去弄来。不过掌书记，这段日子你就安心在灵图寺养息吧。一定要等到我的酒送来寺里。”

合眼入睡前，我听曹仁贵贴在耳边如是说。我不知我的身体还能挨多久，但为了这越州酒，就在人世间再待一段时间吧；明年春天也好，夏天也好，都可以。若果可以延到秋天，那我的眼目还能看到很多沙州的地土风景，耳朵还能听到很多人声的告语。当我离去，就会将自己所知晓的事，带往另一个世界去。在地狱王殿里等候十王发遣时，我定会问心无愧地说出自己的一生行事与见闻经历。经十王裁断后，倘或有幸得免刑狱折磨，在六道投胎前，我定会当了裁判众生亡灵的善童子、恶童子的面，向第十殿的转轮王求告，与程押衙再见上一面。

我要与他说些什么呢？

我也不知道。或许会向他打听尚书张淮深、淮鼎郎君的投生去向，也会将他故去之后不曾听闻的沙州故事，择其要节说一两件与他听。

至于尚书张淮深、淮鼎郎君、索刺史、延兴延嗣兄弟等人的前身罪业，我不知道有没有可以救赎的办法。这并非我凭了一人意愿所能决定。但存留世间的人们，比如沙州刺史曹仁贵、灵图寺寺主阴海晏他们，仍有可能汲取前者的教训而设法消弭可能的纷争。如此，则沙州的善因或许仍有可能重新聚合一处。

我迷迷糊糊地睡去了。醒来时，曹仁贵和阴海晏自然早就退出了。听着外间傍晚时忽又振起的风声，我将小奴唤近前来，吩咐他在我身后放一些垫褥依靠，再将那具乌漆小案移上床来；取笔，铺纸，磨墨。

"掌书记这是要做甚？"

"我要写几个字。"

"天色已昏暗了。"

"那就将两盏灯都燃上吧。把你自己净室里的那盏也拿来。"

"喏。"

小奴应声出屋了。过了会，他先取来几案，放上了纸笔文具，过后再去自己房里取来灯盏，以燧石点亮了放在床头的壁龛上；屋里自有的另两盏灯也点燃了，一盏放案上，另一盏由他站在近旁擎在手上。

"看得够真切了。你手中那盏就搁床脚吧。"

他便将灯盏置在了对壁的另个小龛里。

我伸出一只手的手掌，将眼前纸角的一端压平。

"掌书记是要写书信，还是文状？"

"都不是。"

"不是书信，也不是文状，那是什么？"

“写两三字遣闷。”

就着昏黄的灯光，我伸出另只手，将手中笔在砚池中蘸饱了墨，悬停在这张尚且空白的纸上。下笔前，一滴墨汁已自落下，在纸上染出了麦粒大小的墨点，我趁势便将第一笔写出。浓黑的墨色，随腕力的变化，如神奇的幻术在眼前流动起来，带出了宛转的线条，然后，一个虚提向右上，复又向下做出种种的转折。

第一字是“降”。

向内深吸了一口气，顺连着“降”字的笔势，勾出了第二字的上部。人所治，在屋下，从广，从林；下为鬼字，人所归为鬼，从人，像鬼头，鬼阴气贼害，从厶。莫波切，音从摩。

第二字，当然就是“魔”了。

昔日，目盲的都僧统曾向恒安法师提示过这两个字，很可惜，当时并无一人能够领会他的意旨。

创作后记

我国的历史题材小说，乡前贤鲁迅先生的《故事新编》奠定了一个很高的标杆，这恐怕是无疑议的。他曾起心动念想写一部长篇《杨贵妃》，酝酿了多年，但1924年去西安演讲归来后，感叹那里的“天空都没有一丝唐朝的气息”，遂作罢；此后，施蛰存先生在1930年到1932年期间写出了名作《鸠摩罗什》《将军底头》《石秀之恋》《李师师》，冯至先生在1942年写出了《伍子胥》，就文学意识和表现手法而言，施先生和冯先生做了有力的翻新与开拓；聂绀弩先生受鲁迅《故事新编》的启发，于1941年写出了历史小说《第一把火》，抗战胜利后在重庆又写出了《鬼谷子》和《一个残废人和他的梦》；写过类似作品的还有郁达夫、冯乃超、郑振铎、何其芳等很多作家，他们各自都留下了不少的短篇佳构。可以说，在民国起始的现代白话文学的创作中，历史题材的写作是承接有序的。

诗人、翻译家吴兴华在1962年“右派摘帽”后，曾着手实现他自己的两项“雄心壮志”：一是依据意大利原文，严格依循但丁诗的原韵译出《神曲》；二是创作了以柳宗元为主角、呈现中唐社会风貌的历史小说《他死在柳州》。可惜的是，先生于“文革”劫难中过早离世，被誉为“译林神品”的《神曲》译稿(在新近出版的《吴兴华文集》里,《神曲》只剩了一个章节)和这部小说手稿俱被烧去了。而到了 1997 年,余烬又开始复燃,王小波以他独特的复合叙事的手法,创作出版了他的历史题材小说《红拂夜奔》《寻找无双》和《万寿寺》。

此后的小说创作界,偶有历史题材小说的佳作出现,譬如我未见面的文友、山西作家唐晋 2007 年出版的《玄奘:一部通往圣殿之路的心灵史》。这部糅合了意识流的实验性、文体自成一格的长篇佳作,长久以来却受到评论界有意无意的忽视。

以上这些作家及其作品,勾连出一个清晰的写作主题脉络,他们富有活力的作品提示了我:吾国历史乃是小说题材的富矿,而现代文学自其开端以来,一直存在了一个强韧而不断回旋的书写传统。中国最好的小说家和诗人不满足于私己经验的反刍重复,都在尝试以新的手法和问题意识,进入广阔的历史叙事。

欲追踵前辈,我诚心发愿,要写出同样的处理历史题材的长篇《降魔变》和名为《长安、洛阳故事集》的短篇集。

但长篇的写成有一项特殊的要求:它需要较长久的耐心和充分的准备。

诗的写作更像是瞬发性的即兴演奏,时程有长有短,但基本上都可以在几天里写成;倘若搁一段时间再回来改稿,三四天里总归也就可以完成。长篇小说创作就不同,从所需条件来讲,它是需要花费时间(短则半载,长则若干年)去自我实现的一个预谋。

起初只是一个念想,一个模糊的愿望。而为保持这个念头和愿望，就需要做周密的准备，寻找培植作品的合宜的土壤。冯至先生为写《伍子胥》准备了多年，我为了写这部敦煌归义军题材的《降魔变》，从起念开始也准备了四五年。光是与唐代史和归义军史有关的书籍就占满了四五格，约有一百多本。大量的阅读就是创作的土壤，你必须深深地浸入材料中，才有可能收得新的创获。

围绕这个创作目标，我的阅读范围里有几部书、几个人这里须得提一下：国内的唐代史、西域史和归义军史研究，荣新江先生很有成就，他主持的《唐研究》，每一期出版我都会收了来读，他早年写成的那册《归义军史研究》自然是较重要的一个参考，因他整理出了一个沙州归义军的大事记；虽然还比较简略，但已能让我大致看出一个长时段的基本面貌。除此，比较重要的还有郑炳林先生主持编成的《敦煌归义军研究专题》的一编、二编和三编，以及最近几年推出的《敦煌讲座书系》中的几部专著、甘肃人民版的《敦煌人物志》和《敦煌大事记》等。

随着资料的摄取，我对张氏归义军过渡到曹氏归义军期间的变迁过程发生了浓厚的兴趣，尤其是对沙州张氏归义军第二代使主张淮深与入京为质归来的张议潮之子张淮鼎之间的关系发生了浓厚的兴趣。此后的一系列动乱事件，张淮深一家被杀，亲族内外相争，沙州张氏、索氏、李氏、曹氏各大族之间暗中角力，不正是最好的悲剧的题材么？但我读到的很多研究论文，因为有力的实证材料的欠缺，尚存留了许多不能说通的地方。

但这里隐现的人性幽暗面及其互动关系，正是作为小说家的我感兴趣、也能深入的地方。

阅读材料的同时，我重读了莎士比亚有名的几出悲剧，小说篇首所引的那句话，就出自莎士比亚的《哈姆雷特》；有心的读者掩卷之后，自会发现其间的隐秘勾连；钱锺书先生在《谈艺录》里说过“东海西海，心理攸同”这样的话，这里，我想将这句话搬来，而在文字上略作微调。我想说的是：东海西海，人性攸同。

带着这样的期待，为了将之前的念头和愿望变作可见的对象物，我花了半年时间，综合了目前能看到的所有史料，以张淮深时的张氏归义军到曹氏归义军为主要时间节段，扩展整理出了一个更详尽的大事记，也将很多生活风俗的细节糅合了进去。之后，如胶片时代冲印负片一般，人物和事件的轮廓与脉络便开始慢慢地浮现而出了。那些仍然模糊的地方，就要找到人物心理的线索，来给出合理的解释。比之历史学家，小说家掌握了较多的写作自由权，他可以超越实际材料的束缚，来作一些合理的推想和发挥。

年初，图景和文体初定。在开笔阶段，自虚无中，冒出了一个微小的细节的胚芽。运气好的话，它便会自然生长。我怀抱了这个胚芽，走向了往昔人们所生活的未知的领域。但写到最后，我发现他们所处的境遇并非不可理解，古人与我们，其实存在了更多的相似。

到今年四月，胚芽长出了最初的枝叶，我仿佛置身在沙州的时间器皿中，能看到笔下的每一个人物：网鹰人程子迁、少年曹仁贵、尚书张淮深、都僧统悟真和尚、押衙张文彻、军将索仁安……之前敦煌文书里出现的这些名字变成了活生生的人，有血肉，有呼吸，也有悲喜与哀乐。写到三分之一的段落时，书写是自然流动的，心中充溢了微观创世的喜悦。

在小说的中前段，我用三个章节写了张淮深夜袭合黎山回鹘王帐的一场苦战，为后部的悲剧展开作好了铺垫。此后开始探入了人物心理的内层。若干条隧道，通向了一个自我实现的悲剧的现场。

这部长篇，我有意在叙事视角上做了一些新尝试，以押衙程子迁和曹仁贵（曹氏归义军的创立人）作为全局关联构思的两个要件，当数个故事线在后部合拢时，他们两个尤其是曹仁贵很自然地就变成了一个枢纽型人物。

长篇小说的写作，是一门独特的技艺，它需要复杂的平衡感。比之前两部佛教题材小说《隐僧》（又名《拉瓦纳的幽灵》）和《无门诀》，这部《降魔变》的架构难度要更大些，不但要结合很多史料，更要跳出史料，形成一个细节饱满、能够自我生成的叙事脉流。后半部的确收束不易，如走平衡木。幸运的是，我走过来了。

9 月 21 日凌晨的两点半，写出了全篇收尾的一句。

时近中秋，此际的苏州最是温凉宜人，鸟雀的叫鸣也格外好听。任一个植了草木的院落都是一个微型的琉璃世界。因为结束了一次精神上的冒险旅行，完成了一项工作，我感到了一种内外交感的喜悦。

我的很多工作，初始之念都出于耻感。这部《降魔变》的诞生，应该说受井上靖先生的《敦煌》影响不小。高中时从市图书馆借阅读到，那时就很讶异，为何同类题材的创作没能在本国诞生。转耻为志，长久埋于心田之内。至今日，愿望终于达成。

感谢我的家人，没有他们一向的支持，《降魔变》肯定是无法顺利问世的。

于 2018 年 9 月 23 日午间